100% EXOS

Tle

Maths SPÉCIALITÉ & Maths expertes

Sophie Barache
Professeure agrégée de mathématiques
au collège Mont-Sauvy d'Orgon

Fabrice Barache
Professeur agrégé de mathématiques
à l'école de l'air de Salon-de-Provence

Sophie Bauer
Professeure agrégée de mathématiques
au lycée Saint-Exupéry de La Rochelle

Raphaël Bauer
Professeur agrégé de mathématiques
au lycée Saint-Exupéry de La Rochelle

Hatier

Crédits photographiques :

9 ph © joingate/iStock/Getty Images

383 ph © NicoElNino - stock.adobe.com

505 ph © monsitj/iStock/Getty Images

Maquette de principe : Frédéric Jély
Mise en pages : Grafatom
Schémas : Grafatom
Édition : Julien Lionnet
Iconographie : Haiter Illustration

 ISBN 978-2-401-07754-6

Avant-propos

Votre ouvrage 100 % exos

- Conforme aux nouveaux programmes de Maths Tle (spécialité) et de Maths expertes entrés en vigueur à la rentrée 2020, ce « 100 % exos » vous propose une **méthode de travail** complète et un **entraînement intensif** sur mesure, faisant une large place à la préparation du **nouveau bac**.
- Pour chaque thème du programme, vous trouverez un **COURS** structuré, les **MÉTHODES** qu'il faut maîtriser, des **EXERCICES** progressifs et leurs **CORRIGÉS** détaillés.
- Assortis d'**indications de solutions**, de **commentaires** et de **conseils** des auteurs, tous les exercices corrigés vous permettent :
  - de **comprendre** les notions essentielles et de maîtriser le cours ;
  - de **progresser** et de vous **entraîner** à votre rythme ;
  - de vous **évaluer** et de **réussir** le jour J ;
  - de **préparer** votre orientation.

Le site de vos révisions

- L'achat de cet ouvrage vous permet de bénéficier d'un **ACCÈS GRATUIT*** à toutes les **ressources** d'annabac.com : fiches, quiz, sujets corrigés... et à ses **parcours de révision** personnalisés.
- Pour profiter de cette offre, rendez-vous sur **www.annabac.com**, dans la rubrique « J'ai acheté un ouvrage Hatier ou Foucher ».

* Selon les conditions précisées sur le site.

Sommaire

Enseignement de spécialité

ANALYSE

1 Limites de suites et de fonctions

2 Compléments sur les fonctions

3 Fonctions de référence

4 Suites et raisonnement par récurrence

5 Primitives et équations différentielles

6 Intégration

PROBABILITÉS

7 Dénombrement – Loi binomiale

8 Échantillons, loi des grands nombres

GÉOMÉTRIE

9 Vecteurs dans l'espace et produit scalaire

10 Représentations paramétriques de droites et équations de plans

Enseignement optionnel

MATHS EXPERTES

11 Représentations paramétriques de droites et équations de plans

12 Représentations paramétriques de droites et équations de plans

13 Représentations paramétriques de droites et équations de plans

ANNEXES

Aide-mémoire Python

Maths spécialité

1 Limites de suites et de fonctions

I LIMITE D'UNE SUITE

1. Limite finie d'une suite

Définition :
On dit qu'une suite (u_n) **converge vers un réel l** si tout intervalle ouvert contenant l contient tous les termes de la suite à partir d'un certain rang.
On écrit alors :

$$\lim_{n\to+\infty} u_n = l.$$

On dit aussi que la limite de u_n quand n tend vers $+\infty$ est égale à l.

EXEMPLES :

• La suite (u_n) représentée dans le repère ci-dessous a pour limite 1 quand n tend vers $+\infty$:

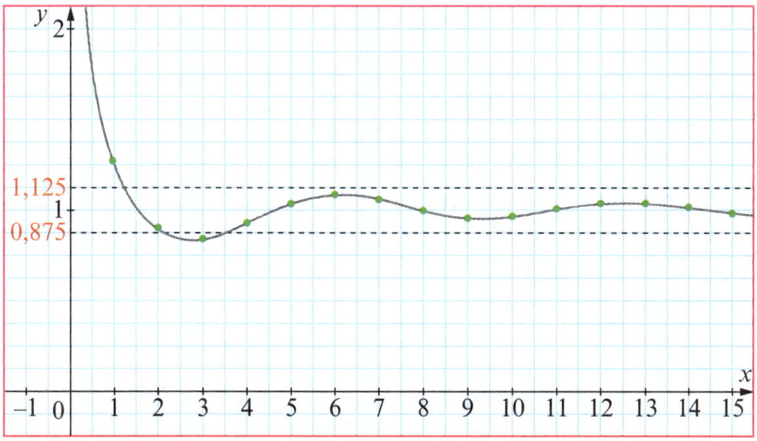

On pourrait démontrer que l'intervalle $]0,875\,;1,125[$ représenté ci-dessus contient tous les termes de la suite à partir du rang $n = 4$ (et non à partir de $n = 2$ car $u_3 \notin\,]0,875\,;1,125[$).

• $\displaystyle\lim_{n\to+\infty} \frac{1}{n} = 0$; $\displaystyle\lim_{n\to+\infty} \frac{1}{\sqrt{n}} = 0$; si $q \in\,]-1;1[$, alors $\displaystyle\lim_{n\to+\infty} q^n = 0$.

2. Limite infinie d'une suite

Définitions :

On dit qu'une suite (u_n) **diverge vers** $+\infty$ (respectivement vers $-\infty$) si tout intervalle de la forme $]A;+\infty[$ (respectivement $]-\infty;A[$) contient tous les termes de la suite à partir d'un certain rang.

On note :

$$\lim_{n\to+\infty} u_n = +\infty \left(\text{respectivement } \lim_{n\to+\infty} u_n = -\infty\right)$$

On dit aussi que u_n tend vers $+\infty$ (respectivement $-\infty$) quand n tend vers $+\infty$.

EXEMPLES : $\lim\limits_{n\to+\infty} n^2 = +\infty$; $\lim\limits_{n\to+\infty} \sqrt{n} = +\infty$; si $q>1$ alors $\lim\limits_{n\to+\infty} q^n = +\infty$.

3. Exemple de suite n'ayant pas de limite

La suite (u_n) définie, pour tout $n\in\mathbb{N}$, par $u_n = (-1)^n$ n'admet pas de limite quand n tend vers $+\infty$.

En effet, $u_n = \begin{cases} 1 \text{ si } n \text{ est pair} \\ -1 \text{ si } n \text{ est impair} \end{cases}$.

Les termes de la suite ne tendent donc pas vers une valeur limite.

Définition : Lorsqu'une suite n'admet pas de limite, on dit encore qu'elle **diverge**.

II LIMITE D'UNE FONCTION

1. Limite en + ∞ ou en − ∞

▶ De manière analogue aux suites, pour une fonction f, on peut définir la limite de $f(x)$ quand x tend vers $\pm\infty$. Lorsqu'elle existe, cette limite peut être égale à un réel, à $+\infty$ ou à $-\infty$.

EXEMPLES :

- Limites en $+\infty$:

$$\lim_{x\to+\infty} x = +\infty;\ \lim_{x\to+\infty} x^2 = +\infty;\ \lim_{x\to+\infty} \frac{1}{x} = 0.$$

- Limites en $-\infty$:

$$\lim_{x\to-\infty} x = -\infty;\ \lim_{x\to-\infty} x^2 = +\infty;\ \lim_{x\to-\infty} \left(\frac{1}{x}\right) = 0.$$

▶ **Asymptote parallèle à l'axe des abscisses**

Soit f une fonction et $\mathscr{C}_f$ sa courbe représentative dans un repère orthogonal. Si f admet une limite finie L en $+\infty$ ou en $-\infty$, alors sa courbe représentative $\mathscr{C}_f$ admet pour asymptote horizontale la droite d'équation $y = L$.

EXEMPLE : La courbe représentative de la fonction inverse admet pour asymptote horizontale l'axe des abscisses en $+\infty$ et en $-\infty$.

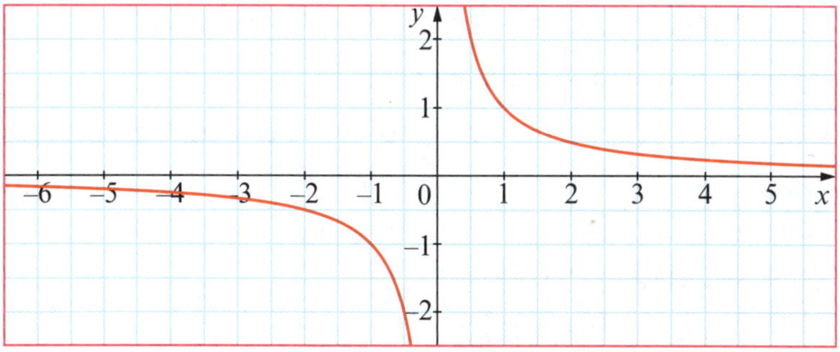

2. Limite infinie en un réel a

Soit f une fonction définie sur un intervalle de la forme $]a\,;+\infty[$ ou $]a\,;b[$ (b étant un réel supérieur à a).

Définition : Dire que $f(x)$ tend vers $+\infty$ quand x tend vers a^+ signifie que, pour des valeurs de x suffisamment proches de a (en restant supérieures à a), $f(x)$ est aussi grand que l'on veut.

On écrit alors $\lim\limits_{x\to a^+} f(x) = +\infty$.

On définit de façon analogue les résultats suivants :

$\lim\limits_{x\to a^+} f(x) = -\infty$, $\lim\limits_{x\to a^-} f(x) = -\infty$ et $\lim\limits_{x\to a^-} f(x) = +\infty$.

EXEMPLES : $\lim\limits_{x\to 0^+}\left(\dfrac{1}{x}\right) = +\infty$ et $\lim\limits_{x\to 0^-}\left(\dfrac{1}{x}\right) = -\infty$.

Asymptote parallèle à l'axe (O*y*)

Soit f une fonction et $\mathscr{C}_f$ sa courbe représentative dans un repère orthogonal. Si $f(x)$ tend vers $+\infty$ (ou vers $-\infty$) quand x tend vers a^+ ou vers a^-, alors sa courbe représentative $\mathscr{C}_f$ admet pour asymptote verticale la droite d'équation $x = a$.

EXEMPLE : La courbe représentative de la fonction inverse admet pour asymptote verticale l'axe des ordonnées, d'équation $x = 0$.

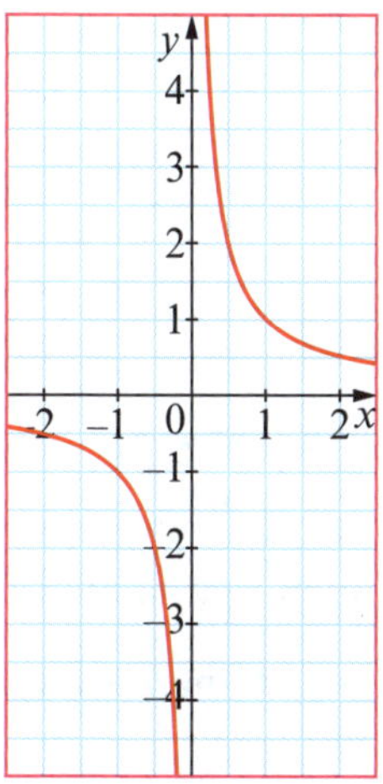

III OPÉRATIONS SUR LES LIMITES

Dans ce paragraphe, a désigne soit un réel, soit $+\infty$, soit $-\infty$.

1. Limite de la somme de deux suites, de deux fonctions

Le tableau donne, lorsque c'est possible, $\lim\limits_{n\to+\infty}(u_n+v_n)$, respectivement $\lim\limits_{x\to a}(f(x)+g(x))$.

$\lim\limits_{n\to+\infty} u_n$ / $\lim\limits_{x\to a} f(x)$ (colonnes) ; $\lim\limits_{n\to+\infty} v_n$ / $\lim\limits_{x\to a} g(x)$ (lignes)	$-\infty$	$l_1\in\mathbb{R}$	$+\infty$
$-\infty$	$-\infty$	$-\infty$	?
$l_2\in\mathbb{R}$	$-\infty$	l_1+l_2	$+\infty$
$+\infty$	?	$+\infty$	$+\infty$

Il y a une forme indéterminée : $(+\infty)+(-\infty)$.

2. Limite du produit de deux suites, de deux fonctions

Le tableau donne, lorsque c'est possible, $\lim\limits_{n\to+\infty}(u_n\times v_n)$, respectivement $\lim\limits_{x\to a}(f(x)\times g(x))$.

$\lim\limits_{n\to+\infty} u_n$ / $\lim\limits_{x\to a} f(x)$ (colonnes) ; $\lim\limits_{n\to+\infty} v_n$ / $\lim\limits_{x\to a} g(x)$ (lignes)	$-\infty$	$l_1<0$	0	$l_1>0$	$+\infty$
$-\infty$	$+\infty$	$+\infty$	?	$-\infty$	$-\infty$
$l_2<0$	$+\infty$	$l_1\times l_2$	0	$l_1\times l_2$	$-\infty$
0	?	0	0	0	?
$l_2>0$	$-\infty$	$l_1\times l_2$	0	$l_1\times l_2$	$+\infty$
$+\infty$	$-\infty$	$-\infty$	?	$+\infty$	$+\infty$

Formes indéterminées : $(\pm\infty)\times 0$.

3. Limite du quotient de deux suites, de deux fonctions

Ici, (v_n) désigne une suite ne s'annulant pas à partir d'un certain rang, et g désigne une fonction ne s'annulant pas au voisinage de a. Le tableau donne, lorsque c'est possible, $\lim\limits_{n\to+\infty}\left(\frac{u_n}{v_n}\right)$, respectivement $\lim\limits_{x\to a}\frac{f(x)}{g(x)}$.

$\lim_{n\to+\infty} v_n$ / $\lim_{x\to\alpha} g(x)$ \ $\lim_{n\to+\infty} u_n$ / $\lim_{x\to a} f(x)$	$-\infty$	$l_1<0$	0	$l_1>0$	$+\infty$
$-\infty$	?	0	0	0	?
$l_2<0$	$+\infty$	$\frac{l_1}{l_2}$	0	$\frac{l_1}{l_2}$	$-\infty$
0^-	$+\infty$	$+\infty$	?	$-\infty$	$-\infty$
0^+	$-\infty$	$-\infty$	?	$+\infty$	$+\infty$
$l_2>0$	$-\infty$	$\frac{l_1}{l_2}$	0	$\frac{l_1}{l_2}$	$+\infty$
$+\infty$	?	0	0	0	?

Formes indéterminées : $\frac{0}{0}$ et $\frac{\infty}{\infty}$.

4. Limite de fonction composée

Théorème :

a, b et c désignent soit un réel, soit $+\infty$, soit $-\infty$.

Si $\begin{cases} \lim\limits_{x\to a} u(x) = b \\ \lim\limits_{X\to b} v(X) = c \end{cases}$, alors $\lim\limits_{x\to a} v(u(x)) = c$.

IV LIMITES ET COMPARAISON

Théorèmes de comparaison

Soient (u_n) et (v_n) deux suites telles que, pour tout entier n assez grand : $u_n \leqslant v_n$.

- Si $\lim\limits_{n\to+\infty} u_n = l_1$ et $\lim\limits_{n\to+\infty} v_n = l_2$, alors $l_1 \leqslant l_2$.
- Si $\lim\limits_{n\to+\infty} u_n = +\infty$, alors $\lim\limits_{n\to+\infty} v_n = +\infty$.
- Si $\lim\limits_{n\to+\infty} v_n = -\infty$, alors $\lim\limits_{n\to+\infty} u_n = -\infty$.

Théorème des gendarmes

Soit $(u_n),(v_n)$ et (w_n) trois suites telles que :

– pour tout entier n assez grand, $v_n \leqslant u_n \leqslant w_n$,

– $\lim\limits_{n\to+\infty} v_n = \lim\limits_{n\to+\infty} w_n = l$ avec $l \in \mathbb{R}$,

alors $\lim\limits_{n\to+\infty} u_n = l$.

Le théorème de comparaison et le théorème des gendarmes sont aussi valables pour les fonctions quand la variable tend vers a (a étant soit un réel, soit $\pm\infty$), les inégalités restant vraies au voisinage de a.

V LIMITES DE SUITES ET DE FONCTIONS USUELLES

Limites de suites

$$\lim_{n\to+\infty} \sqrt{n} = +\infty \text{ et pour tout entier } p \geqslant 1,\ \lim_{n\to+\infty} n^p = +\infty$$

- $\lim_{n\to+\infty} q^n = \begin{cases} 0 \text{ si } -1<q<1 \\ 1 \text{ si } q=1 \\ +\infty \text{ si } q>1 \end{cases}$ et la suite (q^n) n'a pas de limite si $q \leqslant -1$.

Limites des fonctions usuelles

$\lim_{x\to+\infty} \sqrt{x} = +\infty$ et, pour tout entier $n \geqslant 1$, $\lim_{x\to+\infty} x^n = +\infty$

$\lim_{x\to+\infty} \frac{1}{x} = 0^+$; $\lim_{x\to-\infty} \frac{1}{x} = 0^-$; $\lim_{x\to 0^+} \frac{1}{x} = +\infty$ et $\lim_{x\to 0^-} \frac{1}{x} = -\infty$

$\lim_{x\to+\infty} e^x = +\infty$ et $\lim_{x\to-\infty} e^x = 0^+$

Théorème des croissances comparées

$$\lim_{x\to+\infty} \frac{e^x}{x^n} = +\infty \text{ et } \lim_{x\to-\infty} x^n e^x = 0 \text{ (où n désigne un entier naturel)}$$

Théorème : limite à l'infini d'un polynôme ou d'une fraction rationnelle

- La limite d'un polynôme à l'infini est égale à la limite à l'infini de son terme de plus haut degré.
- La limite d'une fraction rationnelle (quotient de deux polynômes) à l'infini est égale à la limite à l'infini du quotient **simplifié** de ses termes de plus hauts degrés.

Ce théorème s'applique aussi bien aux suites qu'aux fonctions (mais uniquement en $\pm\infty$). Voir la méthode 2.

MÉTHODE 1

Déterminer la limite en *a* d'une fonction composée

➜ Voir les exos 4, 7, 8, 9 et 11.

Étape 1. Décomposer la fonction f sous la forme $x \mapsto u(x) = X \mapsto v(X) = v(u(x)) = f(x)$, u et v étant des fonctions dont on est capable de determiner les limites.

Étape 2. Déterminer la limite en a de $u(x)$, notée b, puis la limite en b de $v(x)$.

Exo résolu

Déterminer la limite, quand x tend vers $+\infty$, de la fonction :

$$f : x \mapsto (1-x)e^{1-x}.$$

CORRIGÉ

Étape 1. Pour tout x réel, $f(x)=Xe^X$, avec $X = 1 - x$.

Étape 2. $\lim\limits_{x\to+\infty}(1-x) = -\infty$ et $\lim\limits_{X\to-\infty} Xe^X = 0$.

Donc, par composition, $\mathbf{\lim\limits_{x\to-\infty}(1-x)e^{1-x} = 0}$.

MÉTHODE 2

Déterminer la limite à l'infini d'un polynôme ou d'une fraction rationnelle *f*

➜ Voir les exos 3, 11, 16 et 18.

Étape 1. Identifier les termes de plus haut degré.

- Si f est un polynôme, sa limite en $\pm\infty$ est égale à celle de son terme de plus haut degré ax^n.
- Si f est une fraction rationnelle, sa limite en $\pm\infty$ est égale à celle du quotient des termes de plus haut degré du numérateur et du dénominateur soit $\dfrac{ax^n}{bx^m}$.

Étape 2.

- Si f est un polynôme, determiner, alors la limite en $\pm\infty$ de ax^n.
- Si f est une fraction, simplifier le quotient puis determiner sa limite en $\pm\infty$.

Exo résolu

Déterminer les limites suivantes :

a. $\lim\limits_{x\to-\infty} -2x^2 - 5x + 7$ **b.** $\lim\limits_{x\to-\infty} \dfrac{x^2 - 5x + 7}{3x^2 - x - 1}$

CORRIGÉ

a. Étape 1. $\lim\limits_{x\to-\infty} -2x^2-5x+7 = \lim\limits_{x\to-\infty}(-2x^2)$

Étape 2. $\lim\limits_{x\to-\infty} x^2 = +\infty$, donc $\lim\limits_{x\to-\infty}(-2x^2) = -\infty$.

Conclusion : $\mathbf{\lim\limits_{x\to-\infty} -2x^2-5x+7 = -\infty}$.

a. Étape 1. $\lim\limits_{x\to-\infty} \dfrac{x^2-5x+7}{3x^2-x-1} = \lim\limits_{x\to-\infty} \dfrac{x^2}{3x^2}$

Étape 2. pour tout $x \neq 0$, $\dfrac{x^2}{3x^2} = \dfrac{1}{3}$, donc $\lim\limits_{x\to-\infty} \dfrac{x^2}{3x^2} = \dfrac{1}{3}$.

Conclusion : $\mathbf{\lim\limits_{x\to-\infty} \dfrac{x^2-5x+7}{3x^2-x-1} = \dfrac{1}{3}}$.

MÉTHODE 3

Lever une indétermination

→ **Voir les exos 4, 8, 11 et 15.**

Étape 1. Reconnaitre s'il s'agit de la limite d'une somme, d'un quotient ou d'un produit, et observer que l'on aboutit à une forme indéterminée.

Étape 2. S'il s'agit de la limite d'une somme, factoriser par le terme qui tend le plus vite vers l'infini.

S'il s'agit d'un quotient, faire de même avec le numérateur et avec le dénominateur, puis simplifier la fraction ainsi obtenue.

S'il s'agit d'un produit, développer pour obtenir une somme.

Exo résolu

Déterminer les limites suivantes :

a. Limite en 0 de la fonction f définie sur $]0\,;+\infty[$ par $f(x) = \sqrt{x} \times \left(\dfrac{1}{x} - 1\right)$.

b. Limite en $+\infty$ en $f : x \mapsto \dfrac{3x-1}{\sqrt{x}+2}$.

CORRIGÉ

a. Étape 1. $\sqrt{x} \times \left(\dfrac{1}{x} - 1\right)$ est un produit.

$\lim\limits_{x\to0^+} \sqrt{x} = 0$ et $\lim\limits_{x\to0^+} \left(\dfrac{1}{x} - 1\right) = +\infty$. C'est une forme indéterminée.

Étape 2. Développons $f(x)$: $f(x)=\dfrac{\sqrt{x}}{x}-\sqrt{x}=\dfrac{1}{\sqrt{x}}-\sqrt{x}$.

$$\begin{cases}\lim\limits_{x\to 0^+}\dfrac{1}{\sqrt{x}}=+\infty\\ \lim\limits_{x\to 0^+}\sqrt{x}=0\end{cases}$$, donc, par différence, $\lim\limits_{x\to 0^+} \boldsymbol{f(x)=+\infty}$.

b. Étape 1. $\dfrac{3x-1}{\sqrt{x}+2}$ est un quotient.

$\lim\limits_{x\to+\infty}(3x-1)=+\infty$ et $\lim\limits_{x\to+\infty}\sqrt{x}+2=+\infty$. Il s'agit d'une forme indéterminée.

Étape 2. Pour tout $x>0$, $f(x)=\dfrac{x\times\left(3-\dfrac{1}{x}\right)}{\sqrt{x}\left(1+\dfrac{2}{\sqrt{x}}\right)}=\sqrt{x}\times\dfrac{3-\dfrac{1}{x}}{1+\dfrac{2}{\sqrt{x}}}$.

$$\begin{cases}\lim\limits_{x\to+\infty}3-\dfrac{1}{x}=3\\ \lim\limits_{x\to+\infty}1+\dfrac{1}{\sqrt{x}}=1\end{cases}$$ donc, par quotient, $\lim\limits_{x\to+\infty}\dfrac{3-\dfrac{1}{x}}{1+\dfrac{2}{\sqrt{x}}}=3$.

De plus, $\lim\limits_{x\to+\infty}\sqrt{x}=+\infty$, donc, par produit, $\lim\limits_{x\to+\infty}\boldsymbol{f(x)=+\infty}$.

MÉTHODE 4

Établir la limite infinie d'une suite à l'aide de la définition

→ **Voir les exos 10 et 17.**

Pour démontrer que $\lim\limits_{n\to+\infty}u_n=+\infty$ (ou $\lim\limits_{n\to+\infty}u_n=-\infty$) à l'aide de la définition, on doit montrer que tout intervalle de la forme $]M;+\infty[$ (ou $]-\infty;M[$) contient tous les termes de la suite à partir d'un certain rang n_0.

Étape 1.

- Si la limite à établir vaut $+\infty$, résoudre l'inéquation $u_n>M$ avec $M>0$.
- Si la limite à établir vaut $-\infty$, résoudre l'inéquation $u_n<M$ avec $M<0$.

Étape 2.

Si la limite à établir vaut $+\infty$, définir un entier n_0 tel que l'intervalle $]M;+\infty[$ contienne tous les termes de la suite à partir du rang n_0, c'est-à-dire tel que : pour tout $n\geqslant n_0$, $u_n>M$.
On peut alors conclure que $\lim\limits_{n\to+\infty}u_n=+\infty$.

- Si la limite à établir vaut $-\infty$, définir un entier n_0 tel que l'intervalle $]-\infty;M[$ contienne tous les termes de la suite à partir du rang n_0, c'est-à-dire tel que : pour tout $n\geqslant n_0$, $u_n<M$.
On peut alors conclure que $\lim\limits_{n\to+\infty}u_n=-\infty$.

Exo résolu

Montrer que la suite (u_n) définie pour tout $n \in \mathbb{N}$, par $u_n = \sqrt{n}$ a pour limite $+\infty$.

CORRIGÉ

Étape 1. Soit M un réel positif.

$u_n > M \Leftrightarrow \sqrt{n} > M$

$\Leftrightarrow n > M^2$ (car la fonction carré est strictement croissante sur $]0\,;+\infty[$)

Étape 2. En choisissant pour n_0 le plus petit entier supérieur ou égal à M^2, on a bien : Pour tout $n \geqslant n_0$, $u_n > M$.

Donc la suite (u_n) a pour limite $+\infty$ (quand n tend vers $+\infty$).

MÉTHODE 5

Établir la limite finie d'une suite à l'aide de la définition

→ Voir les exos 10 et 12.

Pour démontrer que $\lim\limits_{n\to+\infty} u_n = l$ à l'aide de la définition, il s'agit de montrer que tout intervalle ouvert et centré en l (c'est-à-dire de la forme $]l-\varepsilon\,;l+\varepsilon[$ avec $\varepsilon > 0$) contient tous les termes de la suite à partir d'un certain rang n_0.

Étape 1. On considère un réel $\varepsilon > 0$ (on peut imposer ε aussi proche de 0 que l'on veut).

Résoudre les inéquations : $l-\varepsilon < u_n < l+\varepsilon$.

Étape 2. Définir alors un entier n_0 tel que l'intervalle $]l-\varepsilon\,;l+\varepsilon[$ contienne tous les termes de la suite à partir du rang n_0, c'est-à-dire tel que :

$$\text{pour tout } n \geqslant n_0,\ l-\varepsilon < u_n < l+\varepsilon.$$

On peut alors conclure que $\lim\limits_{n\to+\infty} u_n = l$.

Exo résolu

À l'aide de la définition de la limite, montrer que la suite (u_n) définie pour tout $n \geqslant 2$ par $u_n = \dfrac{3n}{n-1}$ a pour limite 3 quand n tend vers $+\infty$.

CORRIGÉ

Étape 1. Soit ε un réel strictement positif.

$$3-\varepsilon < u_n < 3+\varepsilon \Leftrightarrow -\varepsilon < u_n - 3 < \varepsilon$$
$$\Leftrightarrow -\varepsilon < \frac{3n}{n-1} - 3 < \varepsilon$$
$$\Leftrightarrow -\varepsilon < \frac{3n}{n-1} - 3\frac{n-1}{n-1} < \varepsilon$$
$$\Leftrightarrow -\varepsilon < \frac{3}{n-1} < \varepsilon$$
$$\Leftrightarrow \frac{3}{n-1} < \varepsilon \text{ car l'on a toujours : } -\varepsilon < 0 < \frac{3}{n-1}$$
$$\Leftrightarrow \frac{n-1}{3} > \frac{1}{\varepsilon} \text{ par décroissance de } x \mapsto \frac{1}{x} \text{ sur }]0;+\infty[$$
$$\Leftrightarrow n > \frac{3}{\varepsilon} + 1.$$

Ainsi, on a montré : $3-\varepsilon < u_n < 3+\varepsilon \Leftrightarrow n > \frac{3}{\varepsilon} + 1$.

Étape 2. En choisissant pour n_0 le plus petit entier supérieur à $\frac{3}{\varepsilon} + 1$, on a bien :

$$\text{pour tout } n \geqslant n_0,\ 3-\varepsilon < u_n < 3+\varepsilon.$$

La suite (u_n) converge donc vers 3.

TESTER SES CONNAISSANCES

1 QCM

★★ | 5 min | ▸ P. 31

Pour chacune des questions **1.** à **4.**, une ou plusieurs réponses sont exactes.

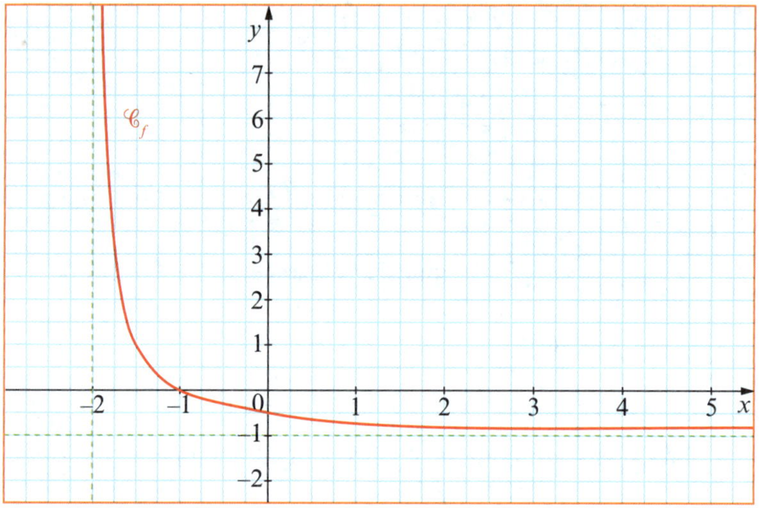

Soit f la courbe représentée ci-dessus :

1. a. $\lim_{x\to -2} f(x) = +\infty$ **b.** $\lim_{x\to -2} f(x) = -\infty$ **c.** $\lim_{x\to +\infty} f(x) = -2$

d. $\lim_{x\to -\infty} f(x) = -2$

2. a. $\lim_{x\to -1} f(x) = +\infty$ **b.** $\lim_{x\to -1} f(x) = -\infty$ **c.** $\lim_{x\to +\infty} f(x) = -1$

d. $\lim_{x\to -\infty} f(x) = -1$

3. $\mathscr{C}_f$ admet une asymptote :

a. verticale en -2 **c.** horizontale en -1

b. verticale en $+\infty$ **d.** horizontale en $+\infty$

4. $\mathscr{C}_f$ admet pour asymptote la droite d'équation :

a. $y = -2$ **b.** $x = -2$ **c.** $x = -1$ **d.** $y = -1$

Voir le paragraphe II du cours.

2 OPÉRATIONS SUR LES LIMITES

★ | 20 min | ▸ P. 31

Déterminer, en justifiant, les limites suivantes.

a. Limite de $\frac{1}{x^2}$ quand x tend vers 0^- .

Penser à écrire : $\frac{1}{x^2} = \frac{1}{x} \times \frac{1}{x}$.

b. Limite de $\sqrt{n}\left(3-n^2\right)$ quand n tend vers $+\infty$.

c. Limite de $\dfrac{-x}{3-\dfrac{2}{x}}$ quand x tend vers $-\infty$.

d. Limite de $\dfrac{3}{\sqrt{x}}-\sqrt{x}$. quand x tend vers $+\infty$.

e. Limite de $f(x)=\dfrac{4x-3}{2x-1}$ quand x tend vers $(0{,}5)^-$.

f. Limite de $\left(\dfrac{1}{x^2}-3\right)(4x^3+100000)$ quand x tend vers $-\infty$.

3 POLYNÔMES ET FRACTIONS RATIONNELLES | ★ | 10 min | ▸ P. 31

Déterminer, en justifiant, les limites suivantes.

a. Limite de $-2x^3+3x^2-1$ quand x tend vers $-\infty$.

b. Limite de $\dfrac{11-n^2}{3n+5}$ quand n tend vers $+\infty$.

Voir la méthode 2.

4 LIMITES ET EXPONENTIELLES | ★ | 40 min | ▸ P. 32

1. Déterminer, en justifiant, les limites suivantes.

a. La limite e^{-x} quand x tend vers $+\infty$.

b. La limite de $e^{\frac{1}{x}}$ quand x tend vers 0^-.

c. La limite de $e^{2x}-e^x+1$ quand x tend vers $+\infty$.

Voir la méthode 3.

d. La limite de $\dfrac{e^{2x}+3}{e^{3x}+e^x+1}$ quand x tend vers $+\infty$.

Voir la méthode 3.

2. Rappeler les valeurs des limites suivantes : $\lim\limits_{x\to+\infty}\dfrac{e^x}{x}$, $\lim\limits_{x\to-\infty}xe^x$.

3. En déduire :

a. la limite $\dfrac{x}{e^x}$ quand x tend vers $+\infty$,

b. la limite de $\dfrac{e^{\frac{1}{x}}}{x}$ quand x tend vers 0^-,

Poser $X=\dfrac{1}{x}$ et voir la méthode 1.

c. la limite en $+\infty$ de $\dfrac{(e^x)^2}{2x}$ quand x tend vers $+\infty$.

5 THÉORÈMES DE COMPARAISON | ★ | 15 min | ▶ P. 33

a. Soit f une fonction définie sur $\mathbb{R}$ vérifiant pour tout réel x,

$$5x^3 - x \leqslant f(x).$$

Déterminer, lorsque c'est possible, les limites de f aux bornes de son ensemble de définition.

b. Soit g une fonction définie sur $]-\infty ; 0[\cup]0 ; +\infty[$ et vérifiant, pour tout $x \neq 0$:

$$\frac{5x^2 - 2x - 1}{x^2 + 1} \leqslant g(x) \leqslant \frac{5x^2 - 2x + 1}{x^2 + 1}.$$

Déterminer, lorsque c'est possible, les limites de g aux bornes de son ensemble de définition.

> Voir le paragraphe IV du cours.

6 LIMITES DE SUITES GÉOMÉTRIQUES | ★ | 20 min | ▶ P. 33

1. Pour chacune des suites géométriques définies ci-dessous, dire si elle converge ou non, et donner, lorsqu'elle en admet une, la valeur de sa limite.

a. La suite (u_n) a pour premier terme $u_0 = 3$ et pour raison $q = -\frac{1}{3}$.

b. La suite (v_n) a pour premier terme $v_1 = -2$ et pour raison $q = 5$.

c. La suite (w_n) a pour premier terme $w_0 = 1$ et pour raison $q = -3$.

d. La suite (z_n) a pour premier terme $z_1 = 10^9$ et pour raison $q = 0,9$.

> Voir le paragraphe V du cours.

2. Déterminer la limite de chacune des sommes définies ci-dessous.

a. Pour tout $n \geqslant 2$,

$$S_n = 1 + 3 + 9 + \ldots + 3^n.$$

b. Pour tout $n \geqslant 2$,

$$T_n = 1 + \frac{1}{5} + \frac{1}{25} + \ldots + \frac{1}{5^n}.$$

c. Pour tout $n \geqslant 4$,

$$R_n = 2 + 4 + 8 + 16 + \ldots + 2^{n+1}.$$

d. Pour tout $n \in \mathbb{N}$,

$$Q_n = 1 - 1 + 1 - 1 + \ldots + (-1)^n.$$

> Ce sont des sommes de termes de suites géométriques.
>
> si $q \neq 1$, alors $1 + q + \ldots + q^n = \dfrac{1 - q^{n+1}}{1 - q}$.

7 COMPOSITION DE LIMITES | ★ | 15 min | ▸ P. 34

Soit f la fonction définie sur $]-\infty\,;0[\,\cup\,]0\,;+\infty[$ par $x \mapsto \sqrt{1+\dfrac{1}{x^2}}$

a. Décomposer $f(x)$ en $g(u(x))$, où g est une fonction de référence.
b. Montrer alors que f est bien définie sur $]-\infty\,;0[\,\cup\,]0\,;+\infty[$.
c. Déterminer les limites de $u(x)$ aux bornes de $]-\infty\,;0[\,\cup\,]0\,;+\infty[$
d. En déduire les limites de f aux bornes de son ensemble de définition.

Voir la méthode 1.

S'ENTRAÎNER

8 LIMITES, EXPONENTIELLES ET PUISSANCES | ★ | 25 min | ▸ P. 34

1.a. Démontrer que, pour réel x, $\dfrac{e^x - e^{-x}}{e^x + e^{-x}} = \dfrac{1-e^{-2x}}{1+e^{-2x}}$.

b. En déduire $\lim\limits_{x\to+\infty} \dfrac{e^x - e^{-x}}{e^x + e^{-x}}$.

c. Calculer $\lim\limits_{x\to-\infty} \dfrac{e^x - e^{-x}}{e^x + e^{-x}}$.

Se ramener à une limite connue à l'aide d'une fonction composée.

2. Étudier la convergence de la suite (u_n) définie par $\dfrac{2^n+3^n}{2^n+5^n}$.

Voir la méthode 3.

9 DÉMONSTRATION DU COURS | ★★ | 20 min | ▸ P. 35

L'objectif est d'établir les limites de la fonction exponentielle en $\pm\infty$.
On considère la fonction f définie sur $\mathbb{R}$ par $f(x) = e^x - x$.
1. a. Calculer la dérivée de f, étudier son signe et en déduire les variations de f.
b. En déduire que pour tout réel x, $e^x \geqslant x+1$.
c. En déduire la limite de e^x quand x tend vers $+\infty$.

Voir le paragraphe IV du cours.

2. En remarquant que pour tout réel x, $e^x = \dfrac{1}{e^{-x}}$ déduire de **1.c.** la limite de e^x quand x tend vers $-\infty$.

10 DÉFINITION DE LA LIMITE | ★★ | 20 min | ▸ P. 35

Établir, à l'aide de la définition, chacune des limites suivantes.

a. La suite (v_n) définie pour tout $n \in \mathbb{N}$, par $v_n = 2n+3$ a pour limite $+\infty$.

Voir la méthode 4.

b. La suite (u_n) définie pour tout $n \in \mathbb{N}^*$ par $u_n = \dfrac{1}{\sqrt{n}}$ a pour limite 0.

Voir la méthode 5.

c. La suite (w_n) définie pour tout $n \in \mathbb{N}^*$ par $w_n = \dfrac{1-n}{2n+1}$ a pour limite $-\dfrac{1}{2}$.

11 OPÉRATIONS SUR LES LIMITES | ★★ | 25 min | ▸ P. 36

1. Déterminer, en justifiant, les limites suivantes.

a. Limite de $f(x) = \dfrac{4x^4 - 3x^3}{(2x-1)^4}$ quand x tend vers $-\infty$.

Voir la méthode 2.

b. Limite de $f(x) = \dfrac{4x^4 - 3x^3}{(2x-1)^4}$ quand x tend vers 0,5 par valeurs inférieures.

2. a. Déterminer la limite de $\dfrac{x^3+1}{2-3x^3}$ quand x tend vers $-\infty$.

b. En déduire la limite de $\dfrac{\left(2-3\sqrt{x}\right)^3+1}{2-3\left(2-3\sqrt{x}\right)^3}$ quand x tend vers $+\infty$.

Voir la méthode 1.

3. Déterminer, en justifiant, les limites suivantes.

a. Limite de $2n\sqrt{n} - n^2$ quand n tend vers $+\infty$.

b. Limite de $\dfrac{1}{x} - \dfrac{1}{x^2}$ quand x tend vers puis 0^+ vers 0^-.

Voir la méthode 3.

12 PYTHON ET SUITE GÉOMÉTRIQUE | ★★ | 30 min | ▸ P. 37

Soit $q \in]0\,;1[$.

Écrire une fonction en langage Python déterminant le plus entier n tel que $q^n \leqslant \dfrac{1}{2}$ et la tester pour $q = 0,75$ et $q = 0,99$.

13 0,9999..... = 1

★★ | 30 min | ▶ P. 37

On rappelle que pour tout réel $q \neq 1$ et pour tout entier $n \geqslant 1$:

$$1+q+q^2+...+q^{n-1}=\frac{1-q^n}{1-q}.$$

a. Déterminer la limite de la suite (u_n) définie, pour tout $n \in \mathbb{N}^*$, par :

$$u_n = 9\times 10^{-1}+9\times 10^{-2}+\ldots+9\times 10^{-n}$$

et justifier l'égalité $1 = 0,99999......$

On reconnaîtra la somme des *n* premiers termes d'une suite particulière.

b. Déterminer la limite de la suite (u_n) définie pour tout $n \in \mathbb{N}^*$, par :

$$u_n = 5,\underbrace{77\ldots7}_{n \text{ chiffres}}.$$

De manière analogue à la question précédente, on écrira u_n comme une somme ...

c. Déterminer la limite de la suite (u_n) définie pour tout $n \in \mathbb{N}^*$, par :

$$u_n = 3,\underbrace{4545\ldots45}_{n \text{ séquences de } 45}.$$

14 LIMITES DES SUITES ARITHMÉTIQUES

★ | 5 min | ▶ P. 38

On rappelle qu'une suite arithmétique (u_n) de raison r est définie par son premier terme u_0 et pour tout $n \in \mathbb{N}^*$, la relation de récurrence :

$$u_{n+1} = u_n + r.$$

a. Rappeler l'expression de u_n en fonction de n.

b. Déterminer la limite de (u_n) en fonction des valeurs de r.

PRÉPARER UN CONTRÔLE

15 LIMITES ET FRACTIONS

★★ | 40 min | ▶ P. 38

1. Soit f la fonction définie sur $]0\,;+\infty[$ par $f(x)=\dfrac{x^2-5}{\sqrt{x}+1}$.

a. Vérifier qu'il s'agit d'une forme indéterminée en $+\infty$.

b. À l'aide d'une factorisation judicieuse, déterminer la limite de f en $+\infty$.

Voir la méthode 3.

2. Soit (u_n) la suite définie, pour tout $n \in \mathbb{N}$, par $u_n = \dfrac{n+(-1)^n}{3n+5}$.

a. Déterminer un encadrement de $n+(-1)^n$ par deux fonctions affines en n.

b. Déterminer le comportement à l'infini (convergence ou divergence) de la suite (u_n).

Voir le paragraphe IV du cours.

c. Déterminer à l'aide d'un programme en langage Python le premier entier n_0 tel que $u_n \in]0,33\,;0,34[$.

16 ASYMPTOTE OBLIQUE

★★ | 45 min | ▸ P. 39

Soit f la fonction définie sur $]-\infty\,;3[\cup]3\,;+\infty[$ par :

$$f(x)=\frac{x^2-10}{x-3}.$$

On note $\mathcal{C}_f$ sa courbe représentative dans un repère orthonormal.

Partie A. Étude de la fonction *f*

a. Déterminer les limites de f en $+\infty$ et en $-\infty$.

b. Déterminer la limite de f quand x tend vers 3 par valeurs supérieures, puis quand x tend vers 3 par valeurs inférieures.

Étudier le signe de $x - 3$.

c. Décrire les éventuelles asymptotes horizontales et verticales à la courbe $\mathcal{C}_f$.

Voir le paragraphe II du cours.

d. Étudier le signe de $f'(x)$.

e. Dresser le tableau de variations complet de f .

f. Déterminer l'équation réduite de la tangente $\mathcal{T}$ à $\mathcal{C}_f$ au point d'abscisse 2 puis celle de la tangente $\mathcal{T}'$ à $\mathcal{C}_f$ au point d'abscisse 4.

Partie B. Asymptotes obliques

1. Montrer que, pour tout $x \neq 3$:

$$f(x)=x+3-\frac{1}{x-3}.$$

2. Soit g la fonction affine définie sur $\mathbb{R}$ par $g(x)=x+3$, et $\mathcal{D}$ la droite d'équation $y=x+3$.

L'écart entre $\mathcal{D}$ et $\mathcal{C}_f$ est mesuré par la différence :

$$d(x)=f(x)-(x+3).$$

a. Déterminer la limite de $d(x)$ quand x tend vers $\pm\infty$.
En donner une interprétation graphique.

b. Étudier le signe de $d(x)$ lorsque x décrit $]-\infty\,;3[\cup]3\,;+\infty[$.
En déduire la position relative sur $\mathbb{R}\setminus\{3\}$ de $\mathcal{C}_f$ et $\mathcal{D}$.

3. Tracer $\mathcal{D}$, $\mathcal{T}$, $\mathcal{T}'$ et $\mathcal{C}_f$.

17 DÉMONSTRATION DE COURS | ★★ | 15 min | ▸ P. 40

Soient $(u_n),(v_n)$ deux suites telles que :

$$\begin{cases} \text{pour tout } n \in \mathbb{N}, u_n \leqslant v_n \\ \lim\limits_{n\to+\infty} v_n = -\infty \end{cases}.$$

Démontrer, en utilisant la définition de la limite, que $\lim\limits_{n\to+\infty} u_n = -\infty$.

Voir la méthode 1.

ALLER PLUS LOIN

18 POLYNÔMES ET FRACTIONS RATIONNELLES | ★★★ | 30 min | ▸ P. 41

Dans tout cet exercice, α vaut $+\infty$ ou $-\infty$.

Partie A. Limite à l'infini d'un polynôme

Soit f la fonction polynôme définie sur $\mathbb{R}$ par :

$$f(x) = ax^n + a_{n-1}x^{n-1} + \cdots + a_1x + a_0, \text{ avec } a \neq 0 \text{ et } n \in \mathbb{N}^*.$$

a. Donner la limite de $f(x)$ quand x tend vers α, selon les valeurs de a, de n et de α.

Voir la méthode 2.

b. Écrire une fonction en langage Python, donnant la limite en α de $f(x)$. Cette fonction aura en entrées a, n et s, de sorte que $s =$ "+ inf" lorsque $\alpha = +\infty$ et $s =$ "– inf" lorsque $\alpha = -\infty$.

La parité de n est donnée par le reste de la division par 2 qui est donnée en Python par n % 2.

Partie B. Limite à l'infini d'une fraction rationnelle

Soit f la fraction rationnelle définie par :

$$f(x) = \frac{ax^n + a_{n-1}x^{n-1} + \cdots + a_1x + a_0}{bx^p + b_{p-1}x^{p-1} + \ldots + b_1x + b_0},$$

avec $a \neq 0$, $b \neq 0$ et p, $n \in \mathbb{N}^*$

a. Donner la limite de $f(x)$ quand x tend vers α, selon les valeurs de a et b, de n et p et de α.

b. Écrire une fonction, en langage Python, donnant la limite en a de $f(x)$. Cette fonction aura en entrées a, b, n, p et s, de sorte que $s =$ "+ inf" lorsque $\alpha = +\infty$ et $s =$ "– inf" lorsque $\alpha = -\infty$.

19 FONCTION PARTIE ENTIÈRE

★★ | 20 min | ▶ P. 43

Pour tout réel x, on appelle partie entière de x, et on note $E(x)$, l'unique entier n qui vérifie $n \leqslant x < n+1$.

$E(\pi) = 3$ car $3 \leqslant \pi < 4$; $E(-4,5) = -5$ car $-5 \leqslant -3,5 < -4$; $E(12) = 12$ car $12 \leqslant 12 < 13$.

1. Donner les valeurs de $E(15,999)$, $E(-25)$, $E(\sqrt{2})$, $E\left(-\frac{4}{3}\right)$.

2. On a tracé ci-dessous la courbe représentative de la fonction partie entière.

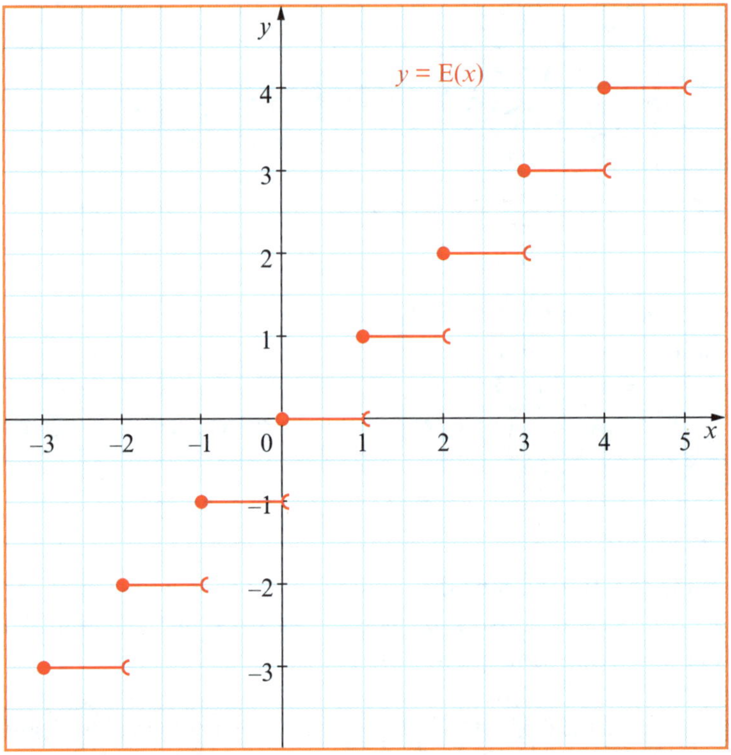

Encadrer $E(x)$ par deux fonctions affines.

3. Soit g la fonction définie sur $\mathbb{R}$ par $g(x) = \dfrac{E(x)}{x^2+1}$.

a. Déduire de la question **2.** un encadrement de $g(x)$.

Voir le paragraphe IV du cours.

b. Déterminer la limite en $-\infty$ de $g(x)$.

CORRIGÉS

1 QCM

1. La courbe admet une asymptote verticale d'équation $x = -2$ donc $\lim\limits_{x \to -2} f(x) = +\infty$. **Réponse : a.**

2. La courbe admet une asymptote horizontale d'équation $y = -1$ donc $\lim\limits_{x \to +\infty} f(x) = -1$. **Réponse : c.**

3. Voir questions 1. et 2. **Réponses : a et d.**

4. Voir questions 1. et 2. **Réponses : b et d.**

2 OPÉRATIONS SUR LES LIMITES

a. Puisque $\dfrac{1}{x^2} = \dfrac{1}{x} \times \dfrac{1}{x}$ et que $\lim\limits_{x \to 0^-} \dfrac{1}{x} = -\infty$ alors, par produit $\lim\limits_{x \to 0^-} \dfrac{1}{x^2} = +\infty$.

b. $\begin{cases} \lim\limits_{n \to +\infty} \sqrt{n} = +\infty \\ \lim\limits_{n \to +\infty} (3 - n^2) = -\infty \end{cases}$, donc, par produit, $\boldsymbol{\lim\limits_{n \to +\infty} \sqrt{n}(3 - n^2) = -\infty}$.

c. $\begin{cases} \lim\limits_{x \to -\infty} -x = +\infty \\ \lim\limits_{x \to -\infty} \left(3 - \dfrac{2}{x}\right) = 3 \end{cases}$, donc, par quotient, $\boldsymbol{\lim\limits_{x \to -\infty} \dfrac{-x}{3 - \dfrac{2}{x}} = +\infty}$.

d. $\begin{cases} \lim\limits_{x \to +\infty} \dfrac{3}{\sqrt{x}} = 0 \\ \lim\limits_{x \to +\infty} \sqrt{x} = +\infty \end{cases}$, donc, par différence, $\boldsymbol{\lim\limits_{x \to +\infty} \left(\dfrac{3}{\sqrt{x}} - \sqrt{x}\right) = -\infty}$.

e. $\begin{cases} \lim\limits_{x \to 0{,}5^-} (4x - 3) = -1 \\ \lim\limits_{x \to 0{,}5^-} (2x - 1) = 0^- \end{cases}$, donc, par quotient, $\boldsymbol{\lim\limits_{x \to 0{,}5^-} \dfrac{4x - 3}{2x - 1} = +\infty}$.

> Lorsque la limite du dénominateur vaut 0, il faut déterminer le signe du dénominateur.

f. $\begin{cases} \lim\limits_{x \to -\infty} \left(\dfrac{1}{x^2} - 3\right) = -3 \\ \lim\limits_{x \to -\infty} (4x^3 + 100\,000) = -\infty \end{cases}$

donc, par produit, $\boldsymbol{\lim\limits_{x \to -\infty} \left(\dfrac{1}{x^2} - 3\right)(4x^3 + 100\,000) = +\infty}$.

3 POLYNÔMES ET FRACTIONS RATIONNELLES

a. $\lim\limits_{x \to -\infty} (-2x^3 + 3x^2 - 1) = \lim\limits_{x \to -\infty} (-2x^3) = +\infty$,

d'où $\boldsymbol{\lim\limits_{x \to -\infty} (-2x^3 + 3x^2 - 1) = +\infty}$.

b. $\lim\limits_{n \to +\infty} \dfrac{11 - n^2}{3n + 5} = \lim\limits_{n \to +\infty} \dfrac{-n^2}{3n} = \lim\limits_{n \to +\infty} \dfrac{-n}{3} = -\infty$, d'où $\boldsymbol{\lim\limits_{n \to +\infty} \dfrac{11 - n^2}{3n + 5} = -\infty}$.

4 LIMITES ET EXPONENTIELLES

1. a. $\lim\limits_{x\to+\infty} -x = -\infty$ et $\lim\limits_{X\to-\infty} e^X = 0$ donc, par composition, $\lim\limits_{x\to+\infty} e^{-x} = 0$.

b. $\lim\limits_{x\to 0^-} \frac{1}{x} = -\infty$ et $\lim\limits_{X\to-\infty} e^X = 0$ donc, par composition, $\lim\limits_{x\to 0^-} e^{\frac{1}{x}} = 0$.

c. $\lim\limits_{x\to+\infty} e^{2x} = +\infty$ et $\lim\limits_{x\to+\infty} -e^x = -\infty$: il s'agit d'une forme indéterminée.

Factorisons alors par e^{2x} :

$$e^{2x} - e^x + 1 = e^{2x}\left(1 - \frac{e^x}{e^{2x}} + \frac{1}{e^{2x}}\right) = e^{2x}(1 - e^{-x} + e^{-2x}).$$

$\lim\limits_{x\to+\infty} e^{2x} = +\infty$ et $\lim\limits_{x\to+\infty} (1 - e^{-x} + e^{-2x}) = 1$

donc, par produit, $\lim\limits_{x\to+\infty} e^{2x}(1 - e - {}^{x} + e - {}^{2x}) = +\infty$.

Donc $\lim\limits_{x\to+\infty} e^{2x} - e^x + 1 = +\infty$.

d. $\lim\limits_{x\to+\infty} (e^{2x} + 3) = +\infty$ et $\lim\limits_{x\to+\infty} (e^{3x} + e^x + 1) = +\infty$: il s'agit d'une forme indéterminée.

Factorisons le numérateur par e^{2x} et le dénominateur par e^{3x} :

$$\frac{e^{2x}+3}{e^{3x}+e^x+1} = \frac{e^{2x}(1+3e^{-2x})}{e^{3x}(1+e^{-2x}+e^{-3x})} = e^{-x} \times \frac{1+3e^{-2x}}{1+e^{-2x}+e^{-3x}}.$$

$\lim\limits_{x\to-\infty} e^{-x} = 0$ et $\lim\limits_{x\to+\infty} \frac{1+3e^{-2x}}{1+e^{-2x}+e^{-3x}} =$ donc, par produit, $\lim\limits_{x\to+\infty} e^{-x} \times \frac{1+3e^{-2x}}{1+e^{-2x}+e^{-3x}} = 0$.

Donc $\lim\limits_{x\to+\infty} \frac{e^{2x}+3}{e^{3x}+e^x+1} = 0$.

2. $\lim\limits_{x\to+\infty} \frac{e^x}{x} = +\infty$ et $\lim\limits_{x\to-\infty} (xe^x) = 0$.

3. a. Pour tout $x > 0$, $\frac{x}{e^x} = \frac{1}{\left(\frac{e^x}{x}\right)}$.

Posons $X = \frac{e^x}{x}$, alors $\frac{x}{e^x} = \frac{1}{X}$.

$\lim\limits_{x\to+\infty} \frac{e^x}{x} = +\infty$ et $\lim\limits_{X\to+\infty} \frac{1}{X} = 0$ donc, par composition, $\boldsymbol{\lim\limits_{x\to+\infty} \frac{x}{e^x} = 0}$.

b. Pour tout $x \neq 0$, $\frac{e^{\frac{1}{x}}}{x} = \frac{1}{x} \times e^{\frac{1}{x}}$.

Posons $X = \frac{1}{x}$, alors $\frac{e^{\frac{1}{x}}}{x} = Xe^X$.

$\lim\limits_{x\to 0^-} \frac{1}{x} = -\infty$ et $\lim\limits_{X\to-\infty} Xe^X = 0$ donc, par composition, $\boldsymbol{\lim\limits_{x\to 0^-} \frac{e^{\frac{1}{x}}}{x} = 0}$.

c. Pour tout $x > 0$, $\frac{(e^x)^2}{2x} = \frac{e^{2x}}{2x}$. Posons $X = 2x$.

$\lim\limits_{x\to+\infty} 2x = +\infty$ et $\lim\limits_{X\to+\infty} \frac{e^X}{X} = +\infty$ donc, par composition, $\boldsymbol{\lim\limits_{x\to+\infty} \frac{(e^x)^2}{2x} = +\infty}$.

5 THÉORÈMES DE COMPARAISON

a. • $\lim\limits_{x \to -\infty} \left(5x^3 - x\right) = \lim\limits_{x \to -\infty} 5x^3 = -\infty.$

On ne peut en déduire la limite en $-\infty$ de f.

• $\lim\limits_{x \to +\infty} \left(5x^3 - x\right) = +\infty$, pour tout $x \in \mathbb{R}, 5x^3 - x \leqslant f(x)$ donc, d'après le premier théorème de comparaison pour les fonctions $\mathbf{\lim\limits_{x \to +\infty} f(x) = +\infty}$.

b. • $\lim\limits_{x \to -\infty} \dfrac{5x^2 - 2x - 1}{x^2 + 1} = \lim\limits_{x \to -\infty} \dfrac{5x^2}{x^2} = \lim\limits_{x \to -\infty} 5 = 5\,;$

$\lim\limits_{x \to -\infty} \dfrac{5x^2 - 2x + 1}{x^2 + 1} = \lim\limits_{x \to -\infty} \dfrac{5x^2}{x^2} = \lim\limits_{x \to -\infty} 5 = 5\,;$

donc, d'après le théorème des gendarmes : $\mathbf{\lim\limits_{x \to -\infty} g(x) = 5}$.

• $\lim\limits_{x \to +\infty} \dfrac{5x^2 - 2x - 1}{x^2 + 1} = \lim\limits_{x \to +\infty} \dfrac{5x^2}{x^2} = \lim\limits_{x \to +\infty} 5 = 5\,;$

$\lim\limits_{x \to +\infty} \dfrac{5x^2 - 2x + 1}{x^2 + 1} = \lim\limits_{x \to +\infty} \dfrac{5x^2}{x^2} = \lim\limits_{x \to +\infty} 5 = 5\,;$

donc, d'après le théorème des gendarmes : $\mathbf{\lim\limits_{x \to +\infty} g(x) = 5}$.

• $\lim\limits_{x \to 0} \dfrac{5x^2 - 2x - 1}{x^2 + 1} = -1$ et $\lim\limits_{x \to 0} \dfrac{5x^2 - 2x + 1}{x^2 + 1} = 1$, donc on **ne peut conclure quant à l'existence d'une limite en 0 de *g*.**

6 LIMITES DE SUITES GÉOMÉTRIQUES

1. a. La suite (u_n) est une suite géométrique de raison q telle que $-1 < q < 1$, donc elle converge et sa limite vaut **0**.

b. La suite (v_n) a une raison $q > 1$, donc **elle diverge**.

$\lim\limits_{n \to +\infty} q^n = +\infty$, donc $\lim\limits_{n \to +\infty} u_n = \lim\limits_{n \to +\infty} -2 \times q^n = -\infty.$

Sa limite vaut $-\infty$.

c. La suite (w_n) a une raison $q < -1$, **donc elle diverge et n'admet pas de limite.**

> En effet, la suite (w_n) prend successivement des valeurs positives puis négatives de plus en plus grandes en valeur absolue.

d. La suite (z_n) a une raison q telle que $-1 < q < 1$, donc **elle converge et sa limite vaut 0** (même si le premier terme est très grand).

2. a. S_n est la somme des termes d'une suite géométrique de premier terme 1 et de raison $3 \neq 1$, donc $S_n = \dfrac{1 - 3^{n+1}}{1 - 3} = \dfrac{1 - 3^{n+1}}{-2} = \dfrac{3^{n+1} - 1}{2}.$

$3 > 1$, donc $\lim\limits_{n \to +\infty} 3^n = +\infty$, donc $\mathbf{\lim\limits_{n \to +\infty} S_n = +\infty}$.

b. T_n est la somme des termes d'une suite géométrique de premier terme 1 et de raison $\dfrac{1}{5} \neq 1$, donc :

$$T_n = \dfrac{1 - \left(\dfrac{1}{5}\right)^{n+1}}{1 - \dfrac{1}{5}} = \left[1 - \left(\dfrac{1}{5}\right)^{n+1}\right] \div \dfrac{4}{5} = \dfrac{5}{4}\left[1 - \left(\dfrac{1}{5}\right)^{n+1}\right].$$

Or, $-1 < \dfrac{1}{5} < 1$, donc $\lim\limits_{n \to +\infty} \left(\dfrac{1}{5}\right)^n = 0$, donc $\mathbf{\lim\limits_{n \to +\infty} T_n = \dfrac{5}{4}}$.

c. R_n est la somme des termes d'une suite géométrique de premier terme 2 et de raison $2 \neq 1$, donc :

$$R_n = 2 \times \frac{1-2^{n+1}}{1-2} = -2 \times \left(1-2^{n+1}\right) = 2^{n+2} - 2.$$

Or, $2 > 1$ donc $\lim\limits_{n \to +\infty} 2^n = +\infty$, donc $\mathbf{\lim\limits_{x \to +\infty} R_n = +\infty}$.

d. Q_n est la somme des termes d'une suite géométrique de premier terme 1 et de raison $-1 \neq 1$, donc :

$$Q_n = \frac{1-(-1)^{n+1}}{1-(-1)} = \frac{1-(-1)^{n+1}}{2}.$$

Or $(-1)^{n+1}$ n'a pas de limite quand n tend vers $+\infty$, **donc (Q_n) n'a pas de limite.**

7 COMPOSITION DE LIMITES

a. $f(x) = \sqrt{u(x)} = g(u(x))$, avec $g : x \mapsto \sqrt{x}$ et $u : x \mapsto 1 + \dfrac{1}{x^2}$.

b. u est définie sur $\mathbb{R} \setminus \{0\}$ et, pour tout $x \neq 0$, $u(x) \geqslant 0$.

Donc f est bien définie sur $]-\infty\,;0[\,\cup\,]0\,;+\infty[$.

c. $\lim\limits_{x \to -\infty}\left(1+\dfrac{1}{x^2}\right) = \mathbf{1}$ et $\lim\limits_{x \to +\infty}\left(1+\dfrac{1}{x^2}\right) = \mathbf{1}$ et $\lim\limits_{x \to 0^+}\left(1+\dfrac{1}{x^2}\right) = \lim\limits_{x \to 0^-}\left(1+\dfrac{1}{x^2}\right) = +\infty$.

d. Posons $X = 1 + \dfrac{1}{x^2}$.

$\lim\limits_{X \to 1}\sqrt{X} = 1$, donc, par composition, $\mathbf{\lim\limits_{x \to -\infty} f(x) = 1}$ **et** $\mathbf{\lim\limits_{x \to +\infty} f(x) = 1}$.

$\lim\limits_{X \to +\infty}\sqrt{X} = +\infty$, donc, par composition, $\mathbf{\lim\limits_{x \to 0^+} f(x) = +\infty}$ **et** $\mathbf{\lim\limits_{x \to 0^-} f(x) = +\infty}$.

8 LIMITES, EXPONENTIELLES ET PUISSANCES

1.a. Pour réel x, $e^x + e^{-x} \neq 0$ et $\dfrac{e^x - e^{-x}}{e^x + e^{-x}} = \dfrac{e^x(1-e^{-2x})}{e^x(1+e^{-2x})} = \dfrac{1-e^{-2x}}{1+e^{-2x}}$.

b. Il s'agit d'une forme indéterminée $\left(\text{de la forme } \dfrac{\infty}{\infty}\right)$.

$\lim\limits_{x \to +\infty} 1 - e^{2x} = 1$ et $\lim\limits_{x \to +\infty} 1 + e^{-2x} = 1$ donc, par produit, $\lim\limits_{x \to +\infty} \dfrac{1-e^{-2x}}{1+e^{-2x}} = 1$,

donc $\mathbf{\lim\limits_{x \to +\infty} \dfrac{e^x - e^{-x}}{e^x + e^{-x}} = 1}$.

c. Posons $X = -x$. Alors $\dfrac{e^x - e^{-x}}{e^x + e^{-x}} = \dfrac{e^{-X} - e^{X}}{e^{-X} + e^{X}} = \dfrac{-(e^X - e^{-X})}{e^X + e^{-X}} = -\dfrac{e^X - e^{-X}}{e^X + e^{-X}}$

$\lim\limits_{x \to -\infty}(-x) = +\infty$ et $\lim\limits_{X \to +\infty} \dfrac{e^X - e^{-X}}{e^X + e^{-X}} = 1$ d'où $\lim\limits_{X \to +\infty} -\dfrac{e^X - e^{-X}}{e^X + e^{-X}} = -1$,

donc, par composition, $\mathbf{\lim\limits_{x \to -\infty} \dfrac{e^x - e^{-x}}{e^x + e^{-x}} = -1}$.

2. Il s'agit d'une forme indéterminée $\left(\text{de la forme } \dfrac{\infty}{\infty}\right)$.

Factorisons numérateur et dénominateur par le terme qui tend le plus vite vers $+\infty$:

$$\frac{2^n + 3^n}{2^n + 5^n} = \frac{3^n\left(1+\left(\frac{2}{3}\right)^n\right)}{5^n\left(1+\left(\frac{2}{5}\right)^n\right)} = \left(\frac{3}{5}\right)^n \times \frac{\left(1+\left(\frac{2}{3}\right)^n\right)}{\left(1+\left(\frac{2}{5}\right)^n\right)}.$$

Les nombres $\frac{3}{5}$; $\frac{2}{3}$ et $\frac{2}{5}$ étant strictement compris entre –1 et 1, la limite en $+\infty$ de $\left(\frac{3}{5}\right)^n$; $\left(\frac{2}{3}\right)^n$ et $\left(\frac{2}{5}\right)^n$ vaut 0, et $\lim\limits_{x\to+\infty} \frac{(1+(2/3)^n)}{(1+(2/5)^n)} = 1$.

Par produit, $\lim\limits_{x\to+\infty} \left(\frac{3}{5}\right)^n \times \frac{(1+(2/3)^n)}{(1+(2/5)^n)} = 0$.

Donc la suite (u_n) converge vers 0.

9 DÉMONSTRATION DU COURS

1. a. pour tout x réel, $f'(x) = e^x - 1$.

$f'(x) = 0 \Leftrightarrow e^x - 1 = 0 \Leftrightarrow e^x = 1 \Leftrightarrow x = 0$

$f'(x) > 0 \Leftrightarrow e^x - 1 > 0 \Leftrightarrow e^x > 1 \Leftrightarrow x > 0$ par stricte croissance de la fonction exponentielle.

x	$-\infty$		0		$+\infty$
Signe de $f'(x)$		–	0	+	
Variations de f		↘	1	↗	

b. Pour tout x réel, $f(x) \geqslant f(0)$, soit $e^x - x \geqslant 1$, donc pour tout réel x, $e^x \geqslant x+1$.

c. De plus, $\lim\limits_{x\to+\infty}(x+1) = +\infty$, donc, d'après le théorème de comparaison, $\lim\limits_{x\to+\infty} e^x = +\infty$.

2. Posons $X = -x$, alors $e^x = e^{-X} = \frac{1}{e^X}$.

$\lim\limits_{x\to-\infty}(-x) = +\infty$ et $\lim\limits_{X\to+\infty} \frac{1}{e^X} = 0$ donc, par composition, $\lim\limits_{x\to-\infty} e^x = 0$.

10 DÉFINITION DE LA LIMITE

a. Soit M un réel positif.

$$v_n > M \Leftrightarrow 2n+3 > M \Leftrightarrow 2n > M-3 \Leftrightarrow n > \frac{M-3}{2}.$$

Notons n_0 le plus petit entier supérieur à $\frac{M-3}{2}$.

Alors, pour tout $n \geqslant n_0, v_n < M$.

Donc la suite (v_n) diverge vers $+\infty$.

b. Pour tout entier $n \geqslant 1, u_n > 0$. Donc il suffit de montrer que tout intervalle ouvert de la forme $]0\,;\varepsilon[$ (avec $\varepsilon > 0$) contient tous les termes de la suite à partir d'un certain rang.

Soit $\varepsilon > 0$.

$$\begin{aligned} 0 < u_n < \varepsilon &\Leftrightarrow 0 < \frac{1}{\sqrt{n}} < \varepsilon \\ &\Leftrightarrow \frac{1}{\sqrt{n}} < \varepsilon \Leftrightarrow \sqrt{n} > \frac{1}{\varepsilon} \\ &\Leftrightarrow n > \frac{1}{\varepsilon^2} \end{aligned}$$

(car la fonction carré est strictement croissante sur $\mathbb{R}^+$).

Soit n_0 le plus petit entier supérieur à $\frac{1}{\varepsilon^2}$.

Alors, pour tout $n \geqslant n_0$, $u_n \in]0\,;\varepsilon[$.

Donc la suite (u_n) converge vers 0.

c. Soit ε un réel strictement positif.

$$-\frac{1}{2}-\varepsilon<w_n<-\frac{1}{2}+\varepsilon \Leftrightarrow -\varepsilon<w_n+\frac{1}{2}<\varepsilon \Leftrightarrow -\varepsilon<\frac{1-n}{2n+1}+\frac{1}{2}<\varepsilon$$

$$\Leftrightarrow -\varepsilon<\frac{3}{2(2n+1)}<\varepsilon \Leftrightarrow -\varepsilon<\frac{3}{4n+2}<\varepsilon$$

$$\Leftrightarrow \frac{3}{4n+2}<\varepsilon \text{ car } \frac{3}{4n+2}>0>-\varepsilon$$

$$\Leftrightarrow \frac{3}{\varepsilon}<4n+2 \left(\text{multiplication par } \frac{4n+2}{\varepsilon}>0\right)$$

$$\Leftrightarrow n>\frac{3}{4\varepsilon}-\frac{1}{2}.$$

Notons n_0 le plus petit entier naturel supérieur à $\frac{3}{4\varepsilon}-\frac{1}{2}$.

Alors, pour tout $n \geqslant n_0$, $w_n \in \left]-\frac{1}{2}-\varepsilon\,;-\frac{1}{2}+\varepsilon\right[$.

Donc la suite (w_n) a pour limite $-\frac{1}{2}$ quand n tend vers $+\infty$.

11 OPÉRATIONS SUR LES LIMITES

1. a. Le terme de plus haut degré de $(2x-1)^4$ est $(2x)^4 = 16x^4$.

$\lim\limits_{x\to-\infty} \frac{4x^4-3x^3}{(2x-1)^4} = \lim\limits_{x\to-\infty} \frac{4x^4}{16x^4} = \lim\limits_{x\to-\infty} \frac{1}{4}$, d'où $\boldsymbol{\lim\limits_{x\to-\infty} \frac{4x^4-3x^3}{(2x-1)^4} = \frac{1}{4}}$.

b. $\lim\limits_{x\to0,5^-} (4x^4-3x^3) = 4\times\left(\frac{1}{2}\right)^4 - 3\times\left(\frac{1}{2}\right)^3 = \frac{4}{16}-\frac{3}{8} = -\frac{1}{8}$

$\lim\limits_{x\to0,5^-} (2x-1)^4 = 0^+$; donc, par quotient, $\boldsymbol{\lim\limits_{x\to0,5^-} \frac{4x^4-3x^3}{(2x-1)^4} = -\infty}$.

La méthode 2 ne s'applique qu'à l'infini.

2. a. $\lim\limits_{x\to-\infty} \frac{x^3+1}{2-3x^3} = \lim\limits_{x\to-\infty} \frac{x^3}{-3x^3} = \lim\limits_{x\to-\infty} -\frac{1}{3}$, d'où $\boldsymbol{\lim\limits_{x\to-\infty} \frac{x^3+1}{2-3x^3} = -\frac{1}{3}}$.

b. Posons $X = 2-3\sqrt{x}$, alors $\frac{(2-3\sqrt{x})^3+1}{2-3(2-3\sqrt{x})^3} = \frac{X^3+1}{2-3X^3}$.

$\lim\limits_{x\to+\infty} (2-3\sqrt{x}) = -\infty$, $\lim\limits_{X\to-\infty} \frac{X^3+1}{2-3X^3} = -\frac{1}{3}$ donc par composition,

$\boldsymbol{\lim\limits_{x\to+\infty} \frac{(2-3\sqrt{x})^3+1}{2-3(2-3\sqrt{x})^3} = -\frac{1}{3}}$.

3. a. $\lim\limits_{n\to+\infty} 2n\sqrt{n} = +\infty$ et $\lim\limits_{n\to+\infty} (-n^2) = -\infty$. Il s'agit d'une forme indéterminée.

Factorisons alors $2n\sqrt{n}-n^2$ par le terme qui tend le plus vite vers l'infini à savoir (n^2) : pour tout $n \geqslant 0$, $2n\sqrt{n}-n^2 = n^2\left(\frac{2}{\sqrt{n}}-1\right)$.

$\lim\limits_{n\to+\infty} n^2 = +\infty$, $\lim\limits_{n\to+\infty}\left(\frac{2}{\sqrt{n}}-1\right) = -1$ donc par produit, $\lim\limits_{n\to+\infty}\left(2n\sqrt{n}-n^2\right) = -\infty$.

b. $\lim\limits_{x\to0^+}\frac{1}{x} = +\infty$ et $\lim\limits_{x\to0^+}-\frac{1}{x^2} = -\infty$. Il s'agit d'une forme indéterminée.

Factorisons alors $\frac{1}{x}-\frac{1}{x^2}$ par le terme qui tend le plus vite vers l'infini, à savoir $\left(\frac{1}{x^2}\right)$:

$\frac{1}{x}-\frac{1}{x^2} = \frac{1}{x^2}(x-1)$.

$\begin{cases}\lim\limits_{x\to0^+}\frac{1}{x^2} = +\infty\\ \lim\limits_{x\to0^+}(x-1) = -1\end{cases}$, donc par produit, $\lim\limits_{x\to0^+}\left(\frac{1}{x}-\frac{1}{x^2}\right) = -\infty$.

$\begin{cases}\lim\limits_{x\to0^-}\frac{1}{x} = -\infty\\ \lim\limits_{x\to0^-}-\frac{1}{x^2} = -\infty\end{cases}$, donc par somme, $\lim\limits_{x\to0^-}\left(\frac{1}{x}-\frac{1}{x^2}\right) = -\infty$.

Penser à vérifier les résultats obtenus en observant sur la calculatrice les courbes représentatives des fonctions étudiées.

12 PYTHON ET SUITE GÉOMÉTRIQUE

```
def seuil_suite_geometrique(q):
    n = 0
    while (q**n > 0.5):
    n += 1 # équivalent à n = n+1
    return n
print(«pour q=0,75 le seuil est égal à»,seuil_suite_geometrique(0.75))
print(«pour q=0,99 le seuil est égal à»,seuil_suite_geometrique(0.99))
```

13 0,9999..... = 1

a. Pour tout $n\in\mathbb{N}^*$, $u_n = v_1 + ... + v_n$ où (v_n) désigne la suite géométrique de premier terme $v_1 = 9\times10^{-1}$ et de raison $10^{-1}\neq1$.

Alors :

$$u_n = v_1\times\frac{1-q^n}{1-q} = 9\times10^{-1}\times\frac{1-\left(10^{-1}\right)^n}{1-\left(10^{-1}\right)}$$
$$= 9\times10^{-1}\times\frac{1-\left(10^{-1}\right)^n}{9\times10^{-1}} = 1-10^{-n}$$
$$= 1-\left(\frac{1}{10}\right)^n.$$

Donc $\lim\limits_{n\to+\infty} u_n = \lim\limits_{n\to+\infty} 1-\left(\frac{1}{10}\right)^n = 1$ car $-1<\frac{1}{10}<1$.

Or $u_n = 0{,}99999\ldots9$ (n décimales), donc la limite en $+\infty$ de u_n peut s'écrire $0{,}9999\ldots$

Par unicité de la limite **0,99999... = 1**.

b. Pour tout $n \in \mathbb{N}^*$, $u_n = 5 + 7 \times 10^{-1} + \ldots + 7 \times 10^{-n} = 5 + v_1 + \ldots + v_n$, où (v_n) désigne la suite géométrique de premier terme $v_1 = 7 \times 10^{-1}$ et de raison $10^{-1} \neq 1$.
Alors :

$$u_n = 5 + v_1 \times \frac{1-q^n}{1-q} = 5 + 7 \times 10^{-1} \times \frac{1-(10^{-1})^n}{1-(10^{-1})}$$
$$= 5 + 7 \times 10^{-1} \times \frac{1-(10^{-1})^n}{9 \times 10^{-1}}.$$
$$u_n = 5 + \frac{7}{9}(1 - 10^{-n}) = 5 + \frac{7}{9} - \frac{7}{9}10^{-n} = \frac{52}{9} - \frac{7}{9}10^{-n}.$$

Donc $\displaystyle\lim_{n\to+\infty} \boldsymbol{u_n} = \lim_{n\to+\infty} \frac{\mathbf{52}}{\mathbf{9}} - \frac{\mathbf{7}}{\mathbf{7}}\mathbf{10^{-n}} = \frac{\mathbf{52}}{\mathbf{9}}$.

c. Pour tout $n \in \mathbb{N}^*$, $u_n = 3 + 45 \times 10^{-2} + \ldots + 45 \times 10^{-2n} = 3 + v_1 + \ldots + v_n$, où (v_n) désigne la suite géométrique de premier terme $v_1 = 45 \times 10^{-2}$ et de raison $10^{-2} \neq 1$.
Alors :

$$u_n = 3 + v_1 \times \frac{1-q^n}{1-q} = 3 + 45 \times 10^{-2} \times \frac{1-(10^{-2})^n}{1-(10^{-2})}$$
$$= 3 + 45 \times 10^{-2} \times \frac{1-(10^{-2})^n}{99 \times 10^{-2}}$$
$$u_n = 3 + \frac{45}{99} - \frac{45}{99}10^{-2n} = 3 + \frac{5}{11} - \frac{5}{11}10^{-2n}$$
$$= \frac{38}{11} - \frac{5}{11}10^{-2n}.$$

Donc $\displaystyle\lim_{n\to+\infty} \boldsymbol{u_n} = \lim_{n\to+\infty} \frac{\mathbf{38}}{\mathbf{11}} - \frac{\mathbf{5}}{\mathbf{11}}\left(\frac{\mathbf{1}}{\mathbf{100}}\right)^n = \frac{\mathbf{38}}{\mathbf{11}}$.

14 LIMITES DES SUITES ARITHMÉTIQUES

a. Pour tout $n \in \mathbb{N}$, $u_n = u_0 + nr$.

b. $\displaystyle\lim_{n\to+\infty} u_n = \begin{cases} +\infty \text{ si } r > 0 \\ u_0 \text{ si } r = 0 \\ -\infty \text{ si } r < 0 \end{cases}$

15 LIMITES ET FRACTIONS

1. a. $\displaystyle\lim_{x\to+\infty} (x^2 - 5) = +\infty$ et $\displaystyle\lim_{x\to+\infty} (\sqrt{x} + 1) = +\infty$. Il s'agit d'une forme indéterminée.

b. $$\frac{x^2-5}{\sqrt{x}+1} = \frac{x^2\left(1-\frac{5}{x^2}\right)}{\sqrt{x}\left(1+\frac{1}{\sqrt{x}}\right)} = x\sqrt{x} \times \frac{\left(1-\frac{5}{x^2}\right)}{\left(1+\frac{1}{\sqrt{x}}\right)}$$

$\displaystyle\lim_{x\to+\infty} x\sqrt{x} = +\infty$ et $\displaystyle\lim_{x\to+\infty} \frac{\left(1-\frac{5}{x^2}\right)}{\left(1+\frac{1}{\sqrt{x}}\right)} = \frac{1}{1} = 1$ donc, par produit, $\displaystyle\lim_{x\to+\infty} \frac{\mathbf{x^2-5}}{\sqrt{\mathbf{x}}+\mathbf{1}} = +\infty$.

2. a. Pour tout $n \in \mathbb{N}, -1 \leqslant (-1)^n \leqslant 1$, donc $\boldsymbol{n-1 \leqslant n+(-1)^n \leqslant n+1}$.

b. Pour tout $n \in \mathbb{N}^*$: $\dfrac{n-1}{3n+5} \leqslant u_n \leqslant \dfrac{n+1}{3n+5}$ car $3n+5>0$.

$$\lim_{n\to+\infty} \frac{n-1}{3n+5} = \lim_{n\to+\infty} \frac{n}{3n} = \lim_{n\to+\infty} \frac{1}{3} = \frac{1}{3}.$$

De même, $\displaystyle\lim_{n\to+\infty} \frac{n+1}{3n+5} = \frac{1}{3}$.

D'après le théorème des gendarmes, $\boldsymbol{\displaystyle\lim_{n\to+\infty} u_n = \frac{1}{3}}$.

c.

```
n = 0
u = (n + (– 1)**n)/(3*n + 5)
while (u <= 0.33) or (u >= 0.34):
        n = n + 1
        u = (n + (– 1)**n)/(3*n + 5)
print(«le premier entier n tel que 0,33<u(n)<0,34 est «,n)
```

16 ASYMPTOTE OBLIQUE

Partie A. Étude de la fonction *f*

a. $\displaystyle\lim_{x\to+\infty} f(x) = \lim_{x\to+\infty} \frac{x^2}{x} = \lim_{x\to+\infty} x$, donc $\boldsymbol{\displaystyle\lim_{x\to+\infty} f(x) = +\infty}$.

De même, $\displaystyle\lim_{x\to-\infty} f(x) = \lim_{x\to-\infty} x$, donc $\boldsymbol{\displaystyle\lim_{x\to-\infty} f(x) = -\infty}$.

b. $\displaystyle\lim_{x\to3^+}\left(x^2-10\right) = -1$, $\displaystyle\lim_{x\to3^+} x-3 = 0^+$, donc, par quotient, $\boldsymbol{\displaystyle\lim_{x\to3^+} f(x) = -\infty}$.

$\displaystyle\lim_{x\to3^-}\left(x^2-10\right) = -1$, $\displaystyle\lim_{x\to3^-} x-3 = 0^-$, donc, par quotient, $\boldsymbol{\displaystyle\lim_{x\to3^-} f(x) = +\infty}$.

c. $\mathscr{C}_f$ admet une asymptote verticale d'équation $x = 3$.

Il n'y a pas d'asymptote horizontale car *f* a des limites infinies en l'infini.

d. Pour tout $x \neq 3$,

$$f'(x) = \frac{2x(x-3)-\left(x^2-10\right)\times 1}{(x-3)^2} = \frac{x^2-6x+10}{(x-3)^2}.$$

Étudions le signe du numérateur.

$\Delta = -4 < 0$, donc $x^2-6x+10>0$ sur $\mathbb{R}\,(a=1>0)$.

Il en résulte que $f'(x)>0$ pour tout $x \neq 3$.

e. Donc *f* est strictement croissante sur $]-\infty\,;3[$ et sur $]3\,;+\infty[$.

x	$-\infty$	3	$+\infty$
Signe de $f'(x)$	+	‖	+
Variations de f	$-\infty$ ↗ $+\infty$	‖	$-\infty$ ↗ $+\infty$

f. • $\mathscr{T} : y = f(2) + f'(2)(x-2)$ avec $f(2) = 6$ et $f'(2) = 2$, donc

$\boldsymbol{\mathscr{T} : y = 2x+2}$.

$\mathcal{T}' : y = f(4) + f'(4)(x-4)$ avec $f(4) = 6$ et $f'(4) = 2$, donc $\mathcal{T}'$ **:** $\boldsymbol{y = 2x - 2}$**.**

Partie B. Asymptotes obliques

1. Soit $x \neq 3$, $x + 3 - \dfrac{1}{x-3} = \dfrac{(x-3)(x+3)-1}{x-3} = f(x)$.

Autre méthode

$$f(x) = \frac{x^2 - 10}{x-3} = \frac{x^2 - 9 - 1}{x-3} = \frac{(x-3)(x+3)-1}{x-3} = x + 3 - \frac{1}{x-3}.$$

2. a. Pour tout $x \neq 3$, $d(x) = x + 3 - \dfrac{1}{x-3} - (x+3) = -\dfrac{1}{x-3}$.

Donc $\lim\limits_{x \to +\infty} d(x) = \lim\limits_{x \to +\infty} \dfrac{-1}{x-3}$ d'où $\lim\limits_{x \to +\infty} d(x) = 0$.

$\lim\limits_{x \to -\infty} d(x) = \lim\limits_{x \to -\infty} \dfrac{-1}{x-3}$, d'où $\lim\limits_{x \to -\infty} d(x) = 0$.

La courbe $\mathcal{C}_f$ se rapproche de la droite $\mathcal{D}$ au voisinage de l'infini.

b. Si $x < 3$, alors $x - 3 < 0$ et $d(x) > 0$.

Si $x > 3$, alors $x - 3 > 0$ et $d(x) < 0$.

$\mathcal{C}_f$ est donc au-dessus de $\mathcal{D}$ sur $]-\infty\,;3[$, et en dessous de $\mathcal{D}$ sur $]3\,;+\infty[$.

3.

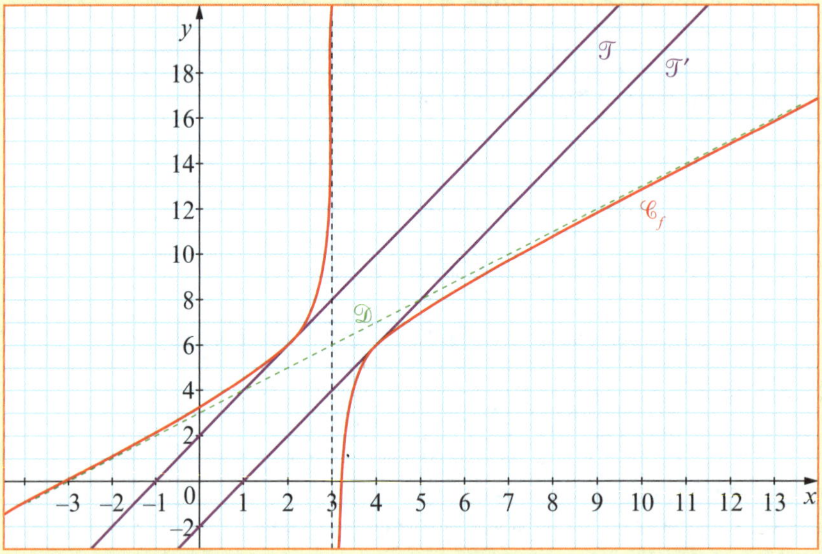

17 DÉMONSTRATION DE COURS

Soit M un réel strictement négatif.

Comme la suite (v_n) a pour limite $-\infty$, il existe un entier n_0 tel que :

pour tout $n \geqslant n_0$, $v_n < M$.

On a donc pour tout $n \geqslant n_0$, $u_n \leqslant v_n < M$ donc pour tout $n \geqslant n_0$, $u_n < M$.

La suite (u_n) diverge donc vers $-\infty$.

18 POLYNÔMES ET FRACTIONS RATIONNELLES

Partie A. Limite à l'infini d'un polynôme

a. Si $\alpha = +\infty$, alors $\lim\limits_{x \to \alpha} f(x) = \begin{cases} +\infty \text{ si } a > 0 \\ -\infty \text{ si } a < 0 \end{cases}$

Si $\alpha = -\infty$, alors

$$\lim_{x \to \alpha} f(x) = \begin{cases} +\infty \text{ si } (a > 0 \text{ et } n \text{ pair}) \text{ ou si } (a < 0 \text{ et } n \text{ impair}) \\ -\infty \text{ si } (a > 0 \text{ et } n \text{ impair}) \text{ ou si } (a < 0 \text{ et } n \text{ pair}) \end{cases}$$

b.

```
def polynome_a_l_infini(a,n,s):
 if (s == " + inf"):
   if (a > 0):
     return " + inf"
   elif (a < 0):
     return "-inf"
   else:
     return «a ne doit pas être nul»
 elif (s == " – inf"):
   if (n%2 == 0):
   if (a > 0):
     return " + inf"
 elif (a < 0):
     return " – inf"
 else:
     return "a ne doit pas être nul"
 else:
   if (a > 0):
     return " – inf"
   elif (a < 0):
     return «+ inf»
   else:
     return «a ne doit pas être nul»
 else:
 return(«s doit être égal à + inf ou à – inf»)
```

```
# Tests
print(polynome_a_l_infini(2,3,»+ inf»))
print(polynome_a_l_infini(-2,3,»+ inf»))
print(polynome_a_l_infini(2,3,» – inf»))
print(polynome_a_l_infini( – 2,4,» – inf»))
```

Partie B. Limite à l'infini d'une fraction rationnelle

a. $\lim\limits_{x \to \alpha} f(x) = \lim\limits_{x \to \alpha} \frac{a}{b} \times x^{n-p}$, donc :

- Si $n < p$, alors $\lim\limits_{x \to \alpha} f(x) = 0$.
- Si $n = p$, alors $\lim\limits_{x \to \alpha} f(x) = \frac{a}{b}$.
- Si $n > p$, alors :

$$\text{Si } \alpha = +\infty, \text{ alors } \lim_{x \to \alpha} f(x) = \begin{cases} +\infty \text{ si } \frac{a}{b} > 0 \\ -\infty \text{ si } \frac{a}{b} < 0 \end{cases}$$

Si $\alpha = -\infty$, alors

$$\lim_{x \to \alpha} f(x) = \begin{cases} +\infty \text{ si } \left(\frac{a}{b} > 0 \text{ et } n - p \text{ pair}\right) \text{ou si } \left(\frac{a}{b} < 0 \text{ et } n - p \text{ impair}\right) \\ -\infty \text{ si } \left(\frac{a}{b} < 0 \text{ et } n - p \text{ pair}\right) \text{ou si } \left(\frac{a}{b} > 0 \text{ et } n - p \text{ impair}\right) \end{cases}.$$

b.

```
def fraction_a_l_infini(a,b,n,p,s):
  if (b == 0) :
    return («b ne doit pas être nul»)
  if (n < p):
    return 0
  elif (n == p):
    return a/b
  else :
    if (s == "+ inf"):
      if (a/b > 0):
        return " + inf"
    elif (a/b < 0):
        return " – inf"
    else:
        return «a ne doit pas être nul»
  elif (s == " – inf"):
    if ((n – p)%2 == 0):
      if (a/b > 0):
        return " + inf"
      elif (a/b < 0):
        return " – inf"
      else:
        return «a ne doit pas être nul»
  else:
    if (a/b > 0):
      return " – inf"
```

```
elif (a/b < 0):
    return " + inf"
else:
    return «a ne doit pas être nul»
else:
return(«s doit être égal à + inf ou à  – inf»)
```

```
# Tests
fraction_a_l_infini(2,3,5,4,»+ inf»)
fraction_a_l_infini(2,3,5,4,»  – inf»)
fraction_a_l_infini(2,3,1,4,»+ inf»)
```

19 FONCTION PARTIE ENTIÈRE

1. $E(15{,}999) = \mathbf{15}$, $E(-25) = \mathbf{-25}$, $E(\sqrt{2}) = \mathbf{1}$, $E\left(-\frac{4}{3}\right) = \mathbf{-2}$.

2. Pour tout x réel, $x - 1 < E(x) \leqslant x$.
En effet, notons $n = E(x)$. Alors $n \leqslant x < n+1$, d'où $E(x) \leqslant x$.
Puis on déduit, en soustrayant 1 à chaque membre :
$n - 1 \leqslant x - 1 < n$, donc $x - 1 < E(x)$ et ainsi :

$$\boldsymbol{x - 1 < E(x) \leqslant x.}$$

3. a. Pour tout x réel :

$$\boldsymbol{\frac{x-1}{x^2+1} < g(x) \leqslant \frac{x}{x^2+1}}.$$

b. $\lim\limits_{x \to -\infty} \dfrac{x-1}{x^2+1} = \lim\limits_{x \to -\infty} \dfrac{x}{x^2} = \lim\limits_{x \to -\infty} \dfrac{1}{x} = 0.$

De même, $\lim\limits_{x \to -\infty} \dfrac{x}{x^2+1} = 0.$

D'après le théorème des gendarmes, $\boldsymbol{\lim\limits_{x \to -\infty} g(x) = 0}$.

2 Compléments sur les fonctions

I désigne dans tout ce chapitre un intervalle de $\mathbb{R}$. Soit u une fonction.
On note $u(\text{I})$ l'ensemble de toutes les valeurs $u(x)$, pour x décrivant I.

I COMPOSÉE DE DEUX FONCTIONS

Définition :

Soient u une fonction définie sur un intervalle I et v une fonction définie sur $u(\text{I})$. On appelle fonction composée de u par v la fonction notée $v \circ u$ et définie sur I par :

$$v \circ u(x) = v\big(u(x)\big)$$

Dire que v est définie sur $u(\text{I})$ signifie que pour tout $x \in \text{I}$, v est définie en $u(x)$ (autrement dit : $v\big(u(x)\big)$ existe).

EXEMPLE :

Soient $u : x \mapsto x^2 + 1$ et $v : x \mapsto \dfrac{1}{x}$.

La fonction u est définie sur $\mathbb{R}$.
De plus, pour tout $x \in \mathbb{R}$, $x^2 + 1 \neq 0$.
La fonction v est donc définie en tout $u(x)$: v est définie sur $u(\text{I})$.
La fonction $v \circ u$ est donc définie sur $\mathbb{R}$ et :

$$v \circ u(x) = v[u(x)] = v\left(x^2 + 1\right) = \frac{1}{x^2 + 1}.$$

Dans le chapitre 1, on a vu les limites par composition, c'est-à-dire la limite d'expressions de la forme $v\big(u(x)\big)$.

Théorème (dérivée d'une fonction composée)

Soient u une fonction dérivable sur I et v une fonction dérivable sur $u(\text{I})$, alors $v \circ u$ est dérivable sur I, et pour tout $x \in \text{I}$:

$$(v \circ u)'(x) = v'[u(x)] \times u'(x)$$

EXEMPLE : Si u est une fonction dérivable sur I alors :

$$\left(u^n\right)' = n\, u^{n-1} \times u' \text{ et } \left(\mathrm{e}^u\right)' = \mathrm{e}^u \times u'$$

II DÉRIVÉE SECONDE, FONCTION CONVEXE, POINT D'INFLEXION

Définition :

Soit f une fonction dérivable sur I.

Si f' est dérivable sur I, on dit que f est deux fois dérivable sur I.

On appelle **dérivée seconde** de f la dérivée de f' et on la note f''.

EXEMPLE : $f : x \mapsto x^3$ est deux fois dérivable sur $\mathbb{R}$.

Pour tout $x \in \mathbb{R}$,

$$f'(x) = 3x^2 \text{ et } f''(x) = 6x.$$

À partir de maintenant, f désigne une fonction définie sur I et $\mathscr{C}_f$ sa courbe représentative dans un repère.

Définition (fonction convexe, fonction concave).

- On dit que la fonction f est **convexe** sur I si pour tous réels a, b et pour tout $t \in [0;1]$:

$$f\left((1-t)a+tb\right) \leqslant (1-t)f(a)+t\times f(b)$$

- On dit que la fonction f est **concave** sur I si la fonction $-f$ est convexe sur I.

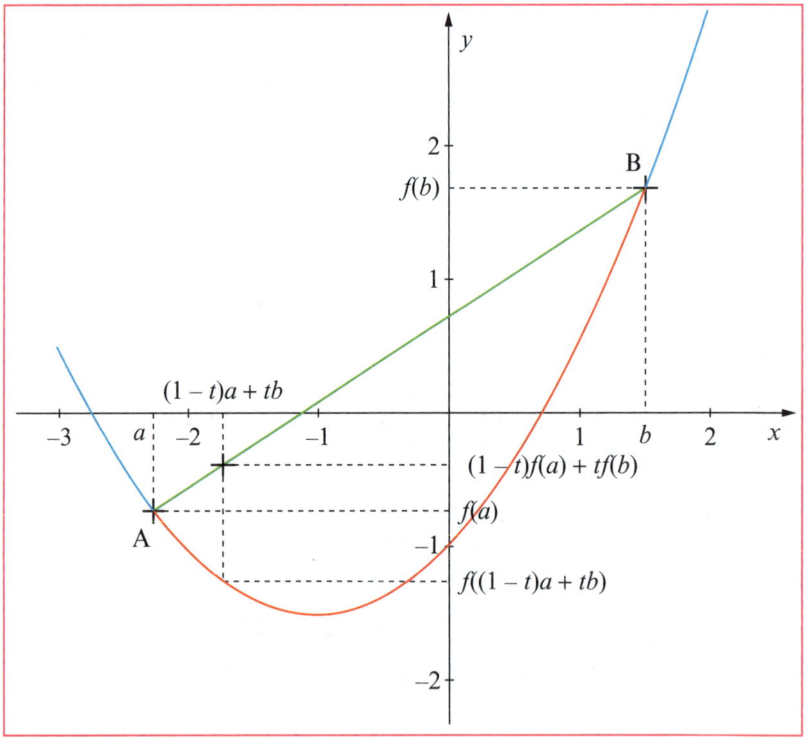

Interprétation géométrique : pour une fonction convexe, la corde est toujours au-dessus du graphe.

EXEMPLE : La fonction carré est convexe sur $\mathbb{R}$ et $x \mapsto -x^2$ est concave sur $\mathbb{R}$.

Courbe de la fonction carré

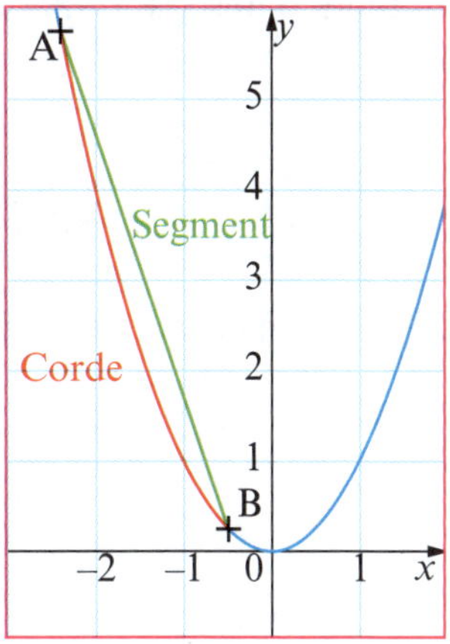

Courbe de la fonction $x \mapsto -x^2$

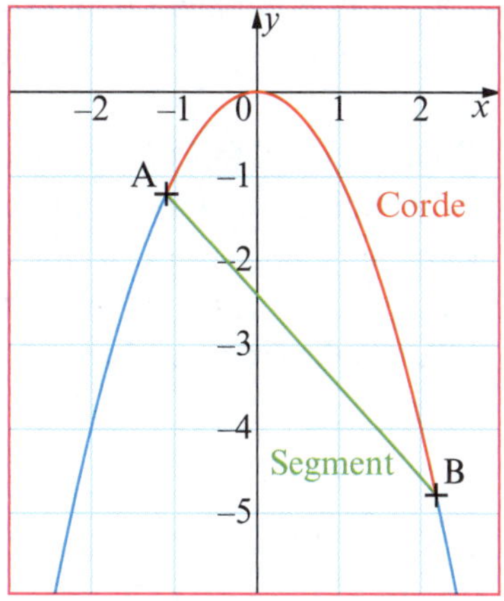

En pratique, pour démontrer la convexité d'une fonction, on utilise le résultat suivant :

Théorème :

Si f est une fonction deux fois dérivable sur I, alors les trois propriétés suivantes sont équivalentes :

a) f est convexe sur I ;

b) f' est croissante sur I ;

c) f'' est positive sur I.

- Le b) signifie qu'en tout point, la courbe $\mathcal{C}_f$ est au-dessus de sa tangente.
- f est concave si, et seulement si, f'' est négative sur I.

EXEMPLE :

Si $f(x) = x^3$, alors $f''(x) = 6x$.

- Si $x \leqslant 0$, alors $f''(x) \leqslant 0$: f est concave sur $]-\infty ; 0]$.
- Si $x \geqslant 0$, alors $f''(x) \geqslant 0$: f est convexe sur $[0 ; +\infty[$.

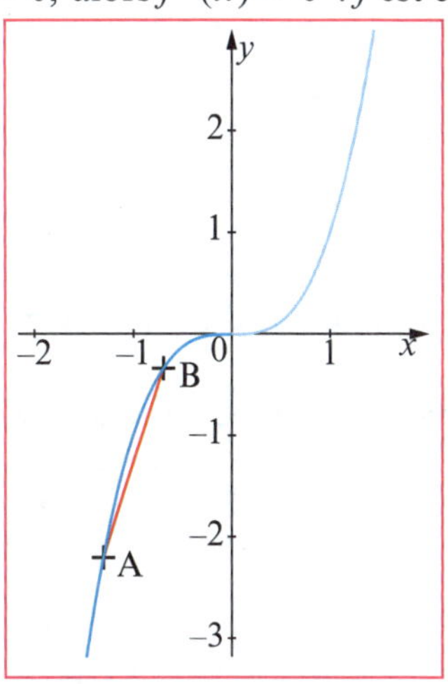

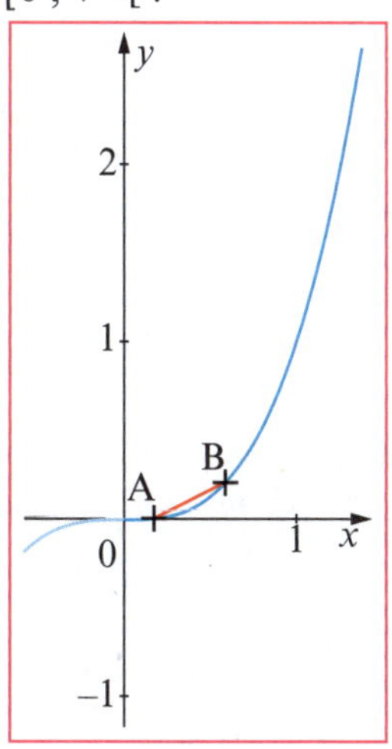

Définition

Soient f une fonction dérivable sur I et $a \in \mathrm{I}$.
On dit que $\mathscr{C}_f$ admet un **point d'inflexion** au point d'abscisse a si la tangente au point d'abscisse a coupe $\mathscr{C}_f$ (en ce point).

Théorème

Soit f une fonction deux fois dérivable sur I et $a \in \mathrm{I}$.
$\mathscr{C}_f$ admet un point d'inflexion au point d'abscisse a si, et seulement si, f'' s'annule en a en changeant de signe.

EXEMPLE : La courbe représentative de $f : x \mapsto x^3$ admet un point d'inflexion en $(0 ; 0)$ (d'après l'exemple ci-dessus).

III CONTINUITÉ

1. Définition et propriétés

Définition

Soient a un réel et f une fonction définie sur un intervalle I contenant a.
On dit que **f est continue en a** si $\lim_{x \to a} f(x) = f(a)$.

- On dit que f est continue sur I si f est continue en tout point de I.
- Intuitivement, la continuité de f sur I correspond à l'idée que nous pouvons tracer sur I la courbe représentative de f sans lever le stylo.

EXEMPLE : Les fonctions polynômes, rationnelles, valeur absolue et racine carrée sont continues sur leur ensemble de définition.

Propriété

La somme, le produit, le quotient, la composée de fonctions continues est continue sur son ensemble de définition.

EXEMPLE : La fonction échelon-unité, ou fonction d'Heaviside (1850-1925), est la fonction H définie sur $\mathbb{R}$ par :

$$H(x) = \begin{cases} 0 \text{ si } x < 0 \\ 1 \text{ si } x \geqslant 0 \end{cases}$$

Elle n'est pas continue en 0.

2. Continuité et dérivabilité

Théorème :

Si f est une fonction dérivable en un réel a, alors f est continue en a.

Attention, la réciproque est fausse : les fonctions racine carrée et valeur absolue sont continues en 0, mais non dérivables en 0.

3. Théorème des valeurs intermédiaires

Dans tout ce paragraphe a et b désignent deux réels tels que $a < b$.

Théorème des valeurs intermédiaires

Soit f une fonction continue sur $[a\,;b]$ alors, pour tout réel k compris entre $f(a)$ et $f(b)$, il existe au moins un réel $x_0 \in [a\,;b]$ tel que :

$$f(x_0) = k.$$

Corollaire

Soit f une fonction continue et strictement monotone (c'est-à-dire strictement croissante ou strictement décroissante) sur $[a\,;\,b]$.

Alors pour tout réel k compris entre $f(a)$ et $f(b)$, il existe **un unique** réel $x_0 \in [a\,;b]$ tel que $f(x_0) = k$.

Le théorème et le corollaire se prolongent à des intervalles de la forme $]a\,;b[$, $[a\,;b[$, $]a\,;b]$, $]-\infty\,;b]$, $[a\,;+\infty[$, ...
Et on remplace alors $f(a)$, $f(b)$, par les limites de f en a, b, en $-\infty$, en $+\infty$.

Par convention, les flèches obliques dans le tableau de variation d'une fonction f signifient que f est continue et strictement monotone sur les intervalles correspondants : le tableau de variation permet de déduire le nombre de solutions de l'équation $f(x) = k$.

MÉTHODE 1

Étudier les variations d'une fonction de la forme $f = v \circ u$

→ Voir les exos 1, 2, 5, 8, 11, 17.

Étape 1. Décomposer $f(x)$ sous la forme $f(x) = v(u(x))$ et définir les fonctions u et v.

Étape 2. Déterminer leurs dérivées u' et v'.

Étape 3. Appliquer la formule de dérivation (théorème du paragraphe I) sans oublier le facteur u'.

Exo résolu

Dériver la fonction f, définie sur $\mathbb{R}$ par :

$$f(x) = (2x^2 + 1)^3.$$

CORRIGÉ

Étape 1. Pour tout $x \in \mathbb{R}$,

$$\begin{aligned} f(x) &= (2x^2 + 1)^3 \\ &= (u(x))^3 \\ &= v(u(x)) \end{aligned}$$

avec $u : x \mapsto 2x^2 + 1$ et v qui désigne la fonction cube $v : x \mapsto x^3$.

Étape 2. Pour tout x réel, $u'(x) = 4x$.

Pour tout x réel, $v'(x) = 3x^2$.

Étape 3. Pour tout $x \in \mathbb{R}$:

$$\begin{aligned} f'(x) &= v'(u(x)) \times u'(x) \\ &= 3(u(x))^2 \times 4x \\ &= 3(2x^2 + 1)^2 \times 4x \\ &= \mathbf{12x(2x^2 + 1)^2} \end{aligned}$$

Si l'on voulait étudier les variations de f, on remarquerait que $f'(x)$ est du signe de $12x$, et on en déduirait que f est strictement décroissante sur $\mathbb{R}^-$ et strictement croissante sur $\mathbb{R}^+$.

MÉTHODE 2

Démontrer que l'équation $f(x) = k$ admet une unique solution sur l'intervalle I

→ Voir les exos 4, 7, 10, 11, 16, 17

Étape 1. Vérifier que f est monotone sur I et rédiger ainsi :
« f est continue et strictement *croissante/décroissante* sur l'intervalle I »

Étape 2. Vérifier que le réel k est compris entre les images ou limites de f aux bornes de l'intervalle I et rédiger ainsi :
« k est compris entre $f(a)$ (respectivement $\lim\limits_{x\to a} f(x)$) et $f(b)$ (respectivement $\lim\limits_{x\to b} f(x)$). »

Étape 3. Conclure en rédigeant ainsi :
« D'après le corollaire du théorème des valeurs intermédiaires, l'équation $f(x) = k$ admet une unique solution sur l'intervalle I. »

Exo résolu

Soit f la fonction définie sur $]-\infty\,;3]$ par :

$$f(x) = (3-x)\sqrt{3-x}.$$

Montrer que l'équation $f(x) = 5$ admet une unique solution sur l'intervalle $]-\infty\,;3]$.

CORRIGÉ

Étape 1. f est continue et strictement décroissante sur l'intervalle $]-\infty\,;3]$ comme produit de fonctions continues (la fonction racine carrée étant continue).

Étape 2. • Calculons tout d'abord la limite en $-\infty$ de f :

$$\begin{cases} \lim\limits_{x\to-\infty} (3-x) = +\infty \\ \lim\limits_{X\to+\infty} X\sqrt{X} = +\infty \end{cases}, \text{ donc } \lim\limits_{x\to-\infty} f(x) = +\infty.$$

• 5 est compris entre $f(3) = 0$ et $\lim\limits_{x\to-\infty} f(x) = +\infty$.

Étape 3. D'après le corollaire du théorème des valeurs intermédiaires, **l'équation $f(x) = 5$ admet une unique solution sur l'intervalle** $]-\infty\,;3]$.

MÉTHODE 3

Étudier la convexité ou la concavité d'une fonction f deux fois dérivable sur l'intervalle I

→ Voir les exos 2, 6, 9, 11, 12, 15.

Étape 1. Vérifier que la fonction f est dérivable sur I et déterminer sa dérivée f'.

Étape 2. Vérifier que la fonction f' est dérivable sur I et déterminer sa dérivée f''.

Étape 3. Étudier le signe de f'' sur I. Conclure pour chacun des intervalles sur lesquels f'' est de signe constant.

Exo résolu

Étudier la convexité de la fonction $f : x \mapsto x^3 + x^2 - 2x + 1$.

CORRIGÉ

Étape 1. f est une fonction polynôme, elle est donc dérivable sur $\mathbb{R}$.
Pour tout $x \in \mathbb{R}$, $f'(x) = 3x^2 + 2x - 2$.

Étape 2. f' est également une fonction polynôme, donc dérivable sur $\mathbb{R}$.
Pour tout $x \in \mathbb{R}$, $f''(x) = 6x + 2$.

Étape 3.

$$f''(x) \geqslant 0 \Leftrightarrow 6x + 2 \geqslant 0 \Leftrightarrow 6x \geqslant -2 \Leftrightarrow x \geqslant -\frac{1}{3}$$

$$f''(x) \leqslant 0 \Leftrightarrow 6x + 2 \leqslant 0 \Leftrightarrow 6x \leqslant -2 \Leftrightarrow x \leqslant -\frac{1}{3}$$

La fonction f est donc convexe sur l'intervalle $\left[-\frac{1}{3};+\infty\right[$, et concave sur l'intervalle $\left]-\infty;-\frac{1}{3}\right]$.

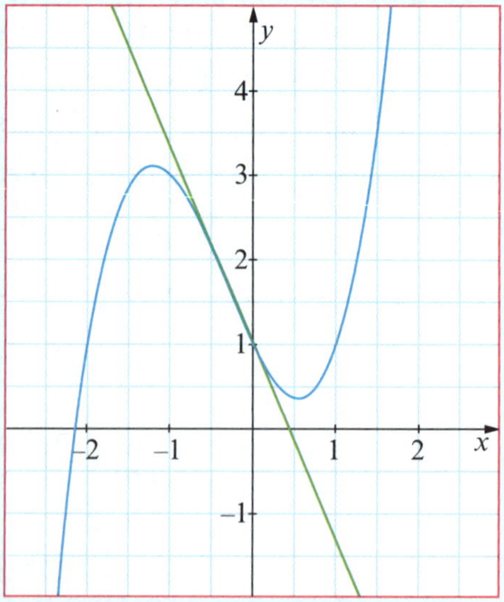

TESTER SES CONNAISSANCES

1 DÉRIVATION DE FONCTIONS COMPOSÉES | ★ | 25 min | ▸ P. 60

1. Soit u une fonction dérivable sur un intervalle I de $\mathbb{R}$, exprimer la dérivée, en fonction de u et de u' de la fonction f définie sur I dans les cas suivants :
a. $f(x)=[u(x)]^n$ (où n est un entier naturel non nul).
b. On suppose ici que u ne s'annule pas sur I, $f(x)=\dfrac{1}{u(x)}$.
c. On suppose ici que u est strictement positive sur I, $f(x)=\ln u(x)$.
d. $f(x)=\mathrm{e}^{u(x)}$

Voir le théorème du paragraphe I du cours.

2. Calculer les dérivées sur $\mathbb{R}$ des fonctions suivantes.
a. $f_1(x)=(5x^2+1)^7$ b. $f_2(x)=\dfrac{1}{f_1(x)}$ c. $f_3(x)=\sqrt{x^4+1}$
d. $f_4(x)=\mathrm{e}^{-5x+1}$ e. $f_5(x)=\sqrt{\mathrm{e}^x+2}$ f. $f_6(x)=\dfrac{1}{\sqrt{x^2+1}}$

Voir la méthode 1.

2 FONCTIONS CONVEXES, POINT D'INFLEXION | ★ | 25 min | ▸ P. 61

Déterminer si les fonctions suivantes définies sur un intervalle I sont convexes, concaves ou non .

Voir la méthode 3.

1. a. $f(x)=2x+1$, $\mathrm{I}=\mathbb{R}$ b. $f(x)=x^4, \mathrm{I}=\mathbb{R}$
c. $f(x)=x^5, \mathrm{I}=\mathbb{R}$ d. $f(x)=\sqrt{x}, \mathrm{I}=[0\,;+\infty[$
e. $f(x)=\dfrac{1}{x}, \mathrm{I}=]0\,;+\infty[$ f. $f(x)=\dfrac{1}{x}, \mathrm{I}=]-\infty\,;0[$
2. Dans un repère, on considère la courbe $\mathscr{C}: y=x^3-3x^2+3x-3$.
Démontrer que $\mathscr{C}$ admet un point d'inflexion.

3 DÉFINITION DE LA CONTINUITÉ | ★ | 10 min | ▸ P. 62

Soit f la fonction définie sur $\mathbb{R}$ par $f(x)=\begin{cases}\dfrac{x^2-4}{x+2} \text{ si } x\neq -2\\ -4 \text{ si } x=-2\end{cases}$

Étudier la continuité de la fonction f en -2.

Factoriser le numérateur de $f(x)$ lorsque $x\neq -2$.

4 TABLEAU DE VARIATIONS ET ÉQUATION $f(x) = m$ | ★ | 15 min | ▸ P. 62

Soit f une fonction définie sur $\mathbb{R}$ dont voici le tableau de variation :

x	$-\infty$		0		4		$+\infty$
Variations de f	$+\infty$	↘	-2	↗	π	↘	0

1. À l'aide du corollaire du théorème des valeurs intermédiaires, justifier que :
a. l'équation $f(x) = 0$ admet une unique solution sur l'intervalle $[0;4]$,
b. l'équation $f(x) = 0$ admet une unique solution sur l'intervalle $]-\infty;0]$.

> Voir la méthode 2 ainsi que la dernière remarque du cours.

2. Déterminer, à l'aide du tableau de variation, le nombre de solutions :
a. de l'équation $f(x) = 4$,
b. de l'équation $f(x) = -2$.
3. Sans justification, donner le nombre de solutions de l'équation $f(x) = m$ selon les valeurs du réel m.

5 FONCTIONS COMPOSÉES | ★ | 15 min | ▸ P. 63

Étudier le sens de variation de chacune des fonctions définies ci-dessous.

> Voir la méthode 1.

a. f est définie sur $[2{,}5;+\infty[$ par $f(x) = \sqrt{2x-5}$.
b. g est définie sur $[0;+\infty[$ par $g(x) = \left(2\sqrt{x}-1\right)^5$.
c. h est définie sur $\mathbb{R}$ par $h(x) = \sqrt{3x^2+1}$.

S'ENTRAÎNER

6 CONVEXITÉ ET INÉGALITÉ | ★★ | 10 min | ▸ P. 64

Le plan est rapporté à un repère $\left(O;\vec{i};\vec{j}\right)$.
1. Démontrer que la fonction exponentielle est convexe sur $\mathbb{R}$.

> Voir la méthode 3.

2. a. Déterminer l'équation réduite de la tangente à la courbe représentative de la fonction exponentielle en 0.
b. En déduire l'inégalité pour tout réel x,

$$e^x \geqslant x+1.$$

7 ÉTUDE DE FONCTION

★★ | 35 min | ▸ P. 64

Soit f la fonction définie sur $]-\infty\,;-2[\,\cup\,]-2\,;+\infty[$ par :

$$f(x)=\frac{x^3+x^2+x+1}{x+2}.$$

1. Déterminer les limites de f aux bornes de son ensemble de définition.
2. Calculer $f'(x)$.
3. On note g la fonction définie sur $\mathbb{R}$ par :

$$g(x)=2x^3+7x^2+4x+1.$$

a. Étudier les variations de la fonction g et dresser son tableau de variation complet.

b. Montrer que l'équation $g(x)=0$ admet une solution unique sur $]-\infty\,;-2]$, que l'on notera α.
Donner un encadrement de α à 10^{-2} près.

Voir la méthode 2.

c. L'équation $g(x)=0$ admet-elle d'autres solutions dans $\mathbb{R}$?

4. Dresser un tableau indiquant, en fonction de x, le signe de $f'(x)$ et les variations de f.

8 FONCTION POLYNOMIALE

★★ | 35 min | ▸ P. 65

On considère la fonction f définie sur $\mathbb{R}$ par :

$$f(x)=x^4-\frac{7}{2}x^2+3x.$$

1. a. Calculer les limites de f en $+\infty$ et en $-\infty$.

b. Calculer pour tout réel x, $f'(x)$.
En remarquant que 1 est racine de $f'(x)$, factoriser au maximum $f'(x)$.

c. En déduire les variations de f.

2. Calculer pour tout réel x, $f''(x)$.
En déduire les intervalles où f est convexe, concave et les points d'inflexion de sa courbe représentative dans un repère du plan.
3. Tracer l'allure de sa courbe représentative dans un repère orthogonal.

9 FONCTION RACINE CUBIQUE

★★ | 30 min | ▸ P. 67

On considère la fonction f définie sur $\mathbb{R}$ par $f(x)=x^3$.

1. Déterminer les limites aux bornes en $-\infty$ et en $+\infty$ et étudier les variations de f sur $\mathbb{R}$.
2. a. Démontrer que pour tout réel y l'équation, d'inconnue x, $x^3=y$ admet une unique solution que l'on notera $\sqrt[3]{y}$.

b. Donner les valeurs exactes de $\sqrt[3]{-8}$, $\sqrt[3]{-1}$, $\sqrt[3]{0}$, $\sqrt[3]{1}$, $\sqrt[3]{8}$.

3. L'objectif est d'utiliser la méthode de Dichotomie pour déterminer un encadrement d'amplitude 10^{-2} de $\sqrt[3]{2}$.

a. Justifier que $1 < \sqrt[3]{2} < 2$.

b. On pose $g(x) = x^3 - 2$.

La méthode dichotomie permettant de calculer une valeur approchée d'une solution de l'équation $g(x) = 0$ est décrite par l'algorithme suivant :

```
a ← 1
b ← 2
précision ← 0.01
Tant que (b–a>précision) faire :
   c ← (a–b)/2
   Si g(c).g(a)>0 faire :
     a ← c
   Sinon faire :
     b ← c
Fin Tant que
Afficher a,b
```

L'inégalité $g(c) \times g(a) > 0$ traduit la phrase « $g(c)$ et $g(a)$ sont de même signe.

Traduire en Python cet algorithme et en déduire un encadrement d'amplitude 10^{-2} de $\sqrt[3]{2}$.

10 FONCTION COMPOSÉE

★★★ | 35 min | ▸ P. 68

On considère la fonction f définie sur $\mathbb{R}$ par :

$$f(x) = \frac{1}{2}\left(\sqrt{3x^2 + 4} - x\sqrt{3}\right).$$

a. Déterminer la limite de f en $-\infty$.

b. Déterminer la limite de f en $+\infty$.

Lever l'indétermination en multipliant numérateur et dénominateur par l'expression $\left(\sqrt{3x^2+4} + x\sqrt{3}\right)$.

c. Écrire $f'(x)$ sous forme d'un quotient.

Commencer par déterminer la dérivée de la fonction : $x \mapsto \sqrt{3x^2+4}$.

d. Résoudre dans $[0\,;+\infty[$ l'inéquation $3x < \sqrt{9x^2 + 12}$.

e. Étudier le signe de $f'(x)$ sur $\mathbb{R}$ et en déduire les variations de f.

PRÉPARER UN CONTRÔLE

11 QCM

★ | 15 min | ▸ P. 69

1. La dérivée de $f : x \mapsto \sqrt{x^2+1}$ est :

a. $\dfrac{1}{\sqrt{x^2+1}}$ **b.** $\dfrac{x}{\sqrt{x^2+1}}$ **c.** $\dfrac{2x}{\sqrt{x^2+1}}$ **d.** $\dfrac{1}{2\sqrt{x^2+1}}$

2. Soit f une fonction continue sur $[2\,;5]$ et telle que $f(2)=3$ et $f(5)=-1$. L'équation $f(x)=0$ admet :

a. aucune solution
b. une seule solution
c. au moins une solution
d. au plus une solution.

3. Laquelle de ces fonctions est concave sur son ensemble de définition ?

a. la fonction exponentielle
b. la fonction logarithme népérien
c. la fonction carré
d. la fonction racine carrée

12 FONCTION GAUSSIENNE

★★★ | 30 min | ▸ P. 69

On considère la fonction f définie sur $\mathbb{R}$ par $f(x)=\mathrm{e}^{-x^2}$.
On note $\mathscr{C}$ sa courbe représentative de f dans un repère.

a. En déduire la limite de f en $\pm\infty$.

b. Calculer pour tout réel x, $f'(x)$ et en déduire les variations de f.

c. Calculer et factoriser, pour tout réel x, $f''(x)$.

d. En déduire les intervalles où f est convexe et concave et le(s) point(s) d'inflexion de sa courbe représentative, puis la tracer.

13 MÉTHODE DE NEWTON

★★ | 20 min | ▸ P. 71

L'algorithme de Newton a pour objectif de trouver une valeur approchée de d'une solution a de l'équation $f(x)=0$, où f est une fonction dérivable sur un intervalle I de $\mathbb{R}$. On note $\mathscr{C}_f$ la courbe représentative de f dans un repère $\left(\mathrm{O}\,;\vec{i}\,;\vec{j}\right)$.

a. Soit $x_0 \in \mathrm{I}$ tel que $f'(x_0)\neq 0$. Démontrer que la tangente à $\mathscr{C}_f$ au point d'abscisse $x_0\in\mathrm{I}$ coupe l'axe d'abscisse en : $x_1 = x_0 - \dfrac{f(x_0)}{f'(x_0)}$.

b. On admet que si l'on part d'un réel x_0 pas trop éloigné de la solution a, alors la suite $\left(x_k\right)$ définie par $x_{k+1}=x_k-\dfrac{f(x_k)}{f'(x_k)}$ converge vers la solution a.

Écrire, en Python, un script permettant de calculer une valeur approchée de la solution de l'équation $x^3-2=0$.

Utiliser une boucle for et fixé un nombre maximal Nmax=4 par exemple et comparer avec la valeur donnée par l'instruction 2**(1/3)

ALLER PLUS LOIN

14 PROLONGEMENT PAR CONTINUITÉ | ★★ | 15 min | ▸ P. 71

Soit f la fonction définie sur $\mathbb{R}$ par $f(x)=\begin{cases}\dfrac{2x^3+7x^2+2x-3}{2x-1} \text{ si } x\neq\dfrac{1}{2}\\ \alpha \text{ si } x=\dfrac{1}{2}\end{cases}$

a. Déterminer les réels a, b et c tels que, pour tout x réel :

$$2x^3+7x^2+2x-3=(2x-1)\left(ax^2+bx+c\right).$$

Développer $(2x-1)\left(ax^2+bx+c\right)$ et regrouper les termes de même degré, puis identifier ses coefficients à ceux de $2x^3+7x^2+2x-3$.

b. Pour quelle valeur de α la fonction f est-elle continue sur $\mathbb{R}$?

15 TANGENTE HYBERBOLIQUE | ★★ | 45 min | ▸ P. 72

Dans un repère du plan ci-dessous, on a tracé la courbe représentative d'une fonction f.

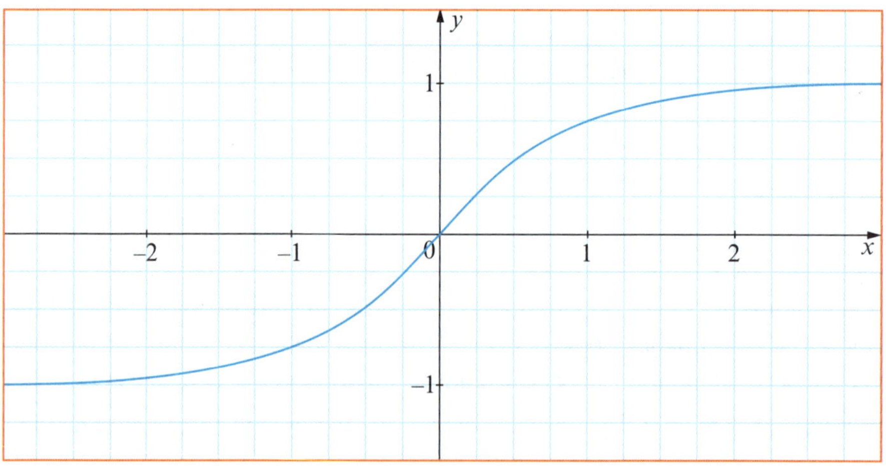

1. D'après la courbe, donner le sens de variations de f, les limites en $\pm\infty$, les intervalles où f est concave/convexe et le(s) point(s) d'inflexion de la courbe.

2. La fonction représentée au graphique est la fonction appelée tangente hyperbolique, notée tanh définie sur $\mathbb{R}$ par :

$$\tanh(x)=\frac{e^x-e^{-x}}{e^x+e^{-x}}.$$

a. Établir l'encadrement de $\tanh(x)$ observé à la question **1**.

Commencer par établir que, pour tout réel x, $-e^{-x}<e^x-e^{-x}<e^x$, puis encadrer la fraction.

b. Démontrer que pour tout réel x,

$$\tanh(x) = \frac{1 - e^{-2x}}{1 + e^{-2x}}.$$

> Factoriser par e^x le numérateur et le dénominateur de tan *h*.

En déduire la limite de tanh en $+\infty$.

c. Démontrer que pour tout réel x,

$$\tanh(x) = \frac{e^{2x} - 1}{e^{2x} + 1}.$$

En déduire la limite de tanh en $-\infty$.

d. Montrer que, pour tout réel x, $\tanh'(x) = 1 - (\tanh(x))^2$ et en déduire les variations de tanh.

e. Calculer pour tout réel x, $\tanh''(x)$.

En déduire les intervalles où tanh est convexe et concave et le(s) point(s) d'inflexion de sa courbe représentative.

16 ÉTUDE D'UNE FONCTION | ★★ | 45 min | ▸ P. 73

Soit f la fonction définie sur $\mathbb{R}$ par $f(x) = \dfrac{x^3 - 4}{x^2 + 1}$.

Partie A. Étude d'une fonction auxiliaire

Soit g la fonction définie sur $\mathbb{R}$ par $g(x) = x^3 + 3x + 8$.

1. Étudier les variations de g.

2. Démontrer que l'équation $g(x) = 0$ admet une unique solution α dont on donnera un encadrement d'amplitude 10^{-2}.

3. Déterminer le signe de $g(x)$ suivant les valeurs de x.

Partie B. Étude de *f*

1. Étudier les variations de f.

2. Démontrer que $\dfrac{f(\alpha)}{\alpha} = \dfrac{3}{2}$

En déduire un encadrement de $f(\alpha)$.

> À partir de l'égalité $g(\alpha) = 0$, exprimer α^3 en fonction de α et reporter dans l'expression de $\dfrac{f(\alpha)}{\alpha}$.

3. On note $\mathscr{C}$ la courbe représentative de f dans un repère orthonormé $\left(O ; \vec{i} ; \vec{j}\right)$.

a. Déterminer l'équation réduite de la tangente $\mathscr{T}$ à la courbe représentative $\mathscr{C}$ de f au point d'abscisse 0.

b. Préciser les positions relatives de $\mathscr{C}$ et de $\mathscr{T}$.

c. Tracer $\mathscr{C}$ et $\mathscr{T}$ (unité graphique 1 cm).

CORRIGÉS

1 DÉRIVATION DE FONCTIONS COMPOSÉES

1. a. $f(x) = [u(x)]^n = v[u(x)]$ avec $v : x \mapsto x^n$ et $v' : x \mapsto nx^{n-1}$.

Alors $f'(x) = u'(x) \times v'[u(x)] = u'(x) \times n.u^{n-1}(x)$.

b. $f = \dfrac{1}{u(x)} = v[u(x)]$ avec $v : x \mapsto \dfrac{1}{x}$.

Alors $f'(x) = u'(x) \times \dfrac{-1}{u^2(x)} = \dfrac{-u'(x)}{u^2(x)}$.

c. $f(x) = \ln u(x) = v[u(x)]$ avec $v : x \mapsto \ln x$ et $v' : x \mapsto \dfrac{1}{x}$.

Alors $f'(x) = u'(x) \times v'[u(x)] = u'(x) \times \dfrac{1}{u(x)} = \dfrac{u'(x)}{u(x)}$.

d. $f(x) = \mathrm{e}^{u(x)} = v[u(x)]$ avec $v : x \mapsto \mathrm{e}^x$ et $v' : x \mapsto \mathrm{e}^x$.

Alors $f'(x) = u'(x) \times v'[u(x)] = u'(x) \times \mathrm{e}^{u(x)}$.

2. a. $f_1(x) = (5x^2+1)^7 = [u(x)]^7 = v(u(x))$ avec $u : x \mapsto 5x^2+1$ et $v : x \mapsto x^7$.

Pour tout $x \in \mathbb{R}$, $u'(x) = 10x$ et $v'(x) = 7x^6$.

Donc, pour tout $x \in \mathbb{R}$,

$f_1'(x) = u'(x) \times v(u(x)) = u'(x) \times 7[u(x)]^6$,

c'est-à-dire :

$$f_1'(x) = 10x \times 7(5x^2+1)^6 = \mathbf{70x(5x^2+1)^6}.$$

b. $f_2(x) = \dfrac{1}{f_1(x)} = v(f_1(x))$ avec $v : x \mapsto \dfrac{1}{x}$ et $v' : x \mapsto \dfrac{-1}{x^2}$.

Donc, pour tout $x \in \mathbb{R}$,

$$f_2'(x) = f_1'(x) \times v'(f_1(x)) = -f_1'(x) \times \frac{-1}{(f_1(x))^2} = \frac{-f_1'(x)}{(f_1(x))^2}$$

$$f_2'(x) = \frac{-70x(5x^2+1)^6}{(5x^2+1)^{14}} = \mathbf{\frac{-70x}{(5x^2+1)^8}}.$$

c. $f_3(x) = \sqrt{x^4+1} = \sqrt{u(x)} = v(u(x))$ avec $u : x \mapsto x^4+1$ et $v : x \mapsto \sqrt{x}$.

Pour tout $x \in \mathbb{R}$, $u'(x) = 4x^3$ et pour tout $x > 0$, $v'(x) = \dfrac{1}{2\sqrt{x}}$

Donc, pour tout $x \in \mathbb{R}$,

$$f_3'(x) = u'(x) \times v'(u(x)) = u'(x) \times \frac{1}{2\sqrt{u(x)}} = \frac{u'(x)}{2\sqrt{u(x)}}$$

$$f_3'(x) = \frac{4x^3}{2\sqrt{x^4+1}} = \mathbf{\frac{2x^3}{\sqrt{x^4+1}}}.$$

d. Pour tout $x \in \mathbb{R}$, $f_4(x) = e^{-5x+1} = e^{u(x)} = v(u(x))$ avec $u : x \mapsto -5x+1$ et $v : x \mapsto e^x$.

Pour tout $x \in \mathbb{R}$, $u'(x) = -5$ et $v'(x) = e^x$.

Donc, pour tout $x \in \mathbb{R}$,

$f_4'(x) = u'(x) \times v(u(x)) = u'(x) \times e^{u(x)}$

$f_4'(x) = \mathbf{-5 \times e^{-5x+1}}$.

e. Pour tout $x \in \mathbb{R}$, $f_5(x) = \sqrt{e^x + 2} = \sqrt{u(x)} = v(u(x))$ avec $u : x \mapsto e^x + 2$ et $v : x \mapsto \sqrt{x}$.

Pour tout $x \in \mathbb{R}$, $u'(x) = e^x$ et pour tout $x > 0$, $v'(x) = \dfrac{1}{2\sqrt{x}}$.

Pour tout $x \in \mathbb{R}$, $f_3'(x) = u'(x) \times v(u(x)) = \dfrac{u'(x)}{2\sqrt{u(x)}} = \mathbf{\dfrac{e^x}{2\sqrt{e^x + 2}}}$.

f. f_6 est de la forme $\dfrac{1}{v}$ avec $v : x \mapsto \sqrt{x^2+1} = \sqrt{u(x)}$.

Or, $v'(x) = \dfrac{u'(x)}{2\sqrt{u(x)}} = \dfrac{2x}{2\sqrt{x^2+1}} = \dfrac{x}{\sqrt{x^2+1}}$.

Donc $f_6'(x) = \dfrac{-v'(x)}{(v(x))^2} = \dfrac{-\dfrac{x}{\sqrt{x^2+1}}}{\sqrt{x^2+1}^2} = \mathbf{-\dfrac{x}{\sqrt{x^2+1}^3}}$.

2 FONCTIONS CONVEXES, POINT D'INFLEXION

1. a. Pour tout $x \in \mathbb{R}$, $f'(x) = 2$ et $f''(x) = 0$.
Donc f est à la fois convexe et concave sur $\mathbb{R}$.

b. Pour tout $x \in \mathbb{R}$, $f'(x) = 4x^3$ et $f''(x) = 12x^2 \geqslant 0$.
Donc f est convexe sur $\mathbb{R}$.

c. Pour tout $x \in \mathbb{R}$, $f'(x) = 5x^4$ et $f''(x) = 20x^3$.

$f''(x)$ est du signe de x^3, donc $f''(x) \geqslant 0 \Leftrightarrow x \geqslant 0$ et $f''(x) \leqslant 0 \Leftrightarrow x \leqslant 0$.

Donc f est concave sur $]-\infty\,;0]$ et convexe sur $[0\,;+\infty[$.

d. Pour tout $x > 0$, $f'(x) = \dfrac{1}{2\sqrt{x}}$ et $f''(x) = \dfrac{-2 \times \dfrac{1}{2\sqrt{x}}}{(2\sqrt{x})^2} = \dfrac{-1}{4\sqrt{x}^3} < 0$.

Donc f est concave sur $]0\,;+\infty[$.

e. Pour tout $x > 0$, $f'(x) = \dfrac{-1}{x^2}$ et $f''(x) = -\dfrac{-2x}{x^4} = \dfrac{2}{x^3} > 0$

Donc f est convexe sur $]0\,;+\infty[$.

f. Pour tout $x < 0$, $f'(x) = \dfrac{-1}{x^2}$ et $f''(x) = -\dfrac{-2x}{x^4} = \dfrac{2}{x^3} < 0$.

Donc f est concave sur $]+\infty\,;0[$.

2. Pour tout $x \in \mathbb{R}$, $f'(x) = 3x^2 - 6x + 3$ et $f''(x) = 6x - 6$.

$f''(x) \geqslant 0 \Leftrightarrow 6x - 6 \geqslant 0 \Leftrightarrow 6x \geqslant 6 \Leftrightarrow x \geqslant 1$.

$f''(x) \leqslant 0 \Leftrightarrow 6x - 6 \leqslant 0 \Leftrightarrow 6x \leqslant 6 \Leftrightarrow x \leqslant 1$.

Donc f est concave sur l'intervalle $]-\infty;1]$ et convexe sur l'intervalle $[1;+\infty[$.
Par conséquent, la courbe $\mathscr{C}$ admet un point d'inflexion : le point A de coordonnées $(1;f(1)) = (\mathbf{1};-\mathbf{2})$.

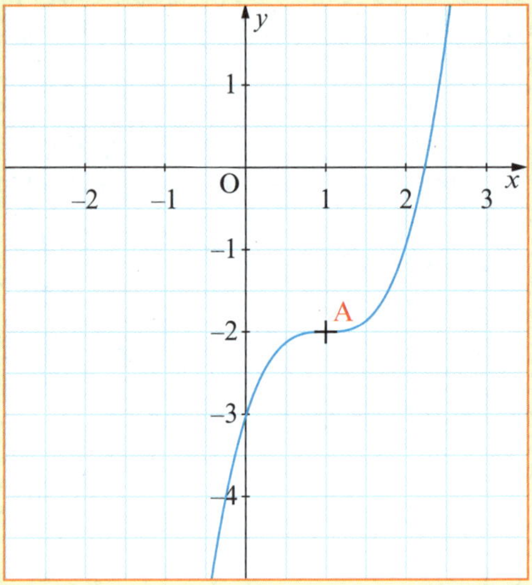

3 DÉFINITION DE LA CONTINUITÉ

Un des moyens d'établir la continuité en a d'une fonction f est de transformer l'écriture de $f(x)$ pour $x \neq a$.

Pour tout $x \neq -2$, $f(x) = \dfrac{(x-2)(x+2)}{x+2} = x-2$, donc :

$\lim\limits_{x \to -2} f(x) = \lim\limits_{x \to -2}(x-2) = -4.$

$\lim\limits_{x \to -2} f(x) = f(-2)$, donc $\boldsymbol{f}$ **est continue en –2.**

4 TABLEAU DE VARIATION ET ÉQUATION *F(X)* = *M*

1. a. • f est continue et strictement croissante sur l'intervalle $[0;4]$.
• 0 est compris entre $f(0) = -2$ et $f(4) = \pi$.
Donc, d'après le corollaire du théorème des valeurs intermédiaires,
l'équation $\boldsymbol{f(x) = 0}$ admet une unique solution sur l'intervalle $[0;4]$.

b. • f est continue et strictement décroissante sur l'intervalle $]-\infty;0]$.
• 0 est compris entre $\lim\limits_{x \to -\infty} f(x) = +\infty$ et $f(0) = -2$.
Donc, d'après le corollaire du théorème des valeurs intermédiaires,
l'équation $\boldsymbol{f(x) = 0}$ admet une unique solution sur l'intervalle $]-\infty;0]$.

2. a. D'après le tableau de variation, l'équation $f(x) = 4$ admet :
– une unique solution sur $]-\infty;0]$, puisque $4 \in [-2;+\infty[$;
– aucune solution sur $[0;+\infty[$, puisque 4 est strictement supérieur à π, qui est le maximum de f sur cet intervalle.
L'équation $\boldsymbol{f(x) = 4}$ admet une unique solution sur $\mathbb{R}$.

b. D'après le tableau de variation, l'équation $f(x) = -2$ admet :
– une unique solution sur $]-\infty\,;4]$, puisque -2 est le minimum de f sur cet intervalle et n'est atteint qu'une fois ;
– aucune solution sur $[4\,;+\infty[$, car $f(x) > 0 > -2$ pour tout $x \in [4 + \infty[$.
Donc l'équation $f(x) = -2$ admet une unique solution sur $\mathbb{R}$.

3. L'équation $f(x) = m$ admet :
- **aucune solution si $m < -2$;**
- **une solution si $m = -2$;**
- **deux solutions si $m \in]-2\,;0]$;**
- **trois solutions si $m \in]0\,;\pi[$;**
- **deux solutions si $m = \pi$;**
- **une solution si $m > \pi$.**

5 FONCTIONS COMPOSÉES

a. Pour tout $x \in [2{,}5\,;+\infty[$, $f(x) = \sqrt{2x-5} = \sqrt{u(x)} = v(u(x))$ avec $v : x \mapsto \sqrt{x}$ et $u : x \mapsto 2x - 5$.

> Pour tout $x \geqslant 2{,}5 \Leftrightarrow 2x-5 \geqslant 0 \Leftrightarrow u(x) \geqslant 0$, donc $v(u(x))$ existe pour tout $x \in [2{,}5\,;+\infty[$.

De plus, pour tout $x > 2{,}5$, $u'(x) = 2$ et, pour tout $x > 0$, $v'(x) = \dfrac{1}{2\sqrt{x}}$.

$$f'(x) = u'(x) \times v'(u(x)) = 2 \times \frac{1}{2\sqrt{u(x)}} = 2 \times \frac{1}{2\sqrt{2x-5}} = \frac{1}{\sqrt{2x-5}} > 0.$$

Donc f est strictement croissante sur $[2{,}5\,;+\infty[$.

b. Pour tout $x \in [0\,;+\infty[$, $g(x) = \left(2\sqrt{x} - 1\right)^5 = (u(x))^5 = v(u(x))$
avec $u : x \mapsto 2\sqrt{x} - 1$ et $v : x \mapsto x^5$.

Pour tout $x \in]0;+\infty[$, $u'(x) = 2 \times \dfrac{1}{2\sqrt{x}} = \dfrac{1}{\sqrt{x}}$, et pour tout x réel, $v'(x) = 5x^4$.

Donc, pour tout $x > 0$:

$$g'(x) = u'(x) \times v'(u(x)) = \frac{1}{\sqrt{x}} \times 5(u(x))^4 = \frac{5}{\sqrt{x}} \times \left(2\sqrt{x} - 1\right)^4 \geqslant 0.$$

De plus, g' s'annule uniquement lorsque $\sqrt{x} = \dfrac{1}{2}$, c'est-à-dire uniquement pour $x = \dfrac{1}{4}$ (valeur isolée).

Donc g est strictement croissante sur $[0\,;+\infty[$.

c. Pour tout $x \in \mathbb{R}$, $h(x) = \sqrt{3x^2+1} = \sqrt{u(x)} = v(u(x))$ avec $u : x \mapsto 3x^2 + 1$ et $v : x \mapsto \sqrt{x}$.

> Pour tout $x \in \mathbb{R}$, $u(x) \geqslant 1 > 0$, donc $v(u(x))$ existe pour tout $x \in \mathbb{R}$ et h est dérivable sur $\mathbb{R}$.

Pour tout $x \in \mathbb{R}$, $u'(x) = 3 \times 2x = 6x$ et pour tout $x > 0$, $v'(x) = \dfrac{1}{2\sqrt{x}}$.

Donc pour tout $x \in \mathbb{R}$,

$$h'(x) = u'(x) \times v(u(x)) = 6x \times \frac{1}{2\sqrt{u(x)}}.$$

$$h'(x) = \frac{6x}{2\sqrt{3x^2+1}} = \frac{3x}{\sqrt{3x^2+1}} \text{ qui est } \begin{cases} > 0 \text{ si } x > 0 \\ < 0 \text{ si } x < 0 \end{cases}$$

Donc h est strictement décroissante sur l'intervalle $]-\infty\,;0[$ et strictement croissante sur l'intervalle $[0\,;+\infty[$.

6 CONVEXITÉ ET INÉGALITÉ

1. Pour tout $x \in \mathbb{R}$, $\exp'(x) = \exp(x)$.
Donc, pour tout $x \in \mathbb{R}$, $\exp''(x) = \exp'(x) = \exp(x) > 0$.
La fonction exponentielle est donc convexe sur $\mathbb{R}$.

2. a. $y = \exp(0) + \exp'(0) \times (x-0) \Leftrightarrow y = 1 + 1(x-0)$.
L'équation réduite de la tangente à la courbe représentative de la fonction exponentielle en 0 est $\boldsymbol{y = x+1}$.

b. La fonction exponentielle étant convexe, sa courbe est au-dessus de chacune de ses tangentes. En particulier :

$$\text{pour tout réel } x, \mathrm{e}^x \geqslant x+1.$$

7 ÉTUDE DE FONCTION

1. • Limites de $f(x)$ en $+\infty$ et en $-\infty$.

Par produit : $\displaystyle\lim_{x\to+\infty} f(x) = \lim_{x\to+\infty} \frac{x^3}{x} = \lim_{x\to+\infty} x^2 = +\infty$

et $\displaystyle\lim_{x\to-\infty} f(x) = \lim_{x\to-\infty} \frac{x^3}{x} = \lim_{x\to-\infty} x^2 = +\infty.$

• Limites de $f(x)$ en -2.

$\displaystyle\lim_{x\to-2}(x^3+x^2+x+1) = -5$ et $\displaystyle\lim_{x\to-2^+}(x+2) = 0^+$, donc $\displaystyle\lim_{x\to-2^+} f(x) = -\infty$;

$\displaystyle\lim_{x\to-2}(x^3+x^2+x+1) = -5$ et $\displaystyle\lim_{x\to-2^-}(x+2) = 0^-$, donc $\displaystyle\lim_{x\to-2^-} f(x) = +\infty.$

2. $$f'(x) = \frac{(3x^2+2x+1)(x+2) - (x^3+x^2+x+1)}{(x+2)^2}$$

$$f'(x) = \frac{2x^3+7x^2+4x+1}{(x+2)^2}.$$

3. a. $g'(x) = 6x^2 + 14x + 4 = 2(3x^2+7x+2)$.
Factorisons $g'(x)$ pour en connaître le signe.

$\Delta = 49 - 24 = 5^2$, $x_1 = -2$ et $x_2 = -\dfrac{1}{3}$, d'où $g'(x) = 2 \times 3(x+2)\left(x+\dfrac{1}{3}\right)$.

Tableau de variation de g :

x	$-\infty$		-2		$-\frac{1}{3}$		$+\infty$
Signe de $g'(x)$		+	0	–	0	+	
Variations de g	$-\infty$	↗	5	↘	$\frac{10}{27}$	↗	$+\infty$

b. g est continue et strictement croissante sur $]-\infty\,;-2]$

0 est compris entre $\lim\limits_{x\to-\infty} g(x) = -\infty$ et $g(-2) = 5$

Donc, d'après le corollaire du théorème des valeurs intermédiaires,
l'équation $g(x) = 0$ admet une unique solution α sur l'intervalle $]-\infty\,;-2]$.

$g(-2{,}87) < 0$ et $g(-2{,}86) > 0$, donc $-2{,}87 < \alpha < -2{,}86$.

c. D'après le tableau de variation, g admet un minimum en $-\frac{1}{3}$, et ce minimum vaut $\frac{10}{27} > 0$. La fonction g est donc strictement positive sur $[-2\,;+\infty[$.

L'équation $g(x) = 0$ n'admet donc aucune solution sur $[-2\,;+\infty[$.

4. $f'(x)$ est du signe de $g(x)$ sur $\mathbb{R}\setminus\{-2\}$, donc :

x	$-\infty$		α		-2		$+\infty$
Signe de $f'(x)$		–	0	+	‖	+	
Variations de f	$+\infty$	↘	$f(\alpha)$	↗	$+\infty$ ‖ $-\infty$	↗	$+\infty$

$f(\alpha) \approx f(-2{,}87) \approx 19{,}85$.

8 FONCTION POLYNOMIALE

1. a. f étant une fonction polynôme, on a :

$\lim\limits_{x\to+\infty} f(x) = \lim\limits_{x\to+\infty} x^4 = +\infty$.

$\lim\limits_{x\to-\infty} f(x) = \lim\limits_{x\to-\infty} x^4 = +\infty$.

b. Pour tout réel x, $f'(x) = 4x^3 - \frac{7}{2}\times 2x + 3 = 4x^3 - 7x + 3$.

$f'(1) = 4 - 7 + 3 = 0$ donc, pour tout réel x,

$$f'(x) = (x-1)(ax^2 + bx + c) = ax^3 + (b-a)x^2 + (c-b)x - c$$

donc, par comparaison des coefficients de même degré :

$$\begin{cases} a = 4 \\ b - a = 0 \\ c - b = -7 \\ c = -3 \end{cases}, \text{ d'où } \begin{cases} a = 4 \\ b = a = 4 \text{ et on vérifie l'égalité } c - b = -3 - 4 = -7 \\ c = -3 \end{cases}$$

Pour tout $x \in \mathbb{R}$, $f'(x) = (x-1)(4x^2 + 4x - 3)$.

Factorisons maintenant le trinôme $4x^2+4x-3$:
son discriminant est $\Delta = 4^2 - 4\times 4\times(-3) = 64 = 8^2$, ses racines sont donc :

$$x_1 = \frac{-4-8}{2\times 4} = -\frac{3}{2} \text{ et } x_2 = \frac{-4+8}{2\times 4} = \frac{1}{2}.$$

Donc $4x^2+4x-3 = 4\left(x+\frac{3}{2}\right)\left(x-\frac{1}{2}\right)$.

Pour tout $x\in\mathbb{R}$, $f'(x) = 4(x-1)\left(x+\frac{3}{2}\right)\left(x-\frac{1}{2}\right)$.

c.

x	$-\infty$		$-\frac{3}{2}$		$\frac{1}{2}$		1		$+\infty$
$x-1$		$-$		$-$		$-$	0	$+$	
$x+\frac{3}{2}$		$-$	0	$+$		$+$		$+$	
$x-\frac{1}{2}$		$-$		$-$	0	$+$		$+$	
Signe de $f'(x)$		$-$	0	$+$	0	$-$	0	$+$	
Variations de f	$+\infty$	↘	$-\frac{256}{999}$	↗	$\frac{11}{16}$	↘	$\frac{1}{2}$	↗	$+\infty$

2. Pour tout réel x, $f''(x) = 12x^2-7$.

Factorisons $f''(x)$:

$f''(x) = 12x^2 - 7 = \left(\sqrt{12}x\right)^2 - \sqrt{7}^2 = \left(\sqrt{12}x-\sqrt{7}\right)\left(\sqrt{12}x+\sqrt{7}\right)$.

f'' est une fonction polynôme du second degré, elle est du signe du coefficient de x^2 (ici, 12) à « l'extérieur » des racines :

$$f''(x)>0 \Leftrightarrow x\in\left]-\infty;-\sqrt{\frac{12}{7}}\right[\cup\left]\sqrt{\frac{12}{7}};+\infty\right[$$

$$f''(x)<0 \Leftrightarrow x\in\left]-\sqrt{\frac{12}{7}};\sqrt{\frac{12}{7}}\right[$$

$$f''(x)=0 \Leftrightarrow \left(x=-\sqrt{\frac{12}{7}} \text{ ou } x=\sqrt{\frac{12}{7}}\right)$$

La fonction f est convexe sur l'intervalle $\left]-\infty;-\sqrt{\frac{12}{7}}\right[$, concave sur l'intervalle $\left]-\sqrt{\frac{12}{7}};\sqrt{\frac{12}{7}}\right[$ et convexe sur l'intervalle $\left]\sqrt{\frac{12}{7}};+\infty\right[$.

Sa courbe représentative admet deux points d'inflexion : le point de la courbe d'abscisse $-\sqrt{\dfrac{12}{7}}$ et le point de la courbe d'abscisse $\sqrt{\dfrac{12}{7}}$.

3.

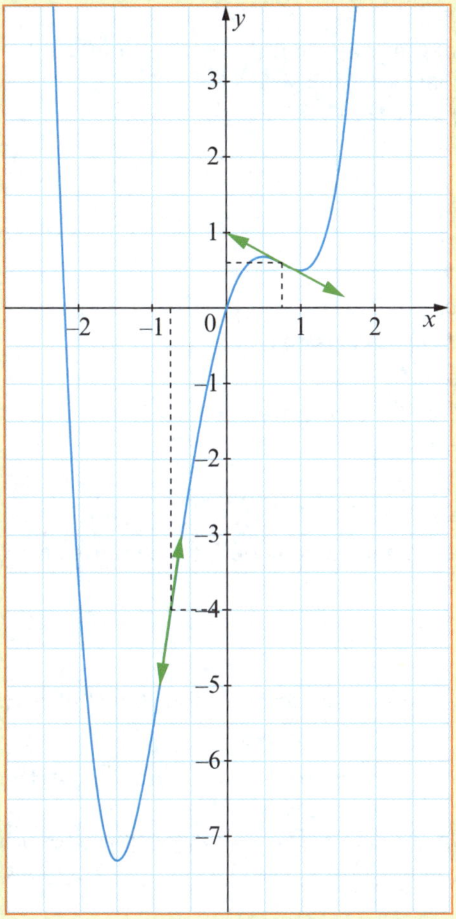

9 FONCTION RACINE CUBIQUE

On considère la fonction f définie sur $\mathbb{R}$ par $f(x) = x^3$.

1. Par produit, $\lim\limits_{x\to+\infty} x^3 = +\infty$ et $\lim\limits_{x\to-\infty} x^3 = -\infty$.

Pour tout $x \in \mathbb{R}$, $f'(x) = 3x^2$. f' est strictement positive sur $\mathbb{R}^*$ et nulle en 0 (valeur isolée). Donc f est strictement croissante sur $\mathbb{R}$.

2. a. Soit y un réel. $x^3 = \not\Leftrightarrow\Leftrightarrow f(x) = y$.

- f est continue et strictement décroissante sur $]-\infty;+\infty[$
- y est compris entre $\lim\limits_{x\to-\infty} f(x) = -\infty$ et $\lim\limits_{x\to-\infty} f(x) = +\infty$.

D'après le corollaire du théorème des valeurs intermédiaires, **l'équation $f(x) = y$ admet une unique solution sur $\mathbb{R} =]-\infty;+\infty[$.**

b. f étant strictement monotone :

$\sqrt[3]{-8} = -2$ car $(-2)^3 = -8$.

$\sqrt[3]{-1} = -1$ car $(-1)^3 = -1$.

$\sqrt[3]{0} = 0\,;\sqrt[3]{1} = 1, \sqrt[3]{8} = 2$.

3. a. f est strictement croissante sur $\mathbb{R}$ donc les nombres 1 ; $\sqrt[3]{2}$ et 2 sont rangés dans le même ordre que leurs images.
Or $f(1) = 1\,;\,f(\sqrt[3]{2}) = 2\,;\,f(2) = 8$.

Donc $1 < \sqrt[3]{2} < 2$.

b.

```
a = 1
b = 2
precision = 0.01
while (b–a) > precision :
   c = (a+b)/2
   if ((c**3–2)*(a**3–2)>0):
      a = c
   else :
      b = c
print(«la racine cubique de 2 est compris entre «,a,» et «,b)
```

10 FONCTION COMPOSÉE

a. $\begin{cases} \lim\limits_{x \to -\infty} 3x^2 + 4 = +\infty \\ \lim\limits_{X \to +\infty} \sqrt{X} = +\infty. \end{cases}$ donc, par composition $\lim\limits_{x \to -\infty} \sqrt{3x^2+4} = +\infty$;

de plus, $\lim\limits_{x \to -\infty} - x\sqrt{3} = +\infty$ donc, par somme, $\boldsymbol{\lim\limits_{x \to -\infty} f(x) = +\infty}$.

b. • $\lim\limits_{x \to +\infty} 3x^2 + 4 = +\infty$ et $\lim\limits_{X \to +\infty} \sqrt{X} = +\infty$, donc $\lim\limits_{x \to +\infty} \sqrt{3x^2+4} = +\infty$.

• $\lim\limits_{x \to +\infty} - x\sqrt{3} = -\infty$.

C'est une forme indéterminée. Or :

$$f(x) = \frac{1}{2}\frac{\left(\sqrt{3x^2+4} - x\sqrt{3}\right)\times\left(\sqrt{3x^2+4} + x\sqrt{3}\right)}{\left(\sqrt{3x^2+4} + x\sqrt{3}\right)} = \frac{1}{2}\frac{3x^2+4-3x^2}{\sqrt{3x^2+4} + x\sqrt{3}}$$

$$= \frac{2}{\sqrt{3x^2+4} + x\sqrt{3}}.$$

$\lim\limits_{x \to +\infty} \sqrt{3x^2+4} = +\infty$ et $\lim\limits_{x \to +\infty} x\sqrt{3} = +\infty$ donc $\lim\limits_{x \to +\infty} \left(\sqrt{3x^2+4} + x\sqrt{3}\right) = +\infty$, soit

$\boldsymbol{\lim\limits_{x \to -\infty} f(x) = 0}$.

c. Pour tout x réel, $\sqrt{3x^2+4} = \sqrt{u(x)} = v(u(x))$ avec $u : x \mapsto 3x^2 + 4$ et $v : x \mapsto \sqrt{x}$

Alors pour tout $x \in \mathbb{R}$, $u'(x) = 6x$ et pour tout $x > 0$, $v'(x) = \dfrac{1}{2\sqrt{x}}$.

Donc, la dérivée de la fonction $x \mapsto \sqrt{3x^2+4}$ est la fonction :

$$x \mapsto u'(x) \times v'(u(x)) = 6x \times \frac{1}{2\sqrt{3x^2+4}} = \frac{3x}{\sqrt{3x^2+4}}.$$

Alors pour tout $x \in \mathbb{R}$,

$$f'(x) = \frac{1}{2}\left(\frac{6x}{2\sqrt{3x^2+4}} - \sqrt{3}\right) = \frac{1}{2}\left(\frac{3x}{\sqrt{3x^2+4}} - \frac{\sqrt{3} \times \sqrt{3x^2+4}}{\sqrt{3x^2+4}}\right)$$

$$\boldsymbol{f'(x) = \frac{3x - \sqrt{9x^2+12}}{2\sqrt{3x^2+4}}}.$$

d. Si $x \geqslant 0$, alors $3x < \sqrt{9x^2+12}$ équivaut à $9x^2 < 9x^2+12$ (car la fonction carré est strictement croissante sur $\mathbb{R}^+$) et à $0 < 12$ (toujours vrai).

Donc pour tout $x \geqslant 0$, $3x - \sqrt{9x^2+12} < 0$ et $f'(x) < 0$.

e. Si $x < 0$, alors $3x < 0$, donc $3x - \sqrt{9x^2+12} < 0$, donc $f'(x) < 0$.
Finalement, pour tout x réel, $f'(x) < 0$, **donc f est strictement décroissante sur $\mathbb{R}$.**

11 QCM

1. Pour tout $x \in \mathbb{R}$, $\sqrt{x^2+1} = \sqrt{u(x)} = v(u(x))$ avec $u : x \mapsto x^2+1$ et $v : x \mapsto \sqrt{x}$.

De plus, pour tout $x \in \mathbb{R}$, $u'(x) = 2x$ et $v'(x) = \dfrac{1}{2\sqrt{x}}$.

Donc $f'(x) = u'(x) \times v'(u(x)) = u'(x) \times \dfrac{1}{2\sqrt{u(x)}} = 2x \times \dfrac{1}{2\sqrt{x^2+1}} = \dfrac{x}{\sqrt{x^2+1}}$

Réponse b.

2. f est continue (mais pas strictement monotone) sur $[2;5]$ et 0 est compris entre $f(2) = 3$ et $f(5) = -1$.
Donc l'équation $f(x) = 0$ admet au moins une solution sur l'intervalle [2 ; 5].
Réponse c.

3. **Réponses b. et d.** car pour tout $x > 0$, $\ln''(x) = -\dfrac{1}{x^2}$ et si on note f la fonction racine carrée, $f'(x) = \dfrac{1}{2\sqrt{x}}$.

12 FONCTION GAUSSIENNE

On considère la fonction f définie sur $\mathbb{R}$ par :

$$f(x) = \mathrm{e}^{-x^2}.$$

On note $\mathscr{C}$ sa courbe représentative de f dans un repère.

a.

$\lim\limits_{x \to \pm\infty} (-x^2) = -\infty$ et $\lim\limits_{X \to -\infty} \mathrm{e}^X = 0$ donc, par composition, $\lim\limits_{x \to \pm\infty} \mathrm{e}^{-x^2} = 0$.

f admet pour limite 0 en $+\infty$ et en $-\infty$.

b. Pour tout réel x, $f(x) = \mathrm{e}^{-x^2} = \mathrm{e}^{u(x)} = v(u(x))$ avec $u : x \mapsto -x^2$ et $v : x \mapsto \mathrm{e}^x$.
Et pour tout $x \in \mathbb{R}$, $u'(x) = -2x$ et $v'(x) = \mathrm{e}^x$.

Donc, pour tout $x \in \mathbb{R}$, $f'(x) = u'(x) \times v'(u(x)) = -2x \times \mathrm{e}^{-x^2}$.
e^{-x^2} étant strictement positif sur $\mathbb{R}$, $f'(x)$ est du signe de $-2x$, c'est-à-dire du signe opposé à celui de x :

$f'(x) > 0 \Leftrightarrow x \in]-\infty\,;0[$.

$f'(x) < 0 \Leftrightarrow x \in]0\,;+\infty[$.

Donc f est strictement croissante sur $]-\infty\,;0[$ et strictement décroissante sur $]0\,;+\infty[$.

x	$-\infty$	0	$+\infty$
Variations de f	0 ↗	1	↘ 0

c. Pour tout réel x,

$f'(x) = -2x \times \mathrm{e}^{-x^2} = u(x) \times v(x)$ avec $u : x \mapsto -2x$ et $v : x \mapsto \mathrm{e}^{-x^2}$

$u'(x) = -2$ et $v'(x) = -2x \times \mathrm{e}^{-x^2}$

donc $f''(x) = u'(x) \times v(x) + u(x) \times v'(x)$

$= -2 \times \mathrm{e}^{-x^2} + (-2x) \times (-2x \times \mathrm{e}^{-x^2}) = -2 \times \mathrm{e}^{-x^2} + 4x^2 \times \mathrm{e}^{-x^2}$

$f''(x) = 2\mathrm{e}^{-x^2}(2x^2 - 1)$.

$f''(x)$ est donc du signe de $2x^2 - 1 = \left(\sqrt{2}x - 1\right)\left(\sqrt{2}x + 1\right)$.

d. f'' est une fonction polynôme du second degré. f'' est du signe du coefficient de x^2 (ici, 2) à l'extérieur des racines.

$f''(x) > 0 \Leftrightarrow x \in \left]-\infty\,;-\frac{1}{\sqrt{2}}\right[\cup \left]\frac{1}{\sqrt{2}}\,;+\infty\right[$

$f''(x) < 0 \Leftrightarrow x \in \left]-\frac{1}{\sqrt{2}}\,;\frac{1}{\sqrt{2}}\right[\Leftrightarrow \left(x = -\frac{1}{\sqrt{2}} \text{ ou } x = \frac{1}{\sqrt{2}}\right)$

La fonction f est convexe sur l'intervalle $\left]-\infty\,;-\frac{1}{\sqrt{2}}\right[$, concave sur l'intervalle $\left]-\frac{1}{\sqrt{2}}\,;\frac{1}{\sqrt{2}}\right[$ et convexe sur l'intervalle $\left]\frac{1}{\sqrt{2}}\,;+\infty\right[$.

Sa courbe représentative admet deux points d'inflexion : le point de la courbe d'abscisse $-\frac{1}{\sqrt{2}}$ et le point de la courbe d'abscisse $\frac{1}{\sqrt{2}}$.

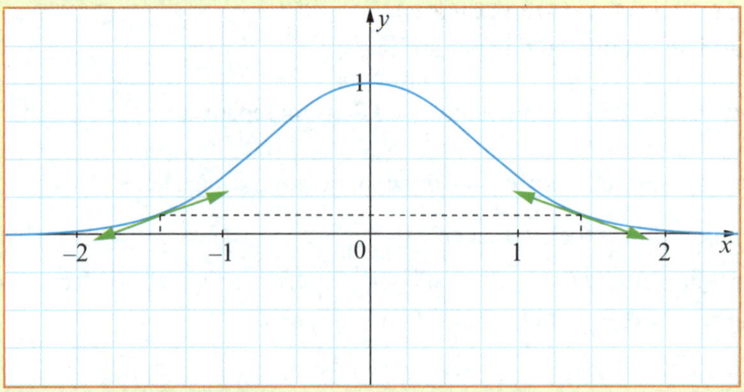

13 MÉTHODE DE NEWTON

a. Soit $x_0 \in \mathrm{I}$ tel que $f'(x_0) \neq 0$.

• La tangente à $\mathscr{C}_f$ au point d'abscisse $x_0 \in \mathrm{I}$ a pour équation :

$$y = f(x_0) + f'(x_0)(x - x_0).$$

• Elle coupe l'axe d'abscisse en un point de coordonnées (x_1 ; 0), donc :

$$0 = f(x_0) + f'(x_0)(x_1 - x_0)$$

$f'(x_0)(x_1 - x_0) = -f(x_0)$ et comme $f'(x_0) \neq 0$, $x_1 - x_0 = -\dfrac{f(x_0)}{f'(x_0)}$,

on obtient : $x_1 = x_0 - \dfrac{f(x_0)}{f'(x_0)}$.

b.

```
x = 1
for k in range(4) :
x = x–(x**3–2)/(3*x**2)

ecart = (x–2**(1/3))/(2**(1/3))
print(«l'écart est»,ecart)
```

14 PROLONGEMENT PAR CONTINUITÉ

a. Pour tout x réel :

$(2x-1)(ax^2 + bx + c) = 2ax^3 + (2b-a)x^2 + (2c-b)x - c$.

Donc pour tout réel x, $2x^3 + 7x^2 + 2x - 3 = (2x-1)(ax^2 + bx + c)$ si, et seulement si :

$$\begin{cases} 2a = 2 \\ 2b - a = 7 \\ 2c - b = 2 \\ -c = -3 \end{cases}, \text{ soit } \begin{cases} a = 1 \\ b = 4 \\ c = 3 \end{cases}$$

Il y a plus d'équations que d'inconnues. La résolution de la 4e équation constitue une vérification.

Donc, pour tout x réel, $2x^3 + 7x^2 + 2x - 3 = (2x-1)(x^2 + 4x + 3)$.

b. Soit $x \neq \dfrac{1}{2}$,

$$f(x) = \frac{(2x-1)(x^2+4x+3)}{2x-1} = x^2 + 4x + 3 \text{, donc } \lim_{x \to \frac{1}{2}} f(x) = 5{,}25.$$

f est continue en $\dfrac{1}{2}$ si, et seulement si, $\alpha = 5{,}25$.

15 TANGENTE HYBERBOLIQUE

1. La fonction f est strictement croissante sur $\mathbb{R}$.
$\lim_{x\to-\infty} f(x) = -1$ et $\lim_{x\to+\infty} f(x) = 1$.

f est convexe sur $]-\infty;0[$ et concave sur $]0\,;+\infty[$.
La courbe admet un point d'inflexion : le point O(0 ; 0).

2. a. La fonction correspond au graphique est la fonction appelée tangente hyperbolique, notée tanh définie sur $\mathbb{R}$ par :

$$\tanh(x) = \frac{e^x - e^{-x}}{e^x + e^{-x}}.$$

Encadrons le numérateur :

Pour tout réel x, $\begin{cases} e^x - e^{-x} < e^x & \text{car } e^{-x} > 0 \\ e^x - e^{-x} > -e^{-x} & \text{car } e^x > 0 \end{cases}$

donc $-e^{-x} < e^x - e^{-x} < e^x$.
Divisons par $e^x + e^{-x} > 0$:

$$-\frac{e^{-x}}{e^x + e^{-x}} < \frac{e^x - e^{-x}}{e^x + e^{-x}} < \frac{e^x}{e^x + e^{-x}}.$$

Or d'une part : $0 < \frac{e^x}{e^x + e^{-x}} < 1$.

D'autre part : $0 < \frac{e^{-x}}{e^x + e^{-x}} < 1$, donc $-1 < -\frac{e^{-x}}{e^x + e^{-x}}$.

Finalement, pour tout $x \in \mathbb{R}$,

$$x \in \mathbb{R},\ \mathbf{-1 < \tanh(x) < 1}.$$

b. Pour tout réel x, en factorisant le numérateur et le dénominateur par e^x, on obtient :

$$\tanh(x) = \frac{e^x - e^{-x}}{e^x + e^{-x}} = \frac{e^x(1 - e^{-2x})}{e^x(1 + e^{-2x})} \quad \text{car } e^x \times e^{-2x} = e^{-x}$$

$$\tanh(x) = \frac{1 - e^{-2x}}{1 + e^{-2x}}.$$

- Limite de tanh en $+\infty$:

$$\lim_{x\to+\infty} \tanh(x) = \lim_{x\to+\infty} \frac{1 - e^{-2x}}{1 + e^{-2x}}$$

$\lim_{x\to+\infty} (1 - e^{-2x}) = 1$ et $\lim_{x\to+\infty} (1 + e^{-2x}) = 1$

donc, par quotient, $\lim_{x\to+\infty} \tanh(x) = 1$.

c. Pour tout réel x, en factorisant le numérateur et le dénominateur par e^{-x}, on obtient pour tout réel x :

$$\tanh(x) = \frac{e^x - e^{-x}}{e^x + e^{-x}} = \frac{e^{-x}(e^{2x} - 1)}{e^{-x}(e^{2x} + 1)} \quad \text{car } e^{-x} \times e^{2x} = e^x$$

$$\tanh(x) = \frac{e^{2x} - 1}{e^{2x} + 1}.$$

• Limite de tanh en $-\infty$:

$$\lim_{x\to-\infty} \tanh(x) = \lim_{x\to-\infty} \frac{e^{2x}-1}{e^{2x}+1}$$

$\lim_{x\to-\infty} (e^{2x}-1) = -1$ et $\lim_{x\to-\infty} (e^{2x}+1) = 1$

donc, par quotient, $\lim_{x\to-\infty} \tanh(x) = -1$.

d. tanh est de la forme $\frac{u}{v}$ avec :

$u(x) = e^{x} - e^{-x}$; $u'(x) = e^{x} + e^{-x} = v(x)$.

$v(x) = e^{x} + e^{-x}$; $v'(x) = e^{x} - e^{-x} = u(x)$.

Pour tout réel x,

$$\tanh'(x) = \frac{u'(x)\times v(x) - u(x)\times v'(x)}{(v(x))^2} = \frac{\left(e^{x}+e^{-x}\right)^2 - \left(e^{x}-e^{-x}\right)^2}{\left(e^{x}+e^{-x}\right)^2}$$

$$\tanh'(x) = 1 - \left(\frac{e^{x}-e^{-x}}{e^{x}+e^{-x}}\right)^2 = 1-(\tanh(x))^2.$$

D'après le **2. a.**, pour tout réel x

$-1 < \tanh(x) < 1$, donc $0 \leqslant (\tanh(x))^2 < 1$,

donc $-1 < -(\tanh(x))^2 \leqslant 0$,

donc $0 < \tanh'(x) \leqslant 1$.

Il en résulte que la fonction tan*h* est strictement croissante sur $\mathbb{R}$.

e. Pour tout réel x,

$$\tanh'(x) = 1-(\tanh(x))^2 = 1-u(x)^2 = v(u(x))$$

avec $u = \tanh$ et $v : x \mapsto 1-x^2$.

Pour tout $x \in \mathbb{R}$, $u'(x) = 1-(\tanh(x))^2$ et $v'(x) = -2x$.

Donc $\tanh''(x) = u'(x)\times v'(u(x)) = \left(1-\tanh(x)^2\right)\times(-2\tanh(x))$

$\tanh''(x) = -2\tanh(x)\times\left(1-\tanh(x)^2\right)$.

Comme $\left(1-\tanh(x)^2\right) > 0$, $\tanh''(x)$ est du signe opposé à $\tanh(x)$.

$\tanh''(x)$ est donc strictement positif sur $]-\infty;0[$ et strictement négatif sur $]0;+\infty[$.

La fonction tanh est donc convexe sur $]0;+\infty[$ et concave sur $]-\infty;0[$.

Le point d'inflexion de sa courbe représentative est le point de coordonnées $(0;\tanh(0)) = (0;0)$, car $\tanh(0) = \frac{1-1}{1+1} = 0$.

16 ÉTUDE D'UNE FONCTION

Partie A.

1. g est dérivable sur $\mathbb{R}$ et pour tout $x \in \mathbb{R}$, $g'(x) = 3x^2+3 > 0$.

Donc g est strictement croissante sur $\mathbb{R}$.

2. $\lim_{x\to-\infty} x^3 = -\infty$ et $\lim_{x\to-\infty} 3x+8 = -\infty$, donc $\lim_{x\to-\infty} g(x) = -\infty$.

$\lim_{x\to+\infty} x^3 = +\infty$ et $\lim_{x\to+\infty} 3x+8 = +\infty$, donc $\lim_{x\to+\infty} g(x) = +\infty$.

g est continue et strictement croissante sur $\mathbb{R}$.

0 est compris entre $\lim\limits_{x \to -\infty} g(x) = -\infty$ et $\lim\limits_{x \to +\infty} g(x) = +\infty$.

Donc, d'après le corollaire du théorème des valeurs intermédiaires, **l'équation $g(x) = 0$ admet une unique solution α dans $\mathbb{R}$.**

$g(-1{,}52) \approx -0{,}072$ et $g(-1{,}51) \approx 0{,}027$, soit $g(-1{,}52) < 0 < g(-1{,}51)$.

Donc $\mathbf{-1{,}52 < \alpha < -1{,}51}$

3.

x	$-\infty$		α		$+\infty$
Variations de g	$-\infty$	↗	0	↗	$+\infty$
Signe de g		$-$	0	$+$	

Partie B.

1. f est définie et dérivable sur $\mathbb{R}$ et, pour tout $x \in \mathbb{R}$:

$$f'(x) = \frac{3x^2(x^2+1) - (x^3-4) \times 2x}{(x^2+1)^2}$$

$$= \frac{x^4 + 3x^2 + 8x}{(x^2+1)^2}$$

$$= \frac{xg(x)}{(x^2+1)^2}.$$

$(x^2+1)^2 > 0$ pour tout $x \in \mathbb{R}$, donc $f'(x)$ est du signe de $x\,g(x)$.

x	$-\infty$		α		0		$+\infty$
x		$-$		$-$	0	$+$	
$g(x)$		$-$	0	$+$		$+$	
Signe de $f'(x)$		$+$	0	$-$	0	$+$	
Variations de f	$-\infty$	↗	$f(\alpha)$	↘	-4	↗	$+\infty$

$\lim\limits_{x \to +\infty} f(x) = \lim\limits_{x \to +\infty} \dfrac{x^3}{x^2} = \lim\limits_{x \to +\infty} x = +\infty$ et $\lim\limits_{x \to -\infty} f(x) = \lim\limits_{x \to -\infty} \dfrac{x^3}{x^2} = \lim\limits_{x \to -\infty} x = -\infty$.

2. • $g(\alpha) = 0$, donc $\alpha^3 = -3\alpha - 8$, d'où :

$$\frac{f(\alpha)}{\alpha} = \frac{1}{\alpha} \times \frac{-3\alpha - 12}{\alpha^2+1} = \frac{-3(\alpha+4)}{\alpha^3+\alpha} = \frac{-3(\alpha+4)}{-2\alpha-8} = \frac{3}{2}.$$

Donc $f(\alpha) = \dfrac{3}{2}\alpha$.

• $-1{,}52 < \alpha < -151$, donc $-2{,}280 < f(\alpha) < -2{,}265$.

3. a. $\mathcal{T} : y = f(0) + f'(0) \times (x - 0)$.

Or, $f(0) = -4$ et $f'(0) = 0$, donc l'équation de $\mathcal{T}$ est $y = -4$.

b. $f(x)-(-4)=\dfrac{x^3-4}{x^2+1}+4=\dfrac{x^3+4x^2}{x^2+1}=x^2\times\dfrac{x+4}{x^2+1}$.

Si $x<-4$, alors $f(x)-(-4)<0$ et $\mathscr{C}$ **est au-dessous de** $\mathscr{T}$ **:**

Si $x>-4$, et $x\neq 0$, alors $f(x)-(-4)>0$ et $\mathscr{C}$ **est au-dessus de** $\mathscr{T}$ **;**

$\mathscr{C}$ **et** $\mathscr{T}$ **se coupent aux points d'abscisses –4 et 0.**

c.

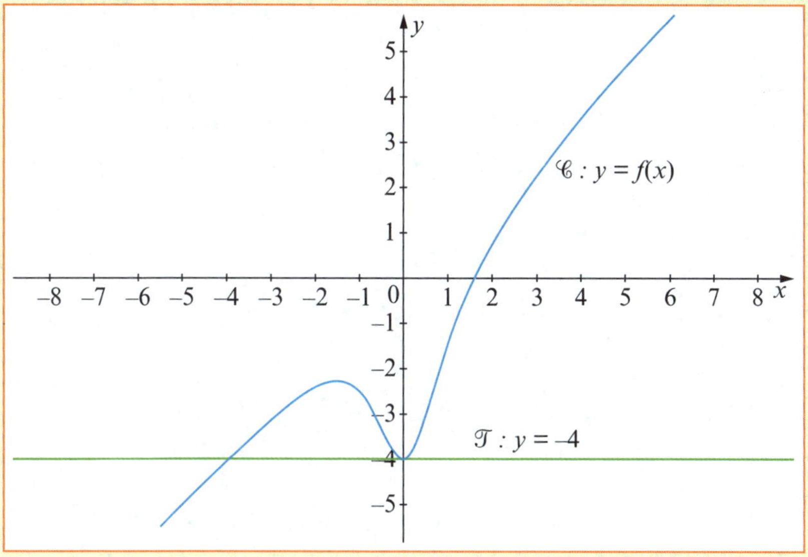

3 Fonctions de référence

I FONCTION LOGARITHME NÉPÉRIEN

1. Définition et premières propriétés

Définition: Soit $x>0$. L'unique solution y de l'équation $e^y = x$ s'appelle **logarithme népérien de** x et on la note $\ln(x)$ ou $\ln x$.

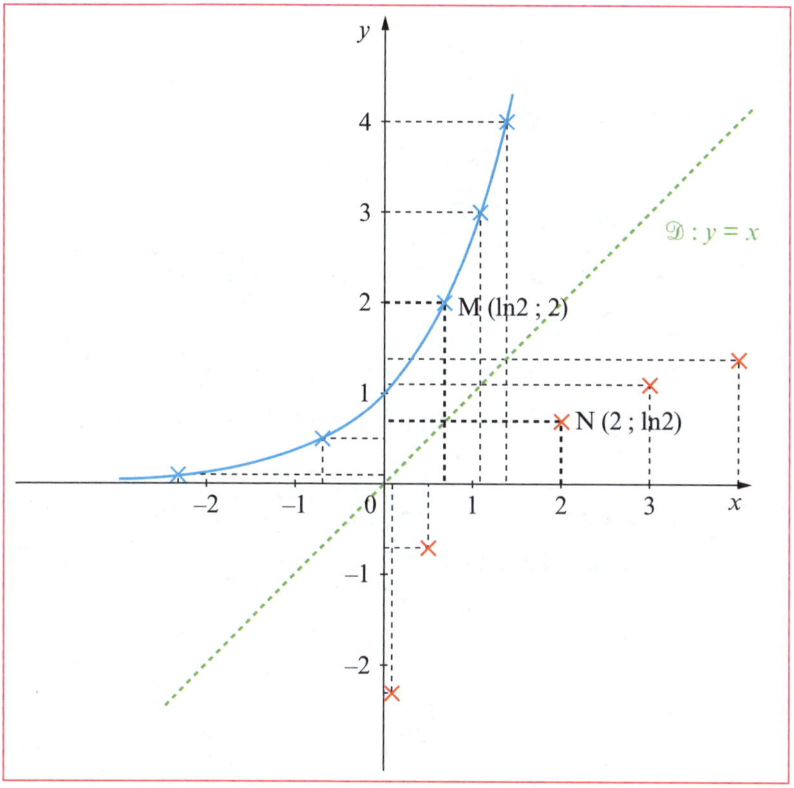

- La fonction logarithme népérien est définie sur $]0;+\infty[$.
- On dit que les fonctions logarithme népérien et exponentielle sont réciproques l'une de l'autre.

Propriétés

- Pour tout $a>0$, pour tout $b \in \mathbb{R}$,

$$\ln(a) = b \Leftrightarrow a = e^b$$

- Pour tout $x>0$, $e^{\ln x} = x$ et pour tout $x \in \mathbb{R}$,

$$\ln(e^x) = x$$

- $\ln 1 = 0$ et $\ln e = 1$.

Dans un repère orthonormé, les courbes représentatives des fonctions exponentielle et logarithme népérien sont symétriques par rapport à la droite d'équation $y = x$. (voir aussi figure I-6)

2. Propriétés algébriques

- Pour tous a , $b \in]0\,;+\infty[$,

$$\ln(ab) = \ln(a) + \ln(b)$$

- Pour tout $a > 0$,

$$\ln\left(\frac{1}{a}\right) = -\ln(a)$$

- Pour tous a , $b \in]0\,;+\infty[$,

$$\ln\left(\frac{a}{b}\right) = \ln(a) - \ln(b)$$

- Pour tout $a > 0$, pour tout $n \in \mathbb{N}$,

$$\ln(a^n) = n\ln(a)$$

- Pour tout $a > 0$, $\ln\sqrt{a} = \frac{1}{2}\ln(a)$.

3. Limites aux bornes de l'ensemble de définition

$\lim\limits_{x \to +\infty} \ln x = +\infty$ et $\lim\limits_{x \to 0^+} \ln x = -\infty$.

4. Sens de variation de la fonction logarithme

Théorème : La fonction ln est continue et dérivable sur $]0\,;+\infty[$ et

$$\ln'(x) = \frac{1}{x}.$$

Par conséquent, la fonction ln est strictement croissante sur $]0\,;+\infty[$.

5. Courbe représentative de ln

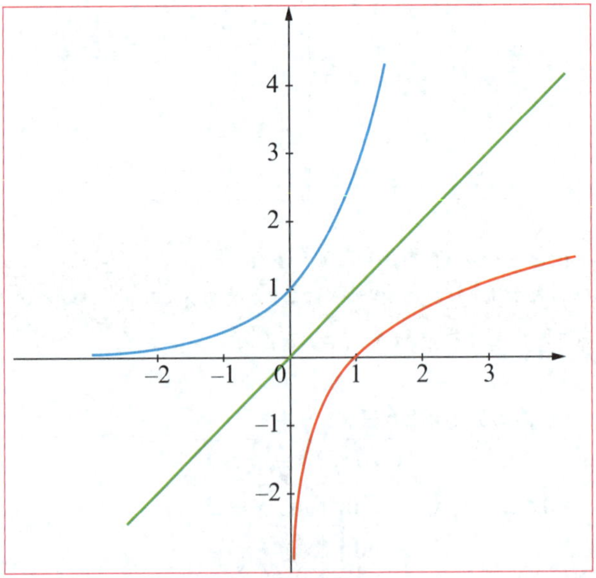

6. Croissances comparées

- $\lim\limits_{x \to +\infty} \frac{\ln x}{x} = 0^+$ et $\lim\limits_{x \to 0^+} x \ln(x) = 0^-$
- Pour tout $n \in \mathbb{R}^*$,

$$\lim_{x \to +\infty} \frac{\ln x}{x^n} = 0^+ \text{ et } \lim_{x \to 0^+} x^n \ln(x) = 0^-$$

7. Fonctions composées de la forme ln(*u*)

Théorème : Soit u une fonction dérivable sur un intervalle I telle que, **pour tout $x \in I$, $u(x) > 0$.**
Alors la fonction $\ln \circ u = \ln(u)$ est définie et dérivable sur I et :

$$(\ln u)' = \frac{u'}{u}$$

II FONCTIONS COSINUS ET SINUS

1. Rappels de Première

Définition

- Les fonctions **cosinus :** $x \mapsto \cos(x)$ et **sinus :** $x \mapsto \sin(x)$ sont définies sur $\mathbb{R}$ de la façon suivante :

À tout réel x, on associe le point M du cercle trigonométrique d'affixe x. Alors $\cos(x)$ et $\sin(x)$ désignent respectivement l'abscisse et l'ordonnée du point M.

Rappel : Le cercle trigonométrique désigne, dans un repère orthonormé (O ;I ;J), le cercle de centre O et de rayon 1 orienté dans le sens direct.

Propriétés

- Pour tout $x \in \mathbb{R}$,

$$-1 \leqslant \cos(x) \leqslant 1 \text{ et } -1 \leqslant \sin(x) \leqslant 1.$$

- Pour tout $x \in \mathbb{R}$,

$$\cos(x + 2\pi) = \cos(x) \text{ et } \sin(x + 2\pi) = \sin(x).$$

La courbe représentative sur $\mathbb{R}$ de la fonction cosinus (respectivement de la fonction sinus) se déduit de celle sur $]-\pi ; \pi]$ par translations de vecteurs $2k\pi\vec{i}$, $k \in \mathbb{Z}$.
On dit que les fonctions cosinus et sinus sont périodiques, de période 2π.

- Pour tout $x \in \mathbb{R}$,

$$\cos(-x) = \cos(x) \text{ et } \sin(-x) = -\sin(x).$$

La courbe représentative de la fonction cosinus est symétrique par rapport à l'axe des abscisses ; on dit que la fonction cosinus est paire.
La courbe représentative de la fonction sinus est symétrique par rapport à l'origine du repère ; on dit que la fonction sinus est impaire.

2. Variations et représentations graphiques

Propriété : Les fonctions sinus et cosinus sont dérivables sur $\mathbb{R}$ et, pour tout $x \in \mathbb{R}$:

$$\sin'(x) = \cos(x) \text{ et } \cos'(x) = -\sin(x)$$

Tableaux de variation sur $]-\pi\,;\pi]$ **:**

x	$-\pi$		$-\frac{\pi}{2}$		0		$\frac{\pi}{2}$		π
Variations de $x \mapsto \cos x$	-1	↗	0	↗	1	↘	0	↘	-1

x	$-\pi$		$-\frac{\pi}{2}$		0		$\frac{\pi}{2}$		π
Variations de $x \mapsto \sin x$	0	↘	-1	↗	0	↗	1	↘	0

Courbes représentatives

- $y = \cos(x)$

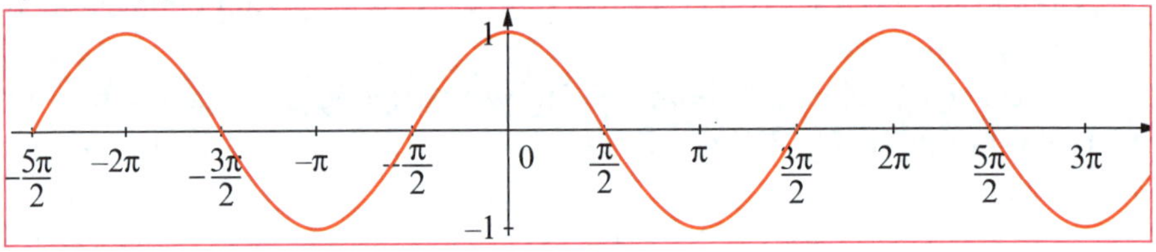

- $y = \sin(x)$

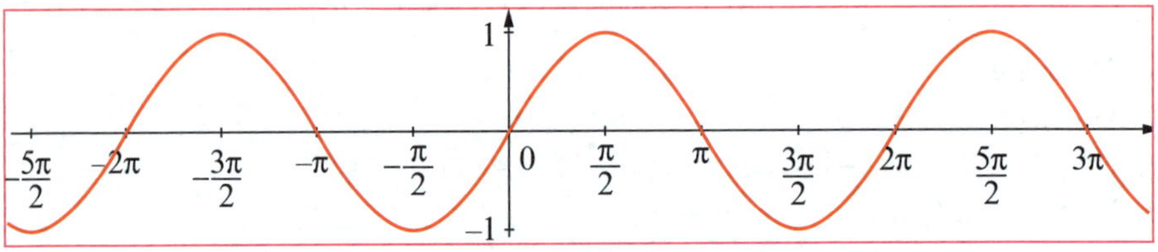

3. Fonctions composées de la forme cos(u) et sin(u)

Si u est une fonction dérivable sur I alors, les fonctions $\cos(u)$ et $\sin(u)$ sont dérivables sur I et :

$$(\cos u)' = -\sin(u) \times u' \text{ et } (\sin u)' = \cos(u) \times u'$$

MÉTHODE 1

Résoudre une inéquation comportant une expression de la forme ln(u(x))

→ Voir les exos 2 et 13.

Étape 1. Résoudre l'inéquation $u(x) > 0$ pour déterminer dans quel ensemble D doit se situer le réel x pour que $\ln(u(x))$ existe.

Étape 2. On considère un réel x appartenant à D. Se ramener à une inéquation de la forme $\ln(u(x)) > \text{A}$ ou $\ln(u(x)) > \ln(\text{A})$ (respectivement $\ln(u(x)) \leqslant \text{A}$, $\ln(u(x)) \leqslant \ln(\text{A})$ ...).

Étape 3. Appliquer la fonction exponentielle aux deux membres de l'inéquation en précisant qu'elle est strictement croissante (donc ne change pas le sens de l'inégalité). Puis terminer la résolution de l'inéquation.

Étape 4. Conclure : les solutions sont les réels de l'ensemble D qui vérifient l'inéquation.

Exo résolu

Résoudre l'inéquation $3 - \dfrac{\ln(2x+1)}{2} \geqslant 1$.

CORRIGÉ

Étape 1. Soit $x \in \mathbb{R}$.

$2x + 1 > 0 \Leftrightarrow 2x > -1 \Leftrightarrow x > -\dfrac{1}{2}$.

$\ln(2x+1)$ est donc défini pour $x \in \left]-\dfrac{1}{2};+\infty\right[$.

Étape 2. Soit $x \in \left]-\dfrac{1}{2};+\infty\right[$.

$$3 - \frac{\ln(2x+1)}{2} \geqslant 1 \Leftrightarrow -\frac{\ln(2x+1)}{2} \geqslant -2$$

$$\Leftrightarrow \ln(2x+1) \leqslant 4 \text{ (multiplication par } -2 \text{ qui est négatif)}$$

Étape 3. La fonction exponentielle étant strictement croissante, on a :

$$\ln(2x+1) \leqslant 4 \Leftrightarrow 2x+1 \leqslant e^4.$$

Il en résulte que : $3 - \dfrac{\ln(2x+1)}{2} \geqslant 1 \Leftrightarrow 2x+1 \leqslant e^4 \Leftrightarrow x \leqslant \dfrac{e^4-1}{2}$.

Étape 4. Comme $\dfrac{e^4-1}{2} > 0$ ($e^4 > e^0$ qui vaut 1), à fortiori $\dfrac{e^4-1}{2} > -0{,}5$.

L'ensemble des solutions de l'inéquation $3 - \dfrac{\ln(2x+1)}{2} \leqslant 1$ est donc l'intervalle $\left]-\dfrac{1}{2};\dfrac{e^4-1}{2}\right]$.

MÉTHODE 2

Étudier la dérivabilité et déterminer la dérivée d'une fonction de la forme ln *u*

→ Voir les exos 5 et 18.

Étape 1. On note f la fonction à étudier et I l'intervalle sur lequel elle est définie. Remarquer que f s'écrit sous la forme $f = \ln(u)$ en définissant la fonction u.

Étape 2. Établir que f vérifie les conditions du théorème (paragraphe I-8), c'est-à-dire que la fonction u soit dérivable et strictement positive sur l'intervalle d'étude.

Étape 3. Appliquer alors la formule de dérivation $(\ln u)' = \dfrac{u'}{u}$.

Exo résolu

Étudier la dérivabilité de la fonction f définie sur $]0\,;+\infty[$ par :

$$f(x) = 2 \times \ln\left(x + 5 + \frac{1}{x}\right),$$

puis déterminer sa dérivée.

CORRIGÉ

Étape 1. f est de la forme $2 \times \ln u$, avec $u : x \mapsto x + 5 + \dfrac{1}{x}$.

Étape 2. • u est dérivable sur $]0\,;+\infty[$ (comme somme de fonctions dérivables sur $]0\,;+\infty[$).

• Pour tout $x > 0$, $u(x) > 0$ (comme somme de termes strictement positifs)

Donc f est dérivable sur $]0\,;+\infty[$.

Étape 3. $f = 2 \times \ln u$, donc $f' = 2 \times \dfrac{u'}{u}$.

D'où, pour tout $x > 0$:

$$f'(x) = 2 \times \frac{u'(x)}{u(x)} = 2 \times \frac{1 - \frac{1}{x^2}}{x + 5 + \frac{1}{x}}$$

$$= \frac{2\left(x^2 - 1\right)}{x^2 \times \left(x + 5 + \frac{1}{x}\right)}$$

Pour étudier des variations de f (ce qui n'est pas demandé ici), il faudrait remarquer que $f'(x)$ est du signe de $x^2 - 1$, puis dresser le tableau de signes de $x^2 - 1$.

MÉTHODE 3

Résoudre dans $]-\pi\,;\pi[$ une inéquation du type $\cos(x) > \alpha$, $\sin(x) \leqslant \alpha$ ... avec $\alpha \in [-1\,;1]$.

→ Voir les exos 4 et 17

Étape 1. Écrire l'équation sous la forme $\cos(x) = \cos(x_0)$, x_0 étant un réel de l'intervalle $]-\pi;\pi]$ tel que $\cos(x_0) = a$.

Étape 2. Placer sur le cercle trigonométrique le point M d'affixe x_0 puis, s'il existe, l'autre point du cercle (notons-le N) ayant même abscisse (même ordonnée si l'inéquation est de la forme $\sin(x) \leqslant a$).

Étape 3. Colorer les arcs de cercle composés des points dont l'abscisse est supérieure à a (respectivement inférieure ou égale à a).

Étape 4. L'ensemble des solutions est la réunion des intervalles correspondant aux arcs de cercle colorés - intervalles inclus dans $]-\pi;\pi]$ et lus dans le sens direct en partant du point I' de coordonnées (–1 ; 0).

Exo résolu

Résoudre dans $]-\pi;\pi]$ l'inéquation $\cos(x) \leqslant \dfrac{1}{2}$.

CORRIGÉ

Étape 1. $\cos(x) = \dfrac{1}{2} \Leftrightarrow \cos(x) = \cos\left(\dfrac{\pi}{3}\right)$.

Étape 2. Plaçons le point $M\left(\dfrac{\pi}{3}\right)$ et le point $N\left(-\dfrac{\pi}{3}\right)$ qui a également pour abscisse $\dfrac{1}{2}$.

Étape 3.

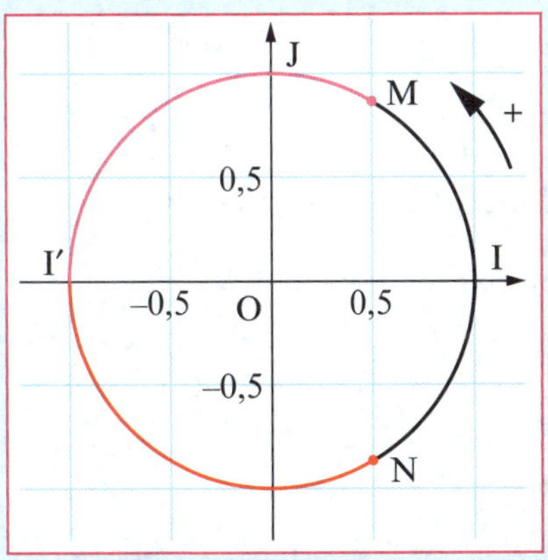

Étape 4. L'arc de cercle $\widehat{I'N}$ privé du point I' (en rouge sur la figure) correspond à l'intervalle $\left]-\pi;-\dfrac{\pi}{3}\right]$.

L'arc de cercle $\widehat{MI'}$ (en violet) correspond à l'intervalle $\left[\frac{\pi}{3};\pi\right]$.

L'ensemble des solutions dans $]-\pi\,;\pi]$ de l'inéquation $\cos(x) \leqslant \frac{1}{2}$ est :

$$\left]-\pi\,;-\frac{\pi}{3}\right] \cup \left[\frac{\pi}{3};\pi\right].$$

MÉTHODE 4

Déterminer la limite en $\pm\infty$ d'une fonction f construite à partir des fonctions cos ou sin

➜ **Voir les exos 9 et 14.**

Étape 1. Encadrer $\cos(x)$ ou $\sin(x)$ à l'aide de la première propriété du paragraphe II-1) et en déduire un encadrement de f ou une inégalité vérifiée par f.

On ne peut appliquer le résultat sur les compositions de limites, puisque ni cos ni sin n'admettent de limite à l'infini.

Étape 2. Déterminer les limites des fonctions encadrant f.
Si les conditions sont réunies, appliquer le théorème des gendarmes ou l'un des théorèmes de comparaison (voir le paragraphe IV du chapitre 1).

Exo résolu

Déterminer la limite en $+\infty$ de la fonction f définie sur $]0\,;+\infty[$ par :

$$f(x) = \frac{\cos(x) - 1}{x}.$$

CORRIGÉ

Étape 1. Pour tout $x > 0$,
$-1 \leqslant \cos(x) \leqslant 1$ donc $-2 \leqslant \cos(x) - 1 \leqslant 0$

Donc (multiplication par $\frac{1}{x} > 0$) :

$$\frac{-2}{x} \leqslant f(x) \leqslant 0.$$

Étape 2. $\lim\limits_{x \to +\infty} \frac{-2}{x} = 0$.

Donc, d'après le théorème des gendarmes : $\mathbf{\lim\limits_{x \to +\infty} f(x) = 0}$.

TESTER SES CONNAISSANCES

1 PROPRIÉTÉS ALGÉBRIQUES

★ | 15 min | ▸ P. 95

1. Écrire sous la forme $a.\ln(b)$, b étant un entier positif le plus petit possible, chacune des expressions suivantes.

a. $\ln\left(\dfrac{16}{49}\right)+2\ln 7$ b. $\ln\left(\dfrac{180}{3}-15\right)+\ln(0{,}6)$

c. $\ln\left(\cos\dfrac{\pi}{3}\right)-\ln\left(\sin\dfrac{\pi}{3}\right)$

2. Écrire sous forme d'une somme, puis simplifier au maximum les expressions suivantes, où x est un réel strictement positif.

a. $\ln(xe^x)$ b. $\ln\left(\dfrac{e^x}{x^2}\right)$

c. $\dfrac{1}{2}\ln(5x^2)-\ln(x)$

2 (IN)ÉQUATIONS

★★ | 20 min | ▸ P. 95

Résoudre les équations et inéquations suivantes.

a. $\ln(x+1)\leqslant 7$ b. $2\ln(2x+5)>\ln 9$

Voir la méthode 1.

c. $(e^x-2)(e^x+1)>0$ d. $\ln\left(x+\dfrac{3}{2}\right)>-\ln x$

e. $(x+1)^3=e^7$

Indication : $(x+1)^3=e^7>0$, donc $x+1>0$.

3 POSITION RELATIVE D'UNE COURBE ET D'UNE TANGENTE

★ | 20 min | ▸ P. 96

Le plan est rapporté à un repère $\left(O;\vec{i};\vec{j}\right)$.

On note $\mathscr{C}$ la courbe représentative d'équation $y=\ln x$.

1. Déterminer l'équation réduite de la tangente $\mathscr{T}$ à la courbe $\mathscr{C}$ au point d'abscisse 1.

2. Pour tout réel $x>0$, on pose $f(x)=\ln x-x+1$.

a. Étudier les variations de f.

b. En déduire la position relative des courbes $\mathscr{C}$ et de $\mathscr{T}$ définies au 1.

c. La fonction ln est-elle convexe ? concave ? Justifier votre réponse.

Voir la définition du chapitre 2.

d. Tracer $\mathscr{C}$ et $\mathscr{T}$.

4 (IN)ÉQUATIONS ET TRIGONOMÉTRIE

★★ | 25 min | ▶ P. 97

1. Résoudre dans $]-\pi;\pi]$ les équations suivantes :

a. $\sin(x) = \dfrac{1}{2}$ b. $\cos(x) = \dfrac{\sqrt{2}}{2}$

c. $\sin(x) = -\dfrac{\sqrt{3}}{2}$ d. $\cos(x) = -1$

2. Résoudre dans $]-\pi;\pi]$ les inéquations suivantes :

a. $\sin(x) \leqslant -\dfrac{1}{2}$ b. $\cos(x) \geqslant -\dfrac{\sqrt{2}}{2}$

c. $\sin(x) < \dfrac{\sqrt{3}}{2}$ d. $\cos(x) < 1$

Voir la méthode 3.

5 ÉTUDE DES VARIATIONS

★★ | 15 min | ▶ P. 99

Pour chacune des fonctions suivantes, calculer sa dérivée et en déduire ses variations sur l'intervalle I.

a. $f(x) = \ln(2x-5) - \ln(x)$, définie sur $\mathrm{I} = \left]\dfrac{5}{2};+\infty\right[$.

b. $f(x) = \ln\left(\sqrt{x^2+1}\right)$, définie sur $\mathrm{I} = \mathbb{R}$.

c. $f(x) = 2\mathrm{e}^{2x} - 9x + 1$, définie sur $\mathrm{I} = \mathbb{R}$.

Voir la méthode 2.

6 FONCTIONS TRIGONOMÉTRIQUES ET COMPOSITION

★★ | 15 min | ▶ P. 100

Étudier le sens de variation de chacune des fonctions définies ci-dessous.

1. h est définie sur $\left[\dfrac{2}{\pi};+\infty\right[$ par $h(x) = \sin\dfrac{1}{x}$.

On sera amené à étudier le signe de $\cos(x)$ sur $\left]0;\dfrac{\pi}{2}\right]$.

2. Soit f la fonction définie sur $\left[0;\dfrac{\pi}{2}\right]$ par :

$$f(x) = \cos\left(\frac{\pi}{2} - 4x\right).$$

a. Calculer $f'(x)$ pour $x \in \left[0;\dfrac{\pi}{2}\right]$.

b. Résoudre sur $\left[0;\dfrac{\pi}{2}\right]$ l'équation $\sin\left(\dfrac{\pi}{2} - 4x\right) = 0$.

c. Recopier et compléter le tableau suivant.

x	0	$\frac{\pi}{8}$	$\frac{3\pi}{8}$	$\frac{\pi}{2}$
$\frac{\pi}{2}-4x$	…	…	…	…
Signe de $\sin\left(\frac{\pi}{2}-4x\right)$				
Signe de $f'(x)$				
Variations de f				

7 FONCTION $x \mapsto x \ln(x)$ | ★ | 15 min | ▸ P. 101

Soit la fonction $f : x \mapsto x \ln x$.
On note $\mathscr{C}_f$ sa courbe représentative dans un repère orthogonal.

a. Préciser l'ensemble de définition de f.

b. Déterminer les limites de f aux bornes de son ensemble de définition.

Voir le paragraphe I. 6 du cours.

c. Étudier les variations de f, puis dresser son tableau de variations complet.

d. Déterminer l'équation réduite de la tangente $\mathscr{T}$ à $\mathscr{C}_f$ au point d'abscisse 1, puis celle de la tangente $\mathscr{T}'$ à $\mathscr{C}_f$ au point d'abscisse e.

S'ENTRAÎNER

8 VRAI OU FAUX | ★★ | 20 min | ▸ P. 102

Pour chacune des affirmations suivantes, dire si elle est vraie ou fausse en justifiant.

a. $\ln\left(\frac{5}{4}\right)+\ln\left(\frac{3}{10}\right)-\ln\sqrt{3}+\ln\left(\frac{8}{\sqrt{3}}\right)=0.$

b. On pose pour tout $n \in \mathbb{N}$, $u_n=\left(\frac{4}{5}\right)^n$.

La suite $(\ln u_n)$ est arithmétique.

c. L'ensemble solution de l'inéquation $\ln(2-3x)<2$ est $\left]\frac{2-e^2}{3};+\infty\right[$.

d. La courbe d'équation $y=2+\frac{\ln x}{x}$ dans un repère $(O;\vec{i};\vec{j})$ admet une asymptote au voisinage de $+\infty$.

e. L'équation $e^{3x\ln(2)}-\frac{\ln 3}{x\ln 2}=26$ admet une unique solution sur $]0;+\infty[$, qui vaut $\frac{\ln 3}{\ln 2}$.

9 CONTINUITÉ | ★★ | 20 min | ▸ P. 103

On rappelle que dire que f est dérivable en x_0 équivaut à dire qu'il existe un réel noté $f'(x_0)$ tel que $\lim\limits_{x \to x_0} \dfrac{f(x)-f(x_0)}{x-x_0} = f'(x_0)$.

On appelle sinus cardinal la fonction, notée sinc, définie sur $\mathbb{R}$ par :

$$\text{sinc}(x) = \begin{cases} 1 \text{ si } x = 0 \\ \dfrac{\sin(x)}{x} \text{ si } x \neq 0 \end{cases}$$

1. Montrer que sinc est continue en 0.

> Utiliser la définition de la dérivabilité en zéro de la fonction sinus.

2. Résoudre dans $\mathbb{R}$ l'équation $\text{sinc}(x) = 0$.

3. a. Démontrer que pour tout $x \in]0;+\infty[$, $-\dfrac{1}{x} \leqslant \text{sinc}(x) \leqslant \dfrac{1}{x}$.

En déduire la limite de la fonction sinc en $+\infty$.

> Voir la méthode 4.

b. En procédant de manière analogue sur l'intervalle $]-\infty;0[$, déterminer la limite de sinc en $-\infty$.

4. Résoudre, dans $\mathbb{R}$, les équations suivantes :

$$\sin c(x) = \frac{1}{x} \text{ et } \sin c(x) = -\frac{1}{x}.$$

5. Visualiser à la calculatrice la courbe représentative de la fonction sinc.

10 SUITES GÉOMÉTRIQUES ET LOGARITHME | ★ | 10 min | ▸ P. 104

a. On place un capital C_0 sur un compte à intérêts composés de 2,25 % par an. On note $C_1, C_2, ..., C_n$ le capital acquis au bout d'une, deux, …, n années. On bout de combien d'années le capital aura-t-il doublé ?

> On rappelle que " intérêts composés " signifie que les intérêts d'une année s'ajoutent au capital et que, l'année suivante, ils rapportent aussi des intérêts.

b. Une substance radioactive, l'iridium 192, perd environ 9,6 millièmes de sa masse par jour. Déterminer la période de demi-vie de l'iridium 192.

11 ALGORITHME DE BRIGGS | ★★ | 40 min | ▸ P. 105

On rappelle que dire que f est dérivable en x_0 équivaut à dire qu'il existe un réel noté $f'(x_0)$ tel que $\lim\limits_{x \to x_0} \dfrac{f(x)-f(x_0)}{x-x_0} = f'(x_0)$.

1. Déterminer la limite de $\dfrac{\ln(x)}{x-1}$ quand x tend vers 1.

2. L'algorithme de Briggs est basé sur le principe suivant (d'après 1) :

Pour x proche de 1, $\ln x \approx x-1$.

Il reste à comprendre comment faire pour x « éloigné de 1 » :

a. Démontrer que pour tout entier $n \geqslant 1$ et pour tout $x>0$

$$\ln x = 2^n \ln\Big(\underbrace{\sqrt{\sqrt{\ldots\sqrt{x}}}}_{\sqrt{\ }\text{ appliqué } n \text{ fois}}\Big)$$

b. L'algorithme est alors le suivant :

```
Entrée : x un réel supérieur à 1
n ← 0
Tant que x > 1,0001 faire
        n ← n+1
        x ← √x
Fin de la boucle Tant que.
Sortie : le logarithme népérien de x est environ égal à 2^n(x−1)
```

Écrire une fonction en langage Python exécutant cet algorithme et comparer avec la fonction ln de votre calculatrice ou donnée par Python (fonctions utiles du module math : sqrt et log).

3. À l'aide d'une propriété de la fonction ln, modifier votre fonction pour qu'elle puisse calculer approximativement $\ln(x)$ pour $x \leqslant 1$.

12 QUESTION DE COURS

★★ | 20 min | ▸ P. 106

Le but de cet exercice est de montrer que $\lim\limits_{x\to+\infty} \dfrac{\ln x}{x} = 0$.

a. Étudier les variations de la fonction φ définie sur $[1;+\infty[$ par :

$$\varphi(x) = \ln x - \sqrt{x}.$$

b. En déduire que pour tout $x \in [1;+\infty[$:

$$0 \leqslant \frac{\ln x}{x} \leqslant \frac{1}{\sqrt{x}}.$$

Quel est le signe de $\varphi(x)$?

c. Conclure.

13 LOGARITHME DÉCIMAL ET pH

★★ | 10 min | ▸ P. 107

Pour tout $x>0$, on appelle logarithme décimal de x le réel $\dfrac{\ln x}{\ln 10}$ et on le note $\log x$.

1. Quelques propriétés de la fonction log.

a. Que vaut $\log(1)$ et $\log(10)$?

b. Pour tout $x \in \mathbb{R}$, on note $10^x = e^{x\ln 10}$. Démontrer que $\log(10^x) = x$.

c. Pour tous x, $y>0$, exprimer $\log(x\times y)$ en fonction de $\log(x)$ et $\log(y)$.

2. Application : pH d'une solution aqueuse.
On rappelle que le pH d'une solution aqueuse est lié à sa concentration en H_3O^+ (exprimé en moles par litre) par la relation $[H_3O^+] = 10^{-pH} = e^{-pH \ln 10}$.
a. Exprimer pH en fonction de la concentration en H_3O^+.
b. $[H_3O^+] = 7{,}94 \times 10^{-6}\,\text{mol} \cdot \text{L}^{-1}$. La solution est-elle acide ou basique ?

On rappelle qu'une solution est acide si pH < 7, neutre si pH $= 7$ et basique si pH > 7.

14 FONCTION CONTINUE ET NON DERIVABLE EN 0

★★ | 15 min | ▸ P. 107

Soit f la fonction définie sur $\mathbb{R}$ par $f(x) = \begin{cases} x \sin\left(\dfrac{1}{x}\right) & \text{si } x \neq 0 \\ 0 & \text{si } x = 0 \end{cases}$.

a. Déterminer la limite en $+\infty$ et en $-\infty$ de $\dfrac{\sin X}{X}$.
b. Étudier alors la continuité de f en 0.
c. Étudier la dérivabilité de f en 0.
d. Visualiser à l'aide d'un logiciel la courbe représentative de f.

15 ÉTUDE D'UNE FONCTION TRIGONOMETRIQUE

★★ | 40 min | ▸ P. 109

Soit f la fonction définie sur $[0\,;\pi]$ par $f(x) = \cos(2x)$.

1. Étude des variations de f
a. Calculer $f'(x)$ pour $x \in [0\,;\pi]$.
b. Résoudre sur $[0\,;\pi]$ l'équation $\sin(2x) = 0$.
c. Recopier et compléter le tableau suivant.

x	0	$\frac{\pi}{2}$	π
$2x$	…	…	…
Signe de $\sin(2x)$			
Signe de $f'(x)$			
Variations de f			

2. Résoudre l'équation $f(x) = 0$.

3. Résoudre l'équation $f(x) = \dfrac{1}{2}$.

4. Déterminer l'équation des tangentes $\mathcal{T}$ et $\mathcal{T}'$ à $\mathcal{C}_f$ aux points d'abscisses respectives 0 et $\dfrac{\pi}{2}$.

5. Tracer $\mathcal{T}$, $\mathcal{T}'$ et $\mathcal{C}_f$ dans un repère orthogonal, avec comme échelle en abscisse 1 cm pour $\dfrac{\pi}{6}$.

16 LECTURE GRAPHIQUE

★★ | 20 min | ▸ P. 110

On considère une fonction f définie sur $\mathbb{R}^+$, dont on a tracé dans un repère orthogonal $\left(O ; \vec{i} ; \vec{j}\right)$ la courbe représentative $\mathscr{C}_f$ et la tangente $\mathscr{T}$ en O.

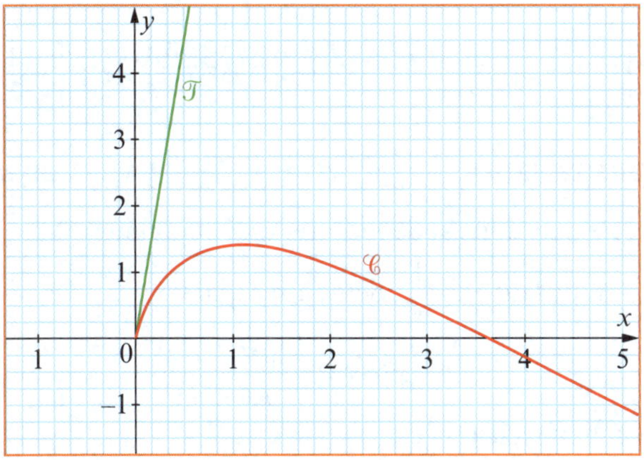

1. Lire sur le graphique ci-dessus les valeurs de $f(0)$ et $f'(0)$.

2. On cherche une expression pour $f(x)$ de la forme
$f(x) = ax + b + \ln(10x+1)$ où a et b désignent deux nombres réels.
À l' aide de la question **1.**, déterminer a et b.

3. On prend désormais comme expression de $f(x)$ celle trouvée au **2.**

a. Étudier les variations de f.

b. Déterminer $\lim\limits_{x \to +\infty} \dfrac{f(x)}{x}$.

Poser $X = 10x + 1$.

PRÉPARER UN CONTRÔLE

17 QCM

★★ | 20 min | ▸ P. 110

Pour chacune des questions suivantes, une seule affirmation est vraie.

1. La fonction $g : x \mapsto \begin{cases} \ln(x) \text{ si } x > 0 \\ \ln(-x) \text{ si } x < 0 \end{cases}$ est définie et dérivable sur :

a. $\mathbb{R}$ **b.** $]0 ; +\infty[$ **c.** $\mathbb{R}^*$ **d.** $]-\infty ; 0[$

2. Soit f la fonction définie sur $]0 ; +\infty[$ par :

$$f(x) = ax + b\ln(x).$$

On sait que $f(\mathrm{e}) = 0$ et $f'(1) = 1$. Alors :

a. $f'(x) = \mathrm{e} + 1 - \dfrac{\mathrm{e}}{x}$ **b.** $f(x) = x + \mathrm{e}\ln(x)$

c. $f(x) = \dfrac{x}{1-\mathrm{e}} - \dfrac{\mathrm{e}}{1-\mathrm{e}}\ln(x)$ **d.** $f'(x) = \dfrac{\mathrm{e}}{\mathrm{e}-1} - \dfrac{1}{\mathrm{e}-1} \times \dfrac{1}{x}$

3. L'ensemble des solutions dans $]-\pi;\pi]$ de l'inéquation $\sin(x) \geqslant -\frac{\sqrt{2}}{2}$ est :

a. $\left[-\frac{3\pi}{4};-\frac{\pi}{4}\right]$

b. $\left[-\frac{\pi}{4};\frac{7\pi}{4}\right]$

c. $\left[-\frac{\pi}{4};-\frac{3\pi}{4}\right]$

d. $\left]-\pi;-\frac{3\pi}{4}\right] \cup \left[-\frac{\pi}{4};\pi\right]$

18 QUESTIONS DE COURS | ★★ | 20 min | ▸ P. 111

1. Le but de cette question est de montrer que $\lim\limits_{x\to 0^+} x\ln x = 0$.

a. Soit $x > 0$; en posant $u = \frac{1}{x}$, démontrer que :

$$x\ln x = -\frac{\ln u}{u}.$$

b. En déduire la limite cherchée.

2. En admettant que la fonction ln est dérivable sur $]0;+\infty[$, retrouver l'expression de la dérivée de ln en dérivant l'égalité :

$$\text{pour tout réel } x > 0, e^{\ln x} = x.$$

19 FONCTION EXPONENTIELLE DE BASE $a > 0$ | ★★ | 35 min | ▸ P. 112

Soit a un réel strictement positif.
Pour tout $x \in \mathbb{R}$, on pose $a^x = \mathrm{e}^{x\ln(a)}$. On appelle « fonction exponentielle de base a » la fonction f_a définie sur $\mathbb{R}$ par $x \mapsto a^x$.

1. Calculer $f_a(0)$ et $f_a(1)$.

2. Définir les fonctions f_1 et f_e.

3. **Cas où $a > 1$**

a. Étudier les variations de f_a.

b. Déterminer les limites de f_a aux bornes de son ensemble de définition.

4. **Cas où $0 < a < 1$**

Reprendre les questions du 3.

5. À l'aide de la calculatrice graphique, tracer sur un même repère les courbes des fonctions f_1 ; f_2 ; f_3 ; $f_{0,5}$; $f_{0,2}$.

20 LN ET PYTHON | ★★ | 20 min | ▸ P. 113

On démontre (voir le chapitre 6, exercice 10) que :

$$\ln 2 = \lim_{n\to+\infty} U_n \text{ où pour tout } n \geqslant 1,\ U_n = \left[1 - \frac{1}{2} + \frac{1}{3} - \cdots + \frac{(-1)^{n-1}}{n}\right].$$

a. Écrire une fonction Python calculant $U(N)$ en fonction de N.
Calculer U_{20} et comparer avec $\ln 2$.

Fonction ln du module math : log.

b. À l'aide d'une boucle while, déterminer le premier entier N tel que :

$$|U_N - \ln 2| < 0{,}01 .$$

Fonction valeur absolue du module math : fabs.

ALLER PLUS LOIN

21 SYMÉTRIE DES COURBES $C_{\exp}$ ET $C_{\ln}$ | ★★ | 15 min | ▸ P. 113

Le plan est rapporté à un repère orthonormé $(O ; \vec{i} ; \vec{j})$.
On note $C_{\ln}$ la courbe représentative de la fonction logarithme népérien, $C_{\exp}$ celle de l'exponentielle et Δ la droite d'équation $y = x$.

a. Soit $M(x ; y)$ un point quelconque du plan et $M'(x' ; y')$ son symétrique par rapport à la droite Δ.
Exprimer x' et y' en fonction de x et y.

Dans un repère orthonormé, le produit des coefficients directeurs de deux droites perpendiculaires vaut –1.

b. Démontrer que la courbe $C_{\ln}$ est la symétrique de $C_{\exp}$ par rapport à Δ.

22 RELATION FONCTIONNELLE | ★★★ | 40 min | ▸ P. 114

Le but de cet exercice est de montrer que les fonctions f dérivables sur $]0 ; +\infty[$ telles que pour tout $(x, y) \in]0 ; +\infty[^2$:

$$f(x \times y) = f(x) + f(y) (*)$$

sont les fonctions de la forme $x \mapsto C\ln(x)$, où $C \in \mathbb{R}$.

1. Démontrer que des fonctions $x \mapsto C\ln(x)$ (avec $C \in \mathbb{R}$) vérifient (*).
2. Soit f une fonction dérivable sur $]0 ; +\infty[$ et vérifiant (*).

a. Démontrer que $f(1) = 0$.

b. Soit x un réel strictement positif fixé.
En dérivant (*) par rapport à y, démontrer que, pour tout $y > 0$:

$$xf'(x \times y) = f'(y)$$

puis que $f'(x) = \dfrac{C}{x}$, où $C \in \mathbb{R}$.

c. Démontrer que, pour tout $x \in]0 ; +\infty[$,

$$f(x) = C\ln(x).$$

On pourra étudier la fonction $h : x \mapsto f(x) - C\ln(x)$.

3. Conclure.

23 FONCTION TANGENTE

| ★★★ | 45 min | ▸ P. 114

La fonction tangente est la fonction qui à x associe $\tan(x) = \dfrac{\sin(x)}{\cos(x)}$.

a. Résoudre dans $\mathbb{R}$ l'équation $\cos(x) = 0$.

b. En déduire l'ensemble de définition $D_{\tan}$ de la fonction tangente.

c. Montrer que la fonction tan est π – périodique, c'est-à-dire que pour tout $x \in D_{\tan}$, $\tan(x+\pi) = \tan(x)$.
En déduire qu'il suffit d'étudier la fonction tangente sur $\left]-\dfrac{\pi}{2};\dfrac{\pi}{2}\right[$.

d. Déterminer la limite de $\tan(x)$ aux bornes de l'intervalle $\left]-\dfrac{\pi}{2};\dfrac{\pi}{2}\right[$.

e. Démontrer que, pour tout $x \in \left]-\dfrac{\pi}{2};\dfrac{\pi}{2}\right[$,

$$\tan'(x) = \frac{1}{\cos^2(x)} = 1 + \tan^2(x).$$

En déduire les variations de la fonction tangente.

f. Déterminer les valeurs de $\tan(0)$, $\tan\left(\dfrac{\pi}{4}\right)$ et $\tan\left(-\dfrac{\pi}{4}\right)$.

24 FONCTIONS PUISSANCES

| ★★★ | 25 min | ▸ P. 116

Soit a un réel. On appelle « fonction puissance d'exposant a » la fonction g_a définie sur $]0;+\infty[$ par :

$$x \mapsto x^a = e^{a\times \ln(x)}.$$

1. Calculer $g_a(1)$ et $g_a(e)$.
2. Définir la fonction g_0.
3. Déterminer les variations de g_a, puis les limites de g_a, aux bornes de son ensemble de définition en distinguant les cas suivants :

a. $a>0$;

b. $a<0$.

CORRIGÉS

1 PROPRIÉTÉS ALGÉBRIQUES

1. a. $\ln\left(\frac{16}{49}\right)+2\ln 7 = \ln(2^4)-\ln(7^2)+2\ln 7$
$= 4\ln 2 - 2\ln 7 + 2\ln 7 = \mathbf{4\ln(2)}$

b. $\ln\left(\frac{180}{3}-15\right)+\ln(0,6) = \ln(45)+\ln\left(\frac{3}{5}\right)$
$= \ln(9\times 5)+\ln 3-\ln 5$
$= 2\ln 3+\ln 5+\ln 3-\ln 5 = \mathbf{3\ln 3}$

c. $\ln\left(\cos\frac{\pi}{3}\right)-\ln\left(\sin\frac{\pi}{3}\right)=\ln\left(\frac{1}{2}\right)-\ln\left(\frac{\sqrt{3}}{2}\right)=-\ln(2)-\left(\ln\left(\sqrt{3}\right)-\ln(2)\right)$

$=-\ln(2)-\ln(\sqrt{3})+\ln(2)=-\ln(\sqrt{3})=-\mathbf{\frac{1}{2}\ln(3)}$

2. a. $x>0$, donc $\ln\left(xe^x\right)=\ln x+\ln\left(e^x\right)=\mathbf{\ln x + x}$.

b. $x>0$, donc $\ln\left(\frac{e^x}{x^2}\right)=\ln\left(e^x\right)-\ln\left(x^2\right)=\mathbf{x-2\ln x}$.

c. $\frac{1}{2}\ln\left(5x^2\right)-\ln(x)=\frac{1}{2}\left(\ln 5+\ln(x^2)\right)-\ln(x)=\frac{1}{2}(\ln 5+2\ln(x))-\ln(x)=\mathbf{\frac{\ln 5}{2}}$

2 (IN)ÉQUATIONS

a. • $\ln(x+1)$ est défini pour tout x vérifiant $x+1>0$, donc sur $]-1;+\infty[$.

• Soit $x\in]-1;+\infty[$:

$\ln(x+1)\leqslant 7 \Leftrightarrow x+1\leqslant e^7$ (car la fonction exp est strictement croissante)

$\Leftrightarrow x\leqslant e^7-1$.

• $e^7>e^0$ qui vaut 1 donc $e^7-1>0>-1$.

L'ensemble des solutions de l'inéquation $\ln(x+1)\leqslant 7$ est $\mathbf{]-1;e^7-1]}$.

b. • $2x+5>0\Leftrightarrow 2x>-5\Leftrightarrow x>-\frac{5}{2}$

$\ln(2x+5)$ est défini pour tout x vérifiant $2x+5>0$, donc sur $\left]-\frac{5}{2};+\infty\right[$.

• Soit $x\in\left]-\frac{5}{2};+\infty\right[$:

$2\ln(2x+5)>\ln 9\Leftrightarrow 2\ln(2x+5)>2\ln(3)$

$\Leftrightarrow \ln(2x+5)>\ln(3)$

$\Leftrightarrow 2x+5>3$ (car exp est strictement croissante)

$\Leftrightarrow 2x>-2$

$\Leftrightarrow x>-1$

• L'intervalle $]-1;+\infty[$ est inclus dans l'intervalle $\left]-\frac{5}{2};+\infty\right[$ donc l'ensemble des solutions de l'inéquation est $]-1;+\infty[$.

c. Pour tout x réel, $e^x+1>1>0$, donc $\left(e^x-2\right)\left(e^x+1\right)$ est du signe de $\left(e^x-2\right)$.

D'où : $(e^x-2)(e^x+1)>0 \Leftrightarrow e^x-2>0$

$\Leftrightarrow e^x>2 \Leftrightarrow x>\ln(2)$ (car la fonction ln est strictement croissante.)

Donc l'ensemble des solutions de l'inéquation est $\mathbf{]\ln 2\,;+\infty[}$.

d. • $\ln\left(x+\frac{3}{2}\right)$ est défini pour tout x vérifiant $x+\frac{3}{2}>0$, c'est-à-dire pour tout $x>-\frac{3}{2}$, et $\ln(x)$ est défini pour tout $x>0$.

• Soit donc $x\in\,]0;+\infty[$:

$$\ln\left(x+\frac{3}{2}\right)>-\ln(x) \Leftrightarrow \ln\left(x+\frac{3}{2}\right)>\ln\left(\frac{1}{x}\right)$$

$$\Leftrightarrow x+\frac{3}{2}>\frac{1}{x} \text{ car exp est strictement croissante}$$

$$\Leftrightarrow 2x^2+3x>2 \text{ (multiplication par } 2x>0)$$

$$\Leftrightarrow 2x^2+3x-2>0$$

$\Delta=3^2-4\times2\times(-2)=9+16=25$

Les racines du trinôme sont $\frac{-3+5}{4}=\frac{1}{2}$ et $\frac{-3-5}{4}=-2$.

On a donc, pour $x\in\,]0;+\infty[$:

$$\ln\left(x+\frac{3}{2}\right)>-\ln(x) \Leftrightarrow \left(x<-2 \text{ ou } x>\frac{1}{2}\right).$$

• $-2<0$ donc l'ensemble des solutions de l'inéquation est l'intervalle $\left]\mathbf{\frac{1}{2}};+\infty\right[$.

e. $e^7>0$ et $(x+1)^3$ est de même signe que $x+1$. On a donc nécessairement $x+1>0$, soit $x>-1$.

Pour tout $x\in\,]-1;+\infty[$,

$(x+1)^3=e^7 \Leftrightarrow 3\ln\,(x+1)=7$ (car la fonction ln est strictement croissante sur $]0;+\infty[$)

$$\Leftrightarrow \ln(x+1)=\frac{7}{3}$$

$$\Leftrightarrow x+1=e^{\frac{7}{3}} \text{ (car la fonction exp est strictement croissante)}$$

$$\Leftrightarrow x=e^{\frac{7}{3}}-1$$

$e^{\frac{7}{3}}>e^0$ qui vaut 1, donc $e^{\frac{7}{3}}-1>0>-1$.

L'équation admet une unique solution : $\mathbf{e^{\frac{7}{3}}-1}$.

3 POSITION RELATIVE D'UNE COURBE ET D'UNE TANGENTE

1. T a pour équation réduite : $y=\ln(1)+\ln'(1)(x-1)$, soit $y=0+\frac{1}{1}(x-1)$.
D'où $T : y=x-1$.

2. a. f est derivable sur $]0;+\infty[$ (comme somme de fonctions dérivables sur $]0;+\infty[$), et pour tout $x>0$, $f'(x)=\frac{1}{x}-1$

$f'(x)>0 \Leftrightarrow \frac{1}{x}>1$

$\Leftrightarrow 1>x$ (multiplication par $x>0$ ou connaissance des variations de la fonction inverse)

x	0		1		$+\infty$
Signe de f'	‖	+	0	–	
Variations de f	‖	↗	0	↘	

En effet, $f(1) = \ln 1 - 1 + 1 = 0$.

b. $\ln(x) - (x-1) = f(x) \leqslant 0$ d'après le tableau de variations de f.
$\mathscr{C}$ est en-dessous de $\mathscr{T}$ sur $]0;+\infty[$.

c. La fonction ln est derivable sur $]0;+\infty[$ et, pour tout $x > 0$, $\ln''(x) = -\dfrac{1}{x^2} < 0$ donc la fonction ln est concave.

d.

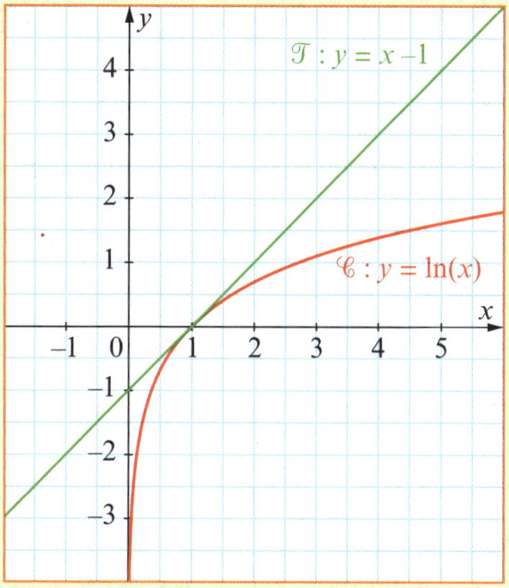

4 (IN)ÉQUATIONS ET TRIGONOMÉTRIE

1. a. $\sin(x) = \dfrac{1}{2} \Leftrightarrow \sin(x) = \sin\left(\dfrac{\pi}{6}\right) \Leftrightarrow \left(x = \dfrac{\pi}{6} \text{ ou } x = \dfrac{5\pi}{6}\right)$.

Rappel de Première
Les solutions dans $\mathbb{R}$ de l'équation $\sin(x) = \sin(x_0)$ sont les réels de la forme $x_0 + 2k\pi, k \in \mathbb{Z}$ et $\pi - x_0 + 2k\pi, k \in \mathbb{Z}$.

b. $\cos(x) = \dfrac{\sqrt{2}}{2} \Leftrightarrow \cos(x) = \cos\left(\dfrac{\pi}{4}\right) \Leftrightarrow \left(x = \dfrac{\pi}{4} \text{ ou } x = -\dfrac{\pi}{4}\right)$.

Rappel de Première
Les solutions dans $\mathbb{R}$ de l'équation $\cos(x) = \cos(x_0)$ sont les réels de la forme $x_0 + 2k\pi, k \in \mathbb{Z}$ et $-x_0 + 2k\pi, k \in \mathbb{Z}$.

c. $\sin(x) = -\dfrac{\sqrt{3}}{2} \Leftrightarrow \sin(x) = \sin\left(-\dfrac{\pi}{3}\right) \Leftrightarrow \left(x = -\dfrac{\pi}{3} \text{ ou } x = -\dfrac{2\pi}{3}\right)$

d. $\cos(x) = -1 \Leftrightarrow \cos(x) = \cos(\pi) \Leftrightarrow x = \pi$

2. a. $\sin(x) \leqslant -\dfrac{1}{2} \Leftrightarrow \sin(x) \leqslant \sin\left(-\dfrac{\pi}{6}\right)$

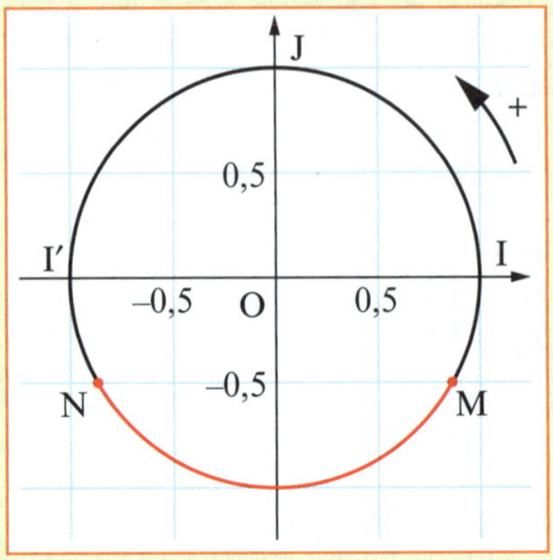

Plaçons $M\left(-\frac{\pi}{6}\right)$ et $N\left(-\frac{5\pi}{6}\right)$ sur le cercle trigonométrique.

Les points d'ordonnée inférieure ou égale à $-\frac{1}{2}$ sont les points du petit arc $\overset{\frown}{NM}$.

L'ensemble des solutions de l'équation $\sin(x) \leqslant -\frac{1}{2}$ est donc $\left[-\frac{5\pi}{6};-\frac{\pi}{6}\right]$.

b. $\cos(x) \geqslant -\frac{\sqrt{2}}{2} \Leftrightarrow \cos(x) \geqslant \cos\left(\frac{3\pi}{4}\right)$

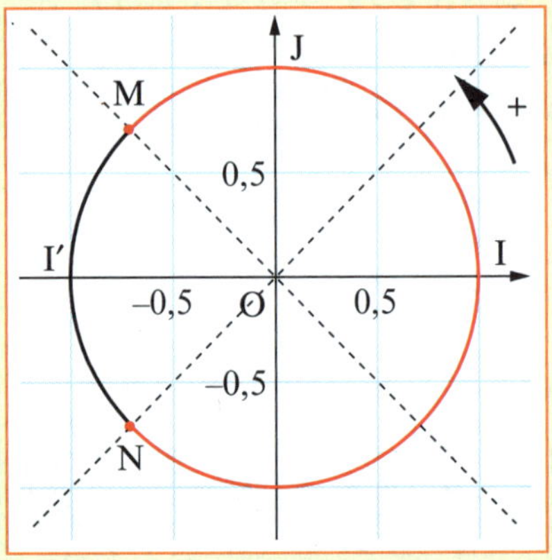

Plaçons $M\left(\frac{3\pi}{4}\right)$ et $N\left(-\frac{3\pi}{4}\right)$ sur le cercle trigonométrique.

Les points d'abscisse supérieure ou égale à $-\frac{\sqrt{2}}{2}$ sont les points du grand arc $\overset{\frown}{NM}$.

L'ensemble des solutions de l'équation $\cos(x) \geqslant -\frac{\sqrt{2}}{2}$ est donc $\left[-\frac{3\pi}{4};\frac{3\pi}{4}\right]$.

c. $\sin(x) < \frac{\sqrt{3}}{2} \Leftrightarrow \sin(x) < \sin\left(\frac{\pi}{3}\right)$

Plaçons $M\left(\frac{\pi}{3}\right)$ et $N\left(\frac{2\pi}{3}\right)$ sur le cercle trigonométrique.

Les points d'ordonnée strictement inférieure à $\frac{\sqrt{3}}{2}$ sont les points du grand arc $\overset{\frown}{I'M}$ privé de I′, ainsi que les points du petit arc $\overset{\frown}{NI'}$.

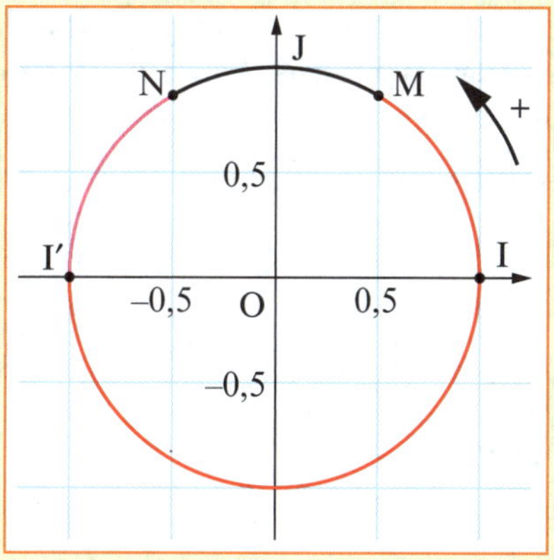

L'ensemble des solutions de l'équation $\sin(x) < \dfrac{\sqrt{3}}{2}$ est donc $\left]-\pi\,;\dfrac{\pi}{3}\right[\cup \left]\dfrac{2\pi}{3};\pi\right]$.

d. $\cos(x) < 1 \Leftrightarrow \cos(x) < \cos(0)$.

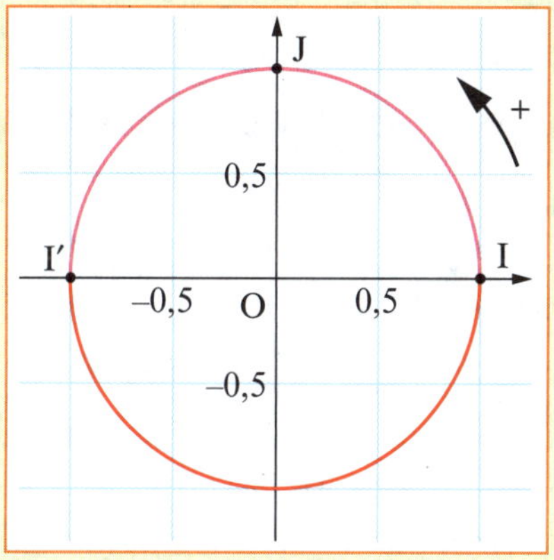

Le point I(0) est le seul point du cercle trigonométrique d'abscisse 1.
Les points d'ordonnée strictement inférieure à 1 sont ceux du demi-cercle inférieur privé de ses deux extrémités, ainsi que les points du demi-cercle supérieur privé du point I.
L'ensemble des solutions de l'équation $\cos(x) < 1$ est donc $]-\pi\,;0[\, \cup\,]0;\pi]$.

5 ÉTUDE DES VARIATIONS

a. Pour tout $x > \dfrac{5}{2}$, on a bien $2x - 5 > 0$ et $x > 0$. De plus,

$$f'(x) = \frac{2}{2x-5} - \frac{1}{x} = \frac{5}{x(2x-5)} > 0 \quad \left(\text{car } 2x-5>0 \text{ et } x>0 \text{ sur } \left]\frac{5}{2};+\infty\right[\right).$$

Donc *f* est strictement croissante sur $\left]\dfrac{5}{2};+\infty\right[$.

b. On pose $u : x \mapsto \sqrt{x^2+1}$ (pour tout $x \in \mathbb{R}$, $x^2+1>0$). Alors :

• Pour tout $x \in \mathbb{R}$, $f'(x) = \dfrac{u'(x)}{u(x)} = \dfrac{\frac{2x}{2\sqrt{x^2+1}}}{\sqrt{x^2+1}} = \dfrac{x}{x^2+1}$.

• $f'(x)$ est du signe de x, donc $f'(x)>0$ sur $]0\,;+\infty[$ et $f'(x)<0$ sur $]-\infty\,;0[$.
Donc f est strictement décroissante sur $]-\infty\,;0]$ et strictement croissante sur $[0\,;+\infty[$, avec $f(0)=\ln(1)=0$.

c. f est définie et dérivable sur $\mathbb{R}$ et, pour tout $x\in\mathbb{R}$, $f'(x)=4e^{2x}-9$.

$$f'(x)>0 \Leftrightarrow e^{2x}>\frac{9}{4}$$

$$\Leftrightarrow 2x>\ln\left(\frac{9}{4}\right) \text{ (car la fonction ln est strictement croissante)}$$

$$\Leftrightarrow 2x>2\ln\left(\frac{3}{2}\right)\Leftrightarrow x>\ln\left(\frac{3}{2}\right)$$

$f'(x)=0\Leftrightarrow x=\ln\left(\frac{3}{2}\right)$.

Donc f est strictement décroissante sur $\left]-\infty\,;\ln\frac{3}{2}\right]$ et strictement croissante sur $\left[\ln\frac{3}{2}\,;+\infty\right[$, avec $f\left(\ln\frac{3}{2}\right)=2\times\left(\frac{3}{2}\right)^2-9\ln\frac{3}{2}+1\approx 1{,}85$.

6 FONCTIONS TRIGONOMÉTRIQUES ET COMPOSITION

1. h est de la forme $\sin(u)$ avec $u: x\mapsto\frac{1}{x}$.

La fonction u est dérivable sur $\left[\frac{2}{\pi}\,;+\infty\right[$ donc h est dérivable sur cet intervalle et :

$$h'=u'\times\cos(u).$$

Pour tout $x\geqslant\frac{2}{\pi}$,

$$h'(x)=-\frac{1}{x^2}\times\cos\left(\frac{1}{x}\right).$$

Or $x\geqslant\frac{2}{\pi}\Leftrightarrow 0<\frac{1}{x}\leqslant\frac{\pi}{2}$.

La fonction cosinus est strictement positive sur $\left]0\,;\frac{\pi}{2}\right[$ et nulle en $\frac{\pi}{2}$.

Donc $\cos\left(\frac{1}{x}\right)>0$ sur $\left]\frac{2}{\pi}\,;+\infty\right[$.

De plus, $\frac{-1}{x^2}<0$ sur $\left]\frac{2}{\pi}\,;+\infty\right[$, donc $h'(x)<0$ sur $\left]\frac{2}{\pi}\,;+\infty\right[$.

Donc h est strictement décroissante sur $\left]\frac{2}{\pi}\,;+\infty\right[$.

2. a. f est de la forme $\cos(u)$ avec $u: x\mapsto\frac{\pi}{2}-4x$ donc $f'=u'\times(-\sin u)$.

Pour tout $x\in\left[0\,;\frac{\pi}{2}\right]$, $f'(x)=(-4)\times\left(-\sin\left(\frac{\pi}{2}-4x\right)\right)$ soit :

$$\mathbf{f'(x)=4\sin\left(\frac{\pi}{2}-4x\right)}.$$

b. Soit $x \in \left[0\,;\frac{\pi}{2}\right]$.

$$\sin\left(\frac{\pi}{2}-4x\right)=0 \Leftrightarrow \frac{\pi}{2}-4x=0+k\pi\,(k\in\mathbb{Z})$$
$$\Leftrightarrow 4x=\frac{\pi}{2}-k\pi\,(k\in\mathbb{Z})$$
$$\Leftrightarrow x=\frac{\pi}{8}-k\frac{\pi}{4}\,(k\in\mathbb{Z})$$
$$\Leftrightarrow \left(x=\frac{\pi}{8}\text{ ou } x=\frac{\pi}{8}+\frac{\pi}{4}=\frac{3\pi}{8}\right)\text{ car } x\in\left[0;\frac{\pi}{2}\right].$$

x	0		$\frac{\pi}{8}$		$\frac{3\pi}{8}$		$\frac{\pi}{2}$
$\frac{\pi}{2}-4x$	$\frac{\pi}{2}$		0		$-\pi$		$-\frac{3\pi}{2}$
Signe de $\sin\left(\frac{\pi}{2}-4x\right)$		+	0	–	0	+	
Signe de $f'(x)=4\sin\left(\frac{\pi}{2}-4x\right)$		+	0	–	0	+	
Variations de f	0	↗	1	↘	-1	↗	0

c.

Les valeurs de $\frac{\pi}{2}-4x$ décroissent sur $\left[0;\frac{\pi}{2}\right]$.

7 FONCTION $x \mapsto x\ln(x)$

a. $v : x \mapsto \ln x$ est définie sur $]0\,;+\infty[$.

f est donc définie sur $D_f=]0\,;+\infty[$.

b. • D'après le cours, $\lim\limits_{x\to 0} x\ln(x)=0$.

• $\begin{cases}\lim\limits_{x\to+\infty} x=+\infty\\ \lim\limits_{x\to+\infty}\ln(x)=+\infty\end{cases}$ donc, par produit, $\lim\limits_{x\to+\infty} f(x)=+\infty$.

c. Soit $x>0$, $f'(x)=1\times\ln(x)+x\times\frac{1}{x}=\ln(x)+1$.

$f'(x)>0 \Leftrightarrow \ln(x)>-1 \Leftrightarrow \ln(x)>\ln\left(\frac{1}{e}\right)\Leftrightarrow x>\frac{1}{e}$ car la fonction ln est strictement croissante.

De même, $f'(x)=0\Leftrightarrow \ln x=\ln\left(\frac{1}{e}\right)\Leftrightarrow x=\frac{1}{e}$, d'où :

$$f'(x)<0\Leftrightarrow x<\frac{1}{e}.$$

x	0	$\frac{1}{e}$	$+\infty$
Signe de f'	$-$	0	$+$
Variations de f	0 ↘	$-\frac{1}{e}$	↗ $+\infty$

d. • $\mathcal{T} : y = f(1) + f'(1)(x-1)$ avec $f(1) = 1 \times 0 = 0$ et $f'(1) = 0 + 1 = 1$.
Donc $\mathcal{T}$: $\boldsymbol{y = x - 1}$.

• $\mathcal{T}' : y = f(\mathrm{e}) + f'(\mathrm{e})(x - \mathrm{e})$ avec $f(\mathrm{e}) = \mathrm{e} \times 1 = \mathrm{e}$ et $f'(\mathrm{e}) = 1 + 1 = 2$.
Donc $\mathcal{T}' : y = \mathrm{e} + 2(x - \mathrm{e})$, soit $\mathcal{T}'$: $\boldsymbol{y = 2x - \mathrm{e}}$.

8 VRAI OU FAUX

a. Vrai.

$$\ln \frac{5}{4} + \ln \frac{3}{10} - \ln \sqrt{3} + \ln \frac{8}{\sqrt{3}}$$

$$= (\ln 5 - 2\ln 2) + (\ln 3 - \ln 2 - \ln 5) - \frac{1}{2}\ln 3 + \left(3\ln 2 - \frac{1}{2}\ln 3\right) = 0.$$

b. Vrai. Pour tout $n \in \mathbb{N}$, $\ln(u_n) = n \ln\left(\frac{4}{5}\right)$ et $\ln(u_{n+1}) - \ln(u_n) = \ln\left(\frac{4}{5}\right) \in \mathbb{R}$.
Donc la suite $(\ln u_n)$ est arithmétique.

c. Faux.

$$\ln(2 - 3x) < 2 \Leftrightarrow (2 - 3x > 0 \text{ et } 2 - 3x < \mathrm{e}^2)$$

$$\Leftrightarrow \left(x < \frac{2}{3} \text{ et } x > \frac{2 - \mathrm{e}^2}{3}\right)$$

$$\Leftrightarrow x \in \left]\frac{2 - \mathrm{e}^2}{3} ; \frac{2}{3}\right[.$$

d. Vrai. $\lim\limits_{x \to +\infty} \frac{\ln x}{x} = 0$, donc la courbe d'équation $y = 2 + \frac{\ln x}{x}$ admet une asymptote horizontale en $+\infty$, d'équation $y = 2$.

e. Vrai. Soit f la fonction définie sur $\mathbb{R}$ par $f(x) = \mathrm{e}^{3x\ln(2)} - \frac{\ln 3}{x\ln 2}$.

Appliquer le théorème des valeurs intermédiaires.

• $\frac{\ln 3}{\ln 2} > 0$ et $f\left(\frac{\ln 3}{\ln 2}\right) = \mathrm{e}^{3\ln(3)} - 1 = 3^3 - 1 = 26$, donc $\frac{\ln 3}{\ln 2}$ est solution de l'équation sur $]0 ; +\infty[$: $\mathrm{e}^{3x\ln(2)} - \frac{\ln 3}{x\ln 2} = 26$.

• f est dérivable sur $]0 ; +\infty[$ et, pour tout $x \in]0 ; +\infty[$,

$$f'(x) = 3\ln 2 \times \mathrm{e}^{3x\ln(2)} + \frac{\ln 3}{x^2 \ln 2} > 0 \text{ car } \ln 2 > 0 \text{ et } \ln 3 > 0.$$

Donc f est strictement croissante sur $]0 ; +\infty[$.

- f est continue et strictement croissante sur $]0\,;+\infty[$.

26 est compris entre $\lim\limits_{x\to 0^+} f(x) = -\infty$ et $\lim\limits_{x\to+\infty} f(x) = +\infty$

D'après le théorème des valeurs intermédiaires, l'équation $f(x) = 26$ admet une unique solution sur $]0\,;+\infty[$.

9 CONTINUITÉ

1. Il s'agit de montrer que la limite, quand x tend vers zéro, de $\text{sinc}(x) = \dfrac{\sin(x)}{x}$, existe et est égale à sinc(0) qui vaut 1.

La fonction sinus est dérivable en 0, ce qui signifie que $\lim\limits_{x\to 0} \dfrac{\sin(x) - \sin(0)}{x - 0} = \sin'(0)$

Or $\dfrac{\sin(x) - \sin(0)}{x - 0} = \dfrac{\sin(x) - 0}{x - 0} = \dfrac{\sin(x)}{x}$ et $\sin'(0) = \cos(0) = 1$.

On a donc bien : $\lim\limits_{x\to 0} \dfrac{\sin(x)}{x} = 1$.

La fonction sinc est donc continue en zéro.

2. Comme $\text{sinc}(0) \neq 0$, on a :

$$\begin{aligned}\text{sinc}(x) = 0 &\Leftrightarrow \frac{\sin(x)}{x} = 0 \quad (\text{car } x \neq 0)\\ &\Leftrightarrow \sin(x) = 0 \quad (\text{multiplication par } x \neq 0)\\ &\Leftrightarrow x = 0 + 2k\pi,\ k \in \mathbb{Z} \ \text{ ou } \ x = \pi + 2k\pi,\ k \in \mathbb{Z}\end{aligned}$$

Finalement, $\mathbf{sinc}(x) = 0 \Leftrightarrow x = k\pi,\ k \in \mathbb{Z}$.

3. a. Pour tout $x \in]0;+\infty[$,

$-1 \leqslant \sin(x) \leqslant 1$ implique que : $\dfrac{-1}{x} \leqslant \dfrac{\sin(x)}{x} \leqslant \dfrac{1}{x}$ (division par $x > 0$)

$\lim\limits_{x\to+\infty} \dfrac{-1}{x} = \lim\limits_{x\to+\infty} \dfrac{1}{x} = 0$ donc, d'après le théorème des gendarmes :

$$\lim_{x\to+\infty} \mathbf{sinc}(x) = 0.$$

b. Pour tout $x \in]-\infty;0[$,

$-1 \leqslant \sin(x) \leqslant 1$ implique que : $\dfrac{-1}{x} \geqslant \dfrac{\sin(x)}{x} \geqslant \dfrac{1}{x}$ (division par $x < 0$)

soit $\dfrac{1}{x} \leqslant \dfrac{\sin(x)}{x} \leqslant \dfrac{-1}{x}$

$\lim\limits_{x\to-\infty} \dfrac{1}{x} = \lim\limits_{x\to-\infty} \dfrac{-1}{x} = 0$ donc, d'après le théorème des gendarmes :

$$\lim_{x\to-\infty} \mathbf{sinc}(x) = 0.$$

4. La fonction inverse n'est pas définie en zéro, donc :

$$\begin{aligned}\text{sinc}(x) = \frac{1}{x} &\Leftrightarrow \left(x \neq 0 \ \text{ et } \ \frac{\sin(x)}{x} = \frac{1}{x}\right)\\ &\Leftrightarrow (x \neq 0 \ \text{ et } \ \sin(x) = 1)\\ &\Leftrightarrow \left(x \neq 0 \ \text{ et } \ x = \frac{\pi}{2} + 2k\pi, k \in \mathbb{Z}\right)\\ &\Leftrightarrow x = \frac{\pi}{2} + 2k\pi, k \in \mathbb{Z} \quad \left(\text{car 0 n'est pas égal à } \frac{\pi}{2} \text{ modulo } 2\pi\right)\end{aligned}$$

De même :

$$\text{sinc}(x) = \frac{-1}{x} \Leftrightarrow \left(x \neq 0 \text{ et } \frac{\sin(x)}{x} = \frac{-1}{x}\right) \Leftrightarrow (x \neq 0 \quad \text{et} \quad \sin(x) = -1)$$

$$\Leftrightarrow \left(x \neq 0 \quad \text{et} \quad x = -\frac{\pi}{2} + 2k\pi,\ k \in \mathbb{Z}\right)$$

$$\Leftrightarrow x = -\frac{\pi}{2} + 2k\pi,\ k \in \mathbb{Z} \text{ (car 0 n'est pas égal à } -\frac{\pi}{2} \text{ modulo } 2\pi\text{).}$$

5.

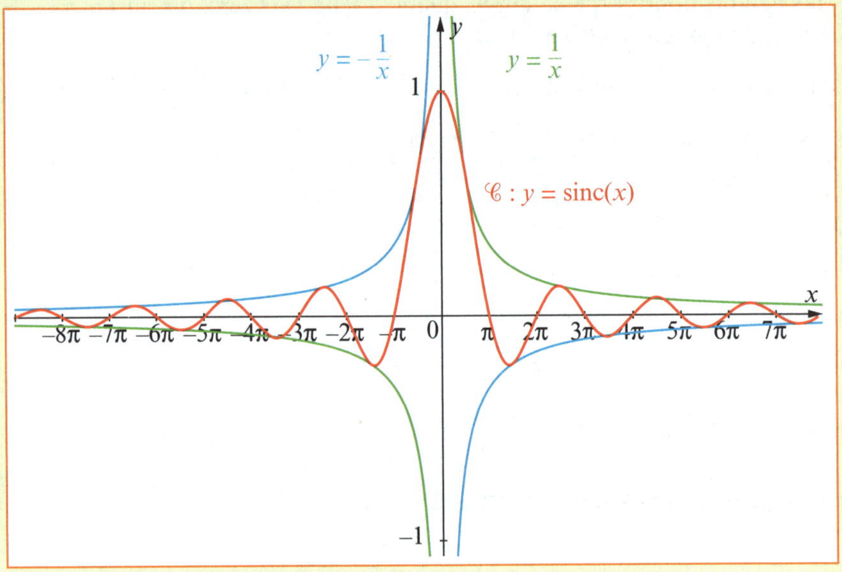

10 SUITES GÉOMÉTRIQUES ET LOGARITHME

a. (C_n) est une suite géométrique de raison 1,0225 et de premier terme $C_0 > 0$.
D'ou, pour tout $n \in \mathbb{N}$, $C_n = C_0 \times 1{,}0225^n$.

$$C_n \geqslant 2C_0 \Leftrightarrow 1{,}0225^n \geqslant 2$$

$$\Leftrightarrow \ln\left(1{,}0225^n\right) \geqslant \ln 2 \text{ (car la fonction ln est strictement croissante)}$$

$$\Leftrightarrow n \ln 1{,}0225 \geqslant \ln 2$$

$$\Leftrightarrow n \geqslant \frac{\ln 2}{\ln 1{,}0225} \text{ (car } \ln 1{,}0225 > 0\text{)}$$

$$\Leftrightarrow n \geqslant 32.$$

Le capital aura doublé au bout de 32 années.

b. Soit u_n la masse de l'iridium 192 au bout du n-ième jour.
(u_n) est une suite géométrique de premier terme $u_0 > 0$ et de raison
$1 - \frac{9{,}6}{1000} = 0{,}9904$. D'où, pour tout $n \in \mathbb{N}$, $u_n = u_0 \times 0{,}9904^n$.

$$u_n \leqslant \frac{1}{2}u_0 \Leftrightarrow 0{,}9904^n \leqslant \frac{1}{2} \Leftrightarrow n \ln 0{,}9904 \leqslant -\ln 2$$

$$\Leftrightarrow n \geqslant -\frac{\ln 2}{\ln 0{,}9904} \text{ (car } \ln 0{,}9904 < 0\text{)}$$

$$\Leftrightarrow n \geqslant 72.$$

La période de demi-vie de l'iridium 192 est de 72 jours.

11 ALGORITHME DE BRIGGS

1. On remarque que $\dfrac{\ln(x)}{x-1} = \dfrac{\ln(x)-\ln(1)}{x-1}$. Puisque la fonction ln est dérivable en 1, ce quotient admet une limite quand x tend vers 1, et cette limite vaut $\ln'(1) = \dfrac{1}{1} = 1$.

D'où $\lim\limits_{x\to 1} \dfrac{\ln(x)}{x-1} = 1$.

2. a. Soit $x > 0$. Démontrons par récurrence ;

- Pour $n = 1$, $2^1 \ln\sqrt{x} = 2\times\dfrac{1}{2}\ln(x) = \ln(x)$ donc la propriété est vraie au rang 1.
- Supposons que la propriété soit vraie à un certain rang $n \geqslant 1$.

On a donc : $\ln x = 2^n \ln\Big(\underbrace{\sqrt{\sqrt{\ldots\sqrt{x}}}}_{\sqrt{\ }\text{ appliqué } n \text{ fois}}\Big)$

Alors $2^{n+1}\ln\Big(\underbrace{\sqrt{\sqrt{\ldots\sqrt{x}}}}_{\sqrt{\ }\text{ appliqué } n+1 \text{ fois}}\Big) = 2\times 2^n\times\dfrac{1}{2}\ln\Big(\underbrace{\sqrt{\sqrt{\ldots\sqrt{x}}}}_{\sqrt{\ }\text{ appliqué } n \text{ fois}}\Big) = 2^n\ln\Big(\underbrace{\sqrt{\sqrt{\ldots\sqrt{x}}}}_{\sqrt{\ }\text{ appliqué } n \text{ fois}}\Big) = \ln(x)$.

La propriété est vraie au rang $n+1$.
Conclusion : Pour tout $x > 0$ et pour tout $n \geqslant 1$, $\ln x = 2^n \ln\Big(\underbrace{\sqrt{\sqrt{\ldots\sqrt{x}}}}_{\sqrt{\ }\text{ appliqué } n \text{ fois}}\Big)$.

b. Le code Python est le suivant :

```
import math as m
def briggs(x):
        n = 0
        while (x > 1.0001):
           n += 1
           print(«l'écart est»,ecart)
        x = m.sqrt(x)
        return 2**n*(x-1)
# Test de la fonction briggs
print(«la valeur approchée de ln(2) donné par l'algorithme de Briggs est
: \n», briggs(2))
print(«la valeur approchée de ln(2) donné par Python : \n», m.log(2))
```

le « \n » oblige à passer à la ligne dans l'affichage.

3. On doit traiter les cas (donc utiliser l'instruction conditionnelle) :

- si $x \leqslant 0$: le logarithme n'est pas défini.
- Si $0 < x < 1$, alors $\ln(x) = -\ln\left(\dfrac{1}{x}\right)$ et puisque $\dfrac{1}{x} > 1$, on calcule $\ln\left(\dfrac{1}{x}\right)$ par l'algorithme vu en **2.b.**
- Si $x = 1$, alors $\ln(x) = 0$.
- Si $x > 1$, on calcule $\ln(x)$ par l'algorithme vu en **2.b.**

```
import math as m
def briggs_modifie(x):
    if (x <= 0):
        return «le logarithme n'est pas défini pour une valeur négative ou nulle»
    elif (0<x<1):
        y=1/x
    elif (x==1):
        return 0
    else :
        y=x
    n=0
    while (y>1.0001):
        n+=1
        y=m.sqrt(y)
    if (x>1):
        return 2**n*(y-1)
    else :
        return -2**n*(y-1)
# Tests de la fonction briggs_modifie
print(«la valeur approchée de ln(2) donné par l'algorithme de Briggs est : \n», briggs_modifie(2))
print(«la valeur approchée de ln(2) donné par Python : \n», m.log(2))
print(«la valeur approchée de ln(0.5) donné par l'algorithme de Briggs est : \n», briggs_modifie(0.5))
print(«la valeur approchée de ln(0.5) donné par Python : \n», m.log(0.5))
print(«la valeur approchée de ln(1) donné par l'algorithme de Briggs est : \n», briggs_modifie(1))
print(«0 a-t-il une image par la fonction ln ? \n», briggs_modifie(0))
```

12 QUESTION DE COURS

a. φ est dérivable sur $[1;+\infty[$ et, pour tout $x \geqslant 1$,

$$\varphi'(x) = \frac{1}{x} - \frac{1}{2\sqrt{x}} = \frac{2-\sqrt{x}}{2x}.$$

$2x > 0$ sur $[1;+\infty[$, donc :

$$\varphi'(x) > 0 \Leftrightarrow \left(2 > \sqrt{x} \text{ et } x \geqslant 1\right) \Leftrightarrow 1 \leqslant x < 4$$

$$\varphi'(x) < 0 \Leftrightarrow \left(2 < \sqrt{x} \text{ et } x \geqslant 1\right) \Leftrightarrow x > 4.$$

Donc φ est strictement croissante sur $[1;4]$ et strictement décroissante sur $[4;+\infty[$.

x	1		4		$+\infty$
Variations de ϕ		↗	$\ln(4)-2$	↘	

$\ln(4) - 2 \approx -0{,}6$.

b. Pour tout $x \geqslant 1$, $\ln x - \sqrt{x} \leqslant \ln(4) - 2 < 0$, soit $\ln x \leqslant \sqrt{x}$.

Comme $x > 0$, il en résulte que $\frac{\ln x}{x} \leqslant \frac{\sqrt{x}}{x}$.

De plus, $x \geqslant 1$, donc $\ln x \geqslant 0$ et $\frac{\ln x}{x} \geqslant 0$. Finalement, pour tout $x \geqslant 1$:

$$\mathbf{0 \leqslant \frac{\ln x}{x} \leqslant \frac{1}{\sqrt{x}}}.$$

c. $0 \leqslant \frac{\ln x}{x} \leqslant \frac{1}{\sqrt{x}}$ pour tout $x \geqslant 1$ et $\lim\limits_{x \to +\infty} \frac{1}{\sqrt{x}} = 0$.

Donc, d'après le théorème des gendarmes :

$$\mathbf{\lim_{x \to +\infty} \frac{\ln x}{x} = 0.}$$

13 LOGARITHME DÉCIMAL ET PH

1. a. $\log(1) = \frac{\ln 1}{\ln 10} = \frac{0}{\ln 10} = 0$ et $\log(10) = \frac{\ln 10}{\ln 10} = 1$.

b. Soit $x \in \mathbb{R}$, $\log(10^x) = \log(e^{x\ln 10}) = \frac{\ln(e^{x\ln 10})}{\ln 10}$.

Or, $\ln(e^{x\ln 10}) = x\ln 10$.

Voir le cours I. 1.

Donc $\log(10^x) = \frac{x\ln 10}{\ln 10}$, soit $\log(10^x) = x$.

c. Soient x et y deux réels positifs.

$\log(x \times y) = \frac{\ln(x \times y)}{\ln 10} = \frac{\ln(x) + \ln(y)}{\ln 10} = \frac{\ln x}{\ln 10} + \frac{\ln y}{\ln 10}$, d'où :

$$\mathbf{\log(x \times y) = \log(x) + \log(y).}$$

2. a. $[H_3O^+] = 10^{-pH}$, d'où, puisque $[H_3O^+]$ est strictement positif :

$\log([H_3O^+]) = \log(10^{-pH}) = -\text{pH}$ et $\mathbf{pH = -\log([H_3O^+])}$.

b. Si $[H_3O^+] = 7{,}94 \times 10^{-6}\,\text{mol} \cdot \text{L}^{-1}$, alors :

$\text{pH} = -\log(7{,}94 \times 10^{-6}) = -[\log 7{,}94 + \log 10^{-6}] = 6 - \log 7{,}94$

$\text{pH} = 6 - \frac{\ln 7{,}94}{\ln 10} \approx 5{,}10$.

La solution est donc acide.

14 FONCTION CONTINUE ET NON DERIVABLE EN 0

a. • Pour tout $X > 0, -1 \leqslant \sin X \leqslant 1$, donc $-\frac{1}{X} \leqslant \frac{\sin X}{X} \leqslant \frac{1}{X}$

De plus, $\lim\limits_{X \to +\infty} -\frac{1}{X} = \lim\limits_{X \to +\infty} \frac{1}{X} = 0$, donc, d'après le théorème des gendarmes,

$$\mathbf{\lim_{X \to +\infty} \frac{\sin X}{X} = 0.}$$

CORRIGÉS

• Pour tout $X<0$, $-1 \leqslant \sin X \leqslant 1$, donc $-\frac{1}{X} \geqslant \frac{\sin X}{X} \geqslant \frac{1}{X}$ (division par $X<0$).

De plus, $\lim\limits_{X\to-\infty} -\frac{1}{X} = \lim\limits_{X\to-\infty} \frac{1}{X} = 0$ donc, d'après le théorème des gendarmes :

$$\lim_{X\to-\infty} \frac{\sin X}{X} = 0.$$

La fonction sin n'admettant pas de limite à l'infini, on a commencé par encadrer sin *X*.

b. Pour tout $x \neq 0$, $f(x) = \dfrac{\sin\left(\frac{1}{x}\right)}{\frac{1}{x}} = \dfrac{\sin(X)}{X}$ avec $X = \dfrac{1}{x}$.

$\begin{cases} \lim\limits_{x\to0^+} \dfrac{1}{x} = +\infty \\ \lim\limits_{X\to+\infty} \dfrac{\sin X}{X} = 0 \end{cases}$, donc, par composition, $\lim\limits_{x\to0^+} f(x) = 0$.

$\begin{cases} \lim\limits_{x\to0^-} \dfrac{1}{x} = -\infty \\ \lim\limits_{X\to-\infty} \dfrac{\sin X}{X} = 0 \end{cases}$, donc, par composition, $\lim\limits_{x\to0^-} f(x) = 0$.

$\lim\limits_{x\to0^+} f(x) = \lim\limits_{x\to0^-} f(x) = f(0)$, donc f **est continue en 0.**

c. Soit $x \neq 0$, $\dfrac{f(x)-f(0)}{x-0} = \sin\dfrac{1}{x}$.

Or lorsque x tend vers 0^+ ou 0^-, $\dfrac{1}{x}$ tend vers $+\infty$ ou $-\infty$ et la fonction sinus n'admet pas de limite en $+\infty$ ni en $-\infty$.

Donc $\dfrac{f(x)-f(0)}{x-0}$ n'admet pas de limite en 0.

Cela signifie que f **n'est pas dérivable en 0.**

d.

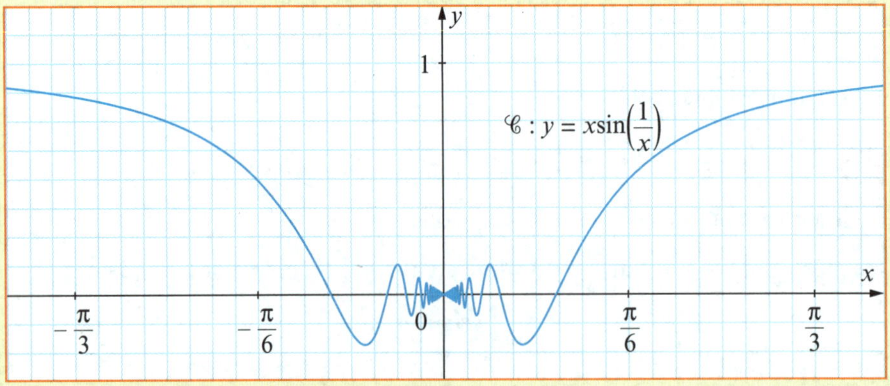

15 ÉTUDE D'UNE FONCTION TRIGONOMETRIQUE

1. a. f est de la forme $\cos(u)$ avec $u : x \mapsto 2x$. Donc $f' = u' \times (-\sin u)$.
Pour tout $x \in [0\,;\pi]$, $f'(x) = -2\sin(2x)$.

b. Soit $x \in [0\,;\pi]$.

$\sin(2x) = 0 \Leftrightarrow 2x = 0 + k\pi (k \in \mathbb{Z}) \Leftrightarrow x = 0 + k\dfrac{\pi}{2} (k \in \mathbb{Z})$

$\sin(2x) = 0 \Leftrightarrow \left(x = 0 \text{ ou } x = \dfrac{\pi}{2} \text{ ou } x = \pi\right)$ car $x \in [0\,;\pi]$.

c.

x	0		$\frac{\pi}{2}$		π
$2x$	0		π		2π
Signe de $\sin 2x$	0	$+$	0	$-$	
Signe de $f'(x) = -2\sin 2x$	0	$-$	0	$+$	
Variations de f	1	↘	-1	↗	1

2. $f(x) = 0 \Leftrightarrow \cos(2x) = 0 \Leftrightarrow \left(2x = \dfrac{\pi}{2} \text{ ou } 2x = \dfrac{3\pi}{2}\right)$ (car $2x$ décrit $[0\,;2\pi]$)

$\boldsymbol{f(x) = 0 \Leftrightarrow \left(x = \dfrac{\pi}{4} \text{ ou } x = \dfrac{3\pi}{4}\right)}$.

3. $f(x) = \dfrac{1}{2} \Leftrightarrow \cos(2x) = \dfrac{1}{2} \Leftrightarrow \cos(2x) = \cos\dfrac{\pi}{3}$

$\Leftrightarrow \left(2x = \dfrac{\pi}{3} \text{ ou } 2x = \dfrac{5\pi}{3}\right)$ (car $2x$ décrit $[0\,;2\pi]$)

$\boldsymbol{f(x) = \dfrac{1}{2} \Leftrightarrow \left(x = \dfrac{\pi}{6} \text{ ou } = \dfrac{5\pi}{6}\right)}$.

4. $\mathcal{T} : y = f(0) + f'(0) \times (x - 0)$ avec $f(0) = 1$ et $f'(0) = 0$. Donc $\boldsymbol{\mathcal{T} : y = 1}$.

$\mathcal{T}' : y = f\left(\dfrac{\pi}{2}\right) + f'\left(\dfrac{\pi}{2}\right) \times \left(x - \dfrac{\pi}{2}\right)$ avec $f\left(\dfrac{\pi}{2}\right) = -1$ et $f'\left(\dfrac{\pi}{2}\right) = 0$. Donc $\boldsymbol{\mathcal{T}' : y = -1}$.

5.

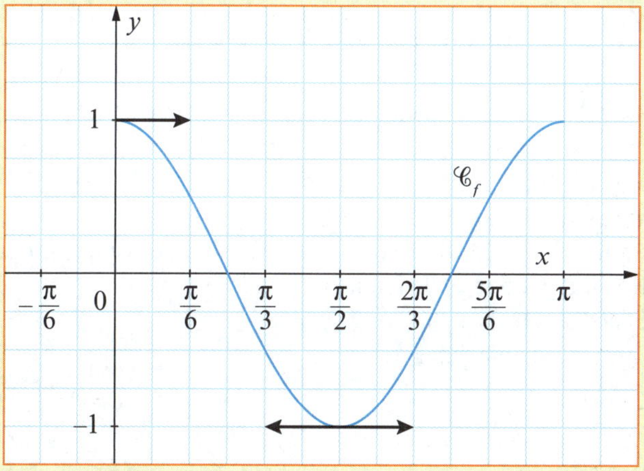

CORRIGÉS

16 LECTURE GRAPHIQUE

1. $\boldsymbol{f(0)=0}$ et $f'(0)=\dfrac{\Delta y}{\Delta x}=\dfrac{3}{\frac{1}{3}}$, soit $\boldsymbol{f'(0)=9}$.

> $f'(0)$ est le coefficient de la tangente au point d'abscisse 0.

2. Supposons que $f(x)=ax+b+\ln(10x+1)$, a et b réels.

Alors pour tout $x\geqslant 0$, $f'(x)=a+\dfrac{10}{10x+1}$

et $\begin{cases} f(0)=0 \\ f'(0)=9 \end{cases} \Leftrightarrow \begin{cases} b=0 \\ a+10=9 \end{cases} \Leftrightarrow \begin{cases} a=-1 \\ b=0 \end{cases}$.

Donc $\boldsymbol{(a\,;b)=(-1\,;0)}$ et $\boldsymbol{f(x)=-x+\ln(10x+1)}$.

3. a. f est définie et dérivable $[0\,;+\infty[$ et, pour tout $x\geqslant 0$:

$$f'(x)=-1+\frac{10}{10x+1}=\frac{-10x+9}{10x+1}.$$

$-10x+9>0 \Leftrightarrow x<\dfrac{9}{10}$ et $10x+1>0$ sur $[0\,;+\infty[$.

Donc $f'(x)>0$ si $x\in\left]0\,;\dfrac{9}{10}\right[$ et $f'(x)<0$ si $x\in\left]\dfrac{9}{10}\,;+\infty\right[$.

Donc f est strictement croissante sur $\left[0\,;\dfrac{9}{10}\right]$ et strictement décroissante sur $\left[\dfrac{9}{10}\,;+\infty\right[$

b. $\dfrac{f(x)}{x}=-1+\dfrac{\ln(10x+1)}{x}=-1+\dfrac{10x+1}{x}\times\dfrac{\ln(10x+1)}{10x+1}$.

$\lim\limits_{x\to+\infty}(10x+1)=+\infty$ et $\lim\limits_{X\to+\infty}\dfrac{\ln X}{X}=0$, donc, par composition des limites, $\lim\limits_{x\to+\infty}\dfrac{\ln(10x+1)}{10x+1}=0$.

$\lim\limits_{x\to+\infty}\left(\dfrac{10x+1}{x}\right)=\lim\limits_{x\to+\infty}\left(\dfrac{10x}{x}\right)=\lim\limits_{x\to+\infty}(10)=10$. (limite d'une fraction rationnelle).

Donc $\lim\limits_{x\to+\infty}\dfrac{f(x)}{x}=-1+10\times 0$, soit $\boldsymbol{\lim\limits_{x\to+\infty}\dfrac{f(x)}{x}=-1}$.

17 QCM

1. g est définie pour tout $x\in\mathbb{R}^*$.

- ln est dérivable sur $]0\,;+\infty[$,
- la fonction qui à tout $x<0$ associe $\ln(-x)$ est une fonction composée de la forme $\ln(u)$ avec u dérivable et strictement positive sur $]-\infty;0[$.

Donc g est dérivable sur $]-\infty;0[$.
Finalement, g est dérivable sur $\mathbb{R}^*$.
Réponse c.

2.

$$\begin{cases} f(\mathrm{e}) = 0 \\ f'(1) = 1 \end{cases} \Leftrightarrow \begin{cases} a\mathrm{e} + b = 0 \\ a + \dfrac{b}{1} = 1 \end{cases} \Leftrightarrow \begin{cases} a = \dfrac{-1}{\mathrm{e}-1} \\ b = 1 - a \end{cases} \Leftrightarrow \begin{cases} a = \dfrac{-1}{\mathrm{e}-1} \\ b = \dfrac{\mathrm{e}}{\mathrm{e}-1} \end{cases}.$$

Alors $f(x) = \dfrac{-x}{\mathrm{e}-1} + \dfrac{\mathrm{e}}{\mathrm{e}-1}\ln x = \dfrac{x}{1-\mathrm{e}} - \dfrac{\mathrm{e}}{1-\mathrm{e}}\ln(x)$;

$f'(x) = \dfrac{-1}{\mathrm{e}-1} + \dfrac{\mathrm{e}}{\mathrm{e}-1} \times \dfrac{1}{x}$.

Réponse c.

3. La réponse **a.** est fausse car $-\dfrac{\pi}{2} \in \left[-\dfrac{3\pi}{4}; -\dfrac{\pi}{4}\right]$, mais $\sin\left(-\dfrac{\pi}{2}\right) = -1 < -\dfrac{\sqrt{2}}{2}$.

La réponse **b.** est fausse car $\dfrac{7\pi}{4} \notin]-\pi;\pi]$.

La réponse **c.** est fausse car $\left[-\dfrac{\pi}{4}; -\dfrac{3\pi}{4}\right]$ n'est pas un intervalle puisque $-\dfrac{\pi}{4} > -\dfrac{3\pi}{4}$.

La réponse **d.** est la bonne, elle correspond aux arcs de cercle colorés ci-dessous.

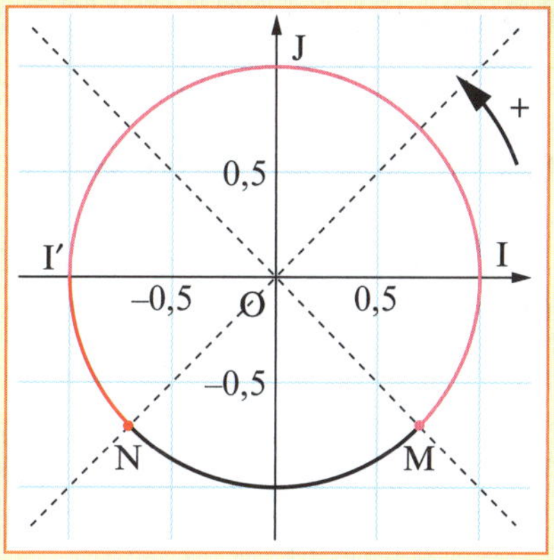

18 QUESTIONS DE COURS

1. a. Soit $x > 0$ et $u = \dfrac{1}{x}$. Alors $x = \dfrac{1}{u}$ et $\ln(x) = \ln\left(\dfrac{1}{u}\right) = -\ln(u)$,

donc $x\ln x = \dfrac{1}{u} \times (-\ln u) = -\dfrac{\ln u}{u}$.

b. $\lim\limits_{x \to 0^+} \dfrac{1}{x} = +\infty$

$\lim\limits_{u \to +\infty} \dfrac{\ln u}{u} = 0$ donc $\lim\limits_{u \to +\infty} -\dfrac{\ln u}{u} = 0$.

Donc, par composition des limites, $\lim\limits_{x \to 0^+} x\ln x = 0$.

2. Pour tout réel $x > 0$, $\mathrm{e}^{\ln x} = x$.

La fonction : $x \mapsto \mathrm{e}^{\ln x}$ est de la forme e^u, u désignant la fonction ln.

Sa dérivée s'écrit donc $u'\mathrm{e}^u$.

Après avoir dérivé chaque membre de l'égalité, on obtient, pour tout $x > 0$:

$\dfrac{1}{x}\mathrm{e}^{\ln x} = 1$, d'où $\mathrm{e}^{\ln x} = x$ (multiplication par $x > 0$).

19 FONCTION EXPONENTIELLE DE BASE A . 0

1. $f_a(0) = a^0 = e^{0 \ln a} = e^0 = 1$ et $f_a(1) = a^1 = e^{1 \ln a} = e^{\ln a} = a.$

2. • Pour tout x réel, $f_1(x) = e^{x \ln(1)} = e^0 = 1$ donc **f_1 est la fonction constante égale à 1.**

• Pour tout x réel, $f_e(x) = e^{x \ln(e)} = e^x$, donc **$f_e$ est la fonction exponentielle.**

3. Soit a un réel strictement supérieur à 1.

a. Pour tout réel x, $f_a'(x) = (\ln a) \times e^{x \ln a} > 0$ car $\ln a > 0$.

Donc f_a est strictement croissante sur $\mathbb{R}$.

b. $\ln(a) > 0$, donc $\lim\limits_{x \to +\infty} x \ln a = +\infty$ et $\lim\limits_{x \to -\infty} x \ln a = -\infty$.

• $\begin{cases} \lim\limits_{x \to +\infty} x \ln a = +\infty \\ \lim\limits_{X \to +\infty} e^X = +\infty \end{cases}$ donc, par composition, $\boldsymbol{\lim\limits_{x \to +\infty} f_a(x) = +\infty}$.

• $\begin{cases} \lim\limits_{X \to -\infty} x \ln a = -\infty \\ \lim\limits_{X \to -\infty} e^x = 0 \end{cases}$ donc, par composition, $\boldsymbol{\lim\limits_{x \to -\infty} f_a(x) = 0}$.

4. Soit a un réel strictement inférieur à 1.

a. Pour tout réel x, $f_a'(x) = (\ln a) \times e^{x \ln a} < 0$ car $\ln a < 0$.

Donc f_a est strictement décroissante $\mathbb{R}$.

b. $\ln(a) < 0$, donc $\lim\limits_{x \to +\infty} x \ln a = -\infty$ et $\lim\limits_{x \to -\infty} x \ln a = +\infty$.

• $\begin{cases} \lim\limits_{x \to +\infty} x \ln a = -\infty \\ \lim\limits_{X \to -\infty} e^X = 0 \end{cases}$ donc, par composition, $\boldsymbol{\lim\limits_{x \to +\infty} f_a(x) = 0}$.

• $\begin{cases} \lim\limits_{x \to -\infty} x \ln a = +\infty \\ \lim\limits_{X \to +\infty} e^X = +\infty \end{cases}$ donc, par composition, $\boldsymbol{\lim\limits_{x \to -\infty} f_a(x) = +\infty}$.

5.

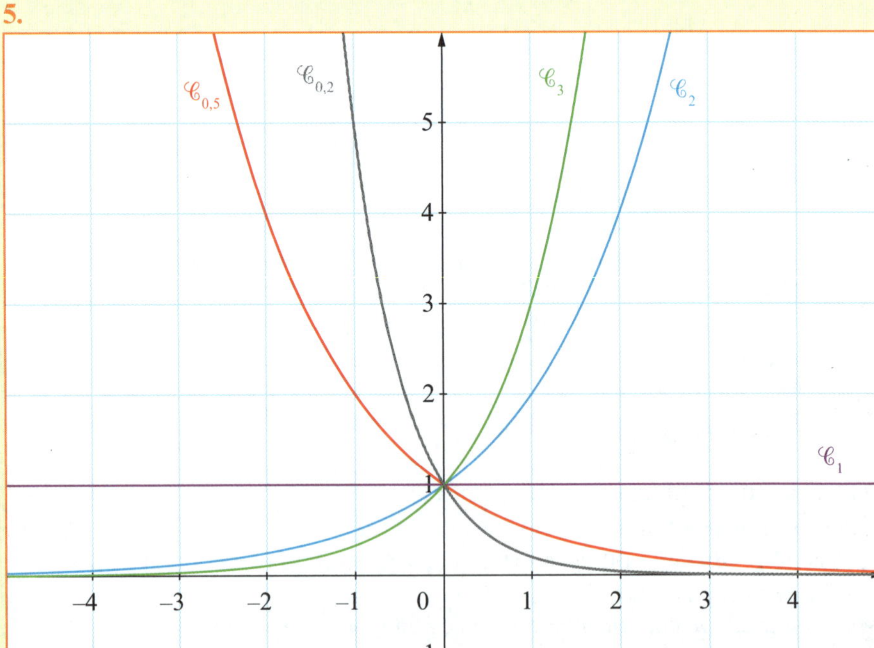

20 LN ET PYTHON

a.

```
import math as m
def U(N):
    U = 0
    for n in range(1,N+1):
            U += (-1)**(n-1)/n
    return U
print(U(100))
print(m.log(2))
```

b.

```
N=0
epsilon=0.001
while (m.fabs(U(N)-m.log(2))>epsilon):
    N += 1
print(N)
print(U(N))
```

On trouve N=500.

21 SYMÉTRIE DES COURBES $\mathscr{C}_{\text{EXP}}$ ET $\mathscr{C}_{\text{LN}}$

a. Δ est la médiatrice de $[\text{MM}']$.

• $[\text{MM}'] \perp \Delta$. Or, le coefficient directeur de Δ vaut 1, celui de (MM') vaut $\dfrac{y'-y}{x'-x}$ ($x \neq x'$ car, Δ étant pas parallèle à $(\text{O}x)$, (MM') n'est pas parallèle à l'axe des ordonnées).

D'où :

$$1 \times \frac{y'-y}{x'-x} = -1, \text{ soit } x' + y' = x + y.$$

• Le milieu I de $[\text{MM}']$ appartient à Δ.

Or $\text{I}\left(\dfrac{x+x'}{2} ; \dfrac{y+y'}{2}\right)$, d'où :

$$\frac{x+x'}{2} = \frac{y+y'}{2}, \text{ soit } x' - y' = y - x.$$

$$\begin{cases} x' + y' = x + y \\ x' - y' = -x + y \end{cases} \Leftrightarrow \begin{cases} y' = x \\ x' = y \end{cases} \text{ donc } \mathbf{M'(y\,;x)}.$$

b. $\text{M}(x\,; y) \in \mathscr{C}_{\ln} \Leftrightarrow y = \ln x \Leftrightarrow x = \exp y \Leftrightarrow \text{M}'(y\,; x) \in \mathscr{C}_{\exp}$

Donc le symétrique de $\mathscr{C}_{\ln}$ par rapport à Δ est $\mathscr{C}_{\exp}$.

22 RELATION FONCTIONNELLE

1. Soit $C \in \mathbb{R}$.
La fonction $x \mapsto C\ln(x)$ vérifie, pour tout x et y strictement positifs :

$$\boldsymbol{C\ln(x \times y) = C(\ln(x) + \ln(y)) = C\ln(x) + C\ln(y).}$$

2. a. $f(1 \times 0) = f(1) + f(0)$, soit $f(0) = f(1) + f(0)$, d'où $f(1) = 0$.

b. Soit $x > 0$. Alors $x \times y > 0$ et la fonction $y \mapsto f(x \times y)$ est dérivable sur $]0\,;+\infty[$ et sa dérivée est : $y \mapsto x \times f'(x \times y)$.
En dérivant (*) par rapport à y :

$$x \times f'(x \times y) = f'(y).$$

Avec $y = 1$, cela donne :

$$x \times f'(x) = f'(1).$$

En posant $C = f'(1)$, pour tout $x > 0$, $\boldsymbol{f'(x) = \frac{C}{x}}$.

c. Soit h la fonction définie sur $]0;+\infty[$ par $h(x) = f(x) - C\ln(x)$.
h est dérivable sur $]0\,;+\infty[$ et, pour tout $x > 0$, $h'(x) = f'(x) - \frac{C}{x} = \frac{C}{x} - \frac{C}{x} = 0$.
Donc h est constante et vaut $h(1) = f(1) - C\ln 1 = 0 - 0 = 0$.
Donc, pour tout $x > 0$:

$$\boldsymbol{f(x) = C\ln(x).}$$

3. D'après **1.**, les fonctions $x \mapsto C\ln(x)$, où $C \in \mathbb{R}$, sont dérivables sur $]0\,;+\infty[$ et vérifient (*).
D'après **2.**, les fonctions dérivables sur $]0\,;+\infty[$ et vérifiant (*) sont de la forme :

$$x \mapsto C\ln(x), \text{ où } C \in \mathbb{R}.$$

Donc les fonctions *f* dérivables sur $]0\,;+\infty[$ telles que pour tout $(x,y) \in]0\,;+\infty[^2$, $f(x \times y) = f(x) + f(y)$(*) sont les fonctions de la forme :

$$\boldsymbol{x \mapsto C\ln(x), \text{ où } C \in \mathbb{R}.}$$

23 FONCTION TANGENTE

a. $\cos(x) = 0 \Leftrightarrow \left(x = \frac{\pi}{2} + 2k\pi,\ k \in \mathbb{Z} \text{ ou } x = -\frac{\pi}{2} + 2k\pi,\ k \in \mathbb{Z}\right)$

$$\boldsymbol{\cos x = 0 \Leftrightarrow x = \frac{\pi}{2} + k\pi,\ k \in \mathbb{Z}.}$$

b. $\tan = \frac{\sin}{\cos}$, donc **la fonction tan est définie sur** $\mathbb{R} \setminus \left\{\boldsymbol{\frac{\pi}{2} + k\pi, k \in \mathbb{Z}}\right\}$.

c. Pour tout $x \neq \frac{\pi}{2} + k\pi (k \in \mathbb{Z})$, $\tan(x + \pi) = \frac{\sin(x+\pi)}{\cos(x+\pi)} = \frac{-\sin(x)}{-\cos(x)} = \tan(x)$.
La fonction tan est donc π-périodique et il suffit de l'étudier sur l'intervalle $\left]-\frac{\pi}{2};\frac{\pi}{2}\right[$.

Pour tout $k \in \mathbb{Z}^*$, on obtient la représentation graphique de tan sur l'intervalle $\left]-\frac{\pi}{2}+k\pi;\frac{\pi}{2}+k\pi\right[$ à partir de celle de tan sur $\left]-\frac{\pi}{2};\frac{\pi}{2}\right[$ par la translation de vecteur $k\pi\vec{i}$ dans son repère $(0;\vec{i};\vec{j})$.

d. • $\lim\limits_{x\to-\frac{\pi}{2}} \sin x = -1$ et $\lim\limits_{x\to\left(-\frac{\pi}{2}\right)^+} \cos x = 0^+$

donc, par quotient, $\lim\limits_{x\to\left(-\frac{\pi}{2}\right)^+} \tan x = -\infty$

• $\lim\limits_{x\to\left(-\frac{\pi}{2}\right)^+} \sin x = 1$ et $\lim\limits_{x\to\left(\frac{\pi}{2}\right)^-} \cos x = 0^+$

donc, par quotient, $\lim\limits_{x\to\left(\frac{\pi}{2}\right)^-} \tan x = +\infty$

$$\mathbf{\lim\limits_{x\to\left(-\frac{\pi^+}{2}\right)} \tan(x) = -\infty} \text{ et } \mathbf{\lim\limits_{x\to\left(\frac{\pi^-}{2}\right)} \tan(x) = +\infty}.$$

e. • Pour tout $x \in \left]-\frac{\pi}{2}; \frac{\pi}{2}\right[$:

$$\tan'(x) = \frac{\cos(x)\times\cos(x) - \sin(x)\times(-\sin(x))}{(\cos(x))^2} = \frac{\cos^2(x)+\sin^2(x)}{\cos^2(x)}.$$

En utilisant la propriété $\cos^2(x)+\sin^2(x) = 1$, on obtient :

$$\tan'(x) = \frac{1}{\cos^2(x)}.$$

On trouve également :

$$\tan'(x) = \frac{\cos^2(x)+\sin^2(x)}{\cos^2(x)} = \frac{\cos^2(x)}{\cos^2(x)} + \frac{\sin^2(x)}{\cos^2(x)} = \mathbf{1 + \tan^2(x)}.$$

• De chacune de ces deux expressions, on déduit que $\tan'(x) > 0$ sur $\left]-\frac{\pi}{2}; \frac{\pi}{2}\right[$.

Donc la fonction tangente est strictement croissante sur $\left]-\frac{\pi}{2}; \frac{\pi}{2}\right[$.

f. $\tan(0) = \frac{\sin(0)}{\cos(0)} = \frac{0}{1} = \mathbf{0}$;

$$\tan\left(\frac{\pi}{4}\right) = \frac{\sin\left(\frac{\pi}{4}\right)}{\cos\left(\frac{\pi}{4}\right)} = \frac{\frac{\sqrt{2}}{2}}{\frac{\sqrt{2}}{2}} = \mathbf{1};$$

$$\tan\left(\frac{-\pi}{4}\right) = \frac{\sin\left(\frac{-\pi}{4}\right)}{\cos\left(\frac{-\pi}{4}\right)} = \frac{\frac{-\sqrt{2}}{2}}{\frac{\sqrt{2}}{2}} = \mathbf{-1}.$$

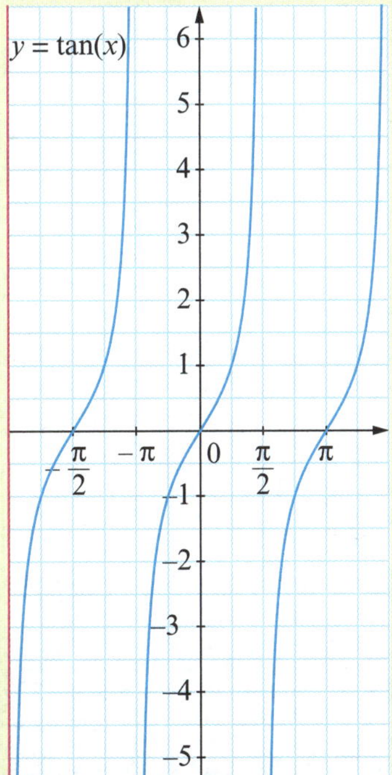

24 FONCTIONS PUISSANCES

1. Soit a un réel. $g_a(1) = e^{a\times\ln(1)} = e^0 = 1$ et $g_a(e) = e^{a\times\ln(e)} = e^a$.

2. $g_0 : x \mapsto x^0 = e^{0\times\ln(x)} = e^0 = 1$.

g_0 est la fonction constante égale à 1.

3. a. $a > 0$.

• g_a est dérivable sur $]0\,;+\infty[$ et, pour tout $x > 0$, $g_a'(x) = \dfrac{a}{x}e^{a\ln x} > 0$, **donc g_a est strictement croissante sur $]0\,;+\infty[$.**

• $\begin{cases} \lim\limits_{x\to 0^+} a\ln x = -\infty;\ \lim\limits_{X\to -\infty} e^X = 0 \text{ donc, par composition, } \lim\limits_{x\to 0^+} g_a(x) = 0. \\ \lim\limits_{x\to +\infty} a\ln x = +\infty;\ \lim\limits_{X\to +\infty} e^X = +\infty \text{ donc, par composition, } \lim\limits_{x\to +\infty} g_a(x) = +\infty. \end{cases}$

b. $a < 0$.

• g_a est dérivable sur $]0\,;+\infty[$ et, pour tout $x > 0$, $g_a'(x) = \dfrac{a}{x}e^{a\ln x} < 0$, donc g_a est strictement décroissante sur $]0\,;+\infty[$.

• $\begin{cases} \lim\limits_{x\to 0^+} a\ln x = +\infty \\ \lim\limits_{X\to +\infty} e^X = +\infty \end{cases}$ donc, par composition, $\mathbf{\lim\limits_{x\to 0^+} g_a(x) = +\infty}$.

• $\begin{cases} \lim\limits_{x\to +\infty} a\ln x = -\infty \\ \lim\limits_{X\to -\infty} e^X = 0 \end{cases}$ donc, par composition, $\mathbf{\lim\limits_{x\to +\infty} g_a(x) = 0}$.

4 Suites et raisonnement par récurrence

I LE RAISONNEMENT PAR RÉCURRENCE

Le **principe de récurrence** est de montrer qu'une propriété est vraie pour tout entier naturel (parfois seulement à partir d'un certain rang).
On le considère comme un axiome (universellement admis).

- Si une propriété P_n relative à un entier naturel n vérifie les deux conditions suivantes :
- P_0 est vraie ;
- le fait que P_m soit vraie implique que P_{m+1} est vraie ;

alors la propriété P_n est vraie pour tout $n \in \mathbb{N}$.

> Principe de récurrence à partir du rang 3 : si P_3 est vraie et si (P_m vraie $\Rightarrow P_{m+1}$ vraie), alors P_n est vraie pour tout entier $n \geqslant 3$.

II COMPORTEMENT GLOBAL D'UNE SUITE

1. Suites majorées, minorées et bornées

Définitions :

- Une suite $(u_n)_{n \geqslant n_0}$ est **majorée** (respectivement minorée) s'il existe un réel M (respectivement m) tel que pour tout $n \geqslant n_0$,
$u_n \leqslant M$ $\left(\text{respectivement } u_n \geqslant m\right)$.
- Une suite $(u_n)_{n \geqslant n_0}$ est **bornée** si elle est minorée et majorée.

2. Suites monotones (rappels de 1re)

Définitions :

- On dit qu'une suite $(u_n)_{n \geqslant n_0}$ est **croissante** (respectivement décroissante) si pour tout $n \geqslant n_0$,

$$u_{n+1} \geqslant u_n \text{ (respectivement } u_{n+1} \leqslant u_n \text{).}$$

> Lorsque les inégalités sont strictes, on dit que la suite est strictement croissante ou strictement décroissante.

- On dit qu'une suite $(u_n)_{n \geqslant n_0}$ est **constante** si pour tout $n \geqslant n_0$,

$$u_{n+1} = u_n.$$

- Dans le cas où les termes de la suite $(u_n)_{n \geqslant n_0}$ sont tous strictement positifs, on a également le résultat suivant :

• si pour tout $n \geqslant n_0$, $\dfrac{u_{n+1}}{u_n} \geqslant 1$, alors la suite est croissante ;

• si pour tout $n \geqslant n_0$, $\dfrac{u_{n+1}}{u_n} \leqslant 1$, alors la suite est décroissante.

III COMPORTEMENT ASYMPTOTIQUE D'UNE SUITE MONOTONE

Théorème 1

• Toute suite croissante non majorée diverge vers $+\infty$.

• Toute suite décroissante non minorée diverge vers $-\infty$.

Théorème 2

• Toute suite croissante et majorée converge.

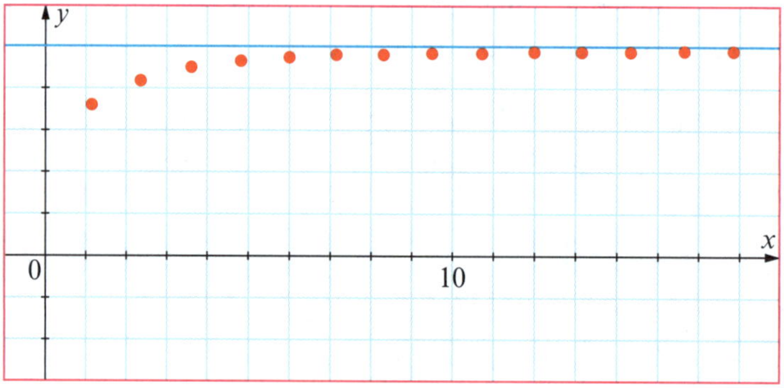

• Toute suite décroissante et minorée converge.

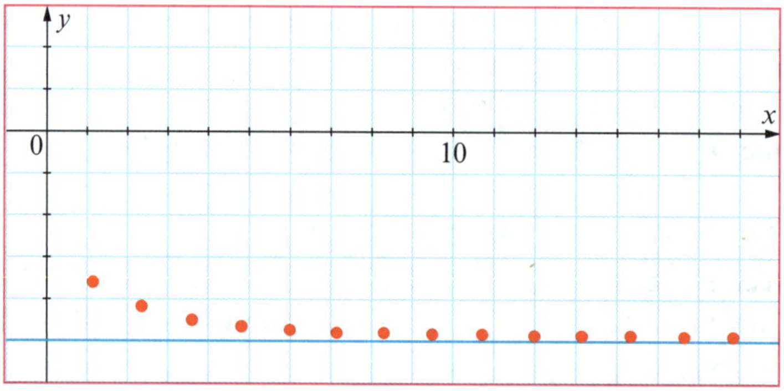

Ce théorème ne permet pas de trouver la limite d'une suite convergente, mais on peut parfois utiliser le résultat suivant (théorème 3).

Théorème 3

Soit (u_n) une suite définie par la relation de récurrence $u_{n+1} = f(u_n)$.
Si la suite (u_n) converge vers un réel l et si la fonction f est continue en l, alors l est solution de l'équation $f(x) = x$.

MÉTHODE 1

Représenter graphiquement les premiers termes d'une suite définie par $u_{n+1} = f(u_n)$

→ Voir les exos 13 et 15.

Étape 1. Dans un repère orthogonal où sont tracés la courbe representative de f (notée $\mathscr{C}_f$) et la droite Δ d'équation $y = x$, placer u_0 sur l'axe des abscisses.

Étape 2. À l'aide de la courbe $\mathscr{C}_f$, placer $u_1 = f(u_0)$ sur l'axe des ordonnées. Puis reporter u_1 sur l'axe des abscisses à l'aide de la droite Δ : le point d'intersection I_1 de Δ avec la droite d'équation $y = u_1$ a pour abscisse u_1 également.

Étape 3. Réitérer ce procédé à partir de u_1 : la courbe $\mathscr{C}_f$ donne u_2 sur l'axe des ordonnées, puis la droite Δ permet de placer u_2 sur l'axe des abscisses et ainsi de suite avec u_2, u_3...

Exo résolu

Soit (u_n) la suite définie par $u_0 = -2$ et pour tout $n \in \mathbb{N}$:

$$u_{n+1} = \sqrt{u_n + 6}.$$

Représenter sur l'axe des abscisses les premiers termes de la suite (u_n).

CORRIGÉ

Étape 1. Soit f la fonction définie sur $[-6;+\infty[$ par $f(x) = \sqrt{x+6}$. Traçons sa courbe représentative $\mathscr{C}_f$ et la droite Δ d'équation $y = x$ dans un repère orthogonal.

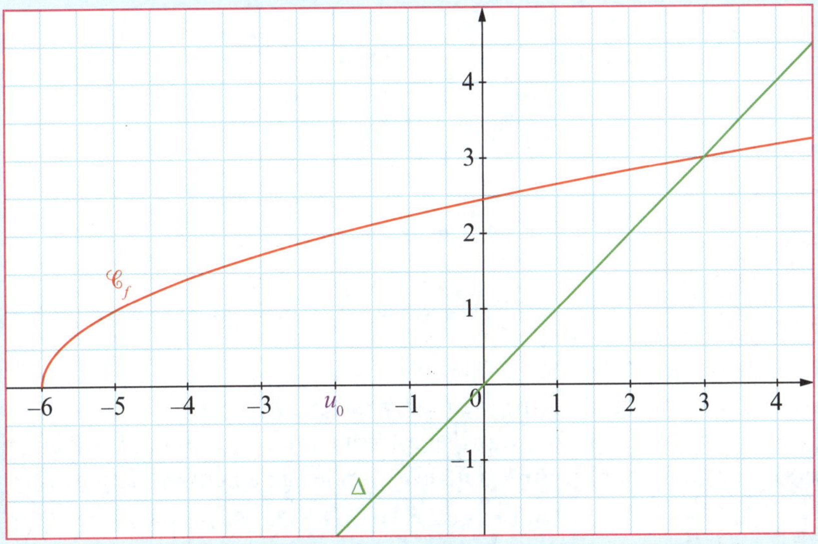

Étape 2.

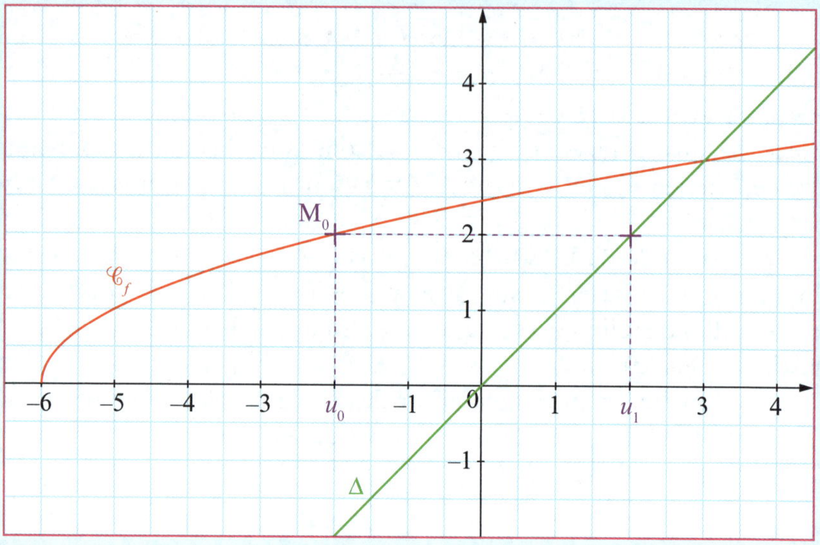

Étape 3

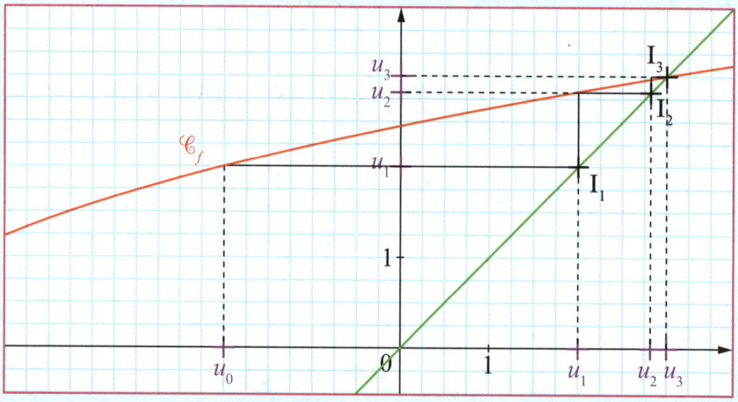

MÉTHODE 2

Rédiger une récurrence

→ **Voir les exos 1, 7, 10, 15, 17 et 18.**

Étape 1. Montrer que la propriété est vraie pour $n = 0$.

Étape 2. Supposer que la propriété est vraie à un certain rang m. Utiliser cette propriété pour montrer qu'elle est vraie également au rang $m + 1$.

Exo résolu

Soit (u_n) la suite définie par $u_0 = 0$ et pour tout $n \in \mathbb{N}$, $u_{n+1} = \sqrt{u_n + 6}$.
Démontrer que pour tout $n \in \mathbb{N}$, $0 \leqslant u_n \leqslant u_{n+1} \leqslant 3$.

CORRIGÉ

Étape 1. Pour $n = 0$, la propriété devient « $0 \leqslant u_0 \leqslant u_1 \leqslant 3$ ».
$u_1 = \sqrt{0+6} = \sqrt{6} \leqslant 3$, donc $0 \leqslant u_0 \leqslant u_1 \leqslant 3$.
La propriété est vraie au rang 0.

Étape 2. Supposons qu'il existe un entier naturel m tel que :
$0 \leqslant u_m \leqslant u_{m+1} \leqslant 3$, et montrons qu'alors $0 \leqslant u_{m+1} \leqslant u_{m+2} \leqslant 3$.
$0 \leqslant u_m \leqslant u_{m+1} \leqslant 3$, donc $6 \leqslant u_m + 6 \leqslant u_{m+1} + 6 \leqslant 9$.
La fonction racine carrée étant strictement croissante sur $[0;+\infty[$:
$\sqrt{6} \leqslant \sqrt{u_m + 6} \leqslant \sqrt{u_{m+1} + 6} \leqslant \sqrt{9}$, c'est-à-dire $\sqrt{6} \leqslant u_{m+1} \leqslant u_{m+2} \leqslant 3$.
Comme $0 \leqslant \sqrt{6}$, on a *à fortiori* : $0 \leqslant u_{m+1} \leqslant u_{m+2} \leqslant 3$.
Conclusion : **Pour tout $n \in \mathbb{N}$, $0 \leqslant u_n \leqslant u_{n+1} \leqslant 3$.**

MÉTHODE 3

Étudier le sens de variation d'une suite

→ Voir les exos 2, 9 et 13.

Étape 1. Observer si la suite est définie par une relation de la forme $u_n = f(n)$ ou par une relation de recurrence $u_{n+1} = f(u_n)$.

Étape 2. Dans le premier cas, le sens de variation de la suite est le même que celui de la fonction f. On est donc amené à étudier les variations de f sur $\mathbb{R}^+$.
Dans le second cas, étudier le signe de la différence $u_{n+1} - u_n$ ou, si les termes sont tous strictement positifs, comparer à 1 le quotient $\dfrac{u_{n+1}}{u_n}$.

Exo résolu

Étudier les variations :
a. de la suite (u_n) définie pour tout $n \in \mathbb{N}^*$ par : $u_n = \ln(2n-1)$.
b. de la suite (v_n) définie par $v_0 = -5$ et pour tout $n \in \mathbb{N}$, $v_{n+1} = v_n + 2n - 7$.

CORRIGÉ

a. Étape 1. Pour tout $n \geqslant 1$, $2n-1 \geqslant 1 > 0$, donc $u_n = f(n)$ avec f définie sur $[1;+\infty[$ par $f(x) = \ln(2x-1)$.

Étape 2. Pour tout $x \geqslant 1$, $f'(x) = \dfrac{2}{2x-1} > 0$, donc f est strictement croissante sur $[1;+\infty[$.
Ainsi, pour tout $n \geqslant 1$, $n < n+1 \Rightarrow f(n) < f(n+1)$, soit $u_n < u_{n+1}$.
Par conséquent, la suite (u_n) est strictement croissante.

b. Soit $n \in \mathbb{N}$, $v_{n+1} - v_n = 2n - 7$.
$2n - 7 \geqslant 0 \Leftrightarrow n \geqslant \dfrac{7}{2} \Leftrightarrow n \geqslant 4$ (car n est entier).
La suite (v_n) est strictement croissante à partir du rang $n = 4$.

MÉTHODE 4

Déterminer la limite d'une suite convergente définie par $u_{n+1} = f(u_n)$

→ Voir les exos 7, 8 et 15.

Étape 1. Établir les hypothèses du théorème 3 (paragraphe III) :

- la suite (u_n) est définie par une relation de récurrence de la forme $u_{n+1} = f(u_n)$,
- la suite (u_n) converge,
- f est continue sur l'intervalle auquel appartient sa limite (encore inconnue) l.

Étape 2. Résoudre l'équation $f(x) = x$ et conclure à l'aide du théorème 3.

Exo résolu

Soit (u_n) la suite définie par : $u_0 = 0$ et, pour tout $n \in \mathbb{N}$, $u_{n+1} = \sqrt{u_n + 6}$.
De plus, pour tout $n \in \mathbb{N}$, $0 \leqslant u_n \leqslant u_{n+1} \leqslant 3$.

Voir l'exo résolu de la méthode 2.

Démontrer que cette suite converge et déterminer sa limite.

CORRIGÉ

Étape 1. • La suite (u_n) est définie par la relation de récurrence $u_{n+1} = f(u_n)$, avec $f : x \mapsto \sqrt{x+6}$.

• Pour tout $n \in \mathbb{N}$, $0 \leqslant u_n \leqslant u_{n+1} \leqslant 3$.
La suite (u_n) est donc croissante et majorée (par 3). Par conséquent, elle converge vers un réel ℓ.

• Pour tout $n \in \mathbb{N}$, $0 \leqslant u_n \leqslant 3$.
Donc $\ell \in [0\,;3]$.
La fonction racine carrée étant continue sur $\mathbb{R}^+$, f est continue sur $[0\,;3]$.
En particulier, f est continue en ℓ.

Étape 2. Donc, d'après le théorème 3, ℓ est solution de l'équation $f(x) = x$ sur $[0\,;3]$.

$$\begin{aligned} f(x) = x &\Leftrightarrow \sqrt{x+6} = x \\ &\Leftrightarrow x + 6 = x^2 \text{ car } x \text{ est positif sur } [0\,;3] \\ &\Leftrightarrow x^2 - x - 6 = 0. \end{aligned}$$

Cette équation du second degré a pour discriminant $\Delta = 25$, donc

$$f(x) = x \Leftrightarrow \left(x = \frac{1+5}{2} = 3 \text{ ou } x = \frac{1-5}{2} = -2\right).$$

Comme $\ell \in [0\,;3]$, nécessairement $\ell = 3$.

La suite (u_n) converge vers 3.

TESTER SES CONNAISSANCES

1 RAISONNEMENT PAR RÉCURRENCE | ★★ | 30 min | ▸ P. 131

Démontrer, par récurrence, les propriétés suivantes :

a. Pour tout $n \in \mathbb{N}^*$,

$$1^2 + 2^2 + \ldots + n^2 = \frac{n(n+1)(2n+1)}{6}.$$

b. Pour tout $n \in \mathbb{N}^*$,

$$1^3 + 2^3 + \ldots + n^3 = \left[\frac{n(n+1)}{2}\right]^2 = (1+2+\ldots+n)^2.$$

Voir la méthode 2.

2 SUITES CROISSANTES, DÉCROISSANTES | ★ | 15 min | ▸ P. 132

Étudier le sens de variation des suites suivantes.

a. $u_n = (n+1)^2 + \sin(n)$ pour tout $n \in \mathbb{N}$.

b. $u_n = \ln\left(\frac{3}{n+1}\right) + 5$ pour tout $n \in \mathbb{N}$.

c. (u_n) est une suite arithmétique de raison $r \geqslant 0$ et de premier terme u_0.

d. (u_n) est une suite géométrique de raison $q \in]0\,;1[$ et de premier terme $u_0 > 0$.

Voir la méthode 3.

3 NOMBRES D'ERDÖS ET DE CHAMPERNOWNE | ★ | 20 min | ▸ P. 133

a. On pose $u_1 = 0{,}2$; $u_2 = 0{,}23$; $u_3 = 0{,}235$; ...; u_n est le nombre obtenu en juxtaposant les n premiers nombres premiers après la virgule.
Démontrer que la suite est convergente.

Voir le paragraphe III du cours
La limite de cette suite s'appelle nombre d'Erdös du nom du mathématicien hongrois qui l'a imaginée en 1950.

b. On pose $u_1 = 0{,}1; u_2 = 0{,}12; u_3 = 0{,}123; \ldots; u_{10} = 0{,}123\ 456\ 789\,10$; u_n est le nombre obtenu en juxtaposant les n premiers nombres entiers après la virgule.
Démontrer que la suite est convergente.

La limite de cette suite s'appelle nombre de Champernowne du nom du mathématicien anglais qui l'a imaginée en 1933.

4 SUITE CROISSANTE, MAJORÉE

★★ | 15 min | ▸ P. 133

Soit (u_n) la suite définie pour tout $n \in \mathbb{N}^*$ par :

$$u_n = 1 + \frac{1}{(3+1)^1} + \frac{1}{\left(3+\frac{1}{2}\right)^2} + \ldots + \frac{1}{\left(3+\frac{1}{n}\right)^n}$$

et (v_n) la suite définie pour tout $n \in \mathbb{N}^*$ par :

$$v_n = 1 + \frac{1}{3} + \frac{1}{3^2} + \ldots + \frac{1}{3^n}.$$

a. Montrer que, pour tout $n \in \mathbb{N}^*$, $u_n \leqslant v_n$.
b. Montrer que la suite (v_n) est majorée.

> Reconnaître la somme des termes d'une suite particulière.

c. Démontrer que la suite (u_n) est croissante. Étudier alors la convergence de la suite (u_n).
d. Donner un encadrement de la limite de (u_n).

> Voir le chapitre 1.

5 MONOTONIE ET CONVERGENCE

★ | 5 min | ▸ P. 133

Soit (u_n) la suite définie pour tout $n \in \mathbb{N}^*$ par $u_n = \frac{1}{2} \times \frac{3}{4} \times \ldots \times \frac{2n-1}{2n}$.

a. Étudier la monotonie de la suite (u_n).
b. Pourquoi peut-on affirmer que la suite (u_n) converge ?

> Voir le paragraphe III, théorème 2.

6 QCM

★★ | 20 min | ▸ P. 134

Dans chacune des questions suivantes, une ou plusieurs affirmations sont vraies. Justifier lesquelles.

1. Une suite décroissante et positive :

a. tend vers 0 — b. converge
c. peut ne pas être majorée — d. est majorée

2. Soit (u_n) la suite définie pour tout $n \in \mathbb{N}$ par $u_n = \frac{3n+4}{n+1}$.
La suite (u_n) est :

a. croissante — b. décroissante
c. minorée — d. majorée

3. Soit (u_n) et (v_n) deux suites telles que $\lim\limits_{n\to+\infty} u_n = +\infty$ et $\lim\limits_{n\to+\infty} v_n = -\infty$.
Alors $u_n - v_n$ a pour limite :

a. 0
b. $+\infty$
c. $-\infty$
d. on ne peut pas conclure

4. Soit (u_n) la suite définie pour tout $n \in \mathbb{N}^*$ par $u_n = \dfrac{1}{n^2} + \dfrac{1}{n^2+1} + \ldots + \dfrac{1}{n^2+n}$.

a. (u_n) converge vers 0
b. (u_n) converge vers un réel non nul
c. $\lim\limits_{n\to+\infty} u_n = +\infty$
d. (u_n) est bornée

Majorer $\dfrac{1}{n^2+k}$ par $\dfrac{1}{n^2}$.

5. Soit (u_n) une suite vérifiant pour tout $n \in \mathbb{N}$, $u_n \geqslant 2n$. Alors :

a. (u_n) est croissante
b. (u_n) est majorée
c. (u_n) n'est pas majorée
d. diverge vers $+\infty$

S'ENTRAÎNER

7 APPROXIMATION DU NOMBRE D'OR | ★★ | 30 min | ▸ P. 135

Soit (u_n) la suite définie par $u_1 = 1$ et pour tout $n \in \mathbb{N}^*$:

$$u_{n+1} = \sqrt{u_n + 1}.$$

Attention, ne pas confondre u_{n+1} et $u_n + 1$.

a. Calculer u_2, u_3 et u_4. En donner des valeurs approchées à 10^{-3} près.
b. Étudier les variations de la fonction f définie sur $[-1;+\infty[$ par :

$$f(x) = \sqrt{x+1}.$$

c. Démontrer par récurrence que, pour tout entier $n \geqslant 1$, $1 \leqslant u_n \leqslant 2$.

Voir la méthode 2

d. Démontrer par récurrence que, pour tout entier $n \geqslant 1$, $u_n \leqslant u_{n+1}$.
e. En déduire que la suite (u_n) converge vers un réel φ que l'on déterminera.
Ce nombre φ est appelé « nombre d'or ».

Voir la méthode 4.

f. À l'aide d'un script en Python, calculer u_{20} et le comparer à φ.

En Python, importer le module math : import math as m
Puis $\sqrt{5}$ est donnée par m.sqrt(5)

8 VRAI OU FAUX ?

★★ | 15 min | ▸ P. 135

a. La suite définie par $u_0 \in \mathbb{R}$ et pour tout $n \in \mathbb{N}$, $u_{n+1} = u_n^2 + 1$ est convergente.

Raisonner par l'absurde et utiliser la méthode 4.

b. Soit (u_n) la suite définie, pour tout $n \in \mathbb{N}^*$, par :

$$u_n = 3 \times 2 + 3 \times 2^2 + \ldots + 3 \times 2^n.$$

Affirmation : pour tout $n \in \mathbb{N}^*$, $u_n = 6 \times (2^n - 1)$.

c. Soit (u_n) la suite définie par, $u_0 \in \mathbb{R}$ et pour tout $n \in \mathbb{N}$,

$$u_{n+1} = q \times u_n \text{ avec } 0 < q < 1.$$

Affirmation : la suite (u_n) est décroissante et converge vers 0.

d. On suppose que (u_n) est croissante, que $\lim\limits_{n \to +\infty} v_n = 0$ et que pour tout $n \in \mathbb{N}$, $u_n \leqslant v_n$.

Affirmation : la suite (u_n) converge.

9 FACTORIELLE D'UN ENTIER NATUREL

★★ | 20 min | ▸ P. 136

On rappelle que pour tout $n \geqslant 1$, on note $n!$ l'entier :

$$n! = n \times (n-1) \times \ldots \times 2 \times 1.$$

Par convention, on pose $0! = 1$.

Déterminer le sens de variation de chacune des suites :

a. la suite (u_n) définie, pour tout $n \in \mathbb{N}$, par $u_n = n!$,

b. la suite (v_n) définie, pour tout $n \in \mathbb{N}$, par $v_n = \dfrac{n!}{2^n}$,

c. la suite (w_n) définie, pour tout $n \in \mathbb{N}$, par :

$$w_n = 1 + \frac{1}{1!} + \frac{1}{2!} + \ldots + \frac{1}{n!},$$

d. la suite (z_n) définie, pour tout $n \in \mathbb{N}^*$, par $z_n = \dfrac{1}{n \times n!}$.

Voir la méthode 3.

10 DÉMONSTRATION DE COURS

★★ | 20 min | ▸ P. 137

L'objectif de cet exercice est de démontrer le résultat énoncé dans le chapitre 1 sur le comportement à l'infini de la suite (q^n) avec $q > 0$.

a. Démontrer, par récurrence, que pour tout $a > 0$, pour tout entier $n \geqslant 1$:

$$(1+a)^n \geqslant 1 + na.$$

b. En déduire que pour tout réel $q > 1$, $\lim\limits_{n \to +\infty} q^n = +\infty$.

c. On suppose que $q \in]0\,;1[$.

Déduire de **b.** la limite de q^n quand n tend vers $+\infty$.

11 SUITE ARITHMÉTICO-GÉOMÉTRIQUE | ★★ | 10 min | ▸ P. 137

Soit (u_n) la suite définie par $u_0 = 2$ et pour tout $n \in \mathbb{N}$:

$$u_{n+1} = \frac{1}{5}u_n + 12.$$

On pose pour tout $n \in \mathbb{N}$, $v_n = u_n - 15$.

a. Démontrer que la suite (v_n) est géométrique. Exprimer v_n en fonction de n.

b. Exprimer u_n en fonction de n. En déduire la limite de la suite (u_n).

> Voir le cours du chapitre 1 pour la limite de q^n.

12 SUITE RÉCURRENTE LINÉAIRE D'ORDRE 2 | ★★★ | 20 min | ▸ P. 137

Soit la suite (u_n) définie par $u_0 = 1 ; u_1 = 2$ et pour tout $n \in \mathbb{N}$:

$$u_{n+2} = u_{n+1} - \frac{1}{4}u_n.$$

1. Calculer u_2, u_3, u_4.

2. Soit la suite (v_n) définie par $v_n = 2^n u_n$.

a. Calculer $v_{n+2} - v_{n+1}$ en fonction de $v_{n+1} - v_n$.
Établir que la suite $(v_{n+1} - v_n)$ est constante et donner sa valeur.

b. Exprimer v_n, puis u_n, en fonction de n.

3. Montrer que l'expression $\frac{n}{2^n}$ tend vers zéro lorsque n tend vers $+\infty$.

La suite (u_n) est-elle convergente ?

> On sera amené à établir que $\frac{n}{2^n} = e^{\ln n - n \ln 2} = \exp\left[n\left(\frac{\ln n}{n} - \ln 2\right)\right]$ et à utiliser les connaissances sur les limites vues aux chapitres 2, 3 et 4.

13 SUITES RÉCURRENTES ET POINTS FIXES | ★★★ | 60 min | ▸ P. 138

On veut étudier la limite de la suite (u_n) définie par $u_0 \in \mathbb{R}^+$ et $u_{n+1} = u_n^2$ suivant les valeurs de u_0.
On définit la fonction f sur $\mathbb{R}$ par $f(x) = x^2$ et on note $\mathscr{C}_f$ sa courbe représentative dans un repère orthonormé $(O ; \vec{i} ; \vec{j})$.

1. Résoudre dans $\mathbb{R}$ l'équation $f(x) = x$.

2. Que peut-on dire de la suite (u_n) lorsque $u_0 = 0$? lorsque $u_0 = 1$?

3. Dans cette question, on suppose que $u_0 \in]0 ; 1[$.

a. Tracer $\mathscr{C}_f$ et la droite $\mathscr{D}$ d'équation $y = x$ dans le repère $(O ; \vec{i} ; \vec{j})$ (unité graphique : 4 cm). Placer sur l'axe des abscisses les points d'abscisses u_0, u_1, u_2, u_3, u_4 et u_5 (on prendra pour la figure $u_0 = 0{,}9$).
Que peut-on conjecturer pour la suite (u_n) (majoration, convergence,….) ?

> Voir la méthode 1.

b. Démontrer que la suite (u_n) est bornée.

Conjecturer un encadrement de u_n et le démontrer par récurrence.

c. Étudier le sens de variation de (u_n).

Voir la méthode 3.

d. Qu'en déduit-on pour (u_n) ?

PRÉPARER UN CONTRÔLE

14 DÉMONSTRATION DE COURS | ★★ | 15 min | ▶ P. 140

Démontrer qu'une suite croissante non majorée diverge vers $+\infty$.

Voir la méthode 4 du chapitre 1.

15 SUITE ET FONCTION | ★★★ | 40 min | ▶ P. 140

On considère la suite définie par $u_0 \in [0,2]$ et $u_{n+1} = \sqrt{2u_n - u_n^2}$.

On considère la fonction définie sur $[0\,;2]$ par $f(x) = \sqrt{2x - x^2}$.

On note $\mathscr{C}_f$ sa courbe représentative dans un repère orthonormé $(\mathrm{O}\,;\vec{i}\,;\vec{j})$ (unité graphique : 4 cm).

On note $\mathscr{D}$ la droite d'équation $y = x$.

1. Étudier les variations de f.

2. Dans cette question, on suppose que $u_0 \in [0\,;1]$.

a. Tracer $\mathscr{C}_f$ et $\mathscr{D}$, puis placer sur l'axe $(\mathrm{O}\,;\vec{i})$ les points A_0, A_1, A_2 d'abscisses respectives u_0, u_1, u_2 (on prendra $u_0 = 0{,}1$ pour la figure).

Voir la méthode 1.

b. Démontrer par récurrence que pour tout $n \in \mathbb{N}$, $u_n \in [0\,;1]$.

Voir la méthode 2.

c. Étudier les variations de la suite (u_n).

Commencer par comparer ${u_{n+1}}^2$ et u_n^2.

d. En déduire la convergence de (u_n) et déterminer sa limite.

Voir la méthode 4. On sera amené à distinguer deux cas pour u_0.

16 SUITE ET PYTHON

★★ | 15 min | ▸ P. 141

Un magazine est vendu uniquement par abonnement. Le modèle économique prévoit qu'il y ait 1600 nouveaux abonnés chaque année et que d'une année sur l'autre, 10 % des abonnés ne se réabonnent pas.

En 2020, il y avait 13 000 abonnés.

Pour tout entier naturel n, on note u_n le nombre d'abonnés prévus l'année $(n + 2020)$.

a. Démontrer que pour tout entier naturel n,

$$u_{n+1} = 0{,}9u_n + 1\,600\,.$$

b. Écrire en Python un script permettant de déterminer l'année à partir de laquelle le nombre d'abonnement aura franchi la barre de 15 000 abonnés.

17 SUITE ET FONCTION

★★★ | 35 min | ▸ P. 141

Soit f la fonction définie sur $[1;+\infty[$ par $f(x) = \dfrac{x^2}{2x-1}$.

1. Démontrer que pour tout $x > 1$, $f(x) > 1$ (on étudiera les variations de f).

Soit (u_n) la suite définie par $u_0 = 2$ et $u_{n+1} = f(u_n)$, pour tout $n \in \mathbb{N}$.

2. Démontrer par récurrence que pour tout $n \in \mathbb{N}$, $u_n > 1$.

Voir la méthode 2.

3. On considère les suites (v_n) et (w_n) définies, pour tout $n \in \mathbb{N}$, par :

$$v_n = \frac{u_n - 1}{u_n} \text{ et } w_n = \ln(v_n).$$

a. Expliquer pourquoi les suites (v_n) et (w_n) sont bien définies.

b. Démontrer que la suite (w_n) est géométrique.

c. Exprimer, pour tout entier n, w_n puis v_n en fonction de n.

d. En déduire l'expression de u_n en fonction de n.

Quelle est la limite de (u_n) ?

ALLER PLUS LOIN

18 ENCADREMENT DE $\sqrt{2}$ (SUITE DE HÉRON) | ★★★ | 40 min | ▸ P. 143

On considère la suite (u_n) définie par $u_0 = \dfrac{3}{2}$ et, pour tout $n \in \mathbb{N}^*$, par :

$$u_{n+1} = \frac{1}{2}\left(u_n + \frac{2}{u_n}\right).$$

1. Démontrer par récurrence que pour tout $n \in \mathbb{N}$, $u_n > 0$.

> Voir la méthode 2.

2. a. Démontrer que pour tout $n \in \mathbb{N}$,

$$u_{n+1} - \sqrt{2} = \frac{1}{2} \times \frac{(u_n - \sqrt{2})^2}{u_n}.$$

b. En déduire que pour tout $n \in \mathbb{N}$, $u_n > \sqrt{2}$.

> On pourra faire une démonstration par récurrence.

c. En déduire que pour tout $n \in \mathbb{N}$,

$$u_{n+1} - \sqrt{2} \leqslant \frac{1}{2} \times \frac{(u_n - \sqrt{2})^2}{\sqrt{2}}.$$

d. Démontrer par récurrence que pour tout $n \in \mathbb{N}^*$,

$$u_n - \sqrt{2} \leqslant \frac{\left(u_0 - \sqrt{2}\right)^{2^n}}{2\sqrt{2}}.$$

e. Qu'en déduit-on pour la suite (u_n) ?

f. À l'aide d'un script en Python calculer u_3 et le comparer à $\sqrt{2}$.

> En Python, importer le module math : import math as m
> Puis $\sqrt{2}$ est donnée par m.sqrt(2)

19 SUITES ARITHMÉTICO-GÉOMÉTRIQUES | ★★★ | 15 min | ▸ P. 145

Soit a, b deux nombres réels tels que $a \neq 1$.

1. Démontrer que l'équation $ax + b = x$ admet une unique solution L.

2. Soit (u_n) la suite définie par $u_0 \in \mathbb{R}$ et $u_{n+1} = au_n + b$ pour tout $n \in \mathbb{N}$.
On pose pour tout $n \in \mathbb{N}$, $v_n = u_n - L$.

a. Démontrer que la suite (v_n) est géométrique.
Exprimer v_n en fonction de n, u_0, a et b.

b. Exprimer u_n en fonction de n, u_0, a et b .
Étudier la convergence de la suite (u_n).

CORRIGÉS

1 RAISONNEMENT PAR RÉCURRENCE

a. $1^2 = 1$ et $\dfrac{1\times 2\times 3}{6} = 1$, donc P_1 est vraie.

Supposons qu'il existe un entier $m \geqslant 1$ tel que :

$$1^2 + 2^2 + \ldots + m^2 = \frac{m(m+1)(2m+1)}{6}$$

et montrons que :

$$1^2 + 2^2 + \ldots + m^2 + (m+1)^2 = \frac{(m+1)(m+2)(2m+3)}{6}.$$

Pour obtenir la fraction $\dfrac{(m+1)(m+2)(2m+3)}{6}$, on a remplacé m par $(m+1)$.

$1^2 + 2^2 + \ldots + m^2 = \dfrac{m(m+1)(2m+1)}{6}$ donc :

$$\begin{aligned}1^2 + 2^2 + \ldots + m^2 + (m+1)^2 &= \frac{m(m+1)(2m+1)}{6} + (m+1)^2\\ &= \frac{m\left(2m^2 + m + 2m + 1\right) + 6\left(m^2 + 2m + 1\right)}{6}\\ &= \frac{2m^3 + 9m^2 + 13m + 6}{6}.\end{aligned}$$

Or $(m+1)(m+2)(2m+3) = \left(m^2 + 3m + 2\right)(2m+3) = 2m^3 + 9m^2 + 13m + 6$.

Donc $1^2 + 2^2 + \ldots + m^2 + (m+1)^2 = \dfrac{(m+1)(m+2)(2m+3)}{6}$.

Donc, pour tout $n \in \mathbb{N}^*$, $1^2 + 2^2 + \ldots + n^2 = \dfrac{n(n+1)(2n+1)}{6}$.

b. $1^3 = 1$; $\left(\dfrac{1\times 2}{2}\right)^2 = 1^2 = 1$; $(1)^2 = 1$. Donc P_1 est vraie.

Supposons qu'il existe un entier $m \geqslant 1$ tel que

$$1^3 + 2^3 + \ldots + m^3 = \left[\frac{m(m+1)}{2}\right]^2 = (1 + 2 + \ldots + m)^2$$

et montrons que :

$$1^3 + 2^3 + \ldots + m^3 + (m+1)^3 = \left(\frac{(m+1)(m+2)}{2}\right)^2 = (1 + 2 + \ldots + m + (m+1))^2.$$

$$\begin{aligned}1^3 + 2^3 + \ldots + m^3 + (m+1)^3 &= \left(\frac{m(m+1)}{2}\right)^2 + (m+1)^3\\ &= \frac{m^2\left(m^2 + 2m + 1\right) + 4\left(m^3 + 3m^2 + 3m + 1\right)}{4}\\ &= \frac{m^4 + 6m^3 + 13m^2 + 12m + 4}{4}.\end{aligned}$$

Or, $\left[\dfrac{(m+1)(m+2)}{2}\right]^2 = \dfrac{\left(m^2 + 3m + 2\right)^2}{4} = \dfrac{m^4 + 6m^3 + 13m^2 + 12m + 4}{4}$.

Donc

$$1^3+2^3+\ldots+m^3+(m+1)^3=\left[\frac{(m+1)(m+2)}{2}\right]^2$$

$$((1+2+\ldots+m)+(m+1))^2$$
$$=(1+2+\ldots+m)^2+2\times(1+2+\ldots+m)\times(m+1)+(m+1)^2.$$

Or, par hypothèse de récurrence, $(1+2+\ldots+m)^2=1^3+2^3+\ldots+m^3$, et on sait par ailleurs que $1+2+\ldots+m=\dfrac{m(m+1)}{2}$ (somme des premiers termes de la suite arithmétique de 1er terme 1 et de raison 1) donc :

$$\begin{aligned}((1+2+\ldots+m)+(m+1))^2&=1^3+2^3+\ldots+m^3+2\times\frac{m(m+1)}{2}\times(m+1)+(m+1)^2\\&=1^3+2^3+\ldots+m^3+m(m+1)^2+(m+1)^2\\&=1^3+2^3+\ldots+m^3+(m+1)^2(m+1)\\&=1^3+2^3+\ldots+m^3+(m+1)^3.\end{aligned}$$

Donc, pour tout $n\in\mathbb{N}^*$, $1^3+2^3+\ldots+n^3=\left[\dfrac{n(n+1)}{2}\right]^2=(1+2+\ldots+n)^2$.

2 SUITES CROISSANTES, DÉCROISSANTES

a. Pour tout $n\in\mathbb{N}$,
$u_{n+1}-u_n=(n+2)^2+\sin(n+1)-(n+1)^2-\sin(n)$;
$u_{n+1}-u_n=2n+3+\sin(n+1)-\sin(n)\geqslant 2n+3-1-1\geqslant 2n+1\geqslant 1>0$,
donc **(u_n) est (strictement) croissante.**

Autre méthode

Remarquer que $u_n=f(n)$ avec $f:x\mapsto(x+1)^2+\sin(x)$ dont la dérivée vérifie $f'(x)=2(x+1)+\cos(x)=2x+2+\cos(x)\geqslant 2x+1$ car $\cos(x)\geqslant -1$.
f est donc croissante sur $\mathbb{R}+$.

b. Pour tout $n\in\mathbb{N}$, $u_n=f(n)$ avec $f(x)=\ln\left(\dfrac{3}{x+1}\right)+5$ pour $x\in[0;+\infty[$.

La fonction $x\mapsto\dfrac{3}{x+1}$ est dérivable et strictement positive sur $[0;+\infty[$, et de dérivée $x\mapsto-\dfrac{3}{(x+1)^2}$ donc f est dérivable sur $[0;+\infty[$ avec :

$$f'(x)=-\frac{3}{(x+1)^2}\times\frac{x+1}{3}=-\frac{1}{x+1}.$$

Donc $f'(x)<0$ sur $[0;+\infty[$ et f est strictement décroissante sur $[0;+\infty[$.
Par conséquent, **la suite (u_n) est (strictement) décroissante**.

c. $u_{n+1}-u_n=(u_n+r)-u_n=r\geqslant 0$.

La suite (u_n) est croissante.

d. Pour tout $n\in\mathbb{N}^*$, $u_n=u_0q^n>0$ car $u_0>0$ et $q>0$.

De plus, $\dfrac{u_{n+1}}{u_n}=q<1$. Donc $u_{n+1}<u_n$.

La suite (u_n) est (strictement) décroissante.

3 NOMBRES D'ERDÖS ET DE CHAMPERNOWNE

a. Chaque terme s'obtient à partir du précédent en y ajoutant un nombre décimal positif. La suite (u_n) est donc croissante.
De plus, tous ses termes sont inférieurs à 0,24 donc la suite est majorée.
Par conséquent, elle converge.

b. Chaque terme s'obtient à partir du précédent en y ajoutant un nombre décimal positif. La suite (u_n) est donc croissante.
De plus, tous ses termes sont inférieurs à 0,2 donc la suite est majorée.
Par conséquent, elle converge.

4 SUITE CROISSANTE, MAJORÉE

a. Soit $n \in \mathbb{N}^*$.

Pour tout $1 \leqslant k \leqslant n$, $3+\dfrac{1}{k} \geqslant 3(>1)$, donc $\left(3+\dfrac{1}{k}\right)^k \geqslant 3^k > 0$ et $\dfrac{1}{\left(3+\dfrac{1}{k}\right)^k} \leqslant \dfrac{1}{3^k}$.

Donc $\boldsymbol{u_n \leqslant v_n}$.

b. (v_n) est la somme des termes d'une suite géométrique de raison $\dfrac{1}{3}$ et de premier terme 1, donc pour tout $n \in \mathbb{N}^*$,

$$v_n = \frac{1-\left(\frac{1}{3}\right)^{n+1}}{1-\frac{1}{3}} = \left[1-\left(\frac{1}{3}\right)^{n+1}\right] \div \frac{2}{3} = \frac{3}{2} \times \left[1-\left(\frac{1}{3}\right)^{n+1}\right] \leqslant \frac{3}{2}.$$

Donc (v_n) est majorée par $\dfrac{3}{2}$.

c. Pour tout $n \in \mathbb{N}^*$,

$$u_{n+1} - u_n = \frac{1}{\left(3+\frac{1}{n+1}\right)^{n+1}} > 0,$$

donc (u_n) est strictement croissante.

D'après le **a.** et le **b.**, la suite (u_n) est strictement majorée par $\dfrac{3}{2}$.

La suite (u_n) est croissante et majorée, **donc la suite (u_n) converge.**

d. Pour tout $n \in \mathbb{N}^*$, $u_1 \leqslant u_n \leqslant v_n \leqslant \dfrac{3}{2}$, donc la limite L de (u_n) vérifie :

$$\boldsymbol{\frac{5}{4} \leqslant L \leqslant \frac{3}{2}}.$$

5 MONOTONIE ET CONVERGENCE

a. Soit $n \in \mathbb{N}^*$,

$u_n > 0$ et $\dfrac{u_{n+1}}{u_n} = \dfrac{2n+1}{2n+2} < 1$, donc **la suite (u_n) est strictement décroissante.**

b. (u_n) est décroissante et minorée (par 0), **donc elle converge.**

CORRIGÉS

6 QCM

1. Réponses b. et d.

Une telle suite est décroissante et minorée (par 0) donc elle converge, mais sa limite peut être un nombre positif non nul. Le fait qu'elle soit décroissante implique qu'elle est majorée par son premier terme.

2. Réponses b., c. et d.

Pour tout $n \in \mathbb{N}$,

$u_n > 0$ et $\dfrac{u_{n+1}}{u_n} = \dfrac{3n+7}{n+2} \times \dfrac{n+1}{3n+4} = \dfrac{3n^2+10n+7}{3n^2+10n+8} < 1$, donc (u_n) est décroissante.

Pour tout $n \in \mathbb{N}$, $u_n > 0$, donc (u_n) est minorée.

$u_n = \dfrac{3n+4}{n+1} = \dfrac{3(n+1)+1}{n+1} = 3 + \dfrac{1}{n+1} \leqslant 4$ car $n+1 \geqslant 1$ donc $\dfrac{1}{n+1} \leqslant 1$.

Donc (u_n) est majorée.

3. Réponse b. car $\lim\limits_{n \to +\infty} (-v_n) = +\infty$.

4. Réponses a. et d. Pour tout $n \in \mathbb{N}$ et pour tout $0 \leqslant k \leqslant n$,

$0 \leqslant \dfrac{1}{n^2+k} \leqslant \dfrac{1}{n^2}$, donc $0 \leqslant u_n \leqslant (n+1) \times \dfrac{1}{n^2}$.

Attention, la somme formant u_n comporte $n+1$ termes.

Or, $\lim\limits_{n \to +\infty} \dfrac{n+1}{n^2} = \lim\limits_{n \to +\infty} \dfrac{n}{n^2} = \lim\limits_{n \to +\infty} \dfrac{1}{n} = 0$, donc d'après le théorème des gendarmes, $\lim\limits_{n \to +\infty} u_n = 0$.

De plus, pour tout $n \in \mathbb{N}^*$, $n \leqslant n^2$ et $1 \leqslant n^2$,

donc $n+1 \leqslant 2n^2 \Leftrightarrow \dfrac{n+1}{n^2} \leqslant 2$ car $n^2 > 0$. On en déduit que $0 \leqslant u_n \leqslant 2$.

Toute suite convergente est bornée, donc on avait directement a. $\Rightarrow$ d.

5. Réponses c. et d.

Soit A un réel. Posons $n_0 = \mathrm{E}\left(\dfrac{A}{2}\right) + 1$.

Alors $n_0 > \dfrac{A}{2}$ et pour tout, $n \geqslant n_0$, $u_n \geqslant 2n \geqslant 2n_0 > A$.

Donc (u_n) tend vers $+\infty$ et n'est pas majorée.

Autre méthode

$\lim\limits_{n \to +\infty} 2n = +\infty$, donc $\lim\limits_{n \to +\infty} u_n = +\infty$, d'ou **d.** puis **c.**

(u_n) n'est pas forcément croissante, car on pourrait bâtir comme contre-exemple la suite définie aux rangs pairs par $u_{2n} = 4n+1$ et aux rangs impairs par $u_{2n+1} = 2(2n+1)+4$.

$u_{2n} \geqslant 2 \times (2n)$ et $u_{2n+1} \geqslant 2 \times (2n+1)$, mais $u_{2(n+1)} \leqslant u_{2n+1}$.

Cette suite n'est pas monotone.

7 APPROXIMATION DU NOMBRE D'OR

a. $u_2 = \sqrt{u_1 + 1} = \sqrt{2} \approx \mathbf{1{,}414}$; $u_3 = \sqrt{u_2 + 1} = \sqrt{\sqrt{2} + 1} \approx \mathbf{1{,}554}$;
$u_4 = \sqrt{\sqrt{\sqrt{2} + 1} + 1} \approx \mathbf{1{,}598}$.

b. f est dérivable sur $]-1;+\infty[$ et $f'(x) = \dfrac{1}{2\sqrt{x+1}}$. f' est strictement positive sur $]-1;+\infty[$, donc f est strictement croissante sur $]-1;+\infty[$.

c. $u_1 = 1$, donc $1 \leqslant u_1 \leqslant 2$. Supposons qu'il existe un entier $m \geqslant 1$ tel que $1 \leqslant u_m \leqslant 2$ et montrons que $1 \leqslant u_{m+1} \leqslant 2$.
$1 \leqslant u_m \leqslant 2 \Rightarrow 2 \leqslant u_m + 1 \leqslant 3 \Rightarrow \sqrt{2} \leqslant \sqrt{u_m + 1} \leqslant \sqrt{3}$ car la fonction racine carrée est croissante sur $[0;+\infty[$. Or, $\sqrt{2} \geqslant 1$ et $\sqrt{3} \leqslant 2$, donc $1 \leqslant u_{m+1} \leqslant 2$.
Donc, pour tout $n \geqslant 1$, $1 \leqslant u_n \leqslant 2$.

d. $u_1 = 1$ et $u_2 = \sqrt{2}$ donc $u_1 \leqslant u_2$. Supposons qu'il existe un entier $m \geqslant 1$ tel que $u_m \leqslant u_{m+1}$ et montrons que $u_{m+1} \leqslant u_{m+2}$.
D'après cette hypothèse et le **c.**

$$1 \leqslant u_m \leqslant u_{m+1} \Rightarrow 0 \leqslant 2 \leqslant u_m + 1 \leqslant u_{m+1} + 1 \Rightarrow \sqrt{u_m + 1} \leqslant \sqrt{u_{m+1} + 1},$$

c'est-à-dire $u_{m+1} \leqslant u_{m+2}$.
Donc, pour tout $n \geqslant 1$, $u_n \leqslant u_{n+1}$.

e. On en déduit que la suite (u_n) est croissante, majorée par 2, donc elle converge vers un réel Φ. Comme $u_{n+1} = f(u_n)$ avec f, la fonction définie au **b.**, qui est continue sur l'intervalle $[1;2]$, Φ est donc solution de l'équation $f(x) = x$.
Or $f(x) = x \Leftrightarrow x = \sqrt{x+1} \Leftrightarrow (x \geqslant 0$ et $x^2 = x + 1) \Leftrightarrow (x \geq 0$ et $x^2 - x - 1 = 0)$.
Pour ce trinôme du second degré, $\Delta = 5 > 0$ donc cette équation a deux solutions :

$$x_1 = \frac{1 - \sqrt{5}}{2} \text{ et } x_2 = \frac{1 + \sqrt{5}}{2}.$$

La seule qui est positive est x_2, donc $\mathbf{\Phi = \dfrac{1 + \sqrt{5}}{2}}$.

f.

```python
import math as m
u=1
for n in range(21):
    u=m.sqrt(u+1)
print("u20 vaut",u)
print("l'écart avec le nombre d'or est", (1+m.sqrt(5))/2-u)
```

8 VRAI OU FAUX ?

a. Faux.
(u_n) est une suite pour laquelle il existe une fonction f telle que $u_{n+1} = f(u_n)$, avec $f(x) = x^2 + 1$, f étant une fonction continue sur $\mathbb{R}$.
Donc si (u_n) converge, alors sa limite L appartient à $\mathbb{R}$ et vérifie $L = L^2 + 1$ soit $L^2 - L + 1 = 0$.
Or, pour ce trinôme du second degré, $\Delta = -3 < 0$: cette équation n'admet aucune solution dans $\mathbb{R}$.
Donc (u_n) ne converge pas, donc elle diverge.

b. Vrai.

Pour tout $n \in \mathbb{N}^*$, $u_n = 6 \times (1 + 2 + \ldots + 2^{n-1}) = 6 \times \dfrac{1-2^n}{1-2}$.

En effet $1 + 2 + \ldots + 2^{n-1}$ est la somme des n premiers termes d'une suite géométrique de premier terme $v_0 = 1$ et de raison $q = 2 \neq 1$.

Donc $u_n = 6 \times \dfrac{1-2^n}{-1} = 6(2^n - 1)$.

c. Faux.

Si $u_0 < 0$, alors la suite (u_n) est croissante (et converge vers 0).

Ceci se démontre par récurrence sur $n \in \mathbb{N}$ en appelant $\mathrm{P}(n)$ la propriété « $u_{n+1} > u_n$ ». S'agissant d'un vrai ou faux, il suffit ici d'exhiber un contre-exemple : si $u_0 = -1$ et $q = 0{,}5$, alors $u_1 = -0{,}5 > u_0$.

d. Vrai.

La suite (v_n) étant convergente, elle est majorée.

Soit M un majorant de (v_n). Alors, comme pour tout $n \in \mathbb{N}$, $u_n \leqslant v_n$, M est également un majorant de la suite (u_n). La suite (u_n) est croissante et majorée, donc elle converge (d'après le théorème III. 2.).

9 FACTORIELLE D'UN ENTIER NATUREL

a. Les termes de la suite (u_n) étant positifs :

$$\frac{u_{n+1}}{u_n} = \frac{(n+1)!}{n!} = \frac{(n+1) \times n!}{n!} = n + 1 > 1 \text{ pour } n \in \mathbb{N}^*,$$

donc (u_n) est strictement croissante à partir du rang 1 (et pas avant car $u_0 = 1 = u_1$).

b. Les termes de la suite (v_n) étant positifs :

$$\frac{v_{n+1}}{v_n} = \frac{(n+1)!}{2^{n+1}} \div \frac{n!}{2^n} = \frac{(n+1)!}{2^{n+1}} \times \frac{2^n}{n!} = \frac{(n+1) \times n! \times 2^n}{2^n \times 2 \times n!} = \frac{n+1}{2}.$$

Pour $n \geqslant 2$, $n + 1 > 2$, donc $\dfrac{n+1}{2} > 1$, donc **(v_n) est (strictement croissante) à partir du rang 2.**

$v_0 = 1, v_1 = \dfrac{1}{2}, v_2 = \dfrac{2}{4} = \dfrac{1}{2}$, donc (v_n) n'est pas strictement croissante avant le rang 2.

c. $$w_{n+1} - w_n = \left(1 + \frac{1}{1!} + \frac{1}{2!} + \ldots + \frac{1}{n!} + \frac{1}{(n+1)!}\right) - \left(1 + \frac{1}{1!} + \frac{1}{2!} + \ldots + \frac{1}{n!}\right)$$
$$= \frac{1}{(n+1)!} > 0,$$

donc la suite (w_n) est (strictement) croissante.

d. Les termes de la suite (z_n) étant positifs :

$$\frac{Z_{n+1}}{Z_n} = \frac{1}{(n+1) \times (n+1)!} \div \frac{1}{n \times n!} = \frac{1}{(n+1) \times (n+1) \times n!} \times n \times n! = \frac{n}{(n+1)^2}.$$

Or, pour $n \in \mathbb{N}^*$, $n \leqslant n^2$, donc $\dfrac{Z_{n+1}}{Z_n} \leqslant \left(\dfrac{n}{n+1}\right)^2$, et comme $0 < n < n+1$, on en déduit que $0 < \dfrac{n}{n+1}$, donc $\dfrac{Z_{n+1}}{Z_n} < 1^2$, soit $\dfrac{Z_{n+1}}{Z_n} < 1$.

Ainsi, (z_n) est une suite strictement décroissante sur $\mathbb{N}^*$.

10 DÉMONSTRATION DE COURS

a. Soit a un réel strictement positif.

$$(1+a)^1 = 1+a = 1+1a \text{, donc } (1+a)^1 \geqslant 1+1a.$$

Supposons qu'il existe un entier $m \geqslant 1$ tel que $(1+a)^m \geqslant 1+ma$, et montrons que : $(1+a)^{m+1} \geqslant 1+(m+1)a$.

$(1+a)^m \geqslant 1+ma$, donc $(1+a)^{m+1} = (1+a)^m \times (1+a) \geqslant (1+ma)(1+a)$ en multipliant des deux côtés par $1+a>0$.

Or $(1+ma)(1+a) = 1+(m+1)a+ma^2 \geqslant 1+(m+1)a$ (car $ma^2 \geqslant 0$).

Donc $(1+a)^{m+1} \geqslant 1+(m+1)a$.

Donc, pour tout $n \in \mathbb{N}^*$, $(1+a)^n \geqslant 1+na$.

b. Puisque $q>1$ alors on peut écrire $q = 1+a$ avec $a>0$

Donc $q^n = (1+a)^n \geqslant 1+n.a$ d'après la question a..

Puisque $a>0$, alors $\lim\limits_{n\to+\infty} 1+n\times a = +\infty$.

Donc d'après le théorème de comparaison : $\lim\limits_{n\to+\infty} q^n = +\infty$.

c. Comme $q \in]0\,;1[$, alors $\dfrac{1}{q}>1$ et d'après la question b., $\lim\limits_{n\to+\infty}\left(\dfrac{1}{q}\right)^n = +\infty$.

Finalement $\lim\limits_{n\to+\infty} q^n = 0$.

11 SUITE ARITHMÉTICO-GÉOMÉTRIQUE

a. Pour tout $n \in \mathbb{N}$,
$$\begin{aligned} v_{n+1} &= u_{n+1} - 15 \\ &= \frac{1}{5}u_n + 12 - 15 \\ &= \frac{1}{5}u_n - 3 \\ &= \frac{1}{5}(u_n - 15) \\ &= \frac{1}{5}v_n \end{aligned}$$

Donc la suite (v_n) est géométrique de raison $\dfrac{1}{5}$.

Alors, pour tout $n \in \mathbb{N}$, $v_n = v_0\left(\dfrac{1}{5}\right)^n$ avec $v_0 = u_0 - 15 = 2-15 = -13$.

Donc, pour tout $n \in \mathbb{N}$, $v_n = \dfrac{-13}{5^n}$.

b. Pour tout $n \in \mathbb{N}$, $u_n = v_n + 15 = \dfrac{-13}{5^n} + 15 = 15 - \dfrac{13}{5^n}$.

Or, $5>1$, donc $\lim\limits_{n\to+\infty} 5^n = +\infty$, donc $\lim\limits_{n\to+\infty} u_n = 15$.

12 SUITE RÉCURRENTE LINÉAIRE D'ORDRE 2

1. $u_2 = u_1 - \dfrac{1}{4}u_0 = 2 - \dfrac{1}{4}\times 1 = \dfrac{7}{4}$;

$u_3 = u_2 - \dfrac{1}{4}u_1 = \dfrac{7}{4} - \dfrac{1}{4}\times 2 = \dfrac{5}{4}$;

$u_4 = u_3 - \dfrac{1}{4}u_2 = \dfrac{5}{4} - \dfrac{1}{4}\times\dfrac{7}{4} = \dfrac{13}{16}$.

2. a. Pour tout $n \in \mathbb{N}$, $v_{n+2} - v_{n+1} = 2^{n+2}u_{n+2} - 2^{n+1}u_{n+1}$

$$= 2^{n+2}\left(u_{n+1} - \frac{1}{4}u_n\right) - 2^{n+1}u_{n+1}$$

$$v_{n+2} - v_{n+1} = 2^{n+2}u_{n+1} - 2^n u_n - 2^{n+1}u_{n+1} = 2^{n+1}u_{n+1}(2-1) - 2^n u_n$$

$$= 2^{n+1}u_{n+1} - 2^n u_n = v_{n+1} - v_n.$$

Pour tout $n \in \mathbb{N}$, $v_{(n+1)+1} - v_{(n+1)} = v_{n+1} - v_n$, autrement dit, la suite $(v_{n+1} - v_n)$ est constante, donc égale à $v_1 - v_0 = 2u_1 - u_0 = 2 \times 2 - 1 = 3$.
Pour tout $n \in \mathbb{N}$, $v_{n+1} - v_n = 3$.

b. La suite (v_n) est donc arithmétique de raison 3.
Pour tout $n \in \mathbb{N}$, $v_n = v_0 + 3n = 1 + 3n$.
$u_n = \frac{1}{2^n}v_n$, donc, pour tout $n \in \mathbb{N}$, $\boldsymbol{u_n = \frac{1+3n}{2^n}}$.

3. $\frac{n}{2^n} = \frac{e^{\ln n}}{e^{n \ln 2}} = e^{\ln n - n \ln 2}$ mais il s'agit d'une forme indéterminée.

Factorisons davantage : $\frac{n}{2^n} = \exp\left[n\left(\frac{\ln n}{n} - \ln 2\right)\right]$.

$\lim\limits_{n\to+\infty}\left(\frac{\ln n}{n} - \ln 2\right) = -\ln 2 < 0$ et $\lim\limits_{n\to+\infty} n = +\infty$, donc $\lim\limits_{n\to+\infty} n\left(\frac{\ln n}{n} - \ln 2\right) = -\infty$.

$\lim\limits_{n\to+\infty} n\left(\frac{\ln n}{n} - \ln 2\right) = -\infty$ et $\lim\limits_{X\to-\infty} \exp(X) = 0$ donc, par composition,

$\lim\limits_{n\to+\infty} \exp\left[n\left(\frac{\ln n}{n} - \ln 2\right)\right] = 0$, c'est-à-dire $\lim\limits_{n\to+\infty} \frac{n}{2^n} = 0$.

Pour tout $n \in \mathbb{N}$, $u_n = \frac{1+3n}{2^n} = \frac{1}{2^n} + 3 \times \frac{n}{2^n}$, avec $\lim\limits_{n\to+\infty} \frac{1}{2^n} = 0$ et $\lim\limits_{n\to+\infty} \frac{n}{2^n} = 0$,
donc $\lim\limits_{n\to+\infty} u_n = 0$.

La suite (u_n) converge vers 0.

13 SUITES RÉCURRENTES ET POINTS FIXES

1. $f(x) = x \Leftrightarrow x^2 = x$

$$\Leftrightarrow x(x-1) = 0$$

$$\Leftrightarrow (x = 0 \text{ ou } x = 1).$$

Donc les solutions dans $\mathbb{R}$ de l'équation $f(x) = x$ sont 0 et 1.
$u_0 \in \mathbb{R}^+$ et $u_{n+1} = u_n^2 \geqslant 0$ pour tout $n \in \mathbb{N}$ donc $u_n \in \mathbb{R}^+$ pour tout $n \in \mathbb{N}$: on pourrait se restreindre à résoudre l'équation $f(x) = x$ sur $\mathbb{R}^+$.
Ici, on n'a pas de solution négative, donc une telle restriction est inutile.

2. Si $u_0 = 0$, comme pour tout $n \in \mathbb{N}$, $u_n = 0 \Rightarrow u_{n+1} = 0^2 = 0$, on obtient par récurrence que pour tout $n \in \mathbb{N}$, $u_n = 0$.
Lorsque $u_0 = 0$, la suite (u_n) est identiquement nulle.
Si $u_0 = 1$, comme pour tout $n \in \mathbb{N}$, $u_n = 1 \Rightarrow u_{n+1} = 1^2 = 1$, on obtient par récurrence que pour tout $n \in \mathbb{N}$, $u_n = 1$.
Lorsque $u_0 = 1$, la suite (u_n) est constante et tous ses termes sont égaux à 1.

3. a.

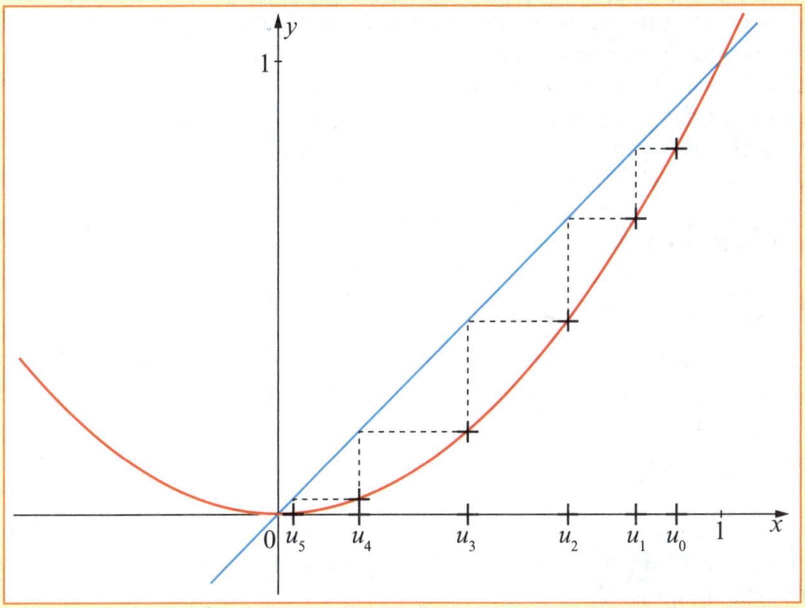

Les termes de la suite semblent compris entre 0 et 1 et la suite (u_n) semble décroissante et converger vers 0.

b. Montrons par récurrence que, pour tout $n \in \mathbb{N}$, $u_n \in]0\,;1[$.

Par hypothèse, $u_0 \in]0\,;1[$.

Supposons qu'il existe un entier $m \geqslant 0$ tel que $u_m \in]0\,;1[$, et montrons que $u_{m+1} \in]0\,;1[$.

Comme $f : x \mapsto x^2$ est strictement croissante sur $[0\,;1]$, si $0 < u_m < 1$, alors $0^2 < u_m^2 < 1^2$.

Donc $u_{m+1} = u_m^2 \in]0\,;1[$.

Pour tout $m \in \mathbb{N}$, $0 < u_n < 1$. La suite (u_n) est bornée.

c. Pour tout $n \in \mathbb{N}$, $u_{n+1} - u_n = u_n^2 - u_n = u_n(u_n - 1) < 0$ car $u_n > 0$ et $u_n - 1 < 0$ d'après **b.**

Donc la suite (u_n) est strictement décroissante.

d. (u_n) est décroissante et minorée (par 0) donc elle converge.

À ce stade, on ne peut dire si elle converge vers 0 ou vers un réel de]0 ; 1[.

De plus, comme la fonction f telle que $u_{n+1} = f(u_n)$ est continue sur $\mathbb{R}$, et que (u_n) converge vers un réel l, on peut dire que l est solution de $f(x) = x$.

D'après le **1.**, l est donc égal à 0 ou 1.

(u_n) est décroissante, donc tous les termes de la suite sont strictement inférieurs à u_0, qui est un réel de $]0\,;1[$.

(u_n) ne peut donc converger vers 1, **donc (u_n) converge vers 0.**

14 DÉMONSTRATION DE COURS

Soit (u_n) une suite croissante non majorée. Montrons que, pour tout $A \in \mathbb{R}$, il existe un rang N_0 tel que, pour tout $n \geqslant N_0$, $u_n \in]A;+\infty[$.

Soit A un réel. La suite (u_n) n'étant pas majorée (donc pas majorée par A), il existe donc un entier noté $n(A)$ tel que $u_{n(A)} > A$.

Alors, comme la suite (u_n) est croissante, pour tout $n \geqslant n(A)$, $u_n \geqslant u_{n(A)} > A$, donc $u_n \in]A;+\infty[$.

En posant $N_0 = n(A)$, on obtient : pour tout $n \geqslant N_0$, $u_n \in]A;+\infty[$.

Donc la suite (u_n) diverge vers $+\infty$.

15 SUITE ET FONCTION

1. $2x - x^2 = 0 \Leftrightarrow (x = 0 \text{ ou } x = 2)$ et $2x - x^2 > 0 \Leftrightarrow x \in]0\,;2[$ car du signe contraire de $a = -1$ entre les racines.

f est donc définie sur $]0\,;2[$, et dérivable sur $]0\,;2[$.

Pour tout $x \in]0\,;2[$,

$$f'(x) = \frac{2-2x}{2\sqrt{2x-x^2}} = \frac{1-x}{\sqrt{2x-x^2}}.$$

D'où $f'(x)$ est du signe de $1-x$, donc strictement positif sur $]0\,;1[$ et strictement négatif sur $]1\,;2[$.

Donc f est strictement croissante sur $[0\,;1]$ et strictement décroissante sur $[1\,;2]$.

x	0		1		2
$f'(x)$	‖	+	0	−	‖
$f(x)$	0	↗	1	↘	0

2. a.

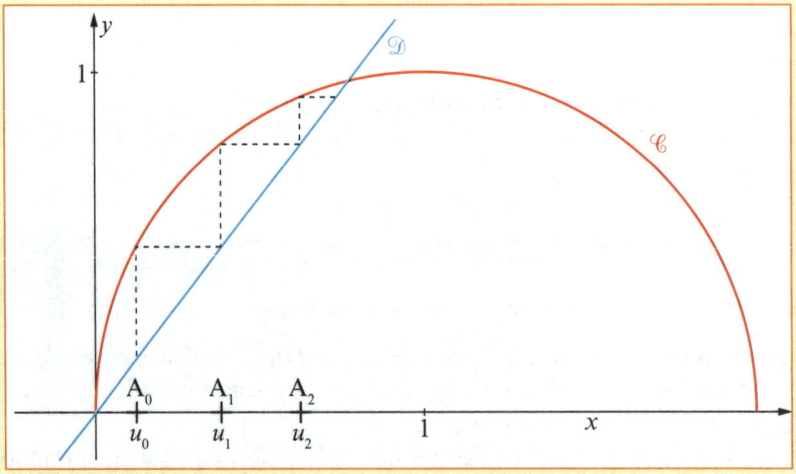

b. $u_0 \in [0\,;1]$ par hypothèse.

Supposons qu'il existe $m \in \mathbb{N}$ tel que $u_m \in [0\,;1]$ et montrons que $u_{m+1} \in [0\,;1]$.

D'après le tableau de variations de f, si $x \in [0\,;1]$, alors $f(x) \in [0\,;1]$, donc comme $u_m \in [0\,;1]$, alors $f(u_m) = u_{m+1} \in [0\,;1]$.

Donc, pour tout $n \in \mathbb{N}$, $u_n \in [0\,;1]$.

c. Soit $n \in \mathbb{N}$.
$u_{n+1}{}^2 - u_n{}^2 = \left(2u_n - u_n^2\right) - u_n^2 = 2u_n - 2u_n{}^2 = 2u_n\left(1 - u_n\right) \geqslant 0$
car $u_n \geqslant 0$ et $1 - u_n \geqslant 0$. Donc $u_{n+1}{}^2 \geqslant u_n{}^2$.
Mais u_n et u_{n+1} appartiennent à $[0\,;1]$, donc u_n et u_{n+1} sont rangés dans le même ordre que leurs carrés, d'où $u_{n+1} \geqslant u_n$.
Donc la suite (u_n) est croissante.

d. (u_n) est croissante et majorée par 1, donc elle converge.
Soit ℓ sa limite.
Comme pour tout $n \in \mathbb{N}$, $u_n \in [0\,;1]$, $\ell \in [0\,;1]$.
ℓ vérifie l'équation $x = \sqrt{2x - x^2}$, car la fonction f est continue sur $[0\,;1]$.
ℓ étant positif, $x = \sqrt{2x - x^2} \Leftrightarrow x^2 = 2x - x^2$
$\Leftrightarrow 2x(x-1) = 0$
$\Leftrightarrow (x = 0 \text{ ou } x = 1)$.

- Si $u_0 = 0$ alors, comme $f(0) = 0$, la suite (u_n) est constante et égale à 0.
Donc $\boldsymbol{\ell = 0}$.
- Si $u_0 \in]0\,;1]$ alors, comme (u_n) est croissante, $u_n \geqslant u_0$ pour tout $n \in \mathbb{N}$, donc $\ell > 0$.
Donc $\boldsymbol{\ell = 1}$.

16 SUITES ET PYTHON

a. Calculons le nombre d'abonnés pour l'année $n + 1$:
Chaque année 90 % des abonnés ne se réabonnent pas, soit $0{,}9u_n$.
Il y a 1600 nouveaux abonnés.
Donc $u_{n+1} = 0{,}9u_n + 1600$.

b.

```
n = 0
u = 13000
while (u<15000):
    n += 1
    u = 0.9 * u + 1600
print("le nombre d'abonnements franchira la barre des
20 000 à partir de ", 2020+n)
```

17 SUITE ET FONCTION

1. f est définie et dérivable sur $[1;+\infty[$ et, pour tout $x \geqslant 1$:
$$f'(x) = \frac{2x(2x-1) - x^2 \times 2}{(2x-1)^2} = \frac{2x^2 - 2x}{(2x-1)^2} = \frac{2x(x-1)}{(2x-1)^2}$$
donc $f'(x)$ est du signe de $2x(x-1)$, polynôme du second degré dont les racines sont 0 et 1.
D'où $f'(x) > 0 \Leftrightarrow (x < 0 \text{ ou } x > 1) \Leftrightarrow x > 1$, car $D_f = [1;+\infty[$.
Donc f est strictement croissante sur $[1;+\infty[$.
De plus, $f(1) = 1$ donc, pour tout $x > 1$, $f(x) > f(1)$ soit $\boldsymbol{f(x) > 1}$.

2. $u_0 = 2 > 1$ donc la propriété est vraie au rang 0.
Supposons qu'il existe un nombre $m \in \mathbb{N}$ tel que $u_m > 1$ et montrons que $u_{m+1} > 1$.
Or, d'après **1.**, si $u_m > 1$, alors $f(u_m) > 1$.
Donc $u_{m+1} = f(u_m) > 1$, la propriété est vraie au rang $m+1$.
Donc, pour tout $n \in \mathbb{N}$, $u_n > 1$.

3. a. Soit $n \in \mathbb{N}$, $u_n \neq 0$ d'après **2.**, donc $\frac{u_n - 1}{u_n}$ existe.

De plus, $u_n > 1$ donc $u_n - 1 > 0$ et $v_n > 0$.
Donc $w_n = \ln(v_n)$ existe.

Donc les suites (v_n) et (w_n) sont bien définies sur $\mathbb{N}$.

b. Soit $n \in \mathbb{N}$, $w_{n+1} = \ln(v_{n+1}) = \ln \frac{u_{n+1} - 1}{u_{n+1}}$.

Or, $u_{n+1} = f(u_n) = \frac{u_n^2}{2u_n - 1}$, donc $u_{n+1} - 1 = \frac{u_n^2 - 2u_n + 1}{2u_n - 1}$ et ainsi :

$$\frac{u_{n+1} - 1}{u_{n+1}} = \frac{u_n^2 - 2u_n + 1}{2u_n - 1} \div \frac{u_n^2}{2u_n - 1} = \frac{u_n^2 - 2u_n + 1}{2u_n - 1} \times \frac{2u_n - 1}{u_n^2}$$

$$= \frac{u_n^2 - 2u_n + 1}{u_n^2} = \frac{(u_n - 1)^2}{u_n^2}.$$

Donc $w_{n+1} = \ln \frac{(u_n - 1)^2}{u_n^2} = \ln\left(\frac{u_n - 1}{u_n}\right)^2 = 2 \ln \frac{u_n - 1}{u_n} = 2\ln(v_n) = 2w_n$.

La suite (w_n) est donc géométrique de raison 2.

c. $w_0 = \ln(v_0) = \ln \frac{u_0 - 1}{u_0} = \ln \frac{1}{2} = -\ln 2$.

Donc, pour tout $n \in \mathbb{N}$, $w_n = -\ln 2 \times 2^n$.

Ensuite, pour tout $n \in \mathbb{N}$, $w_n = \ln(v_n)$, donc

$$v_n = \exp(w_n) = \exp\left[\ln\left(\frac{1}{2}\right) \times 2^n\right] = \left(\frac{1}{2}\right)^{2^n}.$$

Pour tout $n \in \mathbb{N}$, $v_n = \left(\frac{1}{2}\right)^{2^n}$.

d. Pour tout $n \in \mathbb{N}$, $v_n = \frac{u_n - 1}{u_n} = 1 - \frac{1}{u_n} \Leftrightarrow \frac{1}{u_n} = 1 - v_n$.

Or, $v_n = \left(\frac{1}{2}\right)^{2^n} \neq 1$ pour tout $n \in \mathbb{N}$, d'où $u_n = \frac{1}{1 - v_n} = \frac{1}{1 - \left(\frac{1}{2}\right)^{2^n}}$.

$\lim\limits_{n \to +\infty} 2^n = +\infty$ et, comme $-1 < \frac{1}{2} < 1$, $\lim\limits_{N \to +\infty} \left(\frac{1}{2}\right)^N = 0$. Donc $\lim\limits_{n \to +\infty} \left(\frac{1}{2}\right)^{2^n} = 0$.

Alors $\lim\limits_{n \to +\infty} u_n = \lim\limits_{n \to +\infty} \frac{1}{1 - \left(\frac{1}{2}\right)^{2^n}} = 1$.

Donc la suite (u_n) converge vers 1.

18 ENCADREMENT DE $\sqrt{2}$ (SUITE DE HÉRON)

1. $u_0 = 1{,}5 > 0$, donc la propriété est vraie au rang 0.
Supposons qu'il existe un entier naturel m tel que $u_m > 0$ et montrons qu'alors $u_{m+1} > 0$.

$u_m > 0$, donc $\dfrac{2}{u_m} > 0$, donc $u_m + \dfrac{2}{u_m} > 0$.

Or, $\dfrac{1}{2} > 0$, donc $u_{m+1} > 0$. La propriété est vraie au rang $m+1$.

Donc, pour tout $n \in \mathbb{N}$, $u_n > 0$.

2. a. Soit $n \in \mathbb{N}$.

Alors $u_{n+1} - \sqrt{2} = \dfrac{1}{2}\left(u_n + \dfrac{2}{u_n}\right) - \sqrt{2} = \dfrac{1}{2}\dfrac{u_n^2 + 2 - 2\sqrt{2}u_n}{u_n}$

$$u_{n+1} - \sqrt{2} = \frac{1}{2} \times \frac{(u_n - \sqrt{2})^2}{u_n}.$$

b. $u_0 = 1{,}5 > \sqrt{2}$, donc la propriété est vraie au rang 0.
Supposons qu'il existe un entier $m \in \mathbb{N}$ tel que $u_m > \sqrt{2}$ et montrons qu'alors $u_{m+1} > \sqrt{2}$.

D'après **a.**, $u_{m+1} - \sqrt{2} = \dfrac{1}{2} \times \dfrac{\left(u_m - \sqrt{2}\right)^2}{u_m}$, où $\dfrac{1}{2}$, u_m et $\left(u_m - \sqrt{2}\right)^2$ sont strictement positifs.

Alors $\dfrac{1}{2} \times \dfrac{\left(u_m - \sqrt{2}\right)^2}{u_m} > 0$ et $u_{m+1} - \sqrt{2} > 0$, donc $u_{m+1} > \sqrt{2}$.

Donc, pour tout $n \in \mathbb{N}$, $u_n > \sqrt{2}$.

c. Pour tout $n \in \mathbb{N}$, $u_n > \sqrt{2} > 0$, donc $\dfrac{1}{u_n} < \dfrac{1}{\sqrt{2}}$ et en multipliant par $\dfrac{1}{2}\left(u_n - \sqrt{2}\right)^2 > 0$,

$\dfrac{1}{2}\dfrac{\left(u_n - \sqrt{2}\right)^2}{u_n} < \dfrac{1}{2}\dfrac{\left(u_n - \sqrt{2}\right)^2}{\sqrt{2}}$, d'où, $u_{n+1} - \sqrt{2} \leqslant \dfrac{1}{2} \times \dfrac{\left(u_n - \sqrt{2}\right)^2}{\sqrt{2}}$.

d. Le **c.** peut s'écrire aussi :

$$\text{pour tout } n \in \mathbb{N},\ u_{n+1} - \sqrt{2} \leqslant \frac{\left(u_n - \sqrt{2}\right)^2}{2\sqrt{2}}.$$

Ainsi, $u_1 - \sqrt{2} \leqslant \dfrac{\left(u_0 - \sqrt{2}\right)^2}{2\sqrt{2}}$, soit $u_1 - \sqrt{2} \leqslant \dfrac{\left(u_0 - \sqrt{2}\right)^{2^1}}{2\sqrt{2}}$, donc la propriété est vraie au rang 1.

Supposons qu'il existe $m \in \mathbb{N}^*$ tel que $u_m - \sqrt{2} \leqslant \dfrac{\left(u_0 - \sqrt{2}\right)^{2^m}}{2\sqrt{2}}$, et montrons qu'alors :

$$u_{m+1} - \sqrt{2} \leqslant \frac{\left(u_0 - \sqrt{2}\right)^{2^{m+1}}}{2\sqrt{2}}.$$

D'après le b., et l'hypothèse de récurrence :

$$0 < u_m - \sqrt{2} \leqslant \frac{\left(u_0 - \sqrt{2}\right)^{2^m}}{2\sqrt{2}}, \text{ d'où } \left(u_m - \sqrt{2}\right)^2 \leqslant \left[\frac{\left(u_0 - \sqrt{2}\right)^{2^m}}{2\sqrt{2}}\right]^2 \text{ par croissance}$$

de la fonction carré sur $[0\,;+\infty[$.

$$\text{Or, } \left[\frac{\left(u_0 - \sqrt{2}\right)^{2^m}}{2\sqrt{2}}\right]^2 = \frac{\left(u_0 - \sqrt{2}\right)^{(2^m)\times 2}}{4\times 2}$$

$$= \frac{\left(u_0 - \sqrt{2}\right)^{2^{m+1}}}{8},$$

$$\text{Donc } \left(u_m - \sqrt{2}\right)^2 \leqslant \frac{\left(u_0 - \sqrt{2}\right)^{2^{m+1}}}{8}.$$

D'où, d'après le c.,

$$u_{m+1} - \sqrt{2} \leqslant \frac{\left(u_m - \sqrt{2}\right)^2}{2\sqrt{2}} \leqslant \frac{1}{2\sqrt{2}} \times \frac{\left(u_0 - \sqrt{2}\right)^{2^{m+1}}}{8} \text{ car } \frac{1}{2\sqrt{2}} > 0.$$

Or,

$$\frac{1}{8} \leqslant 1 \text{ et } \frac{\left(u_0 - \sqrt{2}\right)^{2^{m+1}}}{2\sqrt{2}} > 0, \text{ donc } \frac{1}{8} \times \frac{\left(u_0 - \sqrt{2}\right)^{2^{m+1}}}{2\sqrt{2}} \leqslant \frac{\left(u_0 - \sqrt{2}\right)^{2^{m+1}}}{2\sqrt{2}}$$

C'est-à-dire $u_{m+1} - \sqrt{2} \leqslant \frac{1}{2\sqrt{2}} \times (u_0 - \sqrt{2})^{2^{m+1}}$ et donc l'inégalité est vraie au rang $m+1$.

Donc, pour tout $n \in \mathbb{N}^*$,

$$\boldsymbol{u_n - \sqrt{2} \leqslant \frac{(u_0 - \sqrt{2})^{2^n}}{2\sqrt{2}}}.$$

e. On a prouvé que, pour tout $n \in \mathbb{N}^*$, $\sqrt{2} < u_n \leqslant \sqrt{2} + \frac{\left(u_0 - \sqrt{2}\right)^{2^n}}{2\sqrt{2}}$.

$2 > 1$, donc $\lim\limits_{n\to+\infty} 2^n = +\infty$.

Comme $-1 < u_0 - \sqrt{2} < 1$,

$$\lim_{N\to+\infty} \left(u_0 - \sqrt{2}\right)^N = 0.$$

Ainsi, $\lim\limits_{n\to+\infty} \left(u_0 - \sqrt{2}\right)^{2^n} = 0$.

Par conséquent, $\lim\limits_{n\to+\infty} \sqrt{2} + \frac{\left(u_0 - \sqrt{2}\right)^{2^n}}{2\sqrt{2}} = \sqrt{2}$.

Et d'après le théorème des gendarmes, $\lim\limits_{n\to+\infty} u_n = \sqrt{2}$.

Donc la suite (u_n) converge vers $\sqrt{2}$.

f.

```
import math as m
u = 1.5
for n in range(4):
    u = 0.5 * (u + 2/u)
print("u(3) vaut",u)
print("l'écart avec la racine carrée de 2 est", m.sqrt(2)-u)
```

19 SUITES ARITHMÉTICO-GÉOMÉTRIQUES

1. $ax+b=x \Leftrightarrow (a-1)x=-b \Leftrightarrow x=-\dfrac{b}{a-1}$ car $a-1\neq 0$.

L'équation $\boldsymbol{ax+b=x}$ admet une unique solution $\boldsymbol{L=\dfrac{b}{1-a}}$.

2. a. Pour tout $n\in\mathbb{N}$,

$$v_{n+1}=u_{n+1}-L=au_n+b-L=a(v_n+L)+b-L.$$

D'où :

$$v_{n+1}=av_n+(a-1)L+b=av_n+(a-1)\frac{b}{1-a}+b=av_n-b+b=av_n.$$

La suite $\boldsymbol{(v_n)}$ est géométrique de raison $\boldsymbol{a}$.
On en déduit que, pour tout $n\in\mathbb{N}$, $v_n=v_0a^n=(u_0-L)a^n$, ou encore :

$$\boldsymbol{v_n=\left(u_0-\frac{b}{1-a}\right)\times a^n.}$$

b. Pour tout $n\in\mathbb{N}$,

$$u_n=v_n+L=\left(u_0-\frac{b}{1-a}\right)\times a^n+L=\left(u_0-\frac{b}{1-a}\right)\times a^n+\frac{b}{1-a}.$$

- Si $-1<a<1$, alors $\lim\limits_{n\to+\infty}a^n=0$ et $\lim\limits_{n\to+\infty}u_n=\boldsymbol{\dfrac{b}{1-a}}$.
- Si $a>1$, alors $\lim\limits_{n\to+\infty}a^n=+\infty$, donc

$$\lim_{n\to+\infty}u_n=\begin{cases}+\infty \text{ si } u_0>\dfrac{b}{1-a}\\ -\infty \text{ si } u_0<\dfrac{b}{1-a}\end{cases}$$

- Si $a\leqslant -1$, alors **la suite $\boldsymbol{(u_n)}$ n'admet pas de limite.**

5 Primitives et équations différentielles

I PRIMITIVES D'UNE FONCTION

Dans ce paragraphe, I est un intervalle de $\mathbb{R}$.

1. Généralités

Définition :

Soit f une fonction définie sur I.

On appelle **primitive** de f sur I, tout fonction F définie et dérivable sur I telle que :

$$F' = f.$$

Autre formulation : F est solution de l'équation différentielle $y' = f$.

EXEMPLE : La fonction $F : x \mapsto x^2$ est une primitive sur $\mathbb{R}$ de la fonction $f : x \mapsto 2x$.

On admet que toute fonction continue sur I admet des primitives sur I.
Cette affirmation sera établie dans le chapitre Intégration.

Théorème :

- Soit f une fonction continue sur I et F une primitive de f sur I, alors les primitives de f sur I sont les fonctions de la forme : $x \mapsto F(x) + c$ où c est un réel quelconque.
- Pour tous $a \in \mathrm{I}$ et $b \in \mathbb{R}$, il existe une unique primitive F de f telle que $F(a) = b$.

Corollaire :

Pour tous $x_0 \in \mathrm{I}$ et $y_0 \in \mathbb{R}$, il existe une unique primitive F de f telle que $F(x_0) = y_0$.

EXEMPLE : La fonction $x \mapsto \dfrac{1}{x}$ est continue sur $]0\,;+\infty[$, alors elle admet des primitives sur $]0\,;+\infty[$; ce sont les fonctions de la forme $x \mapsto \ln(x) + c$, où c est un réel quelconque et en particulier :

- $x \mapsto \ln(x)$ est l'unique primitive de $x \mapsto \dfrac{1}{x}$ qui s'annule en 1 ;
- $x \mapsto \ln(x) + 2$ est l'unique primitive de $x \mapsto \dfrac{1}{x}$ qui vaut 2 en 1.

2. Tableau des primitives

C désigne un réel.

Fonction	Primitives	Ensemble de définition
$x \mapsto a (a \in \mathbb{R})$	$x \mapsto ax + C$	$\mathbb{R}$
$x \mapsto x^n (n \in \mathbb{Z}, n \neq -1)$	$x \mapsto \dfrac{x^{n+1}}{n+1} + C$	$\mathbb{R}$ si $n \geqslant 1$ $\mathbb{R}^*$ si $n \leqslant -2$
$x \mapsto \dfrac{1}{x}$	$x \mapsto \ln(x) + C$	$]0\,;+\infty[$
$x \mapsto \mathrm{e}^x$	$x \mapsto \mathrm{e}^x + C$	$\mathbb{R}$
$x \mapsto \sin(x)$	$x \mapsto -\cos(x) + C$	$\mathbb{R}$
$x \mapsto \cos(x)$	$x \mapsto \sin(x) + C$	$\mathbb{R}$

3. Opérations, composition

- D'après le théorème de dérivation d'une fonction composée $v \circ u$ est une primitive de $(v' \circ u) \times u'$.
- Le tableau suivant donne notamment les cas usuels à connaître.

u et v désignent deux fonctions continues sur I et k un réel .

Fonction	Une primitive	Ensemble de définition
$ku' (k \in \mathbb{R})$	ku	I
$u' + v'$	$u + v$	I
$\dfrac{u'}{\sqrt{u}}$	$2\sqrt{u}$	$\{x \in \mathrm{I}, u(x) > 0\}$
$u'\mathrm{e}^u$	e^u	I
$\dfrac{u'}{u}$	$\ln\lvert u\rvert = \begin{cases} \ln(u) \text{ si } u > 0 \text{ sur I} \\ \ln(-u) \text{ si } u < 0 \text{ sur I} \end{cases}$	$\{x \in \mathrm{I},\ u(x) \neq 0\}$
$u'u^n (n \in \mathbb{N}^*)$	$\dfrac{u^{n+1}}{n+1}$	I
$\dfrac{u'}{u^n} (n \in \mathbb{N}, n \geqslant 2)$	$\dfrac{-1}{(n-1)u^{n-1}}$	$\{x \in \mathrm{I},\ u(x) \neq 0\}$

Toutes les fonctions continues admettent des primitives, mais certaines ne s'expriment pas à l'aide des primitives usuelles ; c'est le cas par exemple de la fonction $x \mapsto \mathrm{e}^{x}$

II ÉQUATION DIFFÉRENTIELLE $y' = ay + b$

Dans ce paragraphe a, b désignent deux réels quelconques.

Théorème : les solutions de l'équation différentielle $y' = ay$ sont les fonctions définies sur $\mathbb{R}$ par : $x \mapsto Ce^{ax}$, où C est une constante réelle.

EXEMPLE : L'équation différentielle $y' = 0{,}5y$ admet pour solutions les fonctions $x \mapsto Ce^{0,5x}$. Ainsi, les fonctions suivantes sont toutes solutions de cette équation différentielle :

$$x \mapsto 3e^{0,5x} \; ; x \mapsto e^{0,5x} \; ; x \mapsto 0 \; ; x \mapsto -e^{0,5x} \; ; x \mapsto -2e^{0,5x}.$$

Elles diffèrent, notamment, par la valeur qu'elles prennent en 0 (voir le graphique ci-dessous).

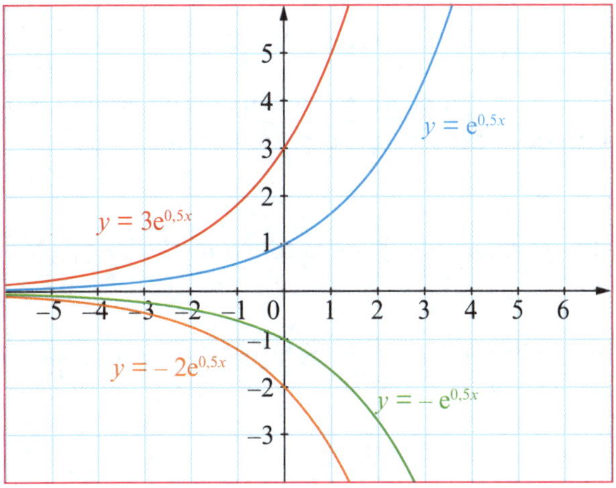

Théorème :

Soit (E) l'équation différentielle $y' = ay + b$, alors :

- (E) admet toujours comme solution particulière une fonction constante.
- L'ensemble des solutions de (E) est constitué de la fonction particulière à laquelle on ajoute les solutions de $y' = ay$.

C'est-à-dire : les solutions de (E) sont :

$$x \mapsto m + Ce^{ax} \text{ où } m \text{ et } C \text{ sont deux constantes réelles.}$$

On peut remarquer la solution constante est la fonction $x \mapsto \frac{b}{a}$ mais il vaut mieux savoir la retrouver : voir la méthode 3.

Corollaire :

Pour tous réels t_0 et y_0, il existe une unique solution à l'équation différentielle $y' = ay + b$ telle que $y(t_0) = y_0$.

MÉTHODE 1

Déterminer les primitives d'une fonction composée

→ Voir les exos 2 et 11.

Étape 1. Reconnaître dans f l'une des formes suivantes :

$\frac{u'}{\sqrt{u}}, u'\cos u, u'\sin u, u'\,\mathrm{e}^{u}, \frac{u'}{u}, u'\times u^{n}, \frac{u'}{u^{n}}(n \geqslant 2)$.

Étape 2. Calculer la dérivée de la primitive correspondante :

$\sqrt{u}$, $\sin u$, $\cos u$, e^{u}, $\ln|u|$, u^{n+1}, $\frac{1}{u^{n-1}}(n \geqslant 2)$.

Étape 3. En déduire le réel k tel que $k\sqrt{u}, k\sin u, k\cos u, k\mathrm{e}^{u}, k\ln|u|$, ku^{n+1}, $k\frac{1}{u^{n-1}}(n \geqslant 2)$ soit une primitive F de f.

Étape 4. Conclure en n'oubliant pas que **toutes les primitives** de f sont de la forme $\boldsymbol{F + C}$, où C désigne une constante réelle.

Exo résolu

Déterminer les primitives sur $\mathbb{R}$ de la fonction $f : x \mapsto x\mathrm{e}^{3x^2-5}$.

CORRIGÉ

Étape 1. f est de la forme $u'\mathrm{e}^{u}$ avec $u(x) = 3x^2 - 5$.

Étape 2. Mais $u'(x) \times \mathrm{e}^{u(x)} = 6x\mathrm{e}^{3x^2-5} = 6 \times f(x)$.

Donc la dérivée de $\frac{1}{6} \times \mathrm{e}^{u}$ est $\frac{1}{6} \times u'\mathrm{e}^{u} = f$.

La fonction F définie par $F(x) = \frac{1}{6} \times \mathrm{e}^{3x^2-5}$ est donc une primitive de f sur $\mathbb{R}$.

Étapes 3 et 4. Les primitives de f sur $\mathbb{R}$ sont les fonctions de la forme :

$$\boldsymbol{x \mapsto \frac{1}{6} \times \mathrm{e}^{3x^2-5} + C, C \in \mathbb{R}.}$$

MÉTHODE 2

Déterminer les primitives d'une fonction rationnelle

→ Voir les exos 2 et 5.

Il s'agit de distinguer dans $f = \frac{P}{Q}$ la forme $\frac{u'}{u}$ ou la forme $\frac{u'}{u^{n}}(n \geqslant 2)$.

1er cas. Si $\text{degré}(Q) = \text{degré}(P) + 1$, il se peut que f soit de la forme $\frac{u'}{u}$, au multiple près.

On dérive $\ln|Q|$ et on en déduit une primitive de f de la forme $k \times \ln|Q|$, k désignant une constante réelle.

2e cas. Si $\text{degré}(Q) > \text{degré}(P)+1$, il se peut que f soit de la forme $\dfrac{u'}{u^n}$, au multiple près.

On regarde si Q s'écrit u^n, on dérive $\dfrac{1}{u^{n-1}}$, puis on en déduit une primitive de f de la forme $\dfrac{k}{u^{n-1}}$, k désignant une constante réelle.

Exo résolu

a. Déterminer les primitives de la fonction f définie sur $\mathbb{R}$ par :

$$f(x) = \frac{4x-2}{3\left(x^2-x+1\right)^3}.$$

b. Soit f la fonction définie sur $\mathbb{R}$ par $f(x) = \dfrac{x}{x^2+1}$.

Déterminer la primitive F de f qui s'annule en 0.

CORRIGÉ

a. Ici, $f = \dfrac{P}{Q}$ avec $\text{degré}(Q) > \text{degré}(P)+1$.

Le dénominateur est un multiple de $(x^2-x+1)^3 = [u(x)]^3$.

On dérive $\dfrac{1}{u^2}$: la dérivée de $x \mapsto \dfrac{1}{(x^2-x+1)^2}$ est la fonction définie par

$$x \mapsto \frac{-2(2x-1)(x^2-x+1)}{(x^2-x+1)^4} = \frac{-(4x-2)}{(x^2-x+1)^3} = -3f(x).$$

La dérivée de $x \mapsto \dfrac{-1}{3(x^2-x+1)^2}$ vaut donc $\dfrac{-1}{3}(-3f) = f$.

Les primitives de f sur $\mathbb{R}$ sont les fonctions de la forme :

$$\boldsymbol{x \mapsto \frac{-1}{3\left(x^2-x+1\right)^2} + C,\ C \in \mathbb{R}.}$$

b. Ici, $f = \dfrac{P}{Q}$ avec $\text{degré}(Q) = \text{degré}(P)+1$, f est donc peut-être égale à un multiple de $\dfrac{u'}{u}$.

En posant $u(x) = x^2+1$, il est évident que pour tout $x \in \mathbb{R}, u(x) > 0$ et $u'(x) = 2x$, donc pour tout $x \in \mathbb{R}$: $f(x) = \dfrac{1}{2} \times \dfrac{u'(x)}{u(x)}$.

Donc les primitives de f sur $\mathbb{R}$ sont de la forme :

$$x \mapsto \frac{1}{2}\ln(x^2+1) + C,\ C \in \mathbb{R}.$$

Or $F(0) = 0 \Leftrightarrow \dfrac{1}{2}\ln(0^2+1) + C = 0$

$\Leftrightarrow C = 0.$

Donc $\boldsymbol{F : x \mapsto \dfrac{1}{2}\ln(x^2+1).}$

MÉTHODE 3

Résoudre l'équation différentielle $y' = ay + b$

➜ Voir les exos 4, 6, 9 et 13.

Étape 1. D'après le théorème du paragraphe II du cours, on cherche une solution constante comme solution particulière φ de (E).

Étape 2. L'ensemble des solutions de (E) est constitué de la solution particulière à laquelle on ajoute les solutions de $y' = ay$.

Exo résolu

Résoudre l'équation différentielle (E) : $y' = -y + 3$.

CORRIGÉ

Étape 1. On cherche une solution constante (notons-la m) comme solution particulière φ de (E) :

Pour tout réel x, $\varphi(x) = m$ et $\varphi'(x) = 0$, donc :

$$\varphi' = -\varphi + 3 \Leftrightarrow 0 = -m + 3$$
$$\Leftrightarrow m = 3.$$

Ainsi la fonction $\varphi : x \mapsto 3$ est une solution particulière de (E).

Étape 2. L'ensemble des solutions de (E) est constitué de la solution particulière à laquelle on ajoute les solutions de $y' = -y$.

Les solutions de l'équation différentielle (E) sont $\boldsymbol{f : x \mapsto 3 + C\mathrm{e}^{-x}}$

TESTER SES CONNAISSANCES

1 PRIMITIVES DE POLYNÔMES

★ | 5 min | ▸ P. 161

Calculer les primitives des fonctions f définies (et continues) sur l'intervalle I par :

a. $f(x)=3,\ \mathrm{I}=\mathbb{R}$

b. $f(x)=-2x+1,\ \mathrm{I}=\mathbb{R}$

c. $f(x)=-x^2+3x+1,\ \mathrm{I}=\mathbb{R}$

d. $f(x)=12x^5-2x^3+\dfrac{3}{2}x^2+1,\ \mathrm{I}=\mathbb{R}$

Voir le tableau des primitives du cours au paragraphe I.2.

2 PRIMITIVES

★★ | 20 min | ▸ P. 161

Déterminer les primitives des fonctions suivantes définies sur l'intervalle I.

a. $f(x)=\dfrac{2}{x},\ \mathrm{I}=]0\,;+\infty[$

b. $f(x)=\dfrac{1}{x},\ \mathrm{I}=]-\infty\,;0[$

c. $f(x)=\dfrac{1}{3x+2},\ \mathrm{I}=\left]-\dfrac{2}{3}\,;+\infty\right[$

d. $f(x)=\dfrac{x}{x^2+1},\ \mathrm{I}=\mathbb{R}$

e. $f(x)=\mathrm{e}^{3x+1},\ \mathrm{I}=\mathbb{R}$

f. $f(x)=x\mathrm{e}^{x^2},\ \mathrm{I}=\mathbb{R}$

Voir la méthode 1.

g. $f(x)=\dfrac{3}{\sqrt{x}},\ \mathrm{I}=]0\,;+\infty[$

h. $f(x)=\dfrac{-6x-3}{\sqrt{x^2+x+1}},\ \mathrm{I}=\mathbb{R}$

Voir la méthode 1.

i. $f(x)=\dfrac{1}{5-x},\ \mathrm{I}=]-\infty\,;5[$

j. $f(x)=\dfrac{\mathrm{e}^{\frac{1}{x}}}{x^2}$ sur $\mathbb{R}^*$

Voir les méthodes 1 et 2.

k. $f(x)=\dfrac{\mathrm{e}^x}{(\mathrm{e}^x+1)^2}$

Voir la méthode 2.

3 SOLUTIONS OU NON

★ | 10 min | ▸ P. 162

Vérifier si les fonctions f sont solutions ou non sur $\mathbb{R}$ de l'équation différentielle suivante.

a. $y\times y'=x$ et $f(x)=x$

b. $y'-2x\times y=0$ et $f(x)=\mathrm{e}^{-x^2}$

c. $y''+y=0$ et $f(t)=\cos(t)$

4 ÉQUATIONS DIFFÉRENTIELLES | ★★ | 20 min | ▸ P. 162

Résoudre les équations différentielles suivantes.

a. $y' = -3y$ b. $y' + 5y = 8$ c. $3y' - y = 2$

d. $\begin{cases} y' - y = 1 \\ y(0) = 0 \end{cases}$ e. $\begin{cases} 2y' - 5y = 1 \\ y(1) = 7 \end{cases}$

S'ENTRAÎNER

5 FRACTION RATIONNELLE | ★★ | 15 min | ▸ P. 163

Soit f la fonction définie sur $\mathbb{R} \setminus \{-2\}$ par $f(x) = \dfrac{2x^3 + 7x^2 + 5x + 3}{(x^2+1)(x+2)^2}$.

a. Déterminer les réels $a,\ b,\ c,\ d$ tels que pour tout $x \neq -2$:

$$f(x) = \frac{a}{x+2} + \frac{b}{(x+2)^2} + \frac{cx+d}{x^2+1}.$$

b. En déduire une primitive de f sur $]-2\,;+\infty[$, puis sur $]-\infty\,;-2[$.

Voir la méthode 2.

6 ÉQUATION DIFFÉRENTIELLE (1) | ★★ | 20 min | ▸ P. 164

L'objectif de cet exercice est de résoudre l'équation différentielle

$$(\mathrm{E}) : y' - 2y = 3x - 1.$$

a. Démontrer que, si f est une solution définie sur $\mathbb{R}$ de (E), alors f' est dérivable sur $\mathbb{R}$ et est solution de $(\mathrm{E}_0) : y' = 2y + 3$.

b. Résoudre (E_0).

c. En déduire la solution f de (E) telle que $f(0) = 5$.

7 ÉQUATION DIFFÉRENTIELLE (2) | ★★★ | 25 min | ▸ P. 165

L'objectif de cet exercice est de résoudre l'équation différentielle (E) :

$$5y' - 7y = x^2 + 1.$$

a. Déterminer les réels $a,\ b,\ c$ pour que la fonction g définie sur $\mathbb{R}$ par $g(x) = ax^2 + bx + c$ soit solution de (E).

b. Démontrer qu'une fonction f est solution de (E) si, et seulement si, la fonction $f - g$ est solution de l'équation différentielle (E_0) :

$$5y' - 7y = 0.$$

c. Résoudre (E_0).

d. En déduire les solutions de (E).

8 DATATION ET CARBONE 14 | ★★ | 20 min | ▸ P. 165

Le taux de décroissance radioactive, proportionnel au nombre de noyaux radioactifs N est donné, pour tout $t \geqslant 0$, par l'expression :

$$\frac{\mathrm{d}N}{\mathrm{d}t}(t) = -\lambda N(t), \text{ soit } N'(t) = -\lambda N(t),$$

où λ est la constante radioactive positive et t est exprimé en années.

1. Exprimer le nombre $N(t)$ de noyaux radioactifs présents à l'instant t sachant que $N(0) = N_0$.

2. La période de demi-vie T représente le temps au bout duquel la moitié des noyaux radioactifs présents se sont désintégrés.
Exprimer T en fonction de λ.

3. **Application numérique : datation au carbone 14**

a. La période du carbone 14 est de 5 568 ans.
Que vaut la constante radioactive λ ?

b. On a trouvé en 2006 dans un site archéologique des ossements humains dont la teneur en carbone 14 est égal à 35 % de celle des os d'un être humain en vie.
Déterminer la date de la mort de cet humain.

9 APPLICATION EN ÉLECTRICITÉ | ★★ | 20 min | ▸ P. 166

Un circuit RL comprend en série un générateur de tension constante E, une bobine d'inductance L et une résistance R.

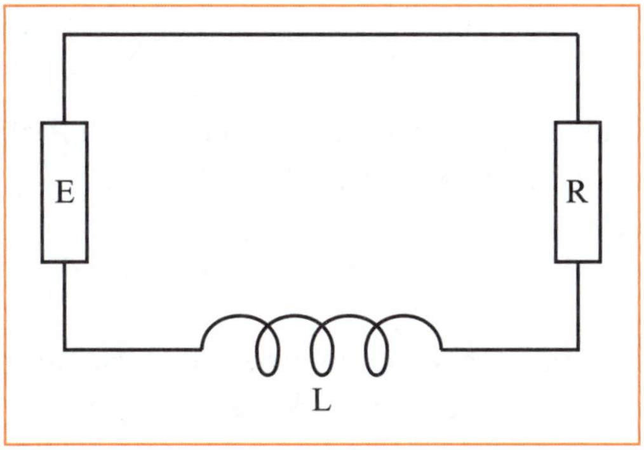

L'intensité du courant électrique i dans un circuit RL est fonction du temps t, exprimé en seconde, et solution de l'équation différentielle :

$$\frac{\mathrm{d}i}{\mathrm{d}t} = \frac{1}{L}(E - Ri),$$

où E, R et L sont des constantes strictement positives.

a. Déterminer la solution i de cette équation différentielle sachant que :

$$i(0) = 0.$$

b. Étudier les variations de i.

10 METHODE D'EULER ET ALGO (1)

★★★ | 25 min | ▸ P. 166

L'objectif est de tracer approximativement la solution de l'équation différentielle (E) $\begin{cases} y' = e^{-x^2} \\ y(0) = 1 \end{cases}$ sur [0 ; 5] à l'aide de la méthode d'Euler.

Cette méthode consiste à utiliser l'approximation affine d'une fonction dérivable f au voisinage d'un point x_0 ; pour h proche de 0 :

$$f(x_0 + h) \approx f(x_0) + h \times f'(x_0).$$

a. Étant donné un pas h, expliquer pourquoi il s'agit de construire les points du plan de coordonnées $(x_0 ; y_0), (x_1 ; y_1), \ldots, (x_n ; y_n)$ définies ici par les relations de récurrence : $\begin{cases} x_0 = 0 \\ x_{k+1} = x_k + h \end{cases}$ et $\begin{cases} y_0 = 1 \\ y_{k+1} = y_k + e^{-x^2} - h \end{cases}$

b. Écrire en Python, un programme permettant de tracer la solution de (E). Tester-le avec $h = 0,1$.

> Utiliser les modules maths et matplotlib :
> **from matplotlib.pyplot import ***
> **from math import ***
> On pourra utiliser des listes et la méthode append.

PRÉPARER UN CONTRÔLE

11 APPLICATION EN MÉCANIQUE

★ | 15 min | ▸ P. 167

On lâche une bille dans un puits à sec de 15 mètres à l'instant initial 0.
On note t_0 l'instant où la bille atteint le fond du puits.
On néglige les frottements de l'air.
On choisit un repère $(O ; \vec{j})$, où O est le fond du puits et $\vec{j}$ un vecteur dirigé vers le haut.
D'après le principe fondamental de la dynamique, la trajectoire y est solution de $y''(t) = -g$, où g est l'unité de l'accélération de la pesanteur (on choisira $g = 9,81\ \text{m}\cdot\text{s}^{-2}$).

a. Calculer, pour tout $t \in [0 ; t_0]$, la vitesse $v(t)$ et la trajectoire $y(t)$.

b. Calculer t_0 à 10^{-2} près.

12 ÉQUATION DIFFÉRENTIELLE (3)

★★★ | 30 min | ▸ P. 167

L'objectif de cet exercice est de résoudre l'équation différentielle (E) :

$$3y' - 2y = 13\cos(x).$$

a. Vérifier que la fonction g définie sur $\mathbb{R}$ par $g(x) = 3\sin(x) - 2\cos(x)$ est une solution particulière de (E).

b. Démontrer qu'une fonction f est solution de (E) si, et seulement si, la fonction $f-g$ est solution de l'équation différentielle (E_0) :

$$3y' - 2y = 0.$$

c. En déduire les solutions de (E).

13 LOI DE NEWTON ★★★ | 45 min | ▶ P. 168

Partie A. Question de cours

Soient $a \in \mathbb{R}$ et (E) l'équation différentielle $Y' = aY$

a. Vérifier que $f : x \mapsto e^{ax}$ est une solution de (E).

b. Démontrer que toute solution g de (E) est de la forme $x \mapsto Ce^{ax}$ avec $C \in \mathbb{R}$.

> Calculer la dérivée de la fonction $\dfrac{g}{f}$.

c. En déduire les solutions de l'équation différentielle :

$$y' = ay - 20a.$$

> Poser $Y = y - 20$

Partie B. Application

Dans une pièce à température de 20 °C (instant noté 0), la température $\theta(0)$ d'un liquide est égale à 70 °C.

Cinq minutes plus tard, elle est de 60 ° C.

On admet que, à l'instant t, exprimé en minutes, le taux de refroidissement $\theta'(t)$ du liquide est proportionnel à la différence de sa température $\theta(t)$ avec celle de la pièce. On notera a le coefficient de proportionnalité.

a. Établir l'équation différentielle vérifiée par la température θ.

b. Résoudre cette équation différentielle (on ne demande pas de calculer a).

c. Déterminer la température du liquide au bout de 30 minutes.

14 METHODE D'EULER ET ALGO (2) ★★★ | 10 min | ▶ P. 169

La méthode d'Euler pour résoudre graphiquement $(E) \begin{cases} y' = 2y+1 \\ y(0) = 1 \end{cases}$ consiste à tracer les points de coordonnées $(x_0 ; y_0), (x_1 ; y_1), \ldots, (x_n ; y_n)$ définis par :

$$\begin{cases} x_0 = 0 \\ x_{k+1} = x_k + h \end{cases} \text{ et } \begin{cases} y_0 = 1 \\ y_{k+1} = (2h+1)y_k + h \end{cases}$$

a. Expliquer ces formules sachant que la méthode consiste à utiliser l'approximation affine d'une fonction dérivable f au voisinage d'un point x_0 ; pour h proche de 0 :

$$f(x_0 + h) \approx f(x_0) + hf'(x_0).$$

b. Compléter le programme suivant qui permet de résoudre graphiquement cette équation différentielle :

```
from matplotlib.pyplot import *
from math import *
h=0.1
x=[0]
y=[1]
for k in range(1,50) :
    ..................
    ..................
    plot(x,y)
show()
close()
```

ALLER PLUS LOIN

15 APPLICATION EN SVT

★★★★ | 45 min | ▸ P. 170

Partie A. Résolution d'une équation différentielle

L'objectif de cette partie de trouver toutes les solutions strictement positives de l'équation différentielle (1) : $y' = ay - by^2$ où a, b sont des constantes strictement positives.

a. Démontrer qu'une fonction f strictement positive est solution de (1) si, et seulement si, $g = \dfrac{1}{f}$ est strictement positive et solution de l'équation différentielle (2) : $y' = -ay - b$.

b. Résoudre l'équation différentielle (2).

c. En déduire les solutions de l'équation différentielle (1) sont les fonctions $f : x \mapsto \dfrac{1}{Ce^{-ax} + \dfrac{b}{a}}$, avec $C \geqslant 0$.

> Pour montrer que $C \geqslant 0$, considérer le cas $C < 0$ et calculer la limite de Ce^{-ax} quand x tend vers $-\infty$.

Partie B. Évolution d'une population de bactéries

1. Au cours d'une expérience, on étudie la taille $N(t)$ d'une population de bactéries à l'instant t (t est exprimé en minutes). On remarque que l'évolution de la taille N est solution de l'équation différentielle :

$$\text{pour tout } t \geqslant 0,\ N'(t) = 0{,}04N(t)\ .$$

a. Sachant que $N(0) = 100$, donner l'expression de $N(t)$ en fonction de t.

b. Combien d'individus (arrondi à 1 près) compte cette population au bout d'une minute ?

c. Quelle est la limite de $N(t)$ quand t tend vers $+\infty$?

2. Le nombre de bactérie ne peut croître indéfiniment. En pratique, le nombre est limité à un maximum M qui dépend des conditions expérimentales (volume du milieu, concentration en éléments nutritifs,…).

L'évolution du nombre N de bactéries sur une longue période est solution en fait de l'équation différentielle (F) :

$$N' = 0{,}04N \times \frac{M - N}{M} \text{ et } N(0) = 100.$$

Ici, on choisit $M = 10^6$.

a. À l'aide de la **partie A**, déterminer la solution N l'équation différentielle (F).

b. Étudier les variations de la fonction N et tracer sa courbe représentative dans un repère $(O;\vec{i};\vec{j})$.

c. Au bout de combien de temps le nombre de bactéries atteint-il la moitié du maximum M (arrondir le résultat à la minute) ?

16 OSCILLATEUR HARMONIQUE | ★★★★ | 45 min | ▸ P. 172

Le but de cet exercice est de trouver la solution y de l'équation différentielle

$$(E)\begin{cases} y'' + \omega^2 y = 0 \\ y(0) = y_0 \\ y'(0) = y_1 \end{cases}$$

où y_0 et y_1 sont deux réels donnés et $\omega \neq 0$.

1. Démontrer que la fonction f définie sur $\mathbb{R}$ par :

$$f(t) = y_0 \times \cos(\omega t) + \frac{y_1}{\omega} \sin(\omega t)$$

est une solution de l'équation différentielle (E).

2. Soit y une solution de l'équation différentielle (E).

On définit la fonction g sur $\mathbb{R}$ par $g(t) = y(t) - f(t)$.

a. Démontrer que la fonction $h : t \mapsto [g'(t)]^2 + \omega^2 [g(t)]^2$ est nulle sur $\mathbb{R}$.

> On commencera par calculer h', dérivée de h.

b. En déduire que $y = f$.

c. Conclure.

3. Application. Oscillateur harmonique

Les unités physiques utilisées sont le mètre (m) et le kilogramme (kg).

Un mobile de masse 16 kg, guidé rectilignement sur un banc à coussin d'air, est attaché à un ressort dont la constante de raideur vaut $k = 1$.

Si l'on écarte le centre d'inertie G du solide de sa position d'équilibre O, alors G effectue des oscillations autour de celle-ci.

À l'instant t, la position de G est repérée par le point M d'abscisse $f(t)$ dans le repère $(O, \vec{i})$.

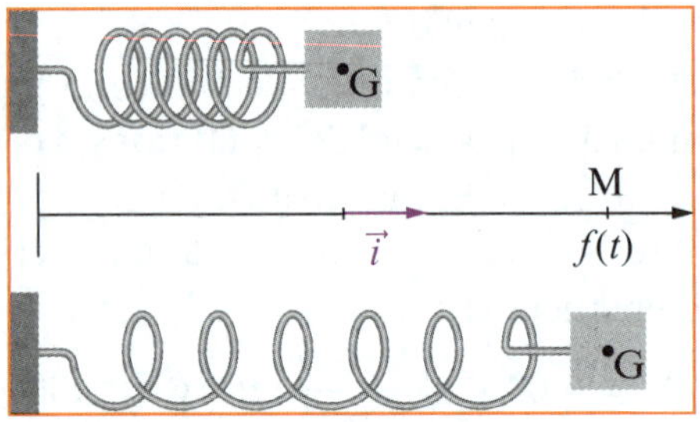

D'après le principe fondamental de la dynamique, on montre que f est solution de l'équation différentielle :

$$(E) : y'' + \frac{1}{16}y = 0.$$

On suppose qu'à l'instant $t = 0$, le mobile est au point d'abscisse $f(0) = \frac{1}{2}$ m et a une vitesse égale à $f'(0) = \frac{1}{8}\,\mathrm{m \cdot s^{-1}}$.

Déterminer l'expression de la fonction f.

CORRIGÉS

1 PRIMITIVES DE FONCTIONS POLYNÔMES

a. $F(x) = 3x + c,\ c \in \mathbb{R}$ b. $F(x) = -x^2 + x + c,\ c \in \mathbb{R}$

c. $F(x) = -\dfrac{x^3}{3} + \dfrac{3x^2}{2} + x + c,\ c \in \mathbb{R}$

d. $F(x) = 2x^6 - \dfrac{x^4}{2} + \dfrac{x^3}{2} + x + c,\ c \in \mathbb{R}$.

On dérive toujours la primitive trouvée pour vérifier qu'elle correspond bien à l'énoncé.

2 PRIMITIVES

a. $F(x) = 2\ln|x| + c = \mathbf{2\ln x} + c,\ c \in \mathbb{R}$ car $x > 0$ sur I.

b. $F(x) = \ln|x| + c = \ln(-x) + c,\ c \in \mathbb{R}$ car $x < 0$ sur I.

c. $F(x) = \dfrac{1}{3}\ln|3x+2| + c = \dfrac{1}{3}\ln(3x+2) + c,\ c \in \mathbb{R}$ (car pour tout $x \in \mathrm{I}$, $3x+2 > 0$).

d. $F(x) = \dfrac{1}{2}\ln(x^2+1) + c,\ c \in \mathbb{R}$ (car pour tout $x \in \mathbb{R}$, $x^2+1 > 0$).

e. $F(x) = \dfrac{1}{3}e^{3x+1} + c,\ c \in \mathbb{R}$. f. $F(x) = \dfrac{1}{2}e^{x^2} + c,\ c \in \mathbb{R}$

g. $F(x) = 6\sqrt{x} + c,\ c \in \mathbb{R}$

h. On recherche une primitive du type $\sqrt{u}$ avec $u(x) = x^2 + x + 1$.

Tout d'abord, on remarque : pour tout $x \in \mathbb{R}, u(x) > 0$ car $\Delta = -3$.

$(\sqrt{u})'(x) = \dfrac{2x+1}{2\sqrt{x^2+x+1}}$, donc on déduit que :

$$F(x) = -6\sqrt{x^2+x+1} + c,\ c \in \mathbb{R}.$$

i. Pour tout $x \in]-\infty;5[$, $5 - x > 0$, donc on cherche une primitive du type $\ln(u)$ avec $u(x) = 5 - x$.

Or $(\ln u)'(x) = -\dfrac{1}{5-x}$, donc $F(x) = -\ln(5-x) + c,\ c \in \mathbb{R}$.

j. Soit $x \neq 0$, on pose $u(x) = \dfrac{1}{x}$ donc $u'(x) = -\dfrac{1}{x^2}$; on en déduit que :

$f(x) = -u'(x) \times e^{u(x)}$ donc $F(x) = -e^{u(x)} = -e^{\frac{1}{x}} + c,\ c \in \mathbb{R}$.

k. Soit $x \in \mathbb{R}$, on pose $u(x) = e^x + 1$ donc $u'(x) = e^x$; on en déduit que :

$f(x) = \dfrac{u'(x)}{[u(x)]^2}$ donc $F(x) = -\dfrac{1}{u(x)} + C = -\dfrac{1}{e^x+1} + C,\ C \in \mathbb{R}$.

3 SOLUTIONS OU NON

a. Soit $x \in \mathbb{R}$, on a $f(x) = x$ et $f'(x) = 1$ donc $f'(x) \times f(x) = x$.
f est donc une solution de l'équation différentielle $yy' = x$.
b. Soit $x \in \mathbb{R}$, on a $f(x) = e^{-x^2}$ et $f'(x) = -2xe^{-x^2}$ donc :
$$f'(x) - 2x \times f(x) = -2xe^{-x^2} - 2xe^{-x^2} = -4xe^{-x^2}.$$
Donc, pour tout réel non nul x, $f'(x) - 2xf(x) \neq 0$.
f n'est pas une solution de l'équation différentielle $y' - 2xy = 0$.

On peut montrer, par contre, que f est solution de l'équation $y' + 2xy = 0$.

c. Soit $t \in \mathbb{R}$, on a $f(t) = \cos(t)$, $f'(t) = -\sin(t)$ et $f''(t) = -\cos(t)$.
Donc $f''(t) + f(t) = -\cos(t) + \cos(t) = 0$.
Donc f est une solution de $y'' + y = 0$.

4 ÉQUATIONS DIFFÉRENTIELLES

a. Les solutions de l'équation $y' = -3y$ sont les fonctions : $\boldsymbol{x \mapsto Ce^{-3x}}$, où $C \in \mathbb{R}$.
b. Tout d'abord, $y' + 5y = 8 \Leftrightarrow y' = -5y + 8$.
Par théorème, l'ensemble des solutions de cette équation différentielle est constitué d'une solution particulière constante $\varphi : x \mapsto m$ à laquelle on ajoute les solutions de $y' = -5y$.
• On a $\varphi' = -5\varphi + 8 \Leftrightarrow 0 = -5m + 8 \Leftrightarrow m = \dfrac{8}{5}$
• Les solutions de $y' = -5y$ sont les fonctions $x \mapsto Ce^{-5x}$, $C \in \mathbb{R}$.
Donc les solutions de l'équation : $y' + 5y = 8$ sont les fonctions :
$$\boldsymbol{x \mapsto Ce^{-5x} + \frac{8}{5}},\ C \in \mathbb{R}.$$
c. Tout d'abord $3y' - y = 2 \Leftrightarrow y' = \dfrac{1}{3}y + \dfrac{2}{3}$.
Par théorème, l'ensemble des solutions de cette équation différentielle est constitué d'une solution particulière constante $\varphi : x \mapsto m$ à laquelle on ajoute les solutions de $y' = \dfrac{1}{3}y$.
• On a $\varphi' = \dfrac{1}{3}\varphi + \dfrac{2}{3} \Leftrightarrow 0 = \dfrac{1}{3}m + \dfrac{2}{3} \Leftrightarrow m = -2$.
• Les solutions de $y' = \dfrac{1}{3}y$ sont les fonctions $\boldsymbol{x \mapsto Ce^{x/3}}$, $C \in \mathbb{R}$
Les solutions de l'équation : $3y' - y = 2$ sont les fonctions : $x \mapsto Ce^{x/3} - 2$, $C \in \mathbb{R}$.
d. Tout d'abord $y' - y = 1 \Leftrightarrow y' = y + 1$.
Par théorème, l'ensemble des solutions de cette équation différentielle est constitué d'une solution particulière constante $\varphi : x \mapsto m$ à laquelle on ajoute les solutions de $y' = 2y$.
• On a $\varphi' = \varphi + 1 \Leftrightarrow 0 = m + 1 \Leftrightarrow m = -1$
• Les solutions de $y' = y$ sont les fonctions $x \mapsto Ce^{x}$, $C \in \mathbb{R}$
Les solutions de l'équation : $y' - y = 1$ sont les fonctions : $x \mapsto Ce^{x} - 1$, $C \in \mathbb{R}$.
Mais ici, on cherche la solution qui s'annule en 0 :
$$y(0) = 0 \Leftrightarrow Ce^{0} - 1 = 0 \Leftrightarrow C = 1.$$
La solution cherchée est donc : $\boldsymbol{x \mapsto e^{x} - 1}$.

e. Tout d'abord $2y' - 5y = 1 \Leftrightarrow y' = \frac{5}{2}y + \frac{1}{2}$.

Par théorème, l'ensemble des solutions de cette équation différentielle est constitué d'une solution particulière constante $\varphi : x \mapsto m$ à laquelle on ajoute les solutions de $y' = \frac{5}{2}y$.

- On a $\varphi' = \frac{5}{2}\varphi + \frac{1}{2} \Leftrightarrow 0 = \frac{5}{2}m + \frac{1}{2} \Leftrightarrow m = -\frac{1}{5}$
- Les solutions de $y' = \frac{5}{2}y$ sont les fonctions $x \mapsto Ce^{\frac{5}{2}x}$, $C \in \mathbb{R}$

Les solutions de l'équation : $2y' - 5y = 1$ sont les fonctions : $x \mapsto Ce^{\frac{5}{2}x} - \frac{1}{5}$, $C \in \mathbb{R}$.

Mais ici, on cherche la solution qui vaut 7 en 1 :

$$y(1) = 7 \Leftrightarrow Ce^{\frac{5}{2}} - \frac{1}{5} = 7 \Leftrightarrow C = \frac{36}{5}e^{-\frac{5}{2}}.$$

La solution cherchée est donc : $\boldsymbol{x \mapsto \dfrac{36e^{\frac{5(x-1)}{2}} - 1}{5}}$.

5 FRACTION RATIONNELLE

a. Pour tout $x \neq -2$:

$$\frac{a}{x+2} + \frac{b}{(x+2)^2} + \frac{cx+d}{x^2+1} = \frac{a(x+2)(x^2+1) + b(x^2+1) + (cx+d)(x+2)^2}{(x+2)^2(x^2+1)}$$

$$= \frac{(a+c)x^3 + (2a+b+4c+d)x^2 + (a+4c+4d)x + 2a+b+4d}{(x+2)^2(x^2+1)}.$$

D'où $f(x) = \frac{a}{x+2} + \frac{b}{(x+2)^2} + \frac{cx+d}{x^2+1} \Leftrightarrow$

$$\frac{2x^3+7x^2+5x+3}{(x^2+1)(x+2)^2} = \frac{(a+c)x^3+(2a+b+4c+d)x^2+(a+4c+4d)x+2a+b+4d}{(x+2)^2(x^2+1)}$$

$$,,\Leftrightarrow \begin{cases} 2 = a+c \\ 2a+b+4c+d = 7 \\ a+4c+4d = 5 \\ 2a+b+4d = 3 \end{cases} \Leftrightarrow \begin{cases} 2 = a+c \\ a+4c+4d = 5 \\ 2a+b+4d = 3 \\ 2a+b+4c+d = 7 \end{cases}$$

$$\Leftrightarrow \begin{cases} c = 2-a \\ 4d = 3a-3 \\ b = -5a+6 \\ 2a-5a+6+8-4a+\frac{3a}{4}-\frac{3}{4} = 7 \end{cases} \Leftrightarrow \begin{cases} c = 2-a \\ d = \frac{3a}{4}-\frac{3}{4} \\ b = -5a+6 \\ a = 1 \end{cases} \Leftrightarrow \begin{cases} c = 1 \\ d = 0 \\ b = 1 \\ a = 1 \end{cases}$$

Donc, pour tout $x \neq -2$,

$$\boldsymbol{f(x) = \frac{1}{x+2} + \frac{1}{(x+2)^2} + \frac{x}{x^2+1}}.$$

b. Les primitives de $x \mapsto \dfrac{1}{x+2}$ sont $x \mapsto \ln(|x+2|) + c_1,\ c_1 \in \mathbb{R}$.

Celles de $x \mapsto \dfrac{1}{(x+2)^2}$ sont $x \mapsto -\dfrac{1}{x+2} + c_2,\ c_2 \in \mathbb{R}$.

Celles de $x \mapsto \dfrac{x}{x^2+1}$ sont

$x \mapsto \dfrac{1}{2}\ln\left(|x^2+1|\right) + c_3,\ c_3 \in \mathbb{R}$ (mais x^2+1 est toujours positif).

Par conséquent :

- une primitive de f sur $]-2\,;+\infty[$ est :

$$x \mapsto \ln(x+2) - \frac{1}{x+2} + \frac{1}{2}\ln\left(x^2+1\right) + c,\ c \in \mathbb{R}\,;$$

- une primitive de f sur $]-\infty\,;-2[$ est :

$$x \mapsto \ln(-x-2) - \frac{1}{x+2} + \frac{1}{2}\ln\left(x^2+1\right) + c,\ c \in \mathbb{R}.$$

6 ÉQUATION DIFFÉRENTIELLE (1)

a. Soit f une solution de (E) : alors on a , pour tout $x \in \mathbb{R}$,

$$f'(x) = 2f(x) + 3x - 1 \ (*)$$

Puisque f et la fonction : $x \mapsto 3x-1$ sont dérivables sur $\mathbb{R}$, on en déduit grâce à (*) que $f\,'$ est aussi dérivable sur $\mathbb{R}$. On peut donc dériver l'égalité (*) et on obtient :

$$\text{pour tout } x \in \mathbb{R},\ (f')'(x) = 2f'(x) + 3$$

Donc f' est solution de l'équation différentielle (E_0) : $y' = 2y + 3$.

b. Par théorème, l'ensemble des solutions de (E_0) est constitué d'une solution particulière constante $\varphi : x \mapsto m$ à laquelle on ajoute les solutions de $y' = 2y$.

- On a $\varphi' = 2\varphi + 3 \Leftrightarrow 0 = 2m + 3 \Leftrightarrow m = -\dfrac{3}{2}$
- Les solutions de $y' = 2y$ sont les fonctions $x \mapsto C\mathrm{e}^{2x},\ C \in \mathbb{R}$

Les solutions de l'équation : $y' = 2y + 3$ sont les fonctions : $x \mapsto C\mathrm{e}^{2x} - \dfrac{3}{2},\ C \in \mathbb{R}$.

c. Puisque f' est solution de (E_0) alors pour tout réel x,

$$f'(x) = C\mathrm{e}^{2x} - \frac{3}{2} \quad \text{avec } C \in \mathbb{R}.$$

Donc f est de la forme : $x \mapsto \dfrac{C}{2}\mathrm{e}^{2x} - \dfrac{3}{2}x + D$, où $C, D \in \mathbb{R}$.

Or f est solution de (E) soit, pour tout $x \in \mathbb{R}$,

$$f'(x) - 2f(x) = 3x - 1 \Leftrightarrow \left(C\mathrm{e}^{2x} - \frac{3}{2}\right) - 2\left(\frac{C}{2}\mathrm{e}^{2x} - \frac{3}{2}x + D\right) = 3x - 1$$

$$\Leftrightarrow -\frac{3}{2} + 3x - 2D = 3x - 1$$

$$\Leftrightarrow D = -\frac{1}{4}$$

De plus, $f(0) = 5 \Leftrightarrow \dfrac{C}{2} - \dfrac{1}{4} = 5 \Leftrightarrow C = \dfrac{21}{2}$.

La solution f de (E) qui vérifie : $f(0) = 5$ est la fonction $\boldsymbol{f : x \mapsto \dfrac{21}{4}\mathrm{e}^{2x} - \dfrac{3}{2}x - \dfrac{1}{4}}$.

7 ÉQUATION DIFFÉRENTIELLE (3)

a. Soit $g: x \mapsto ax^2 + bx + c$, g est dérivable sur $\mathbb{R}$ et, pour tout $x \in \mathbb{R}$,

$$g'(x) = 2ax + b.$$

Dire que g est solution de (E) signifie que, pour tout $x \in \mathbb{R}$,

$$5(2ax + b) - 7(ax^2 + bx + c) = x^2 + 1,$$

c'est-à-dire pour tout $x \in \mathbb{R}, -7ax^2 + (10a - 7b)x + (5b - 7c) = x^2 + 1$.

Ou encore : $\begin{cases} -7a = 1 \\ 10a - 7b = 0 \\ 5b - 7c = 1 \end{cases} \Leftrightarrow \begin{cases} a = -\dfrac{1}{7} \\ b = -\dfrac{10}{49} \\ c = -\dfrac{99}{343} \end{cases}$

Ainsi la fonction $g: x \mapsto -\frac{1}{7}x^2 - \frac{10}{49}x - \frac{99}{343}$ est solution de (E) sur $\mathbb{R}$.

b. Dire que f est solution de (E) sur $\mathbb{R}$ équivaut à dire :

$$\text{pour tout } x \in \mathbb{R},\ 5f'(x) - 7f(x) = x^2 + 1,$$

c'est-à-dire, pour tout $x \in \mathbb{R}$,

$$5f'(x) - 7f(x) = 5g'(x) - 7g(x) \text{ (car } g \text{ est solution de (E))}.$$

Ou encore : pour tout $x \in \mathbb{R}$, $5(f - g)'(x) - 7(f - g)(x) = 0$.

Ainsi f est solution de (E) si, et seulement si, $(f - g)$ est solution de l'équation différentielle (E_0) :

$$5y' - 7y = 0.$$

c. (E_0) : $5y' - 7y = 0 \Leftrightarrow y' = \frac{7}{5}y$; donc les solutions de (E_0) sont les fonctions :

$$x \mapsto Ce^{\frac{7}{5}x}, \text{ avec } C \in \mathbb{R}.$$

d. D'après les questions **b.** et **c.**, f est solution de (E) si, et seulement si, il existe un réel C tel que : $f - g : x \mapsto Ce^{\frac{7}{5}x}$, donc les solutions de (E) sont les fonctions :

$$x \mapsto -\frac{1}{7}x^2 - \frac{10}{49}x - \frac{99}{343} + Ce^{\frac{7}{5}x}, \text{ avec } C \in \mathbb{R}.$$

8 DATATION ET CARBONE 14

1. Le solutions de l'équation différentielle sont les fonctions : $t \mapsto Ce^{-\lambda t}$, avec $C \in \mathbb{R}$.

Or, $N(0) = C = N_0$ donc N est définie sur $[0 ;+\infty[$ par $N(t) = N_0e^{-\lambda t}$.

2. $N(T) = \frac{1}{2}N_0 \Leftrightarrow e^{-\lambda T} = \frac{1}{2} \Leftrightarrow T = \frac{\ln(2)}{\lambda}$.

3. a. $\lambda = \frac{\ln 2}{5\,568} \approx 1{,}245 \times 10^{-4}$.

b. Soit t le nombre d'années écoulées depuis la mort de cet humain, alors :

$$N(t) = \frac{35}{100}N_0 \Leftrightarrow e^{-\lambda t} = 0{,}35 \Leftrightarrow t = -\frac{\ln(0{,}35)}{\lambda}.$$

Soit $t \approx 8432$ à 1 près.

Cet humain est mort environ 8 432 ans avant la découverte, soit environ en – 6 426 avant J.-C.

9 APPLICATION EN ÉLECTRICITÉ

a. $\dfrac{di}{dt}=\dfrac{1}{L}(E-Ri)\Leftrightarrow i'=-\dfrac{R}{L}i+\dfrac{E}{L}$

Par théorème, l'ensemble des solutions de cette équation différentielle est constitué d'une solution particulière constante $\varphi : x \mapsto m$ à laquelle on ajoute les solutions de $i'=-\dfrac{R}{L}i$.

- On a $\varphi'=-\dfrac{R}{L}\varphi+\dfrac{E}{L} \Leftrightarrow 0=-\dfrac{R}{L}m+\dfrac{E}{L}$

$$\Leftrightarrow m=\frac{E}{R}.$$

- Les solutions de $i'=-\dfrac{R}{L}i$ sont les fonctions $t\mapsto Ce^{-\frac{R}{L}t}$, $C\in\mathbb{R}$.

Donc les solutions de l'équation $\dfrac{di}{dt}=\dfrac{1}{L}(E-Ri)$ sont les fonctions :

$$t\mapsto Ce^{-\frac{R}{L}t}+\frac{E}{L},\ C\in\mathbb{R}.$$

Or $i(0)=0\Leftrightarrow C+\dfrac{E}{L}=0$

$$\Leftrightarrow C=-\frac{E}{L},$$

donc la solution i de cette équation différentielle qui vérifie $i(0)=0$ est définie sur $[0\,;+\infty[$ par :

$$\boldsymbol{i(t)=\frac{E}{L}\left(1-e^{-\frac{R}{L}t}\right)}.$$

b. i est dérivable sur $[0\,;+\infty[$ et, pour tout $t\geqslant 0$,

$$i'(t)=\frac{E}{L}\times\frac{R}{L}e^{-\frac{R}{L}t}.$$

Puisque les constantes E, R et L sont strictement positives, alors pour tout $t\geqslant 0$, $i'(t)>0$ et i est strictement croissante sur $[0\,;+\infty[$.

10 METHODE D'EULER ET ALGO (1)

a. Tout d'abord le premier point correspond aux conditions initiales donc : $x_0=0$ et $y_0=1$.

Ensuite, on construit le point $(x_{k+1};y_{k+1})$ à partir du précédent $(x_k;y_k)$ de la manière suivante :

$x_{k+1}=x_k+h$ et d'après l'approximation affine :

$$y(x_{k+1})\approx y(x_k)+hy'(x_k)$$
$$\approx y(x_k)+he^{-x_k^2}$$
$$\approx y_k+he^{-x_k^2} \text{ car } y_k \text{ est une approximation de } y(x_k)$$

Donc $y(x_k)$ est approchée par $y_{k+1}=y_k+he^{-x_k^2}$

b.

```
from matplotlib.pyplot import *
from math import *
h=0.1
x=[0]
y=[1]
for k in range(1,50) :
  x.append(x[k-1] + h)
  y.append(y[k-1]+h*exp(-x[k-1]**2))
  plot(x,y)
show()
close()
```

On obtient :

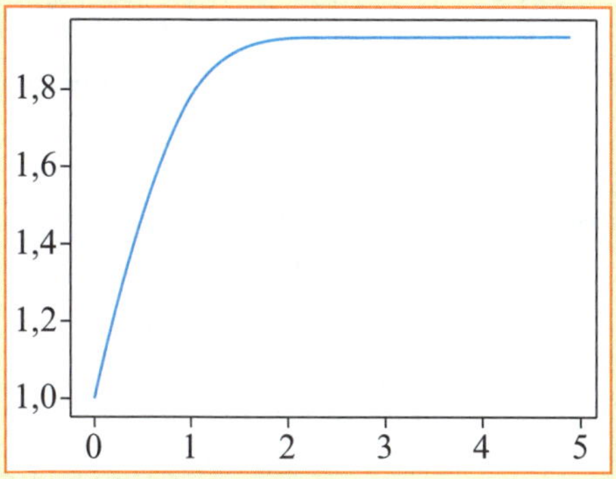

11 APPLICATION EN MÉCANIQUE

a. $v'(t) = a(t) = -9{,}81$, donc $v(t) = -9{,}81\,t + c = -9{,}81\,t$ car $v(0) = 0$.

$y'(t) = v(t)$, donc $y(t) = -9{,}81\dfrac{t^2}{2} + c'$ avec $y(0) = 15$ d'où $c' = 15$ et :

$$\boldsymbol{y(t) = -4{,}905\,t^2 + 15.}$$

O étant le fonds du puits, $y(0)=15$ car, au départ, la bille est en haut du puits et que $\vec{j}$ pointe vers le haut.

b. $y(t_0) = 0$, donc $-4{,}905\,t_0^2 + 15 = 0$, soit $t_0 = \sqrt{\dfrac{15}{4{,}905}} \approx \mathbf{1{,}75\ s.}$

12 ÉQUATION DIFFÉRENTIELLE (3)

a. Soit $x \in \mathbb{R}$, $g(x) = 3\sin(x) - 2\cos(x)$ et $g'(x) = 3\cos(x) + 2\sin(x)$.
On a $3g'(x) - 2g(x) = 9\cos(x) + 6\sin(x) - 6\sin(x) + 4\cos(x) = 13\cos(x)$.
Donc g est bien une solution de (E).

b. Dire que f est solution de (E) sur $\mathbb{R}$ équivaut à dire :

$$\text{pour tout } x \in \mathbb{R},\ 3f'(x) - 2f(x) = 13\cos(x),$$

c'est-à-dire : pour tout $x \in \mathbb{R}$, $3f'(x) - 2f(x) = 3g'(x) - 2g(x)$ car g est solution de (E).
Ou encore : pour tout $x \in \mathbb{R}$,, $3(f-g)'(x) - 2(f-g)(x) = 0$.

Ainsi f est solution de (E) si, et seulement si, $(f - g)$ est solution de l'équation différentielle (E_0) :

$$\mathbf{3y' - 2y = 0}.$$

c. $(E_0) : 3y' - 2y = 0 \Leftrightarrow y' = \frac{2}{3}y$; donc les solutions de (E_0) sont les fonctions :

$$x \mapsto Ce^{\frac{2}{3}x}, \text{ avec } C \in \mathbb{R}.$$

d. D'après les questions b. et c., f est solution de (E) si, et seulement si, il existe un réel C tel que : $f - g : x \mapsto Ce^{\frac{2}{3}x}$; donc les solutions de (E) sont les fonctions :

$$\boldsymbol{x \mapsto 3\sin(x) - 2\cos(x) + Ce^{\frac{2}{3}x}}, \text{ avec } C \in \mathbb{R}.$$

13 LOI DE NEWTON

Partie A.

a. (E) : $Y' = aY$.

Soit $x \in \mathbb{R}$, on a $f(x) = e^{ax}$ donc $f'(x) = ae^{ax} = af(x)$ donc f est solution de (E).

b. Soit g une solution de (E), considérons la fonction h définie sur $\mathbb{R}$ par :

$$h(x) = \frac{g(x)}{f(x)} = \frac{g(x)}{e^{ax}} = g(x)e^{-ax}.$$

Démontrons qu'elle est constante : soit $x \in \mathbb{R}$,

$$\begin{aligned} h'(x) &= g'(x)e^{-ax} + g(x) \times (-a)e^{-ax} \\ &= a \times g(x)e^{-ax} - a \times g(x)e^{-ax} \\ &= 0 \end{aligned}$$

donc h est constante et égale à un réel C c'est-à-dire :

$$\text{pour tout } x \in \mathbb{R},\ g(x)e^{-ax} = C.$$

Ainsi, pour tout $x \in \mathbb{R}$, $g(x) = Ce^{ax}$

On vérifie que pour tout réel C la fonction $x \mapsto Ce^{ax}$ est bien de solution de (E).

Conclusion : toutes les solutions de (E) sont les fonctions : $x \mapsto Ce^{ax}$ avec $C \in \mathbb{R}$.

c. Notons φ la fonction constante et égale à 20 :

$$y' = ay - 20a \Leftrightarrow y' - \varphi' = a(y - \varphi) \Leftrightarrow (y - \varphi)' = a(y - \varphi).$$

Donc $y - \varphi$ est solution de $Y' = aY$, donc il existe une constante réelle C telle que pour tout réel x,

$$y(x) - \varphi(x) = Ce^{ax} \Leftrightarrow y(x) = 20 + Ce^{ax}.$$

Conclusion : les solutions de $y' = ay - 20a$ sont les fonctions :

$$\boldsymbol{x \mapsto 20 + Ce^{ax}},\ C \in \mathbb{R}.$$

Partie B.

a. Pour tout réel t, $\theta'(t) = a(\theta(t) - 20)$.

b. Or $\theta'(t) = a(\theta(t) - 20) = a \times \theta(t) - 20a$, donc d'après la **Partie A**,

$$\theta : t \mapsto 20 + Ce^{at},\ C \in \mathbb{R}.$$

Or $\theta(0) = 70$, c'est-à-dire $C + 20 = 70$ ou encore $C = 50$; donc pour tout $t \geqslant 0$, $\boldsymbol{\theta(t) = 50e^{at} + 20}$.

c. On sait que $\theta(5) = 60 \Leftrightarrow e^{5a} = \frac{4}{5}$.

Donc $\theta(30) = 50e^{30a} + 20 = 50(e^{5a})^6 + 20 = 50\left(\frac{4}{5}\right)^6 + 20 \approx 33,1$ à 0,1 près

La température du liquide au bout de 30 minutes sera d'environ **33,1 ° C**.

14 METHODE D'EULER ET ALGO (2)

a. Tout d'abord le premier point correspond aux conditions initiales donc : $x_0 = 0$ et $y_0 = 1$.

Ensuite, on construit le point $(x_{k+1} ; y_{k+1})$ à partir du précédent $(x_k ; y_k)$ de la manière suivante :

$x_{k+1} = x_k + h$ et d'après l'approximation affine :

$$\begin{aligned} y(x_{k+1}) &\approx y(x_k) + h \times y'(x_k) \\ &\approx y(x_k) + h \times \left(2y(x_k) + 1\right) \\ &\approx (2h+1) \times y(x_k) + h \\ &\approx (2h+1) \times y_k + h \text{ car } y_k \text{ est une approximation de } y(x_k) \end{aligned}$$

Donc $y(x_k)$ est approchée par $y_{k+1} = (2h+1) \times y_k + h$.

b.

```
from matplotlib.pyplot import *
from math import *
h=0.1
x=[0]
y=[1]
for k in range(1,50) :
    x.append(x[k-1] + h)
    y.append((2*h+1)*y[k-1]+h)
    plot(x,y)
show()
close()
```

On obtient :

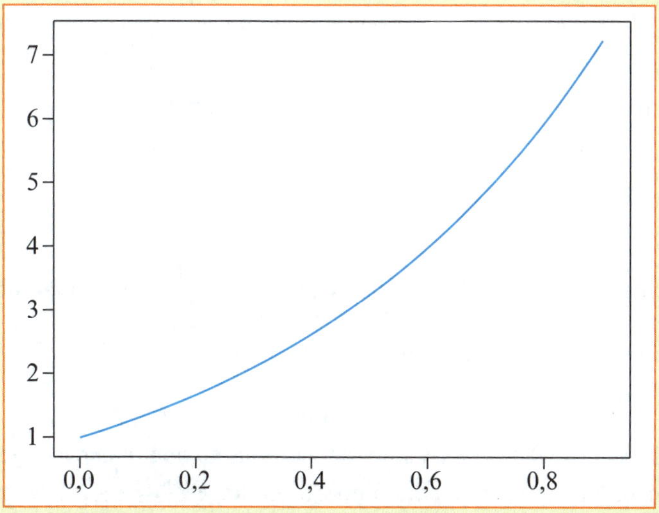

15 APPLICATION EN SVT

Partie A.

a. Dire que f est strictement positive et solution de l'équation différentielle $y' = ay - by^2$ équivaut à dire que :

$$g = \frac{1}{f} \text{ est strictement positive et } -\frac{g'}{g^2} = a \times \frac{1}{g} - b \times \frac{1}{g^2}.$$

C'est-à-dire :

$$g = \frac{1}{f} \text{ est strictement positive et } g' = -a \times g + b \text{ (multiplication par } -g^2 < 0).$$

Ou encore :

$$g = \frac{1}{f} \text{ est strictement positive et solution de : } y' = -a \times y + b.$$

b. Résolution de $y' = -ay + b$.

Par théorème, l'ensemble des solutions de cette équation différentielle est constitué d'une solution particulière constante $\varphi : x \mapsto m$ à laquelle on ajoute les solutions de $y' = -ay$

- On a $\varphi' = -a\varphi + b \Leftrightarrow 0 = -am + b \Leftrightarrow m = \dfrac{b}{a}$
- Les solutions de $y' = -ay$ sont les fonctions $x \mapsto Ce^{-ax}$, $C \in \mathbb{R}$.

Donc les solutions de l'équation : $y' = -ay + b$ sont les fonctions :

$$\boldsymbol{g : x \mapsto Ce^{-ax} + \frac{b}{a},\ C \in \mathbb{R}.}$$

c. D'après la question **1.**, on cherche les solutions strictement positives sur $\mathbb{R}$.

Étudions le signe de $Ce^{-ax} + \dfrac{b}{a}$ en fonction du signe de C :

- Si $C \geqslant 0$ alors, comme a et b sont strictement positifs, $Ce^{-ax} + \dfrac{b}{a}$ est strictement positif sur $\mathbb{R}$.
- Si $C < 0$, alors $\lim\limits_{x \to -\infty} Ce^{-ax} = -\infty$ donc la fonction $g : x \mapsto Ce^{-ax} + \dfrac{b}{a}$ ne peut être pas positive sur $\mathbb{R}$.

D'après la question **1.**, les solutions de (1) sont les fonctions :

$$\boldsymbol{f : x \mapsto \frac{1}{Ce^{-ax} + \frac{b}{a}}}, \text{ avec } C \geqslant 0.$$

Partie B.

1. a. N vérifie l'équation différentielle $N'(t) = 0{,}04N(t)$, donc il existe $C \in \mathbb{R}$ tel que, pour tout $t \geqslant 0$, $N(t) = Ce^{0{,}04t}$.

De plus, $N(0) = 100$, soit $Ce^0 = 100$ donc $C = 100$.

Conclusion : pour tout $t \geqslant 0$,

$$\boldsymbol{N(t) = 100e^{0{,}04t}}.$$

b. $N(1) = 100e^{0{,}04} \approx 104$ à 1 près, soit **104 individus au bout d'une minute.**

c. On a $\lim\limits_{t \to +\infty} 0{,}04t = +\infty$ donc par composition $\lim\limits_{t \to +\infty} e^{0{,}04t} = +\infty$ et donc :

$$\lim_{t \to +\infty} N(t) = +\infty.$$

2. a. $N' = 0{,}04N \times \dfrac{M - N}{M} \Leftrightarrow N' = 0{,}04N - 0{,}04 \times 10^{-6} \times N^2$.

Ainsi, N est strictement positive et solution de l'équation différentielle

$$y' = ay - by^2 \text{ avec } a = 0{,}04 \text{ et } b = 0{,}04 \times 10^{-6}.$$

D'après la **Partie A**, il existe $C \geqslant 0$ tel que, pour tout $t \geqslant 0$,

$$N(t) = \frac{1}{Ce^{-at} + \frac{b}{a}} = \frac{1}{Ce^{-0{,}04t} + 10^{-6}}.$$

$$N(0) = 100 \Leftrightarrow \frac{1}{C + 10^{-6}} = 100 \Leftrightarrow C = \frac{1}{100} - 10^{-6} \Leftrightarrow C = 9\,999 \times 10^{-6}.$$

Alors, pour tout $t \geqslant 0$,

$$N(t) = \frac{1}{9\,999 \times 10^{-6} \times e^{-0{,}04t} + 10^{-6}} = \frac{10^6}{9\,999 \times e^{-0{,}04t} + 1}.$$

b. Soit $t \geqslant 0$,

$$N'(t) = -10^6 \times \frac{9\,999 \times (-0{,}04)e^{-0{,}04t}}{\left(9\,999e^{-0{,}04t} + 1\right)^2} = 399{,}96 \times 10^6 \times \frac{e^{-0{,}04t}}{\left(9\,999e^{-0{,}04t} + 1\right)^2} > 0,$$

donc **N est strictement croissante sur $[0\,;+\infty[$.**

De plus, $\lim\limits_{t \to +\infty} -0{,}04t = -\infty$ et $\lim\limits_{X \to -\infty} e^X = 0$ donc, par composition, $\lim\limits_{t \to +\infty} e^{-0{,}04t} = 0$ et $\lim\limits_{t \to +\infty} 1 + 9\,999e^{-0{,}04t} = 1$ donc $\lim\limits_{t \to +\infty} N(t) = 10^6$.

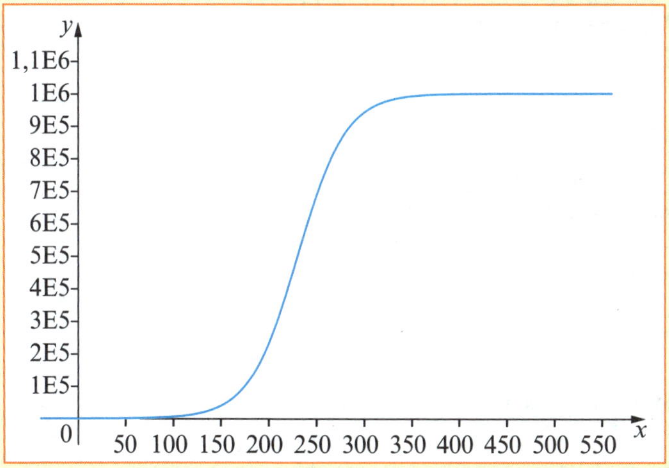

c. $N(t) = \dfrac{M}{2} \Leftrightarrow \dfrac{10^6}{1 + 9999e^{-0{,}04t}} = 5 \times 10^5$

$\Leftrightarrow 2 = 1 + 9999e^{-0{,}04t}$

$\Leftrightarrow e^{-0{,}04t} = \dfrac{1}{9\,999}$

$\Leftrightarrow -0{,}04t = -\ln(9999) \Leftrightarrow t = \dfrac{\ln(9999)}{0{,}04}$

Et $\dfrac{\ln(9999)}{0{,}04} \approx 230$ à 1 près.

Le nombre de bactéries atteint la moitié du maximum au bout de 230 minutes (à une minute près), soit 3 heures et 50 minutes.

16 OSCILLATEUR HARMONIQUE

1. Tout d'abord, $f(0) = y_0$.

Soit $t \in \mathbb{R}$, $f'(t) = y_0 \times [-\omega.\sin(\omega t)] + y_1 \times \cos(\omega t)$ donc, en particulier, $f'(0) = y_1$.

En dérivant de nouveau, on obtient :

$$f''(t) = -y_0 \times \omega^2 \times \cos(\omega t) - y_1 \times \omega \times \sin(\omega t) = -\omega^2 \times f(t)$$

Donc f est solution sur $\mathbb{R}$ de l'équation différentielle (E).

2. a. y et f étant solutions de (E), elles sont deux fois dérivables sur IR.

Donc $g = y - f$ et h le sont également.

Soit $t \in \mathbb{R}$,

$$h'(t) = 2g'(t) \times g''(t) + \omega^2 \times 2g'(t) \times g(t) = 2g'(t)\left[g''(t) + \omega^2 g(t)\right].$$

Or $g = y - f$ donc

$$h'(t) = 2g'(t) \times \left[y''(t) - f''(t) + \omega^2 (y(t) - f(t))\right]$$

Or y et f étant solutions de (E), on obtient :

$$h'(t) = 2g'(t)[0 + 0] = 0.$$

Donc h est constante et égale, par exemple, à $h(0) = g'(0)^2 + \omega^2[g(0)]^2$

Or $g'(0) = y'(0) - f'(0) = y_1 - y_1 = 0$ et $g(0) = y(0) - f(0) = y_0 - y_0 = 0$.

Donc $h(0) = 0$ et h est nulle sur $\mathbb{R}$.

b. Dire que h est nulle sur $\mathbb{R}$ signifie que pour tout $t \in \mathbb{R}$,

$$[g'(t)]^2 + \omega^2[g(t)]^2 = 0.$$

Comme $[g(t)]^2 \geqslant 0$ et $\omega^2\ [g(t)]^2 \geqslant 0$, cela implique que $[g(t)]^2 = 0$ et $\omega^2\ [g(t)]^2 = 0$.

$\omega^2 \neq 0$ donc nécessairement, $[g(t)]^2 = 0$ et $g(t) = 0$, c'est-à-dire $y(t) = f(t)$.

Donc $y = f$.

c. f est donc l'unique solution de l'équation différentielle (E).

3. D'après la question précédente,

$$f(t) = \frac{1}{2}\cos\left(\frac{t}{4}\right) + \frac{\frac{1}{8}}{\frac{1}{4}}\sin\left(\frac{t}{4}\right)$$

$$\mathbf{f(t) = \frac{1}{2}\cos\left(\frac{t}{4}\right) + \frac{1}{2}\sin\left(\frac{t}{4}\right).}$$

6 Intégration

Dans tout ce chapitre, le plan est muni d'un repère orthogonal $(O ; \vec{i} ; \vec{j})$ et I désigne un intervalle de $\mathbb{R}$.

I INTÉGRALE D'UNE FONCTION CONTINUE

On appelle **unité d'aire**, l' aire du rectangle de dimensions $\|\vec{i}\|$ et $\|\vec{j}\|$ (cette aire vaut $\|\vec{i}\| \times \|\vec{j}\|$).

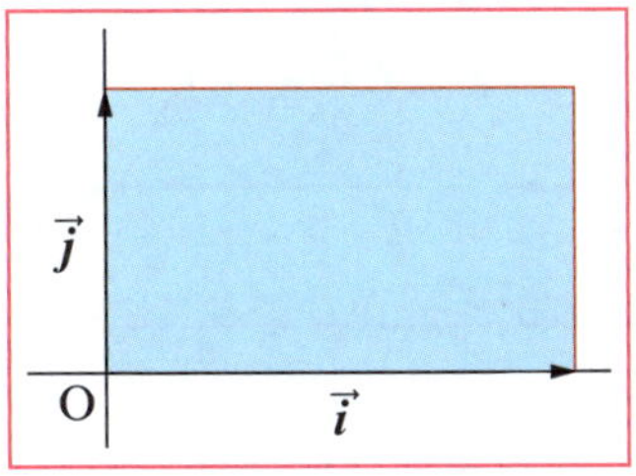

1. Cas des fonctions continues et positives

Définition :

Soit f une fonction continue et positive sur un intervalle $[a ; b]$ $(a \leqslant b)$.
On appelle **intégrale de a à b de f** l'aire, exprimée en unités d'aire, de l'ensemble $\mathscr{D} = \left\{(x ; y) \in \mathbb{R}^2 \text{ tels que } a \leqslant x \leqslant b, 0 \leqslant y \leqslant f(x)\right\}$.

On la note $\displaystyle\int_a^b f(x)\,\mathrm{d}x$.

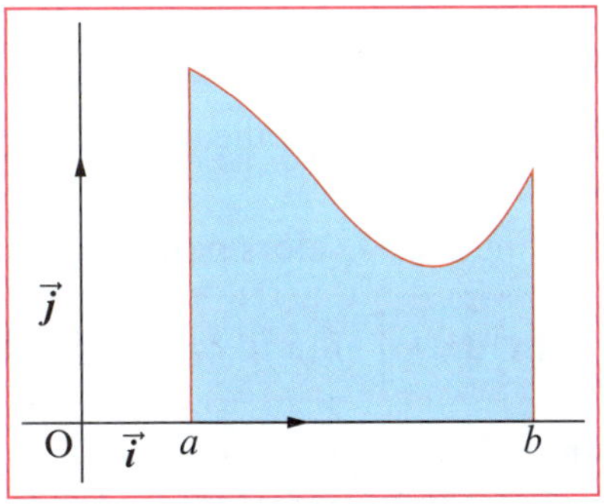

La variable x est « muette ». On notera indifféremment $\displaystyle\int_a^b f(x)\mathrm{d}x$, $\displaystyle\int_a^b f(t)\mathrm{d}t$...

2. Cas des fonctions continues de signe quelconque

Définitions : Soit une fonction continue sur un intervalle $[a\,;b]$ $(a \leqslant b)$.

- Si f est négative sur $[a\,;b]$, alors $\int_a^b f(x)\mathrm{d}x$ est **l'opposé** de l'aire de $D = \{(x\,;y) \in \mathbb{R}^2 \,/\, a \leqslant x \leqslant b,\, f(x) \leqslant y \leqslant 0\}$.
- Si f est de signe quelconque :

$$\int_a^b f(x)\mathrm{d}x = \text{Aire}(\mathrm{A}) - \text{Aire}(\mathrm{B}) + \text{Aire}(\mathrm{C})$$

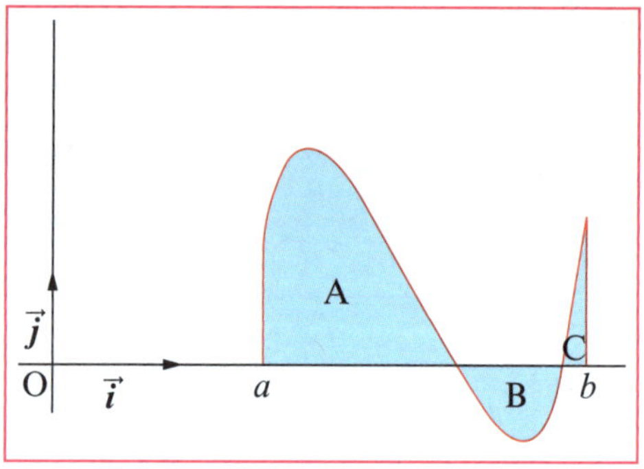

3. Inversion des bornes

Définition : Soit f une fonction continue sur I. Soient $a,\ b$ appartenant à I tels que $a \leqslant b$.

On pose $\int_b^a f(x)\mathrm{d}x = -\int_a^b f(x)\mathrm{d}x$.

4. Valeur moyenne d'une fonction continue

Définition : Soit f une fonction continue sur $[a\,;b]$, avec $a < b$.

On appelle valeur moyenne de f sur $[a\,;b]$ le réel $\dfrac{1}{b-a}\int_a^b f(x)\mathrm{d}x$.

II PROPRIÉTÉS DE L'INTÉGRALE

Dans ce paragraphe, I désigne un intervalle de $\mathbb{R}$.

Relations de Chasles

Soit f une fonction continue sur I, alors pour tous a, b, c appartenant à I :

$$\int_a^b f(x)\mathrm{d}x + \int_b^c f(x)\mathrm{d}x = \int_a^c f(x)\mathrm{d}x$$

Linéarité de l'intégrale

Soient f, g deux fonctions continues sur I et $a,\ b \in \mathrm{I}$; alors pour tous réels $k_1,\ k_2$:

$$\int_a^b [k_1 f(x) + k_2 g(x)]\mathrm{d}x = k_1\int_a^b f(x)\mathrm{d}x + k_2\int_a^b g(x)\mathrm{d}x$$

Positivité et croissance de l'intégrale

Soient f et g deux fonctions continues sur $[a\,;b]$ (avec $a \leqslant b$) :

- si pour tout $x \in [a\,;b]$, $f(x) \geqslant 0$, alors $\int_a^b f(x)\mathrm{d}x \geqslant 0$;
- si pour tout $x \in [a\,;b]$, $f(x) \geqslant g(x)$, alors $\int_a^b f(x)\mathrm{d}x \geqslant \int_a^b g(x)\mathrm{d}x$.

Inégalités de la moyenne

Soit f une fonction continue sur $[a;b]$ (avec $a \leqslant b$) telle que pour tout $x \in [a\,;\,b]$, $m \leqslant f(x) \leqslant M$, alors :

$$m(b-a) \leqslant \int_a^b f(x)\mathrm{d}x \leqslant M(b-a)$$

III PRIMITIVE ET INTÉGRALE

Dans ce paragraphe, I est un intervalle de $\mathbb{R}$.

1. Généralités

Théorème :

Soit f une fonction continue sur I et soit $a \in \mathbb{R}$, alors la fonction F définie sur I par $F(x) = \int_a^x f(t)\mathrm{d}t$ est **la** primitive de f qui s'annule en a.

Corollaire : Toute fonction continue sur I admet des primitives sur I.

Toutes les fonctions continues admettent des primitives, mais les primitives de certaines fonctions, comme $x \mapsto \mathrm{e}^{-x^2}$, ne s'expriment pas à l'aide des fonctions usuelles.

2. Calculer une intégrale à l'aide des primitives

Théorème fondamental :

Soit f une fonction continue sur I, alors pour tous $a, b \in \mathrm{I}$:

$$\int_a^b f(x)\mathrm{d}x = F(b) - F(a),$$

où F est une primitive quelconque de f sur I.

Pour des raisons de lisibilité, on pose $F(a) - F(a) = [F(x)]_a^b$.

IV INTÉGRATION PAR PARTIES

Théorème :

Soient u et v deux fonctions dérivables sur $[a\,;\,b]$ ($a \leqslant b$) tels que leurs dérivées soient continues sur $[a\,;\,b]$. Alors :

$$\int_a^b u'(x) \times v(x)\mathrm{d}x = [u(x) \times v(x)]_a^b - \int_a^b u(x) \times v'(x)\mathrm{d}x$$

MÉTHODE 1

Calculer une intégrale $\int_a^b f(x)\,dx$

→ Voir les exos 1, 2 et 8.

Étape 1. Déterminer une primitive de f sur $[a\,;b]$.

Étape 2. Appliquer le théorème fondamental.

Exo résolu

Calculer $\int_0^\pi \left(x^2 - \cos(2x)\right)dx$.

CORRIGÉ

Étape 1. Une primitive de $f : x \mapsto x^2 - \cos(2x)$ est :

$$F : x \mapsto \frac{x^3}{3} - \frac{\sin(2x)}{2}.$$

Étape 2.

$$\int_0^\pi \left(x^2 - \cos(2x)\right)dx = \left[\frac{x^3}{3} - \frac{\sin(2x)}{2}\right]_0^\pi$$

$$= \frac{\pi^3}{3} - \frac{\sin(2\pi)}{2} - \frac{0^3}{3} + \frac{\sin(0)}{2}$$

$$\boldsymbol{\int_0^\pi \left(x^2 - \cos(2x)\right)dx = \frac{\pi^3}{3}.}$$

MÉTHODE 2

Calculer l'aire « sous la courbe »

→ Voir les exos 4 et 11.

Étape 1. Découper $\mathcal{D}_f$ en intervalles sur lesquels f est de signe constant.

Étape 2. Écrire l'aire comme somme des aires correspondant à chaque intervalle, sachant que l'aire comprise entre la courbe et l'axe des abscisses est égale à :

– l'intégrale de f là où f est positive,

– l'opposé de l'intégrale de f là où f est négative.

Exo résolu

Soit f la fonction définie sur $D_f = [0\,;2\pi]$ par $f(x) = \cos(x)$ et $\mathcal{C}_f$ sa courbe représentative dans un repère orthonormal.

Calculer l'aire $\mathcal{A}$ comprise entre $\mathcal{C}_f$ et l'axe des abscisses.

Étape 1. f est positive sur $\left[0\,;\frac{\pi}{2}\right]$, négative sur $\left[\frac{\pi}{2}\,;\frac{3\pi}{2}\right]$ et positive sur l'intervalle $\left[\frac{3\pi}{2}\,;2\pi\right]$.

Étape 2.

$$\mathcal{A} = \int_0^{\frac{\pi}{2}} \cos(x)\,\mathrm{d}x - \int_{\frac{\pi}{2}}^{\frac{3\pi}{2}} \cos(x)\,\mathrm{d}x + \int_{\frac{3\pi}{2}}^{2\pi} \cos(x)\,\mathrm{d}x$$

$$= \left[\sin(x)\right]_0^{\frac{\pi}{2}} - \left[\sin(x)\right]_{\frac{\pi}{2}}^{\frac{3\pi}{2}} + \left[\sin(x)\right]_{\frac{3\pi}{2}}^{2\pi}$$

$$\mathcal{A} = (1-0) - (-1-1) + \big(0-(-1)\big).$$

$\mathcal{A} = 4$ **(unités d'aire).**

MÉTHODE 3

Étudier les variations d'une fonction définie par une intégrale

→ **Voir les exos 7, 10, 14 et 17.**

Étape 1. Déterminer la dérivée de la fonction étudiée sachant que $x \mapsto \int_a^x u(t)\,\mathrm{d}t$ a pour dérivée $x \mapsto u(x)$.

Étape 2. Étudier le signe de la dérivée et en déduire les variations de la fonction étudiée.

Exo résolu

Étudier les variations de la fonction f définie sur $[0\,;2\pi]$ par :

$$f(x) = \int_0^x \sin^3(t)\,\mathrm{d}t.$$

CORRIGÉ

Étape 1. Pour tout $x \in [0\,;2\pi]$, $f'(x) = \sin^3(x) = \big(\sin(x)\big)^3$.

Étape 2. $\sin^3(x)$ étant du même signe que $\sin(x)$, $f'(x)$ est positive sur $[0\,;\pi]$ et négative sur $[\pi\,;2\pi]$.

La fonction f est donc croissante sur $[0\,;\pi]$ et décroissante sur $[\pi\,;2\pi]$.

MÉTHODE 4

Intégrer par parties

→ Voir les exos 5, 7, 12 et 13.

Étape 1. Reconnaître sous l'intégrale un produit de la forme $u'(x) \times v(x)$ (ou $v(x) \times u'(x)$) tel que l'on connaisse une primitive de u, et que le fait de dériver v simplifie l'expression sous l'intégrale.

Étape 2. Définir les fonctions u, v, u' et v'.

Étape 3. Appliquer l'égalité du paragraphe IV.

Exo résolu

Calculer, à l'aide d'une intégration par parties, $I = \int_0^{\pi} x\sin(x)\,\mathrm{d}x$.

CORRIGÉ

Étape 1. On ne connaît pas de primitive de $x \times \sin(x)$, mais on remarque que $x \times \sin(x)$ est le produit de la fonction $\sin$, que l'on sait intégrer, par la fonction $x \mapsto x$ dont la dérivée est $x \mapsto 1$.

Étape 2. $x \times \sin(x) = u(x) \times v'(x)$ avec $u : x \mapsto x$ et $v : x \mapsto -\cos(x)$.
u et v sont définies sur $[0\,;\pi]$ et leurs dérivées sont continues sur $[0\,;\pi]$.

Étape 3.

$$\int_0^{\pi} x\sin(x)\,\mathrm{d}x = \int_0^{\pi} u(x) \times v'(x)\,\mathrm{d}x$$

$$= \left[u(x) \times v(x)\right]_0^{\pi} - \int_0^{\pi} u'(x) \times v(x)\,\mathrm{d}x$$

Avec $u'(x) = 1$ et $v(x) = -\cos(x)$.

$$I = \int_0^{\pi} x\sin(x)\,\mathrm{d}x = \left[-x\cos(x)\right]_0^{\pi} - \int_0^{\pi} 1 \times (-\cos(x))\,\mathrm{d}x$$

$$I = -\pi \times (-1) - 0 + \int_0^{\pi} \cos(x)\,\mathrm{d}x$$

$$I = \pi + \left[\sin(x)\right]_0^{\pi} = \pi + \sin(\pi) - \sin(0)$$

$$\boldsymbol{I = \pi.}$$

TESTER SES CONNAISSANCES

1 CALCULS D'INTÉGRALES

★ | 40 min | ▸ P. 189

Calculer les intégrales suivantes.

a. $I_1 = \int_{-1}^{2} 3\,\mathrm{d}x$ **b.** $I_2 = \int_{0}^{5} (-5x+1)\,\mathrm{d}x$ **c.** $I_3 = \int_{0}^{2} (2x+1)^2\,\mathrm{d}x$

Voir la méthode 1.

d. $I_4 = \int_{0}^{2} \frac{1}{(2x+1)^2}\,\mathrm{d}x$ **e.** $I_5 = \int_{0}^{1} \frac{1}{x^2+6x+9}\,\mathrm{d}x$

Pour le e., remarquer que l'expression sous l'intégrale peut s'écrire sous la forme $\frac{1}{u^2}$.

f. $I_6 = \int_{0}^{\frac{\pi}{4}} \frac{\sin(x)}{\cos(x)}\,\mathrm{d}x$ **g.** $I_7 = \int_{0}^{1} \frac{2x+1}{x^2+x+1}\,\mathrm{d}x$

Reconnaître la forme $\int \frac{u'}{u}$

h. $I_8 = \int_{\mathrm{e}}^{\mathrm{e}^2} \frac{\ln(x)}{x}\,\mathrm{d}x$ **i.** $I_9 = \int_{\mathrm{e}}^{\mathrm{e}^2} \frac{1}{x\ln(x)}\,\mathrm{d}x$

j. $I_{10} = \int_{0}^{1} \mathrm{e}^{2x+1}\,\mathrm{d}x$ **k.** $I_{11} = \int_{0}^{\ln(3)} \frac{\mathrm{e}^x}{(\mathrm{e}^x+1)^2}\,\mathrm{d}x$

2 INTÉGRALES DE FONCTIONS TRIGONOMÉTRIQUES

★ | 10 min | ▸ P. 190

Calculer les intégrales suivantes.

a. $J_1 = \int_{0}^{\pi} \cos(x)\,\mathrm{d}x$ **b.** $J_2 = \int_{0}^{\pi} \sin(x)\,\mathrm{d}x$

c. $J_3 = \int_{0}^{\frac{\pi}{4}} \sin(2x)\,\mathrm{d}x$ **d.** $J_4 = \int_{0}^{\frac{\pi}{3}} \cos(3x)\,\mathrm{d}x$

Voir la méthode 1.

3 VALEUR MOYENNE

★ | 10 min | ▸ P. 190

a. Déterminer la valeur moyenne de la fonction $x \mapsto x^2$ sur $[0\,;5]$.

Voir le cours I-4 pour la definition de la valeur moyenne.

b. Déterminer la valeur moyenne de la fonction $x \mapsto \sin(x)$ sur $[0\,;\pi]$.
c. Déterminer la valeur moyenne de la fonction $x \mapsto \sin(x)$ sur $[0\,;2\pi]$.
d. Déterminer la valeur moyenne de la fonction $x \mapsto \mathrm{e}^x$ sur $[0\,;1]$.

4 AIRE SOUS LA COURBE

★ | 5 min | ▶ P. 190

Calculer l'aire (en unité d'aire) du domaine hachuré sur la figure suivante.

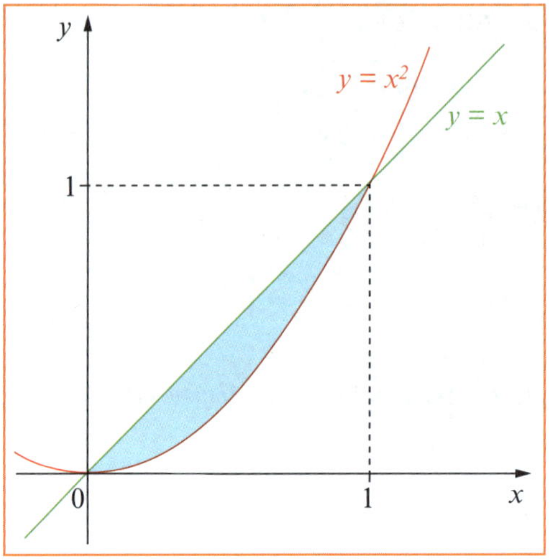

Voir la méthode 2.

5 INTÉGRATION PAR PARTIES

★★ | 30 min | ▶ P. 190

Calculer, à l'aide d'intégration(s) par parties :

a. $\int_1^e x\ln(x)\,dx$ **b.** $\int_1^2 xe^x\,dx$

Voir la méthode 4.

c. $\int_0^\pi x^2\sin(x)\,dx$ (faire deux intégrations par parties successives).

S'ENTRAÎNER

6 VALEUR MOYENNE EN SCIENCES

★★ | 15 min | ▶ P. 191

En électricité, on appelle tension efficace d'un signal u, variable au cours du temps et périodique, la valeur que prendrait une tension continue pour produire le même échauffement dans une résistance R sur une période T.

On la note U_{eff} et :

$$U_{eff} = \sqrt{\frac{1}{T}\int_0^T u^2(t)\,dt}\,.$$

Calculer U_{eff} sachant que u est donné par sa représentation graphique (en rouge).

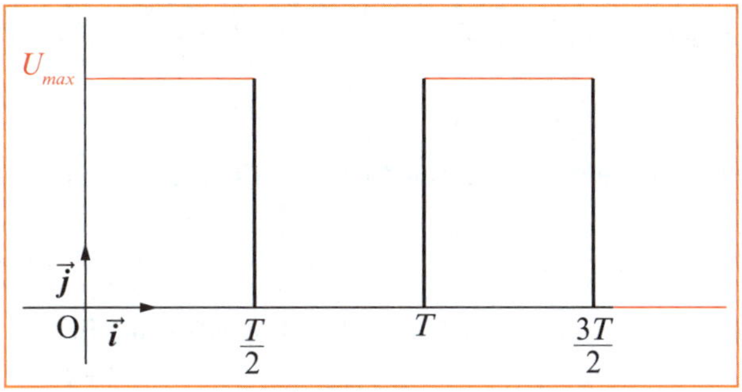

Appliquer la relation de Chasles, voir le paragraphe II du cours.

7 FONCTION DÉFINIE PAR UNE INTÉGRALE | ★★ | 15 min | ▸ P. 191

Soit f la fonction définie sur $]0\,;+\infty[$ par $f(x)=\int_1^x \ln(t)\,\mathrm{d}t$.

1. Que vaut $f(1)$?

2. Étudier le signe de f sur $]1\,;+\infty[$, puis sur $]0\,;1[$.

Voir le paragraphe II du cours: propriétés des intégrales.

3. Calculer $f'(x)$ pour tout $x>0$.

Voir la méthode 3.

4. Dresser le tableau de variations de f sur $]0\,;+\infty[$ (on n'étudiera pas les limites en 0 et $+\infty$). Vérifier les réponses obtenues au 2.

5. À l'aide d'une intégration par parties, calculer $f(x)$ pour tout $x>0$.

6. En déduire :

a. la valeur de $f(\mathrm{e})$ b. la limite de f en 0 c. la limite de f en $+\infty$

8 FONCTIONS TRIGONOMÉTRIQUES | ★★ | 30 min | ▸ P. 192

1. Résoudre dans $[0\,;2\pi]$ l'équation $\cos x=\sin x$, puis étudier le signe de $\cos(x)-\sin(x)$ sur $\left[0\,;\frac{\pi}{4}\right[$.

Pour la résolution de l'équation, utiliser l'égalité valable pour tout x réel :

$$\sin(x)=\cos\left(\frac{\pi}{2}-x\right).$$

2. Soit $a\in\left]0\,;\frac{\pi}{4}\right[\cdot$ On pose :

$$I(a)=\int_0^a \frac{\cos x}{\cos x-\sin x}\,\mathrm{d}x \quad\text{et}\quad J(a)=\int_0^a \frac{\sin x}{\cos x-\sin x}\,\mathrm{d}x.$$

a. Calculer $I(a) - J(a)$, puis $I(a) + J(a)$.

Voir le cours : linéarité de l'intégrale.

b. En déduire $I(a)$ et $J(a)$.

c. Déterminer la limite quand a tend vers $\frac{\pi}{4}$ de $I(a)$ et $J(a)$.

9 SOMMES DE TERMES

★★★ | 45 min | ▸ P. 192

1. a. Montrer que tout réel x différent de -1 vérifie l'égalité :

$$1 - x + x^2 - x^3 + \ldots + (-1)^{n-1}x^{n-1} = \frac{1}{1+x} - \frac{(-x)^n}{1+x}.$$

Reconnaître dans le premier membre de l'égalité une somme de termes consécutifs d'une suite géométrique.

b. En déduire l'égalité :

$$\int_0^1 \frac{(-x)^n}{1+x}\,dx = \ln 2 - \left[1 - \frac{1}{2} + \frac{1}{3} - \cdots + \frac{(-1)^{n-1}}{n}\right].$$

2. a. Montrer, pour tout entier naturel n différent de zéro et pour tout x élément de $[0\,;1]$, la double inégalité $-x^n \leqslant \frac{(-x)^n}{1+x} \leqslant x^n$.

Distinguer les cas *n* pair et *n* impair.

b. En déduire les inégalités, $-\frac{1}{n+1} \leqslant \int_0^1 \frac{(-x)^n}{1+x}\mathrm{d}x \leqslant \frac{1}{n+1}$; et la limite, de $U_n = 1 - \frac{1}{2} + \frac{1}{3} - \ldots + \frac{(-1)^{n-1}}{n}$ quand n tend vers $+\infty$.

10 QUESTION DE COURS

★★★ | 30 min | ▸ P. 194

Soit f une fonction continue, positive et croissante sur $\mathrm{I} = [a\,;b]$.

On pose, pour tout $x_0 \in \mathrm{I}$, $F(x_0) = \int_a^{x_0} f(t)\,\mathrm{d}t$.

Autrement dit, $F(x_0)$ est l'aire du domaine délimité par les droites d'équation $x = a$, $x = x_0$, l'axe des abscisses et la courbe d'équation $y = f(x)$.

Soit $x_0 \in \mathrm{I}$.

On veut démontrer que F est dérivable en x_0 et $F'(x_0) = f(x_0)$.

1. Soit $h > 0$ et tel que $x_0 + h \in \mathrm{I}$.

a. Faire une figure. Que représente $F(x_0 + h) - F(x_0)$?

b. En déduire un encadrement de $F(x_0 + h) - F(x_0)$ faisant intervenir $f(x_0)$ et $f(x_0 + h)$.

c. En déduire la limite de $\frac{F(x_0 + h) - F(x_0)}{h}$ quand h tend vers 0^+.

2. De manière analogue, calculer la limite de $\lim\limits_{h\to 0^-} \dfrac{F(x_0+h)-F(x_0)}{h}$.

3. Conclure.

4. On appelle fonction d'erreur (utilisée en Probabilités et en Sciences Physiques) la fonction, notée *erf*, définie sur $\mathbb{R}$ par :

$$erf(x) = \frac{2}{\sqrt{\pi}}\int_0^x \mathrm{e}^{-t^2}\,\mathrm{d}t.$$

Calculer *erf*(0) et déterminer la dérivée de *erf*. En déduire les variations de la fonction *erf*.

11 MÉTHODES NUMÉRIQUES ET PYTHON | ★★★ | 45 min | ▸ P. 195

On considère une fonction f continue et positive sur un intervalle $[a\,;b]$ (avec $a<b$) et on pose $\mathrm{I} = \int_a^b f(x)\,\mathrm{d}x$.

Les méthodes numériques des rectangles et des trapèzes permettant de calculer I sont basées sur le même principe :
on subdivise l'intervalle $[a\,;b]$ en N intervalles égaux :

$$[x_0\,;x_1], [x_1\,;x_2], \ldots, [x_{N-1}\,;x_N]$$

avec

$$\begin{cases} x_0 = a, x_1 = a+h, x_2 = a+2h, \ldots, x_{k+1} = a+k\times h, \ldots, x_N = a+N\times h = b \\ h = \dfrac{b-a}{N} \end{cases}$$

et d'après la relation de Chasles, l'intégrale I s'écrit :

$$I = \sum_{k=0}^{N-1}\int_{x_k}^{x_{k+1}} f(x)\,\mathrm{d}x = \int_{x_0}^{x_1} f(x)\,\mathrm{d}x + \int_{x_1}^{x_2} f(x)\,\mathrm{d}x + \ldots + \int_{x_{N-1}}^{x_N} f(x)\,\mathrm{d}x.$$

Les méthodes diffèrent alors dans l'approximation de $\int_{x_k}^{x_{k+1}} f(x)\,\mathrm{d}x$;voici deux méthodes.

- **Méthode des rectangles**

Sur $[x_k\,;x_{k+1}]$ f est approchée par la fonction constante $x \mapsto f(x_k)$.

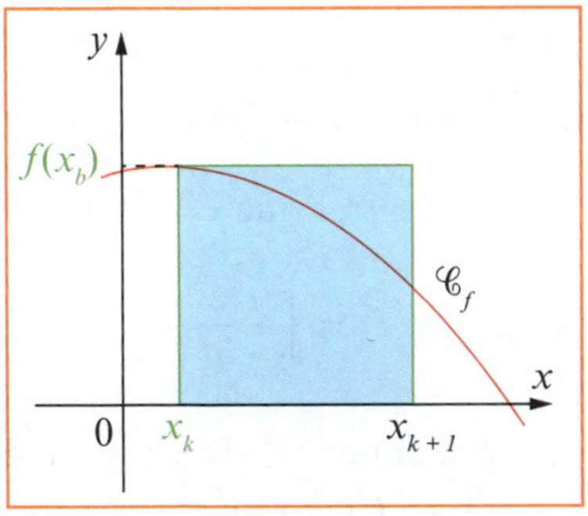

• **Méthode des trapèzes**

Sur $[x_k ; x_{k+1}]$ f est approchée par la fonction affine passant par $(x_k ; f(x_k))$ et $(x_{k+1} ; f(x_{k+1}))$.

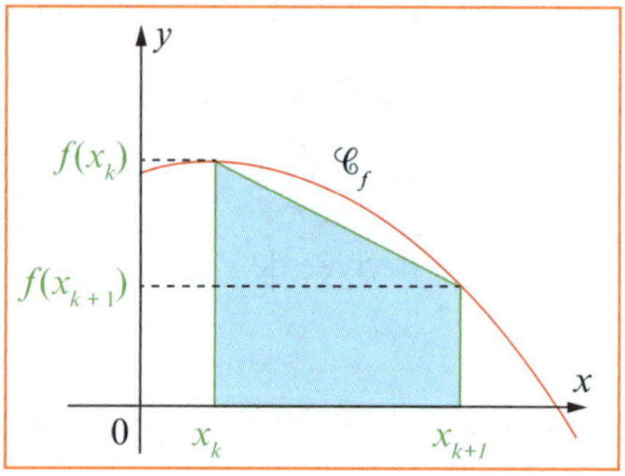

1. a. Démontrer que, pour la méthode des rectangles, $\int_{x_k}^{x_{k+1}} f(x)\,\mathrm{d}x$ est approchée par $(x_{k+1} - x_k)f(x_k)$.

b. En déduire que cette méthode revient à estimer I par :

$$R_n = h[f(a) + f(a+h) + \ldots + f(a+kh) + \ldots + f(a+(N-1)h)] \text{ avec } h = \frac{b-a}{N}.$$

2. a. Démontrer que, pour la méthode des trapèzes, $\int_{x_k}^{x_{k+1}} f(x)\,\mathrm{d}x$ est approchée par $\dfrac{(x_{k+1} - x_k)\big(f(x_k) + f(x_{k+1})\big)}{2}$.

b. En déduire que cette méthode revient à estimer I par :

$$T_n = \frac{h}{2}[f(a) + 2f(a+h) + \ldots + 2f(a+(N-1)h) + f(a+Nh)]$$

avec $h = \dfrac{b-a}{N}$.

3. Écrire, en Python, deux fonctions **rectangle(f,a,b,N)** et **trapeze(f,a,b,N)** implémentant les deux méthodes ci-dessus.

Les tester pour calculer $\int_0^2 \frac{2}{\sqrt{\pi}} \mathrm{e}^{-x^2}\,\mathrm{d}x$ (choisir $N = 300$) et les comparer entre elles et à la valeur donnée par le module math de Python : erf(2).

12 VALEUR APPROCHÉE DE EXP(1) | ★★★ | ⏱ 45 min | ▸ P. 196

On rappelle que pour tout entier $n > 0$, $n! = n \times (n-1) \times \ldots \times 2 \times 1$.

Le but de cet exercice est de montrer que $\mathrm{e} = \lim\limits_{n \to +\infty} \left(1 + \frac{1}{2!} + \ldots + \frac{1}{n!}\right)$.

On pose pour tout entier $n > 0$, $I_n = \int_0^1 \frac{t^n \mathrm{e}^{-t}}{n!}\,\mathrm{d}t$.

1. Calculer I_1.

2. a. Démontrer que pour tout entier $n > 0$ et pour tout $t \in [0 ; 1]$:

$$\frac{t^n \mathrm{e}^{-t}}{n!} \leqslant \frac{t^n}{n!}.$$

b. En déduire la limite de I_n.

Voir le paragraphe II du cours : propriété de croissance de l'intégrale.

3. À l'aide d'une intégration par parties, déterminer pour tout entier $n > 0$ une relation entre I_{n+1} et I_n.

4. Démontrer que pour tout $n \geqslant 2$,

$$I_n = 1 - e^{-1}\left(1 + \frac{1}{1!} + \frac{1}{2!} + \ldots + \frac{1}{n!}\right).$$

5. En déduire que $e = \lim\limits_{n \to +\infty}\left(1 + \frac{1}{2!} + \ldots + \frac{1}{n!}\right)$.

6. Comparer numériquement e et $1 + \frac{1}{2!} + \frac{1}{3!} + \frac{1}{4!} + \frac{1}{5!}$.

PRÉPARER UN CONTRÔLE

13 INTÉGRATION PAR PARTIES

★★ | 15 min | ▸ P. 198

1. Citer et démontrer le théorème d'intégration par parties.

Voir le paragraphe IV du cours.

2. Soit $\lambda > 0$. Pour tout réel $x > 0$, on pose :

$$I(x) = \int_0^x \lambda t e^{-\lambda t}\, dt.$$

a. À l'aide d'une intégration par parties, calculer, pour tout $x > 0$, $I(x)$.

Voir la méthode 4.

b. En déduire la limite de $I(x)$ quand x tend vers $+\infty$.

14 FONCTION DÉFINIE PAR UNE INTÉGRALE

★★ | 30 min | ▸ P. 198

On considère une fonction f dérivable sur l' intervalle $]-\infty\,;+\infty[$.
On note (Γ) sa courbe représentative dans un repère orthogonal.
On donne le tableau de ses variations.

x	$-\infty$		0		2		$+\infty$
$f'(x)$		$+$		$+$	0	$-$	
$f(x)$	$-\infty$	↗	0	↗	$1 + e^{-2}$	↘	1

Soit g la fonction définie sur $]-\infty\,;+\infty[$ par $g(x) = \int_0^x f(t)\,dt$.

Partie A.

1. Que représente g pour la fonction f ?

Voir la méthode 3.

2. a. Interpréter graphiquement $g(2)$.

Voir le paragraphe I du cours.

b. Montrer que $0 \leqslant g(2) \leqslant 2{,}5$.

Utiliser l'encadrement de *f* obtenu à l'aide du tableau de variations.

3. a. Soit x un réel supérieur à 2.
Montrer que $\int_0^x f(t)\,\mathrm{d}t \geqslant \int_2^x f(t)\,\mathrm{d}t$, puis que $\int_2^x f(t)\,\mathrm{d}t \geqslant x-2$.
En déduire que $g(x) \geqslant x-2$.
b. Déterminer la limite de la fonction g en $+\infty$.
4. Étudier le sens de variation de la fonction g sur l'intervalle $]-\infty\,;+\infty[$.

Partie B. Étude de la limite de *g* en $-\infty$

On admet que pour tout réel t, $f(t)=(t-1)\mathrm{e}^{-t}+1$.
1. a. Calculer la dérivée de la fonction $h : t \mapsto t\mathrm{e}^{-t}$.
b. En déduire une primitive F de f.
2. Vérifier que, pour tout réel x, $g(x)=x(1-\mathrm{e}^{-x})$.
3. Déterminer la limite de la fonction g en $-\infty$.

15 MÉTHODE DES RECTANGLES

★★ | 15 min | ▸ P. 199

Soit f une fonction continue et positive sur un intervalle $[a\,;b]$.

Pour calculer une valeur approchée de $I=\int_a^b f(x)\,\mathrm{d}x$, on rappelle que la méthode des rectangle consiste à :

– Subdiviser l'intervalle $[a\,;b]$ en N intervalles égaux :

$$[x_0;x_1],\ [x_1;x_2],\ \dots,\ [x_{N-1};x_N]$$

avec

$$\begin{cases} x_0=a, x_1=a+h, x_2=a+2h,\dots, x_{k+1}=a+k\times h,\dots, x_N=a+N\times h=b \\ h=\dfrac{b-a}{n} \end{cases}$$

– Une valeur approchée de I est alors donnée par la somme S de ces aires :

$$S=h\times[f(a)+f(a+h)+\dots+f(a+k\times h)+\dots+f\big(a+(N-1)\times h\big)]$$

c'est-à-dire :

$$S=h\times f(x_0)+h\times f(x_1)+\dots+h\times f(x_k)+\dots+h\times f(x_{N-1})$$

avec $h=\dfrac{b-a}{n}$.

a. Faire une figure illustrant ce procédé.

b. Soit f une fonction dont on ne connaît que le tableau de valeurs :

x	0	1	2	3	4	5
$f(x)$	10	12	11	6	3	2

À l'aide de ce tableau et de la méthode des rectangles, donner une valeur approchée de $\int_0^5 f(x)\,\mathrm{d}x$.

ALLER PLUS LOIN

16 SÉRIE HARMONIQUE

★★★ | 45 min | ▸ P. 200

L'objectif de cet exercice est d'étudier la convergence de la suite (H_N) :

$$\text{pour tout entier } n \geqslant 1, H_n = \sum_{k=1}^{n} \frac{1}{k} = 1 + \frac{1}{2} + \ldots + \frac{1}{n}.$$

1. a. Démontrer que pour tout réel $x \in [k\,; k+1]$,

$$\frac{1}{k+1} \leqslant \frac{1}{x} \leqslant \frac{1}{k}.$$

b. En déduire pour tout entier $k \geqslant 1$,

$$\frac{1}{k+1} \leqslant \int_k^{k+1} \frac{1}{x}\,\mathrm{d}x \leqslant \frac{1}{k}.$$

c. Démontrer que pour tout entier $n \geqslant 2$, $\ln(n+1) \leqslant H_n$

d. En déduire que $\lim\limits_{n\to+\infty}\left(1 + \frac{1}{2} + \ldots + \frac{1}{n}\right) = +\infty$.

2. Pour tout entier $n \geqslant 1$, on pose $S_n = H_{n-1} - \ln(n)$.

a. À l'aide de la question 1. b., démontrer que pour tout entier $k \geqslant 1$,

$$0 \leqslant \frac{1}{k} - \int_k^{k+1} \frac{1}{x}\,\mathrm{d}x \leqslant \frac{1}{k} - \frac{1}{k+1}.$$

b. En déduire que la suite (S_n) est croissante.

c. À l'aide de 2. a., démontrer que pour tout $n \geqslant 2$,

$$0 \leqslant \sum_{k=1}^{n-1} \frac{1}{k} - \ln n \leqslant 1 - \frac{1}{n}.$$

Qu'en déduit-on pour la suite (S_n) ?

d. En déduire que la suite (S_n) converge vers un réel γ.

e. Écrire une fonction nommée **constante_gamma**, en Python calculant S_n.

On donne $\gamma \approx 0{,}577\,215\,664\,901\,484$ à 10^{-12} près, calculer S_{300} et comparer.

17 FONCTION DÉFINIE PAR UNE INTÉGRALE | ★★★ | 30 min | ▸ P. 201

On définit la fonction f sur $\mathbb{R}$ par $f(x) = \dfrac{1}{1+x^2}$.

1. On définit la fonction F sur $\mathbb{R}$ par $F(x) = \displaystyle\int_0^x \frac{1}{1+t^2}\,\mathrm{d}t$.

a. Démontrer que F est impaire.

> Étudier la fonction $x \mapsto F(-x)+F(x)$.

b. Déterminer les variations de F.

2. On définit la fonction G sur $\left]-\dfrac{\pi}{2};\dfrac{\pi}{2}\right[$ par $G(x) = F(\tan x)$.

a. Démontrer que pour tout $x \in \left]-\dfrac{\pi}{2};\dfrac{\pi}{2}\right[$, $\tan'(x) = 1+\tan^2(x)$.

> On rappelle que pour tout $x \in \left]-\dfrac{\pi}{2};\dfrac{\pi}{2}\right[$, $\tan(x) = \dfrac{\sin(x)}{\cos(x)}$.

b. Calculer $G'(x)$ pour tout $x \in \left]-\dfrac{\pi}{2};\dfrac{\pi}{2}\right[$.

c. En déduire une expression simple de G.

d. En déduire la valeur de $F(1)$.

3. La méthode des rectangles pour calculer une valeur approchée de $\mathrm{I} = \displaystyle\int_a^b f(x)\,\mathrm{d}x$ consiste à calculer la somme suivante (voir l'exercice 11) :

$$S = h \times [f(a) + f(a+h) + \ldots + f(a+kh) + \ldots + f(a+Nh)]$$

$$\text{avec } h = \frac{b-a}{n}$$

Écrire un programme en Python calculant une valeur approchée de $F(1)$, puis une valeur approchée de π .

CORRIGÉS

1 CALCULS D'INTÉGRALES

a. $I_1 = [3x]_{-1}^{2} = 6 - (-3) = \mathbf{9}$.

b. $I_2 = \left[-\frac{5}{2}x^2 + x\right]_0^5 = -\frac{125}{2} + 5 - 0 = -\mathbf{\frac{115}{2}}$.

c. $I_3 = \frac{1}{2}\left[\frac{(2x+1)^3}{3}\right]_0^2 = \frac{5^3}{6} - \frac{1}{6} = \mathbf{\frac{62}{3}}$.

d. $I_4 = -\frac{1}{2}\left[\frac{1}{(2x+1)^1}\right]_0^2 = -\frac{1}{2}\left(\frac{1}{5} - 1\right) = \mathbf{\frac{4}{5}}$.

e. Pour I_5, si on pose $u(x) = x^2 + 6x + 9$, alors $u'(x) = 2x + 6$, mais on ne retrouve pas une expression de ce type dans I_6. Il faut donc chercher à mettre u sous la forme d'un carré d'une expression du premier degré.
En effet, $x^2 + 6x + 9 = (x+3)^2$, d'où :

$$I_5 = \int_0^1 \frac{1}{x^2 + 6x + 9}\,dx = \int_0^1 \frac{1}{(x+3)^2}\,dx = \left[\frac{-1}{x+3}\right]_0^1 = -\frac{1}{4} + \frac{1}{3} = \mathbf{\frac{1}{12}}.$$

f. $I_6 = \int_0^{\frac{\pi}{4}} \frac{\sin(x)}{\cos(x)}\,dx = [-\ln|\cos(x)|]_0^{\frac{\pi}{4}} = -\ln\frac{\sqrt{2}}{2} + \ln(1)$.

Puisque pour tout $a > 0$ et tout $b > 0$, $\ln\left(\frac{a}{b}\right) = \ln(a) - \ln(b)$ et $\ln\left(\sqrt{a}\right) = \frac{1}{2}\ln(a)$, alors :

$$I_6 = -\left(\ln\left(\sqrt{2}\right) - \ln 2\right) = -\left(\frac{\ln 2}{2} - \ln 2\right) = \mathbf{\frac{\ln 2}{2}}.$$

g. $I_7 = \int_0^1 \frac{2x+1}{x^2+x+1}\,dx = \left[\ln\left|x^2+x+1\right|\right]_0^1$.

L'expression, pour tout réel x, $x^2 + x + 1 > 0$ car $\Delta = -3$, donc :

$$I_7 = \left[\ln\left(x^2+x+1\right)\right]_0^1 = \ln(3) - \ln(1) = \mathbf{\ln 3}.$$

h. $I_8 = \frac{1}{2}\int_{e}^{e^2} 2\ln x \times \frac{1}{x}\,dx = \frac{1}{2}\left[(\ln x)^2\right]_e^{e^2} = \frac{2^2 - 1^2}{2} = \mathbf{\frac{3}{2}}$.

> Il fallait remarquer qu'en posant $u(x) = \ln(x)$, alors $u'(x) = \frac{1}{x}$ et donc $x \mapsto \frac{\ln(x)}{x}$ est du type $u'u$.

i. $I_9 = \int_e^{e^2} \frac{1}{x\ln(x)}\,dx = [\ln(|\ln x|)]_e^{e^2} = \ln 2 - \ln 1 = \mathbf{\ln 2}$.

> Ici, $x \mapsto \frac{1}{x\ln(x)}$ est du type $\frac{u'}{u}$.

j. $I_{10} = \int_0^1 e^{2x+1}\,dx = \frac{1}{2}\left[e^{2x+1}\right]_0^1 = \mathbf{\frac{e^3 - e}{2}}$.

k. $I_{11} = \int_0^{\ln(3)} \frac{e^x}{(e^x+1)^2}\,dx = -\left[\frac{1}{e^x+1}\right]_0^{\ln(3)} = -\frac{1}{4} + \frac{1}{2} = \mathbf{\frac{1}{4}}$.

> Ici, $x \mapsto \frac{e^x}{(e^x+1)^2}$ est du type $\frac{u'}{u^2}$.

2 INTÉGRALES DE FONCTIONS TRIGONOMÉTRIQUES

a. $J_1 = [\sin(x)]_0^{\pi} = \sin \pi - \sin 0 = 0 - 0 = \mathbf{0}$.

b. $J_2 = [-\cos(x)]_0^{\pi} = -(-1) - (-1) = \mathbf{2}$.

c. $J_3 = \left[-\dfrac{\cos(2x)}{2}\right]_0^{\frac{\pi}{4}} = 0 - \left(-\dfrac{1}{2}\right) = \mathbf{\dfrac{1}{2}}$.

d. $J_4 = \left[\dfrac{\sin(3x)}{3}\right]_0^{\frac{\pi}{3}} = 0 - 0 = \mathbf{0}$.

3 VALEUR MOYENNE

a. $\dfrac{1}{5}\displaystyle\int_0^5 x^2\,\mathrm{d}x = \dfrac{1}{5}\left[\dfrac{x^3}{3}\right]_0^5 = \mathbf{\dfrac{25}{3}}$

b. $\dfrac{1}{\pi}\displaystyle\int_0^{\pi} \sin(x)\,\mathrm{d}x = \dfrac{1}{\pi}[-\cos(x)]_0^{\pi} = \mathbf{\dfrac{2}{\pi}}$

c. $\dfrac{1}{2\pi}\displaystyle\int_0^{2\pi} \sin(x)\,\mathrm{d}x = \dfrac{1}{2\pi}[-\cos(x)]_0^{2\pi} = \mathbf{0}$

d. $\displaystyle\int_0^1 \mathrm{e}^x\,\mathrm{d}x = [\mathrm{e}^x]_0^1 = \mathbf{e - 1}$

4 AIRE ENTRE DEUX COURBES

L'aire du domaine cherché, exprimée en unité d'aire, est donnée égale à la différence entre les aires sous les courbes :

$\mathrm{I} = \displaystyle\int_0^1 x\,\mathrm{d}x - \int_0^1 x^2\,\mathrm{d}x.$

D'après la propriété de linéarité de l'intégrale :

$$I = \int_0^1 (x - x^2)\,\mathrm{d}x = \left[\frac{x}{2} - \frac{x^3}{3}\right]_0^1 = \frac{1}{2} - \frac{1}{3} = \mathbf{\frac{1}{6}}.$$

5 INTÉGRATION PAR PARTIES

a. On pose $u'(x) = x$ et $v(x) = \ln(x)$; on choisit $u(x) = \dfrac{x^2}{2}$ et on a $v'(x) = \dfrac{1}{x}$.

Les fonctions u, u', v, v' étant continues sur $[1;\mathrm{e}]$, on obtient par intégration par parties :

$I = \displaystyle\int_1^{\mathrm{e}} x\ln(x)\,\mathrm{d}x = \left[\frac{x^2}{2} \times \ln(x)\right]_1^{\mathrm{e}} - \int_1^{\mathrm{e}} \frac{x^2}{2} \times \frac{1}{x}\,\mathrm{d}x = \frac{\mathrm{e}^2}{2} - \left[\frac{x^2}{4}\right]_1^{\mathrm{e}} = \mathbf{\frac{e^2 + 1}{4}}.$

b. On pose $u'(x) = \mathrm{e}^x$ et $v(x) = x$; on choisit $u(x) = \mathrm{e}^x$ et on a $v'(x) = 1$.

Les fonctions u, u', v, v' étant continues sur $[1;2]$, on obtient par intégration par parties :

$$I = \int_1^2 x\mathrm{e}^x\,\mathrm{d}x = [x\mathrm{e}^x]_1^2 - \int_1^2 \mathrm{e}^x\,\mathrm{d}x = 2\mathrm{e}^2 - \mathrm{e} - \mathrm{e}^2 + \mathrm{e} = \mathbf{e^2}.$$

c. Posons $u'(x) = \sin(x)$ et $v(x) = x^2$. On choisit $u(x) = -\cos(x)$, et on a $v'(x) = 2x$.

Les fonctions u, u', v, v' étant continues sur $[0;\pi]$, on obtient par intégration par parties :

$I = \displaystyle\int_0^{\pi} x^2 \sin(x)\,\mathrm{d}x = [-x^2\cos(x)]_0^{\pi} - \int_0^{\pi} -\cos(x)2x\,\mathrm{d}x = \pi^2 + \int_0^{\pi} \cos(x)2x\,\mathrm{d}x.$

On pose ensuite deux nouvelles fonctions u et v : $u'(x) = \cos(x)$ et $v(x) = 2x$; alors $u(x) = \sin(x)$ et $v'(x) = 2$.

$I = \pi^2 + \left([2x\sin(x)]_0^{\pi} - \displaystyle\int_0^{\pi} \sin(x) \times 2\,\mathrm{d}x\right) = \pi^2 + 0 - 2[-\cos(x)]_0^{\pi} = \mathbf{\pi^2 - 4}.$

6 VALEUR MOYENNE EN SCIENCES

$$U_{eff} = \sqrt{\frac{1}{T}\int_0^T u^2(t)\,dt} = \sqrt{\frac{1}{T}\left(\int_0^{T/2} u^2(t)\,dt + \int_{T/2}^T u^2(t)\,dt\right)}$$

$$= \sqrt{\frac{1}{T}\left(\int_0^{T/2} U^2{}_{max}\,dt + \int_{T/2}^T 0\,dt\right)} = \sqrt{\frac{1}{T}\int_0^{\frac{T}{2}} U^2{}_{max}\,dt}$$

$$= \sqrt{\frac{1}{T}\times\frac{T}{2}U^2{}_{max}}$$

$$= \sqrt{\frac{\boldsymbol{U^2_{max}}}{\boldsymbol{2}}} = \frac{\boldsymbol{U_{max}}}{\boldsymbol{\sqrt{2}}}.$$

7 FONCTION DÉFINIE PAR UNE INTÉGRALE

1. $f(1) = \int_1^1 \ln t\,dt = \mathbf{0}$ (l'aire sous la courbe est nulle)

2. Sur $]1;+\infty[$, $x > 1$, donc pour tout $t \in]1;x[$, $\ln(t) > 0$ sur $]1;+\infty[$ et l'intégrale d'une fonction positive sur un intervalle est positive, donc :

$$f(x) = \int_1^x \ln t\,dt > 0.$$

Sur $]0;1[$, $x < 1$, donc pour tout $t \in]x;1[$, $\ln(t) < 0$ et l'intégrale d'une fonction négative sur un intervalle est négative, donc $\int_x^1 \ln t\,dt < 0$.

De plus, $f(x) = -\int_x^1 \ln t\,dt$, donc $\boldsymbol{f(x) > 0}$ **sur** $\mathbf{]0\,;1[}$.

3. Pour tout $x > 0$, $\boldsymbol{f'(x) = \ln(x)}$.

4.

x	0		1		$+\infty$
$f'(x)$	‖	$-$	0	$+$	
$f(x)$	‖	↘	0	↗	

0 étant le minimum de $f(x)$, et f étant strictement décroissante sur $]0;1[$, et strictement croissante sur $]1;+\infty[$, on retrouve bien le résultat du 2.

5. On pose $u'(t) = 1$ et $v(t) = \ln(t)$, alors $u(t) = t$ et $v'(t) = \frac{1}{t}$.

Les fonctions étant continues sur $]0;+\infty[$, on obtient par intégration par parties : pour tout réel $x > 0$,

$$f(x) = [t\times\ln(t)]_1^x - \int_1^x t\times\frac{1}{t}\,dt = x\times\ln(x) - 1\times\ln(1) - \int_1^x 1\,dt.$$

Donc $f(x) = x\times\ln(x) - (x-1) = x\times\ln(x) - x + 1$.

6. a. $f(e) = e\ln(e) - e + 1 = e\times 1 - e + 1 = 1$.

b. $\lim_{x\to 0^+} x\ln(x) = 0$ et $\lim_{x\to 0^+} -x+1 = 1$ donc, par somme,

$$\lim_{x\to 0^+} \boldsymbol{f(x) = 1}.$$

c. On écrit pour tout réel $x > 0$, $f(x) = x(\ln(x) - 1) + 1$
or $\lim_{x\to+\infty} \ln(x) - 1 = +\infty$ et $\lim_{x\to+\infty} x = +\infty$ donc, par produit,

$$\lim_{x\to+\infty} \boldsymbol{f(x) = +\infty}.$$

8 FONCTIONS TRIGONOMÉTRIQUES

1. • $\cos x = \sin x \Leftrightarrow \cos(x) = \cos\left(\frac{\pi}{2} - x\right)$

$$\Leftrightarrow x = \frac{\pi}{2} - x + 2k\pi, k \in \mathbb{Z} \text{ ou } x = -\left(\frac{\pi}{2} - x\right) + 2k\pi, k \in \mathbb{Z}$$

$$\Leftrightarrow x = \frac{\pi}{4} + k\pi,\ k \in \mathbb{Z} \text{ ou } 0 = -\frac{\pi}{2} + 2k\pi,\ k \in \mathbb{Z} \text{ (impossible)}$$

Les solutions dans $[0\,;2\pi]$ de l'équation $\cos x = \sin x$ sont donc :

$$\boldsymbol{\frac{\pi}{4} \text{ et } \frac{\pi}{4} + \pi = \frac{5\pi}{4}}.$$

• La fonction $x \mapsto \cos(x) - \sin(x)$ est continue sur $[0\,;2\pi]$. Elle est donc de signe constant sur chacun des intervalles sur lesquels elle ne s'annule pas.

Ainsi, sur $\left[0\,;\frac{\pi}{4}\right[$, $\cos(x) - \sin(x)$ est du signe de $\cos(0) - \sin(0) = 1$.

Donc $\cos x - \sin x$ est strictement positif sur $\left[0\,;\frac{\pi}{4}\right[$ et $\cos x > \sin(x)$ sur $\left[0\,;\frac{\pi}{4}\right[$.

2. a. $I(a) - J(a) = \int_0^a \frac{\cos x - \sin x}{\cos x - \sin x}\,dx = \int_0^a 1\,dx = [x]_0^a = a.$

$$I(a) + J(a) = \int_0^a \frac{\cos x}{\cos x - \sin x}\,dx + \int_0^a \frac{\sin x}{\cos x - \sin x}\,dx = \int_0^a \frac{\cos x + \sin x}{\cos x - \sin x}\,dx,$$

$$= -\int_0^a \frac{u'(x)}{u(x)}\,dx, \text{ où } u(x) = \cos x - \sin x, \text{ d'où :}$$

$$I(a) + J(a) = -[\ln|\cos x - \sin x|]_0^a = -\ [\ln(\cos x - \sin x)]_0^a$$

$\left(\text{car } \cos x - \sin x \text{ est strictement positif sur } \left[0\,;\frac{\pi}{4}\right[\right)$.

Donc $I(a) + J(a) = -\ln(\cos a - \sin a) + \ln(1)$

$$\boldsymbol{I(a) + J(a) = -\ln(\cos a - \sin a).}$$

b. $\begin{cases} I(a) + J(a) = -\ln(\cos a - \sin a) \\ I(a) - J(a) = a \end{cases} \Leftrightarrow \begin{cases} a + 2J(a) = -\ln(\cos a - \sin a) \\ I(a) = a + J(a) \end{cases}$

$$\Leftrightarrow \begin{cases} \boldsymbol{J(a) = \dfrac{-\ln(\cos a - \sin a) - a}{2}} \\ \boldsymbol{I(a) = \dfrac{-\ln(\cos a - \sin a) + a}{2}} \end{cases}$$

c. $\lim\limits_{a \to \frac{\pi}{4}} (\cos a - \sin a) = 0^+$, donc $\lim\limits_{a \to \frac{\pi}{4}} -\ln(\cos a - \sin a) = +\infty$.

Donc $I(a)$ et $J(a)$ tendent vers $+\infty$ quand a tend vers $\frac{\pi}{4}$.

9 SOMMES DE TERMES

1. a. Soit $x \neq -1$,

$$1 - x + x^2 - x^3 + \ldots + (-1)^{n-1} x^{n-1} = 1 + (-x) + (-x)^2 + (-x)^3 + \ldots + (-x)^{n-1}.$$

Il s'agit de la somme des termes de la suite géométrique de raison $-x$ et de premier terme 1, donc elle est égale à $\frac{1-(-x)^n}{1-(-x)} = \frac{1-(-x)^n}{1+x}$ d'où :

$$\boldsymbol{1 - x + x^2 - x^3 + \ldots + (-1)^n x^{n-1} = \frac{1}{1+x} - \frac{(-x)^n}{1+x}.}$$

b. $\dfrac{(-x)^n}{1+x} = \dfrac{1}{1+x} - \left(1 - x + x^2 - x^3 + \ldots + (-1)^{n-1} x^{n-1}\right)$ donc :

$$\int_0^1 \frac{(-x)^n}{1+x}\,\mathrm{d}x = \int_0^1 \frac{1}{1+x} - \left(1 - x + x^2 + x^3 + \ldots + \left(-1^{n-1}\right)x^{n-1}\right)\mathrm{d}x$$

$$= [\ln\,(1+x)]_0^1 - \left[x - \frac{x^2}{2} + \frac{x^3}{3} - \frac{x^4}{4} + \ldots + (-1)^{n-1}\frac{x^n}{n}\right]_0^1$$

$$\boldsymbol{\int_0^1 \frac{(-x)^n}{1+x}\,\mathrm{d}x = \ln 2 - \left(1 - \frac{1}{2} + \frac{1}{3} - \frac{1}{4} + \ldots + \frac{(-1)^{n-1}}{n}\right).}$$

2. a. Soit $x \in [0\,;1]$ et $n \in \mathbb{N}^*$.

- Si n est pair, alors $(-x)^n = x^n$.

Or, $1 \leqslant 1 + x \Rightarrow 1 \geqslant \dfrac{1}{1+x} \Rightarrow x^n \geqslant \dfrac{x^n}{1+x}$ (car $x^n \geqslant 0$) d'où :

$$0 \leqslant \frac{x^n}{1+x} \leqslant x^n, \text{ et donc } -x^n \leqslant \frac{(-x)^n}{1+x} \leqslant x^n.$$

- Si n est impair, alors $(-x)^n = -x^n$.

Or, $1 \leqslant 1 + x \Rightarrow 1 \geqslant \dfrac{1}{1+x} \Rightarrow x^n \geqslant \dfrac{x^n}{1+x}$ (car $x^n \geqslant 0$) $\Rightarrow -x^n \leqslant \dfrac{-x^n}{1+x}$, d'où :

$$-x^n \leqslant \frac{-x^n}{1+x} \leqslant 0 \leqslant x^n, \text{ soit } -x^n \leqslant \frac{(-x)^n}{1+x} \leqslant x^n.$$

Finalement, pour tout $x \in [0\,;1]$ et $n \in \mathbb{N}^*$:

$$\boldsymbol{-x^n \leqslant \frac{(-x)^n}{1+x} \leqslant x^n.}$$

b. On en déduit (croissance de l'intégrale) que :

$$\int_0^1 -x^n\,\mathrm{d}x \leqslant \int_0^1 \frac{(-x)^n}{1+x}\,\mathrm{d}x \leqslant \int_0^1 x^n\,\mathrm{d}x$$

$$\left[-\frac{x^{n+1}}{n+1}\right]_0^1 \leqslant \int_0^1 \frac{(-x)^n}{1+x}\,\mathrm{d}x \leqslant \left[\frac{x^{n+1}}{n+1}\right]_0^1$$

$$\boldsymbol{-\frac{1}{n+1} \leqslant \int_0^1 \frac{(-x)^n}{1+x}\,\mathrm{d}x \leqslant \frac{1}{n+1}.}$$

De plus, $\displaystyle\int_0^1 \frac{(-x)^n}{1+x}\,\mathrm{d}x = \ln 2 - \left(1 - \frac{1}{2} + \frac{1}{3} - \frac{1}{4} + \ldots + \frac{(-1)^{n-1}}{n}\right) = \ln 2 - U_n$ d'où :

$$U_n = \ln 2 - \int_0^1 \frac{(-x)^n}{1+x}\,\mathrm{d}x.$$

Or,

$$-\frac{1}{n+1} \leqslant \int_0^1 \frac{(-x)^n}{1+x}\,\mathrm{d}x \leqslant \frac{1}{n+1} \text{ avec } \lim_{n\to+\infty} -\frac{1}{n+1} = \lim_{n\to+\infty} \frac{1}{n+1} = 0.$$

Donc d'après le théorème des gendarmes, $\displaystyle\lim_{n\to\infty} \int_0^1 \frac{(-x)^n}{1+x}\,\mathrm{d}x = 0$.

D'où :

$$\boldsymbol{\lim_{n\to+\infty} U_n = \ln 2 - 0 = \ln 2.}$$

10 QUESTION DE COURS

1. a. $F(x_0+h)-F(x_0)$ est l'aire du domaine compris entre l'axe des abscisses, la courbe d'équation $y=f(x)$ les droites d'équations :

$$x=x_0 \text{ et } x=x_0+h.$$

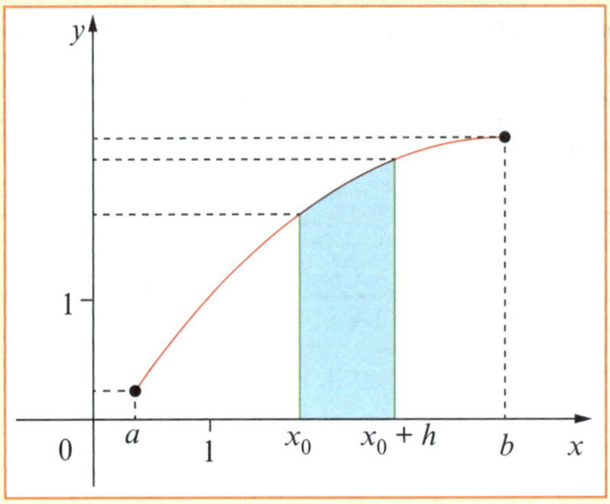

b. L'aire du domaine est comprise entre les deux rectangles de base $[x_0\,;x_0+h]$ et de longueurs respectivement $f(x_0)$ et $f(x_0+h)$:

$$f(x_0)h \leqslant F(x_0+h)-F(x_0) \leqslant f(x_0+h)h$$

c. Or $h>0$, on obtient en divisant chaque membre de l'inégalité par h :

$$f(x_0) \leqslant \frac{F(x_0+h)-F(x_0)}{h} \leqslant f(x_0+h)$$

Or f est continue sur $[a\,;b]$, donc $\lim\limits_{h\to 0^+} f(x_0+h)=f(x_0)$ et en appliquant le théorème des gendarmes à l'inégalité ci-dessus, on en déduit :

$$\lim_{h\to 0^+}\frac{F(x_0+h)-F(x_0)}{h}=f(x_0).$$

2. Soient $x_0\in[a\,;b]$ et $h<0$ tel que $x_0+h\in[a\,;b]$, de manière analogue à la question **1**: le réel $F(x_0+h)-F(x_0)$ est compris entre les deux rectangles de base $[x_0+h\,;x_0]$ et de longueurs respectivement $f(x_0+h)$ et $f(x_0)$ c'est-à-dire :

$$f(x_0+h)\times(-h) \leqslant F(x_0)-F(x_0+h) \leqslant f(x_0)\times(-h)$$

Or $-h>0$, on obtient en divisant chaque membre de l'inégalité par h :

$$f(x_0+h) \leqslant \frac{F(x_0)-F(x_0+h)}{-h} \leqslant f(x_0).$$

C'est-à-dire :

$$f(x_0+h) \leqslant \frac{F(x_0+h)-F(x_0)}{h} \leqslant f(x_0).$$

Or f est continue sur $[a\,;b]$, donc $\lim\limits_{h\to 0^-} f(x_0+h)=f(x_0)$ et en appliquant le théorème des gendarmes à l'inégalité ci-dessus, on en déduit :

$$\lim_{h\to 0^-}\frac{F(x_0+h)-F(x_0)}{h}=f(x_0).$$

3. Puisque $\lim_{h\to 0^-}\frac{F(x_0+h)-F(x_0)}{h}=f(x_0)$ et que $\lim_{h\to 0^+}\frac{F(x_0+h)-F(x_0)}{h}=f(x_0)$,

alors $\lim_{h\to 0}\frac{F(x_0+h)-F(x_0)}{h}=f(x_0)$.

Donc F est dérivable en x_0 et $F'(x_0)=f(x_0)$.

4. $erf(0)=\frac{2}{\sqrt{\pi}}\int_0^0 e^{-t^2}\,dt=0$ et pour tout réel x,

$$erf'(x)=\frac{2}{\sqrt{\pi}}e^{-x^2}>0.$$

Donc la fonction *erf* est strictement croissante sur $\mathbb{R}$.

11 MÉTHODES NUMÉRIQUES ET PYTHON

1.a. Il s'agit d'approcher $\int_{x_k}^{x_{k+1}} f(x)\,dx$ par l'aire du rectangle de base $[x_k\,;x_{k+1}]$ et de longueur $f(x_k)$, donc par :

$$(x_{k+1}-x_k)f(x_k)=h\times f(x_k).$$

b. On en déduit que l'intégrale $\int_a^{a+h} f(x)\,dx$ est approchée par $hf(a)$, l'intégrale $\int_{a+h}^{a+2h} f(x)\,dx$ par $hf(a+h)$,…, et $\int_{a+(N-1)h}^{a+Nh} f(x)\,dx$ par $hf(a+(N-1)h)$.

D'après la relation de Chasles et comme $b=a+Nh$ alors :

$$I=\int_a^{a+h} f(x)\,dx+\int_{a+h}^{a+2h} f(x)\,dx+\ldots+\int_{a+(N-1)h}^{a+Nh} f(x)\,dx$$

Donc I est approchée, par la somme de ces rectangles :

$$R_n=h[f(a)+f(a+h)+\ldots+f(a+kh)+\ldots+f(a+(N-1)h)]$$

2. a. Ici $\int_{x_k}^{x_{k+1}} f(x)\,dx$ est approchée par l'aire du trapèze de hauteur $h=x_{i+1}-x_i$ et de bases de longueur $f(x_k)$ et $f(x_{k+1})$ donc par :

$$\frac{(x_{k+1}-x_k)\big(f(x_k)+f(x_{k+1})\big)}{2}.$$

b. De manière analogue à la question **1. b.**, I est approchée par la somme des aires de N trapèze soit par :

$$T_n=\frac{h\times[f(a)+f(a+h)]}{2}+\frac{h\times[f(a+h)+f(a+2h)]}{2}+\ldots+\frac{h\times[f(a+(N-1)h)+f(a+Nh)]}{2}$$

c'est-à-dire :

$$T_n=\frac{h}{2}\Big[f(a)+2f(a+h)+\ldots+2f(a+(N-1)h)+f(a+Nh)\Big].$$

3.

```
from math import *
def gaussienne(x):
  return 2*exp(-x**2)/sqrt(pi)
def rectangle(f,a,b,N):
        h = (b-a)/N
        S = 0
  for k in range(N):
          S = S+f(a+k*h)
  return h*S
def trapeze(f,a,b,N):
        h = (b-a)/N
        S = f(a) + f(b)
  for k in range(1,N):
          S = S + 2*f(a+k*h)
  return h*S/2
```

```
# Tests des méthodes des rectangles et des trapèzes
print("l'aire cherchée est égale à ",erf(2))
aire1=rectangle(gaussienne,0,2,300)
print("l'aire donnée par la méthode des rectangles est ",aire1)
aire2=trapeze(gaussienne,0,2,300)
print("l'aire donnée par la méthode des trapèzes est ",aire2)
```

On constate que la méthode des trapèzes est ici plus précise : erreur relative inférieure à $3{,}1\times10^{-7}$ contre 0,0036 pour la méthode des rectangles.

12 VALEUR APPROCHÉE DE EXP(1)

1. On pose $u'(t) = \mathrm{e}^{-t}$ et $v(t) = t$, donc $u(t) = -\mathrm{e}^{-t}$ et $v'(t) = 1$.
Les fonctions u, u', v', étant continues sur $[0\,;1]$, par intégration par parties, on obtient :

$$I_1 = \int_0^1 t\mathrm{e}^{-t}\,\mathrm{d}t = \left[t(-\mathrm{e}^{-t})\right]_0^1 - \int_0^1 -\mathrm{e}^{-t}\,\mathrm{d}t = -\mathrm{e}^{-1} - \left[\mathrm{e}^{-t}\right]_0^1 = \mathbf{1 - 2e^{-1}}\ .$$

2. a. Soit $n \in \mathbb{N}^*$ et soit t [0 ; 1].
Comme $-t \leqslant 0$ alors, par croissance de la fonction exp, $\mathrm{e}^{-t} \leqslant \mathrm{e}^{0}$.
En multipliant par le réel positif ou nul $\dfrac{t^n}{n!}$, on obtient : $\dfrac{t^n\mathrm{e}^{-t}}{n!} \leqslant \dfrac{t^n}{n!}$

Ainsi pour tout $t \in [0\,;1]$, on a :

$$\mathbf{0 \leqslant \frac{t^n e^{-t}}{n!} \leqslant \frac{t^n}{n!}}.$$

b. Par croissance de l'intégrale : $0 \leqslant \int_0^1 \frac{t^n e^{-t}}{n!} dt \leqslant \int_0^1 \frac{t^n}{n!} dt$.

Donc $0 \leqslant I_n \leqslant \left[\frac{t^{n+1}}{(n+1)!}\right]_0^1$, c'est-à-dire $0 \leqslant I_n \leqslant \frac{1}{(n+1)!}$.

Or $\lim_{n \to +\infty} \frac{1}{(n+1)!} = 0$. Donc, d'après le théorème des gendarmes,

$$\lim_{n \to +\infty} I_n = 0.$$

3. Soit $n \in \mathbb{N}^*$,

On pose $u'(t) = e^{-t}$ et $v(t) = \frac{t^{n+1}}{(n+1)!}$, alors $u(t) = -e^{-t}$ et $v'(t) = \frac{t^n}{n!}$

Les fonctions u, u', v, v' étant continues sur $[0;1]$:

$$I_{n+1} = \left[-e^{-t} \times \frac{t^{n+1}}{(n+1)!}\right]_0^1 - \int_0^1 -e^{-t} \times \frac{t^n}{n!} dt = -\frac{e^{-1}}{(n+1)!} + I_n.$$

4. Démontrons par récurrence que pour tout $n \geqslant 2$:

$$I_n = 1 - e^{-1}\left(1 + \frac{1}{1!} + \frac{1}{2!} + \ldots + \frac{1}{n!}\right).$$

• D'après la question **3.**,

$$I_2 = -\frac{e^{-1}}{2!} + I_1 = -\frac{e^{-1}}{2!} + 1 - 2e^{-1} = 1 - e^{-1}\left(1 + 1 + \frac{1}{2!}\right).$$

Donc la propriété est vraie au rang 2.

• Supposons qu'il existe un rang $n \geqslant 2$ tel que $I_n = 1 - e^{-1}\left(1 + \frac{1}{1!} + \frac{1}{2!} + \ldots + \frac{1}{n!}\right)$ (hypothèse de récurrence) et montrons qu'alors :

$$I_{n+1} = 1 - e^{-1}\left(1 + \frac{1}{1!} + \frac{1}{2!} + \ldots + \frac{1}{(n+1)!}\right).$$

D'après la question **3.**,

$$I_{n+1} = -\frac{e^{-1}}{(n+1)!} + I_n$$

$$= -\frac{e^{-1}}{(n+1)!} + 1 - e^{-1}\left(1 + \frac{1}{1!} + \frac{1}{2!} + \ldots + \frac{1}{n!}\right) \text{ (par hypothèse de récurrence)}$$

$$= 1 - e^{-1}\left(1 + \frac{1}{1!} + \frac{1}{2!} + \ldots + \frac{1}{(n+1)!}\right).$$

Ainsi, on conclut que pour tout entier $n \geqslant 2$,

$$I_n = 1 - e^{-1}\left(1 + \frac{1}{1!} + \frac{1}{2!} + \ldots + \frac{1}{n!}\right).$$

5. Or $\lim_{n \to +\infty} I_n = 0$, donc $\lim_{n \to +\infty} 1 - e^{-1}\left(1 + \frac{1}{1!} + \frac{1}{2!} + \ldots + \frac{1}{n!}\right) = 0$.

D'où $\lim_{n \to +\infty} e^{-1}\left(1 + \frac{1}{1!} + \frac{1}{2!} + \ldots + \frac{1}{n!}\right) = 1$ et $\lim_{n \to +\infty}\left(1 + \frac{1}{1!} + \frac{1}{2!} + \ldots + \frac{1}{n!}\right) = e$.

6. $e \approx 2{,}718$ à 10^{-3} près et $1 + \frac{1}{2!} + \frac{1}{3!} + \frac{1}{4!} + \frac{1}{5!} \approx 2{,}717$ à 10^{-3} près.

Soit une erreur relative de 0,001.

13 INTÉGRATION PAR PARTIES

1. Soient u et v deux fonctions dérivables et de dérivées continues sur l'intervalle $[a\,;b]$ (avec $a<b$) alors :

$$\int_a^b \boldsymbol{u'(x)\times v(x)\,\mathrm{d}x = [u(x)\times v(x)]_a^b - \int_a^b u(x)\times v'(x)\,\mathrm{d}x}.$$

On sait que si F est une primitive de la fonction continue f, alors :

$$\int_a^b f(t)\,\mathrm{d}t = [F(t)]_a^b = F(b)-F(a).$$

Or, $u\times v$ est une primitive de la fonction $u'\times v+u\times v'$. D'où :

$$[u(x)\times v(x)]_a^b = \int_a^b (u'(x)\times v(x)+u(x)\times v'(x))\,\mathrm{d}x$$

$$= \int_a^b u'(x)\times v(x)\,dx + \int_a^b u(x)\times v'(x)\,\mathrm{d}x.$$

D'où : $\displaystyle\int_a^b \boldsymbol{u'(x)\times v(x)\,\mathrm{d}x = [u(x)\times v(x)]_a^b - \int_a^b u(x)\times v'(x)\,\mathrm{d}x}.$

2. Soit $x>0$.

a. On pose $u'(t)=\lambda \mathrm{e}^{-\lambda t}$ et $v(t)=t$, donc $u(t)=-\mathrm{e}^{-\lambda t}$ et $v'(t)=1$.
Les fonctions u, u', v, v' étant continues sur $[0\,;1]$, par intégration par parties, on obtient :

$$I(x)=\left[-t\mathrm{e}^{-\lambda t}\right]_0^x - \int_0^x -\mathrm{e}^{-\lambda t}\,\mathrm{d}t = -x\mathrm{e}^{-\lambda x} - \left[\frac{\mathrm{e}^{-\lambda t}}{\lambda}\right]_0^x = \frac{1}{\lambda}-\frac{\mathrm{e}^{-\lambda x}}{\lambda} - x\mathrm{e}^{-\lambda x}.$$

b. $\lambda>0$ et on sait que $\lim\limits_{x\to+\infty}\mathrm{e}^{-\lambda x}=0$ et que $\lim\limits_{x\to+\infty} x\mathrm{e}^{-\lambda x} = \lim\limits_{x\to+\infty}\frac{x}{\mathrm{e}^{\lambda x}}=0$ (théorème des croissances comparées), alors $\lim\limits_{x\to+\infty} I(x)=\frac{1}{\lambda}$.

14 FONCTION DÉFINIE PAR UNE INTÉGRALE

Partie A.

1. g est la primitive de f qui s'annule en 0.

2. a. f est positive sur $[0\,;2]$, donc $g(2)=\int_0^2 f(t)\,\mathrm{d}t$ est égale à l'aire comprise entre les droites d'équation $x=0$, $x=2$, l'axe des abscisses et $\mathscr{C}_f$.

b. Sur $[0\,;2]$, f est positive, donc $0\leqslant g(2)$. De plus, le maximum de f sur cet intervalle est égal à $1+\mathrm{e}^{-2}$, donc pour tout $t\in[0\,;2]$, $f(t)\leqslant 1+\mathrm{e}^{-2}$.
D'où $\int_0^2 f(t)\,\mathrm{d}t \leqslant \int_0^2 \left(1+\mathrm{e}^{-2}\right)\mathrm{d}t$ par croissance de l'intégrale, c'est-à-dire

$g(2)\leqslant 2\times\left(1+\mathrm{e}^{-2}\right)$. Or, $1+\mathrm{e}^{-2}\approx 1{,}135<1{,}25$, d'où $\boldsymbol{g(2)\leqslant 2{,}5}$.

3. a. Soit $x>2$, alors $\int_0^x f(t)\,\mathrm{d}t = \int_0^2 f(t)\,\mathrm{d}t + \int_2^x f(t)\,\mathrm{d}t = g(2)+\int_2^x f(t)\,\mathrm{d}t$,

donc d'après le **2. b.**, $\int_0^x f(t)\,\mathrm{d}t \geqslant \int_2^x f(t)\,\mathrm{d}t$.

Or, si $t>2$, d'après le tableau de variations, $f(t)\geqslant 1$, donc :

$$\int_2^x f(t)\,\mathrm{d}t \geqslant \int_2^x 1\,\mathrm{d}t \iff \int_2^x f(t)\,\mathrm{d}t \geqslant [t]_2^x \iff \int_2^x f(t)\,\mathrm{d}t \geqslant x-2.$$

Ainsi $\boldsymbol{g(x)\geqslant x-2}$.

b. D'après le **a.**, $g(x) \geqslant (x-2)$ pour tout $x \geqslant 2$.
Mais $x-2$ tend vers $+\infty$ quand x tend vers $+\infty$, donc par comparaison, $\lim\limits_{x \to +\infty} \boldsymbol{g(x) = +\infty}$.

4. $g(x) = \int_0^x f(t)\,\mathrm{d}t$, donc $g'(x) = f(x)$.

D'après le tableau de variations de f, on déduit son signe, et donc les variations de g sur $\mathbb{R}$:

x	$-\infty$		0		$+\infty$
$g'(x) = f(x)$		$-$	0	$+$	
$g(x)$	↘		0	↗	$+\infty$

Partie B.

1. a. Pour tout $t \in \mathbb{R}$,
$$h'(t) = 1 \times \mathrm{e}^{-t} + t \times \left(-\mathrm{e}^{-t}\right) = (1-t)\mathrm{e}^{-t}.$$

b. On en déduit qu'une primitive de f est définie sur $\mathbb{R}$ par :
$$\boldsymbol{F(t) = -h(t) + t = -t\,\mathrm{e}^{-t} + t}.$$

2. Comme g est aussi une primitive de f, il existe $c \in \mathbb{R}$ tel que $g(x) = F(x) + c$.
Or, g est la primitive de f qui s'annule en 0, et $F(0) = 0$, donc :
$$\boldsymbol{g(x) = -x\mathrm{e}^{-x} + x = x\left(1 - \mathrm{e}^{-x}\right)}.$$

3. $\lim\limits_{x \to -\infty} \mathrm{e}^{-x} = \lim\limits_{X \to +\infty} \mathrm{e}^{X} = +\infty$, donc on en déduit que $\lim\limits_{x \to -\infty} \left(1 - \mathrm{e}^{-x}\right) = -\infty$ et donc :
$$\boldsymbol{\lim_{x \to -\infty} g(x) = +\infty}.$$

15 MÉTHODE DES RECTANGLES

a.

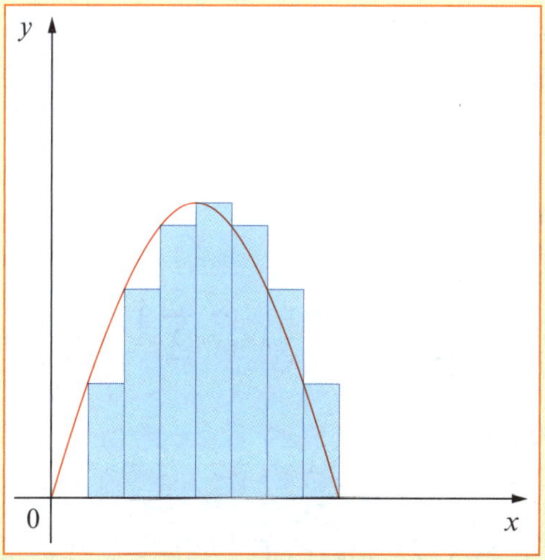

b. Ici $a = 0, b = 5$ et $N = 5$ donc $h = \dfrac{b-a}{N} = 1$, donc :
$$\int_0^5 f(x)\,\mathrm{d}x \approx 1(f(0) + f(1) + \ldots + f(4))$$
$$\approx 40 \text{ unités d'aire.}$$

16 SÉRIE HARMONIQUE

1. a. La fonction $x \mapsto \frac{1}{x}$ est décroissante sur $[k\,;k+1]$ donc pour tout $x \in [k;k+1]$,

$$\frac{1}{k+1} \leqslant \frac{1}{x} \leqslant \frac{1}{k}.$$

b. Par croissance de l'intégrale,

$$\int_k^{k+1} \frac{1}{k+1}\,\mathrm{d}t \leqslant \int_k^{k+1} \frac{1}{x}\,\mathrm{d}x \leqslant \int_k^{k+1} \frac{1}{k}\,\mathrm{d}t \Leftrightarrow \frac{1}{k+1} \leqslant \int_k^{k+1} \frac{1}{x}\,\mathrm{d}x \leqslant \frac{1}{k}.$$

c. Soit $n \geqslant 2$, d'après **b.**, on a $\sum_{k=1}^{n}\int_k^{k+1} \frac{1}{x}\,\mathrm{d}x \leqslant \sum_{k=1}^{n}\frac{1}{k}$ donc $\int_1^{n+1}\frac{1}{x}\,\mathrm{d}x \leqslant H_n$, d'où $\ln(n+1) \leqslant H_n$.

d. Puisque pour tout $n \geqslant 2$, $H_n \geqslant \ln(n+1)$ et que $\lim_{n\to+\infty} \ln(n+1) = +\infty$ alors, par comparaison,

$$\boldsymbol{\lim_{n\to+\infty}\left(1+\frac{1}{2}+\ldots+\frac{1}{n}\right) = +\infty}.$$

2. a. Soit $k \geqslant 1$, $\int_k^{k+1}\frac{1}{x}\,\mathrm{d}x \leqslant \frac{1}{k}$ donc $0 \leqslant \frac{1}{k} - \int_k^{k+1}\frac{1}{x}\,\mathrm{d}x$ et $\frac{1}{k+1} \leqslant \int_k^{k+1}\frac{1}{x}\,\mathrm{d}x$ donc $-\int_k^{k+1}\frac{1}{x}\,\mathrm{d}x \leqslant -\frac{1}{k+1}$, d'où $\frac{1}{k} - \int_k^{k+1}\frac{1}{x}\,\mathrm{d}x \leqslant \frac{1}{k} - \frac{1}{k+1}$.

D'où :

$$\boldsymbol{0 \leqslant \frac{1}{k} - \int_k^{k+1}\frac{1}{x}\,\mathrm{d}x \leqslant \frac{1}{k} - \frac{1}{k+1}}.$$

b. Soit $n \geqslant 1$,

$$S_{n+1} - S_n = \frac{1}{n} - \ln(n+1) + \ln(n) = \frac{1}{n} - \int_n^{n+1}\frac{1}{x}\,\mathrm{d}x,$$

et en appliquant l'inégalité trouvée en **2. a.**, à $k = n$, on trouve :

$$0 \leqslant \frac{1}{n} - \int_n^{n+1}\frac{1}{x}\,\mathrm{d}x \Leftrightarrow 0 \leqslant S_{n+1} - S_n.$$

La suite (S_n) est donc croissante.

c. Soit $n \geqslant 2$, d'après **2. a.**,

$$0 \leqslant \sum_{k=1}^{n-1}\left(\frac{1}{k} - \int_k^{k+1}\frac{1}{x}\,\mathrm{d}x\right) \leqslant \sum_{k=1}^{n-1}\frac{1}{k} - \frac{1}{k+1}$$

Donc :

$$0 \leqslant \sum_{k=1}^{n-1}\frac{1}{k} - \int_1^{n}\frac{1}{x}\,\mathrm{d}x \leqslant 1 - \frac{1}{2} + \frac{1}{2} - \frac{1}{3} + \ldots + \frac{1}{n-1} - \frac{1}{n}.$$

D'où :

$$0 \leqslant \sum_{k=1}^{n-1}\frac{1}{k} - \ln n \leqslant 1 - \frac{1}{n}.$$

Donc pour tout $N \geqslant 2$, $\boldsymbol{S_N \leqslant 1}$.

d. Puisque la suite (S_n) est croissante et majorée, elle converge vers un réel γ.

e.

```
from math import *
def constante_gamma(n):
    S = 0
    for k in range(1,n):
        S = S+1 / k
    return S - log(n)
# Test de la fonction constante_gamma
print('une valeur approchée de gamma
est',constante_gamma(300))
```

On obtient une erreur relative inférieure à 0,003.

17 FONCTION DÉFINIE PAR UNE INTÉGRALE

1.a. Soit h la fonction définie sur $\mathbb{R}$ par $h(x) = F(-x) + F(x)$.

$$\begin{aligned} h'(x) &= -F'(-x) + F'(x) \\ &= -\frac{1}{1+(-x)^2} + \frac{1}{1+x^2} = 0. \end{aligned}$$

Donc h est constante sur $\mathbb{R}$ et comme $F(0) = \int_0^0 \frac{1}{1+t^2}\,\mathrm{d}t = 0$, il vient que pour tout réel x, $h(x) = h(0) = 0$.
Donc pour tout réel x, $F(-x) = -F(x)$, donc F est impaire.

b. Soit $x \in \mathbb{R}$, $F'(x) = \frac{1}{1+x^2} > 0$ donc F est strictement croissante sur $\mathbb{R}$.

2. On définit la fonction G sur $\left]-\frac{\pi}{2};\frac{\pi}{2}\right[$ par $G(x) = F(\tan x)$.

a. Soit $x \in \left]-\frac{\pi}{2};\frac{\pi}{2}\right[$,

$$\begin{aligned} \tan'(x) &= \frac{\sin'(x)\cos(x) - \sin(x)\cos'(x)}{\cos^2 x} \\ &= \frac{\cos^2 x}{\cos^2(x)} + \frac{\sin^2 x}{\cos^2 x} \\ &= 1 + \tan^2(x). \end{aligned}$$

b. Soit $x \in \left]-\frac{\pi}{2};\frac{\pi}{2}\right[$,

$$G'(x) = F'(\tan x) \times \tan'(x) = \frac{1}{1+\tan^2(x)} \times \left(1+\tan^2 x\right) = 1.$$

c. Donc, il existe un réel C tel que pour tout $x \in \left]-\frac{\pi}{2};\frac{\pi}{2}\right[$,

$$G(x) = x + C.$$

De plus $G(0) = F(\tan 0) = F(0) = 0$, donc pour tout $x \in \left]-\frac{\pi}{2};\frac{\pi}{2}\right[$,

$$F(\tan x) = x.$$

d. On en déduit que $F\left(\tan\frac{\pi}{4}\right) = \frac{\pi}{4}$, soit $\boldsymbol{F(1) = \frac{\pi}{4}}$.

3. On a $F(1) = \frac{\pi}{4} = \int_0^1 \frac{1}{1+t^2}\,\mathrm{d}t$ donc on va appliquer la méthode des rectangles avec $a = 0$; $b = 1$; $f(t) = \frac{1}{1+t^2}$ et $N = 500$.

```
from math import *
def f(t):
    return 1/(1+t**2)
def rectangle(f,a,b,N):
    h = (b-a)/N
    S = 0
    for k in range(N+1):
        S = S + f(a+k*h)
    return h * S
aire1=rectangle(f,0,1,500)
print("la valeur approchée de l'intégrale donnée par la méthode des rectangles est ",aire1)
```

La valeur approchée donnée par le programme est 0,7869.

Soit : $\frac{\pi}{4} \approx 0,7869$ et donc : $\pi \approx 3,1476$.

L'inconvénient de cette méthode est que l'on ne connaît pas a priori la précision de notre réponse.

7 Dénombrement Loi binomiale

I PRODUIT CARTÉSIEN

1. Cas de deux ensembles

Définition :

Soit X et Y deux ensembles. Le **produit cartésien** de X et Y est l'ensemble des **couples** $(x\,;y)$ avec $x \in X$ et $y \in Y$.

On le note $X \times Y$.

Propriété (principe multiplicatif) :

Si X compte n éléments et Y compte p éléments, le produit cartésien $X \times Y$ compte $n \times p$ couples.

EXEMPLE : $X = \{a\,;r\,;d\}$ et $Y = \{♠\,;♥\}$.

$X \times Y = \{(a\,;♠)\,;(r\,;♠)\,;(d\,;♠)\,;(a\,;♥)\,;(r\,;♥)\,;(d\,;♥)\}$.

2. Cas de trois ensembles

Définition :

Soit X, Y et Z trois ensembles.

Le **produit cartésien** $X \times Y \times Z$ est l'ensemble des **triplets** $(x\,;y\,;z)$ avec $x \in X$, $y \in Y$ et $z \in Z$.

Propriété :

Si X compte n éléments, Y compte p éléments et Z compte q éléments, le produit cartésien $X \times Y \times Z$ compte $n \times p \times q$ triplets.

3. Généralisation à k ensembles A_1, A_2, ..., A_k

Définition :

Le **produit cartésien** $A_1 \times A_2 \times \ldots \times A_k$ est l'ensemble des ***k*-listes** ou ***k*-uplets** $(a_1;a_2;\ldots;a_k)$ avec $a_1 \in A_1$, $a_2 \in A_2$ … et $a_k \in A_k$.

Propriété :

Si A_1 compte n_1 éléments, A_2 compte n_2 éléments, …, A_k compte n_k éléments, le nombre de k-listes (ou k-uplets) du produit cartésien $A_1 \times A_2 \times \ldots \times A_k$ est égal à $n_1 \times n_2 \times \ldots \times n_k$.

4. Cas particulier

Si $A_1 = A_2 = \ldots = A_k$, on note A^k le produit cartésien $A \times A \times \ldots \times A$.

Si A possède n éléments, le nombre de k-listes (ou k-uplets) de A^k est égal à n^k.

Dans un couple, un triplet, une k-liste (ou k-uplet), l'ordre des éléments compte !

II DÉNOMBREMENT DANS UN ENSEMBLE FINI

1. Principe additif

Propriété (principe additif) : Si E et F sont deux ensembles disjoints ($E \cap F = \varnothing$) comptant respectivement n et p éléments, leur réunion $E \cup F$ est un ensemble à $n + p$ éléments.

Ceci se généralise à 3, 4 etc. ensembles 2 à 2 disjoints.

Dans la suite du paragraphe II, E désigne un ensemble fini à n éléments ($n \geqslant 1$).

2. Parties de E

Définition :
Une partie de E est un sous-ensemble non ordonné de E.

Propriété :
Le nombre de parties de E est égal à 2^n.

EXEMPLE : $E = \{a\,;r\,;d\}$ compte 8 parties :
1 partie à 0 élément : $\varnothing$;
3 parties à 1 élément : $\{a\}$, $\{r\}$ et $\{d\}$ appelés singletons.
3 parties à 2 éléments : $\{a\,;r\}$, $\{a\,;d\}$ et $\{r\,;d\}$ qui ne sont pas ordonnés.
1 partie à 3 éléments : $E = \{a\,;r\,;d\}$.

Ne pas oublier de compter E et $\varnothing$!

3. Permutations de E

Propriété : Si k est un entier compris entre 0 et n, le nombre de k-listes (ou k-uplets) formées d'éléments 2 à 2 distincts de E est égal à :

$$n \times (n-1) \times \ldots \times (n-k+1).$$

EXEMPLE : $E = \{a\,;r\,;d\}$ compte 6 listes ordonnées de 2 éléments :

$$(a\,;r),\ (r\,;a),\ (a\,;d),\ (d\,;a),\ (d\,;r) \text{ et } (r\,;d).$$

Définition : Une liste ordonnée de n éléments 2 à 2 distincts de E est une **permutation** de E.

Propriété : Le nombre de permutations de E est égal à :

$$n \times (n-1) \times \ldots \times 2 \times 1 = n! \text{ (se lit « factoriel n »)}.$$

Par convention $0! = 1$ et $1! = 1$.

EXEMPLE : $E = \{a\,;r\,;d\}$ compte $3! = 3 \times 2 \times 1 = 6$ permutations :

$$(a\,;r\,;d),\ (a\,;d\,;r),\ (r\,;a\,;d),\ (r\,;d\,;a),\ (d\,;r\,;a) \text{ et } (d\,;a\,;r).$$

4. Combinaisons de E

Définition : Une partie non ordonnée à k éléments distincts de E est une **combinaison** de E.

Propriété : Si k est un entier compris entre 0 et n, le nombre de combinaisons à k éléments de E est égal à :

$$\binom{n}{k} = \frac{n \times (n-1) \times \ldots \times (n-k+1)}{k \times (k-1) \times \ldots \times 2 \times 1} = \frac{n!}{k!(n-k)!}$$

$\binom{n}{k}$ se lit « k parmi n ».

On divise le nombre de k-listes par $k!$, le nombre de façons de les ordonner.

EXEMPLE : $E = \{a\ ;\ r\ ;\ d\}$ compte $\binom{3}{2} = \frac{3!}{2! \times 1!} = 3$ combinaisons à 2 éléments : $\{a\ ;\ r\}$, $\{a ;\ d\}$ et $\{r\ ;\ d\}$.

Propriétés :

Si k est un entier compris entre 0 et n :

$$\binom{n}{k} = \binom{n}{n-k}$$

Si k est un entier compris entre 1 et $n-1$:

$$\binom{n}{k} = \binom{n-1}{k} + \binom{n-1}{k-1}$$

Cette égalité, connue sous le nom de **Formule de Pascal**, permet de construire le **Triangle de Pascal** :

n \ k	0	1	2	3	4	5
0	1					
1	1	1				
2	1	2	1			
3	1	3	3	1		
4	1	4	6	4	1	
5	1	5	10	10	5	1

UTILISATION DU TABLEAU :

$\binom{5}{3} = \binom{4}{3} + \binom{4}{2} = 10.$

On peut aller plus loin : $\binom{6}{3} = \binom{5}{3} + \binom{5}{2} = 10 + 10 = 20$. Etc.

III LOIS DE PROBABILITÉ

1. Rappels

Un univers Ω est muni d'une loi de probabilités p.

Définition : Soit A et B deux événements avec $p(\mathrm{A}) \neq 0$.

On appelle **probabilité conditionnelle** de B sachant A le nombre :

$$p_{\mathrm{A}}(\mathrm{B}) = \frac{p(\mathrm{A} \cap \mathrm{B})}{p(\mathrm{A})}$$

Propriété : Règle des nœuds

Dans un arbre pondéré, la somme des probabilités rencontrées sur les branches partant d'un même nœud est égale à 1.

Propriété : Formule des probabilités totales

Si $\mathrm{A}_1, \mathrm{A}_2, \ldots, \mathrm{A}_n$ forment une partition de l'univers (les A_i sont deux à deux disjoints et $\Omega = \mathrm{A}_1 \cup \mathrm{A}_2 \cup \ldots \cup \mathrm{A}_n$), et si $p(\mathrm{A}_i) \neq 0$ pour tout i :

$$\begin{aligned} p(\mathrm{B}) &= p(\mathrm{A}_1 \cap \mathrm{B}) + p(\mathrm{A}_2 \cap \mathrm{B}) + \ldots + p(\mathrm{A}_n \cap \mathrm{B}) \\ &= p(\mathrm{A}_1) \times p_{\mathrm{A}_1}(\mathrm{B}) + p(\mathrm{A}_2) \times p_{\mathrm{A}_2}(\mathrm{B}) + \ldots + p(\mathrm{A}_n) \times p_{\mathrm{A}_n}(\mathrm{B}). \end{aligned}$$

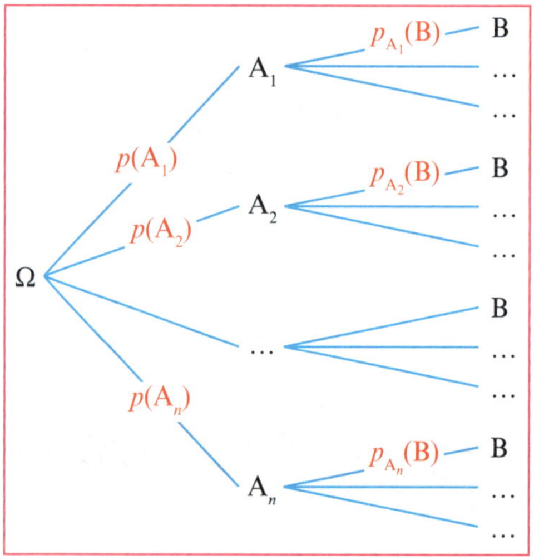

2. Épreuves indépendantes

Définition :

k épreuves associées à des univers $\mathrm{E}_1, \mathrm{E}_2, \ldots, \mathrm{E}_k$ munis respectivement des probabilités $p_1, p_2, \ldots, p_k$ sont dites **indépendantes** lorsque la probabilité de l'issue $(x_1, x_2, \ldots, x_k)$ est égale au produit :

$$p_1(x_1) \times p_2(x_2) \times \ldots \times p_k(x_k).$$

On retrouve le principe de multiplication le long des branches des arbres pondérés déjà rencontré en classe de Première.

3. Épreuve de Bernoulli, loi de Bernoulli

Définition :

On appelle **épreuve de Bernoulli** une expérience qui ne comporte que 2 issues, l'une notée S (succès) de probabilité p, l'autre E ou $\overline{S}$ (échec) de probabilité $q = 1 - p$.

La variable aléatoire X qui prend la valeur 1 en cas de succès et 0 en cas d'échec suit une **loi de Bernoulli** de paramètre p.

EXEMPLE : On jette un dé classique. On décide qu'un succès consiste à obtenir le 6 et qu'un échec consiste à ne pas obtenir le 6.

$p(X=1) = \frac{1}{6}$ et $p(X=0) = \frac{5}{6}$.

Propriété : Si X suit une loi de Bernoulli de paramètre p, alors :

$$E(X) = p \text{ et } V(X) = p(1-p)$$

4. Schéma de Bernoulli, loi Binomiale

Définition :

La répétition de n épreuves de Bernoulli indépendantes de même paramètre p constitue un **schéma de Bernoulli**.

Un schéma de Bernoulli s'illustre par un arbre dans lequel :
- de chaque nœud partent deux branches ;
- toutes les branches menant à un succès portent la même probabilité p ;
- toutes les branches menant à un échec portent la même probabilité $1 - p$.

La variable X égale au nombre de succès au cours des n épreuves suit une loi appelée **loi binomiale** de paramètres n et p. On la note $B(n\,;\,p)$.

Propriété : Si X suit une loi binomiale de paramètres n et p, alors pour tout entier k compris entre 0 et n, on a :

$$P(X=k) = \binom{n}{k} p^k (1-p)^{n-k}$$

$$E(X) = np,\ V(X) = np(1-p) \text{ et } \sigma(X) = \sqrt{np(1-p)}$$

L'arbre pondéré comporte $\binom{n}{k}$ branches avec k succès et $n - k$ échecs.

MÉTHODE 1

Dénombrer

→ Voir les exos 1 à 5, 9 à 15, 19, 20 et 23.

Étape 1. Reconnaître si les parties à dénombrer sont ordonnées ou non, avec ou sans répétition possible.

Étape 2. S'il s'agit de k-listes avec remise, utiliser la formule n^k.
S'il s'agit de k-listes sans répétition possible, utiliser la formule $n\times(n-1)\times\ldots\times(n-k+1)$.
Si l'ordre ne compte pas, utiliser les formules sur les combinaisons.

Étape 3. Conclure en utilisant le principe d'additivité lorsque vous avez traité tous les cas possibles 2 à 2 disjoints.

Exo résolu

Nathan participe à une course régionale qui oppose 50 concurrents.

1. Combien y-a-t-il de podiums possibles ?

2. Combien y-a-t-il de podiums possibles où figure Nathan ?

3. Les trois premiers concurrents sont qualifiés pour la finale nationale. Combien de groupes peuvent se qualifier pour la finale ?

CORRIGÉ

1. Étape 1. On a un ensemble de 50 concurrents distincts.
Un podium est une 3-liste (un triplet) d'éléments distincts pris parmi la liste des 50 concurrents.

Étape 2. Puisqu'il n'y a pas de répétition possible, on utilise la formule $n\times(n-1)\times\ldots\times(n-k+1)$ avec $n=50$ et $k=3$.

Étape 3. Il n'y a ici qu'un seul cas à envisager : le nombre de podiums possibles est égal à $50\times 49\times 48 = 117\,600$.

2. Étape 1. Nathan fait partie du podium. Il y a trois choix possibles pour sa place dans le podium. Une fois ce choix fixé, il reste à attribuer les 2 places restantes, ce qui constitue une 2-liste (un couple) d'éléments distincts pris parmi la liste des 49 concurrents restants.

Étape 2. Le nombre de 2-listes (de couples) d'éléments distincts pris parmi la liste des 49 concurrents restants est égal à $49\times 48 = 2\,352$.

Étape 3. On applique le principe additif pour les trois positions possibles de Nathan sur le podium : le nombre de podiums où figure Nathan est égal à $3\times 2\,352 = 7\,056$.

3. Étape 1. Les trois concurrents sur le podium sont qualifiés quel que soit leur ordre sur le podium. Ils sont choisis parmi 50 concurrents distincts 2 à 2.

Étape 2. Il s'agit d'une combinaison de 3 concurrents parmi 50 :
il y en a $\binom{50}{3}$.

Étape 3. Il n'y a ici qu'un seul cas à envisager.

$\binom{50}{3} = \dfrac{50 \times 49 \times 48}{3 \times 2 \times 1} = 19\,600$ groupes sont susceptibles d'être qualifiés pour la finale.

MÉTHODE 2

Construire et exploiter un arbre pondéré

→ Voir les exos 16, 18, 22 à 27.

Étape 1. On traduit la situation avec un arbre non pondéré.
On utilise les notations éventuellement imposées par l'énoncé.

Étape 2. On détermine les probabilités issues de chaque nœud (penser à utiliser la loi des nœuds !), puis on pondère les branches.

Étape 3. On repère la ou les branches qui mènent à l'événement cherché.
On multiplie les probabilités rencontrées le long des branches.
On utilise si besoin la formule des probabilités totales.

Exo résolu

Pour se rendre au lycée, Naomi utilise le vélo ou le bus.
Lorsque la journée est ensoleillée, Naomi choisit le vélo 8 fois sur 10.
Dans le cas contraire, Naomi choisit le vélo 5 fois sur 10.
Dans la ville où habite Naomi, 75% des journées sont ensoleillées.
On observe une journée prise au hasard et on note :

- E l'événement : « La journée est ensoleillée ».
- V l'événement : « Naomi se rend au lycée en vélo ».

Déterminer $p(\mathrm{E} \cap \mathrm{V})$ et $p(\mathrm{V})$.

CORRIGÉ

Étape 1. On construit l'arbre non pondéré en commençant par le temps qu'il fait.

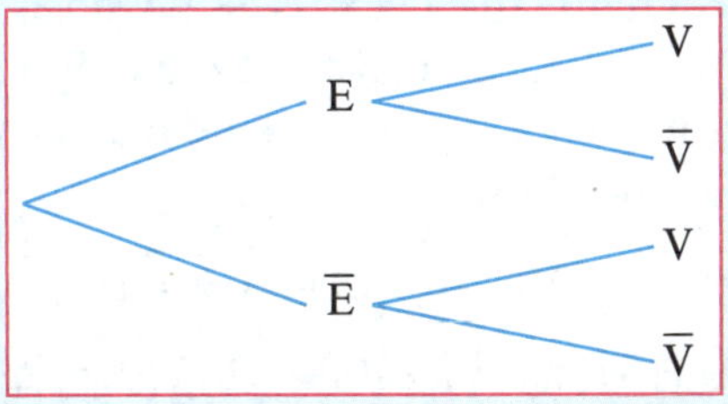

Si l'on commence par le moyen de locomotion, l'énoncé ne permet pas de pondérer l'arbre obtenu.

Étape 2. On traduit les données :

$p(\mathrm{E}) = 0{,}75$, donc $p(\bar{\mathrm{E}}) = 1 - 0{,}75 = 0{,}25$.

$p_{\mathrm{E}}(\mathrm{V}) = \frac{8}{10} = 0{,}8$, donc $p_{\mathrm{E}}(\overline{\mathrm{V}}) = 1 - 0{,}8 = 0{,}2$.

$p_{\bar{\mathrm{E}}}(\mathrm{V}) = \frac{5}{10} = 0{,}5$, donc $p_{\bar{\mathrm{E}}}(\overline{\mathrm{V}}) = 1 - 0{,}5 = 0{,}5$.

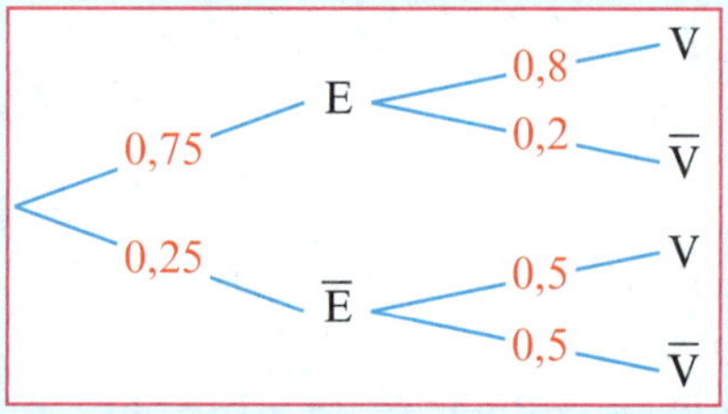

Étape 3. On cherche $p(\mathrm{E} \cap \mathrm{V})$: la première branche mène à $\mathrm{E} \cap \mathrm{V}$.
On multiplie les probabilités rencontrées le long de cette branche :
$p(\mathrm{E} \cap \mathrm{M}) = p(\mathrm{E}) \times p_{\mathrm{E}}(\mathrm{V}) = 0{,}75 \times 0{,}8 = 0{,}6$.

Attention à ne pas confondre $p(\mathrm{E} \cap \mathrm{V})$ et $p_{\mathrm{E}}(\mathrm{V})$.

On cherche $p(\mathrm{V})$. Deux branches aboutissent à V :
– la première qui correspond à $\mathrm{E} \cap \mathrm{V}$;
– la troisième qui correspond à $\bar{\mathrm{E}} \cap \mathrm{V}$.
On utilise la formule des probabilités totales :
$p(\mathrm{V}) = p(\mathrm{E}) \times p_{\mathrm{E}}(\mathrm{V}) + p(\bar{\mathrm{E}}) \times p_{\bar{\mathrm{E}}}(\mathrm{V}) = 0{,}75 \times 0{,}8 + 0{,}25 \times 0{,}5 = 0{,}725.$

MÉTHODE 3

Reconnaître et utiliser la loi binomiale

→ **Voir les exos 6, 7, 8, 9, 15, 17, 18, 21, 24 et 28.**

Étape 1. Reconnaître un schéma de Bernoulli :
- l'épreuve qui est répétée peut se décrite comme une épreuve de Bernoulli, c'est-à-dire qui ne comporte que deux issues possibles et la probabilité p du succès (et donc de l'échec) est constante d'une épreuve à l'autre ;
- l'expérience consiste bien à répéter n épreuves identiques et de façon indépendante les unes des autres.

Si n n'est pas trop grand, on peut représenter la situation par un arbre pondéré.

Étape 2. Introduire la variable aléatoire X égale au nombre de succès attendus. Elle suit une loi binomiale de paramètres n et p.

Étape 3. Traduire l'énoncé à l'aide de la variable aléatoire X et utiliser éventuellement la formule $P(X = k) = \binom{n}{k} p^k (1-p)^{n-k}$.

Exo résolu

Une urne contient 3 boules noires, 2 boules vertes et 3 boules blanches indiscernables au toucher.
L'expérience consiste à extraire au hasard successivement et avec remise 5 boules de cette urne et à en noter la couleur.
Quelle est la probabilité d'obtenir exactement 3 boules noires ?

CORRIGÉ

Étape 1. À chaque tirage, il y a équiprobabilité du choix de la boule tirée. Une boule peut être noire ou ne pas être noire. On appelle succès le fait de tirer une boule noire : on est en présence d'une épreuve de Bernoulli de paramètre $p = \frac{3}{8}$.
On répète 5 fois la même épreuve de Bernoulli de façon indépendante : ceci qui constitue un schéma de Bernoulli.

Étape 2. Soit X le nombre de boules noires obtenues, c'est-à-dire de succès, à l'issue des 5 tirages :
X suit alors une loi binomiale de paramètres $n = 5$ et $p = \frac{3}{8}$.

Étape 3. On calcule

$$
\begin{aligned}
P(X=3) &= \binom{5}{3}\left(\frac{3}{8}\right)^3\left(1-\frac{3}{8}\right)^{5-3} \\
&= \frac{5\times4\times3}{3\times2\times1}\times\left(\frac{3}{8}\right)^3\times\left(\frac{5}{8}\right)^2 \\
&= \frac{6\,750}{32\,768} \\
&= \frac{3\,375}{16\,384} \\
&\approx 0{,}206 \text{ à } 10^{-3} \text{ près.}
\end{aligned}
$$

TESTER SES CONNAISSANCES

1 5 MAJEUR

★ | 10 min | ▸ P. 228

Une équipe de basket compte 11 joueurs (remplaçants compris).
Sur le parquet, l'entraineur doit aligner seulement 5 joueurs.

1. Combien de groupes différents de 5 joueurs y a-t-il ?
2. Deux frères font partie des 11 joueurs.

a. Combien de groupes de 5 joueurs y a-t-il si les deux frères veulent forcément jouer ensemble ?

> Ils peuvent jouer tous les deux, ou ne pas jouer tous les deux.

b. Combien de groupes de 5 joueurs y a-t-il si les deux frères ne veulent pas jouer ensemble ?

2 ANAGRAMMES

★ | 10 min | ▸ P. 228

Dénombrer les anagrammes des mots suivants :

a. BRAVO.

> On constitue une anagramme en permutant les lettres du mot de départ.

b. BOULOT.

> Attention : si l'on permute deux lettres identiques, on trouve le même mot…

c. RENVERSE.

3 QCM

★ | 10 min | ▸ P. 228

Un QCM comporte 5 questions et pour chaque question, on propose 3 réponses a., b. et c. On coche une réponse par question et une seule.

1. Déterminer de combien de manières différentes on peut remplir ce QCM.

> On peut imaginer, sans le construire entièrement, un arbre des possibles avec toutes les réponses aux 5 questions successives…

2. Déterminer le nombre de QCM pour lesquels on a donné la réponse a. à la troisième question.

> Il reste 4 réponses à fournir…

3. Déterminer le nombre de QCM pour lesquels on n'a donné que des mauvaises réponses.

4. En supposant qu'on a rempli le QCM au hasard, déterminer la probabilité des événements A : « on a donné la réponse a. à la troisième question » et B : « on n'a donné que des mauvaises réponses ».

> Tous ces QCM sont équiprobables ...

4 LOTO

★ | 20 min | ▶ P. 229

Une grille de loto est formée des nombres entiers de 1 à 49.
Un joueur doit en cocher 7.
On tire successivement sans remise 7 boules indiscernables au toucher numérotées de 1 à 49 placées dans une urne.

1. Quel est le nombre de grilles différentes que l'on peut ainsi jouer ?

> Combien d'éléments à choisir ? Dans quel ensemble ? Avec ou sans ordre ?

2. Le script suivant permet d'afficher le résultat d'un tirage du loto.

```
from random import*
urne=[i for i in range(50)]
G=[]
for i in range(7):
    b=choice(urne)
    G.append(b)
    urne.remove(b)
print(G)
```

> La fonction choice() du module random retourne un élément pris au hasard dans la liste à laquelle on l'applique.
> L'instruction G.append(b) ajoute l'élément b à la fin de la liste G.

a. Que fait l'instruction : urne=[i for i in range(50)] ?
b. Pourquoi a-t-on besoin de l'instruction : urne.remove(b) ?

3. La grille gagnante vient d'être désignée par tirage au sort.
Un habitué a coché les cases 1, 2, 3, 4, 5, 6 et 7.

a. Quelle est la probabilité que cette grille soit la grille gagnante ?
b. Quelle est la probabilité que cette grille ne comporte aucun numéro gagnant ?
c. Quelle est la probabilité que cette grille comporte exactement deux numéros gagnants ?

> Deux numéros gagnants... et cinq perdants !

5 CODES RÉSEAU

★★ | 25 min | ▸ P. 230

Pour accéder au réseau du lycée, chaque élève se voit attribuer un code à 4 caractères (parmi les 26 lettres de l'alphabet et les chiffres de 0 à 9) tous distincts. Paul ne connaît pas son code. Il décide de taper 4 caractères au hasard, distincts ou non, chacun ayant la même probabilité d'être choisi.
On donnera les résultats sous forme de fractions irréductibles.

1. Déterminer la probabilité des événements suivants :

a. A : « Paul tape le bon code ».

b. B : « Paul tape le mot paul ».

c. C : « Paul tape les 4 caractères de son code ».

d. D : « Le deuxième caractère tapé par Paul est un chiffre ».

2. Le voisin de Paul lui rappelle que tous les caractères de son code sont distincts. Paul tape cette fois 4 caractères distincts au hasard.
Déterminer la probabilité des événements suivants :

a. E : « Paul tape le bon code ».

b. F : « Paul tape exactement trois chiffres ».

c. G : « Paul a exactement deux caractères bien placés ».

> Commencer par choisir la position des deux caractères bien placés puis compléter le code.

6 BERNOULLI ?

★ | 10 min | ▸ P. 231

On dispose de trois dés – un rouge, un vert, un bleu – indiscernables au toucher. Les expériences suivantes peuvent-elles être modélisées par une épreuve de Bernoulli ? Si oui, préciser son paramètre p, probabilité de succès.

a. *Expérience 1* : les dés sont placés dans une urne.
On en tire un au hasard et on note sa couleur.

b. *Expérience 2* : les dés sont placés dans une urne.
On en tire un au hasard. On gagne deux euros s'il est rouge.
On perd un euro s'il est d'une autre couleur.

c. *Expérience 3* : on lance les 3 dés et on note la somme des chiffres obtenus.
On gagne le nombre de points marqués.

d. *Expérience 4* : on lance les 3 dés et on note le produit des chiffres obtenus.
On gagne s'il est égal à 4.

e. *Expérience 5* : on lance les dés vert et rouge. On gagne un euro si le numéro du dé vert est supérieur à celui du dé rouge, 3 euros si les numéros sont identiques, et on perd 2 euros dans les autres cas.

> Voir la définition du paragraphe III.3.
> Il ne faut pas confondre épreuve de Bernoulli et schéma de Bernoulli.

7 AUTOUR DES COMBINAISONS

★★ | 30 min | ▸ P. 231

a. Représenter un triangle de Pascal afin de déterminer $\binom{6}{4}$.

b. Vérifier ce résultat à l'aide du script suivant :

```
def combinaison(n,k):
 if k==0 or k==n:
     return 1
 else:
      return combinaison(n-1, k-1) + combinaison(n-1,k)
```

> Cette formule récursive est une application directe de la Formule de Pascal (cours II.4.). Elle est très efficace pour des calculs avec n pas trop grand.

c. Écrire une fonction *factoriel*() en Python qui renvoie $n!$ pour n entier naturel.

> On pourra s'inspirer du script précédent.

En déduire un script pour calculer $\binom{k}{n}$ pour tout entier k compris entre 0 et n.

> Voir la formule du paragraphe II.4 du cours.

Retrouver la valeur de $\binom{6}{4}$.

d. X suit une loi binomiale de paramètres $n = 6$ et $p = \frac{1}{2}$.

Calculer son espérance de deux manières afin de justifier que :

$$1\times\binom{6}{1}+2\times\binom{6}{2}+3\times\binom{6}{3}+4\times\binom{6}{4}+5\times\binom{6}{5}+6\times\binom{6}{6}=3\times 2^6.$$

> On pourra vérifier ce résultat à l'aide du triangle de Pascal construit au **a.** et également en complétant le dernier script pour qu'il effectue le calcul de $\sum_{k=1}^{n} k\times\binom{k}{n}$.

8 LOI BINOMIALE

★ | 25 min | ▸ P. 233

On lance deux dés bien équilibrés. On gagne si la somme des points obtenus est égale à 7.

1. Démontrer, à l'aide d'un tableau à double entrée, que la probabilité de gagner est $\frac{1}{6}$.

2. On répète 5 fois de suite cette expérience et on suppose que les jets sont indépendants.

a. Justifier que le nombre de succès suit une loi binomiale dont on précisera les paramètres.

> Pour la définition de la loi binomiale : voir le cours, paragraphe III. 4.

b. Calculer la probabilité de gagner exactement deux fois.

> Pour l'utilisation de la loi binomiale : voir la méthode 3.

c. Calculer la probabilité de gagner au plus deux fois.

d. Calculer la probabilité de gagner au moins trois fois.

9 JEUX MULTIPLES

★★ | 30 min | ▶ P. 234

Une urne contient 10 bulletins indiscernables au toucher de 3 sortes :
4 sont marqués « oui », 3 sont marqués « non » et 3 sont marqués « blanc ».
Lors d'un premier jeu, le joueur commence par miser 30 centimes d'euro.
Il tire ensuite un bulletin de l'urne et l'y remet après l'avoir lu.
Si le bulletin tiré est marqué « oui », le joueur reçoit 60 centimes d'euro, s'il est marqué « non », il ne reçoit rien.
Si le bulletin tiré est marqué « blanc », il reçoit 20 centimes d'euro.

Partie A. Simulations

Compléter le script suivant afin qu'il simule 10 000 parties et affiche le gain moyen sur ces 10 000 parties.

```
from random import *
Urne=["oui"]*4+[...]*...+[...]*...
Gain=0
for i in range(...) :
    b=choice(Urne)
    if b=="oui":
        Gain+=...
    elif ...
    ....
    else :
    ...
print(...)
```

Quelle conjecture peut-on faire concernant le gain qu'on peut espérer faire sur une partie ?

Partie B. QCM

1. Le jeu est :

a. favorable au joueur b. défavorable au joueur c. équitable

C'est une histoire d'espérance…

2. Le joueur joue 4 parties indépendamment les unes des autres.
La probabilité qu'il tire au moins une fois un bulletin marqué « oui » est égale à :

a. $\dfrac{216}{625}$ b. $\dfrac{544}{625}$ c. $\dfrac{2}{5}$

3. Lors d'un second jeu, le joueur tire simultanément deux bulletins de l'urne.
La probabilité qu'il obtienne un tirage de deux bulletins de sortes différentes est égale à :

a. $\dfrac{4}{15}$ b. $\dfrac{11}{30}$ c. $\dfrac{11}{15}$

S'ENTRAÎNER

10 UN PEU D'ORDRE ★★ | 10 min | ▸ P. 236

On souhaite ranger 11 livres distincts sur une étagère :
6 livres de Mathématiques, 3 livres de Philosophie, et 2 livres d'Histoire.
De combien de façons peut-on effectuer ce rangement :

a. si les livres doivent être groupés par matières ?

On peut ranger les matières, puis les livres.

b. si seuls les livres de Mathématiques doivent être regroupés ?

Envisager la position du premier livre de Mathématiques.

11 ON TIRE LES CARTES ★★ | 10 min | ▸ P. 236

On tire simultanément 5 cartes d'un jeu de 32 cartes.
Combien peut-on obtenir :

a. de tirages différents ?
b. de tirages contenant 5 carreaux ou 5 cœurs ?
c. de tirages contenant 2 carreaux et 3 cœurs ?
d. de tirages contenant au moins une dame ?
e. de tirages contenant au plus un roi ?
f. de tirages contenant 2 dames et 3 cœurs ?

12 PERMUTATIONS, COMBINAISONS

★★ | 20 min | ▶ P. 237

D'un jeu de 32 cartes on extrait les 8 cartes de la couleur Cœur, qu'on note A, R, D, V, 10, 9, 8, 7.

1. a. Écrire un script qui génère une permutation de l'ensemble de ces 8 cartes.

> On pourra s'inspirer du script de l'exercice 4.

b. Quel est le nombre de permutations possibles de cet ensemble ?

2. Recopier et exécuter le script suivant qui permet d'afficher une liste de toutes les combinaisons de 2 cartes distinctes et affiche le nombre de ces combinaisons.

```
from random import *
E=['A','R','D','V',10,9,8,7]
S=[]
for k in range(len(E)-1):
    for i in range(k+1,len(E)):
        S.append([E[k],E[i]])
print(S)
print(len(S))
```

Justifier ce nombre.

3. Modifier le script précédent afin qu'il affiche toutes les combinaisons de 3 cartes distinctes et affiche le nombre de ces combinaisons.
Justifier le nombre ainsi obtenu.

13 UNE SOMME DE COMBINAISONS

★★ | 10 min | ▶ P. 238

Une grille de loto contient 49 cases numérotées de 1 à 49.
Remplir une grille consiste à en cocher 7.

a. Soit k un entier compris entre 7 et 49. Déterminer le nombre de grilles de 7 cases dont le plus grand nombre coché est k.

b. En déduire la valeur de $\displaystyle\sum_{k=7}^{49}\binom{k-1}{6}$.

> Voir la méthode 2.

14 GOURMANDISES

★★ | 20 min | ▶ P. 238

Une boîte de chocolats contient 10 chocolats au lait et 5 chocolats noirs. 15 convives prennent au hasard un chocolat et font passer la boîte.

a. Calculer la probabilité de l'événement A : « le 10-ième convive prend le dernier chocolat noir ».

On pourra introduire les événements B : « sur les 9 premiers chocolats, 4 sont noirs » et C : « le 10-ième convive prend un chocolat noir ».

b. Quelle est la probabilité de l'événement D : « les chocolats noirs ont été terminés avant les chocolats au lait » ?

15 AVEC OU SANS REMISE

★★ | 40 min | ▸ P. 239

Une urne contient 7 boules rouges et 8 vertes toutes indiscernables au toucher.

1. On tire successivement et avec remise 5 boules de l'urne.

a. Déterminer la probabilité d'obtenir 2 boules rouges puis 3 boules vertes.

b. Déterminer la probabilité d'obtenir 2 boules rouges et 3 boules vertes.

c. Compléter le script suivant qui effectue la simulation d'un tirage afin qu'il compte et affiche le nombre de boules rouges obtenues.

```
from random import *
urne=["Rouge"]*7+["Verte"]*8
tirage=[]
for i in range(...) :
    B=choice(urne)
    tirage.append(B)
nombre_rouge=0
for x in tirage:
    if x...
    ...
print("Le tirage donne ", ...," boule(s) rouge(s).")
```

2. On tire successivement 5 boules sans remise.

a. Déterminer la probabilité d'obtenir 2 boules rouges et 3 boules vertes.

b. Déterminer la probabilité d'obtenir au moins 2 boules de couleurs différentes. On donnera deux méthodes.

c. Quelle ligne faut-il ajouter au script précédent afin qu'il s'adapte à la nouvelle situation de tirage sans remise ?

16 LES PETITS CHEVAUX

★★ | 25 min | ▸ P. 241

Au jeu des Petits Chevaux, on utilise un dé classique bien équilibré. Pour pouvoir entrer enjeu, on doit obtenir un 6. Si on n'obtient pas 6, on doit passer son tour.

Partie A. Algorithmique

Écrire un algorithme en langage courant qui donne le nombre de lancers de dé qu'il aura fallu attendre avant de pouvoir entrer en jeu.

On peut simuler le lancer d'un dé en tirant aléatoirement un nombre entier compris entre 1 et 6.

Partie B.

1. Calculer la probabilité de pouvoir entrer en jeu :
a. au premier tour de dé b. au deuxième tour de dé

Pour entrer en jeu au deuxième tour, il ne faut pas être entré en jeu au premier tour...

2. Au n-ième tour de dé, n désignant un entier supérieur ou égal à 2.

On peut dresser un arbre pondéré pour visualiser la situation.

17 NAISSANCES INDÉPENDANTES

★★ | 20 min | ▶ P. 242

Dans une maternité, on observe n naissances, n entier strictement positif.
On admet que dans cette maternité la probabilité qu'un nouveau-né soit une fille est de 0,49. Les naissances sont supposées indépendantes.

a. Combien de naissances faut-il attendre pour que la probabilité qu'il naisse au moins une fille soit supérieure à 0,95 ?

On pourra introduire le nombre X de filles parmi ces n naissances.

b. Combien de naissances faut-il attendre pour que la probabilité qu'il naisse au moins deux filles soit supérieure à 0,95 ?

Exprimer la probabilité de l'événement contraire en fonction de $n \geqslant 1$ et réaliser un tableau de valeurs pour les premières valeurs de $n \geqslant 1$.

18 ALLÔ ?

★★ | 25 min | ▶ P. 243

Au cours d'une enquête téléphonique, la probabilité que le correspondant ne décroche pas au premier appel est de 0,4 et s'il décroche, la probabilité qu'il réponde au questionnaire est de 0,3.

a. On note D_1 : « la personne décroche au premier appel » et R_1 : « la personne répond au questionnaire lors du premier appel ».
Calculer la probabilité de l'événement R_1.

On pourra construire un arbre pondéré qu'on complétera à la question **b**.

b. Lorsqu'une personne ne décroche pas au premier appel, on la contacte une seconde fois. La probabilité qu'elle ne décroche pas la seconde fois est 0,3 et la probabilité qu'elle réponde au questionnaire sachant qu'elle décroche est 0,2.
Si une personne ne décroche pas non plus au second appel, on ne la contacte plus.
On note D_2 : « la personne décroche au second appel », R_2 : « la personne répond au questionnaire lors du second appel » et R : « la personne répond au questionnaire ».

Montrer que la probabilité de l'événement R est 0,236.

Compléter l'arbre précédent.

c. Sachant qu'une personne a répondu au questionnaire, calculer la probabilité qu'elle l'ait fait lors du premier appel (arrondir au millième).

On utilise la formule du cours...

d. Un enquêteur a une liste de 25 personnes à contacter.
Les sondages auprès des personnes d'une même liste sont indépendants.
Quelle est la probabilité pour que 20 % des personnes répondent au questionnaire ? Arrondir le résultat au millième.

Répétitions indépendantes d'une même expérience ...

PRÉPARER UN CONTRÔLE

19 TOUS EN SCÈNE

★★ | 10 min | ▸ P. 245

Une compagnie de théâtre compte 12 filles et 4 garçons. Le directeur de la compagnie choisit qui interprétera les 3 rôles principaux.

a. Combien y a-t-il de trios possibles ?

b. Combien y a-t-il de trios possibles si le premier rôle doit être joué par un garçon ?

c. Combien y a-t-il de trios possibles si les deux sexes doivent être présents dans le trio ?

20 À LA MANIÈRE D'UNE ROC

★★ | 20 min | ▸ P. 245

1. On rappelle que $\binom{n}{k}$ est égale au nombre de chemins amenant à k succès parmi n répétitions d'une épreuve de Bernoulli.
Soit n un entier supérieur ou égal à 1. Démontrer que :

a. Pour tout entier k compris entre 0 et $n-1$, $\binom{n}{k}+\binom{n}{k+1}=\binom{n+1}{k+1}$.

b. Pour tout entier k compris entre 0 et n, $\binom{n}{n-k}=\binom{n}{k}$.

2. On donne $\binom{15}{3}=455$ et $\binom{16}{3}=560$.

Déterminer sans calculatrice, et en justifiant :

a. $\binom{15}{12}$ b. $\binom{15}{2}$

21 CONTROLE DE QUALITE

★★ | 15 min | ▸ P. 246

Alain fabrique, en amateur, des appareils électroniques. Il achète pour cela, dans un magasin, des composants en apparence tous identiques mais dont certains présentent un défaut. On estime que la probabilité qu'un composant vendu dans le magasin soit défectueux est égale à 0,02.

On admet que le nombre de composants présentés dans le magasin est suffisamment important pour que l'achat de 50 composants soit assimilé à 50 tirages indépendants avec remise, et on appelle X le nombre de composants défectueux achetés. Alain achète 50 composants.

a. Quelle est la probabilité qu'exactement deux des composants achetés soient défectueux ? Donner une valeur approchée de cette probabilité à 10^{-3} près.

Reconnaitre la loi de probabilité de la variable aléatoire X.

b. Quelle est la probabilité qu'au moins un des composants achetés soit défectueux ? Donner une valeur approchée de cette probabilité à 10^{-3} près.

Raisonner avec l'événement contraire.

c. Quel est, par lot de 50 composants achetés, le nombre moyen de composants défectueux ?

Combien de composant défectueux peut-on « espérer » ?

22 PANIERS

★★★ | 30 min | ▸ P. 246

Roselyne débute au basketball. Elle effectue des lancers francs successifs. Lorsqu'elle réussit le panier à un lancer, la probabilité qu'elle réussisse le panier au lancer suivant est égale à $\frac{1}{3}$.

Lorsqu'elle manque le panier à un lancer, la probabilité qu'elle manque le panier au lancer suivant est égale à $\frac{4}{5}$.

On suppose qu'au premier lancer, elle a autant de chances de marquer le panier que de le manquer.

Pour tout entier n strictement positif, on considère les événements suivants :

A_n : « Roselyne marque le panier au n-ième lancer ».

B_n : « Roselyne manque le panier au n-ième lancer ».

On pose $p_n = p(A_n)$.

a. Déterminer p_1 et montrer que $p_2 = \frac{4}{15}$.

On pourra dresser un arbre pondéré pour p_2.

b. Montrer que pour tout entier naturel $n \geqslant 1$,

$$p_{n+1} = \frac{2}{15} p_n + \frac{1}{5}.$$

On pourra dresser un arbre pondéré représentant les n-ième et $(n+1)$-ième lancers.

c. Démontrer par récurrence sur $n \in \mathbb{N}^*$ que : pour tout $n \geqslant 1$,

$$p_n = \frac{7}{26} \times \left(\frac{2}{15}\right)^{n-1} + \frac{3}{13}.$$

Attention : la suite (p_n) démarre au rang 1.

d. Déterminer $\lim\limits_{n \to +\infty} p_n$.

ALLER PLUS LOIN

23 LOTERIE ★★★ | 40 min | ▸ P. 248

À une loterie, un joueur doit miser m euros, m entier compris entre 1 et 20. Il tire simultanément et au hasard 2 boules dans une urne contenant 2 boules vertes et n boules jaunes $(n \geqslant 3)$ indiscernables au toucher.
S'il tire deux boules de couleur différentes, il a perdu.
S'il tire deux boules jaunes, il est remboursé de sa mise m.
S'il tire deux boules vertes, il peut continuer le jeu et faire tourner une roue où les gains sont répartis comme suit :

- Sur $\frac{1}{8}$ de la roue, il reçoit 100 €.
- Sur $\frac{1}{4}$ de la roue, il reçoit 20 €.
- Sur le reste de la roue, le joueur est remboursé de sa mise m.

a. Donner la loi de probabilité du gain algébrique X du joueur.
b. Déterminer la plus petite valeur de n telle que le joueur ait plus d'une chance sur deux d'être au moins remboursé de sa mise.
c. Avec cette valeur de n, déterminer la mise m (en nombre entier d'euros) minimale telle que l'organisateur puisse espérer ne pas perdre d'argent.

24 AVEC ET SANS REMISE ★★★ | 30 min | ▸ P. 250

Une urne contient quatre boules blanches et deux boules noires indiscernables au toucher. On effectue trois tirages successifs au hasard d'une boule selon la procédure suivante : après chaque tirage, si la boule tirée est blanche, on la remet dans l'urne ; si la boule tirée est noire, on ne la remet pas dans l'urne.

Soit X la variable aléatoire égale au nombre de boules noires obtenues à l'issue des trois tirages.

a. Déterminer la loi de X et son espérance.

b. On suppose cette fois que le nombre de tirages successifs est $n \geqslant 3$.

Le procédé reste le même. Soit k un entier compris entre 1 et n.

Soit K l'événement : « la k-ième boule tirée est noire et toutes les autres sont blanches » ;

E l'événement : « on obtient une boule blanche à chacun des $k-1$ premiers tirages et une boule noire au k-ième tirage » ;

F l'événement : « on obtient une boule blanche à chacun des $n-k$ derniers tirages ».

Exprimer $p(\mathrm{E})$, $p_{\mathrm{E}}(\mathrm{F})$ et $p(\mathrm{K})$ à l'aide de n et de k.

25 SUITE RECURRENTE

★★★ | 40 min | ▸ P. 252

Deux amis, Antoine et Bruno, n'ont qu'une seule manette à leur console de jeu. Ils se mettent d'accord sur le principe suivant : ils tirent à pile ou face (avec une pièce bien équilibrée) celui qui jouera la première partie, puis à chaque partie, si le joueur gagne, il peut jouer la partie suivante, sinon, il passe la manette à son voisin.

On sait que lorsqu'Antoine joue une partie, il la gagne une fois sur deux, tandis que lorsque Bruno joue une partie, il la gagne une fois sur trois.

Pour tout entier $n \geqslant 1$, on note A_n l'événement : « c'est Antoine qui joue la n-ième partie » et a_n la probabilité de l'événement A_n.

1. Déterminer a_1.

> C'est la pièce qui décide...

2. Démontrer que pour tout $n \geqslant 1$,

$$a_{n+1} = -\frac{1}{6}a_n + \frac{2}{3}.$$

> On pourra construire un arbre pondéré partiel représentant les résultats de la n-ième partie, puis de la $(n+1)$-ième partie.

3. Soit $u_n = a_n - \frac{4}{7}$ pour $n \in \mathbb{N}, n \geqslant 1$.

a. Déterminer la nature de la suite (u_n).

b. En déduire l'expression de a_n en fonction de n.

> On commence par essayer d'exprimer u_{n+1} en fonction de u_n.

4. Déterminer la limite de la suite (a_n) quand n tend vers $+\infty$.

5. Exprimer en fonction de n la probabilité que la n-ième partie soit gagnée.

26 LE LIÈVRE ET LA TORTUE

★★★ | 35 min | ▸ P. 253

Le lièvre et la tortue sont sur la case de départ numérotée zéro. Le vainqueur est celui qui arrive le premier sur la case numéro 6. On lance un dé bien équilibré. S'il tombe sur 6, le lièvre saute sur la case numéro 6 et gagne la course. Sinon, la tortue avance d'une case.

1. À première vue, qui doit gagner ?

2. a. Compléter le script suivant pour qu'il affiche les résultats successifs des lancers de dé et le nom du vainqueur.

```
from random import randint
position_tortue=0
position_lievre=0
while position_tortue ... and position_lievre ... :
    de= ...
    print(de)
    if de==6:
      position_lievre=...
    else :
      position_tortue+=...
if position_lievre == 6:
    print(«... gagne»)
else :
    print(«... gagne»)
```

b. Saisir le script dans un éditeur Python et réaliser une série de 10 parties. Peut-on préciser notre conjecture quand au gagnant le plus fréquent ?

3. On veut simuler n parties, avec n entier supérieur ou égal à 1.

a. Écrire un script qui demande à l'utilisateur de saisir la valeur du nombre n de parties et affiche la fréquence des victoires de chacun des concurrents sur l'ensemble des n parties.

> On pourra créer deux compteurs victoires_lievre et victoires_tortue qui augmenteront de 1à chaque victoire respective du lièvre ou de la tortue. Attention à bien remettre les deux concurrents sur la case de départ à chaque nouvelle partie...

b. Qui semble gagner le plus souvent sur une simulation de 100 parties ? de 1 000 parties ? de 5 000 parties ?

4. Modélisation

a. On lance un dé bien équilibre : quelle est la probabilité de ne pas faire 6 ?

b. Quelle est la probabilité de ne jamais faire 6 en 6 lancers consécutifs ?

c. En déduire la probabilité que la tortue gagne et celle que le lièvre gagne. Comparer aux résultats trouvés par simulation.

27 À LA FÊTE

★★★ | 40 min | ▶ P. 255

Dans une fête foraine, un ticket enfant permet d'effectuer autant de tirs successifs qu'il est nécessaire pour crever un ballon. À chacun de ses tirs, on considère qu'un enfant a la probabilité 0,2 de crever le ballon.
Le tireur s'arrête quand le ballon est crevé.

Partie A. Algorithmique

Écrire en langage courant un algorithme qui simule 100 parties et comptabilise le nombre moyen de tirs nécessaires pour crever le ballon.

On pourra utiliser la propriété suivante : pour un nombre aléatoire compris entre 0 et 1, la probabilité qu'il soit dans un intervalle $[a;b]\subset[0;1]$ est égale à $b-a$.
Créer deux compteurs : le premier comptera le nombre de coups nécessaires pour crever le ballon dans une partie, et le second comptabilisera le nombre total de tirs pour les 100 parties.

Partie B.

1. a. Quelle est la probabilité qu'au bout de deux tirs le ballon soit intact ?
b. Quelle est la probabilité que deux tirs suffisent pour crever le ballon ?
c. Quelle est la probabilité p_n que n tirs suffisent pour crever le ballon ?

Penser à l'événement contraire...

d. Pour quelles valeurs de n a-t-on $p_n > 0{,}99$?

2. Un deuxième stand de tir propose la règle suivante :
le joueur lance un dé tétraédrique régulier dont les faces sont numérotées de 1 à 4 (la face obtenue avec un tel dé est la face cachée).
Soit k le numéro de la face obtenue, le joueur a au maximum k tirs pour crever le ballon. Déterminer la probabilité de crever le ballon.

28 ÉVÉNEMENTS RARES

★★★★ | 45 min | ▶ P. 257

Suite à une longue période d'observation du nombre d'accidents de scooters à un carrefour, on propose la modélisation suivante :
pour n scooters franchissant le carrefour durant une année (n est un grand nombre entier inconnu), la variable aléatoire S_n qui totalise le nombre d'accidents de scooters à ce carrefour suit une loi binomiale.
On estime en outre que l'espérance de S_n est égale à $E(S_n)=10$.
On note p la probabilité pour un scooter d'être accidenté à ce carrefour pendant l'année.

1. Calculer p, puis justifier que, pour tout entier k compris entre 0 et n,

$$p(S_n=k)=\binom{n}{k}\left(\frac{10}{n}\right)^k\left(1-\frac{10}{n}\right)^{n-k}.$$

2. a. Établir l'égalité :

$$\ln\left[p(S_n = 0)\right] = -10 \times \frac{\ln\left(1 - \frac{10}{n}\right)}{-\frac{10}{n}},$$

où ln désigne la fonction logarithme népérien.
En déduire $\lim\limits_{n \to +\infty} p(S_n = 0) = e^{-10}$.

Introduire la fonction f définie sur $]0\,;+\infty[$ par $f(x) = \ln(x)$ dont on calculera le taux de variation en 1.

b. Démontrer que si k est un entier compris entre 0 et $n-1$, on a :

$$p(S_n = k+1) = p(S_n = k) \times \frac{n-k}{n-10} \times \frac{10}{k+1}\ .$$

c. Démontrer que si k est un entier naturel tel que :
$\lim\limits_{n \to +\infty} p(S_n = k) = e^{-10} \times \dfrac{10^k}{k!}$, alors

$$\lim_{n \to +\infty} p(S_n = k+1) = e^{-10} \times \frac{10^{k+1}}{(k+1)!}.$$

d. En utilisant un raisonnement par récurrence sur l'entier naturel k, démontrer que pour tout $k \in \mathbb{N}$,

$$\lim_{n \to +\infty} p(S_n = k) = e^{-10} \times \frac{10^k}{k!}.$$

3. On suppose n assez grand pour que $e^{-10} \times \dfrac{10^k}{k!}$ soit une approximation acceptable de $p(S_n = k)$.
Calculer une approximation de la probabilité qu'il y ait au moins 3 accidents de scooters à ce carrefour au cours de l'année.
On donnera un résultat approché à 10^{-4} près.

CORRIGÉS

1 5 MAJEUR

1. On choisit une combinaison de 5 joueurs dans l'ensemble des 11 joueurs :

il y a $\binom{11}{5} = \dfrac{11\times10\times9\times8\times7}{5\times4\times3\times2\times1} = \mathbf{462}$ **groupes possibles.**

2. a. Les deux frères sont tous les deux sur le terrain ou tous les deux sur le banc de touche.

S'ils sont sur le terrain, il faut compléter le groupe avec 3 autres joueurs parmi $11-2=9$, donc $\binom{9}{3} = \dfrac{9\times8\times7}{3\times2\times1} = 84$ possibilités.

Si les deux frères ne sont pas sur le terrain, il faut choisir 5 joueurs parmi $11-2=9$, c'est-à-dire $\binom{9}{5} = \dfrac{9\times8\times7\times6\times5}{5\times4\times3\times2\times1} = 126$ possibilités.

Il y a donc $84+126 = \mathbf{210}$ **groupes possibles.**

b. On peut faire $\binom{9}{4} = 126$ groupes de 5 joueurs avec le grand frère mais pas le petit, $\binom{9}{4} = 126$ groupes de 5 joueurs avec le petit frère mais pas le grand, et $\binom{9}{5} = 126$ groupes de 5 joueurs sans aucun des deux frères.

On a donc $3\times126 = \mathbf{378}$ **groupes possibles.**

2 ANAGRAMMES

a. Une anagramme du mot BRAVO correspond à une permutation des 5 lettres distinctes de l'ensemble {B ; R ; A ; V ; O} : il y en a donc

$$5! = 5\times4\times3\times2\times1 = \mathbf{120}.$$

b. De même pour le mot BOULOT, il y a $6\,! = 720$ permutations de l'ensemble des 6 lettres {B ; O ; U ; L ; O ; T}. On doit encore diviser le nombre total de permutations par le nombre de permutations entre lettres identiques.

Ainsi il y a $\dfrac{720}{2!} = \mathbf{360}$ **anagrammes** différentes du mot BOULOT.

c. Le mot RENVERSE contient **8** lettres dont **3** E et **2** R, on a donc :

$$\frac{8!}{3!\times2!} = \frac{8\times7\times6\times5\times4\times3\times2\times1}{3\times2\times1\times2\times1} = \mathbf{8\times7\times6\times5\times2 = 3\,360}\ \textbf{anagrammes}.$$

3 QCM

1. Il y a 3 réponses possibles pour la première question, suivies de 3 réponses possibles pour la deuxième, etc.

Au total, il y a $\mathbf{3^5} = \mathbf{243}$ façons de répondre à ces 5 questions.

> On peut imaginer un arbre des possibles, ou des mots de 5 lettres sur un alphabet à 3 lettres, ou encore appliquer le principe multiplicatif aux 5-uplets de A^5 où $A = \{$**a.** ; **b.** ; **c.**$\}$

2. Si on donne la réponse **a.** à la 3-ième question, il faut encore choisir l'une des trois réponses possibles pour les quatre questions restantes. Il y a donc $\mathbf{3^4 = 81}$ QCM pour lesquels on a donné la réponse **a.** à la troisième question.

3. Pour n'obtenir que des mauvaises réponses, il faut avoir donné l'une des deux mauvaises réponses à chacune des 5 questions.
On a donc $\mathbf{2^5 = 32}$ choix possibles.

4. Toutes les façons de remplir le QCM étant équiprobables, on a :

$$\boldsymbol{p}(\mathbf{A}) = \frac{\mathbf{3^4}}{\mathbf{3^5}} = \frac{\mathbf{1}}{\mathbf{3}} \text{ et } \boldsymbol{p}(\mathbf{B}) = \frac{\mathbf{2^5}}{\mathbf{3^5}} = \frac{\mathbf{32}}{\mathbf{243}}.$$

Ces résultats peuvent se retrouver en considérant que chaque QCM est constitué de 5 questions indépendantes. Pour chacune d'elles, la probabilité de trouver la bonne réponse est $\frac{1}{3}$ $\left(\text{donc celle de se tromper est à } \frac{2}{3}\right)$. On applique alors le principe multiplicatif des expériences indépendantes successives.

4 LOTO

1. Une grille de Loto constitue une combinaison de 7 éléments distincts de l'ensemble A = {1 ; 2 ; 3 ; … ; 49} (on choisit 7 cases parmi 49 cases différentes, sans ordre et sans répétition). On peut donc jouer :

$$\binom{49}{7} = \frac{49!}{7!(49-7)!} = \frac{49 \times 48 \times \ldots \times 43}{7 \times 6 \times \ldots \times 2 \times 1} = \mathbf{85\,900\,584} \textbf{ grilles différentes.}$$

2. a. Cette instruction génère la liste ordonnée des entiers de 1 à 49 : ce sont les 49 boules présentes initialement dans l'urne.

b. Lorsque la boule numéro b est tirée, il faut l'enlever de l'urne pour le tirage suivant.

3. a. Toutes les grilles sont équiprobables, donc la probabilité que la grille 1, 2, 3, 4, 5, 6, 7 soit la grille obtenue par tirage au sort est égale à :

$$\frac{\mathbf{1}}{\mathbf{85\,900\,584}} \approx \mathbf{1{,}2 \times 10^{-8}} \textbf{ à } \mathbf{10^{-9}} \textbf{ près.}$$

b. La grille 1, 2, 3, 4, 5, 6, 7 ne comporte aucun numéro gagnant lorsque la grille obtenue par tirage au sort est une combinaison de 7 nombres distincts choisis parmi les 42 restants, c'est-à-dire de l'ensemble {8 ; 9 ; … ;49}.

Il y en a $\binom{42}{7} = \frac{42!}{7!(42-7)!} = \frac{42 \times 41 \times \ldots \times 36}{7 \times 6 \times \ldots \times 2 \times 1} = 26\,978\,328$.

La probabilité de cet événement est donc $\frac{\mathbf{26\,978\,328}}{\mathbf{85\,900\,584}} \approx \mathbf{0{,}31}$ **à** $\mathbf{10^{-2}}$ **près.**

c. La grille 1, 2, 3, 4, 5, 6, 7 comporte exactement 2 bons numéros lorsque la grille obtenue par tirage au sort comporte une combinaison de 2 chiffres distincts de l'ensemble {1 ;2 ;… ;7} et une combinaison de 5 nombres distincts de l'ensemble {8 ; 9 ; … ;49}.

Il y en a $\binom{7}{2} \times \binom{42}{5} = \frac{7 \times 6}{2 \times 1} \times \frac{42 \times 41 \times \ldots \times 38}{5 \times 4 \times 3 \times 2 \times 1} = 17\,864\,028$.

La probabilité de cet événement est donc $\frac{\mathbf{17\,864\,028}}{\mathbf{85\,900\,584}} \approx \mathbf{0{,}21}$ **à** $\mathbf{10^{-2}}$ **près.**

CORRIGÉS

5 CODES RÉSEAU

1. Un code est ici une 4-liste (ou 4-uplet) de X^4 où X désigne l'ensemble des 36 caractères distincts possibles. Il y a donc 36^4 = **1 679 616 codes** possibles que Paul peut saisir de façon équiprobable.

a. Il n'y a qu'un seul bon code, donc $p(\mathbf{A}) = \dfrac{\mathbf{1}}{\mathbf{1\,679\,616}}$.

b. Il n'y a qu'une façon d'écrire « paul », donc $p(\mathbf{B}) = \dfrac{\mathbf{1}}{\mathbf{1\,679\,616}}$.

c. L'événement C est réalisé lorsque Paul saisit une permutation des 4 caractères distincts de son code (les 4 caractères sont saisis mais dans tous les ordres possibles) : il y a donc $4 \times 3 \times 2 \times 1 = 24$ cas favorables à C.

Donc $p(\text{C}) = \dfrac{24}{1\,679\,616} = \dfrac{\mathbf{1}}{\mathbf{69\,984}}$.

d. L'événement D est réalisé lorsque le deuxième caractère est l'un des 10 chiffres possibles. Les trois autres caractères constituent une 3-liste (un triplet) de X^3, où X désigne l'ensemble des 36 caractères distincts possibles.

Donc $p(\text{D}) = \dfrac{10 \times 36^3}{36^4} = \dfrac{10}{36} = \dfrac{\mathbf{5}}{\mathbf{18}}$.

2. Paul tape une 4-liste (ou 4-uplets) d'éléments 2 à 2 distincts de l'ensemble X des 36 caractères distincts.
Il peut donc saisir $36 \times 35 \times 34 \times 33 = 1\,413\,720$ codes équiprobables.

a. Il n'y a qu'un bon code, donc $p(\mathbf{E}) = \dfrac{\mathbf{1}}{\mathbf{1\,413\,720}}$.

b. L'événement F est réalisé lorsque Paul tape une 3-liste (un triplet) ordonnée de trois chiffres différents de l'ensemble $\{0\,;1\,;\,\dots\,;9\}$ et une lettre de l'alphabet. Il y a $10 \times 9 \times 8 = 720$ triplets possibles et 26 choix possibles pour la lettre. Celle-ci est placée à l'une des 4 places du code, que l'on complète avec l'un des 720 triplets.
Il y a donc $720 \times 26 \times 4 = 74\,880$ codes favorables à l'événement F.

Donc $p(\text{F}) = \dfrac{74\,880}{1\,413\,720} = \dfrac{\mathbf{208}}{\mathbf{3\,927}}$.

c. L'événement G est réalisé lorsque Paul a mis à la bonne place deux caractères, et choisi soit deux caractères qui n'existent pas dans le code, soit un caractère du code mal placé et un caractère qui n'existe pas dans le code, soit les deux caractères restant du code mais mal placés (donc intervertis puisqu'il ne reste que 2 places).

Il y a $\begin{pmatrix} 4 \\ 2 \end{pmatrix} = 6$ façons de choisir la position dans le code des 2 caractères bien placés.

Dans les 2 emplacements restants, on place :
- soit 2 des 32×31 caractères distincts qui n'existent pas dans le code ;
- soit un des deux caractères qui existe mais qui est mal placé, et un des 32 caractères qui n'existe pas dans le code ;
- soit les deux caractères qui restent du code mais inversés.

Il y a donc $6 \times (32 \times 31 + 2 \times 32 + 1) = 6342$ codes favorables à F.

On en déduit : $p(\text{G}) = \dfrac{6\,342}{1\,413\,720} = \dfrac{\mathbf{151}}{\mathbf{33\,660}}$.

Ces résultats peuvent se retrouver en travaillant comme à la question **1.** mais en conditionnant par l'événement « Paul tape des caractères différents 2 à 2 ».

6 BERNOULLI ?

a. Il y a trois couleurs possibles, donc on ne peut pas se ramener à un modèle ne comptant que deux issues : il ne s'agit pas d'une épreuve de Bernoulli.

b. On a bien deux issues S : « le dé est rouge » et E : « le dé est d'une autre couleur », $E = \overline{S}$.

Le choix du dé se faisant de façon équiprobable, la probabilité du succès S est :

$$p(S) = \frac{\text{nombre de dés rouges}}{\text{nombre de dés}} = \frac{1}{3}.$$

On peut donc modéliser l'expérience par une épreuve de Bernoulli de paramètre $p = \frac{1}{3}$.

Le gain X correspondant est une variable aléatoire dont la loi est donnée par :

x_i	$+2$	-1
$p(X = x_i)$	$\frac{1}{3}$	$\frac{2}{3}$

c. Les différentes sommes possibles sont tous les entiers compris entre $1+1+1=3$ et $6+6+6=18$. Il y a donc 16 issues à distinguer.

On ne peut pas utiliser un modèle de Bernoulli.

d. Il y a $6 \times 6 \times 6 = 216$ produits équiprobables (distincts ou non), mais on ne s'intéresse qu'au succès S :« le produit est égal à 4 ».

On peut donc se limiter aux deux issues S et $\overline{S}$.

Les différents produit réalisant S sont $1 \times 1 \times 4$; $1 \times 4 \times 1$; $4 \times 1 \times 1$; $1 \times 2 \times 2$; $2 \times 1 \times 2$; $2 \times 2 \times 1$. Il y en a donc 6.

On en déduit qu'il s'agit bien d'une épreuve de Bernoulli de paramètre :

$$p = \frac{6}{216} = \frac{1}{36}.$$

e. Il y a trois issues à distinguer : **on ne peut pas se ramener à une épreuve de Bernoulli.**

7 AUTOUR DES COMBINAISONS

a.

n \ k	0	1	2	3	4	5	6
0	1						
1	1	1					
2	1	2	1				
3	1	3	3	1			
4	1	4	6	4	1		
5	1	5	10	10	5	1	
6	1	6	15	20	15	6	1

On lit $\binom{6}{4} = 15$.

b. Vérification à l'aide du script proposé : on saisit dans la console combinaison(6,4) et on lit le résultat affiché : 15.

Quand n est grand, ce type de script se heurte à la limitation du nombre d'éléments.

c. Première fonction avec une formule récursive :

```
def factoriel(n):
   if n > 1:
      return n * factoriel(n - 1)
   else:
      return 1
```

Autre fonction sans formule récursive :

```
def factoriel(n):
    x = 1
    for i in range(1,n+1):
    x = x * i
    return x
```

On complète l'un des scripts précédents avec :

```
n=int(input("Saisir la valeur de n :"))
k=int(input("Saisir la valeur de k :"))
c=factoriel(n)/(factoriel(k)*factoriel(n-k))
print(c)
```

On a bien : $\binom{6}{4}=\dfrac{6!}{4!(6-4)!}=\dfrac{6\times5}{2\times1}=15.$

d. L'espérance de X est $E(X)=n\times p=6\times\dfrac{1}{2}=3$. C'est aussi par définition :

$E(X)=\sum_{k=0}^{6}k\times p(X=k)$, où pour tout entier k compris entre 0 et 6 :

$$p(X=k)=\binom{n}{k}p^k(1-p)^{n-k}=\binom{6}{k}\left(\frac{1}{2}\right)^k\times\left(\frac{1}{2}\right)^{6-k}$$
$$=\binom{6}{k}\left(\frac{1}{2}\right)^{k+6-k}=\binom{6}{k}\times\frac{1}{2^6}.$$

On en déduit :

$$0\times\binom{6}{0}\times\frac{1}{2^6}+1\times\binom{6}{1}\times\frac{1}{2^6}+2\times\binom{6}{2}\times\frac{1}{2^6}+3\times\binom{6}{3}\times\frac{1}{2^6}+4\times\binom{6}{4}\times\frac{1}{2^6}$$
$$+5\times\binom{6}{5}\times\frac{1}{2^6}+6\times\binom{6}{6}\times\frac{1}{2^6}=3.$$

Donc, en multipliant les deux membres par 2^6 :

$$\mathbf{1\times\binom{6}{1}+2\times\binom{6}{2}+3\times\binom{6}{3}+4\times\binom{6}{4}+5\times\binom{6}{5}+6\times\binom{6}{6}=3\times2^6.}$$

La lecture du triangle de Pascal donne bien :
$1\times6+2\times15+3\times20+4\times15+5\times6+6\times1=192=3\times2^6$.
Pour compléter le script on ajoutera :

```
L=[k*factoriel(n)/(factoriel(k)*factoriel(n-k)) for k in range(1,n+1)]
print(sum(L))
```

8 LOI BINOMIALE

1. Les dés sont bien équilibrés, donc les $6\times6=36$ couples (autant que de cases dans le tableau) formés par les résultats de chaque dé sont équiprobables. Calculons les sommes correspondantes :

1er dé \ 2e dé	1	2	3	4	5	6
1	2	3	4	5	6	7
2	3	4	5	6	7	8
3	4	5	6	7	8	9
4	5	6	7	8	9	10
5	6	7	8	9	10	11
6	7	8	9	10	11	12

On distingue bien les deux dés (on peut penser à deux dés de couleurs différentes) pour travailler dans un univers (les 36 couples) où les événements élémentaires sont équiprobables (loi équirépartie). On pourra alors utiliser la formule $\dfrac{\text{nombre de cas favorables}}{\text{nombre de cas possibles}}$ pour calculer la probabilité d'un événement.

Il y a donc 6 couples correspondant à la somme 7 donc la probabilité de gagner est :

$$\mathbf{p=\frac{6}{36}=\frac{1}{6}\approx 0{,}167 \text{ à } 10^{-3} \text{ près.}}$$

2. a. On répète de façon indépendante cinq épreuves de Bernoulli de paramètre $\frac{1}{6}$.

Le nombre X de succès suit alors une loi binomiale de paramètres $n=5$ et $p=\frac{1}{6}$.

b. On en déduit la probabilité d'obtenir deux succès sur les 5 lancers :

$$\begin{aligned} p(X=2) &= \binom{5}{2}p^2(1-p)^3 \\ &= 10\times\left(\frac{1}{6}\right)^2\times\left(\frac{5}{6}\right)^3=\frac{1\,250}{7\,776}=\frac{625}{3\,888} \\ &\approx \mathbf{0{,}161} \text{ (}\mathbf{\text{à } 10^{-3} \text{ près}}\text{).}\end{aligned}$$

$\binom{5}{2}=10$ peut être obtenu :

- en construisant l'arbre correspondant au schéma de Bernoulli et en comptant le nombre de branches contenant 2 succès ;
- à l'aide du triangle de Pascal ;
- avec la formule $\binom{5}{2}=\frac{5\times4}{2\times1}=10$.

c. On cherche $p(X \leqslant 2) = p(X=0) + p(X=1) + p(X=2)$.

$$p(X=0) = \binom{5}{0} p^0 (1-p)^5 = 1 \times 1 \times \left(\frac{5}{6}\right)^5 = \frac{3\,125}{7\,776}$$

$$p(X=1) = \binom{5}{1} p^1 (1-p)^4 = 5 \times \left(\frac{1}{6}\right)^1 \times \left(\frac{5}{6}\right)^4 = \frac{3\,125}{7\,776}$$

$$p(X=2) = \frac{1\,250}{7\,776}$$

Donc $p(X \leqslant 2) = \frac{3\,125}{7\,776} + \frac{3\,125}{7\,776} + \frac{1\,250}{7\,776} = \frac{7\,500}{7\,776} = \frac{625}{648} \approx$ **0,965 à 10^{-3} près.**

d. On cherche $p(X \geqslant 3) = p(X=3) + p(X=4) + p(X=5)$.

$$p(X=3) = \binom{5}{3} p^3 (1-p)^2 = 10 \times \left(\frac{1}{6}\right)^3 \times \left(\frac{5}{6}\right)^2 = \frac{250}{7\,776}$$

$$p(X=4) = \binom{5}{4} p^4 (1-p)^1 = 5 \times \left(\frac{1}{6}\right)^4 \times \left(\frac{5}{6}\right)^1 = \frac{25}{7\,776}$$

$$p(X=5) = \binom{5}{5} p^5 (1-p)^0 = 1 \times \left(\frac{1}{6}\right)^5 \times 1 = \frac{1}{7776}$$

Donc $p(X \geqslant 3) = \frac{250}{7\,776} + \frac{25}{7\,776} + \frac{1}{7\,776} = \frac{276}{7\,776} = \frac{23}{648} \approx$ **0,035 à 10^{-3} près.**

Autre méthode, plus rapide ici :

$$p(X \geqslant 3) = 1 - p(X \leqslant 2) = 1 - \frac{625}{648} = \frac{23}{648}.$$

9 JEUX MULTIPLES

Partie A.

Le script devient :

```
from random import *
Urne=[«oui»]*4+[«non»]*3+[«blanc»]*3
Gain=0
for i in range(10000) :
    b=choice(Urne)
    if b=="oui":
        Gain+=0.3
    elif b=="non":
        Gain+=-0.3
    else :
        Gain+=-0.1
print(Gain/10000)
```

Le gain espéré semble très proche de zéro.

Partie B.

1. Les bulletins sont indiscernables au toucher donc les tirages sont équiprobables. Si X désigne le gain algébrique, la loi de probabilité de X (exprimé en centimes d'euros) est :

x_i	-30	-10	30
$p(X = x_i)$	$\frac{3}{10} = 0,3$	$\frac{3}{10} = 0,3$	$\frac{4}{10} = 0,4$

L'espérance du gain est $E(X) = -30 \times 0,3 - 10 \times 0,3 + 30 \times 0,4 = 0$.

Le jeu est donc équitable : **la réponse correcte est c.**

2. Notons A l'événement :« obtenir au moins un bulletin oui ».

Son événement contraire $\bar{A}$ est : « obtenir 4 bulletins non ou blanc ».

Pour une partie donnée, la probabilité de l'événement N : « obtenir un bulletin non ou blanc » est égale à $\frac{6}{10} = \frac{3}{5}$.

Les expériences successives étant indépendantes, on en déduit :

$$p(\bar{A}) = p(N) \times p(N) \times p(N) \times p(N) = \left(\frac{3}{5}\right)^4 = \frac{81}{625}$$

d'où $p(A) = 1 - p(\bar{A}) = 1 - \frac{81}{625} = \frac{544}{625}$.

La réponse correcte est b.

Autre méthode

On note X le nombre de bulletins « oui » obtenus au cours des 4 parties indépendantes. X suit une loi binomiale de paramètres $n = 4$ et $p = \frac{4}{10} = \frac{2}{5}$, donc

$$p(A) = 1 - p(X = 0) = 1 - \binom{4}{0}\left(\frac{2}{5}\right)^0\left(1 - \frac{2}{5}\right)^4$$

$$= 1 - \left(\frac{3}{5}\right)^4 = 1 - \frac{81}{625} = \frac{544}{625}.$$

3. Le joueur tire une combinaison de deux bulletins parmi les dix bulletins distincts présents dans l'urne.

Il y a donc $\binom{10}{2} = \frac{10 \times 9}{2 \times 1} = 45$ tirages équiprobables de deux bulletins.

Il y a $\binom{4}{2} = \frac{4 \times 3}{2 \times 1} = 6$ tirages de deux bulletins « oui », $\binom{3}{2} = 3$ tirages de deux bulletins « non » et $\binom{3}{2} = 3$ tirages de deux bulletins « blanc ».

Il y a donc $45 - 6 - 3 - 3 = 33$ tirages de deux bulletins de sortes différentes, donc la probabilité cherchée est $\frac{33}{45} = \frac{11}{15}$.

La réponse correcte est c.

10 UN PEU D'ORDRE

a. On commence par choisir l'ordre des matières : il y a $3! = 6$ permutations possibles.
L'ordre étant choisi, il y a $6! = 720$ permutations possibles pour ordonner les livres de Mathématiques,
$3! = 6$ permutations possibles pour ordonner les livres de Philosophie, $2! = 2$ permutations possibles pour ordonner les livres d'Histoire.
Le nombre de rangements possible est donc égal à $6 \times 720 \times 6 \times 2 = \mathbf{51\,840}$.

b. Il y a $6! = 720$ permutations possibles pour ordonner les livres de Mathématiques. Il peut y avoir de 0 à 5 livres avant le premier livre de Mathématiques, donc 6 choix pour la position du premier livre de Mathématiques. On range les 5 autres livres en constituant une des $5! = 120$ permutations possibles.
Il y a donc en tout $6 \times 720 \times 120 =$ **518 400 rangements possibles.**

11 ON TIRE LES CARTES

a. Il n'y a pas d'ordre et pas de répétition sur les cartes : un tirage est donc une combinaison de 5 cartes parmi 32.

Il y a : $\begin{pmatrix} 5 \\ 32 \end{pmatrix} = \dfrac{32 \times 31 \times 30 \times 29 \times 28}{5 \times 4 \times 3 \times 2 \times 1} =$ **201 376 tirages différents.**

b. Pour obtenir 5 carreaux, il faut choisir 5 cartes parmi 8 :

il y a $\begin{pmatrix} 8 \\ 5 \end{pmatrix} = \dfrac{8 \times 7 \times 6 \times 5 \times 4}{5 \times 4 \times 3 \times 2 \times 1} = 56$ tels tirages.

De même pour obtenir 5 cœurs.
Comme les deux cas sont disjoints, il y a $2 \times 56 =$ **112 tirages différents.**

c. Il y a $\begin{pmatrix} 8 \\ 2 \end{pmatrix} = \dfrac{8 \times 7}{2 \times 1} = 28$ façons de choisir 2 carreaux parmi 8 puis, et pour chacune de ces façons, il y a $\begin{pmatrix} 8 \\ 3 \end{pmatrix} = \dfrac{8 \times 7 \times 6}{3 \times 2 \times 1} = 56$ façons de choisir 3 cœurs.
Le nombre de tirages recherché est donc : $28 \times 56 = \mathbf{1\,568}$.

d. On compte les tirages sans dame :

il y a $\begin{pmatrix} 28 \\ 5 \end{pmatrix} = \dfrac{28 \times 27 \times 26 \times 25 \times 24}{5 \times 4 \times 3 \times 2 \times 1} = 98\,280$ tirages de 5 cartes parmi 28.

Le nombre de tirages recherché est donc : $201\,376 - 98\,280 = \mathbf{103\,096}$.

e. Comme pour les dames, il y a $98\,280$ tirages sans roi. Pour les tirages comprenant un roi, il y a 4 façons de choisir le roi, puis, pour chacune de ces façons,
$\begin{pmatrix} 28 \\ 4 \end{pmatrix} = \dfrac{28 \times 27 \times 26 \times 25}{4 \times 3 \times 2 \times 1} = 20\,475$ façons de choisir les autres cartes.
On en déduit que le nombre de tirages recherché est :
$98\,280 + 4 \times 20\,475 = \mathbf{180\,180}$.

f. On distingue les tirages contenant la dame de cœur et ceux qui ne contiennent pas la dame de cœur :
– si le tirage ne contient pas le dame de cœur, il y a $\begin{pmatrix} 3 \\ 2 \end{pmatrix} = 3$ choix différents pour les 2 dames parmi les 3 restantes, $\begin{pmatrix} 7 \\ 3 \end{pmatrix} = \dfrac{7 \times 6 \times 5}{3 \times 2 \times 1} = 35$ choix de 3 cœurs parmi les 7 qui ne sont pas la dame de cœur ;

– si le tirage contient la dame de cœur, il reste $\binom{3}{1} = 3$ choix pour la dame différente de la dame de cœur, puis $\binom{7}{2} = 21$ choix pour les deux autres cœurs.
Il reste à choisir une carte qui n'est ni une dame, ni un cœur : il y en a $32 - 4 - 7 = 21$.
Le nombre de tirages recherché est $3 \times 35 + 3 \times 21 \times 21 = \mathbf{1\,428}$.

12 PERMUTATIONS, COMBINAISONS

1. a.

```
from random import *
E=['A','R','D','V',10,9,8,7]
S=[]
for k in range(len(E)):
    x=choice(E)
    S.append(x)
    E.remove(x)
print(S)
```

La taille de liste E diminue à chaque itération de la boucle for.

b. Il y a $8! = 8 \times 7 \times 6 \times 5 \times 4 \times 3 \times 2 \times 1 = \mathbf{40\,320}$ permutations.

2. Ce script affiche :
[['A', 'R'], ['A', 'D'], ['A', 'V'], ['A', 10], ['A', 9], ['A', 8], ['A', 7], ['R', 'D'], ['R', 'V'], ['R', 10], ['R', 9], ['R', 8], ['R', 7], ['D', 'V'], ['D', 10], ['D', 9], ['D', 8],['D', 7], ['V', 10], ['V', 9], ['V', 8], ['V', 7], [10, 9], [10, 8], [10, 7], [9, 8], [9, 7], [8, 7]]
28

On a $\binom{8}{2} = \frac{8 \times 7}{2 \times 1} = 28$ combinaisons de 2 cartes distinctes parmi 8.

Ici on a commencé par toutes les combinaisons de 2 cartes contenant l'As, puis de 2 cartes contenant le Roi, mais qui ne contient pas l'As (car {As,Roi} est déjà compté) etc.

3. On modifi le script ainsi :

```
from random import *
E=['A','R','D','V',10,9,8,7]
S=[]
for k in range(len(E)-2):
    for i in range(k+1,len(E)-1):
        for j in range(i+1,len(E)):
            S.append([E[k],E[i],E[j]])
print(S)
print(len(S))
```

Le nombre de combinaisons de 3 cartes distinctes parmi 8 est $\binom{8}{2} = \mathbf{56}$.

13 UNE SOMME DE COMBINAISONS

a. Soit k un entier compris entre 7 et 49.
Cocher 7 cases dont le plus grand nombre est k revient à cocher la case portant le numéro k et 6 cases parmi les cases numérotées de 1 à $k-1$, ce qui constitueune combinaison de 6 éléments de l'ensemble $\{1\,;2\,;\ldots\,;k-1\}$: il y a donc $\binom{k-1}{6}$ façons de cocher 7 cases dont le plus grand numéro est k.

b. Une grille de loto correspond à une combinaison de 7 éléments de l'ensemble $\{1\,;2\,;\ldots 49\}$.
Il y en a donc :

$$\binom{49}{7} = \frac{49\times 48\times 47\times 46\times 45\times 44\times 43}{7\times 6\times 5\times 4\times 3\times 2\times 1} = 85\,900\,584\,.$$

Comme le plus grand numéro d'une grille de loto ne peut être inférieur à 7, on en déduit $\sum_{k=7}^{49}\binom{k-1}{6} = \mathbf{85\,900\,584}$.

14 GOURMANDISES

a. Soit B l'événement : « sur les 9 premiers chocolats, 4 sont noirs » et
C : « le 10-ième convive prend un chocolat noir ».
On a $A = B \cap C$.
Ces tirages se font de façon équiprobable.
Choisir 9 chocolats parmi 15 constitue une combinaison de 9 éléments distincts d'un ensemble à 15 éléments distincts, il y a :
$\binom{15}{9} = \frac{15\times 14\times 13\times 12\times 11\times 10\times 9\times 8\times 7}{9\times 8\times 7\times 6\times 5\times 4\times 3\times 2\times 1} = 5\,005$ combinaisons possibles.
De même, il y a $\binom{5}{4} = 5$ combinaisons de 4 chocolats noirs parmi les 5 disponibles, et $\binom{10}{5} = \frac{10\times 9\times 8\times 7\times 6}{5\times 4\times 3\times 2\times 1} = 252$ combinaisons de 5 chocolats au lait restant parmi les 10 disponibles.
Il y a donc $5\times 252 = 1260$ cas favorables à l'événement B, d'où

$$p(B) = \frac{1\,260}{5\,005} = \frac{36}{143}$$

L'événement B étant réalisé, il reste 6 chocolats, dont un seul chocolat noir.
Les tirages étant équiprobables, on a donc $p_B(C) = \frac{1}{6}$.
On en déduit :

$$\begin{aligned} p(A) &= p(B\cap C) \\ &= p(B)\times p_B(C) \\ &= \frac{36}{143}\times\frac{1}{6} \\ &= \mathbf{\frac{6}{143}}. \end{aligned}$$

b. On va calculer la probabilité de l'événement contraire $\overline{D}$: « le 15-ième convive prend le dernier chocolat noir ».
$\overline{D}$ est réalisé lorsqu'on a prélevé une combinaison de 4 des 5 chocolats noirs et une combinaison de 10 des 10 chocolats au lait (donc l'ensemble des chocolats au lait). Il y a donc $\binom{5}{4}\times\binom{10}{10}=5\times 1=5$ cas favorables à $\overline{D}$, pour $\binom{15}{14}=15$ combinaisons équiprobables de 14 chocolats parmi 15.
Ainsi $p(\overline{D})=\frac{5}{15}=\mathbf{\frac{1}{3}}$ et $p(D)=1-p(\overline{D})=\mathbf{\frac{2}{3}}$.

Avis aux gourmands « pressés » : si chacun prend un chocolat au hasard, le dernier servi – et plus généralement chacun des convives – a exactement la même probabilité d'avoir un chocolat noir que le premier.

15 AVEC OU SANS REMISE

1. Pour un tirage, il y a 2 éventualités possibles :
S : « obtenir une boule rouge » et $\overline{S}$ « obtenir une boule verte ».
a. Les boules sont indiscernables, donc les 15 boules ont la même probabilité d'être choisies. Ainsi :

$$p(S)=\frac{7}{15} \text{ et } p(\overline{S})=\frac{8}{15}.$$

On cherche $p(SS\overline{S}\overline{S}\overline{S})$.
Les tirages successifs étant indépendants (avec remise), donc :

$$p(SS\overline{S}\overline{S}\overline{S})=\frac{7}{15}\times\frac{7}{15}\times\frac{8}{15}\times\frac{8}{15}\times\frac{8}{15}=\frac{25\,088}{759\,375}\approx \mathbf{0{,}033 \text{ à } 10^{-3} \text{ près.}}$$

b. On peut numéroter les 5 tirages successifs et compter le nombre de façon de placer les rangs des deux tirages correspondant au succès.
Il y a $\binom{5}{2}=\frac{5\times 4}{2\times 1}=10$ combinaisons de 2 éléments (rang des succès) parmi l'ensemble des 5 tirages.
Ces tirages indépendants comportant 2 succès et 3 échecs ont une probabilité égale à $\left(\frac{7}{15}\right)^2\times\left(\frac{8}{15}\right)^3=\frac{25\,088}{759\,375}$.
La probabilité cherchée est donc égale à :

$$10\times\frac{25\,088}{759\,375}=\frac{250\,880}{759\,375}\approx \mathbf{0{,}33 \text{ à } 10^{-3} \text{ près.}}$$

On peut reconnaitre également que X, nombre de succès au cours des 5 répétitions indépendantes de la même épreuve de Bernoulli de paramètre $p=\frac{7}{15}$, suit une loi binomiale de paramètre $n=5$ et $p=\frac{7}{15}$ donc :

$$p(X=2)=\binom{5}{2}\times\left(\frac{7}{15}\right)^2\times\left(\frac{8}{15}\right)^3.$$

CORRIGÉS

c. La ligne 4 devient :

```
for i in range(5) :
```

Les lignes 10 et 11 (en respectant les indentations !) :

```
if x=="Rouge":
    nombre_rouge+=1
```

La dernière ligne devient :

```
print("Le tirage donne", nombre_rouge,"boules rouges.")
```

2. On tire successivement et sans remise 5 boules parmi 15 indiscernables au toucher, ce qui correspond à une combinaison de 5 éléments distincts parmi 15.

Il y a donc $\binom{15}{5} = \frac{15\times14\times13\times12\times11}{5\times4\times3\times2\times1} = $ **3 003 tirages équiprobables possibles.**

a. On veut deux boules rouges parmi les 7 disponibles et trois boules vertes parmi les 8 disponibles. Il y a $\binom{7}{2} = \frac{7\times6}{2\times1} = 21$ combinaison de 2 éléments distincts de l'ensemble des 7 boules rouges, et $\binom{8}{3} = \frac{8\times7\times6}{3\times2\times1} = 56$ combinaisons de 3 éléments distincts de l'ensemble de 8 boules vertes.

La probabilité cherchée est donc :

$$p_1 = \frac{21\times56}{3\,003} = \mathbf{\frac{56}{143}}.$$

b. On note A : « Obtenir au moins deux boules de couleurs différentes ».

Première méthode

On veut obtenir une boule rouge parmi 7 et 4 vertes parmi 8 ou 2 boules rouges parmi 7 et 3 vertes parmi 8 ou 3 boules rouges parmi 7 et 2 vertes parmi 8 ou 4 boules rouges parmi 7 et une verte parmi 8. Tous ces événements sont disjoints 2 à 2, donc le nombre de cas favorables est :

$$\binom{7}{1}\times\binom{8}{4}+\binom{7}{2}\times\binom{8}{3}+\binom{7}{3}\times\binom{8}{2}+\binom{7}{4}\times\binom{8}{1}$$

$$= 7\times70+21\times56+35\times28+35\times8 = 2\,926$$

La probabilité cherchée est donc :

$$p(\mathrm{A}) = \frac{2\,926}{3\,003} = \mathbf{\frac{38}{39}}.$$

Deuxième méthode

On cherche le nombre de cas favorables à l'événement $\bar{\mathrm{A}}$: « obtenir 5 boules-rouges ou 5 boules vertes ».

Il y a $\binom{7}{5} = \frac{7\times6}{2\times1} = 21$ combinaisons de 5 éléments distincts parmi 7, et $\binom{8}{5} = \frac{8\times7\times6}{3\times2\times1} = 56$ combinaisons de 5 éléments distincts parmi 8, donc $21+56=77$ cas favorables à $\bar{\mathrm{A}}$ (une boule ne peut pas être à la fois rouge et verte).

Ainsi $p(\bar{\mathrm{A}}) = \frac{77}{3\,003} = \frac{1}{39}$ donc :

$$p(\mathrm{A}) = 1-\frac{1}{39} = \mathbf{\frac{38}{39}}.$$

c. Il suffit d'ajouter dans la boucle for la ligne `urne.remove(B)` après l'instruction `tirage.append(B)` afin que la boule tirée soit retirée de l'urne.

16 LES PETITS CHEVAUX

Partie A.

```
dé ← tirage aléatoire d'un entier compris entre 1 et 6
nombre_lancers ← 1
Tant que dé < 6
    dé ← tirage aléatoire d'un entier compris entre 1 et 6
    nombre_lancers ← nombre_lancers + 1
Fin tant que
Afficher la valeur nombre_lancers
```

Voici un script possible correspondant à cet algorithme :

```python
from random import randint
de=randint(1,6)
nombre_lancers=1
while de <6 :
    de=randint(1,6)
    nombre_lancers+=1
print(nombre_lancers)
```

Partie B.

1. Pour $n \in \mathbb{N}^*$, on note A_n l'événement : « pouvoir entrer en jeu au n-ième tour de dé ». Le dé est bien équilibré, donc ses six faces sont équiprobables.

À chaque tour de dé, la probabilité d'obtenir un 6 est donc $p = \frac{1}{6}$ et la probabilité de ne pas obtenir un 6 est $q = 1 - p = \frac{5}{6}$.

a. On entre en jeu au premier tour de dé si on obtient un 6, donc :

$$p(A_1) = p = \frac{1}{6}.$$

b. On rentre en jeu au deuxième lancer si on n'a pas obtenu un 6 au premier tour de dé et si on obtient un 6 au deuxième tour de dé.
Les résultats des lancers de dé étant indépendants :

$$p(A_2) = q \times p = \frac{5}{6} \times \frac{1}{6} = \frac{5}{36}.$$

On visualise mieux la situation avec un arbre pondéré :

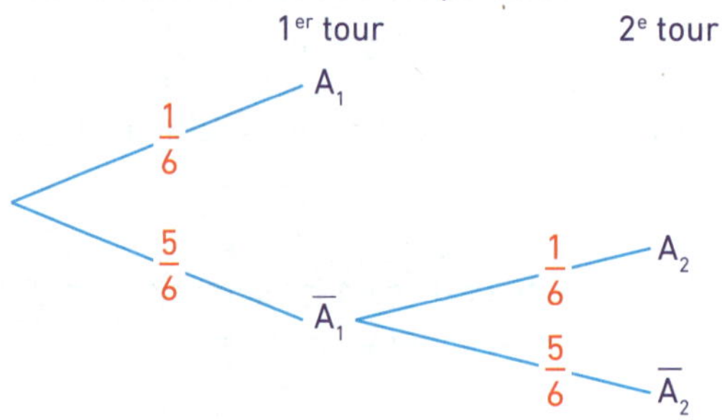

Donc $A_2 \subset \overline{A_1}$, d'où $A_2 = \overline{A_1} \cap A_2$ et $p(A_2) = p(\overline{A_1}) \times p_{\overline{A_1}}(A_2) = \frac{5}{6} \times \frac{1}{6}$.

2. Soit $n \in \mathbb{N}$, $n \geqslant 2$. On rentre en jeu au n-ième tour de dé si on n'a pas obtenu 6 au cours de $n-1$ premiers tours de dé, et si on obtient un 6 au n-ième tour. Les résultats des lancers étant indépendants :

$$\boldsymbol{p(\mathrm{A}_n) = q^{n-1} \times p = \left(\frac{5}{6}\right)^{n-1} \times \frac{1}{6} = \frac{5^{n-1}}{6^n}}.$$

On visualise mieux la situation à l'aide d'un arbre pondéré :

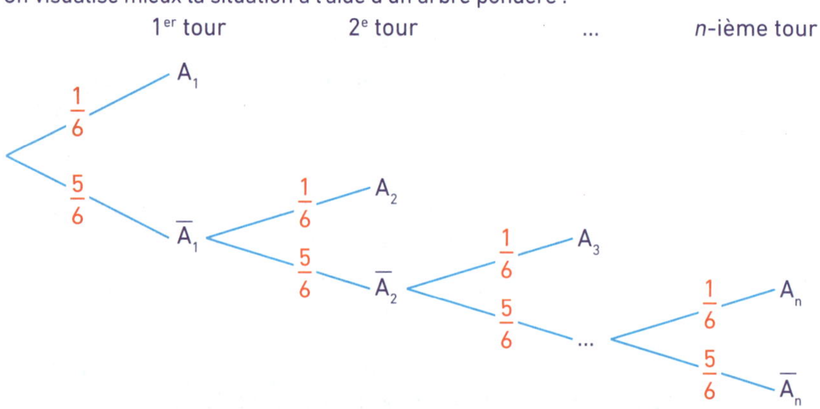

$p(A_n) = p(\overline{A_1} \cap \overline{A_2} \cap \ldots \cap \overline{A_{n-1}} \cap A_n) = \left(\frac{5}{6}\right)^{n-1} \times \frac{1}{6}$.

Cette formule est vraie également pour $n = 1$ avec la convention $\left(\frac{5}{6}\right)^0 = 1$.

La loi de la variable aléatoire égale au temps d'attente avant le premier 6 est appelée loi géométrique de paramètre $\frac{1}{6}$.

17 NAISSANCES INDÉPENDANTES

a. Chaque naissance, si on appelle succès la naissance d'une fille, constitue une épreuve de Bernoulli de paramètre $p = 0{,}49$. Les n naissances successives, supposées indépendantes, constituent donc un schéma de Bernoulli.
Si on note X le nombre de filles (de succès) au cours de ces n naissances, X suit donc une loi binomiale de paramètres n et $p = 0{,}49$.

On cherche la plus petite valeur de $n \geqslant 1$ pour laquelle $p(X \geqslant 1) \geqslant 0{,}95$, ce qui équivaut à $p(X = 0) \leqslant 0{,}05$ en passant à l'événement contraire.

Or $P(X=0) = \binom{n}{0} p^0 (1-p)^n = 1 \times 1 \times (1-0{,}49)^n = 0{,}51^n$, donc on cherche la plus petite valeur de $n \geqslant 1$ pour laquelle $0{,}51^n \leqslant 0{,}05$, ce qui équivaut successivement à :

$\ln(0{,}51^n) \leqslant \ln(0{,}05)$ car $0{,}51^n$ et 0,05 sont strictement positifs et la fonction ln est croissante sur $]0;+\infty[$;

$n \ln(0{,}51) \leqslant \ln(0{,}05)$;

$n \geqslant \dfrac{\ln(0{,}05)}{\ln(0{,}51)}$ car $0 < 0{,}51 < 1$, donc $\ln(0{,}51) < 0$.

Or $\dfrac{\ln(0{,}05)}{\ln(0{,}51)} \approx 4{,}4$ à 10^{-1} près, donc la plus petite valeur qui convient est $\boldsymbol{n = 5}$.

On peut également voir que l'événement « $X = 0$ » se réalise lorsqu'il nait successivement n garçons, chaque naissance de garçon pouvant survenir avec probabilité $1 - 0{,}49 = 0{,}51$.

Autre méthode qui ne nécessite pas l'utilisation du logarithme népérien : dresser un tableau de valeurs arrondies à 10^{-3} près de $0{,}51^n$ pour $n \in \mathbb{N}^*$.

n	1	2	3	4	5
$0{,}51^n$	0,51	0,26	0,133	0,068	0,035

La plus petite valeur de n convenable est bien 5.

b. On cherche la plus petite valeur de $n \geqslant 1$ telle que $p(X \geqslant 2) \geqslant 0{,}95$.
Ceci équivaut successivement à :

$$p(X \leqslant 1) \leqslant 0{,}05 \text{ et } p(X = 0) + p(X = 1) \leqslant 0{,}05$$

$$0{,}51^n + \binom{n}{1} \times 0{,}49^1 \times 0{,}51^{n-1} \leqslant 0{,}05$$

$$0{,}51^n + n \times 0{,}49 \times 0{,}51^{n-1} \leqslant 0{,}05$$

On dresse un tableau de valeurs de $p_n = 0{,}51^n + n \times 0{,}49 \times 0{,}51^{n-1}$.

n	1	2	3	4	5	6	7	8
p_n	2	0,76	0,515	0,328	0,2	0,119	0,069	0,04

La plus petite valeur de n convenable est **8**.

18 ALLÔ ?

a. Les données conduisent immédiatement à l'arbre pondéré :

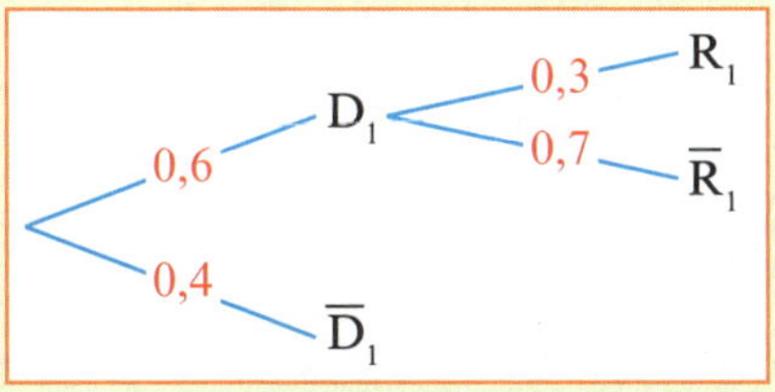

Ainsi $p(R_1) = p(D_1 \cap R_1) = p(D_1) \times p_{D_1}(R_1) = 0,6 \times 0,3$

$\boldsymbol{p(R_1) = 0,18}$.

En cas de difficultés, voir la méthode 2.

b. On complète l'arbre précédent :

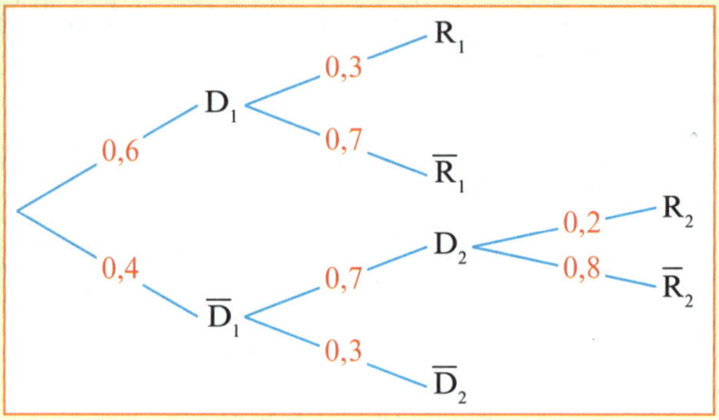

$R = R_1 \cup R_2$ avec R_1 et R_2 incompatibles, donc $p(R) = p(R_1) + p(R_2)$.
Des probabilités conditionnelles inscrites dans l'arbre, on déduit :

$$p(R_2) = 0,4 \times 0,7 \times 0,2 = 0,056.$$

Donc $p(R) = 0,18 + 0,056$, soit $\boldsymbol{p(R) = 0,236}$.

On donne la valeur de $p(R)$ dans l'énoncé : il y a de fortes chances pour qu'on en ait besoin dans la suite !

c. $p(R) \neq 0$, donc $p_R(R_1) = \dfrac{p(R \cap R_1)}{p(R)}$. Or $R \cap R_1 = R_1$, donc :

$$p_R(R_1) = \frac{0,18}{0,236} \approx \mathbf{0,763 \text{ à } 10^{-3} \text{ près}}.$$

d. Pour chaque personne contactée, l'expérience a deux issues, R, le succès, de probabilité 0,236 et $\overline{R}$, l'échec, de probabilité $1 - 0,236 = 0,764$.
Il s'agit donc d'une épreuve de Bernoulli de paramètre $p = 0,236$.
L'enquêteur répète 25 épreuves de Bernoulli, identiques et indépendantes.
Le nombre X de succès obtenus suit donc une loi binomiale de paramètres $n = 25$ et $p = 0,236$. La probabilité que 20 % des personnes, soit que $\dfrac{20}{100} \times 25 = 5$ personnes répondent, est la probabilité d'obtenir 5 succès.

Elle vaut $p(X = 5) = \dbinom{25}{5} \times 0,236^5 \times (1 - 0,236)^{20}$, soit :

$$p(X = 5) = \frac{25 \times 24 \times 23 \times 22 \times 21}{5 \times 4 \times 3 \times 2 \times 1} \times 0,236^5 \times 0,764^{20} \approx \mathbf{0,179 \text{ à } 10^{-3} \text{ près}}.$$

19 TOUS EN SCÈNE

Il y a 12 filles et 4 garçons donc 16 comédiens.

a. On choisit une combinaison de 3 comédiens parmi 16, on a donc :

$\binom{16}{3} = \frac{16 \times 15 \times 14}{3 \times 2 \times 1} =$ **560 trios possibles.**

b. Il y a 4 garçons pour le premier rôle. Il reste à choisir 2 comédiens parmi les 15 restants pour compléter le trio, donc $\binom{15}{2} = \frac{15 \times 14}{2 \times 1} = 105$ choix possibles.

Ainsi il y a $3 \times 105 =$ **315 trios possibles.**

c. On doit enlever des 560 trios tous ceux qui ne sont pas mixtes, donc les $\binom{4}{3} = 4$ trios de garçons uniquement et les $\binom{12}{3} = \frac{12 \times 11 \times 10}{3 \times 2 \times 1} = 220$ trios de filles uniquement. Il y a donc $560 - 4 - 220 =$ **336 possibilités.**

20 À LA MANIERE D'UNE ROC

1. a. $\binom{n+1}{k+1}$ désigne le nombre de chemins amenant $\boldsymbol{k+1}$ succès au cours des $\boldsymbol{n+1}$ répétitions de l'épreuve de Bernoulli. Pour obtenir $\boldsymbol{k+1}$ succès :

• Soit la dernière répétition amène un succès et les n répétitions précédentes comportaient k succès. Cela correspond à $\binom{n}{k}$ branches.

• Soit la dernière répétition amène un échec, et les n répétitions précédentes comportaient déjà les $k + 1$succès. Cela correspond à $\binom{n}{k+1}$ branches.

Donc $\boldsymbol{\binom{n+1}{k+1} = \binom{n}{k} + \binom{n}{k+1}}$.

b. $\binom{n}{n-k}$ correspond au nombre de chemins amenant $n - k$ succès au cours des répétition de l'épreuve de Bernoulli. Ces chemins sont aussi ceux qui amènent à $n - (n - k) = k$ échecs au cours de ces n répétitions : ils sont au nombre de $\binom{n}{k}$ (par symétrie de la définition entre échec et succès).

Donc $\boldsymbol{\binom{n}{n-k} = \binom{n}{k}}$.

2. a. $\binom{15}{12} = \binom{15}{15-3} = \binom{15}{3}$. D'après 1. b. avec $n = 15$ et $k = 3$, $\boldsymbol{\binom{15}{12} = 455}$.

b. $\binom{15}{2} + \binom{15}{3} = \binom{16}{3}$ d'après 1. a. avec $n = 15$, $k = 2$.

Donc $\binom{15}{2} = \binom{16}{3} - \binom{15}{3} = 560 - 455$, soit : $\boldsymbol{\binom{15}{2} = 105}$.

21 CONTRÔLE DE QUALITE

a. Les tirages se font avec remise, donc chaque tirage comporte deux issues S : « obtenir un composant défectueux » réalisé avec probabilité 0,02 et $\overline{S}$.
Il s'agit d'une épreuve de Bernoulli de paramètre $p = 0{,}02$.
On répète 50 expériences de Bernoulli indépendantes.
Le nombre X de composants défectueux, c'est-à-dire de succès, suit une loi binomiale de paramètres $n = 50$ et $p = 0{,}02$.
La probabilité qu'exactement deux des composants achetés soient défectueux est donc : $p(X=2) = \binom{50}{2} \times 0{,}02^2 \times (1-0{,}02)^{48} = \dfrac{50\times 49}{2\times 1} \times 0{,}02^2 \times 0{,}98^{48}$

$$= 1\,225 \times 0{,}02^2 \times 0{,}98^{48} \approx \mathbf{0{,}186 \text{ à } 10^{-3} \text{ près.}}$$

b. Soit A l'événement : « au moins un des composants achetés est défectueux ».

$p(\overline{A}) = p(X=0) = \binom{50}{0} \times 0{,}02^0 \times (1-0{,}02)^{50} = 0{,}98^{50}$ donc

$p(A) = 1 - p(\overline{A}) = 1 - 0{,}98^{50} \approx \mathbf{0{,}636 \text{ à } 10^{-3} \text{ près.}}$

c. Le nombre moyen de composants défectueux pour un lot de 50 composants est égal à $E(X) = n \times p = 50 \times 0{,}02 = \mathbf{1}$.

22 PANIERS

a. Au premier lancer, réussir ou manquer le panier sont équiprobables, donc :

$p_1 = \mathbf{p(A_1)} = \dfrac{\mathbf{1}}{\mathbf{2}}$ et $\mathbf{p(B_1)} = \dfrac{\mathbf{1}}{\mathbf{2}}$.

> $B_1 = \overline{A_1}$ donc on a bien $p(B_1) = 1 - p(A_1) = \dfrac{1}{2}$.

Pour le deuxième lancer :

$p_{A_1}(A_2) = \dfrac{1}{3}$ et, comme $B_2 = \overline{A_2}$, on a $p_{A_1}(B_2) = 1 - p_{A_1}(A_2) = \dfrac{2}{3}$.

$p_{B_1}(B_2) = \dfrac{4}{5}$, donc $p_{B_1}(A_2) = \dfrac{1}{5}$.

On en déduit l'arbre pondéré :

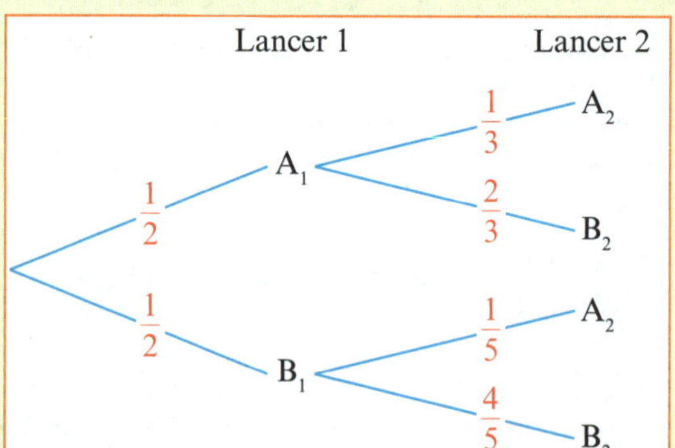

Alors :

$$p_2 = p(A_2) = p(A_1 \cap A_2) + p(B_1 \cap A_2)$$
$$= p(A_1) \times p_{A_1}(A_2) + p(B_1) \times p_{B_1}(A_2)$$

$p_2 = \frac{1}{2} \times \frac{1}{3} + \frac{1}{2} \times \frac{1}{5}$

$= \frac{1}{6} + \frac{1}{10} = \frac{5}{30} + \frac{3}{30} = \frac{8}{30}$.

$\boldsymbol{p_2 = \frac{4}{15}}$.

En cas de difficultés, voir la méthode 2.

b. Soit $n \geqslant 1$.

$p_{A_n}(A_{n+1}) = \frac{1}{3}$, donc $p_{A_n}(B_{n+1}) = \frac{2}{3}$;

$p_{B_n}(B_{n+1}) = \frac{4}{5}$, donc $p_{B_n}(A_{n+1}) = \frac{1}{5}$.

Enfin $B_n = \overline{A_n}$, donc $p(B_n) = 1 - p(A_n) = 1 - p_n$. D'où l'arbre pondéré :

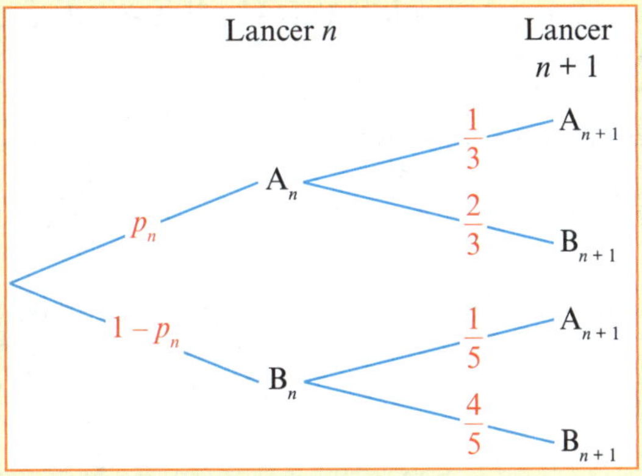

On en déduit :

$p_{n+1} = p(A_{n+1}) = p(A_n) \times p_{A_n}(A_{n+1}) + p(B_n) \times p_{B_n}(A_{n+1})$

$= p_n \times \frac{1}{3} + (1 - p_n) \times \frac{1}{5} = \frac{1}{3} \times p_n - \frac{1}{5} \times p_n + \frac{1}{5}$

$= \left(\frac{1}{3} - \frac{1}{5}\right) \times p_n + \frac{1}{5}$

$= \left(\frac{5}{15} - \frac{3}{15}\right) \times p_n + \frac{1}{5}$

$\boldsymbol{p_{n+1} = \frac{2}{15} \times p_n + \frac{1}{5}}$.

c. Soit $n \geqslant 1$, on note H_n : « $p_n = \frac{7}{26} \times \left(\frac{2}{15}\right)^{n-1} + \frac{3}{13}$ ».

Initialisation : pour $n = 1$, on a $p_1 = \frac{1}{2}$.

Par ailleurs, $\frac{7}{26} \times \left(\frac{2}{15}\right)^{1-1} + \frac{3}{13} = \frac{7}{26} \times 1 + \frac{3}{13} = \frac{7}{26} + \frac{6}{26} = \frac{13}{26} = \frac{1}{2}$.

Donc H_1 est vraie.

Hérédité : on suppose qu'il existe un rang $n \geqslant 1$ pour lequel H_n est vraie.

Ainsi $p_n = \frac{7}{26} \times \left(\frac{2}{15}\right)^{n-1} + \frac{3}{13}$. Or $p_{n+1} = \frac{2}{15} \times p_n + \frac{1}{5}$, donc :

$$p_{n+1} = \frac{2}{15} \times \left[\frac{7}{26} \times \left(\frac{2}{15}\right)^{n-1} + \frac{3}{13}\right] + \frac{1}{5}$$

$$= \frac{7}{26} \times \frac{2}{15} \times \left(\frac{2}{15}\right)^{n-1} + \frac{2}{15} \times \frac{3}{13} + \frac{1}{5}$$

$$= \frac{7}{26} \times \left(\frac{2}{15}\right)^{n} + \frac{2}{5 \times 13} + \frac{1}{5}$$

$$= \frac{7}{26} \times \left(\frac{2}{15}\right)^{n} + \frac{2}{5 \times 13} + \frac{13}{5 \times 13} = \frac{7}{26} \times \left(\frac{2}{15}\right)^{n} + \frac{15}{5 \times 13}$$

$$= \frac{7}{26} \times \left(\frac{2}{15}\right)^{n} + \frac{3}{13}.$$

Ainsi H_{n+1} est vraie : la proposition H_n est héréditaire.

Conclusion : H_1 est vraie et H_n est héréditaire pour $n \geqslant 1$ donc H_n est vraie pour tout $n \geqslant 1$ par le principe de récurrence.

On retrouve bien la valeur trouvée au **a.**

$$\frac{7}{26} \times \left(\frac{2}{15}\right)^{1} + \frac{3}{13} = \frac{7}{13 \times 15} + \frac{3}{13} = \frac{7}{13 \times 15} + \frac{3 \times 15}{13 \times 15} = \frac{52}{13 \times 15} = \frac{4}{15} = p_2.$$

d. $-1 < \frac{2}{15} < 1$ donc $\lim\limits_{N \to +\infty} \left(\frac{2}{15}\right)^{N} = 0$. Or $\lim\limits_{n \to +\infty} n - 1 = +\infty$ donc $\lim\limits_{n \to +\infty} \left(\frac{2}{15}\right)^{n-1} = 0$.

Ainsi $\boldsymbol{\lim\limits_{n \to +\infty} p_n = \frac{3}{13}}$.

23 LOTERIE

a. Le nombre de combinaisons de 2 boules parmi $n + 2$ boules distinctes est égal à $\binom{n+2}{2} = \frac{(n+2)(n+1)}{2 \times 1} = \frac{(n+2)(n+1)}{2}$.

Tous ces tirages sont équiprobables.

Il y a 2 boules vertes et n boules jaunes donc $2n$ tirages possibles de 2 boules de couleurs différentes. La probabilité correspondante est :

$$p_1 = \frac{2n}{\frac{(n+2)(n+1)}{2}} = \frac{4n}{(n+2)(n+1)}.$$

Le nombre de combinaisons de 2 boules jaunes parmi les n boules jaunes disponibles est égal à :

$$\binom{n}{2} = \frac{n(n-1)}{2 \times 1} = \frac{n(n-1)}{2}.$$

La probabilité correspondante est :

$$p_2 = \frac{\dfrac{n(n-1)}{2}}{\dfrac{(n+2)(n+1)}{2}} = \frac{n(n-1)}{(n+2)(n+1)}.$$

Le nombre de combinaisons de 2 boules vertes parmi les 2 boules vertes disponibles est égal à $\binom{2}{2} = 1$.

La probabilité correspondante est $p_3 = \dfrac{1}{\dfrac{(n+2)(n+1)}{2}} = \dfrac{2}{(n+2)(n+1)}$.

On note A l'événement : « le joueur a perdu »,
B l'événement : « le joueur est remboursé de sa mise »,
C l'événement : « le joueur peut continuer »,
D l'événement : « le joueur reçoit 100 € à la roue »,
E l'événement : « le joueur reçoit 20 € à la roue »,
F l'événement : « le joueur reçoit le remboursement à la roue ».
On construit l'arbre pondéré suivant :

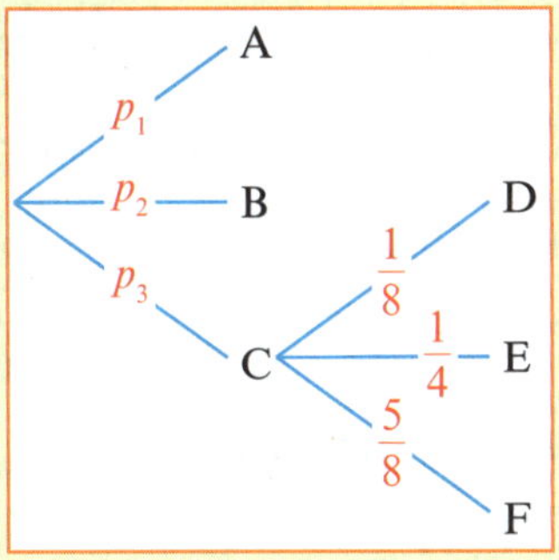

$$p(X = -m) = p(\mathrm{A}) = p_1 = \frac{4n}{(n+2)(n+1)}.$$

$$p(X = 0) = p(\mathrm{B}) + p(\mathrm{C} \cap \mathrm{F}) = p(\mathrm{B}) + p(\mathrm{C}) \times p_{\mathrm{C}}(\mathrm{F})$$

$$= p_2 + p_3 \times \frac{5}{8} = \frac{n(n-1)}{(n+2)(n+1)} + \frac{2}{(n+2)(n+1)} \times \frac{5}{8}$$

$$= \frac{8n(n-1)+10}{8(n+2)(n+1)}.$$

$$p(X = 100 - m) = p(\mathrm{C} \cap \mathrm{D}) = p(\mathrm{C}) \times p_{\mathrm{C}}(\mathrm{D})$$

$$= p_3 \times \frac{1}{8} = \frac{2}{(n+2)(n+1)} \times \frac{1}{8}$$

$$= \frac{1}{4(n+2)(n+1)}.$$

$$p(X = 20 - m) = p(\mathrm{C} \cap \mathrm{E}) = p(\mathrm{C}) \times p_C(\mathrm{E})$$

$$= p_3 \times \frac{1}{4} = \frac{2}{(n+2)(n+1)} \times \frac{1}{4}$$

$$= \mathbf{\frac{1}{2(n+2)(n+1)}}.$$

b. $p(X \geqslant 0) \geqslant \frac{1}{2}$ équivaut successivement à $p(X < 0) \leqslant \frac{1}{2}$ (événement contraire) ; $p(X = -m) \leqslant \frac{1}{2}$; $\frac{4n}{(n+2)(n+1)} \leqslant \frac{1}{2}$; $8n \leqslant (n+2)(n+1)$ (ces quantités sont toutes positives) ; $n^2 - 5n + 2 \geqslant 0$.
Le trinôme du second degré $x^2 - 5x + 2$ a pour discriminant :

$$\Delta = (-5)^2 - 4 \times 1 \times 2 = 17 > 0.$$

Il a donc 2 racines réelles :

$$x_1 = \frac{5-\sqrt{17}}{2} \approx 0,44 \text{ et } x_2 = \frac{5+\sqrt{17}}{2} \approx 4,56 \text{ à } 10^{-2} \text{ près.}$$

Comme $a = 1 > 0$, on en déduit le tableau de signe de $x^2 - 5x + 2$ sur $\mathbb{R}$:

x	$-\infty$		$\frac{5-\sqrt{17}}{2}$		$\frac{5+\sqrt{17}}{2}$		$+\infty$
$x^2 - 5x + 2$		+	0	–	0	+	

Comme $n \geqslant 2$, la plus petite valeur entière de n pour laquelle $n^2 - 5n + 2 \geqslant 0$ est **5.**

c. Pour $n = 5$, on calcule l'espérance de X en fonction de m :

$$E(X) = -m \times p(X = -m) + 0 \times p(X = 0) + (100 - m) \times p(X = 100 - m) + (20 - m) \times p(X = 20 - m)$$

$$= -m \times \frac{4 \times 5}{(5+2)(5+1)} + (100 - m) \times \frac{1}{4(5+2)(5+1)} + (20 - m) \times \frac{1}{2(5+2)(5+1)}$$

$$= \frac{-m \times 20 \times 4 + 100 - m + 2(20 - m)}{4 \times 7 \times 6}$$

$$= \frac{140 - 83m}{168}.$$

L'organisateur peut espérer ne pas perdre d'argent si, et seulement si, $E(X) \leqslant 0$, ce qui équivaut successivement à $140 - 83m \leqslant 0$; $m \geqslant \frac{140}{83}$.

Or $\frac{140}{83} \approx 1,7$ à $0,1$ près, donc la mise minimale doit être de **2 euros.**

24 AVEC ET SANS REMISE

a. Lorsqu'une boule blanche est tirée, l'urne contient le même nombre de boules, dans les mêmes proportions, au tirage suivant.
Lorsqu'une boule noire est tirée, l'urne contient une boule noire de moins au tirage suivant. Chaque boule ayant la même probabilité d'être tirée, si on note N l'événement : « tirer une boule noire » et B l'événement : « tirer une boule blanche », on en déduit l'arbre pondéré :

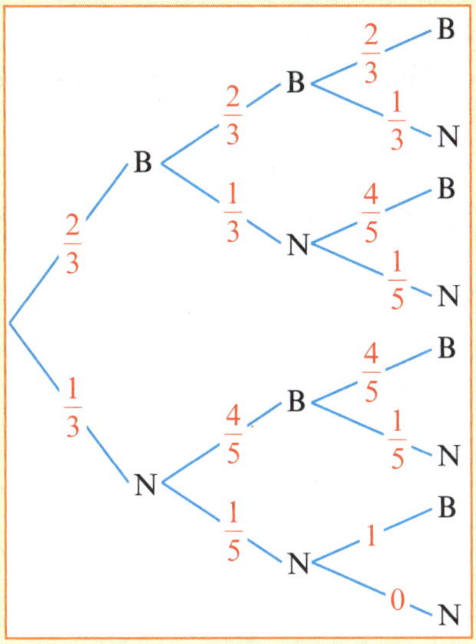

Les 2 boules noires ne sont pas remises, donc X peut prendre les valeurs 0, 1 ou 2.

$p(X=0)=p(\mathrm{BBB})=\frac{2}{3}\times\frac{2}{3}\times\frac{2}{3}=\frac{8}{27}\approx 0{,}296$ à 10^{-3} près.

$p(X=1)=p(\mathrm{NBB})+p(\mathrm{BNB})+p(\mathrm{BBN})$

$=\frac{1}{3}\times\frac{4}{5}\times\frac{4}{5}+\frac{2}{3}\times\frac{1}{3}\times\frac{4}{5}+\frac{2}{3}\times\frac{2}{3}\times\frac{1}{3}=\frac{364}{675}\approx 0{,}539$ à 10^{-3} près.

$p(X=2)=p(\mathrm{NNB})+p(\mathrm{NBN})+p(\mathrm{BNN})$

$=\frac{1}{3}\times\frac{1}{5}\times 1+\frac{1}{3}\times\frac{4}{5}\times\frac{1}{5}+\frac{2}{3}\times\frac{1}{3}\times\frac{1}{5}=\frac{37}{225}\approx 0{,}164$ à 10^{-3} près.

L'espérance de X est

$E(X)=0\times p(X=0)+1\times p(X=1)+2\times p(X=2)$

$=\frac{364}{675}+2\times\frac{37}{225}=\frac{586}{675}\approx$ **0,868 à 10^{-3} près.**

b. Lorsque E est réalisé, l'urne est composée de 4 boules blanches et deux boules noires à chacun des k tirages. Les tirages successifs sont indépendants donc la probabilité de tirer $k-1$ boules blanches aux $k-1$ premiers tirages est égale à $\left(\frac{2}{3}\right)^{k-1}$, celle de tirer une boule noire au k-ième tirage est $\frac{2}{6}=\frac{1}{3}$, donc $\boldsymbol{p(\mathrm{E})=\left(\frac{2}{3}\right)^{k-1}\times\frac{1}{3}}$.

Sachant que E est réalisé, l'urne contient 4 boules blanches et une noire au $k+1$-ième tirage. Pour réaliser F, on tire alors une boule blanche à chacun des $n-k$ tirages suivants : on prend successivement $n-k$ fois une des 4 boules blanches sur les 5 boules de l'urne, donc avec probabilité $\frac{4}{5}$.

Ainsi $p_{\mathrm{E}}(\mathrm{F})=\left(\frac{4}{5}\right)^{n-k}$.

$\mathrm{K}=\mathrm{E}\cap\mathrm{F}$, donc $p(\mathrm{K})=p(\mathrm{E})\times p_{\mathrm{E}}(\mathrm{F})=\boldsymbol{\frac{1}{3}\times\left(\frac{2}{3}\right)^{k-1}\times\left(\frac{4}{5}\right)^{n-k}}$.

25 SUITE RÉCURRENTE

1. La pièce étant bien équilibrée, on a équiprobabilité des résultats « pile » et « face ». Donc $\boldsymbol{p(A_1) = \frac{1}{2}}$.

2. On traduit l'énoncé : pour $n \in \mathbb{N}$, $n \geqslant 1$, $p_{A_n}(A_{n+1}) = \frac{1}{2}$, donc $p_{A_n}(\overline{A}_{n+1}) = \frac{1}{2}$ et $p_{\overline{A}_n}(\overline{A}_{n+1}) = \frac{1}{3}$, donc $\boldsymbol{p_{\overline{A}_n}(A_{n+1}) = \frac{2}{3}}$.

On peut représenter un arbre pondéré pour bien voir le lien entre la n-ième partie et la $n+1$-ième partie :

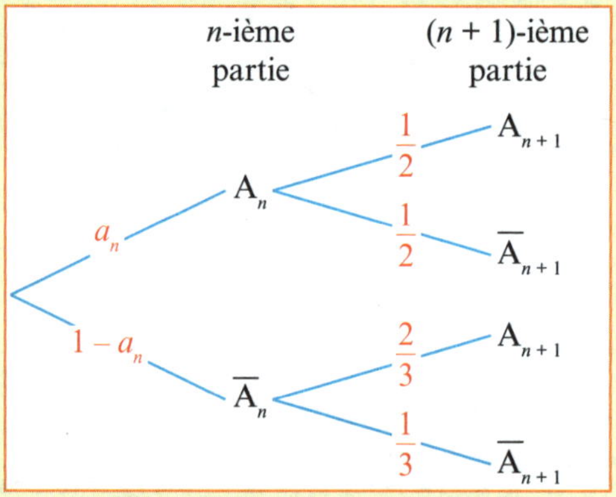

$$a_{n+1} = p(A_{n+1}) = p(A_n) \times p_{A_n}(A_{n+1}) + p(\overline{A}_n) \times p_{\overline{A}_n}(A_{n+1}).$$

> C'est la formule des probabilités totales : voir le paragraphe III.1 du cours.

Donc $a_{n+1} = \frac{1}{2} \times a_n + \frac{2}{3} \times (1 - a_n) = \left(\frac{1}{2} - \frac{2}{3}\right)a_n + \frac{2}{3} = \boldsymbol{-\frac{1}{6}a_n + \frac{2}{3}}$.

3. a. Soit $n \in \mathbb{N}$, $n \geqslant 1$.

$$u_{n+1} = a_{n+1} - \frac{4}{7} = -\frac{1}{6}a_n + \frac{2}{3} - \frac{4}{7} = -\frac{1}{6}a_n + \frac{2}{21}$$
$$= -\frac{1}{6}\left(a_n - 6 \times \frac{2}{21}\right) = -\frac{1}{6}\left(a_n - \frac{4}{7}\right)$$

$$\boldsymbol{u_{n+1} = -\frac{1}{6}u_n}.$$

Donc (u_n) est une suite géométrique de premier terme $u_1 = a_1 - \frac{4}{7} = \frac{1}{2} - \frac{4}{7} = -\frac{1}{14}$ et de raison $q = -\frac{1}{6}$.

b. On en déduit que pour tout $n \in \mathbb{N}$, $n \geqslant 1$, $u_n = u_1 \times q^{n-1} = -\frac{1}{14} \times \left(-\frac{1}{6}\right)^{n-1}$.

D'où $a_n = u_n + \frac{4}{7}$, soit $\boldsymbol{a_n = -\frac{1}{14} \times \left(-\frac{1}{6}\right)^{n-1} + \frac{4}{7}}$.

> Attention, le premier terme de la suite est u_1.

4. $-1<-\dfrac{1}{6}<1$, donc $\lim\limits_{N\to+\infty}\left(-\dfrac{1}{6}\right)^N=0$.

Or, $\lim\limits_{n\to+\infty} n-1=+\infty$ donc $\lim\limits_{n\to+\infty}\left(-\dfrac{1}{6}\right)^{n-1}=0$.

Donc $\boldsymbol{\lim\limits_{n\to+\infty} a_n=\dfrac{4}{7}}$.

5. Lorsque la n-ième partie est gagnée, elle l'est soit par Antoine, soit par Bruno. Ainsi, si l'on note G_n l'événement : « la n-ième partie est gagnée », on a :
$G_n=(G_n\cap A_n)\cup(G_n\cap\overline{A_n})$, cette réunion étant disjointe.
Donc :

$$p(G_n)=p(A_n)\times p_{A_n}(G_n)+p(\overline{A}_n)\times p_{\overline{A}_n}(G_n).$$

Or, $p_{A_n}(G_n)=\dfrac{1}{2}$ et $p_{\overline{A}_n}(G_n)=\dfrac{1}{3}$, $p(A_n)=a_n$ et $p(\overline{A}_n)=1-a_n$.

$$\begin{aligned}\text{Donc } p(G_n)&=\frac{1}{2}a_n+\frac{1}{3}(1-a_n)\\&=\frac{1}{6}a_n+\frac{1}{3}\\&=\frac{1}{6}\times\left(-\frac{1}{14}\right)\times\left(-\frac{1}{6}\right)^{n-1}+\frac{1}{6}\times\frac{4}{7}+\frac{1}{3}.\end{aligned}$$

$$\boldsymbol{p(G_n)=\frac{1}{14}\times\left(-\frac{1}{6}\right)^n+\frac{9}{21}=\frac{1}{14}\times\left(-\frac{1}{6}\right)^n+\frac{3}{7}}.$$

26 LE LIÈVRE ET LA TORTUE

1. On peut se dire qu'à chaque lancer du dé, la tortue a 5 fois plus de chances d'avancer que le lièvre … ou qu'un dé n'a que 6 faces, donc obtenir 6 a de fortes chances d'arriver au moins une fois en 6 coups … Je parierais plutôt sur le lièvre (mais je connais mes classiques, donc méfiance …)

2. a. Les lignes 4 et 5 deviennent :

```
while position_tortue <6 and position_lievre <6 :
    de=randint(1,6)
```

La ligne 8 devient :

```
position_lievre=6
```

La ligne 10 devient :

```
position_tortue+=1
```

La ligne 12 devient :

```
print("le lièvre gagne")
```

La ligne 14 devient :

```
print("la tortue gagne")
```

b. 10 simulations ne semblent pas suffisantes pour dégager clairement qui est le vainqueur le plus probable.

3. a.

```
from random import randint
n=int(input(«Entrer le nombre de parties :»))
victoires_lievre=0
victoires_tortue=0
for i in range(n):
    position_tortue=0
    position_lievre=0
    while position_tortue < 6 and position_lievre < 6:
        de=randint(1,6)
        if de == 6:
            position_lievre=6
        else :
            position_tortue+=1
    if position_lievre==6:
        victoires_lievre+=1
    else : victoires_tortue+=1
print("La fréquence des victoires du lièvre est de :",victoires_lievre/n)
print("La fréquence des victoires de la tortue est de :",victoires_tortue/n)
```

La syntaxe des entrées des valeurs numériques dépend de la nature des valeurs attendues. Ici on attend un entier avec la fonction int().

b. On observe que la fréquence de victoires de la tortue est généralement comprise entre 0,28 et 0,38. En tous cas, systématiquement inférieure à 0,5 : c'est le lièvre qui semble gagner le plus souvent.

4. a. Le dé étant bien équilibré, la probabilité de ne pas faire 6 est $\boldsymbol{p = \frac{5}{6}}$.

b. La probabilité de ne jamais faire 6 en 6 lancers successifs indépendants est égale à :

$$\left(\frac{5}{6}\right)^6 = \frac{15\,625}{46\,656} \approx \mathbf{0{,}335 \text{ à } 10^{-3} \text{ près.}}$$

c. La probabilité que la tortue gagne est donc $\left(\frac{5}{6}\right)^6 \approx 0{,}335$ à 10^{-3} près.

On en déduit que la probabilité que le lièvre gagne est :

$$1-\left(\frac{5}{6}\right)^6 = \frac{31\,031}{46\,656} \approx \mathbf{0{,}665 \text{ à } 10^{-3} \text{ près.}}$$

Ces résultats sont d'autant plus proches des fréquences observées que le nombre de parties est important.

C'est la loi des grands nombres. Voir le chapitre suivant.

27 À LA FÊTE

Partie A.

```
total ← 0
Pour i allant de 1 à 100 :
    tir ← tirage d'un nombre aléatoire compris entre 0 et 1
    nombre_tirs ← 1
    Tant que tir > 0,2
        tir ← tirage d'un nombre aléatoire compris entre 0 et 1
    nombre_tirs ← nombre_tirs + 1
        Fin tant que
```

Cette boucle s'arrête quand tir $\leqslant$ 0,2, c'est-à-dire pour *tir* $\in$ [0 ; 0,2], ce qui a bien pour probabilité 0,2 – 0 = 0,2.

```
    total ← total + nombre_tirs
Fin Pour
Afficher la valeur total/100
```

À chaque partie, il faut penser à réinitialiser le nombre de tirs.

Partie B.

1. a. Pour $k \in \mathbb{N}^*$, on note C_k l'événement : « le ballon crève au k-ième tir » et I_k l'événement : « le ballon est intact au k-ième tir ».
Sachant que le ballon est intact à l'issu d'un tir, la probabilité de crever le ballon au tir suivant est $p = 0,2$, donc la probabilité de laisser intact le ballon est $q = 1 - 0,2 = 0,8$.
Le ballon est intact au bout de deux tirs s'il est intact au premier tir (événement I_1) et au second tir (événement I_2).

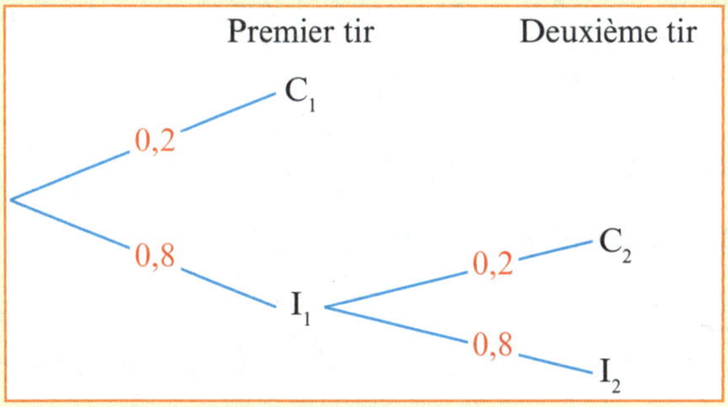

On en déduit :
$p(I_1 \cap I_2) = p(I_1) \times p_{I_1}(I_2) = 0,8 \times 0,8 = 0,8^2$

$$\boldsymbol{p(I_1 \cap I_2) = 0,64}.$$

b. L'événement A :« deux tirs suffisent pour crever le ballon » est l'événement contraire de : « au bout de deux tirs le ballon est intact ».
Donc $p(A) = 1 - p(I_1 \cap I_2) = 1 - 0,64$.

$$\boldsymbol{p(A) = 0,36.}$$

On obtient le même résultat en écrivant $A = C_1 \cup (I_1 \cap C_2)$ et utilisant les branches correspondantes de l'arbre pondéré : $p(A) = 0{,}2 + 0{,}8 \times 0{,}2 = 0{,}36$.

c. Soit B l'événement : « au bout de n tirs le ballon est intact ».
C'est l'événement contraire de : « n tirs suffisent à crever le ballon ».
B est réalisé lorsque chacun des n tirs consécutifs laisse le ballon intact :

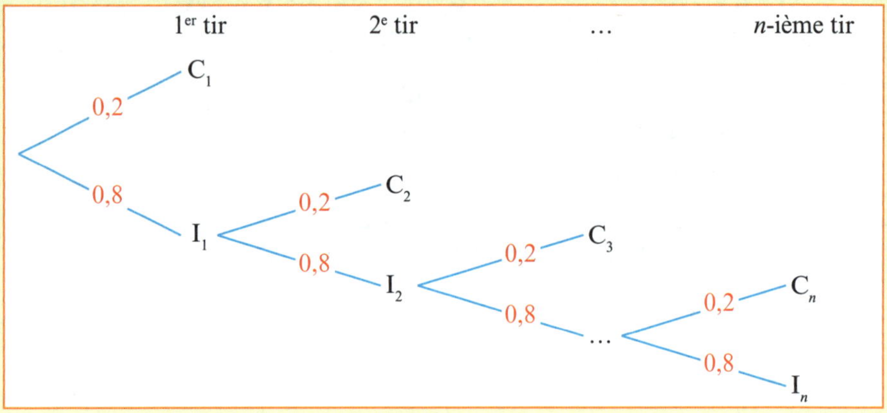

$B = I_1 \cap I_2 \cap \ldots \cap I_n$, donc $p(B) = 0{,}8^n$.
Ainsi $p_n = p(\overline{B}) = 1 - p(B)$, soit $\boldsymbol{p_n = 1 - 0{,}8^n}$.

Ici, le passage à l'événement contraire est indispensable car il est beaucoup trop long d'effectuer un calcul direct en suivant les branches favorables à l'événement cherché.

d. $p_n > 0{,}99$ équivaut successivement à :
$1 - 0{,}8^n > 0{,}99$; $-0{,}8^n > -0{,}01$; $0 < 0{,}8^n < 0{,}01$;
$\ln(0{,}8^n) < \ln 0{,}01$ car ln est strictement croissante sur $]0\,;+\infty[$;
$n \ln 0{,}8 < \ln 0{,}01$;

$$n > \frac{\ln 0{,}01}{\ln 0{,}8} \text{ car } \ln 0{,}8 < 0.$$

Or $\dfrac{\ln 0{,}01}{\ln 0{,}8} \approx 20{,}6$ à 10^{-1} près.

Donc $\boldsymbol{p_n > 0{,}99}$ **pour** $\boldsymbol{n}$ **entier,** $\boldsymbol{n \geqslant 21}$.

Autre méthode

On dresse un tableau de valeurs de $p_n = 1 - 0{,}8^n$ pour n entier supérieur ou égal à 1.
Pour $1 \leqslant n \leqslant 20$, on trouve $p_n \leqslant 0{,}99$, tandis que $p_{21} \approx 0{,}991$ à 10^{-3} près.
Or la suite $(0{,}8^n)_{n\in\mathbb{N}}$ est géométrique de premier terme $1 > 0$ et de raison $q = 0{,}8 \in]0\,;1[$. Cette suite est donc strictement décroissante.
Donc la suite (p_n) est strictement croissante.
Ainsi $p_n > 0{,}99 \Leftrightarrow n \geqslant 21$: ce qu'on avait trouvé plus haut.

2. Soit X la variable aléatoire correspondant au numéro de la face obtenue.
Le dé étant régulier, X prend 4 valeurs 1, 2, 3 et 4, de façons équiprobables donc avec la même probabilité $\frac{1}{4}$.
On note E l'événement : « le joueur crève le ballon ».

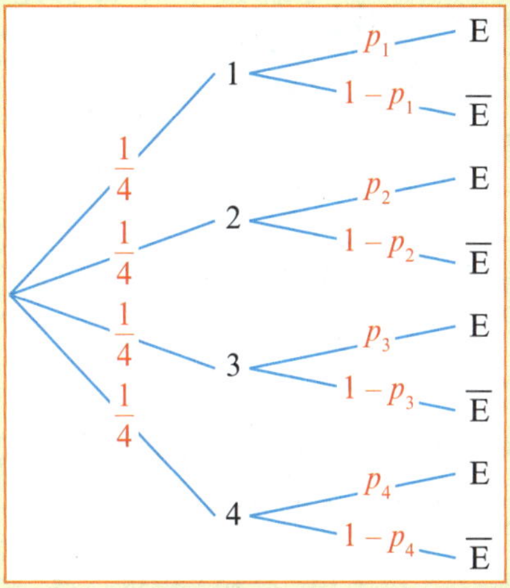

Pour n entier compris entre 1 et 4, sachant $(X = n)$, E est réalisé lorsque n tirs ont suffi pour crever le ballon, soit $p_{(X=n)}(\mathrm{E}) = p_n$.
On en déduit :

$$p(\mathrm{E}) = \frac{1}{4}p_1 + \frac{1}{4}p_2 + \frac{1}{4}p_3 + \frac{1}{4}p_4$$

$$p(\mathrm{E}) = \frac{1}{4}\times(1-0{,}8) + \frac{1}{4}\times\left(1-0{,}8^2\right) + \frac{1}{4}\times\left(1-0{,}8^3\right) + \frac{1}{4}\times\left(1-0{,}8^4\right)$$

$\boldsymbol{p(\mathrm{E}) = 0{,}\ 4096}$.

28 ÉVÉNEMENTS RARES

1. On suppose n grand, donc $n > 10$. Comme S_n suit une loi binomiale de paramètres n et p, son espérance est $E(S_n) = n\times p = 10$, donc $p = \frac{10}{n}$.
Pour k entier compris entre 0 et n :

$$p(S_n = k) = \binom{n}{k}\times p^k \times (1-p)^{n-k}$$
$$= \binom{n}{k}\times\left(\frac{10}{n}\right)^k\times\left(1-\frac{10}{n}\right)^{n-k}.$$

2. a. $p(S_n = 0) = \binom{n}{0}\times\left(\frac{10}{n}\right)^0\times\left(1-\frac{10}{n}\right)^{n-0} = \left(1-\frac{10}{n}\right)^n > 0$, donc :

$$\ln\left(p(S_n = 0)\right) = \ln\left(\left(1-\frac{10}{n}\right)^n\right)$$
$$= n\times\ln\left(1-\frac{10}{n}\right)$$
$$= -10\times\frac{\ln\left(1-\frac{10}{n}\right)}{-\frac{10}{n}}.$$

Soit $f(x) = \ln(x)$ pour $x > 0$.

f est dérivable sur $]0\,;+\infty[$ et $f'(x) = \dfrac{1}{x}$ pour tout $x > 0$.

Donc $f'(1) = \dfrac{1}{1} = 1$.

On en déduit $\lim\limits_{h\to 0} \dfrac{f(1+h) - f(1)}{h} = f'(1) = 1$, puis :

$$\lim_{h\to 0} \frac{\ln(1+h) - ln(1)}{h} = \lim_{h\to 0} \frac{\ln(1+h)}{h} = 1.$$

Or $\lim\limits_{n\to+\infty} -\dfrac{10}{n} = 0$, donc $\lim\limits_{n\to+\infty} \dfrac{\ln\left(1 - \dfrac{10}{n}\right)}{-\dfrac{10}{n}} = 1$.

On en déduit $\lim\limits_{n\to+\infty} \ln\left(p\left(S_n = 0\right)\right) = -10$,

puis $\lim\limits_{n\to+\infty} p\left(S_n = 0\right) = \mathrm{e}^{-10}$ par continuité de la fonction exponentielle sur $\mathbb{R}$.

b. Soit k un entier compris entre 0 et $n-1$.
$0 \leqslant k+1 \leqslant n$, donc :

$$p\left(S_n = k+1\right) = \binom{n}{k+1} \times \left(\frac{10}{n}\right)^{k+1} \times \left(1 - \frac{10}{n}\right)^{n-(k+1)}$$

$$= \frac{n!}{(k+1)!(n-(k+1))!} \times \left(\frac{10}{n}\right)^{k} \times \frac{10}{n} \times \left(\frac{n-10}{n}\right)^{n-k+1}$$

$$= \frac{n\,!(n-k)}{(k+1)\times k\,!(n-k)\,!} \times \left(\frac{10}{n}\right)^{k} \times \frac{10}{n} \times \left(\frac{n-10}{n}\right)^{n-k} \times \frac{n}{n-10}$$

$$= \frac{n!}{k!(n-k)!} \times \left(\frac{10}{n}\right)^{k} \times \left(\frac{n-10}{n}\right)^{n-k} \times \frac{n-k}{k+1} \times \frac{10}{n} \times \frac{n}{n-10}$$

$$= \frac{n!}{k!(n-k)!} \times \left(\frac{10}{n}\right)^{k} \times \left(1 - \frac{10}{n}\right)^{n-k} \times \frac{n-k}{k+1} \times \frac{10}{n-10}$$

$$= \boldsymbol{p\left(S_n = k\right) \times \frac{n-k}{n-10} \times \frac{10}{k+1}}.$$

c. Soit k entier naturel.
On peut supposer n assez grand pour que k soit compris entre 0 et $n-1$.

$\lim\limits_{n\to+\infty} \dfrac{n-k}{n-10} = \lim\limits_{n\to+\infty} \dfrac{1 - \dfrac{k}{n}}{1 - \dfrac{10}{n}} = 1$, donc si $\lim\limits_{n\to+\infty} p\left(S_n = k\right) = \mathrm{e}^{-10} \times \dfrac{10^k}{k!}$,

$$\lim_{n\to+\infty} p\left(S_n = k\right) \times \frac{n-k}{n-10} \times \frac{10}{k+1} = \mathrm{e}^{-10} \times \frac{10^k}{k!} \times 1 \times \frac{10}{k+1}$$

$$= \mathrm{e}^{-10} \times \frac{10^{k+1}}{(k+1)!}$$

et on a bien :

$$\lim_{n\to+\infty} p\left(S_n = k+1\right) = \mathrm{e}^{-10} \times \frac{10^{k+1}}{(k+1)!}.$$

d. Soit $k \in \mathbb{N}$. On note H_k : « $\lim\limits_{n \to +\infty} p(S_n = k) = e^{-10} \times \dfrac{10^k}{k!}$ ».

Initialisation : Pour $k = 0$, $\lim\limits_{n \to +\infty} p(S_n = 0) = e^{-10} = e^{-10} \times \dfrac{10^0}{0!}$ donc H_0 est vraie.

Hérédité : On suppose qu'il existe $k \in \mathbb{N}$ pour lequel H_k est vraie.

Ainsi $\lim\limits_{n \to +\infty} p(S_n = k) = e^{-10} \times \dfrac{10^k}{k!}$. D'après **c.** on a donc

$\lim\limits_{n \to +\infty} p(S_n = k+1) = e^{-10} \times \dfrac{10^{k+1}}{(k+1)!}$: H_{k+1} est vraie.

Conclusion : H_k est initialisée pour $k = 0$ et héréditaire, donc vraie pour tout $k \in \mathbb{N}$.
Ainsi pour tout $k \in \mathbb{N}$:

$$\lim_{n \to +\infty} p(S_n = k) = e^{-10} \times \frac{10^k}{k!}.$$

3. On cherche une valeur approchée de

$$p(S_n \geqslant 3) = 1 - p(S_n = 0) - p(S_n = 1) - p(S_n = 2).$$

On suppose n assez grand pour que $e^{-10} \times \dfrac{10^k}{k!}$ soit une approximation acceptable de $p(S_n = k)$ pour $0 \leqslant k \leqslant 2$.
Donc une valeur approchée de $p(S_n \geqslant 3)$ est :

$1 - e^{-10} \times \dfrac{10^0}{0!} - e^{-10} \times \dfrac{10^1}{1!} - e^{-10} \times \dfrac{10^2}{2!} = 1 - e^{-10}(1 + 5 + 50)$
$= 1 - 61e^{-10} \approx$ **0,9972 à 10^{-4} près.**

On dit qu'on réalise une approximation de la loi binomiale par une loi de Poisson de paramètre 10.

8 Échantillons, loi des grands nombres

I SOMME DE VARIABLES ALÉATOIRES

1. Cas de variables quelconques

Propriété (linéarité de l'espérance) : Soit X et Y deux variables aléatoires :
- $E(X+Y)=E(X)+E(Y)$.
- pour tout nombre réel a : $E(aX)=aE(X)$.

On n'a pas besoin de calculer la loi de $X+Y$ pour en déterminer l'espérance !

Propriété (linéarité de l'espérance, généralisation) :
Soit $X_1, X_2, \dots, X_n$ des variables aléatoires :

$$E(X_1+X_2+\dots+X_n)=E(X_1)+E(X_2)+\dots+E(X_n).$$

Propriété : Soit X une variables aléatoire et a un nombre réel :

$$V(aX)=a^2V(X).$$

2. Cas de variables indépendantes

Définition : Deux variables aléatoires X et Y sont indépendantes si, pour toute partie A et B de $\mathbb{R}$, $p(X\in \mathrm{A}, Y\in \mathrm{B})=p(X\in \mathrm{A})\times p(Y\in \mathrm{B})$.
Plus généralement, des variables $X_1, X_2, \dots, X_n$ sont indépendantes si, pour tout A_1, A_2, ..., A_n dans $\mathbb{R}$, on a :

$$p(X_1\in \mathrm{A}_1, X_2\in \mathrm{A}_2, \dots, X_n\in \mathrm{A}_n)=p(X_1\in \mathrm{A}_1)\times p(X_2\in \mathrm{A}_2)\times\dots\times p(X_n\in \mathrm{A}_n).$$

Propriété : Soit X et Y deux variables aléatoires **indépendantes** :

$$V(X+Y)=V(X)+V(Y).$$

Plus généralement, si $X_1, X_2, \dots, X_n$ sont des variables aléatoires **indépendantes**, on a :

$$V(X_1+X_2+\dots+X_n)=V(X_1)+V(X_2)+\dots+V(X_n).$$

3. Échantillon de taille *n* d'une loi de probabilité

Définition : Soit X une variable aléatoire d'espérance μ et de variance V.
Si $X_1, X_2, \dots, X_n$ sont des variables aléatoires **indépendantes** suivant la même loi de probabilité que X, on dit que $(X_1, X_2, \dots, X_n)$ constitue un **échantillon** de taille n de la variable aléatoire X.

C'est le cas lorsqu'on reproduit la même expérience de façon indépendante

Propriété : Soit $(X_1, X_2, \dots, X_n)$ un échantillon de taille n d'une variable aléatoire X d'espérance μ, de variance V et d'écart-type $\sigma=\sqrt{V}$.

1. La somme $S_n = X_1 + X_2 + \ldots + X_n$ est une variable aléatoire :
- d'espérance $E(S_n) = n \times \mu$,
- de variance $V(S_n) = n \times V$ et
- d'écart-type $\sigma(S_n) = \sqrt{n} \times \sigma$.

2. La moyenne d'échantillon $M_n = \dfrac{S_n}{n} = \dfrac{X_1 + X_2 + \ldots + X_n}{n}$ est une variable aléatoire :
- d'espérance $E(M_n) = \mu$,
- de variance $V(M_n) = \dfrac{V}{n}$ et
- d'écart-type $\sigma(M_n) = \dfrac{\sigma}{\sqrt{n}}$.

4. Application à la loi binomiale

Propriété : soit $(X_1, X_2, \ldots, X_n)$ un échantillon de taille n d'une variable aléatoire X suivant une loi de Bernoulli de paramètre p.
La somme $S_n = X_1 + X_2 + \ldots + X_n$ suit une loi binomiale de paramètre n et p et on a :

$$E(S_n) = np,\ V(S_n) = np(1-p) \text{ et } \sigma(S_n) = \sqrt{np(1-p)}$$

C'est le cas lorsqu'on répète une même épreuve de Bernoulli n fois de façon indépendante. On retrouve les résultats énoncés au chapitre 7. III. 4.

II CONCENTRATION AUTOUR DE LA MOYENNE

Propriété : Inégalité de Bienaymé-Tchebychev
Soit X une variable aléatoire d'espérance μ et de variance V.
Pour tout nombre réel $\delta > 0$, on a :

$$p(|X - \mu| \geqslant \delta) \leqslant \frac{V}{\delta^2}$$

Cette inégalité permet de majorer l'écart entre la variable X et son espérance μ.

Propriété : Inégalité de concentration
Soit $(X_1, X_2, \ldots, X_n)$ un échantillon de taille n d'une variable aléatoire X suivant une loi de probabilité d'espérance μ et de variance V.

Soit $M_n = \dfrac{X_1 + X_2 + \ldots + X_n}{n}$ la variable aléatoire moyenne de cet échantillon.
Pour tout nombre réel $\delta > 0$, on a :

$$p(|M_n - \mu| \geqslant \delta) \leqslant \frac{V}{n\delta^2}$$

Plus la taille n de l'échantillon est grand, plus le majorant $\dfrac{V}{n\delta^2}$ est petit !

Propriété : Loi des grands nombres

Soit $(X_1, X_2, \ldots, X_n)$ un échantillon de taille n d'une variable aléatoire X suivant une loi de probabilité d'espérance μ et de variance V.

Soit $M_n = \dfrac{X_1 + X_2 + \ldots + X_n}{n}$ la variable aléatoire moyenne de cet échantillon.

Pour tout nombre réel $\delta > 0$, on a :

$$\lim_{n \to +\infty} p\left(\left|M_n - \mu\right| \geqslant \delta\right) = 0$$

L'écart entre la moyenne d'un échantillon d'une variable aléatoire et l'espérance de cette variable ne dépasse une valeur donnée que d'une quantité qui devient très petite quand la taille de l'échantillon devient grande.

MÉTHODE 1

Utiliser la linéarité de l'espérance

→ Voir les exos 1, 7, 8, 9.

Étape 1. Décomposer la variable aléatoire à l'aide de variables plus simples.
Étape 2. Calculer l'espérance de ces variables aléatoires.
Étape 3. Appliquer les formules du paragraphe I.1.

Exo résolu

On lance un dé à 6 faces bien équilibré deux fois de suite.
X désigne le chiffre obtenu à l'issue du premier lancer et Y le chiffre obtenu à l'issue du deuxième lancer.
On note S la somme des points obtenus.

1. Calculer $E(S)$.

2. On paye 50 centimes pour jouer et chaque point obtenu rapporte 10 centimes. Quel gain peut-on espérer en moyenne si on fait un grand nombre de parties ?

CORRIGÉ

1. Étape 1. $S = X + Y$.

Étape 2. X et Y suivent toutes deux la loi uniforme sur l'ensemble $\{1\,;2\,;3\,;4\,;5\,;6\}$, donc :

$$\begin{aligned} E(X) &= 1\times\frac{1}{6}+2\times\frac{1}{6}+3\times\frac{1}{6}+4\times\frac{1}{6}+5\times\frac{1}{6}+6\times\frac{1}{6} \\ &= \frac{21}{6} \\ &= 3{,}5. \end{aligned}$$

De même $E(Y) = 3{,}5$.

Étape 3. $\boldsymbol{E(S) = E(X+Y) = E(X)+E(Y) = 7}$.

X et Y étant indépendantes, on a même $V(S) = V(X) + V(Y)$.

2. Étape 1. On cherche l'espérance du gain $G = 10 \times S - 50$ (centimes)

Étape 2. On a déjà trouvé $E(S) = 7$ à la question 1.

Étape 3.
$$\begin{aligned} E(G) &= 10\times E(S) - 50 \\ &= 10\times 7 - 50 \\ &= 20 \text{ centimes.} \end{aligned}$$

MÉTHODE 2

Utiliser l'inégalité de Bienaymé-Tchebychev ou l'inégalité de concentration

→ Voir les exos 3, 4, 5, 10, 13, 15, 16, 18, 20

Étape 1. On détermine la loi de la variable aléatoire X.
Étape 2. On détermine l'espérance μ et la variance V de X.
Étape 3. On traduit la question avec $|X-\mu|$ et δ.

Exo résolu

On lance 100 fois de suite une pièce bien équilibrée. On note X la variable aléatoire égale au nombre de fois où la pièce est tombée sur Pile.
1. Déterminer la loi de la variable X.
2. Peut-on dire que le nombre de fois où la pièce tombe sur Pile est dans l'intervalle]40 ; 60[dans plus de 75 % des cas ?

On verra aux exercices 10 et 20 que cette minoration n'est pas optimale.

CORRIGÉ

1. Étape 1. La pièce est bien équilibrée. On considère que tomber sur Pile constitue un succès.
Un lancer constitue une épreuve de Bernoulli de paramètre $p=\frac{1}{2}$. Les $n=100$ lancers sont indépendants, donc le nombre$X$ de succès suit une loi binomiale de paramètres $n=100$ et $p=\frac{1}{2}$.

Voir le chapitre 7.

2. Étape 2. L'espérance de X est : $\mu=n\times p=100\times\frac{1}{2}=50$.

Sa variance est : $V=n\times p\times(1-p)=100\times\frac{1}{2}\times\frac{1}{2}=25$.

Étape 3. On traduit la question : a-t-on $p(|X-50|<10)\geqslant 0{,}75$?
Ceci équivaut successivement à $-p(|X-50|<10)\leqslant -0{,}75$;
$1-p(|X-50|<10)\leqslant 1-0{,}75$; $p(|X-50|\geqslant 10)\leqslant 0{,}25$ en passant à l'événement contraire.
Or pour $\delta=10>0$, l'inégalité de Bienaymé-Tchebychev donne :

$$p(|X-\mu|\geqslant\delta)\leqslant\frac{V}{\delta^2}\Leftrightarrow p(|X-50|\geqslant 10)\leqslant\frac{25}{10^2}.$$

On a bien $p(|X-50|\geqslant 10)\leqslant 0{,}25$, et **l'affirmation est vraie.**

MÉTHODE 3

Trouver une taille suffisante d'échantillon

→ Voir les exos 5, 11, 13, 16

Étape 1. On détermine la loi de la variable aléatoire X, son espérance μ et sa variance V.

Étape 2. On utilise l'inégalité de concentration.

Étape 3. On résout une inéquation d'inconnue n.

Exo résolu

On lance n fois une pièce bien équilibrée.

Quel nombre de lancers suffit-il pour pouvoir affirmer avec un risque d'erreur inférieur à 5 % que la fréquence d'apparition de Pile appartient à l'intervalle $]0{,}49\ ;\ 0{,}51[$?

CORRIGÉ

Étape 1. Soit i un entier compris entre 1 et n. La pièce est bien équilibrée, donc si on note X_i la variable aléatoire qui vaut 1 si la pièce donne Pile et 0 sinon, X_i suit une loi de Bernoulli de paramètre $p = 0{,}5$.

Son espérance est $\mu = p = 0{,}5$ et sa variance $V = p \times (1 - p) = 0{,}25$.

Étape 2. Les n lancers indépendants constituent un échantillon $(X_1, X_2, \ldots, X_n)$ de taille n d'une variable aléatoire X suivant une loi de probabilité d'espérance $\mu = 0{,}5$ et de variance $V = 0{,}25$.

Soit $M_n = \dfrac{X_1 + X_2 + \ldots + X_n}{n}$ la variable aléatoire moyenne de cet échantillon.

Pour $\delta = 0{,}01 > 0$, on a :

$$p(|M_n - \mu| \geqslant \delta) \leqslant \frac{V}{n\delta^2} \Leftrightarrow p(|M_n - 0{,}5| \geqslant 0{,}01) \leqslant \frac{0{,}25}{n \times 0{,}01^2}$$

$$\Leftrightarrow p(|M_n - 0{,}5| \geqslant 0{,}01) \leqslant \frac{2\,500}{n}.$$

On veut $p(M_n \in]0{,}49\ ;\ 0{,}51[) \geqslant 0{,}95$, ce qui équivaut successivement à $p(|M_n - 0{,}5| < 0{,}01) \geqslant 0{,}95$; $p(|M_n - 0{,}5| \geqslant 0{,}01) \leqslant 0{,}05$ en passant à l'événement contraire.

Étape 3. Il suffit donc qu'on ait $\dfrac{2\,500}{n} \leqslant 0{,}05$, ce qui équivaut successivement à $\dfrac{n}{2\,500} \geqslant \dfrac{1}{0{,}05}$ car ces nombres sont strictement positifs ;

$n \geqslant \dfrac{2\,500}{0{,}05}$ car $2500 > 0$;

$n \geqslant 50\,000$.

Une taille d'échantillon de 50 000 « suffit ».

TESTER SES CONNAISSANCES

1 QCM

★ | 10 min | ▸ P. 282

Une interrogation écrite sous forme de QCM comporte 5 questions.
Pour chaque question, une seule des trois propositions est exacte : on obtient 1 point si on trouve la bonne réponse, et 0 sinon.
Un élève décide d'y répondre au hasard.

1. On note X_1 le nombre de points que l'élève reçoit à la question 1.
Quelle est la loi de X_1 ?

2. On note de même X_2, X_3, X_4, X_5 le nombre de points obtenus aux questions 2 à 5. On admet que X_1, X_2, X_3, X_4, X_5 sont 2 à 2 indépendantes.

a. Quelle loi suit la note obtenue par l'élève ?

Voir le cours **I.4**.

b. Le professeur multiplie cette note par 4 pour la ramener sur 20 au moment de calculer les moyennes.
Quelle note sur 20 cet élève peut-il espérer avoir ?

2 ÉCHANTILLONS EN GRANDS NOMBRES

★ | 20 min | ▸ P. 282

Une maladie très contagieuse touche 23 % de la population d'une grande ville. Pour un habitant de cette ville choisi au hasard, on note X la variable aléatoire qui vaut 1 si cet habitant est malade et 0 s'il n'est pas malade.

1. Quelle est la loi de la variable X ?

2. On suppose qu'on teste 500 individus pris indépendamment les uns des autres dans cette ville. Celle-ci est suffisamment grande pour que le choix des individus puisse être assimilé à un tirage avec remise.
Pour i compris entre 1 et 500, on note X_i la variable aléatoire qui vaut 1 si le i-ème habitant testé est malade et 0 s'il n'est pas malade.

a. Quelle représente $S_{500} = X_1 + X_2 + \ldots + X_{500}$ pour cet échantillon ?

b. Quelle est la loi de $S_{500} = X_1 + X_2 + \ldots + X_{500}$?

c. En déduire le nombre moyen d'individus malades auquel on peut s'attendre sur cet échantillon.

3. Simulations : la fonction **randint(a,b)** de la bibliothèque **random** permet de simuler un nombre aléatoire entier compris entre a et b.

a. Compléter les lignes 6 et 7 du script ci-après afin qu'il calcule et affiche le nombre moyen d'individus malades sur un échantillon de taille 500.

```python
from random import randint
malade = 0
for i in range(500) :
    test = randint(1,100)
    if test <= 23 :
        malade+ = ...
print("Le nombre de malades est :", ...)
```

b. Effectuer plusieurs simulations : les résultats sont-ils conformes aux conclusions de la question **2.c.** ?

c. Modifier l'algorithme pour qu'il calcule la fréquence de malades sur cet échantillon de taille 500.

d. Modifier l'algorithme pour qu'il calcule la fréquence de malades sur un échantillon de taille 5 000 obtenu sous les mêmes hypothèses.
Que remarquez-vous ?

3 ACHATS DE NOEL

★ | 5 min | ▶ P. 283

Une étude montre qu'en France, en 2019, le montant moyen des dépenses de cadeaux à Noël s'élevait à 355 euros par habitant, avec un écart-type de 52 euros.
On interroge un habitant au hasard et on note X la variable aléatoire égale au montant de ses dépenses de cadeaux de Noël en 2019.

a. Justifier que $p(|X-355|\geqslant 105)\leqslant 0{,}246$.

> Penser à l'inégalité de Bienaymé-Tchebychev.

b. Peut-on en déduire que plus de $75\,\%$ des habitants ont dépensé entre 250 et 460 euros pour leurs cadeaux de Noël en 2019 ?

> Penser à l'événement contraire.

4 CONCENTRATION AU CASINO

★★ | 20 min | ▶ P. 283

On fait tourner une roue découpée en 10 secteurs de même aire.
Un secteur apporte 8 euros, 4 secteurs rapportent 3 euros, les autres ne rapportent rien.
Pour jouer, il faut payer 2 euros. On note X le gain algébrique obtenu.

1. a. Déterminer la loi de probabilité de X .

b. Démontrer que son espérance est 0 et sa variance 6.

> On rappelle que si X prend les valeurs $x_1, x_2, \ldots, x_r$ avec probabilités $p_1, p_2, \ldots, p_r$, on a $E(X)=x_1\times p_1+x_2\times p_2+\ldots+x_r\times p_r$ et
> $$V(X)=(x_1-E(X))^2\times p_1+(x_2-E(X))^2\times p_2+\ldots+(x_r-E(X))^2\times p_r .$$
> On pourra utiliser une calculatrice ou écrire un script en Python pour effectuer les calculs.

2. On considère que chaque jour de la semaine, 500 parties sont jouées de façon indépendante. On note $\left(X_1, X_2, \ldots, X_{500}\right)$ l'échantillon des 500 gains correspondants.

a. À l'aide de l'inégalité de concentration, démontrer que :

$$p(X_1 + X_2 + \ldots + X_{500} \geqslant 200) \leqslant 0{,}075.$$

b. Le responsable du Casino craint que ce jeu lui fasse perdre plus de 200 euros au-moins une fois par semaine. Peut-on le rassurer ?

> On pourra établir que, sur une période d'une semaine, le nombre de jours où le Casino perd plus de 200 euros suit une loi binomiale.

5 TAILLE SUFFISANTE D'ÉCHANTILLON | ★★ | 15 min | ▸ P. 284

On lance n fois un dé bien équilibré à 6 faces, avec n entier, $n \geqslant 1$.
Pour tout entier i compris entre 1 et n, on note X_i la variable aléatoire qui vaut 1 si le dé tombe sur 6 et 0 sinon.

1. Déterminer la loi de la variable aléatoire X_i pour i entier compris entre 1 et n.

2. On note $M_n = \dfrac{X_1 + X_2 + \ldots + X_n}{n}$ la fréquence d'apparition du 6 au cours des n lancers. On suppose que les n lancers sont indépendants.

a. Démontrer que :

$$p\left(\left|M_n - \frac{1}{6}\right| \geqslant 0{,}01\right) \leqslant \frac{5 \times 10^4}{36n}.$$

> Utiliser l'inégalité de concentration.

b. En déduire un nombre suffisant de lancers pour pouvoir affirmer avec un risque inférieur à 5% que la fréquence d'apparition du 6 appartient à l'intervalle $\left]\frac{1}{6} - 0{,}01\,;\frac{1}{6} + 0{,}01\right[$.

> On veut $p\left(M_n \in \left]\frac{1}{6} - 0{,}01\,;\frac{1}{6} + 0{,}01\right[\right) > 0{,}95$.

6 LA JUSTE MISE | ★★ | 25 min | ▸ P. 285

Un joueur mise m euros (m entier naturel) et lance une pièce. Si elle donne Pile, le joueur perd sa mise. Si elle donne Face, le joueur lance un dé.
Si le résultat du dé est supérieur ou égal à 5, le joueur est remboursé de sa mise et gagne 20 euros. Sinon il perd sa mise.
La pièce et le dé ne sont pas truqués.
On note X la variable aléatoire donnant le gain en euros associé à ce jeu.
On cherche la valeur de la mise m qui rende ce jeu équitable.

1. Simulations

a. Compléter les lignes 7, 9 et 11 du script suivant qui simule une partie :

```
1  from random import randint
2  def partie(m):
3      piece = randint(1,2)
4      if piece == 1:
5          gain = − m
6      else:
7          de = randint(1,...)
8          if de >= 5:
9              gain = ...
10         else:
11             gain = ...
12     return gain
```

b. On simule n parties et on calcule le gain moyen obtenu sur ces n parties. Le programme suivant représente le gain moyen en fonction du nombre n, compris entre 1 et 10 000, de parties avec une mise de 1 euro.

```
import matplotlib.pyplot as plt
m = 1
F = []
gainTotal = 0
for i in range(10000):
    gainTotal = gainTotal + partie(m)
    F.append(gainTotal/(i+1))
plt.title("Gain moyen en fonction du
nombre n de parties")
plt.xlabel('n')
plt.ylabel('Gain moyen')
plt.plot(F)
plt.show()
```

Saisir ce programme (sans oublier le script du **a**. qui simule une partie) et, en jouant sur la valeur de m, conjecturer la valeur entière m pour laquelle le gain moyen se rapproche de 0.

2. Justification

a. Construire un arbre pondéré qui rende compte d'une partie.

> Voir la méthode 2 du Chapitre 7.

b. Déterminer la loi du gain X.

c. Conclure sur la valeur de m qui rend le jeu équitable.

> Pour la formule de l'espérance, voir l'exercice 4 ou le cours du Chapitre 7.

S'ENTRAÎNER

7 PAROLE D'HONNEUR

★★ | 10 min | ▶ P. 286

Au bridge, un jeu de 54 cartes est réparti aléatoirement entre 4 joueurs. Chaque joueur reçoit une main de 13 cartes. Pour évaluer la force de sa main, on peut compter : 4 points d'honneur pour un As, 3 points d'honneur pour un Roi, 2 pour une Dame, et 1 pour un Valet.
Les autres cartes n'apportent aucun point d'honneur.

On note X_1 le nombre de points d'honneur dans la main du premier joueur.
a. Quelles sont les valeurs possibles pour X_1 ?
b. Sans chercher à déterminer la loi de X_1, déterminer $E(X_1)$.

On peut introduire les points d'honneur des 3 autres joueurs et utiliser la linéarité de l'espérance.

8 PRODUIT VARIABLES INDÉPENDANTES | ★★ | 10 min | ▸ P. 287

Six boites numérotées de 1 à 6 contiennent chacune 10 pièces.
L'une ne contient que des pièces de 1 centime, une autre de 2 centimes, une de 5 centimes, une de 10 centimes, une de 20 centimes, et la dernière de 1 euro.
Les urnes ont été remplies au hasard.
Un joueur donne 1 euro et lance un dé bien équilibré.
Si le chiffre obtenu est k, le joueur pioche k pièces de l'urne numéro k.
Ce jeu est-il favorable au joueur ?

On notera X le numéro de l'urne dans laquelle pioche le joueur et Y la valeur d'une pièce, en centime, présente dans chaque urne.
On pourra utiliser le fait que X et Y sont indépendantes !

9 SOMME LOI BINOMIALES INDÉPENDANTES | ★★ | 20 min | ▸ P. 287

L'urne A contient 5 boules rouges et 15 blanches. L'urne B contient 10 boules rouges et 30 blanches. On tire successivement et avec remise 3 boules de l'urne A, puis 4 boules de l'urne B, toujours avec remise.
Les boules sont supposées indiscernables au toucher.
On note X le nombre de boules rouges issues de l'urne A, Y le nombre de boules rouges issues de l'urne B et S le nombre total de boules rouges obtenues à l'issue des deux tirages.
a. Déterminer la loi de X et la loi de Y.
b. Démontrer que :

$$p(S=1)=7\times\left(\frac{1}{4}\right)^1\times\left(\frac{3}{4}\right)^6.$$

On pourra remarquer que $S=1$ si, et seulement si, $(X=0 \text{ et } Y=1)$ ou $(X=1 \text{ et } Y=0)$ et utiliser le fait que X et Y sont indépendantes.

c. Calculer $p(S=3)$.
d. Que peut-on conjecturer pour la loi de S ?

On pourra revoir les formules sur la loi binomiale au chapitre 7.

10 FLUCTUATION DES NAISSANCES | ★★ | 30 min | ▸ P. 288

On admet que dans une maternité les naissances sont indépendantes et que la probabilité qu'un nouveau-né soit une fille est de 0,51.
Sur 100 naissances observées, on note X le nombre de filles.

1. Déterminer la loi de probabilité de la variable aléatoire X.

2. À l'aide de l'inégalité de Bienaymé-Tchebychev, démontrer que le nombre de filles est compris entre 42 et 60 dans au-moins 75% des cas.

> Penser à utiliser l'événement contraire.

3. À l'aide d'un algorithme, on va établir que :

$$p(42 \leqslant X \leqslant 60) > 0{,}94 .$$

a. Que fait l'algorithme suivant ?

```
def factoriel(n):
    if n > 1:
        return n * factoriel(n - 1)
    else:
        return 1
def binom(k,n,p):
    x=factoriel(n)/(factoriel(k)*factoriel(n-k))*  p**k*(1-p)**(n-k)
    return x
c=0
for i in range(101):
    c=c+binom(i,100,0.51)
    print("p( X <=",i," )=",round(c,5))
```

> Revoir la formule qui donne $p(X=k)$ au chapitre 7.

b. À l'aide de cet algorithme, donner des valeurs approchées des probabilités $p(X \leqslant 41)$ et $p(X \leqslant 60)$.
En déduire $p(42 \leqslant X \leqslant 60)$ à 10^{-3} près.

4. Qui de l'inégalité de Bienaymé-Tchebychev et de l'algorithme donne le résultat le plus précis ?

11 SONDAGE SORTI DES URNES | ★★ | 20 min | ▸ P. 289

Un sondage « sorti des urnes » sur un échantillon de n électeurs pris au hasard donne une proportion de 52 % de votes pour le candidat A.
On suppose que les votes sont indépendants.

a. On choisit un électeur au hasard.
Si X vaut 1 lorsque cet électeur a voté pour le candidat A et 0 s'il n'a pas voté pour lui, quelle est la loi de X ?

b. Quelle taille d'échantillon assure-t-elle au candidat A d'être élu à la majorité absolue avec un risque d'erreur de moins de 10 % ?

> On pourra s'inspirer de l'exercice 6.

12 METHODE DE MONTE-CARLO

★★ | 20 min | ▸ P. 290

Archimède avait établi que l'aire sous une arche parabolique était donnée par la formule : $S = \frac{2}{3} \times \text{base} \times \text{hauteur}$.

On considère la parabole d'équation $y = -x^2 + 1$ sur l'intervalle $[-1 ; 1]$.

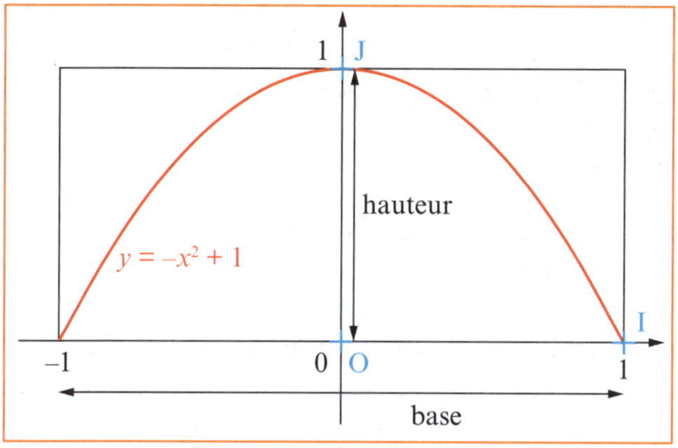

1. Justifier que, pour tout $x \in [-1 ; 1]$, $0 \leqslant -x^2 + 1 \leqslant 1$.

2. a. Dans un repère orthonormé $(O ; I, J)$, reproduire la parabole sur l'intervalle $[-1 ; 1]$ et hachurer la partie comprise entre elle et l'axe des abscisses. Unités graphiques : 5 cm.

b. Placer les points A, B, C de coordonnées $(-1 ; 0)$, $(1 ; 1)$ et $(-1 ; 1)$. Calculer l'aire du rectangle AIBC en unité d'aire puis en cm^2.
Une unité d'aire correspond au rectangle OIBJ

3. On donne l'algorithme suivant en langage Python :

```
from random import*
def point():
    x=uniform(-1,1)
    y=uniform(0,1)
    return(x,y)

def aire(n):
    x_bleu=[]
    y_bleu=[]
    x_rouge=[]
    y_rouge=[]
    compteur=0
    for i in range(n):
        (x,y)=point()
        if ... :
            x_bleu.append(x)
            y_bleu.append(y)
            compteur+ = ...
        else :
            ...
            ...
    plt.plot(x_bleu,y_bleu,'b.')
    plt.plot(...)
    plt.grid()
    plt.show()
    return(compteur/n*2)
```

La fonction **point()** simule aléatoirement 1 point dans le rectangle AIBC et renvoie ses coordonnées $(x ; y)$.

a. Compléter l'algorithme afin qu'il simule n points dans le rectangle AIBC, affiche et colorie en bleu ceux qui sont sous la parabole et en rouge ceux qui n'y sont pas, puis calcule et affiche l'aire, en unité d'aire, sous la parabole estimée par le double de la proportion de points bleus.

Le double car l'aire de AIBC est de 2 unités d'aire.

b. Donner cette estimation pour 50, puis 1000, puis 10 000 points.

c. Les comparer à l'estimation obtenue par Archimède.

13 CONTRÔLE DE QUALITÉ

★★ | 25 min | ▸ P. 291

Un grand fabricant de baguettes produit une série spéciale Travis Baker (batteur du groupe Blink 182) dessinée sur mesure. Le service contrôle de qualité cherche à estimer la proportion p (avec $0 < p < 1$) de baguettes produites qui ne respectent pas les contraintes imposées par Travis.

Il effectue un prélèvement de n pièces, $n \geqslant 1$, dans une production supposée suffisamment grande pour que ce prélèvement puis s'apparenter à une suite de n tirages indépendants avec remise.

Pour i entier compris entre 1 et n, on note X_i la variable aléatoire qui vaut 1 si la baguette prélevée n'est pas conforme et 0 sinon.

1. Déterminer la loi de la variable aléatoire X_i pour i entier compris entre 1 et n.

2. On note $M_n = \dfrac{X_1 + X_2 + \ldots + X_n}{n}$ la fréquence de baguettes défectueuses sur ce prélèvement de n baguettes.

a. Démontrer que pour tout $\delta > 0$:

$$p\left(\left|M_n - p\right| \geqslant \delta\right) \leqslant \frac{p(1-p)}{n\delta^2}.$$

Utiliser l'inégalité de concentration. Voir le paragraphe 2 du cours.

b. Justifier que pour tout réel $p \in]0\,;1[$, on a :

$$0 < p(1-p) \leqslant \frac{1}{4}.$$

On pourra vérifier que $p(1-p) = -\left(p - \frac{1}{2}\right)^2 + \frac{1}{4}$.

c. En déduire que pour tout $\delta > 0$:

$$p\left(\left|M_n - p\right| \geqslant \delta\right) \leqslant \frac{1}{4n\delta^2}.$$

3. Quelle taille d'échantillon assure que la moyenne d'échantillon M_n approche la proportion p à 0,1 près avec une probabilité supérieure à 0,95 ?

Penser à l'événement contraire.

PRÉPARER UN CONTRÔLE

14 EXAMEN

★★ | 20 min | ▸ P. 291

Un examen comporte 20 questions. Pour chacune, un candidat a le choix entre 4 réponses, dont une seule est correcte.
Si le candidat connait la vraie réponse, il la choisit. Sinon, il choisit au hasard une réponse parmi les 4 propositions.
On suppose que les 20 questions sont indépendantes, et que pour chaque question la probabilité que le candidat connaisse la bonne réponse est toujours la même, égale à un réel p compris entre 0 et 1.
Pour tout entier i compris entre 1 et 20, on note :
– C_i l'événement : « le candidat connait la bonne réponse à la question numéro i »
– A_i l'événement : « le candidat donne la bonne réponse à la question numéro i »

a. Soit i un entier compris entre 1 et 20.
À l'aide d'un arbre pondéré, démontrer que $p(A_i) = \frac{3}{4}p + \frac{1}{4}$.

> Voir la méthode 2 du Chapitre 7.

b. Chaque bonne réponse apporte 1 point, chaque mauvaise réponse n'apporte ni n'enlève aucun point.
Pour tout entier i compris entre 1 et 20, on note X_i la variable aléatoire égale au nombre de points apportés par la question numéro i.
Quelle est la loi de probabilité de la variable X_i ?

c. On note S la note finale obtenue à l'examen.
Quelle est la valeur minimale de p pour que le candidat puisse espérer une note supérieure ou égale à 16 ?

> La note est égale à la somme des points obtenus aux 20 questions ...

15 BUDGET PROMOTIONNEL

★★ | 20 min | ▸ P. 292

Le gérant d'un supermarché prévoit que, au cours du mois de janvier, 3 600 clients vont scanner leur ticket de caisse à la borne de jeu du supermarché. Un ticket sur 4 donne droit à un bon de réduction de 5€. Les autres tickets sont perdants.

a. Pour 3600 tickets scannés de façon indépendante, on note X le nombre de clients qui gagent un bon de réduction de 5€.
Déterminer la loi de X.

b. Le gérant estime qu'il y a moins d'une chance sur dix qu'il dépasse son budget promotionnel de 5 000 euros.
Qu'en pensez-vous ?

> On pourra commencer par vérifier que : $p(X \geqslant 1\,001) \leqslant p(|X - 900| \geqslant 101)$.

16 JEU DE DÉ

★★★ | 25 min | ▸ P. 293

À la cour de Louis XIV, le chevalier de Méré avait résolu le problème suivant : *« Est-il avantageux, lorsqu'on joue au dé, de parier sur l'apparition d'un 6 en lançant 4 fois le dé »?*

1. a. On suppose qu'on lance un dé bien équilibré 4 fois de suite et que les lancers sont indépendants.

Justifier que l'événement « sur les quatre lancers,aucun 6 n'est apparu » a une probabilité égale à $\frac{625}{1\,296}$.

> On pourra revoir le cours du chapitre 7 sur les expériences successives.

b. Le chevalier de Méré avait déjà trouvé ce résultat : quelle réponse a-t-il faite au problème ?

2. C'est en observant un grand nombre de parties de dé que le chevalier de Méré a eu l'intuition de ce résultat. On se propose de déterminer le nombre de parties de 4 lancers qu'il suffit de simuler pour que la fréquence d'apparition d'au-moins un 6 soit supérieure à $\frac{1}{2}$ dans au-moins 95% des cas.

a. Justifier que le nombre S_n de parties où au-moins un 6 est apparu suit une loi binomiale de paramètres n et $p = \frac{671}{1\,296}$.

> Voir la méthode 3 du Chapitre 7.

b. Justifier que si $\frac{S_n}{n} < \frac{1}{2}$, alors :

$$\left|\frac{S_n}{n} - p\right| \geqslant 0{,}01.$$

c. En déduire l'inégalité :

$$p\left(\frac{S_n}{n} < \frac{1}{2}\right) \leqslant \frac{2\,500}{n}.$$

> Penser à l'inégalité de Bienaymé-Tchebychev

d. Déterminer alors le nombre suffisant de parties à simuler pour que la fréquence d'apparition d'au-moins un 6 soit supérieure à $\frac{1}{2}$ dans au-moins 95% des cas.

> Penser à utiliser l'événement contraire.

ALLER PLUS LOIN

17 BON DÉBARRAS ! | ★★★ | 30 min | ▸ P. 294

Une famille, dont les cinq enfants se prénomment Aline (4 ans), Benoit (6 ans), Cédrik (8 ans), Daphnée (10 ans) et Éric (12 ans), part en vacances pour deux semaines. Ils établissent une règle pour les tâches ménagères.

1. Chaque soir de la première semaine (de 7 jours), on tire au sort pour savoir qui débarrasse la table. Déterminer :

a. Le nombre moyen de jours où c'est un garçon qui débarrasse la table.

b. Le nombre moyen de jours où c'est une fille qui débarrasse la table.

c. Le nombre moyen de jours où c'est Cédrik qui débarrasse la table. Comparer au résultat trouvé en **a.** et commenter.

d. La probabilité qu'une fille débarrasse la table pour la première fois le troisième jour.

2. La semaine suivante, les règles ont changé : chaque soir, la probabilité qu'un enfant soit désigné sera proportionnelle à son âge.

a. Déterminer, pour un soir donné, ces probabilités notées dans l'ordre croissant des âges p_1, p_2, p_3, p_4, p_5.

> On introduira le coefficient de proportionnalité *k* entre l'âge et la probabilité d'être désigné et on écrira que la somme des probabilités de toutes les issues est 1.

b. Quel est nombre moyen de jours où c'est un garçon qui débarrasse la table ? En déduire, des filles ou des garçons, qui est gagnant dans ce changement de règle.

c. Cédrik crie au scandale et Daphnée se réjouit : qu'en pensez-vous ?

18 DISPERSION | ★★★ | 40 min | ▸ P. 296

Un joueur mise 1 euro, choisit un chiffre entre 1 et 6 et lance deux dés bien équilibrés. Si les deux dés tombent sur le chiffre choisi, le joueur reçoit 20 euros. Si seul un des deux dés tombe sur le chiffre choisi, le joueur reçoit 1 euro. Sinon le joueur ne reçoit rien.

1. Dans un tableur, la fonction =ALEA.ENTRE.BORNES(1;6) permet de simuler un dé à 6 faces bien équilibré. Simuler 100 parties sur le tableur de votre choix et conjecturer si le jeu est équitable.

> On doit calculer le gain moyen sur ces 100 parties.

2. a. Déterminer la loi de probabilité du gain G du joueur sur une partie.

> Un chiffre entre 1 et 6 étant choisi, on pourra construire un arbre pondéré.

b. Calculer $\mu = E(G)$. Le jeu est-il équitable ?

3. À l'aide d'un script en Python, déterminer la variance V et l'écart-type $\sigma = \sqrt{V}$ du gain G. On arrondira à 10^{-2} près.

> On pourra s'inspirer de l'exercice 4.

4. Soit $(G_1, G_2, \ldots, G_n)$ un échantillon de taille n de la variable aléatoire G, et $M_n = \dfrac{G_1 + G_2 + \ldots + G_n}{n}$ la moyenne d'échantillon.

a. Démontrer que $p\left(|M_n - \mu| \geqslant \dfrac{2\sigma}{\sqrt{n}}\right) \leqslant \dfrac{1}{4}$.

b. En déduire que $p\left(M_n \in \left]\mu - \dfrac{2\sigma}{\sqrt{n}} ; \mu + \dfrac{2\sigma}{\sqrt{n}}\right[\right) \geqslant 0{,}75$.

5. En réalité, quand n est grand, l'écart entre le gain moyen obtenu sur un échantillon de taille n et $\mu = E(G)$ est encore plus faible.

a. Simuler $N = 200$ échantillons de taille $n = 100$ en complétant l'algorithme suivant où **gain(c)** renvoie le gain en fonction de la valeur c, **gainMoyen(c)** renvoie le gain moyen sur 100 parties, et proportion est égale à la proportion des 200 échantillons de 100 parties dont le gain moyen sort de l'intervalle $\left]\mu - \dfrac{2\sigma}{\sqrt{100}} ; \mu + \dfrac{2\sigma}{\sqrt{100}}\right[$.

```
from random import*
from math import*
import matplotlib.pyplot as plt
c=int(input("c = ?"))
def gain(c):
    de1 = randint(1,6)
    de2 = randint(1,6)
    if ...
        gain = 19
    elif ...
        gain = 0
    else:
        gain = -1
    return gain
def gainMoyen(c):
...
...
...
...
...
x=[19,0,-1]
p=[1/36,10/36,25/36]
E=sum([x[i]*p[i] for i in range(3)])
V=sum([p[i]*(x[i]-E)**2 for i in
        range(3)])
sigma=sqrt(V)
echantillons = []
for i in range(200):
echantillons.append(gainMoyen(c))
a=E-2*sigma/sqrt(100)
b=E+2*sigma/sqrt(100)
test = [x for x in echantillons if ...]
proportion="..."
print(«proportion : ,proportion)
fig, ax1 = plt.subplots (1,figsize=(12, 6))
ax1.plot(echantillons,'b*')
ax1.plot([0,200],[a,a],'r--')
ax1.plot([0,200],[E,E],'g--')
ax1.plot([0,200],[b,b],'r-.')
plt.show()
```

b. Quelle proportion d'échantillons vérifie $M_n \in \left[\mu - \dfrac{2\sigma}{\sqrt{n}} ; \mu + \dfrac{2\sigma}{\sqrt{n}}\right]$?

19 MARCHE ALÉATOIRE

★★★ | 45 min | ▸ P. 298

Le robot Tom doit emprunter un pont sans garde-corps de 10 pas de long et de 2 pas de large. Sa démarche est très particulière :

- soit il avance d'un pas tout droit ;
- soit il se déplace en diagonale vers la gauche (déplacement équivalent à un pas vers la gauche et un pas tout droit) ;
- soit il se déplace en diagonale vers la droite (déplacement équivalent à un pas vers la droite et un pas tout droit).

On suppose que ces trois types de déplacement sont aléatoires et équiprobables. L'objectif de cet exercice est d'estimer la probabilité p de l'évènement S « Tom traverse le pont » c'est-à-dire « Tom n'est pas tombé dans l'eau et se trouve encore sur le pont au bout de 10 déplacements ».

Partie A. Modélisation et simulation

On schématise le pont par un rectangle dans le plan muni d'un repère orthonormé (O, I, J) comme l'indique la figure ci-dessous.

On suppose que Tom se trouve au point de coordonnées $(0\ ;\ 0)$ au début de la traversée.

On note $(x\ ;\ y)$ les coordonnées de Tom après x déplacements.

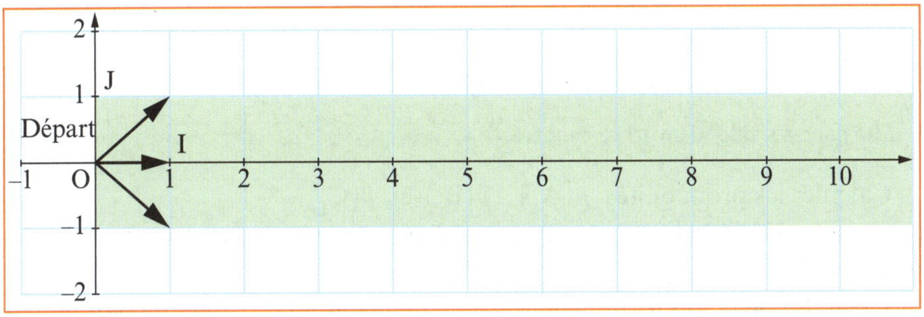

L' algorithme suivant simule la position de Tom au bout de x déplacements.

```
Affecter à x la valeur 0
Affecter à y la valeur 0
Tant que y ⩾ −1 et y ⩽ 1 et x ⩽ 9
    Affecter à k une valeur choisie au hasard entre −1, 0 et 1
    Affecter à y la valeur y + k
    Affecter à x la valeur x + 1
Fin tant que
Afficher « la position de Tom est » (x ; y)
```

1. On donne les couples suivants : $(-1\,;1)$; $(10\,;0)$; $(2\,;4)$; $(10\,;2)$.
Lesquels ont pu être obtenus avec cet algorithme ? Justifier la réponse.

2. Modifier cet algorithme pour qu'à la place de « la position de Tom est $(x\,;y)$ », il affiche « Tom a réussi la traversée » ou « Tom est tombé ».

Partie B.

Pour tout n entier naturel compris entre 0 et 10, on note :

A_n l'événement : « après n déplacements, Tom se trouve sur un point d'ordonnée 1 » et $a_n = p(A_n)$;

B_n l'événement : « après n déplacements, Tom se trouve sur un point d'ordonnée 0 » et $b_n = p(B_n)$;

C_n l'événement : « après n déplacements, Tom se trouve sur un point d'ordonnée -1 » et $c_n = p(C_n)$.

T_n l'événement : « après n déplacements, Tom tombe du pont » et $t_n = p(C_n)$.

1. Justifier que $a_0 = 0$, $b_0 = 1$, $c_0 = 0$.

2. Montrer que pour tout entier naturel n compris entre 0 et 9, on a :

$$\begin{cases} a_{n+1} = \dfrac{a_n + b_n}{3} \\ b_{n+1} = \dfrac{a_n + b_n + c_n}{3} \\ c_{n+1} = \dfrac{b_n + c_n}{3} \end{cases}$$

On pourra s'aider d'un arbre pondéré.

3. Calculer les probabilités $p(A_1)$, $p(B_1)$ et $p(C_1)$.

4. Calculer la probabilité que Tom se trouve sur le pont au bout de deux déplacements.

5. Parmi les deux algorithmes écrits en langage Python, lequel ne permet pas de calculer une valeur approchée à 10^{-4} près de a_n, b_n et c_n ?

```
a=0
b=1
c=0
for i in range(10):
    a,b,c=(a+b)/3,(a+b+c)/3,(b+c)/3
print(round(a,4))
print(round(b,4))
print(round(c,4))
```

```
a=0
b=1
c=0
for i in range(10):
    a=(a+b)/3
    b=(a+b+c)/3
    c=(b+c)/3
print(round(a,4))
print(round(b,4))
print(round(c,4))
```

6. Saisir l'algorithme correct et en déduire une valeur approchée à 10^{-4} près de la probabilité que Tom traverse le pont.

20 SURBOOKING

★★★ | 30 min | ▸ P. 300

On admet qu'une personne réservant une place d'avion a une chance sur 10 de ne pas se présenter à l'embarquement et que tous les voyageurs se présentent indépendamment les uns des autres.
La compagnie vend n places ($n \geqslant 100$) pour un avion de 100 places.
a. Quelle est le nombre maximal de places que peut vendre la compagnie si elle veut qu'il y ait moins de 5% de chances que des passagers ne puissent pas embarquer ?
On notera X le nombre de passagers se présentant au départ et on écrira un script en langage Python qui permet de calculer $p(X \leqslant 100)$.

> On pourra s'inspirer de l'exercice 10.

b. Pour cette valeur de n, à l'aide d'un algorithme, déterminer les plus petites valeurs entières a et b telles que : $p(X \leqslant a) > 0{,}025$ et $p(X \leqslant b) > 0{,}975$.
Vérifier que $p(a \leqslant X \leqslant b) \geqslant 0{,}95$.
c. Comparer $p(a \leqslant X \leqslant b)$ avec la minoration de $p(89{,}9 < X < 102{,}4)$ obtenue à l'aide de l'inégalité de Bienaymé-Tchebychev.

21 TEMPS D'ATTENTE DU 3E SUCCES

★★★★ | 45 min | ▸ P. 301

Au base-ball (dans sa version simplifiée), un batteur est éliminé s'il manque 3 fois la balle, successivement ou non. On suppose qu'à chaque lancer, le batteur manque la balle avec probabilité $p \in]0\,;1]$.
Les lancers successifs sont supposés indépendants.
Soit X le nombre de lancers nécessaires à l'élimination du batteur.
1. Justifier que $p(X \leqslant 2) = 0$.
2. Soit k un entier supérieur ou égal à 3.
On note A l'événement : « le batteur a manqué 2 balles au cours des $k-1$ premiers lancers » et B l'événement : « le batteur manque la k ème balle ».
a. Exprimer l'événement « $X = k$ » à l'aide de A et B.
b. Exprimer $p(\mathrm{A})$ en fonction de k et de p.

> Penser à la loi binomiale.

c. En déduire que $p(X = k) = \dfrac{(k-1)(k-2)}{2} \times p^3 \times q^{k-3}$.
3. On admet que pour tout $q \in [0\,;1[$ et tout $r \in \mathbb{N}$:

$$\lim_{N \to +\infty} \sum_{k=r}^{N} \binom{k}{r} q^{k-r} = \frac{1}{(1-q)^{r+1}}.$$

Calculer le nombre moyen de lancers jusqu'à élimination du batteur :

$$E(X) = \lim_{N \to +\infty} \sum_{k=3}^{N} kp(X = k).$$

CORRIGÉS

1 QCM

1. L'élève répond au hasard. Il a donc 3 choix équiprobables et une seule bonne réponse qui lui rapporte 1 point : $p(X_1 = 1) = \frac{1}{3}$ et $p(X_1 = 0) = \frac{2}{3}$.

Il s'agit d'une loi de Bernoulli de paramètre $\boldsymbol{p = \frac{1}{3}}$.

2. a. La note obtenue est égale à la somme des points obtenus à chacune des 5 questions : elle est donnée par $S = X_1 + X_2 + X_3 + X_4 + X_5$.
Comme au 1., X_2, X_3, X_4 et X_5 suivent la même loi de Bernoulli de paramètre $p = \frac{1}{3}$. Or X_1, X_2, X_3, X_4, X_5 sont deux à deux indépendantes, donc :
$S = X_1 + X_2 + X_3 + X_4 + X_5$ suit une loi binomiale de paramètres $\boldsymbol{n = 5}$ et $\boldsymbol{p = \frac{1}{3}}$.

b. La note ramenée sur 20 est égale à $N = 4S$.
S suit une loi binomiale de paramètres $n = 5$ et $p = \frac{1}{3}$, d'espérance :

$$E(S) = n \times p = 5 \times \frac{1}{3} = \frac{5}{3}.$$

Par linéarité : $E(N) = E(4S) = 4E(S) = 4 \times \frac{5}{3} = \frac{20}{3} \approx 6{,}7$ à 0,1 près.
L'élève peut espérer environ 6,7 sur 20.

2 ÉCHANTILLONS EN GRANDS NOMBRES

1. L'habitant est choisi au hasard dans la population comportant 23 % de malades donc $p(X = 1) = 0{,}23$ et $p(X = 0) = 1 - 0{,}23 = 0{,}77$: X suit une loi de Bernoulli de paramètre $\boldsymbol{p = 0{,}23}$.

2. a. $S_{500} = X_1 + X_2 + \ldots + X_{500}$ représente le nombre de malades.
b. Les individus étant choisis de façon indépendante, $(X_1, X_2, \ldots, X_{500})$ représente un échantillon de taille 500 d'une même variable aléatoire suivant la loi de Bernoulli de paramètre $p = 0{,}23$ et S_{500} suit une loi binomiale de paramètres $\boldsymbol{n = 500}$ et $\boldsymbol{p = 0{,}23}$.
c. L'espérance de S_{500} est donc $\boldsymbol{E(S_{500}) = n \times p = 500 \times 0{,}23 = 115}$. On peut donc s'attendre en moyenne à 115 malades sur l'échantillon.

3. a. La variable test à la ligne 4 contient un nombre entier aléatoire compris entre 1 et 100. On peut considérer que sur 100 personnes, les 23 malades sont celles qui portent les numéros 1 à 23. Ainsi si la personne testée a un numéro inférieure ou égale à 23, on augmentera le nombre de malades d'une unité.
La ligne 6 devient donc : malade+ = 1.
Le nombre total de malades sera donc stocké dans la variable malade à la fin de la boucle for : la ligne 7 devient print(«Le nombre de malades est :», malade).
b. On obtient bien des valeurs proches de 115.

La fluctuation d'échantillonnage explique qu'on n'obtient pas exactement 115 malades à chaque simulation.

c. On remplace la ligne 7 par :

```
print("La fréquence des malades est.", malade/500)
```

d. On remplace 500 par 5 000 aux lignes 3 et 7. La fréquence obtenue est beaucoup plus souvent proche de $\boldsymbol{p = 0{,}23}$.

C'est la loi des grands nombres. Voir le cours.

3 ACHATS DE NOEL

a. X a pour espérance $\mu = 355$ et variance $V = 52^2 = 2704$ donc pour $\delta = 105 > 0$, l'inégalité de Bienaymé-Tchebychev donne :

$$p(|X - \mu| \geqslant \delta) \leqslant \frac{V}{\delta^2} \Leftrightarrow p(|X - 355| \geqslant 105) \leqslant \frac{2\,704}{105^2}.$$

$\frac{2\,704}{105^2} = \frac{2\,704}{11\,025} \approx 0{,}2453$ à 10^{-4} près, donc $\boldsymbol{p(|X - 355| \geqslant 105) \leqslant 0{,}246}$.

b. $p(250 < X < 460) = p(355 - 105 < X < 355 + 105)$
$= p(|X - 355| < 105) = 1 - p(|X - 355| \geqslant 105)$.

Or, $p(|X - 355| \geqslant 105) \leqslant 0{,}246$ donc

$$1 - p(|X - 355| \geqslant 105) \geqslant 1 - 0{,}246 \Leftrightarrow p(250 < X < 460) \geqslant 0{,}754.$$

L'affirmation est donc correcte.

4 CONCENTRATION AU CASINO

1. a. Les dix secteurs ont même aire donc sortent de façon équiprobable.
Il faut déduire la mise de 2 euros des gains, d'où la loi de X :

x_i	$8 - 2 = 6$	$3 - 2 = 1$	$0 - 2 = -2$
$p(X = x_i) = p_i$	$\frac{1}{10} = 0{,}1$	$\frac{4}{10} = 0{,}4$	$1 - 0{,}1 - 0{,}4 = 0{,}5$

b. L'espérance de X est : $E(X) = x_1 \times p_1 + x_2 \times p_2 + x_3 \times p_3$, donc

$$E(X) = 6 \times 0{,}1 + 1 \times 0{,}4 + (-2) \times 0{,}5 = 0.$$

$$V(X) = (6 - 0)^2 \times 0{,}1 + (1 - 0)^2 \times 0{,}4 + (-2 - 0)^2 \times 0{,}5 = 6.$$

On peut aussi utiliser directement une calculatrice ou un ordinateur :

- **Avec une calculatrice scientifique Texas Instrument**

Dans le menu stats, onglet EDIT, 1 : Modifier
On inscrit les valeurs 6, 1 et -2 dans la colonne L_1.
On inscrit les valeurs 0.1, 0.4 et 0.5 dans la colonne L_2.
Dans le menu stats, onglet CALC, on choisit Stats 1 Var.
On remplit les lignes : Xliste : L_1 et ListeFréq : L_2.
On appuie sur Calculer.

- **Avec une calculatrice scientifique Casio**

Dans le menu Statistiques :
On inscrit les valeurs 6, 1 et -2 dans la colonne List 1.
On inscrit les valeurs 0.1, 0.4 et 0.5 dans la colonne List 2.
On appuie sur F2 (Calc) puis sur F6 (SET) pour vérifier les réglages :
1 Var XList : List 1 et 1 Var Freq : List 2.
On revient sur CALC et on choisit F1 (1-VAR).

En Python

```
x=[6,1,-2]
p=[0.1,0.4,0.5]
E=sum([x[i]*p[i] for i in range(3)])
V=sum[p[i]*(x[i]-E)**2 for i in range(3)]
print(E)
print(V)
```

2. a. $p\left(X_1+X_2+\ldots+X_{500}\geqslant 200\right)=p\left(\dfrac{X_1+X_2+\ldots+X_{500}}{500}\geqslant\dfrac{200}{500}\right)=p\left(M_{500}\geqslant 0{,}4\right)$

où $M_{500}=\dfrac{X_1+X_2+\ldots+X_{500}}{500}$ correspond à la moyenne de cet échantillon de taille $n=500$. L'inégalité de concentration donne pour $\delta=0{,}4>0$:

$p\left(|M_n-\mu|\geqslant\delta\right)\leqslant\dfrac{V}{n\delta^2}$, donc :

$$p\left(|M_{500}-0|\geqslant 0{,}4\right)\leqslant\frac{6}{500\times 0{,}4^2}\Leftrightarrow p\left(|M_{500}|\geqslant 0{,}4\right)\leqslant 0{,}075.$$

Or $\left(|M_{500}|\geqslant 0{,}4\right)=\left(M_{500}\geqslant 0{,}4\right)\cup\left(M_{500}\leqslant -0{,}4\right)$, donc

$$p(X_1+X_2+\ldots+X_{500}\geqslant 200)\leqslant p(|M_{500}|\geqslant 0{,}4)\leqslant 0{,}075.$$

b. Chaque jour, la probabilité que le casino perde plus de 200 euros (succès) est égale à $p\leqslant 0{,}075$. On répète $n=7$ fois la même épreuve de Bernoulli de paramètre $p\leqslant 0{,}075$ de façon indépendante donc le nombre de jours où le Casino perd plus de 200 euros suit une loi binomiale de paramètres $n=7$ et $p\leqslant 0{,}075$.
Son espérance est $E=n\times p\leqslant 7\times 0{,}075<1$, donc en moyenne le Casino devrait perdre plus de 200 euros moins d'une fois par semaine.
On peut rassurer le directeur !

5 TAILLE SUFFISANTE D'ECHANTILLON

1. Soit i un entier compris entre 1 et n. Le dé étant bien équilibré, les faces sont équiprobables, donc $p\left(X_i=1\right)=\dfrac{1}{6}$ et $p\left(X_i=0\right)=\dfrac{5}{6}$

X_i suit une loi de Bernoulli de paramètre $p=\dfrac{1}{6}$.

2. a. $\left(X_1, X_2,\ldots,X_n\right)$ constitue un échantillon de taille n d'une variable aléatoire X suivant une loi de Bernoulli de paramètre $p=\dfrac{1}{6}$, d'espérance $\mu=p=\dfrac{1}{6}$ et de variance $V=p(1-p)=\dfrac{1}{6}\times\dfrac{5}{6}=\dfrac{5}{36}$.

Voir le chapitre 7.

La variable aléatoire moyenne de cet échantillon, $M_n=\dfrac{X_1+X_2+\ldots+X_n}{n}$, vérifie donc pour $\delta=0{,}01>0$:

$$p\left(\left|M_n - \frac{1}{6}\right| \geqslant 0{,}01\right) \leqslant \frac{V}{n\delta^2} \Leftrightarrow p\left(\left|M_n - \frac{1}{6}\right| \geqslant 0{,}01\right) \leqslant \frac{\frac{5}{36}}{n \times 0{,}01^2}$$

$$\Leftrightarrow p\left(\left|M_n - \frac{1}{6}\right| \geqslant 0{,}01\right) \leqslant \frac{5 \times 10^4}{36n}.$$

b. $p\left(M_n \in \left]\frac{1}{6} - 0{,}01 ; \frac{1}{6} + 0{,}01\right[\right) > 0{,}95$ équivaut successivement à :

$p\left(\left|M_n - \frac{1}{6}\right| < 0{,}01\right) > 0{,}95$; $1 - p\left(\left|M_n - \frac{1}{6}\right| \geqslant 0{,}01\right) > 0{,}95$;

$-p\left(\left|M_n - \frac{1}{6}\right| \geqslant 0{,}01\right) > -0{,}05$; $p\left(\left|M_n - \frac{1}{6}\right| \geqslant 0{,}01\right) < 0{,}05$.

Comme $p\left(\left|M_n - \frac{1}{6}\right| \geqslant 0{,}01\right) \leqslant \frac{5 \times 10^4}{36n}$, il suffit que $\frac{5 \times 10^4}{36n} < 0{,}05$, ce qui équivaut successivement à : $\frac{36n}{5 \times 10^4} > \frac{1}{0{,}05}$ car ce sont des réels strictement positifs donc rangés dans l'ordre inverse de leurs inverses ;

$n > \frac{5 \times 10^4}{0{,}05 \times 36}$; $n > \frac{2{,}5 \times 10^5}{9}$; $n \geqslant 27\,778$ car n est entier

et $\frac{2{,}5 \times 10^5}{9} \approx 27\,777{,}8$ à 0,1 près.

Il suffit de lancer **27 778 fois** le dé pour pouvoir affirmer avec un risque inférieur à 5 % que la fréquence d'apparition du 6 appartient à l'intervalle $\left]\frac{1}{6} - 0{,}01 ; \frac{1}{6} + 0{,}01\right[$.

Il s'agit d'une condition suffisante, mais pas optimale. On peut démontrer que 10 000 lancers suffiraient.

6 LA JUSTE MISE

1. a. Les lignes 7, 9 et 11 deviennent respectivement :

de = randint(1,6) (pour la simulation du dé à 6 faces non truqué)

gain = 20 (si le résultat du dé est supérieur ou égal à 5)

gain = – m (si le résultat du dé n'est pas supérieur ou égal à 5)

b. Le gain moyen semble se stabiliser vers 2,4 quand n devient grand.
En passant m à 4, on le voit se stabiliser près de 0 : on conjecture que la mise doit être de 4 euros pour que le jeu soit équitable.

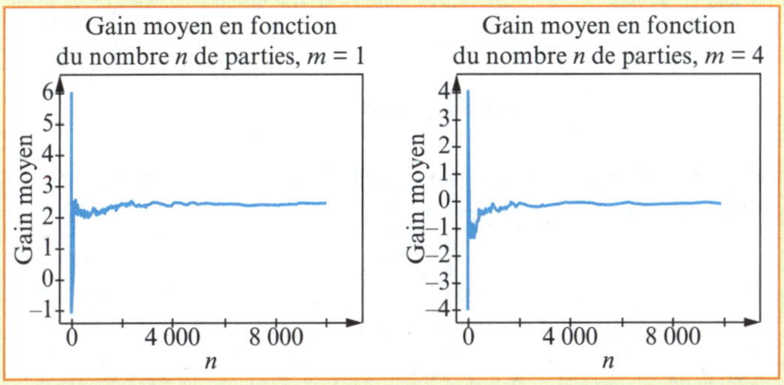

2. a. La pièce est bien équilibrée, avec 2 faces, donc la probabilité qu'elle donne pile est $\frac{1}{2}$, et la probabilité qu'elle donne face également.
Le dé a 6 faces équiprobables, donc si on note A l'événement « le dé donne un résultat supérieur ou égal à 5 », on a :
$A = \{5 ; 6\}$ donc $p(A) = \frac{2}{6} = \frac{1}{3}$ et $p(\overline{A}) = \frac{2}{3}$.
On en déduit l'arbre pondéré :

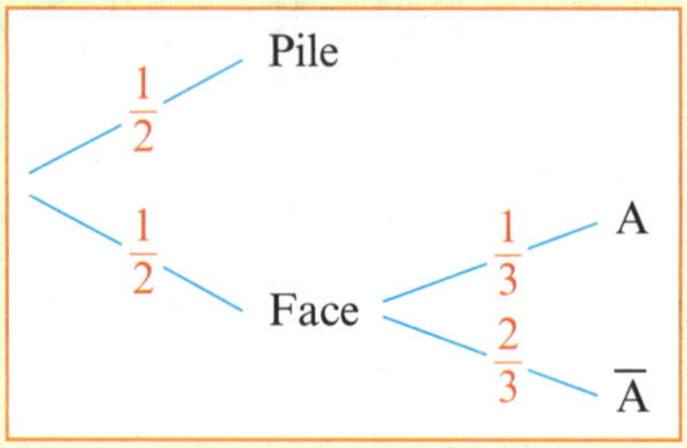

b. $p(X = 20) = p(\text{Face} \cap A) = p(\text{Face}) \times p_{\text{Face}}(A) = \frac{1}{2} \times \frac{1}{3} = \frac{1}{6}$.

$$p(X = -m) = 1 - p(X = 20) = \frac{5}{6}.$$

c. On en déduit l'espérance de X :

$$E(X) = 20 \times \frac{1}{6} + (-m) \times \frac{5}{6} = \frac{20 - 5m}{6}.$$

Ainsi le jeu est équitable $\Leftrightarrow E(X) = 0 \Leftrightarrow 20 - 5m = 0 \Leftrightarrow \boldsymbol{m = 4}$.

7 PAROLE D'HONNEUR !

a. La plus forte main de 13 cartes contient 4 As, 4 Rois, 4 Dames et 1 Valet, pour un total maximal de $\mathbf{4 \times 4 + 4 \times 3 + 4 \times 2 + 1 \times 1 = 37}$ points d'honneur.
X_1 peut aussi prendre la valeur 36 (4 As, 4 Rois, 4 Dames, 1 huit), 35 (4 As, 4 Rois, 3 Dames, 1 valet, 1 trois), 34 (4 As, 4 Rois, 3 Dames, 2 sept)…, 19 (4 As, 1 Roi, 4 quatre, 4 deux), etc… jusqu'à 0 (4 huit, 4 sept, 4 six, 1 cinq).
X_1 peut prendre toutes les valeurs entières de 0 à 37.

b. Si on note X_2, X_3, X_4 le nombre de points d'honneur des 3 autres joueurs, les 4 variables aléatoires ont la même loi de probabilité, donc la même espérance.
De plus, $X_1 + X_2 + X_3 + X_4$ est égal au nombre total de points d'honneur du jeu.
Ainsi, $E(X_1 + X_2 + X_3 + X_4) = 40 \Leftrightarrow 4 \times E(X_1) = 40$.

Donc $\mathbf{E(X_1) = \frac{40}{4} = 10}$.

Ce résultat confirme une approche intuitive du caractère équitable de la répartition des points d'honneur entre les 4 joueurs.

Il est possible de déterminer la loi de probabilité de X_1, mais c'est très long puisque X_1 peut prendre 38 valeurs.

8 PRODUIT VARIABLES INDEPENDANTES

Le dé est bien équilibré donc X suit une loi équirépartie sur $\{1 ; 2 ; 3 ; 4 ; 5 ; 6\}$:

$$p(X=1)=p(X=2)=p(X=3)=p(X=4)=p(X=5)=p(X=6)=\frac{1}{6}$$

L'espérance de X est donc :

$$E(X)=1\times\frac{1}{6}+2\times\frac{1}{6}+3\times\frac{1}{6}+4\times\frac{1}{6}+5\times\frac{1}{6}+6\times\frac{1}{6}=\frac{21}{6}=\frac{7}{2}.$$

Pour la formule de l'espérance voir l'exercice 4 ou le chapitre 7.

Les 6 urnes ont été remplies au hasard, donc

$$p(Y=1)=p(Y=2)=p(Y=5)=p(Y=10)=p(Y=20)=p(Y=100)=\frac{1}{6}.$$

L'espérance de Y est :

$$E(Y)=1\times\frac{1}{6}+2\times\frac{1}{6}+5\times\frac{1}{6}+10\times\frac{1}{6}+20\times\frac{1}{6}+100\times\frac{1}{6}=\frac{138}{6}=23.$$

Le montant des pièces tirées par le joueur est égal à $X\times Y$.

Or X et Y sont indépendantes donc $E(X\times Y)=E(X)\times E(Y)=\frac{7}{2}\times 23=80{,}5<100$

donc inférieure à la mise de 1 euro : **le jeu est défavorable au joueur**.

9 SOMME LOI BINOMIALES INDÉPENDANTES

a. Les boules sont tirées de façon équiprobables. La proportion de boules rouges dans l'urne A est $p=\frac{5}{20}=\frac{1}{4}$. On tire successivement 3 boules avec remise, donc le nombre X de boules rouges tirées dans l'urne A suit **une loi binomiale de paramètres $n=3$ et $p=\frac{1}{4}$**.

La proportion de boules rouges dans l'urne B est de $\frac{10}{40}=\frac{1}{4}=p$ donc Y suit **une loi binomiale de paramètres $n'=4$ et $p=\frac{1}{4}$**.

b. On a $S=X+Y$ donc $p(S=1)=p(X=0 \text{ et } Y=1)+p(X=1 \text{ et } Y=0)$
$=p(X=0)\times p(Y=1)+p(X=1)\times p(Y=0)$ car X et Y sont indépendantes.

Or $p(X=0)=\binom{3}{0}\times\left(\frac{1}{4}\right)^0\times\left(\frac{3}{4}\right)^3=\left(\frac{3}{4}\right)^3$,

$p(X=1)=\binom{3}{1}\times\left(\frac{1}{4}\right)^1\times\left(\frac{3}{4}\right)^2=3\times\left(\frac{1}{4}\right)^1\times\left(\frac{3}{4}\right)^2$,

$p(Y=0)=\binom{4}{0}\times\left(\frac{1}{4}\right)^0\times\left(\frac{3}{4}\right)^4=\left(\frac{3}{4}\right)^4$ et

$p(Y=1)=\binom{4}{1}\times\left(\frac{1}{4}\right)^1\times\left(\frac{3}{4}\right)^3=4\times\left(\frac{1}{4}\right)^1\times\left(\frac{3}{4}\right)^3$.

Donc $p(S=1)=\left(\frac{3}{4}\right)^3\times\ 4\times\left(\frac{1}{4}\right)^1\times\left(\frac{3}{4}\right)^3+3\times\left(\frac{1}{4}\right)^1\times\left(\frac{3}{4}\right)^2\times\left(\frac{3}{4}\right)^4$

$$=4\times\left(\frac{1}{4}\right)^1\times\left(\frac{3}{4}\right)^6+3\times\left(\frac{1}{4}\right)^1\times\left(\frac{3}{4}\right)^6=\mathbf{7}\times\left(\frac{\mathbf{1}}{\mathbf{4}}\right)^1\times\left(\frac{\mathbf{3}}{\mathbf{4}}\right)^6.$$

CORRIGÉS

c. $p(S=3)=p(X=0 \text{ et } Y=3)+p(X=1 \text{ et } Y=2)+p(X=2 \text{ et } Y=1)$
$+p(X=3 \text{ et } Y=0)=p(X=0)\times p(Y=3)$
$+p(X=1)\times p(Y=2)+p(X=2)\times p(Y=1)+p(X=3)\times p(Y=0)$
car X et Y sont indépendantes.

$$p(S=3)=\left(\frac{3}{4}\right)^3\times\binom{4}{3}\times\left(\frac{1}{4}\right)^3\times\left(\frac{3}{4}\right)^1+\binom{3}{1}\times\left(\frac{1}{4}\right)^1\times\left(\frac{3}{4}\right)^2\times\binom{4}{2}\times\left(\frac{1}{4}\right)^2\times\left(\frac{3}{4}\right)^2$$
$$+\binom{3}{2}\times\left(\frac{1}{4}\right)^2\times\left(\frac{3}{4}\right)^1\times\binom{4}{1}\times\left(\frac{1}{4}\right)^1\times\left(\frac{3}{4}\right)^3+\binom{3}{3}\times\left(\frac{1}{4}\right)^3\times\left(\frac{3}{4}\right)^0\times\binom{4}{0}\times\left(\frac{1}{4}\right)^0\times\left(\frac{3}{4}\right)^4$$
$$=4\times\left(\frac{1}{4}\right)^3\times\left(\frac{3}{4}\right)^4+3\times6\times\left(\frac{1}{4}\right)^3\times\left(\frac{3}{4}\right)^4+3\times4\times\left(\frac{1}{4}\right)^3\times\left(\frac{3}{4}\right)^4+1\times\left(\frac{1}{4}\right)^3\times\left(\frac{3}{4}\right)^4$$
$$=35\times\left(\frac{1}{4}\right)^3\times\left(\frac{3}{4}\right)^4$$

d. On remarque que $p(S=1)=7\times\left(\frac{1}{4}\right)^1\times\left(\frac{3}{4}\right)^6=\binom{7}{1}\times\left(\frac{1}{4}\right)^1\times\left(\frac{3}{4}\right)^{7-1}$.

Et comme $\binom{7}{3}=\frac{7\times6\times5}{3\times2\times1}=35$, $\boldsymbol{p(S=3)=\binom{7}{3}\left(\frac{1}{4}\right)^3\times\left(\frac{3}{4}\right)^{7-3}}$.

On peut conjecturer que S suit une loi binomiale de paramètres $\boldsymbol{n=7}$ **et** $\boldsymbol{p=\frac{1}{4}}$.

Il existe en fait un théorème qui justifie cela : si X suit une loi binomiale de paramètres n et p et si Y suit une loi binomiale de paramètres n' et p. Si on suppose de plus que X et Y sont indépendantes, alors $X+Y$ suit une loi binomiale de paramètres $n+n'$ et p.

10 FLUCTUATION DES NAISSANCES

1. Si on appelle succès le fait que l'enfant soit une fille, une naissance constitue une épreuve de Bernoulli de paramètre $p=0{,}51$.
Les $n=100$ naissances supposées indépendantes constituent un schéma de Bernoulli, donc X, qui compte le nombre de succès, suit **une loi binomiale de paramètres $\boldsymbol{n=100}$ et $\boldsymbol{p=0{,}51}$.**

2. L'espérance de X est $\mu=n\times p=100\times0{,}51=51$ et sa variance est :
$$V=n\times p\times(1-p)=100\times0{,}51\times0{,}49=24{,}99.$$
Pour $\delta=10>0$, on a d'après l'inégalité de Bienaymé-Tchebychev :
$$p(|X-\mu|\geqslant\delta)\leqslant\frac{V}{\delta^2}\Leftrightarrow p(|X-51|\geqslant10)\leqslant\frac{24{,}99}{10^2}$$
$$\Leftrightarrow 1-p(|X-51|\geqslant10)\geqslant1-\frac{24{,}99}{10^2}$$
$$\Leftrightarrow p(|X-51|<10)\geqslant0{,}7501$$
$$\Leftrightarrow p(51-10<X<51+10)\geqslant0{,}7501$$
$$\Leftrightarrow p(41<X<61)\geqslant0{,}7501$$
$$\Leftrightarrow p(42\leqslant X\leqslant60)\geqslant0{,}7501 \text{ car } X \text{ est entier.}$$
Le nombre de filles est compris entre 42 et 60 dans **au-moins 75% des cas.**

3. a. Dans cet algorithme, la fonction factoriel renvoie $\boldsymbol{n!}$, la fonction binom renvoie $\binom{n}{k} \times p^k \times (1-p)^{n-k} = \boldsymbol{p(X=k)}$.
L'algorithme calcule et affiche les arrondis à 10^{-5} près des valeurs cumulées $p(X \leqslant k)$ pour k entier allant de 0 à 100.
b. On lit $p(X \leqslant 41) \approx 0{,}02853$ et $p(X \leqslant 60) \approx 0{,}9717$.
Ainsi $p(42 \leqslant X \leqslant 60) = p(X \leqslant 60) - p(X \leqslant 41) \approx$ **0,943 à $\mathbf{10^{-3}}$ près.**
4. Le nombre de filles est entre 42 et 60 dans au-moins 94 % des cas : c'est beaucoup plus que l'évaluation faite à la question 2.
L'inégalité de Bienaymé-Tchebychev est loin d'être optimale.

Cette inégalité a cependant le mérite d'éviter les calculs de $p(X=k)$ ou de $p(X \leqslant k)$ qui peuvent être longs, nécessiter un ordinateur, etc.

11 SONDAGE SORTIE DES URNES

a. Le choix des électeurs se fait de façon équiprobable, donc X suit **une loi de Bernoulli de paramètre $p = 0{,}52$**, le succès correspondant au fait de voter pour le candidat A.
b. Interroger n électeurs dans ces conditions revient à constituer un échantillon $(X_1, X_2, \ldots, X_n)$ de taille n d'une variable aléatoire X suivant **une loi de Bernoulli de paramètre $p = 0{,}52$**, d'espérance $\mu = p = 0{,}52$ et de variance $V = p(1-p) = 0{,}52 \times 0{,}48 = 0{,}2496$.

Voir le chapitre 7.

On veut $p(M_n \leqslant 0{,}5) < 0{,}1$ où $M_n = \dfrac{X_1 + X_2 + \ldots + X_n}{n}$ est la variable aléatoire moyenne de cet échantillon.
Or pour $\delta = 0{,}02 > 0$:

$$p(|M_n - \mu| \geqslant \delta) \leqslant \frac{V}{n\delta^2} \Leftrightarrow p(|M_n - 0{,}52| \geqslant 0{,}02) \leqslant \frac{0{,}2496}{n \times 0{,}02^2}$$

$$\Leftrightarrow p(|M_n - 0{,}52| \geqslant 0{,}02) \leqslant \frac{624}{n}.$$

Or, $p(|M_n - 0{,}52| \geqslant 0{,}02) = p(M_n \leqslant 0{,}5) + p(M_n \geqslant 0{,}54)$ donc :

$$p(M_n \leqslant 0{,}5) \leqslant p(|M_n - 0{,}52| \geqslant 0{,}02) \leqslant \frac{624}{n}.$$

Or $0 < \dfrac{624}{n} < 0{,}1 \Leftrightarrow \dfrac{n}{624} > \dfrac{1}{0{,}1}$

$$\Leftrightarrow n > \frac{624}{0{,}1} \Leftrightarrow n > 6\,240.$$

Ainsi, on a $p(M_n \leqslant 0{,}5) \leqslant 0{,}1$ dès que $n \geqslant 6\,241$.

Là encore on n'a certainement pas une taille optimale d'échantillon.

12 MÉTHODE DE MONTE-CARLO

1. Si $x \in [-1\,;1]$: $0 \leqslant x^2 \leqslant 1 \Leftrightarrow 0 \geqslant -x^2 \geqslant -1 \Leftrightarrow 1 \geqslant -x^2+1 \geqslant 0$.
Donc pour tout $x \in [-1\,;1]$, $0 \leqslant -x^2+1 \leqslant 1$.

2. a.

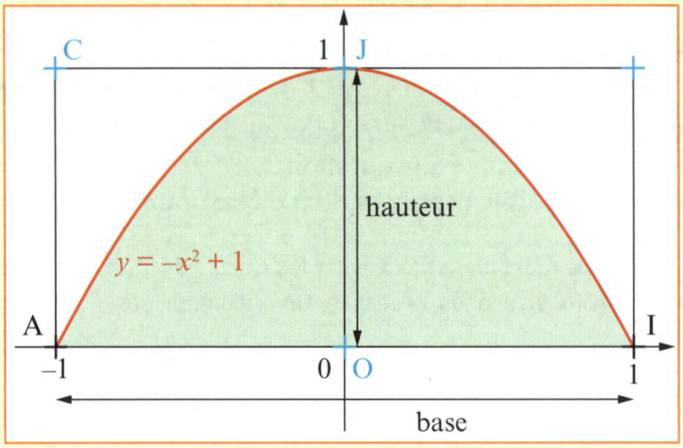

b. Une unité d'aire correspond à $5 \times 5 = 25\ \text{cm}^2$.
L'aire du rectangle AIBC est égale à $\text{AI} \times \text{AC} = 2 \times 1 = 2$ **unités d'aire = 50 cm²**.

3. a. La ligne 16 devient : `if y<=-x**2+1:`

La ligne 19 devient : `compteur+=1`

Les lignes 21 et 22 deviennent :

```
x_rouge.append(x)
y_rouge.append(y)
```

La ligne 24 devient : `plt.plot(x_rouge,y_rouge,'r.')`

b. Pour $n = 50$, puis $n = 1\,000$, puis $n = 10\,000$, on obtient :

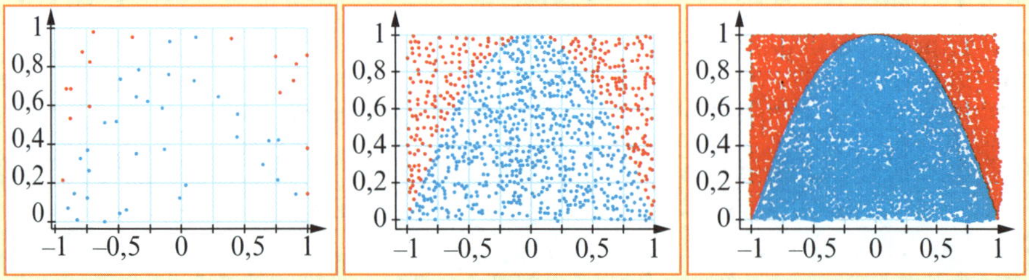

Estimations : 1,28 1,376 1,326

c. Archimède aurait obtenu $S = \frac{2}{3} \times \text{base} \times \text{hauteur} = \frac{2}{3} \times 2 \times 1 = \frac{4}{3} \approx 1{,}333$ à 10^{-3} près.
C'est très proche de ce qu'on obtient pour $n = 10\,000$.

En fait $\int_{-1}^{1} -x^2+1\,\text{d}x = \frac{4}{3}$: c'est bien la valeur exacte de l'aire sous la parabole sur l'intervalle $[-1\,;1]$ (voir le chapitre 6 sur le calcul intégral).

Cette méthode, dite de Monte-Carlo, permet également d'estimer une valeur approchée de π en considérant par exemple le demi-cercle de centre O et de rayon 1 situé au-dessus de l'axe des abscisses en remplaçant la condition $y \leqslant -x^2+1$ par $y \leqslant \sqrt{1-x^2}$.

13 CONTRÔLE DE QUALITÉ

1. Soit i un entier compris entre 1 et n. Une proportion p de baguettes ne respectent pas la contrainte. Le prélèvement se fait de manière équiprobable, donc $p(X_i = 1) = p$ et $p(X_i = 0) = 1 - p$: X_i suit **une loi de Bernoulli de paramètre p.**

2. a. Le prélèvement de n baguettes peut s'apparenter à n tirages indépendants avec remise, donc $(X_1, X_2, \ldots, X_n)$ constitue un échantillon de taille n d'une variable aléatoire X suivant une loi de de Bernoulli de paramètre p.

Son espérance est $\mu = p$ et sa variance $V = p \times (1-p)$.

D'après l'inégalité de concentration, pour tout nombre réel $\delta > 0$, on a :

$$p(|M_n - \mu| \geqslant \delta) \leqslant \frac{V}{n\delta^2} \Leftrightarrow p(|M_n - p| \geqslant \delta) \leqslant \frac{p(1-p)}{n\delta^2}.$$

b. $p \in \,]0\,;1[$, donc $1 - p \in \,]\,0\,;1\,[$. Ainsi : $p(1-p) > 0$.

De plus, $p(1-p) = -p^2 + p = -\left(p^2 - 2 \times \frac{1}{2} \times p + \frac{1}{4}\right) + \frac{1}{4} = -\left(p - \frac{1}{2}\right)^2 + \frac{1}{4}$.

Or $-\left(p - \frac{1}{2}\right)^2 \leqslant 0$, donc $-\left(p - \frac{1}{2}\right)^2 + \frac{1}{4} \leqslant \frac{1}{4}$. **Ainsi $\mathbf{0 < p(1-p) \leqslant \frac{1}{4}}$.**

c. Pour tout nombre réel $\delta > 0$, on a :

$$p(|M_n - p| \geqslant \delta) \leqslant \frac{p(1-p)}{n\delta^2} \text{ et } 0 < p(1-p) \leqslant \frac{1}{4}.$$

Or, $n\delta^2 > 0$, donc $\mathbf{p(|M_n - p| \geqslant \delta) \leqslant \frac{1}{4n\delta^2}}$.

3. On veut $p(|M_n - p| < 0{,}1) \geqslant 0{,}95 \Leftrightarrow p(|M_n - p| \geqslant 0{,}1) \leqslant 0{,}05$.

Or, pour $\delta = 0{,}1 > 0$, $p(|M_n - p| \geqslant 0{,}1) \leqslant \frac{1}{4n \times 0{,}1^2}$, donc il suffit que :

$$\frac{1}{4n \times 0{,}01} = \frac{25}{n} \leqslant 0{,}05 \Leftrightarrow n \geqslant \frac{25}{0{,}05} \Leftrightarrow \mathbf{n \geqslant 500}.$$

14 EXAMEN

a. On a $p_{C_i}(A_i) = 1$.

Les 4 propositions pour la question numéro i sont équiprobables, donc

$p_{\overline{C_i}}(A_i) = \frac{1}{4}$ et $p_{\overline{C_i}}(\overline{A_i}) = \frac{3}{4}$.

On en déduit l'arbre pondéré :

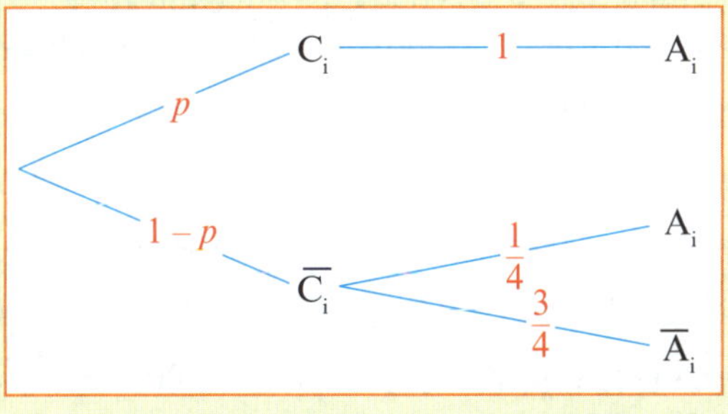

D'après la formule des probabilités totales :

$$p(\mathrm{A}_i) = p(\mathrm{C}_i \cap \mathrm{A}_i) + p(\overline{\mathrm{C}_i} \cap \mathrm{A}_i) = p(\mathrm{C}_i) \times p_{\mathrm{C}_i}(\mathrm{A}_i) + p(\overline{\mathrm{C}_i}) \times p_{\overline{\mathrm{C}_i}}(\mathrm{A}_i)$$

$$p(\mathrm{A}_i) = p \times 1 + (1-p) \times \frac{1}{4} = p - \frac{1}{4}p + \frac{1}{4} = \frac{3}{4}p + \frac{1}{4}.$$

b. X_i suit **une loi de Bernoulli de paramètre** $\boldsymbol{p(A_i) = \frac{3}{4}p + \frac{1}{4}}$.

c. Les 20 réponses étant indépendantes, $(X_1, X_2, \ldots, X_{20})$ constitue un échantillon de taille $n = 20$ d'une variable aléatoire X suivant une loi de Bernoulli de paramètre $p(A_i) = \frac{3}{4}p + \frac{1}{4}$.

La note $S = X_1 + X_2 + \ldots + X_{20}$ suit donc une loi binomiale de paramètre $n = 20$ et $p(A_i) = \frac{3}{4}p + \frac{1}{4}$. Son espérance est :

$$E(S) = n \times p(A_i) = 20\left(\frac{3}{4}p + \frac{1}{4}\right) = 15p + 5.$$

Alors $E(S) \geqslant 16 \Leftrightarrow 15p + 5 \geqslant 16 \Leftrightarrow 15p \geqslant 11 \Leftrightarrow p \geqslant \frac{11}{15}$.

La valeur minimale de p pour que le candidat puisse espérer une note supérieure ou égale à 16 est donc $\frac{11}{15} \approx$ **0,73 à 0,01 près.**

15 BUDGET PROMOTIONNEL

a. Pour un client donné, le ticket est gagnant avec probabilité $p = \frac{1}{4}$ et perdant avec probabilité $q = 1 - p = \frac{3}{4}$.

Il s'agit d'une épreuve de Bernoulli de paramètre $p = \frac{1}{4}$.

On répète $n = 3\,600$ fois cette épreuve de Bernoulli de paramètre $p = \frac{1}{4}$ de façon indépendante : le nombre X de succès, c'est-à-dire de clients gagnants, suit donc **une loi binomiale de paramètres** $\boldsymbol{n = 3\,600}$ **et** $\boldsymbol{p = \frac{1}{4}}$.

b. Chaque gagnant reçoit un bon de 5 €, donc la dépense correspondant à X gagnants est égale à $5X$ euros.

On cherche à déterminer $p(5X > 5\,000)$, ce qui équivaut à :

$$p(X > 1\,000) = p(X \geqslant 1\,001) \text{ car } X \text{ est un nombre entier.}$$

Or, $p(|X - 900| \geqslant 101) = p((X \leqslant 900 - 101) \cup (X \geqslant 900 + 101))$

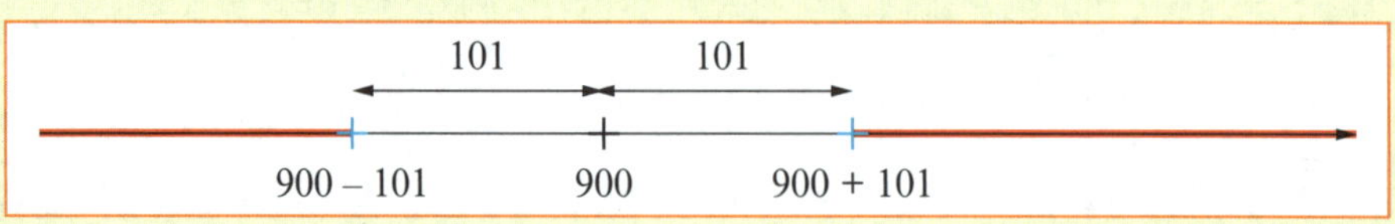

Donc $p(|X - 900| \geqslant 101) = p(X \leqslant 899) + p(X \geqslant 1\,001)$ car ces événements sont disjoints. Ainsi $p(X \geqslant 1\,001) \leqslant p(|X - 900| \geqslant 101)$.

Or l'espérance de X est égale à $\mu = E(X) = n \times p = 3\,600 \times \frac{1}{4} = 900$ et sa variance est $V = n \times p \times (1-p) = 3\,600 \times \frac{1}{4} \times \frac{3}{4} = 675$.

Donc l'inégalité de Bienaymé-Tchebychev donne, pour $\delta = 101 > 0$:

$$p(|X-\mu| \geqslant \delta) \leqslant \frac{V}{\delta^2} \Leftrightarrow p(|X-900| \geqslant 101) \leqslant \frac{675}{101^2}.$$

$\frac{675}{101^2} = \frac{675}{10\,201} \approx 0{,}066$ à 10^{-3} près, donc $p(X \geqslant 1\,001) \leqslant \frac{675}{10\,201} < 0{,}1$.

Le gérant a raison.

En fait, à l'aide d'un ordinateur (voir exercice 10), on trouve :

$$p(X \geqslant 1001) = 1 - p(X \leqslant 1\,000) \approx 6{,}5 \times 10^{-5}.$$

Ce résultat est bien inférieur à la majoration obtenue à l'aide de l'inégalité de Bienaymé-Tchebychev, dont le mérite est d'éviter le recours à l'ordinateur.

16 JEU DE DÉ

1. a. Le dé est bien équilibré donc ses six faces sont équiprobables : la probabilité d'obtenir 6 est donc égale à $\frac{1}{6}$, donc celle de ne pas obtenir 6 est $\frac{5}{6}$.

On répète 4 fois la même épreuve de façon indépendante donc la probabilité qu'aucun 6 ne sorte est égale à :

$$\left(\frac{5}{6}\right)^4 = \mathbf{\frac{625}{1\,296}}.$$

b. La probabilité d'obtenir au-moins un 6 au cours des 4 lancers est donc égale à :

$$1 - \frac{625}{1\,296} = \frac{671}{1\,296} \approx 0{,}517 > 0{,}5.$$

Le chevalier avait conclu qu'il était **avantageux** de parier sur l'apparition d'un 6 en lançant 4 fois le dé.

2. a. Pour une partie de 4 lancers, on appelle succès le fait d'obtenir au-moins un 6. Il s'agit d'une épreuve de Bernoulli de paramètre $p = \frac{671}{1\,296}$ d'après 1.

On répète n fois cette même épreuve de Bernoulli de façon indépendante donc le nombre de succès S_n, soit le nombre de parties où au-moins un 6 est apparu, suit **une loi binomiale de paramètres n et $p = \frac{671}{1\,296}$.**

b. $p = \frac{671}{1\,296} \approx 0{,}517$ donc si $\frac{S_n}{n} < \frac{1}{2}$, alors $-\frac{S_n}{n} > -\frac{1}{2}$.

On obtient $p - \frac{S_n}{n} > p - \frac{1}{2} \geqslant 0{,}01$.

Ainsi si $\frac{S_n}{n} < \frac{1}{2}$:

$$\left|\frac{S_n}{n} - p\right| = p - \frac{S_n}{n} \geqslant \mathbf{0{,}01}.$$

c. On en déduit $p\left(\frac{S_n}{n}<\frac{1}{2}\right)\leqslant p\left(\left|\frac{S_n}{n}-p\right|\geqslant 0{,}01\right)$.

Mais $p\left(\left|\frac{S_n}{n}-p\right|\geqslant 0{,}01\right)=p\left(\left|S_n-n\times p\right|\geqslant 0{,}01\times n\right)$ car $n>0$.

Comme l'espérance de S_n est $\mu = n\times p$ et sa variance est

$V=n\times p\times(1-p)=n\times\frac{671}{1296}\times\frac{625}{1296}=\frac{419\,375}{1\,679\,616}\times n\leqslant 0{,}25\times n$,

on déduit de l'inégalité de Bienaymé-Tchebychev avec $\delta = 0{,}01\times n>0$, que :

$$p\left(\left|S_n-\mu\right|\geqslant\delta\right)\leqslant\frac{V}{\delta^2}\Leftrightarrow p\left(\left|S_n-n\times p\right|\geqslant 0{,}01\times n\right)\leqslant\frac{0{,}25\times n}{(0{,}01\times n)^2}.$$

Or, $\frac{0{,}25\times n}{(0{,}01\times n)^2}=\frac{2\,500}{n}$ donc :

$$\boldsymbol{p\left(\frac{S_n}{n}<\frac{1}{2}\right)\leqslant\frac{2\,500}{n}}.$$

d. La fréquence d'apparition d'au-moins un 6 est égale à $\frac{S_n}{n}$.

$p\left(\frac{S_n}{n}\geqslant\frac{1}{2}\right)\geqslant 0{,}95$ équivaut successivement à :

$-p\left(\frac{S_n}{n}\geqslant\frac{1}{2}\right)\leqslant -0{,}95$;

$1-p\left(\frac{S_n}{n}\geqslant\frac{1}{2}\right)\leqslant 1-0{,}95$; $p\left(\frac{S_n}{n}<\frac{1}{2}\right)\leqslant 0{,}05$.

Or; $p\left(\frac{S_n}{n}<\frac{1}{2}\right)\leqslant\frac{2\,500}{n}$ donc si $\frac{2\,500}{n}\leqslant 0{,}05$ la fréquence d'apparition d'au-moins un 6 sera supérieure à $\frac{1}{2}$ dans au-moins 95% des cas.

Il suffit donc qu'on ait $n\geqslant\frac{2\,500}{0{,}05}\Leftrightarrow n\geqslant 50\,000$.

50 000 tirages « suffisent ».

17 BON DEBARRAS

1. a. Chaque jour, si on décide d'appeler succès l'événement « un garçon est désigné », et échec « une fille est désignée », le choix de l'enfant qui débarrasse la table peut être modélisé par une épreuve de Bernoulli de paramètre p, la probabilité qu'un garçon soit désigné. Le choix se faisant de façon équiprobable, $p=\frac{3}{5}$ (il y a 3 garçons parmi 5 enfants).

La répétition de cette même épreuve de Bernoulli, pendant 7 jours, de façon indépendante, constitue un schéma de Bernoulli, et si X désigne le nombre de jours où un garçon est désigné, X suit une loi binomiale de paramètres $n=7$ et $p=\frac{3}{5}$.

Son espérance est $E(X)=np=7\times\frac{3}{5}=\frac{21}{5}=4{,}2$.

Ainsi, **le nombre moyen de jours où c'est un garçon débarrasse la table est 4,2.**

b. Si Y désigne le nombre de jours où une fille est désignée, $X+Y=7$.
Donc $E(X+Y)=E(7)=7$.
Or $E(X)+E(Y)=7$ par linéarité de l'espérance,
donc $E(Y)=7-E(X)=7-4{,}2=2{,}8$.
Le nombre moyen de jours où c'est une fille qui débarrasse la table est 2,8.

Ce calcul justifie ce que le bon sens prévoyait : les jours où les garçons ne débarrassent pas, c'est aux filles de débarrasser.

c. Chaque jour, on peut appeler succès l'événement « Cédrik débarrasse la table » et échec son événement contraire : cela constitue une nouvelle épreuve de Bernoulli de paramètre $p'=\frac{1}{5}$, et la répétition, pendant 7 jours, de façon indépendante, de cette même épreuve constitue un schéma de Bernoulli.
Si Z désigne le nombre de jours où Cédrik débarrasse la table, Z suit donc une loi binomiale de paramètre $n=7$, $p'=\frac{1}{5}$.

Son espérance est donc $E(Z)=np'=\frac{7}{5}=1{,}4$.

On a donc $E(Z)=\frac{1}{3}E(X)$: **la répétition au hasard de la corvée est équitable entre chacun des 3 garçons.**

$E(Z)=7\times\frac{1}{5}$ témoigne la répartition équitable entre les 5 enfants.

d. Si on note S_i l'événement « un garçon est désigné le jour i », l'événement considéré peut se noter $S_1S_2\overline{S_3}$. Les désignations sont des expériences identiques et indépendantes.
On a donc $p(S_1S_2\overline{S_3})=p(S_1)\times p(S_2)\times p(\overline{S_3})$.
Or, $p(S_1)=p(S_2)=\frac{3}{5}$ et $p(\overline{S_3})=1-p(S_3)=\frac{2}{5}$.

Donc $p(S_1S_2\overline{S_3})=\left(\frac{3}{5}\right)^2\times\frac{2}{5}=\frac{18}{125}=\mathbf{0{,}144}$.

2. a. Soit k le coefficient de proportionnalité entre l'âge et probabilité d'être désigné, alors :

$$p_1=4k\ ;\quad p_2=6k\ ;\quad p_3=8k\ ;\quad p_4=10k\ ;\quad p_5=12k.$$

Or $p_1+p_2+p_3+p_4+p_5=1$, donc $4k+6k+8k+10k+12k=1$, d'où $40k=1$ et $k=\frac{1}{40}$.

Donc $\boldsymbol{p_1}=4k=\mathbf{\frac{1}{10}}$, $\boldsymbol{p_2}=6k=\mathbf{\frac{3}{20}}$, $\boldsymbol{p_3}=8k=\mathbf{\frac{1}{5}}$, $\boldsymbol{p_4}=10k=\mathbf{\frac{1}{4}}$, $\boldsymbol{p_5}=12k=\mathbf{\frac{3}{10}}$.

b. Un jour donné, la probabilité qu'un garçon soit désigné est :

$$p=p_2+p_3+p_5=\frac{3}{20}+\frac{1}{5}+\frac{3}{10}=\frac{13}{20}.$$

Par le même raisonnement qu'au **1. a.**, si X désigne le nombre de jours de la semaine où un garçon est désigné, X suit une loi binomiale de paramètre $n=7$ et $p=\frac{13}{20}$.

Son espérance (nombre moyen de jours où un garçon risque d'être désigné) est :

$$E(X) = np = 7 \times \frac{13}{20} = \frac{91}{20} = 4{,}55.$$

Le nombre moyen de jours où les garçons débarrassent la table est plus grand que la semaine précédente : **les filles sont gagnantes.**

c. Par le même raisonnement, Cédrik risque en moyenne de débarrasser la table $n \times p_3 = 7 \times \frac{1}{5} = \frac{7}{5} = 1{,}4$ jours par semaine : c'est comme la semaine précédente !

Au mieux proteste-t-il par « solidarité » avec son grand frère.

Pour Daphné, ce risque passe de 1,4 jours (même raisonnement) à :

$$n \times p_4 = \frac{7}{4} = 1{,}75 \text{ jours.}$$

Daphné se réjouit à tort, sauf si elle est contente pour sa petite sœur.

18 DISPERSION

1. On saisit dans la cellule A2 : 1 ;
Dans les cellules B2 et C2 : = ALEA.ENTRE.BORNES(1 ;6) ;
Dans la cellule D2 : =NB.SI(B2:C2;G2) où la cellule G2 contient le chiffre compris entre 1 et 6 qu'on a choisi ;
Dans la cellule E2 : =SI(D2=2;19;SI(D2=1;0;-1)) ;
On étend les cellules A2 à E2 jusqu'à la ligne 101.
Dans la cellule F2 : =SOMME(E2:E101)/100

	A	B	C	D	E	F	G
1	Partie numéro	Premier dé	Deuxième dé	Nbre apparition	Gain	Gain moyen	Chiffre choisi
2	1	5	6	0	–1	–0,46	2
3	2	1	6	0	–1		
4	3	6	2	1	0		
5	4	6	2	0	–1		
6	5	3	2	1	0		

On observe un gain moyen négatif dans la plupart des cas (réévaluer les cellules avec CTRL+MAJ+F9 sur LibreOffice) : **le jeu semble défavorable au joueur**.

2. a. Le joueur choisit un chiffre k compris entre 1 et 6. On note S_1 l'événement : « le premier dé tombe sur k » et S_2 l'événement : « le deuxième dé tombe sur k ».

On a $p(S_1) = p(S_2) = \frac{1}{6}$ et comme les résultats des deux dés sont indépendants, on peut construire l'arbre pondéré suivant :

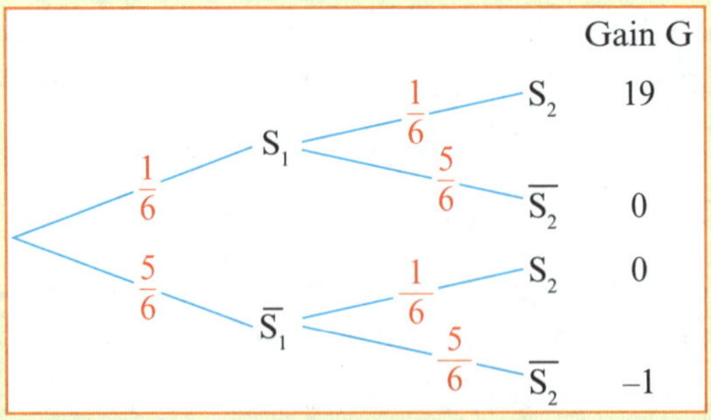

Ainsi $\boldsymbol{p(G=19)} = p(S_1 \cap S_2) = \frac{1}{6} \times \frac{1}{6} = \boldsymbol{\frac{1}{36}}$;

$\boldsymbol{p(G=0)} = p(S_1 \cap \overline{S_2}) + p(\overline{S_1} \cap S_2) = \frac{1}{6} \times \frac{5}{6} + \frac{5}{6} \times \frac{1}{6} = \boldsymbol{\frac{10}{36}}$;

$\boldsymbol{p(G=-1)} = p(\overline{S_1} \cap \overline{S_2}) = \frac{5}{6} \times \frac{5}{6} = \boldsymbol{\frac{25}{36}}$.

b. L'espérance du gain est :

$$\mu = E(G) = 19 \times \frac{1}{36} + 0 \times \frac{10}{36} + (-1) \times \frac{25}{36} = -\frac{6}{36} = -\frac{1}{6} < 0.$$

Le jeu est donc **défavorable au joueur**.

3. Le script suivant permet de calculer l'espérance E, la variance V et l'écart-type sigma de G :

```
from random import*
from math import*
x=[19,0,-1]
p=[1/36,10/36,25/36]
E=sum([x[i]*p[i] for i in range(3)])
V=sum([p[i]*(x[i]-E)**2 for i in range(3)])
sigma=sqrt(V)
print(round(V,2),round(sigma,2))
```

On trouve $V \approx \mathbf{10{,}69}$ et $\boldsymbol{\sigma} \approx \mathbf{3{,}27}$ à 10^{-2} près.

4. a. D'après l'inégalité de concentration, pour $\delta = \frac{2\sigma}{\sqrt{n}} > 0$, on a :

$$p(|M_n - \mu| \geqslant \delta) \leqslant \frac{V}{n\delta^2} \Leftrightarrow p\left(|M_n - \mu| \geqslant \frac{2\sigma}{\sqrt{n}}\right) \leqslant \frac{\sigma^2}{n\left(\frac{2\sigma}{\sqrt{n}}\right)^2}$$

$$\Leftrightarrow p\left(|M_n - \mu| \geqslant \frac{2\sigma}{\sqrt{n}}\right) \leqslant \frac{\sigma^2}{n \times \frac{4\sigma^2}{n}} \Leftrightarrow \boldsymbol{p\left(|M_n - \mu| \geqslant \frac{2\sigma}{\sqrt{n}}\right) \leqslant \frac{1}{4}}.$$

b. $p\left(|M_n - \mu| \geqslant \frac{2\sigma}{\sqrt{n}}\right) \leqslant \frac{1}{4} \Leftrightarrow 1 - p\left(|M_n - \mu| \geqslant \frac{2\sigma}{\sqrt{n}}\right) \geqslant 1 - \frac{1}{4}$

$$\Leftrightarrow p\left(|M_n - \mu| < \frac{2\sigma}{\sqrt{n}}\right) \geqslant \frac{3}{4} \Leftrightarrow p\left(M_n \in \left]\mu - \frac{2\sigma}{\sqrt{n}} \,;\, \mu + \frac{2\sigma}{\sqrt{n}}\right[\right) \geqslant 0{,}75.$$

5. a. La ligne 8 devient `if de1== c and de2==c`.

La ligne 10 devient `elif de1==c or de2==c`.

La fonction gainMoyen() s'obtient par exemple ainsi :

```
def gainMoyen(c):
    gainTotal = 0
    for i in range(100):
        gainTotal = gainTotal + gain(c)
    return gainTotal/100
```

Les lignes 31 et 32 deviennent :

```
test = [x for x in echantillons if x <= a or x >= b]
proportion=len(test)/200.
```

b. On obtient des proportions souvent inférieures à 0,05.
Sur le diagramme suivant, on a une proportion de 0,04.

On peut démontrer qu'en général :

$$p\left(M_n \in \left[\mu - \frac{2\sigma}{\sqrt{n}} ; \mu + \frac{2\sigma}{\sqrt{n}}\right]\right) \geqslant 0{,}95.$$

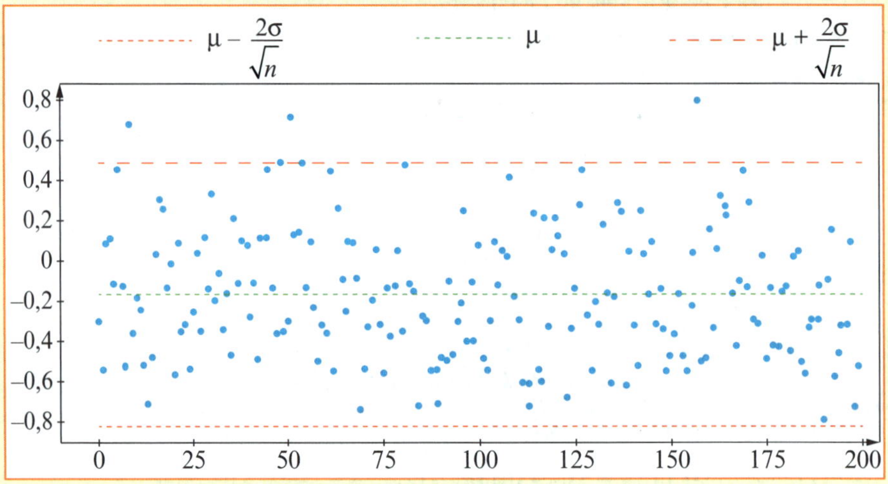

19 MARCHE ALEATOIRE

Partie A.

1. Nous sortons de la boucle quand $y < -1$ ou $y > 1$ ou $x > 9$.
La variable x, initialisée à 0, est augmentée de 1 à chaque tour de boucle.
Elle ne prend donc que des valeurs positives : le couple $(-1;1)$ ne peut donc pas être obtenu. On peut obtenir $(10;0)$ par exemple si $k = 0$ dix fois d'affilée.
La plus grande valeur que peut prendre y, nombre entier, est 2, donc on ne peut pas obtenir $(2;4)$.
On peut être obtenir $(10;2)$ par exemple avec $k = 0$ huit fois d'affilée puis $k = 1$ deux fois : on passe par $(1;0)$, $(2;0)$,…,$(8;0)$, $(9;1)$ et $(10;2)$.

2. On remplace la dernière ligne par :

```
Si (y ⩾ −1 et y ⩽ 1)
        alors Afficher "Tom a réussi la traversée"
        sinon Afficher "Tom est tombé"
Fin Si
```

Partie B.

1. Quand $n = 0$, Tom est au point de coordonnées $(0;0)$.
Donc $a_0 = 0$, $b_0 = 1$ et $c_0 = 0$.

2. On traduit les données de l'énoncé par un arbre pondéré.
Soit n un entier compris entre 0 et 9 :

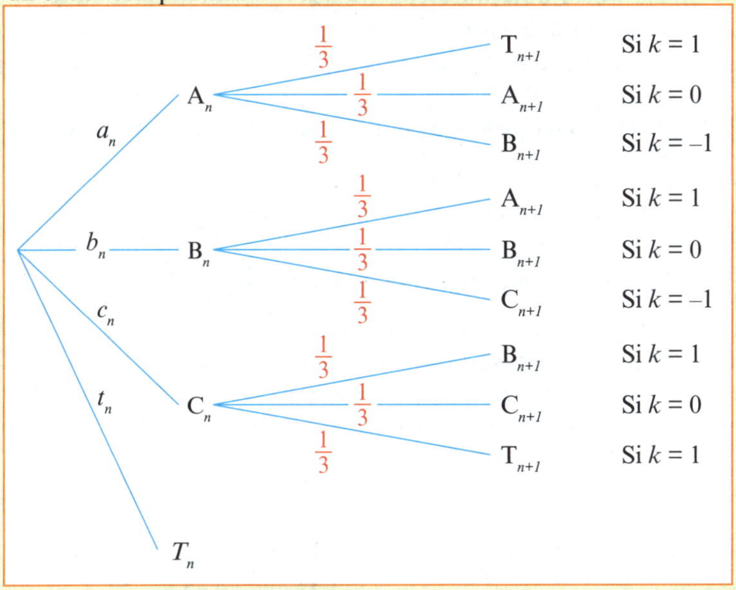

La formule des probabilités totales donne :

$$p(A_{n+1}) = p(A_n) \times p_{A_n}(A_{n+1}) + p(B_n) \times p_{B_n}(A_{n+1}).$$

Donc $\boldsymbol{a_{n+1}} = a_n \times \frac{1}{3} + b_n \times \frac{1}{3} = \boldsymbol{\frac{a_n + b_n}{3}}$.

De même : $p(B_{n+1}) = p(A_n) \times p_{A_n}(B_{n+1}) + p(B_n) \times p_{B_n}(B_{n+1}) + p(C_n) \times p_{C_n}(B_{n+1})$.

Donc $\boldsymbol{b_{n+1}} = a_n \times \frac{1}{3} + b_n \times \frac{1}{3} + c_n \times \frac{1}{3} = \boldsymbol{\frac{a_n + b_n + c_n}{3}}$.

$$p(C_{n+1}) = p(B_n) \times p_{B_n}(C_{n+1}) + p(C_n) \times p_{C_n}(C_{n+1}).$$

Donc $\boldsymbol{c_{n+1}} = b_n \times \frac{1}{3} + c_n \times \frac{1}{3} = \boldsymbol{\frac{b_n + c_n}{3}}$.

3. $\boldsymbol{p(A_1)} = a_1 = \frac{a_0 + b_0}{3} = \frac{0+1}{3} = \boldsymbol{\frac{1}{3}}$. $\boldsymbol{p(B_1)} = b_1 = \frac{a_0 + b_0 + c_0}{3} = \frac{0+1+0}{3} = \boldsymbol{\frac{1}{3}}$.

$\boldsymbol{p(C_1)} = c_1 = \frac{b_0 + c_0}{3} = \frac{1+0}{3} = \boldsymbol{\frac{1}{3}}$.

4. De même $p(A_2) = a_2 = \frac{a_1 + b_1}{3} = \frac{\frac{1}{3} + \frac{1}{3}}{3} = \frac{\frac{2}{3}}{3} = \frac{2}{9}$;

$p(B_2) = b_2 = \frac{a_1 + b_1 + c_1}{3} = \frac{\frac{1}{3} + \frac{1}{3} + \frac{1}{3}}{3} = \frac{1}{3}$.

$p(C_2) = c_2 = \frac{b_1 + c_1}{3} = \frac{\frac{1}{3} + \frac{1}{3}}{3} = \frac{\frac{2}{3}}{3} = \frac{2}{9}$.

La probabilité que Tom se trouve sur le pont au bout de deux déplacements est égale à : $p(A_2) + p(B_2) + p(C_2) = \frac{2}{9} + \frac{1}{3} + \frac{2}{9} = \boldsymbol{\frac{7}{9}}$.

5. Le deuxième algorithme ne fonctionne pas car dans le calcul de b (qui sert à évaluer b_{n+1}), la valeur de a (qui sert à évaluer a_{n+1}) est déjà modifiée.
Même problème pour c (qui sert à évaluer c_{n+1}).

6. On saisit donc le premier algorithme qui affiche pour a_{10}, b_{10} et c_{10} respectivement $0{,}0403$, $0{,}057$ et $0{,}0403$.
La probabilité que Tom traverse le pont est : $a_{10}+b_{10}+c_{10}\approx 0{,}1376$ à 10^{-4} près.

20 SURBOOKING

a. La compagnie a vendu n places donc n voyageurs sont susceptibles de se présenter à l'embarquement avec probabilité $p=1-\dfrac{1}{10}=0{,}9$.
Comme ils se présentent de façon indépendante, le nombre X de voyageurs effectivement à l'embarquement suit une loi binomiale de paramètres n et $p=0{,}9$.
On cherche la valeur maximale de n pour laquelle $p(X\geqslant 101)\leqslant 0{,}05$, ce qui équivaut à $p(X\leqslant 100)\geqslant 0{,}95$ en passant à l'événement contraire.

```
1   def factoriel(n):
2       if n > 1:
3           return n * factoriel(n-1)
4       else:
5           return 1
6   def binom(k,n):
7       x=factoriel(n)/
            (factoriel(k)* factoriel(n-k))*
            0.9**k*0.1**(n-k)
8       return x
9   n=100
10  c=1
11  while c>=0.95 :
        c=0
12      for i in range(101):
13          c=c+binom(i,n)
14      n=n+1
15  print(n-1)
```

On commence avec la loi binomiale de paramètres $n=100$ et $p=0{,}9$ pour laquelle $p(X\leqslant 100)=1$ d'où l'initialisation à la ligne 10 de c qui représente la probabilité cumulée $p(X\leqslant k)$ pour k allant de 0 à 100.
L'algorithme affiche 107.

Attention : $p(X\leqslant 100)$ dépasse 0,95 pour $n=107$ mais à la ligne 15, n passe à 108, donc on affiche $n-1=107$.

b. Il suffit d'ajouter :

```
c,a,b=0,-1,-1
for k in range(108):
    c=c+binom(k,107)
    if a==-1 and c>0.025 :
        a=k
    if b==-1 and c>=0.975 :
        b=k
print(a,b)
```

Cet algorithme affiche $\boldsymbol{a=90}$ et $\boldsymbol{b=102}$.
$p(90\leqslant X\leqslant 102)=p(X\leqslant 102)-p(X<90)$.
Or, $p(X\leqslant 102)>0{,}975$ et $p(X<90)\leqslant 0{,}025$ donc
$-p(X<90)\geqslant -0{,}025$ et $\boldsymbol{p(90\leqslant X\leqslant 102)>0{,}975-0{,}025\geqslant 0{,}95}$.

c. X suit une loi binomiale de paramètres $n = 107$ et $p = 0{,}9$.
Son espérance est $\mu = n \times p = 96{,}3$, sa variance $V = n \times p \times (1 - p) = 9{,}63$.
X est entier donc $p(90 \leqslant X \leqslant 102) = p(89{,}9 < X < 102{,}4)$.
Or l'inégalité de Bienaymé-Tchebychev donne pour $\delta = 6{,}4 > 0$:

$$p(|X - \mu| \geqslant \delta) \leqslant \frac{V}{\delta^2} \Leftrightarrow p(|X - 96{,}3| \geqslant 6{,}4) \leqslant \frac{9{,}63}{6{,}4^2}$$

$$\Leftrightarrow p(|X - 96{,}3| < 6{,}4) \geqslant 1 - \frac{9{,}63}{6{,}4^2}$$ en passant à l'événement contraire.

On trouve ainsi $p(89{,}9 > X < 102{,}4) = \boldsymbol{p(90 \leqslant X \leqslant 102) \geqslant 0{,}764}$ **ce qui est bien inférieur aux 95 %** trouvés avec la loi binomiale au 2.

21 TEMPS D'ATTENTE DU 3E SUCCES

1. Il faut attendre au-moins 3 tirs pour que le batteur soit éliminé donc :

$$\boldsymbol{p(X \leqslant 2) = 0}.$$

2. a. L'évènement $\ll X = k \gg$ est réalisé lorsque le batteur a manqué 2 balles au cours des $k - 1$ premiers lancers et qu'il manque la k-ème balle.
Alors $\boldsymbol{\ll X = k \gg = \mathrm{A} \cap \mathrm{B}}$.

b. Un lancer comporte deux éventualités S $\ll$ le batteur manque la balle $\gg$ de probabilité p et $\overline{S}$. C'est une épreuve de Bernoulli de paramètre p.
On la répète $n = k - 1$ fois de façon indépendante donc le nombre de succès suit une loi binomiale de paramètres $n = k - 1$ et p.

Ainsi $p(\mathrm{A}) = \binom{k-1}{2} \times p^2 \times (1 - p)^{(k-1)-2} = \boldsymbol{\binom{k-1}{2} \times p^2 \times (1 - p)^{k-3}}$.

c. Par hypothèse $p(\mathrm{B}) = p$ et les événements A et B sont indépendants, donc

$$p(X = k) = p(\mathrm{A} \cap \mathrm{B}) = p(\mathrm{A}) \times p(\mathrm{B}) = \binom{k-1}{2} \times p^2 \times q^{k-3} \times p.$$

$$p(X = k) = \frac{(k-1)(k-2)}{2 \times 1} \times p^3 \times q^{k-3} = \boldsymbol{\frac{(k-1)(k-2)}{2} \times p^3 \times q^{k-3}}.$$

3. Soit $N \in \mathbb{N}, N \geqslant 3$:

$$\sum_{k=3}^{N} k \times p(X = k) = \sum_{k=3}^{N} k \times \frac{(k-1)(k-2)}{2} \times p^3 \times q^{k-3}$$
$$= p^3 \times \sum_{k=3}^{N} \frac{k \times (k-1)(k-2)}{2} \times q^{k-3}$$
$$= p^3 \times \sum_{k=3}^{N} 3 \times \frac{k \times (k-1)(k-2)}{3 \times 2 \times 1} \times q^{k-3}$$

Donc $\displaystyle\sum_{k=3}^{N} k \times p(X = k) = 3p^3 \times \sum_{k=3}^{N} \binom{k}{3} \times q^{k-3}$.

Or $q = 1 - p \in [0\,;1[$, donc :

$$\lim_{N \to +\infty} \sum_{k=3}^{N} \binom{k}{3} q^{k-3} = \frac{1}{(1-q)^{3+1}} = \frac{1}{(1-q)^4} = \frac{1}{p^4}.$$

Le nombre moyen de lancers jusqu'à élimination du batteur est égal à :

$$E(X) = 3p^3 \times \frac{1}{p^4} = \boldsymbol{\frac{3}{p}}.$$

9 Vecteurs dans l'espace et produit scalaire

I VECTEURS, DROITES ET PLANS DE L'ESPACE

1. Droites de l'espace

Définition : Soit A et B deux points de l'espace. À la translation qui transforme A en B, on associe le vecteur $\overrightarrow{AB}$ caractérisé par sa direction (la droite (AB)), son sens (de A vers B) et sa norme (longueur).

Définition : Une droite de l'espace est définie :
- soit par la donnée de deux points non confondus ;
- soit par la donnée d'un point et d'un vecteur non nul, appelé **vecteur directeur** de cette droite.

Propriété :

$$M \in (AB) \Leftrightarrow \text{il existe } k \in \mathbb{R} \text{ tel que } \overrightarrow{AM} = k\overrightarrow{AB}$$

Définition : Deux vecteurs $\vec{u}$ et $\vec{v}$ sont **colinéaires** si, et seulement si, il existe un réel k tel que $\vec{v} = k\vec{u}$ ou $\vec{u} = k\vec{v}$.

$\vec{0}$ est colinéaire à tous les vecteurs. Si $\vec{u}$ et $\vec{v}$ sont non nuls, $\vec{u}$ et $\vec{v}$ sont colinéaires si, et seulement si, il existe $k \in \mathbb{R}^*$ tel que $\vec{v} = k\vec{u}$.

Propriété : Deux droites sont parallèles si, et seulement si, elles ont des vecteurs directeurs colinéaires.

Propriété : **position relative de deux droites**

Deux droites distinctes sont
- soit coplanaires et strictement parallèles ;
- soit coplanaires et sécantes en un point ;
- soit non coplanaires.

EXEMPLE : Soit ABCD un tétraèdre. Les droites (AB) et (CD) ne sont ni sécantes, ni parallèles : elles sont non coplanaires.

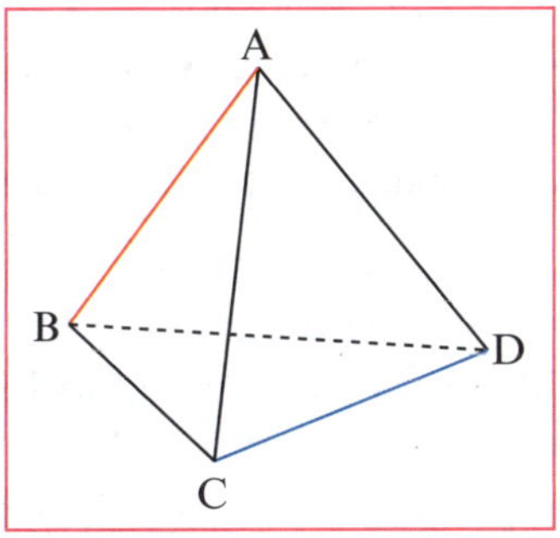

Deux droites sécantes sont coplanaires. Il en est de même pour deux droites parallèles.

2. Plans de l'espace

Définition : Un plan de l'espace est défini par :
- soit par la donnée de 3 points non alignés ;
- soit par la donnée de 2 droites sécantes ;
- soit par la donnée de 2 droites disjointes parallèles ;
- soit par la donnée d'un point et de deux vecteurs non colinéaires ; ces deux vecteurs forment une **base** du plan.

Vocabulaire : Si deux plans sont parallèles, on dit qu'ils ont la même **direction**.

Caractérisation d'un plan : Soit $\vec{u}$ et $\vec{v}$ sont deux vecteurs non colinéaires et O un point.
L'ensemble des points M tels que $\overrightarrow{OM} = \alpha\vec{u} + \beta\vec{v}$, où α et β sont deux réels, est le plan passant par O et dont la direction est donnée par la base $(\vec{u}, \vec{v})$.

Propriété : **position relative de deux plans**
Deux plans distincts sont soit sécants en **une droite,** soit parallèles (parallèles disjoints ou confondus).

Propriété : **position relative d'un plan et d'une droite**
Une droite et un plan sont
- soit sécants **en un point** ;
- soit strictement parallèles (sans point commun);
- soit contenus l'une dans l'autre.

3. Bases et repères de l'espace

Définitions : Trois vecteurs $(\vec{v_1}, \vec{v_2}, \vec{v_3})$ forment une **base** de l'espace si, et seulement si, tout vecteur $\vec{u}$ de l'espace peut s'écrire de manière unique comme combinaison linéaire de ces trois vecteurs. Autrement dit, s'il existe un unique triplet $(\alpha ; \beta ; \gamma)$ de réels tels que $\vec{u} = \alpha\vec{v_1} + \beta\vec{v_2} + \gamma\vec{v_3}$.
$(\alpha ; \beta ; \gamma)$ sont les **coordonnées** de $\vec{u}$ dans la base $(\vec{v_1}, \vec{v_2}, \vec{v_3})$.
Dans ce cas, si on se donne un point O de l'espace, $(O ; \vec{v_1}, \vec{v_2}, \vec{v_3})$ est un **repère** de l'espace.

Caractérisation d'une base : $(\vec{v_1}, \vec{v_2}, \vec{v_3})$ est une base si, et seulement si : $(a\vec{v_1} + b\vec{v_2} + c\vec{v_3} = \vec{0} \Rightarrow a = b = c = 0)$.

Autrement dit, $(\vec{v_1}, \vec{v_2}, \vec{v_3})$ est une base si, et seulement si, aucun des trois vecteurs ne peut s'exprimer en fonction des deux autres ; par exemple s'il existe deux réels α et β tels que : $\vec{v_1} = \alpha\vec{v_2} + \beta\vec{v_3}$ alors $(\vec{v_1}, \vec{v_2}, \vec{v_3})$ n'est pas une base.

Coordonnées dans un repère : Soit M un point de l'espace muni d'un repère $(O ; \vec{v_1}, \vec{v_2}, \vec{v_3})$ tel que $\overrightarrow{OM} = x\vec{v_1} + y\vec{v_2} + z\vec{v_3}$, alors les coordonnées de M sont le triplet $(x ; y ; z)$.

Propriété : Le vecteur $\overrightarrow{AB}$ a pour coordonnées $\begin{pmatrix} x_B - x_A \\ y_B - y_A \\ z_B - z_A \end{pmatrix}$.

II PRODUIT SCALAIRE ET APPLICATIONS

1. Vecteurs orthogonaux et repère orthonormé

Définition : Soient $\vec{u}$ et $\vec{v}$ deux vecteurs non nuls de l'espace.
Soient $\overrightarrow{AB}$ et $\overrightarrow{AC}$ des représentants respectivement de $\vec{u}$ et de $\vec{v}$.
Les vecteurs $\vec{u}$ et $\vec{v}$ sont dits **orthogonaux** si les droites (AB) et (AC) sont perpendiculaires.

Définition : Le repère de l'espace $(O\,;\vec{i}\,;\vec{j}\,;\vec{k})$ est dit **orthonormé** si :

$$\begin{cases} \|\vec{i}\| = \|\vec{j}\| = \|\vec{k}\| \\ \vec{i} \perp \vec{j} \text{ et } \vec{i} \perp \vec{k} \text{ et } \vec{j} \perp \vec{k} \end{cases}$$

2. Les différentes expressions du produit scalaire

Définition : Soient $\vec{u}$ et $\vec{v}$ deux vecteurs de l'espace, A, B et C trois points tels que : $\vec{u} = \overrightarrow{AB}$ et $\vec{v} = \overrightarrow{AC}$. Le **produit scalaire** de $\vec{u}$ et $\vec{v}$, noté $\vec{u} \cdot \vec{v}$, est égal au produit scalaire $\overrightarrow{AB} \cdot \overrightarrow{AC}$ calculé dans le plan (ABC). Ainsi :

– Si $\vec{u} = \vec{0}$ ou si $\vec{v} = \vec{0}$, $\vec{u} \cdot \vec{v} = 0$;

– Sinon, $\vec{u} \cdot \vec{v} = \overrightarrow{AB} \cdot \overrightarrow{AC} = AB \times AC \times \cos\widehat{BAC}$.

À l'aide de projections orthogonales :

$\overrightarrow{AB} \cdot \overrightarrow{AC} = \overrightarrow{AH} \cdot \overrightarrow{AC}$, où H est le projeté orthogonal de B sur la droite (AC).

$\overrightarrow{AB} \cdot \overrightarrow{AC} = \overrightarrow{AB} \cdot \overrightarrow{AK}$, où K est le projeté orthogonal de C sur la droite (AB).

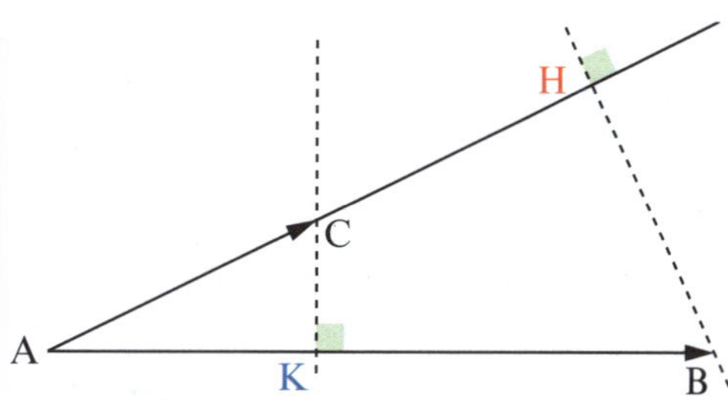

Dans un repère orthonormé :
Dans l'espace muni du repère orthonormal $(O\,;\vec{i}, \vec{j}, \vec{k})$, le produit scalaire des vecteurs $\vec{u}\begin{pmatrix} x \\ y \\ z \end{pmatrix}$ et $\vec{v}\begin{pmatrix} x' \\ y' \\ z' \end{pmatrix}$ est :

$$\vec{u} \cdot \vec{v} = xx' + yy' + zz'$$

3. Propriétés

Règles de calcul

Soient $\vec{u}$, $\vec{v}$ et $\vec{w}$ trois vecteurs.

- $\vec{0} \cdot \vec{u} = \vec{u} \cdot \vec{0} = 0$.
- Symétrie : $\vec{u} \cdot \vec{v} = \vec{v} \cdot \vec{u}$.
- Linéarité : $\vec{u} \cdot (\vec{v} + \vec{w}) = \vec{u} \cdot \vec{v} + \vec{u} \cdot \vec{w}$ et $\vec{u} \cdot (k\vec{v}) = (k\vec{u}) \cdot \vec{v} = k \times (\vec{u} \cdot \vec{v})$ avec $k \in \mathbb{R}$.

Vecteurs orthogonaux

- On convient que le vecteur nul est orthogonal à tout vecteur du plan.
- Soient $\vec{u}$ et $\vec{v}$ deux vecteurs,

$\vec{u}$ et $\vec{v}$ sont orthogonaux si, et seulement si, $\vec{u} \cdot \vec{v} = 0$

Norme et produit scalaire

- Pour tout vecteur $\vec{u}$ de l'espace :

$$\vec{u}\cdot\vec{u}=\|\vec{u}\|^2.$$

Dans l'espace muni du repère orthonormal $(O\,;\vec{i}\,;\vec{j}\,;\vec{k})$:

- la norme du vecteur $\vec{u}\begin{pmatrix}x\\y\\z\end{pmatrix}$ est :

$$\|\vec{u}\|=\sqrt{x^2+y^2+z^2}$$

- la distance entre deux points A et B est :

$$AB=\overline{AB}=\sqrt{(x_B-x_A)^2+(y_B-y_A)^2+(z_B-z_A)^2}$$

Formules de polarisation

$$\|\vec{u}+\vec{v}\|^2=\|\vec{u}\|^2+\|\vec{v}\|^2+2\vec{u}\cdot\vec{v}$$

$$\vec{u}\cdot\vec{v}=\frac{1}{2}(\|\vec{u}+\vec{v}\|^2-\|\vec{u}\|^2-\|\vec{v}\|^2)$$

$$\vec{u}\cdot\vec{v}=\frac{1}{4}(\|\vec{u}+\vec{v}\|^2-\|\vec{u}-\vec{v}\|^2)$$

4. Orthogonalité et vecteur normal à un plan

Définition : Deux droites de l'espace sont dites **orthogonales** si leurs parallèles passant par un même point sont perpendiculaires.

Propriété : Deux droites sont orthogonales si, et seulement si, leurs vecteurs directeurs $\vec{u}$ et $\vec{v}$ sont orthogonaux, c'est-à-dire si, et seulement si, $\vec{u}\cdot\vec{v}=0$.

Définition : Une droite est **orthogonale** à un plan si elle est orthogonale à toutes les droites de ce plan.

Définition : $\mathcal{P}$ est un plan de l'espace défini par le point A et deux vecteurs non colinéaires $\vec{u}$ et $\vec{v}$. Soit $\vec{n}$ un vecteur non nul.

On dit que le vecteur $\vec{n}$ est **normal** au plan $\mathcal{P}$ si $\vec{n}$ est orthogonal à $\vec{u}$ et à $\vec{v}$.

Propriété : Si $\vec{n}$ est un vecteur normal à $\mathcal{P}$ alors $\vec{n}$ est orthogonal à tout vecteur du plan $\mathcal{P}$.

Propriété : Deux vecteurs normaux à un même plan sont colinéaires.

Soit A un point de l'espace plan et $\vec{n}$ un vecteur non nul.

L'ensemble des points M de l'espace tels que $\overrightarrow{AM}\cdot\vec{n}=0$ est le plan passant par A et de vecteur normal $\vec{n}$.

Définition : Soit M un point de l'espace.

Le point H du plan $\mathcal{P}$ est le **projeté orthogonal de M sur** $\mathcal{P}$ si, et seulement si, $\overrightarrow{MH}$ est colinéaire à un vecteur normal à $\mathcal{P}$.

Propriété-Définition : Le projeté orthogonal est le point H du plan $\mathcal{P}$ qui minimise la distance MH.

H est alors la **distance de M au plan** $\mathcal{P}$**.**

MÉTHODE 1

Décrire la position relative de deux droites

→ Voir les exos 1, 4, 8 et 14.

Étape 1. Déterminer un vecteur directeur de chaque droite.
Étape 2. Vérifier si les vecteurs directeurs sont colinéaires. Si c'est le cas, les droites sont soit parallèles et coplanaires, soit confondues.
Étape 3. Sinon, les droites sont soit non coplanaires, soit coplanaires et sécantes. Dans ce cas on peut chercher s'il y a un point commun.
Étape 4 (si demandé). Les droites seront orthogonales si leurs vecteurs directeurs sont orthogonaux. On peut calculer le produit scalaire pour le déterminer.

Exo résolu

On considère un pavé droit ABCDEFGH tel que : AB = 2cm, AD = 3 cm et AE = 5cm. On se place dans le repère $(A ; \overrightarrow{AB}, \overrightarrow{AD}, \overrightarrow{AE})$.

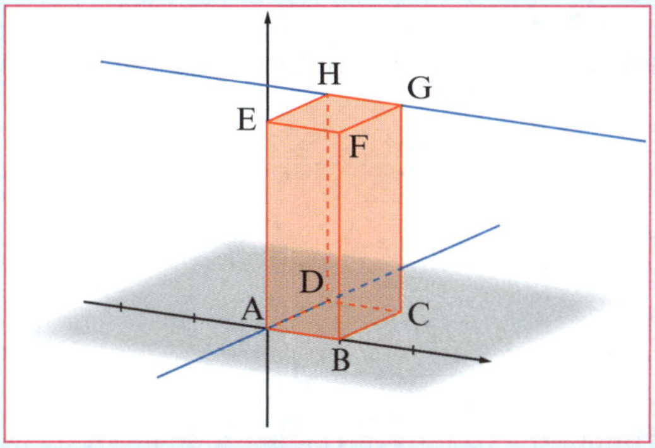

a. Démontrer que les droites (AD) et (GH) sont non coplanaires et orthogonales.
b. Quelle est la position relative des droites (EC) et (DF) ?

CORRIGÉ

a. Étape 1. Des vecteurs directeurs des droites considérées sont $\overrightarrow{AD}$ et $\overrightarrow{HG}$. Dans le repère indiqué, on a les coordonnées :
A (0 ; 0 ; 0), B (1 ; 0 ; 0), D (0 ; 1 ; 0), et E (0 ; 0 ; 1), donc $\overrightarrow{AD}(0\,;1\,;0)$.
De plus : $\overrightarrow{AG} = \overrightarrow{AB} + \overrightarrow{AD} + \overrightarrow{AE}$ donc G (1 ; 1 ; 1) et $\overrightarrow{AH} = \overrightarrow{AD} + \overrightarrow{AE}$, donc H (0 ; 1 ; 1).
On en déduit $\overrightarrow{HG}\,(1-0\,;1-1\,;1-1)$, soit $\overrightarrow{HG}\,(1\,;0\,;0)$.
Étape 2. Les coordonnées de $\overrightarrow{AD}$ et $\overrightarrow{HG}$ ne sont pas proportionnelles donc les vecteurs ne sont pas colinéaires ; les droites ne sont pas parallèles.
Étape 3. Si (AD) et (HG) étaient coplanaires, elles seraient incluses dans le plan (ADH) qui est aussi le plan (ADE).
Cependant, $\overrightarrow{HG} = \overrightarrow{AB}$, qui n'est pas dans le plan (ADE).
On en conclut que **(AD) et (HG) sont non coplanaires.**

Étape 4.
$\overrightarrow{AD} \cdot \overrightarrow{HG} = \overrightarrow{AD} \cdot \overrightarrow{AB} = 0$ car ABCD est un rectangle.
(AD) et (HG) sont donc orthogonales.

Ne pas calculer de produit scalaire avec les coordonnées dans ce repère car il n'est pas orthonormé.

b. Étape 1. $\overrightarrow{EC}$ et $\overrightarrow{DF}$ sont des vecteurs directeurs des deux droites considérées.
$\overrightarrow{EC} = \overrightarrow{EA} + \overrightarrow{AB} + \overrightarrow{AD}$, donc $\overrightarrow{EC}(1\,;1\,;-1)$.
$\overrightarrow{DF} = \overrightarrow{DA} + \overrightarrow{AE} + \overrightarrow{EF}$ et $\overrightarrow{EF} = \overrightarrow{AB}$, donc $\overrightarrow{DF}(1\,;-1\,;1)$.
Étape 2. $\overrightarrow{EC}$ et $\overrightarrow{DF}$ ne sont pas colinéaires donc (EC) et (DF) ne sont pas parallèles.
Étape 3. Si (EC) et (DF) étaient coplanaires, elles seraient incluses dans le plan (DEC) qui a pour base $(\overrightarrow{DC}, \overrightarrow{DE})$.
$\overrightarrow{DF} = \overrightarrow{DE} + \overrightarrow{EF} = \overrightarrow{DE} + \overrightarrow{DC}$, donc on en déduit que (DF) est incluse dans le plan (DEC).
(EC) et (DF) sont donc coplanaires et sécantes.

MÉTHODE 2

Décrire la position relative d'une droite et d'un plan

→ Voir les exos 2 et 10.

Étape 1. Déterminer un vecteur directeur $\vec{u}$ de la droite et deux vecteurs $\vec{v}$ et $\vec{w}$ formant une base du plan ou un vecteur $\vec{n}$ normal au plan.
Étape 2. Vérifier si $\vec{u}$ peut s'exprimer comme combinaison linéaire de $\vec{v}$ et $\vec{w}$ ou si $\vec{u} \cdot \vec{n} = 0$. Si c'est le cas, la droite est parallèle au plan (elle y est éventuellement incluse).
Étape 3. Sinon, la droite est sécante au plan en un point. On peut chercher à déterminer le point d'intersection.
Étape 4 (si demandé). Si la droite et le plan sont sécants, la droite peut être orthogonale au plan : c'est le cas si $(\vec{u} \cdot \vec{v} = 0$ et $\vec{u} \cdot \vec{w} = 0)$ ou si $\vec{u}$ et $\vec{n}$ sont colinéaires (leurs coordonnées sont proportionnelles).

Exo résolu

On considère le pavé droit de l'exercice précédent.
a. Démontrer que la droite (HG) est parallèle au plan (ABC).
b. Démontrer que la droite (EC) est sécante avec le plan (AGH).
Est-elle orthogonale au plan ?

CORRIGÉ

a. Étape 1. $\overrightarrow{GH}$ est un vecteur directeur de (HG) et un vecteur normal au plan (ABC) est $\overrightarrow{AE}$. En effet, ABCDEFGH est un pavé droit donc l'arête [AE] est perpendiculaire à la face ABCD.

Étape 2. $\overrightarrow{GH}\cdot\overrightarrow{AE}=\overrightarrow{FE}\cdot\overrightarrow{AE}=0$ car ABFE est un rectangle. Alors la droite (HG) est parallèle au plan (ABC) (et elle n'y est pas incluse).

b. Étape 1. $\overrightarrow{EC}$ est un vecteur directeur de la droite (EC) et $(\overrightarrow{AH}, \overrightarrow{HG})$ est une base du plan (AHG).

Ici on utilise une base du plan car aucun vecteur de la figure n'est normal au plan (AHG).

Étape 2. $\overrightarrow{EC}(1\,;1\,;-1)$ d'après l'exercice précédent.
$\overrightarrow{AH}=\overrightarrow{AE}+\overrightarrow{EH}=\overrightarrow{AE}+\overrightarrow{AD}$, donc $\overrightarrow{AH}(0\,;1\,;1)$ et $\overrightarrow{HG}(1\,;0\,;0)$.
Si $\overrightarrow{EC}$ pouvait se décomposer dans la base $(\overrightarrow{AH}, \overrightarrow{HG})$, il existerait deux réels α et β tels que $\overrightarrow{EC}=\alpha\overrightarrow{AH}+\beta\overrightarrow{HG} \Leftrightarrow \overrightarrow{EC}\begin{pmatrix}\alpha\times 0+\beta\times 1\\ \alpha\times 1+\beta\times 0\\ \alpha\times 1+\beta\times 0\end{pmatrix}$

$$\Leftrightarrow \begin{cases}\beta=1\\ \alpha=1\\ \alpha=-1\end{cases}$$

Étape 3. C'est impossible, la droite n'est pas parallèle au plan, ainsi **(EC) est sécante avec (AHG).**

Étape 4.
$$\begin{aligned}\overrightarrow{EC}\cdot\overrightarrow{HG}&=(\overrightarrow{EH}+\overrightarrow{HG}+\overrightarrow{GC})\cdot\overrightarrow{HG}\\&=\overrightarrow{EH}\cdot\overrightarrow{HG}+\overrightarrow{HG}\cdot\overrightarrow{HG}+\overrightarrow{GC}\cdot\overrightarrow{HG}\\&=0+HG^2+0\\&=HG^2\end{aligned}$$

$\overrightarrow{EC}\cdot\overrightarrow{HG}\neq 0$ donc $\overrightarrow{EC}$ n'est pas orthogonal aux deux vecteurs de la base du plan : on en déduit que **(EC) n'est pas orthogonale au plan (AGH).**

Ne pas calculer le produit scalaire à l'aide de la formule des coordonnées car le repère n'est pas orthonormé.

MÉTHODE 3

Décrire la position relative de deux plans

→ Voir les exos 3 et 11.

Étape 1. Déterminer un vecteur normal ou une base de deux vecteurs pour chaque plan.

Étape 2. Si les deux vecteurs normaux sont colinéaires, ou si le vecteur normal de l'un est orthogonal aux vecteurs de la base de l'autre, alors les plans sont parallèles. On peut aussi montrer que la base d'un plan est une base de l'autre plan.

Étape 3. Sinon, les plans sont sécants en une droite.

On peut chercher à déterminer la droite d'intersection en déterminant par exemple deux points communs aux deux plans.

Étape 4 (si demandé). Les plans sont orthogonaux si leurs vecteurs normaux sont orthogonaux, donc on peut calculer le produit scalaire pour le savoir.

Exo résolu

On considère un cube ABCDEFGH dans l'espace muni du repère orthonormé (A ; B ; D ; E).

Soit I le point de l'espace de coordonnées $(2\ ;\ 0\ ;\ 0)$.

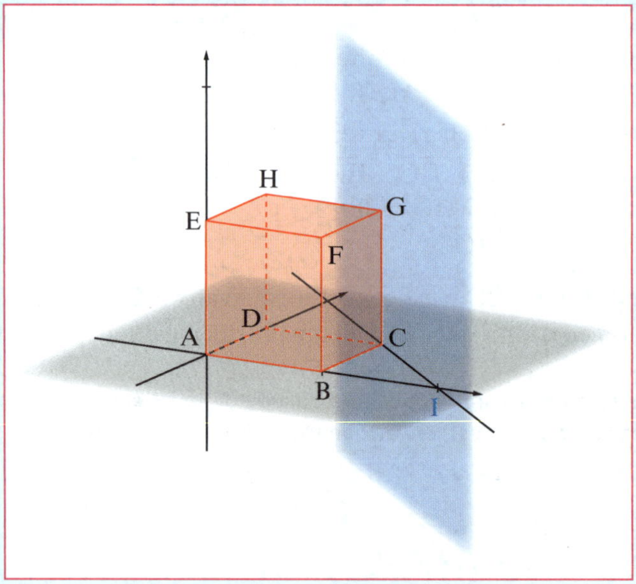

a. Démontrer que les plans (HBD) et (GCI) sont parallèles.

b. Démontrer que (ABC) et (GCI) sont sécants et orthogonaux.

CORRIGÉ

a. Étape 1. $\overrightarrow{BD}$ et $\overrightarrow{DH}$ sont deux vecteurs non colinéaires du plan (HBD) donc ils forment une base du plan.

Les diagonales (AC) et (BD) du carré ABCD sont perpendiculaires :
$\overrightarrow{AC}\cdot\overrightarrow{BD}=0$ et $\overrightarrow{AC}\cdot\overrightarrow{HD}=\overrightarrow{AC}\cdot\overrightarrow{EA}=0$ car (EA) est perpendiculaire au plan (ABC).

$\overrightarrow{AC}(1\,;1\,;0)$ est donc un vecteur normal à (HBD).

$\overrightarrow{GC}=\overrightarrow{EA}\,(0\,;0\,;-1)$ et $\overrightarrow{CI}\,(2-1\,;0-1\,;0)\Leftrightarrow\overrightarrow{CI}(1\,;-1\,;0)$ sont deux vecteurs formant une base du plan (GCI).

Étape 2. Dans le repère orthonormé (A ; B ; D ; E), calculons les produits scalaires :

$$\overrightarrow{AC}\cdot\overrightarrow{GC}=1\times0+1\times0+0\times(-1)=0$$

$$\overrightarrow{AC}\cdot\overrightarrow{CI}=1\times1+1\times(-1)+0\times0=0$$

$\overrightarrow{AC}$ est donc un vecteur normal au plan (GCI).

Le vecteur $\overrightarrow{AC}$ est normal aux deux plans, donc **les plans (HBD) et (GCI) sont parallèles.**

b. Étape 1. (ABC) et (GCI) ont le point C en commun, ils sont donc sécants en une droite ou confondus.

$\overrightarrow{AC}$ est un vecteur normal au plan (GCI).

$\overrightarrow{EA}$ est un vecteur normal au plan (ABC).

Étape 4. $\overrightarrow{AC}\cdot\overrightarrow{EA}=0$: les vecteurs normaux étant orthogonaux, les plans **(ABC) et (GCI) sont orthogonaux**.

TESTER SES CONNAISSANCES

1 POSITIONS RELATIVES DE DROITES

★ | 10 min | ▸ P. 323

On considère le cube suivant. On justifiera toutes les réponses à l'aide de bases de vecteurs bien choisies.

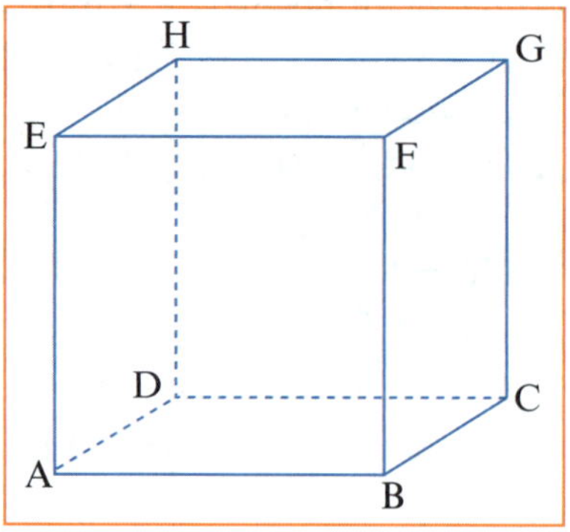

Quelle sont les positions relatives :

a. Des droites (HF) et (DF) ?

> Un point est clairement commun aux deux droites.

b. Des droites (EC) et (AG) ?

> Voir la méthode 1.

c. Des droites (EC) et (FB) ?

d. Des droites (EG) et (AC) ?

2 POSITIONS RELATIVES DE DROITES ET DE PLANS

★ | 10 min | ▸ P. 323

On considère le cube de l'exercice 1. Quelles sont les positions relatives :

a. de la droite (EC) et du plan (DGH) ?

> Voir la méthode 2.

b. de la droite (EB) et du plan (DGH) ?

c. Démontrer que la droite (AF) est orthogonale au plan (BEH), puis que (AF) et (BC) sont orthogonales.

> Démontrer que $\overrightarrow{AF}$ est orthogonal à deux vecteurs formant une base du plan (BEH).

3 POSITIONS RELATIVES DE PLANS

★ | 10 min | ▶ P. 324

On considère le tétraèdre ABCD représenté ci-dessous. I est le milieu de [AB], J est le milieu de [AC] et K est le milieu de [AD].

L est le point tel que $\overrightarrow{DL} = \frac{1}{3}\overrightarrow{DB}$.

H est le pied de la hauteur du tétraèdre issue de D.

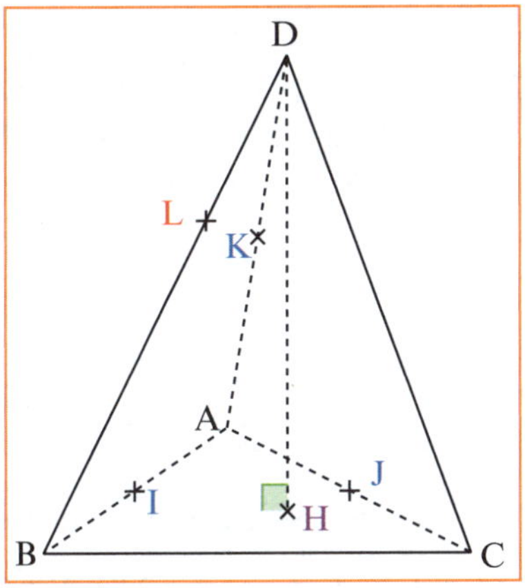

a. Justifier que les plans (IJK) et (BCD) sont parallèles.

Voir la méthode 3.

b. Quelle est la position relative des plans (JKL) et (ABC) ?

$\overrightarrow{DH}$ est un vecteur normal au plan (ABC).

4 POSITIONS RELATIVES DANS UN REPERE ORTHONORMÉ

★ | 15 min | ▶ P. 324

On se place dans un repère orthonormé $(O;\vec{i},\vec{j},\vec{k})$.
On donne les points $A(-1\,;1;1)$, $B(2\,;0\,;3)$, $C(4\,;-2\,;6)$ et $D(-7\,;3\,;-3)$.

a. Les droites (AB) et (CD) sont-elles parallèles ? Justifier.

b. Vérifier que le point D appartient à la droite (AB). Qu'en déduit-on ?

Voir la méthode 1.

c. Les points A, B et C définissent-ils un plan ? Justifier.

d. Démontrer que le vecteur $\vec{n}\begin{pmatrix}1\\-5\\-4\end{pmatrix}$ est normal au plan (ABC).

e. Déterminer x et y tels que le vecteur $\vec{u}\begin{pmatrix}x\\y\\-3\end{pmatrix}$ soit le vecteur directeur d'une droite parallèle au plan $\mathcal{P}$.

5 REPÉRAGE DANS L'ESPACE | ★ | 20 min | ▸ P. 325

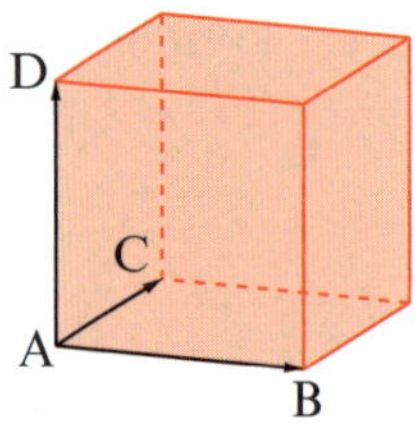

On considère le cube ci-contre qui nous fournit un repère orthonormé $(A\,;\,\overrightarrow{AB}, \overrightarrow{AC}, \overrightarrow{AD})$.

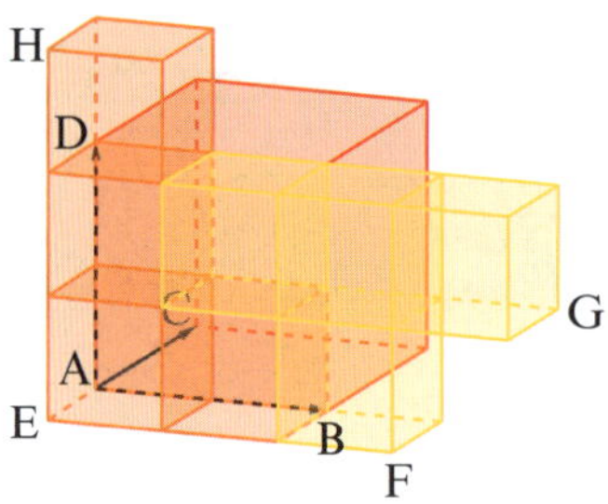

On place devant ce cube deux pièces formées de petits cubes et on demande de répondre aux questions suivantes à l'aide de la figure.

a. Déterminer les coordonnées des points E, F, G et H.

b. Dessiner un représentant des vecteurs $\vec{u} = 2\overrightarrow{AB} - \overrightarrow{AC} + \frac{1}{2}\overrightarrow{AD}$ et

$\vec{v} = \frac{1}{2}(\overrightarrow{AC} + 3\overrightarrow{BA} + 2\overrightarrow{AD})$ (on pourra ajouter des petits cubes si nécessaire).

c. Décomposer les vecteurs $\overrightarrow{EG}$ et $\overrightarrow{FC}$ dans la base $(\overrightarrow{AB}, \overrightarrow{AC}, \overrightarrow{AD})$.

d. Calculer le produit scalaire $\overrightarrow{EB} \cdot \overrightarrow{EH}$.

e. Calculer l'angle $\widehat{FAG}$ arrondi au degré près.

On pourra calculer $\overrightarrow{AF} \cdot \overrightarrow{AG}$ de deux manières.

S'ENTRAÎNER

6 COLINÉARITÉ, ALIGNEMENT | ★★ | 20 min | ▸ P. 326

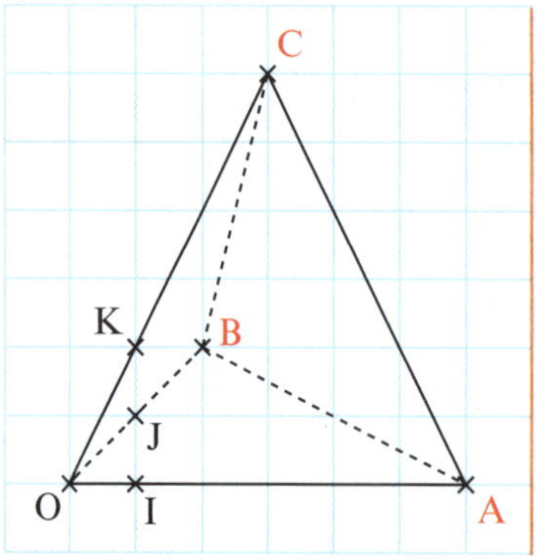

L'espace est rapporté au repère $(O\,;I\,;J\,;K)$, où I, J, K sont des points respectivement des segments [OA], [OB] et [OC].

a. Donner les coordonnées des points A, B et C dans ce repère.

b. Soit H le centre de gravité du triangle OAC. H vérifie la relation :

$$\overrightarrow{HO} + \overrightarrow{HA} + \overrightarrow{HC} = \vec{0}.$$

Exprimer $\overrightarrow{OH}$ en fonction de $\overrightarrow{OA}$ et $\overrightarrow{OC}$. En déduire les coordonnées du point H.

c. On note M le milieu de $[AC]$. Vérifier que O, H et M sont alignés.

d. Soit G le centre de gravité du tétraèdre ; G vérifie la relation :

$$\overrightarrow{GO}+\overrightarrow{GA}+\overrightarrow{GB}+\overrightarrow{GC}=\vec{0}.$$

Exprimer $\overrightarrow{OG}$ en fonction de $\overrightarrow{OA}$, $\overrightarrow{OB}$ et $\overrightarrow{OC}$.

En déduire les coordonnées du point G.

e. Vérifier que G appartient à la droite (BH).

> Comme le repère n'est pas orthonormé, on ne peut calculer ni produit scalaire ni norme ou distance.

7 DISTANCE ET ANGLE

★★★ | 40 min | ▸ P. 327

L'espace est rapporté à un repère orthonormé $(O;\vec{i},\vec{j},\vec{k})$.

On considère le plan $\mathcal{P}$ caractérisé par le point $A(4;2;-1)$ et les vecteurs $\vec{u}(3;1;5)$ et $\vec{v}(-2;-1;0)$.

a. Vérifier que les vecteurs $\vec{u}$ et $\vec{v}$ sont pas colinéaires.

b. Les points $P(5;2;4)$ et $Q(0;-1;10)$ appartiennent-ils au plan $\mathcal{P}$?

> Exprimer $\overrightarrow{AP}$ en fonction de $\vec{u}$ et $\vec{v}$.

c. Le point $S\left(7;-2;\dfrac{10}{3}\right)$ appartient-il à la droite (PR) où $R\left(2;\dfrac{3}{5};3\right)$?

d. Calculer les distances PQ et PR.

e. En déduire une valeur approchée à 10^{-1} près de la mesure en degrés de l'angle $\widehat{QPR}$.

8 PERPENDICULAIRE COMMUNE À DEUX DROITES NON COPLANAIRES

★★ | 20 min | ▸ P. 329

L'espace est muni d'un repère orthonormal $(O;\vec{i}\ ;\ \vec{j};\vec{k})$.

Soient $A(1;0;-1)$ et $B(-1;2;3)$ deux points de l'espace et $\vec{u}(3;2;0)$, $\vec{v}(0;1;3)$ deux vecteurs de l'espace.

On appelle $\mathcal{D}_1$ la droite passant par A et de vecteur directeur $\vec{u}$ et $\mathcal{D}_2$ la droite passant par B et de vecteur directeur $\vec{v}$.

1. Vérifier que $\mathcal{D}_1$ et $\mathcal{D}_2$ ne sont pas coplanaires.

> Voir la méthode 1.

2. On note H et H′ les pieds de la perpendiculaire commune Δ de $\mathcal{D}_1$ et $\mathcal{D}_2$.

a. Déterminer les coordonnées de H et de H′.

> Utiliser le produit scalaire pour traduire le fait que (HH′) est perpendiculaire à $\mathcal{D}_1$ et $\mathcal{D}_2$.

b. Calculer HH′ (HH′ s'appelle la distance entre les droites $\mathcal{D}_1$ et $\mathcal{D}_2$).

9 SPHÈRE ET PLAN TANGENT | ★★ | 20 min | ▸ P. 330

Dans le repère orthonormé $(O;\vec{i},\vec{j},\vec{k})$, on considère le point $A\left(2;1;-1\right)$ et la sphère de centre A et de rayon 3.

Soient deux vecteurs : $\vec{u}\left(1;1;1\right)$ et $\vec{v}\left(0;2;0\right)$.

On veut déterminer les coordonnées du point $H\left(x;y;z\right)$ tel que le plan $\mathcal{P}$ dirigé par $\vec{u}$ et $\vec{v}$ est tangent à la sphère en H.

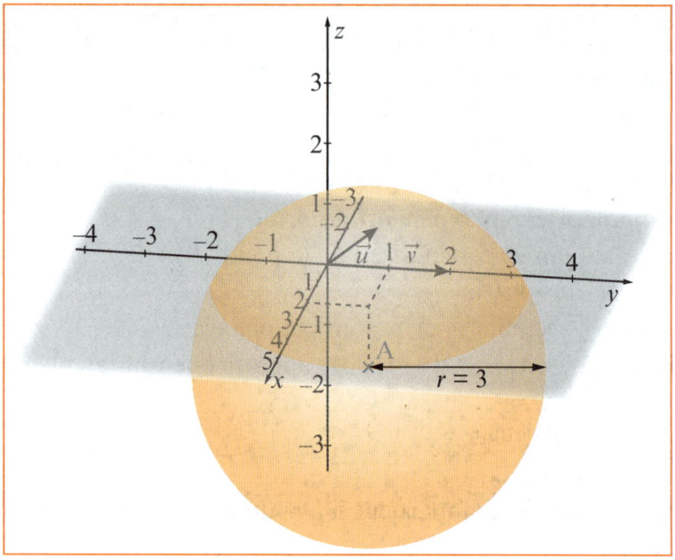

a. $\mathcal{P}$ est tangent à la sphère en H, donc $\overrightarrow{AH}$ est un vecteur normal au plan $\mathcal{P}$. À l'aide du produit scalaire, en déduire la valeur de y.

b. Exprimer la longueur AH en fonction de x et z.

c. Déduire du **a.** et du **b.** les deux solutions pour le point H.

10 DROITE ET PLAN | ★★ | 50 min | ▸ P. 331

Dans l'espace muni d'un repère orthonormé $(O;\vec{i},\vec{j},\vec{k})$. On donne les points suivants : $A\left(1;0;-1\right)$, $B\left(0;3;0\right)$, $C\left(1;2;3\right)$ et $D\left(4;4;4\right)$.

1. Déterminer les coordonnées d'un vecteur normal au plan (OAB).

2. Quelle est la position relative de la droite (CD) et du plan (OAB) ? Justifier.

Voir la méthode 2.

3. (CD) est-elle orthogonale au plan (OAB) ? Justifier.

4. On considère un point $M\left(x_M;y_M;z_M\right)$ dans le plan (OAB).

Démontrer qu'il existe deux réels α et β tels que :

$$\begin{cases} x_M = \alpha \\ y_M = 3\beta \\ z_M = -\alpha \end{cases}.$$

5. Déterminer les coordonnées du point d'intersection de (CD) et du plan (OAB).

6. On souhaite déterminer une valeur approchée de la distance de C au plan (OAB).

On appelle H le projeté orthogonal de C sur (OAB).

Cette distance est donc la longueur CH.

On considère un point $M(x_M ; y_M ; z_M)$ dans le plan (OAB).

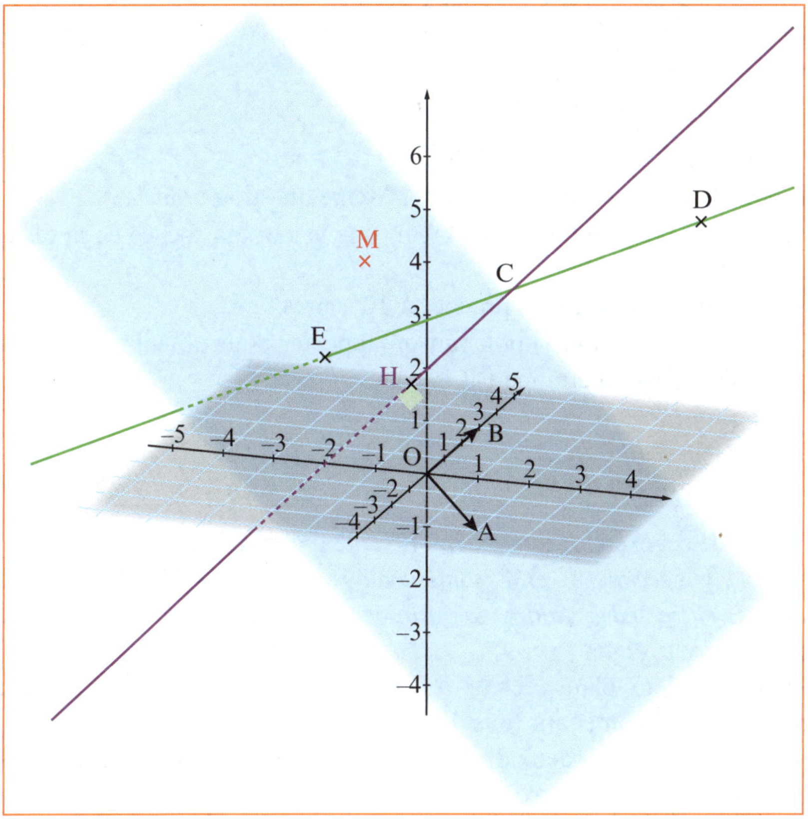

a. Démontrer que H est le point qui minimise la longueur CM lorsque M décrit le plan (OAB).

Dans le programme, cette démonstration est donnée comme étant à connaître.

b. A l'aide du 4., exprimer la longueur CM en fonction de α et β.

c. Au vu du dessin, on estime que H se trouve dans une zone du plan (OAB) telle que : $|\alpha| < 5$ et $|\beta| < 5$.

On rédige le programme en python ci-après :

```
from math import*
def cm(a,b):
    d=sqrt((a-1)**2+(3*b-2)**2+(-a-3)**2)
    return d
L=[]
for a in range (-500,500):
    for b in range (-500,500):
     distance=cm(a/100,b/100)
     L.append(distance)
print(min(L))
```

Qu'est-ce que ce programme affiche ?
Pourquoi choisit-on $-500 \leqslant a < 500$? Même question pour b.

d. Exécuter ce programme pour obtenir une valeur approchée de la distance entre C et le plan (OAB).
On en donnera une valeur approchée à 10^{-2} près.

e. Quelle(s) modification(s) pourrait-on apporter pour obtenir une précision plus grande ? Cela fonctionne-t-il ?

11 DÉMONSTRATION DU THÉORÈME DU TOIT

★★★ | 15 min | ▸ P. 333

L'objectif de cet exercice est de démontrer le théorème du toit
« *Si deux plans sécants $\mathcal{P}_1$ et $\mathcal{P}_2$ contiennent respectivement des droites $\mathcal{D}_1$ et $\mathcal{D}_2$ parallèles entre elles, alors la droite d'intersection Δ de $\mathcal{P}_1$ et $\mathcal{P}_2$ est parallèle à $\mathcal{D}_1$ et à $\mathcal{D}_2$* ».

On considère deux plans sécants $\mathcal{P}_1$ et $\mathcal{P}_2$, de vecteurs normaux respectivement $\overrightarrow{n_1}$ et $\overrightarrow{n_2}$ et contenant tous deux un point I.

On suppose qu'il existe deux droites $\mathcal{D}_1$ et $\mathcal{D}_2$ incluses respectivement dans $\mathcal{P}_1$ et $\mathcal{P}_2$ et telles que $\mathcal{D}_1$ et $\mathcal{D}_2$ soient parallèles.

Soit $\mathcal{Q}$ le plan caractérisé par le point I et les vecteurs $\overrightarrow{n_1}$ et $\overrightarrow{n_2}$.

a. Justifier la non colinéarité de $\overrightarrow{n_1}$ et $\overrightarrow{n_2}$.

> Voir la méthode 3.

b. Soit Δ la droite d'intersection de $\mathcal{P}_1$ et $\mathcal{P}_2$ et soit $\vec{u}$ un vecteur directeur de Δ. Démontrer que $\vec{u}$ est normal au plan $\mathcal{Q}$.

> Bien relire la définition d'un vecteur normal et sa conséquence.

c. Soit $\vec{v}$ un vecteur directeur de $\mathcal{D}_1$.
Démontrer que $\vec{v}$ est également normal au plan $\mathcal{Q}$.

d. Conclure.

12 DÉMONSTRATION D'UNE PROPRIÉTÉ DU COURS

★★ | 15 min | ▸ P. 333

L'objet de cet exercice est de démontrer que si une droite est orthogonale à deux droites sécantes d'un plan, alors elle est orthogonale à toutes les droites de ce plan.
Soit Δ une droite de vecteur directeur $\vec{u}$, et soit $\mathcal{P}$ un plan.
On suppose qu'il existe deux droites sécantes $\mathcal{D}_1$ et $\mathcal{D}_2$ incluses dans le plan $\mathcal{P}$ et orthogonales à Δ.
Démontrer que toute droite $\mathcal{D}$ du plan $\mathcal{P}$ est orthogonale à Δ.

Soient $\vec{v}_1$, $\vec{v}_2$ et $\vec{w}$ des vecteurs directeurs respectivement des droites $\mathcal{D}_1$, $\mathcal{D}_2$ et $\mathcal{D}$. Justifier que $\vec{w}$ peut s'écrire comme combinaison linéaire de $\vec{v}_1$ et $\vec{v}_2$, et utiliser le produit scalaire.

PRÉPARER UN CONTRÔLE

13 VRAI OU FAUX ?

★★ | 20 min | ▸ P. 333

Dire si les assertions suivantes sont vraies ou fausses.
a. Deux droites de l'espace sans point commun sont parallèles.
b. Deux droites parallèles à un même plan sont parallèles entre elles.
c. Trois droites concourantes sont coplanaires.
d. Deux droites de l'espace orthogonales à une même troisième sont parallèles entre elles.
e. Si deux droites disjointes ne sont pas parallèles, elles sont non coplanaires.

14 VOLUME D'UNE PYRAMIDE

★★ | 30 min | ▸ P. 334

On considère le cube ABCDEFGH ci-dessous, de côté 1dm, et M le point tel que $\overrightarrow{AM} = \frac{1}{3}\overrightarrow{AE}$. On se place dans le repère orthonormé $(E\,;\overrightarrow{EF}, \overrightarrow{EH}, \overrightarrow{EA})$.
1. Conjecturer la position relative des droites (MB) et (DC).

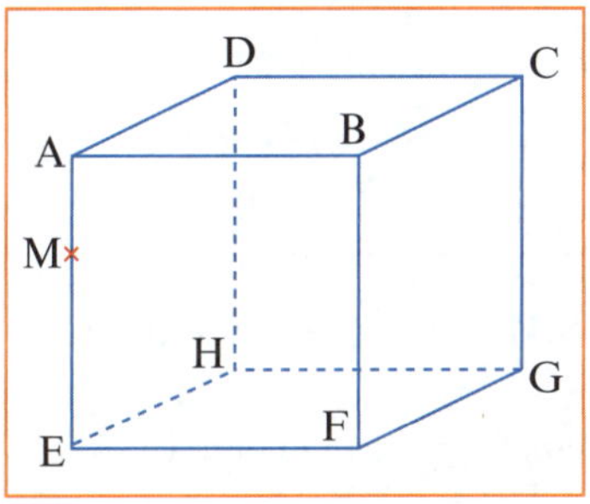

Voir le cours I. 1.

2. a. Déterminer les coordonnées de B, C, D et M dans ce repère, puis justifier que (MB) et (DC) ne sont pas parallèles.

Voir la méthode 1.

b. Montrer par l'absurde que (MB) et (DC) ne sont pas sécantes.
c. Conclure quant à votre conjecture.
3. Soit N le point de coordonnées (2 ; 0 ; –3) dans ce repère.
Montrer que (BM) est orthogonale au plan (FNG).

S'appuyer sur la définition 3. du cours II. 4.

4. a. Montrer que le triangle FNG est rectangle en F.
b. Montrer que les coordonnées du point H′, projeté orthogonal de M sur le plan (FNG) sont $\left(\frac{7}{10};0;\frac{9}{10}\right)$.
c. Calculer le volume de la pyramide MFGN.

MH′ est la hauteur de cette pyramide associée à la base FGN.

15 MANIPULER DES PRODUITS SCALAIRES | ★ | 30 min | ▸ P. 336

1. Développer et réduire $\|\vec{u}+\vec{v}\|^2$.

$\|\vec{u}+\vec{v}\|^2=(\vec{u}+\vec{v})\cdot(\vec{u}+\vec{v})$

2. En déduire les formules de polarisation du cours.
3. On considère une pyramide SABCD à base carrée de sommet S, de hauteur SA = 6,5 cm et telle que AB = 3,5 cm.

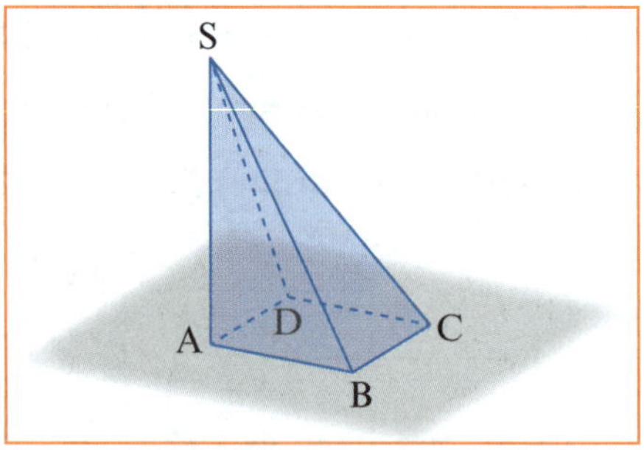

a. Justifier que (BC) et (SB) sont perpendiculaires.

Démontrer que (BC) est orthogonale au plan (SAB).

b. Calculer la valeur exacte de SB et SC.
c. Calculer $\overrightarrow{BS} \cdot \overrightarrow{SC}$.

> Choisir une formule utilisant les données dont on dispose, à savoir les 3 longueurs des côtés de SBC.

d. En déduire l'angle $\widehat{BSC}$ à 10^{-1} près.

> L'angle $\widehat{BSC}$ s'obtient en calculant $\overrightarrow{SB} \cdot \overrightarrow{SC} = - \overrightarrow{BS} \cdot \overrightarrow{SC}$.

ALLER PLUS LOIN

16 PRODUIT SCALAIRE ET RELATION DE CHASLES

★★★ | 25 min | ▸ P. 337

1. Soit A, B, C et D quatre points distincts de l'espace.
a. Développer et réduire $(\overrightarrow{AC} - \overrightarrow{AD}) \cdot (\overrightarrow{AC} + \overrightarrow{AD})$.
b. Démontrer que les droites (AB) et (CD) sont orthogonales si, et seulement si :

$$AC^2 + BD^2 = AD^2 + BC^2.$$

> On pourra, par exemple, exprimer $AC^2 - AD^2$, ainsi que $BC^2 - BD^2$ sous forme de produits scalaires.

2. On considère un tétraèdre ABCD tel que (AB) est orthogonale à (CD), et (BC) orthogonale à (AD). Montrer que (BD) est orthogonale à (AC).
3. Application numérique : supposons que les coordonnées des points A, B et C dans le repère orthonormé $(O\,;\vec{i}\,;\vec{j}\,;\vec{k})$ soient respectivement $(-3\,;0\,;0)$, $(3\,;0\,;0)$ et $(0\,;3\,;0)$.
Déterminer les coordonnées de tous les points D tels que (AB) est orthogonale à (CD) et (BC) orthogonale à (AD), puis vérifier qu'alors (BD) est orthogonale à (AC).

17 SANS VECTEURS NI REPÈRE

★★ | 20 min | ▸ P. 338

Soit ABCDA′B′C′D′ un cube de côté 1.
On note I, J, K, L, M, N les centres respectivement des faces ABCD, CDD′C′, BCC′B′, A′B′C′D′, ADD′A′, ABB′A′.
1. Démontrer que toutes les faces de l'octaèdre IJKLMN sont des triangles équilatéraux, dont on calculera le côté.
2. On veut montrer que les droites (IL), (KM), (NJ) sont concourantes au centre O du cube.

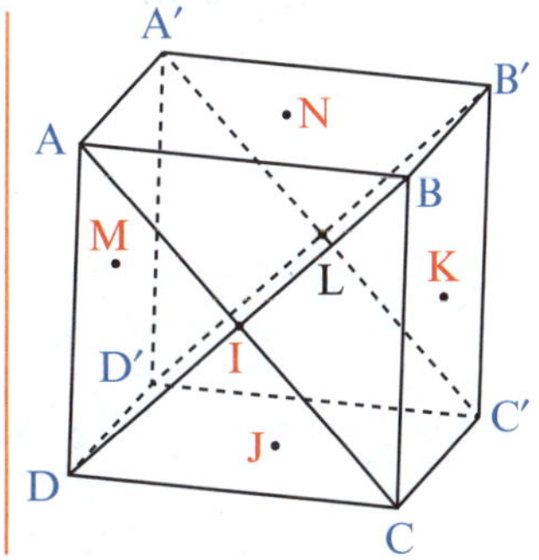

a. Démontrer que IJLN, JKNM et IKLM sont des carrés.
b. En déduire que les droites (IL), (KM) et (NJ) sont concourantes au centre O du cube.
3. Calculer le volume de l'octaèdre IJKLMN.

L'octaèdre est composé de deux pyramides IKLMJ et IKLMN.

18 DISTANCE D'UN POINT À UNE DROITE | ★★★ | 40 min | ▸ P. 339

L'espace est muni d'un repère orthonormal $(O;\vec{i};\vec{j};\vec{k})$.

Partie A.

Soit $(\mathcal{P})$ le plan défini par le point $M(-1;1;0)$ et par le vecteur normal $\vec{n}$ de coordonnées $\begin{pmatrix}2\\3\\5\end{pmatrix}$.

Soit $A(1;-4;5)$.

On veut déterminer la distance du point A au plan $\mathcal{P}$, c'est-à-dire la distance AH, où H est le projeté orthogonal de A sur $\mathcal{P}$.

a. Exprimer $\overrightarrow{AM}\cdot\vec{n}$ en fonction de la distance AH.
En déduire $|\overrightarrow{AM}\cdot\vec{n}|$.

Utiliser la relation de Chasles.

b. En déduire la distance de A au plan $\mathcal{P}$.

Partie B. Cas général

Soit $(\mathcal{P})$ la plan défini par le point $M(x;y;z)$ et par le vecteur normal $\vec{n}$ de coordonnées $\begin{pmatrix}a\\b\\c\end{pmatrix}$.

Soit $A(x_A;y_A;z_A)$ un point de l'espace et H son projeté orthogonal sur le plan $\mathcal{P}$.

a. Exprimer $|\overrightarrow{AM}\cdot\vec{n}|$ en fonction de AH, a, b et c.
b. Montrer que $|\overrightarrow{AM}\cdot\vec{n}|=|ax_A+by_A+cz_A-d|$, où d est une constante à préciser.
c. Exprimer alors la distance de A à $\mathcal{P}$ en fonction de x_A, y_A, z_A, a, b, c et d.

CORRIGÉS

1 POSITIONS RELATIVES DE DROITES

a. (HF) et (DF) sont **sécantes en F**, donc elles sont également **coplanaires**.

b. $\overrightarrow{AG}$ et $\overrightarrow{EC}$ sont des vecteurs directeurs des droites (AG) et (EC).
$(\overrightarrow{AC}\ ;\ \overrightarrow{AE})$ forment une base du plan (ACE) puisque ces 2 vecteurs ne sont pas colinéaires.
$\overrightarrow{AG} = \overrightarrow{AE} + \overrightarrow{EG} = \overrightarrow{AC} + \overrightarrow{AE}$ (donc G est bien dans le plan (ACE)).
$\overrightarrow{EC} = \overrightarrow{EA} + \overrightarrow{AC} = \overrightarrow{AC} - \overrightarrow{AE}$: $\overrightarrow{AG}$ et $\overrightarrow{EC}$ sont pas colinéaires donc les droites **(AG) et (EC) sont coplanaires sécantes.**

c. Si (EC) et (FB) étaient coplanaires, elles seraient incluses dans le plan (FBC).
$\overrightarrow{BF}$ et $\overrightarrow{BC}$ forment une base du plan (FBC) puisque ces 2 vecteurs ne sont pas colinéaires.
Or : $\overrightarrow{EC} = \overrightarrow{EF} + \overrightarrow{FB} + \overrightarrow{BC} = \overrightarrow{EF} - 1\overrightarrow{BF} + 1\overrightarrow{BC}$.
$\overrightarrow{EF}$ est un vecteur normal au plan (FBC), il ne peut pas être décomposé dans la base $(\overrightarrow{BF}\ ;\ \overrightarrow{BC})$, par conséquent $\overrightarrow{EC}$ non plus.
(EC) et (FB) sont donc non coplanaires.

d. $\overrightarrow{EG} = \overrightarrow{EH} + \overrightarrow{HG} = \overrightarrow{AD} + \overrightarrow{DC} = \overrightarrow{AC}$; les vecteurs $\overrightarrow{EG}$ et $\overrightarrow{AD}$ sont colinéaires (et même égaux), donc **les droites (EG) et (AC) sont parallèles et coplanaires.**

2 POSITIONS RELATIVES DE DROITES ET DE PLANS

a. $(\overrightarrow{HD}\ ;\ \overrightarrow{HG})$ est une base du plan (DGH).
$\overrightarrow{EC} = \overrightarrow{EH} + \overrightarrow{HG} + \overrightarrow{GC} = \overrightarrow{EH} + \overrightarrow{HG} + \overrightarrow{HD}$ et $\overrightarrow{EH}$ est un vecteur normal au plan (DGH) donc il ne peut être décomposé dans une de ses bases.
$\overrightarrow{EC}$ ne peut donc pas être décomposé dans une base de (DGH).
La droite (EC) est donc sécante au plan (DGH) (et elle le coupe au point C).

b. $\overrightarrow{EB} = \overrightarrow{EF} + \overrightarrow{FB} = \overrightarrow{HG} + \overrightarrow{HD}$.
$\overrightarrow{EB}$ peut être décomposé dans la base $(\overrightarrow{HD}\ ;\ \overrightarrow{HG})$ du plan (DGH) donc **(EB) est parallèle au plan (DGH)**, et même strictement parallèle car elle n'est pas incluse dans (DGH).

c. $(\overrightarrow{BE}\ ;\ \overrightarrow{BH})$ est une base du plan (BEH).

• (AF) et (BE) sont perpendiculaires car ce sont les diagonales du carré ABFE, donc $\overrightarrow{AF}$ et $\overrightarrow{BE}$ sont orthogonaux (et $\overrightarrow{AF} \cdot \overrightarrow{BE} = 0$).

$$\begin{aligned}\overrightarrow{AF} \cdot \overrightarrow{BH} &= \overrightarrow{AF} \cdot (\overrightarrow{BE} + \overrightarrow{EH})\\ &= \overrightarrow{AF} \cdot \overrightarrow{BE} + \overrightarrow{AF} \cdot \overrightarrow{EH}\\ &= \overrightarrow{AF} \cdot \overrightarrow{EH}\\ &= (\overrightarrow{AE} + \overrightarrow{EF}) \cdot \overrightarrow{EH}\\ &= \overrightarrow{AE} \cdot \overrightarrow{EH} + \overrightarrow{EF} \cdot \overrightarrow{EH}\end{aligned}$$

Or, (AE) et (EH) ainsi que (EF) et (EH) sont perpendiculaires donc les produits scalaires sont nuls.
Ainsi : $\overrightarrow{AF} \cdot \overrightarrow{BH} = 0$ et $\overrightarrow{AF}$ et $\overrightarrow{BH}$ sont orthogonaux.

• On en déduit que **(AF) est orthogonale au plan (BEH).**

• $\overrightarrow{AF}$ est donc orthogonal à tout vecteur du plan (BEH), en particulier à $\overrightarrow{EH}$ qui est égal à $\overrightarrow{BC}$, donc **(AF) et (BC) sont orthogonales.**

3 POSITIONS RELATIVES DE PLANS

a. $(\overrightarrow{BC}\ ;\ \overrightarrow{BD})$ est une base du plan (BCD) et $(\overrightarrow{IJ}\ ;\ \overrightarrow{IK})$ est une base du plan (IJK).
(IJK) est l'ensemble des points M tels que $\overrightarrow{IM} = \alpha\overrightarrow{IJ} + \beta\overrightarrow{IK}$ où α et β sont deux réels.
Or, I est le milieu de [AB], J est le milieu de [AC], donc d'après le théorème de Thalès dans le triangle ABC, on a : (IJ) //(BC) et $IJ = \frac{1}{2}$ BC, d'où $\overrightarrow{IJ} = \frac{1}{2}\overrightarrow{BC}$.

De la même façon, dans le triangle ABD : $\overrightarrow{IK} = \frac{1}{2}\overrightarrow{BD}$.

Donc (IJK) est l'ensemble des points M tels que : $\overrightarrow{IM} = \frac{\alpha}{2}\overrightarrow{BC} + \frac{\beta}{2}\overrightarrow{BD}$.

La direction du plan (IJK) est aussi donnée par la base $(\overrightarrow{BC}\ ;\ \overrightarrow{BD})$.
(IJK) et (BCD) sont donc parallèles.

b. $\overrightarrow{DH}$ est un vecteur normal au plan (ABC) et $(\overrightarrow{JK}\ ;\ \overrightarrow{JL})$ est une base du plan (JKL).
Voyons si $\overrightarrow{DH}$ et $\overrightarrow{JK}$ sont orthogonaux :

$$\overrightarrow{DH}\cdot\overrightarrow{JK} = \overrightarrow{DH}\cdot(\overrightarrow{JA}+\overrightarrow{AK}) = \overrightarrow{DH}\cdot\overrightarrow{JA} + \overrightarrow{DH}\cdot\frac{1}{2}\overrightarrow{AD}.$$

J et A sont deux points du plan (ABC) donc $\overrightarrow{DH}\cdot\overrightarrow{JA} = 0$ par définition de H, et (DH) et (AD) ne sont pas perpendiculaires, donc $\overrightarrow{DH}\cdot\overrightarrow{AD} \neq 0$.
On en déduit que $\overrightarrow{DH}\cdot\overrightarrow{JK} \neq 0$. Donc le vecteur $\overrightarrow{DH}$ n'est pas un vecteur normal au plan (JKL).
(JKL) et (ABC) ne sont pas parallèles, ils sont sécants en une droite.

4 POSITIONS RELATIVES DANS UN REPÈRE ORTHONORMÉ

a. Un vecteur directeur de (AB) est $\overrightarrow{AB}\begin{pmatrix} x_B - x_A \\ y_B - y_A \\ z_B - z_A \end{pmatrix} \Leftrightarrow \overrightarrow{AB}\begin{pmatrix} 2+1 \\ 0-1 \\ 3-1 \end{pmatrix} \Leftrightarrow \overrightarrow{AB}\begin{pmatrix} 3 \\ -1 \\ 2 \end{pmatrix}$.

De même, un vecteur directeur de (CD) est $\overrightarrow{CD}\begin{pmatrix} -7-4 \\ 3+2 \\ -3-6 \end{pmatrix} \Leftrightarrow \overrightarrow{CD}\begin{pmatrix} -11 \\ 5 \\ -9 \end{pmatrix}$.

(AB) et (CD) sont parallèles si, et seulement si, $\overrightarrow{AB}$ et $\overrightarrow{AC}$ sont colinéaires.
Comme $\overrightarrow{AB}$ et $\overrightarrow{CD}$ sont non nuls, ils sont colinéaires si, et seulement si, il existe un réel k tel que $\overrightarrow{CD} = k\overrightarrow{AB} \Leftrightarrow \begin{cases} -11 = k \times 3 \\ 5 = k \times (-1) \\ -9 = k \times 2 \end{cases} \Leftrightarrow \begin{cases} k = -\frac{11}{3} \\ k = -5 \\ k = -\frac{9}{2} \end{cases}$.

C'est donc impossible, **(AB) et (CD) ne sont pas parallèles.**

b. $D \in (AB) \Leftrightarrow$ il existe un réel k' tel que $\overrightarrow{AD} = k'\overrightarrow{AB}$.

$\overrightarrow{AD}\begin{pmatrix} -7+1 \\ 3-1 \\ -3-1 \end{pmatrix} \Leftrightarrow \overrightarrow{AD}\begin{pmatrix} -6 \\ 2 \\ -4 \end{pmatrix}$.

On remarque que $\overrightarrow{AD} = -2\overrightarrow{AB}$, donc D ∈ (AB).
On en déduit que les droites (AB) et (CD) sont sécantes en D et coplanaires.

Voir le cours I. pour les positions relatives de 2 droites.

c. $\overrightarrow{AC}\begin{pmatrix} 4+1 \\ -2-1 \\ 6-1 \end{pmatrix} \Leftrightarrow \overrightarrow{AC}\begin{pmatrix} 5 \\ -3 \\ 5 \end{pmatrix}$.

On constate que $\overrightarrow{AB}$ et $\overrightarrow{AC}$ ne sont pas colinéaires, donc A, B et C ne sont pas alignés : **les points A, B et C définissent bien un plan.**

d. $\vec{n} \cdot \overrightarrow{AB} = xx' + yy' + zz'$
$= 1 \times 3 + (-5) \times (-1) + (-4) \times 2$
$= 3 + 5 - 8 = 0$

donc $\vec{n}$ et $\overrightarrow{AB}$ sont orthogonaux.

La formule $xx' + yy' + zz'$ ne peut être utilisée que dans un repère orthonormé.

$\vec{n} \cdot \overrightarrow{AC} = 1 \times 5 + (-5) \times (-3) + (-4) \times 5$
$= 5 + 15 - 20 = 0$

donc $\vec{n}$ et $\overrightarrow{AC}$ sont orthogonaux.
Par définition du vecteur normal, **$\vec{n}$ est normal au plan (ABC).**

e. $\vec{n} \cdot \vec{u} = 1 \times x + (-5) \times y + (-4) \times (-3) = x - 5y + 12$.
Le vecteur $\vec{u}$ est le vecteur directeur d'une droite parallèle au plan $\mathcal{P}$ si, et seulement si, $\vec{n}$ et $\vec{u}$ sont orthogonaux. Donc il faut que x et y vérifient l'équation :

$$x - 5y + 12 = 0 \Leftrightarrow x = 5y - 12.$$

Il y a une infinité de possibilités, on peut choisir par exemple $y = 0$ et dans ce cas, $x = -12$.

Un vecteur directeur possible est $\vec{u}\begin{pmatrix} -12 \\ 0 \\ -3 \end{pmatrix}$

5 REPÈRAGE DANS L'ESPACE

a. Dans le repère $(A\ ;\overrightarrow{AB}, \overrightarrow{AC}, \overrightarrow{AD})$, on a par définition les coordonnées des points A, B, C et D :
A (0 ; 0 ; 0), B (1 ; 0 ; 0), C (0 ; 1 ; 0) et D (0 ; 0 ; 1).

$\overrightarrow{AE} = -\frac{1}{2}\overrightarrow{AC}$ donc on en déduit que **E** $\left(\mathbf{0\ ;-\frac{1}{2}\ ;0}\right)$.

$\overrightarrow{AF} = \frac{3}{2}\overrightarrow{AB} - \frac{1}{2}\overrightarrow{AC}$ donc **F** $\left(\mathbf{\frac{3}{2}\ ;-\frac{1}{2}\ ;0}\right)$.

$\overrightarrow{AG} = 2\overrightarrow{AB} + \frac{1}{2}\overrightarrow{AD}$ donc **G** $\left(\mathbf{2\ ;0\ ;\frac{1}{2}}\right)$.

$\overrightarrow{AH} = -\frac{1}{2}\overrightarrow{AC} + \frac{3}{2}\overrightarrow{AD}$ donc **H** $\left(\mathbf{0\ ;-\frac{1}{2}\ ;\frac{3}{2}}\right)$.

b. Si l'on représente le vecteur $\vec{u}$ avec pour origine le point C, l'extrémité du vecteur est en G : $\vec{u} = \overrightarrow{CG}$ et pour le vecteur $\vec{v}$, on remarque que $\vec{v} = \overrightarrow{FD}$.

c. $\overrightarrow{EG} = \overrightarrow{EA} + 2\overrightarrow{AB} + \frac{1}{2}\overrightarrow{AD}$ donc $\mathbf{\overrightarrow{EG} = 2\overrightarrow{AB} + \frac{1}{2}\overrightarrow{AC} + \frac{1}{2}\overrightarrow{AD}}$.

$\overrightarrow{FC} = \overrightarrow{FE} + \overrightarrow{EC}$ donc $\mathbf{\overrightarrow{FC} = -\frac{3}{2}\overrightarrow{AB} + \frac{3}{2}\overrightarrow{AC} + 0\overrightarrow{AD}}$.

d. (EH) est une droite orthogonale au plan (ABC) donc (EH) est orthogonale à toutes les droites du plan (ABC), en particulier à la droite (EB).
On en déduit que : $\mathbf{\overrightarrow{EB} \cdot \overrightarrow{EH} = 0}$.

On peut aussi calculer le produit scalaire avec les coordonnées :

$$\overrightarrow{EB}\begin{pmatrix} x_B - x_E \\ y_B - y_E \\ z_B - z_E \end{pmatrix} \text{ donc on obtient } \overrightarrow{EB}\begin{pmatrix} 1-0 \\ 0-\left(-\frac{1}{2}\right) \\ 0-0 \end{pmatrix} \Leftrightarrow \overrightarrow{EB}\begin{pmatrix} 1 \\ \frac{1}{2} \\ 0 \end{pmatrix} \text{ et } \overrightarrow{EH}\begin{pmatrix} 0 \\ 0 \\ \frac{3}{2} \end{pmatrix}$$

D'où : $\overrightarrow{EB} \cdot \overrightarrow{EH} = xx' + yy' + zz' = 1\times 0 + \frac{1}{2}\times 0 + 0 \times \frac{3}{2} = 0$.

e. Calculons le produit scalaire $\overrightarrow{AF} \cdot \overrightarrow{AG}$ de deux manières :

- Avec les coordonnées :

$$\overrightarrow{AF}\begin{pmatrix} \frac{3}{2} \\ -\frac{1}{2} \\ 0 \end{pmatrix} \text{ et } \overrightarrow{AG}\begin{pmatrix} 2 \\ 0 \\ \frac{1}{2} \end{pmatrix}, \text{ donc :}$$

$$\overrightarrow{AF} \cdot \overrightarrow{AG} = \frac{3}{2}\times 2 + \left(-\frac{1}{2}\right)\times 0 + 0 \times \frac{1}{2} = 3.$$

- Avec l'angle $\widehat{FAG}$:

$\overrightarrow{AF} \cdot \overrightarrow{AG} = AF \times AG \times \cos(\widehat{FAG})$ avec :

$$AF = \sqrt{\left(\frac{3}{2}\right)^2 + \left(-\frac{1}{2}\right)^2 + 0^2} = \sqrt{\frac{10}{4}} \text{ et } AG = \sqrt{2^2 + 0^2 + \left(\frac{1}{2}\right)^2} = \sqrt{\frac{17}{4}}$$

Donc $\cos(\widehat{FAG}) = \dfrac{3}{\sqrt{\frac{10}{4}} \times \sqrt{\frac{17}{4}}} = \dfrac{3}{\frac{\sqrt{170}}{4}} = \dfrac{12}{\sqrt{170}}$, soit :

$$\mathbf{\widehat{FAG} = \cos^{-1}\left(\frac{12}{\sqrt{170}}\right) \approx 23°}.$$

6 COLINÉARITÉ, ALIGNEMENT

a. Par définition $I(1;0;0)$, $\overrightarrow{OA} = 6\overrightarrow{OI}$, donc $\mathbf{A(6;0;0)}$.
De même $J(0;1;0)$ et $\overrightarrow{OB} = 2\overrightarrow{OJ}$, donc $\mathbf{B(0;2;0)}$;
et $K(0;0;1)$, $\overrightarrow{OC} = 3\overrightarrow{OK}$, donc $\mathbf{C(0;0;3)}$.

b.
$$\begin{aligned} \overrightarrow{HO} + \overrightarrow{HA} + \overrightarrow{HC} = \vec{0} &\Leftrightarrow \overrightarrow{HO} + \overrightarrow{HO} + \overrightarrow{OA} + \overrightarrow{HO} + \overrightarrow{OC} = \vec{0} \\ &\Leftrightarrow 3\,\overrightarrow{HO} + \overrightarrow{OA} + \overrightarrow{OC} = \vec{0} \\ &\Leftrightarrow \overrightarrow{OA} + \overrightarrow{OC} = 3\,\overrightarrow{OH} \\ &\Leftrightarrow \mathbf{\overrightarrow{OH} = \frac{1}{3}(\overrightarrow{OA} + \overrightarrow{OC})}. \end{aligned}$$

D'où les coordonnées de $H\left(\frac{1}{3}\times 6\,;\frac{1}{3}\times 0\,;\frac{1}{3}\times 3\right)$, c'est-à-dire $\mathbf{H(2\,;0\,;1)}$.

c. M est le milieu de [AC], donc les coordonnées de M sont :

$$\left(\frac{x_A+x_C}{2}\,;\frac{y_A+y_C}{2}\,;\frac{z_A+z_C}{2}\right),$$

c'est-à-dire $M\left(3\,;0\,;\frac{3}{2}\right)$, et donc $\overrightarrow{OM}\begin{pmatrix}3\\0\\\frac{3}{2}\end{pmatrix}$ et $\overrightarrow{OH}\begin{pmatrix}2\\0\\1\end{pmatrix}$.

Ces deux vecteurs sont colinéaires, et $\overrightarrow{OM}=\frac{3}{2}\overrightarrow{OH}$, **donc les points O, M et H sont alignés.**

d. $\overrightarrow{GO}+\overrightarrow{GA}+\overrightarrow{GB}+\overrightarrow{GC}=\vec{0}\Leftrightarrow\overrightarrow{GO}+\overrightarrow{GO}+\overrightarrow{OA}+\overrightarrow{GO}+\overrightarrow{OB}+\overrightarrow{GO}+\overrightarrow{OC}=\vec{0}$

$\Leftrightarrow \boldsymbol{\overrightarrow{OG}=\frac{1}{4}(\overrightarrow{OA}+\overrightarrow{OB}+\overrightarrow{OC})}$, donc $\mathbf{G\left(\frac{3}{2};\frac{1}{2};\frac{3}{4}\right)}$.

e. $\overrightarrow{BG}=\begin{pmatrix}\frac{3}{2}-0\\\frac{1}{2}-2\\\frac{3}{4}-0\end{pmatrix}$ ce qui donne $\overrightarrow{BG}\begin{pmatrix}\frac{3}{2}\\-\frac{3}{2}\\\frac{3}{4}\end{pmatrix}$ et $\overrightarrow{BH}\begin{pmatrix}2-0\\0-2\\1-0\end{pmatrix}$, soit $\overrightarrow{BH}\begin{pmatrix}2\\-2\\1\end{pmatrix}$.

$\overrightarrow{BG}=\frac{3}{4}\overrightarrow{BH}$, donc $\mathbf{G\in(BH)}$.

7 DISTANCE ET ANGLE

a. Ces vecteurs étant non nuls, vérifions s'il existe un réel $k\in\mathbb{R}^*$ tel que $\vec{u}=k\vec{v}$.

On aurait alors : $\begin{cases}3=k\times(-2)\\1=k\times(-1)\\5=k\times 0\end{cases}$

La dernière équation n'a pas de solution, donc on ne peut pas trouver de réel k, donc $\boldsymbol{\vec{u}}$ **et** $\boldsymbol{\vec{v}}$ **ne sont pas colinéaires.**

b. $\vec{u}$ et $\vec{v}$ forment donc une base de $\mathcal{P}$ donc $P\in\mathcal{P}$ si, et seulement si, $\overrightarrow{AP}$ peut s'écrire comme combinaison linéaire de $\vec{u}$ et $\vec{v}$, c'est-à-dire s'il existe α et β réels tels que $\overrightarrow{AP}=\alpha\vec{u}+\beta\vec{v}$, ce qui équivaut à :

$$\begin{cases}5-4=\alpha\times 3+\beta\times(-2)\\2-2=\alpha\times 1+\beta\times(-1)\\4-(-1)=\alpha\times 5+\beta\times 0\end{cases}\Leftrightarrow\begin{cases}1=3\alpha-2\beta\\0=\alpha-\beta\\5=5\alpha\end{cases}$$

$$\Leftrightarrow\begin{cases}1=3\alpha-2\alpha\\\alpha=\beta\\\alpha=1\end{cases}\Leftrightarrow \alpha=\beta=1.$$

Ainsi, $\overrightarrow{AP}=\vec{u}+\vec{v}$, **donc P est bien un point du plan $\mathcal{P}$.**

- $Q \in (\mathcal{P}) \Leftrightarrow$ il existe des réels α' et β' tels que :

$$\begin{cases} 0-4 = \alpha' \times 3 + \beta' \times (-2) \\ -1-2 = \alpha' \times 1 + \beta' \times (-1) \\ 10-(-1) = \alpha' \times 5 + \beta' \times 0 \end{cases}$$

$$\Leftrightarrow \begin{cases} -4 = 3\alpha' - 2\beta' \\ -3 = \alpha' - \beta' \\ 11 = 5\alpha' \end{cases} \Leftrightarrow \begin{cases} -4 = 3 \times \dfrac{11}{5} - 2\beta' \\ -3 = \dfrac{11}{5} - \beta' \\ \dfrac{11}{5} = \alpha' \end{cases} \Leftrightarrow \begin{cases} \beta' = \left(\dfrac{33}{5} + 4\right) \times \dfrac{1}{2} = \dfrac{53}{10} \\ \beta' = \dfrac{11}{5} + 3 = \dfrac{26}{5} \\ \alpha' = \dfrac{11}{5} \end{cases}$$

ce qui est impossible, donc $\mathbf{Q \notin \mathcal{P}}$.

c. $S \in (PR) \Leftrightarrow \overrightarrow{PS}$ et $\overrightarrow{PR}$ sont colinéaires $\Leftrightarrow$ il existe un réel k tel que $\overrightarrow{PS} = k\overrightarrow{PR}$.

Or $\overrightarrow{PS}\begin{pmatrix} 7-5 \\ -2-2 \\ \dfrac{10}{3} - 4 \end{pmatrix}$, donc $\overrightarrow{PS}\begin{pmatrix} 2 \\ -4 \\ -\dfrac{2}{3} \end{pmatrix}$ et $\overrightarrow{PR}\begin{pmatrix} 2-5 \\ \dfrac{3}{5} - 2 \\ 3-4 \end{pmatrix}$, donc $\overrightarrow{PR}\begin{pmatrix} -3 \\ \dfrac{-7}{5} \\ -1 \end{pmatrix}$.

Vérifions s'il existe un tel réel k tel que $\begin{cases} 2 = k \times (-3) \\ -4 = k \times \left(-\dfrac{7}{5}\right) \\ -\dfrac{2}{3} = k \times (-1) \end{cases}$ soit $\begin{cases} k = -\dfrac{2}{3} \\ k = \dfrac{20}{7} \\ k = \dfrac{2}{3} \end{cases}$.

Les vecteurs $\overrightarrow{PS}$ et $\overrightarrow{PR}$ ne sont pas colinéaires, et donc $\mathbf{S \notin (PR)}$.

d. $PQ = \sqrt{(x_Q - x_P)^2 + (y_Q - y_P)^2 + (z_Q - z_P)^2}$

$= \sqrt{(0-5)^2 + (-1-2)^2 + (10-4)^2}$

$= \sqrt{25 + 9 + 36}$

soit $\mathbf{PQ = \sqrt{70}}$.

Autre méthode :

$PR = \|\overrightarrow{PR}\|$, donc en réutilisant les coordonnées du vecteur calculées au **c** :

$$PR = \sqrt{(-3)^2 + \left(-\frac{7}{5}\right)^2 + (-1)^2} = \sqrt{\frac{299}{25}},$$

soit $\mathbf{PR = \dfrac{\sqrt{299}}{5}}$.

e. $\overrightarrow{PQ} \cdot \overrightarrow{PR} = \|\overrightarrow{PQ}\| \times \|\overrightarrow{PR}\| \times \cos(\widehat{QPR})$.

D'autre part $\overrightarrow{PQ} \cdot \overrightarrow{PR} = (-5) \times (-3) + (-3) \times \left(\dfrac{-7}{5}\right) + 6 \times (-1)$

$$= 15 + \frac{21}{5} - 6 = \frac{66}{5} = 13{,}2$$

donc :

$13{,}2 = \sqrt{70} \times \dfrac{\sqrt{299}}{5} \times \cos(\widehat{QPR})$, d'où $\cos(\widehat{QPR}) \approx 0{,}456$ et :

$$\mathbf{\widehat{QPR} \approx \cos^{-1}(0{,}456) \approx 62{,}9°}.$$

8 PERPENDICULAIRE COMMUNE À DEUX DROITES NON COPLANAIRES

1. $\vec{u}$ et $\vec{v}$ ne sont pas colinéaires, donc les droites $\mathcal{D}_1$ et $\mathcal{D}_2$ ne sont pas parallèles. Montrons que $\mathcal{D}_1$ et $\mathcal{D}_2$ ne sont pas sécantes. Si $M(x\,;y\,;z)$ est le point d'intersection de $\mathcal{D}_1$ et $\mathcal{D}_2$ alors il existe deux réels r et s tels que $\overrightarrow{AM} = r\vec{u}$ et $\overrightarrow{BM} = s\vec{v}$, c'est-à-dire :

$$\begin{cases} x-1=3r \\ y=2r \\ z+1=0 \end{cases} \text{ et } \begin{cases} x+1=0 \\ y-2=s \\ z-3=3s \end{cases} \Leftrightarrow \begin{cases} x=3r+1 \\ y=2r \\ z=-1 \end{cases} \text{ et } \begin{cases} x=-1 \\ y=s+2 \\ z=3s+3 \end{cases}$$

$$\text{donc} \begin{cases} 3r+1=-1 \\ 2r=s+2 \\ -1=3s+3 \end{cases}, \text{ soit} \begin{cases} r=-\dfrac{2}{3} \\ -\dfrac{4}{3}=-\dfrac{4}{3}+2 \\ s=-\dfrac{4}{3} \end{cases}, \text{ ce qui est impossible.}$$

$\mathcal{D}_1$ et $\mathcal{D}_2$ ne sont ni sécantes ni parallèles, **donc $\mathcal{D}_1$ et $\mathcal{D}_2$ ne sont pas coplanaires.**

2. a. $H \in \mathcal{D}_1$ et $H' \in \mathcal{D}_2$, donc d'après les calculs faits au **1.**, il existe deux réels r et s tels que $H(1+3r\,;2r\,;-1)$ et $H'(-1\,;2+s\,;3+3s)$. Alors :

$$\begin{cases} (HH') \perp \mathcal{D}_1 \\ (HH') \perp \mathcal{D}_2 \end{cases} \Leftrightarrow \begin{cases} \overrightarrow{HH'}\cdot\vec{u}=\vec{0} \\ \overrightarrow{HH'}\cdot\vec{v}=0 \end{cases}, \text{ avec } \overrightarrow{HH'}\begin{pmatrix} -2-3r \\ 2+s-2r \\ 4+3s \end{pmatrix}.$$

$$\text{Donc} \begin{cases} (HH') \perp \mathcal{D}_1 \\ (HH') \perp \mathcal{D}_2 \end{cases} \Leftrightarrow \begin{cases} 3(-2-3r)+2(2+s-2r)=0 \\ 2+s-2r+3(4+3s)=0 \end{cases}$$

$$\Leftrightarrow \begin{cases} -13r+2s=2 \\ -2r+10s=-14 \end{cases} \Leftrightarrow \begin{cases} r=-\dfrac{8}{21} \\ s=-\dfrac{31}{21} \end{cases}$$

On peut utiliser l'outil « Résolution de système » de la calculatrice pour obtenir r et s : menu équation avec Casio et Numworks, touche resol avec TI.

Donc $H\left(-\dfrac{1}{7};-\dfrac{16}{21};-1\right)$ et $H'\left(-1;\dfrac{11}{21};-\dfrac{10}{7}\right)$.

b. $\overrightarrow{HH'}\begin{pmatrix} \dfrac{-6}{7} \\ \dfrac{9}{7} \\ \dfrac{-3}{7} \end{pmatrix}$ donc :

$$HH' = \sqrt{\left(-\frac{6}{7}\right)^2+\left(\frac{9}{7}\right)^2+\left(-\frac{3}{7}\right)^2} = \sqrt{\frac{126}{49}} = \frac{3\sqrt{14}}{7}.$$

Donc la distance entre les droites $\mathcal{D}_1$ et $\mathcal{D}_2$ vaut $\dfrac{3\sqrt{14}}{7}$.

9 SPHÈRE ET PLAN TANGENT

a. $\overrightarrow{AH}\,(x-2\,;y-1\,;z-(-1))$ et $\overrightarrow{AH}$ est un vecteur normal au plan $\mathcal{P}$, donc $\overrightarrow{AH}$ est orthogonal aux vecteurs $\vec{u}$ et $\vec{v}$. D'où :

$\overrightarrow{AH}\cdot\vec{u}=0 \Leftrightarrow (x-2)\times 1+(y-1)\times 1+(z+1)\times 1=0$

et $\overrightarrow{AH}\cdot\vec{v}=0 \Leftrightarrow (x-2)\times 0+(y-1)\times 2+(z+1)\times 0=0$

$\Leftrightarrow 2(y-1)=0 \Leftrightarrow \boldsymbol{y=1.}$

b. $AH=\|\overrightarrow{AH}\|=\sqrt{(x-2)^2+(y-1)^2+(z+1)^2}$

$\mathbf{AH}=\sqrt{(\boldsymbol{x}-\mathbf{2})^2+(\boldsymbol{z}+\mathbf{1})^2}$ puisque $y=1$.

c. De $\overrightarrow{AH}\cdot\vec{u}=0$, on déduit que :

$$(x-2)+(z+1)=0 \Leftrightarrow x-2=-z-1.$$

H est sur la sphère, donc AH = 3 ⇔ AH² = 9 ⇔ $(x-2)^2+(z+1)^2=9$.

Ainsi :

$$(-z-1)^2+(z+1)^2=9 \Leftrightarrow z^2-2\times(-z)\times 1+1+z^2+2z+1=9$$
$$\Leftrightarrow 2z^2+4z+2=9$$
$$\Leftrightarrow 2z^2+4z-7=0.$$

C'est une équation du second degré.

$\Delta=4^2-4\times 2\times(-7)=72>0$ donc il y a deux solutions :

$$z_1=\frac{-4-\sqrt{72}}{2\times 2}=-1+\frac{3\sqrt{2}}{2} \text{ et } z_2=\frac{-4+\sqrt{72}}{2\times 2}=-1-\frac{3\sqrt{2}}{2}.$$

À ces deux solutions pour z correspondent deux solutions pour x :

$$x_1-2=1-\frac{3\sqrt{2}}{2}-1 \Leftrightarrow x_1=2-\frac{3\sqrt{2}}{2} \text{ et } x_2=2+\frac{3\sqrt{2}}{2}.$$

Les deux points H possibles ont donc pour coordonnées :

$$\mathbf{H}\left(\mathbf{2}-\frac{\mathbf{3}\sqrt{\mathbf{2}}}{\mathbf{2}}\,;\mathbf{1}\,;-\mathbf{1}+\frac{\mathbf{3}\sqrt{\mathbf{2}}}{\mathbf{2}}\right) \text{ et } \mathbf{H'}\left(\mathbf{2}+\frac{\mathbf{3}\sqrt{\mathbf{2}}}{\mathbf{2}}\,;\mathbf{1}\,;-\mathbf{1}-\frac{\mathbf{3}\sqrt{\mathbf{2}}}{\mathbf{2}}\right).$$

Ces deux points sont diamétralement opposés.

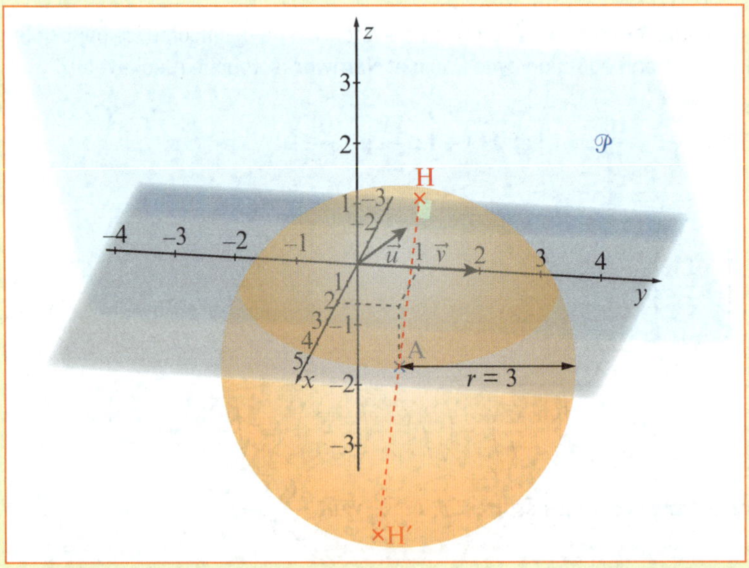

10 DROITE ET PLAN

1. On a : $\overrightarrow{OA}\begin{pmatrix}1\\0\\-1\end{pmatrix}$ et $\overrightarrow{OB}\begin{pmatrix}0\\3\\0\end{pmatrix}$; ces deux vecteurs ne sont pas colinéaires donc ils forment une base du plan (OAB).

Soit $\vec{u}\begin{pmatrix}x\\y\\z\end{pmatrix}$ un vecteur normal au plan (OAB).

Alors $\vec{u}$ est défini par deux relations : $\vec{u}\cdot\overrightarrow{OA}=0$ et $\vec{u}\cdot\overrightarrow{OB}=0$.
Dans le repère orthonormal $(O\,;\vec{i},\vec{j},\vec{k})$,
$\vec{u}\cdot\overrightarrow{OA}=0 \Leftrightarrow x\times 1+y\times 0+z\times(-1)=0 \Leftrightarrow x=z.$
$\vec{u}\cdot\overrightarrow{OB}=0 \Leftrightarrow x\times 0+y\times 3+z\times 0=0 \Leftrightarrow y=0.$

On peut choisir par exemple $\boldsymbol{\vec{u}}\begin{pmatrix}\mathbf{1}\\\mathbf{0}\\\mathbf{1}\end{pmatrix}$.

Tous les vecteurs normaux au plan (OAB) sont colinéaires à ce vecteur $\vec{u}$, donc ils ont des coordonnées de la forme $\begin{pmatrix}k\\0\\k\end{pmatrix}$ où $k\in\mathbb{R}^*$.

2. $\overrightarrow{CD}$ est un vecteur directeur de la droite (CD) avec $\overrightarrow{CD}\begin{pmatrix}4-1\\4-2\\4-3\end{pmatrix}\Leftrightarrow\overrightarrow{CD}\begin{pmatrix}3\\2\\1\end{pmatrix}$.

(CD) est parallèle au plan (OAB) si, et seulement si, $\overrightarrow{CD}$ est orthogonal au vecteur normal $\vec{u}$. $\vec{u}\cdot\overrightarrow{CD}=1\times 3+0\times 2+1\times 1=4\neq 0$.
On en conclut que **(CD) est sécante en un point au plan (OAB)**.

3. (CD) est orthogonale au plan (OAB) si, et seulement si, $\overrightarrow{CD}$ est colinéaire à $\vec{u}$, qui sont des vecteurs non nuls, donc cela équivaut à :
il existe un réel k non nul tel que $\overrightarrow{CD}=k\vec{u}$.

Or $k\vec{u}\begin{pmatrix}k\\0\\k\end{pmatrix}$, ce qui ne peut correspondre à $\overrightarrow{CD}\begin{pmatrix}3\\2\\1\end{pmatrix}$ pour aucune valeur de k donc **(CD) n'est pas orthogonale au plan (OAB)**.

4. M ∈ (OAB) donc il existe deux réels α et β tels que :

$$\overrightarrow{OM}=\alpha\overrightarrow{OA}+\beta\overrightarrow{OB}\Leftrightarrow\begin{cases}x_M-0=\alpha\times 1+\beta\times 0\\y_M-0=\alpha\times 0+\beta\times 3\\z_M-0=\alpha\times(-1)+\beta\times 0\end{cases}$$

$$\Leftrightarrow\begin{cases}\boldsymbol{x_M=\alpha}\\\boldsymbol{y_M=3\beta}\\\boldsymbol{z_M=-\alpha}\end{cases}.$$

5. Soit $E(x\,;y\,;z)$ ce point d'intersection.
E ∈ (CD) donc il existe un réel k tel que :

$$\overrightarrow{CE}=k\overrightarrow{CD}\Leftrightarrow\begin{cases}x-1=3k\\y-2=2k\\z-3=k\end{cases}.$$

Grâce au 4., on obtient $\begin{cases} \alpha - 1 = 3k \\ 3\beta - 2 = 2k \\ -\alpha - 3 = k \end{cases}$,

d'où $\alpha - 1 = 3(-\alpha - 3) \Leftrightarrow \alpha - 1 = -3\alpha - 9$

$\Leftrightarrow 4\alpha = -8 \Leftrightarrow \alpha = -2$.

Alors : $-\alpha - 3 = -(-2) - 3 = -1 = k$.

On pourrait déterminer β mais c'est inutile.

Ainsi : $\begin{cases} x - 1 = 3k \\ y - 2 = 2k \\ z - 3 = k \end{cases} \Leftrightarrow \begin{cases} x = 3 \times (-1) + 1 = -2 \\ y = 2 \times (-1) + 2 = 0 \\ z = -1 + 3 = 2 \end{cases}$.

Le point d'intersection de (CD) et de (OAB) a pour coordonnées $(-2\,;0\,;2)$.

6. a. Par définition du projeté orthogonal sur un plan, (CH) est orthogonale au plan (OAB), et donc orthogonale à toutes les droites du plan (OAB).
En particulier, (CH) est perpendiculaire à la droite (MH).
CHM est donc un triangle rectangle en H, dont l'hypoténuse est [CM].
On en déduit que $CM \geqslant CH$.
CH est bien la distance minimale pouvant être atteinte lorsque M décrit (OAB).

b. Dans le repère orthonormal $(O\,;\vec{i},\vec{j},\vec{k})$,
$CM = \sqrt{(x_M - 1)^2 + (y_M - 2)^2 + (z_M - 3)^2}$, donc en remplaçant à l'aide du 4., on obtient :

$$\mathbf{CM = \sqrt{(\alpha - 1)^2 + (3\beta - 2)^2 + (-\alpha - 3)^2}}.$$

c. La fonction définie au début du programme calcule la longueur CM en fonction des valeurs de α et β, nommées a et b dans la formule de d.
Ensuite, le programme remplit une liste L avec les valeurs de CM calculées dans deux boucles « pour » imbriquées :
pour a prenant des valeurs entre –500 et 499, et pour chacune de ces valeurs de a, b prenant des valeurs entre –500 et 499, CM est calculée avec $\frac{a}{100}$ et $\frac{b}{100}$.
Enfin, le programme affiche la valeur minimale se trouvant dans la liste L.
On choisit $-500 \leqslant a < 500 \Leftrightarrow -5 \leqslant \frac{a}{100} < 5$, ce qui inclut l'intervalle]–5 ; 5[auquel appartient α. De même pour β.

d. On obtient une **distance environ égale à 2,83**.

e. Si on veut augmenter la précision, il faudrait diminuer la taille du maillage, c'est-à-dire balayer l'intervalle]–5 ; 5[avec un pas plus petit, par exemple :
$-5\,000 \leqslant a < 5\,000$ et remplacer $\frac{a}{100}$ par $\frac{a}{1\,000}$ (même chose pour b).
Malheureusement cela ne fonctionne pas car on arrive à saturer la capacité de mémoire avec une liste de $10\,000 \times 10\,000 = 100\,000\,000$ valeurs à calculer avant d'en donner le minimum.

Autre inconvénient de ce programme : on ne sait pas a priori quelle est la précision du résultat obtenu.

11 DÉMONSTRATION DU THÉORÈME DU TOIT

a. Si $\overrightarrow{n_1}$ et $\overrightarrow{n_2}$ étaient colinéaires, alors $\overrightarrow{n_2}$ serait aussi un vecteur normal à $\mathcal{P}_1$ et donc $\mathcal{P}_1$ et $\mathcal{P}_2$ seraient parallèles. Comme de plus, ils ont le point I en commun, ils seraient confondus et non pas sécants.

Donc $\overrightarrow{n_1}$ et $\overrightarrow{n_2}$ ne peuvent pas être colinéaires.

b. Δ est contenue dans $\mathcal{P}_1$, donc $\vec{u}$ est un vecteur du plan $\mathcal{P}_1$ et $\overrightarrow{n_1}$ est donc orthogonal à $\vec{u}$. De même, Δ est contenue dans $\mathcal{P}_2$, donc $\vec{u}$ est un vecteur du plan $\mathcal{P}_2$ et $\overrightarrow{n_2}$ est donc orthogonal à $\vec{u}$.

Ainsi, $\vec{u}$ est un vecteur normal au plan Q.

c. $\vec{v}$ est un vecteur directeur de $\mathcal{D}_1$ qui est incluse dans $\mathcal{P}_1$, donc $\vec{v}$ et $\overrightarrow{n_1}$ sont orthogonaux. De plus, $\mathcal{D}_2$ est parallèle à $\mathcal{D}_1$, donc $\vec{v}$ est aussi un vecteur directeur de $\mathcal{D}_2$ qui est incluse dans $\mathcal{P}_2$, donc $\vec{v}$ et $\overrightarrow{n_2}$ sont orthogonaux.

Ainsi, $\vec{v}$ est un vecteur normal au plan Q.

d. Donc $\vec{u}$ et $\vec{v}$ sont colinéaires, donc $\vec{v}$ est également un vecteur directeur de Δ, donc Δ **est parallèle à $\mathcal{D}_1$ et $\mathcal{D}_2$.**

12 DÉMONSTRATION D'UNE PROPRIÉTÉ DU COURS

Soit $\mathcal{D}$ une droite du plan $\mathcal{P}$.

Soient $\overrightarrow{v_1}$, $\overrightarrow{v_2}$ et $\vec{w}$, des vecteurs directeurs respectivement de $\mathcal{D}_1$, $\mathcal{D}_2$ et $\mathcal{D}$.

$\mathcal{D}_1$ est orthogonale à Δ, donc $\vec{u}\cdot\overrightarrow{v_1}=0$;

$\mathcal{D}_2$ est orthogonale à Δ, donc $\vec{u}\cdot\overrightarrow{v_2}=0$.

$\mathcal{D}_1$ et $\mathcal{D}_2$ sont sécantes, donc $\overrightarrow{v_1}$ et $\overrightarrow{v_2}$ ne sont pas colinéaires et ils forment un repère du plan $\mathcal{P}$.

$\mathcal{D}$ étant incluse dans $\mathcal{P}$, son vecteur directeur est parallèle à $\mathcal{P}$, donc il peut s'écrire comme combinaison linéaire des deux vecteurs d'un repère de $\mathcal{P}$.

Ainsi, il existe deux réels α et β tels que $\vec{w}=\alpha\overrightarrow{v_1}+\beta\overrightarrow{v_2}$.

D'où $\vec{u}\cdot\vec{w}=\vec{u}(\alpha\overrightarrow{v_1}+\beta\overrightarrow{v_2})=\alpha\vec{u}\cdot\overrightarrow{v_1}+\beta\vec{u}\cdot\overrightarrow{v_2}=\alpha\times 0+\beta\times 0=0.$

Les vecteurs $\vec{u}$ et $\vec{w}$ sont donc orthogonaux, c'est-à-dire que Δ **est orthogonale à toute droite de $\mathcal{P}$.**

13 VRAI OU FAUX ?

a. **Faux.** Contre-exemple : dans un repère (O ; I ; J ; K), la droite $\mathcal{D}$ parallèle à (OJ) passant par I et l'axe (OK) n'ont pas de point commun et ne sont pas parallèles. Elles sont non coplanaires.

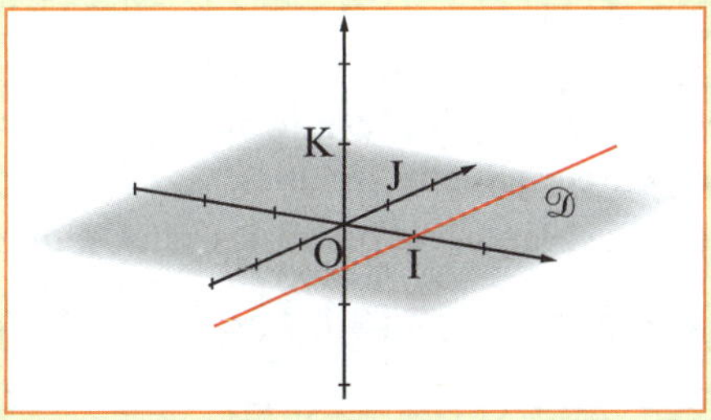

Elles semblent sécantes sur notre dessin qui est en 2D, mais en réalité (OK) perce le plan (O ; I ; J) en O tandis que $\mathcal{D}$ est totalement incluse dans le plan (O ; I ; J) et ne passe pas par O.

b. Faux. Contre-exemple : dans un repère (O ; I ; J ; K), la droite $\mathcal{D}$ parallèle à (OI) passant par K et la droite $\mathcal{D}'$ parallèle à (OJ) passant par K sont toutes les deux parallèles au plan (OIJ) mais elles ne sont pas parallèles entre elles.

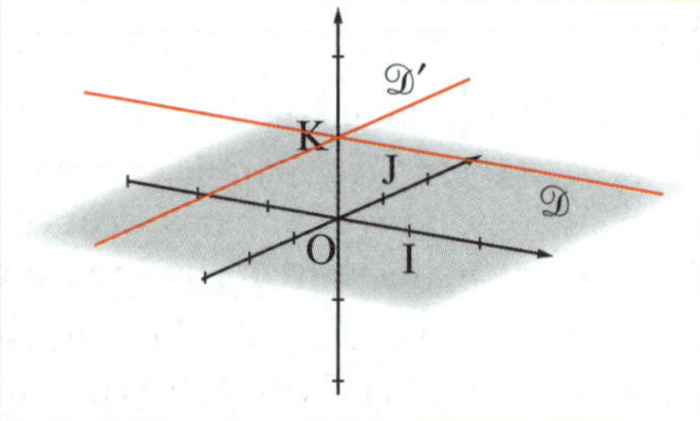

c. Faux. Les axes d'un repère de l'espace se coupent en l'origine du repère, mais ils ne sont pas coplanaires.

d. Faux. Contre-exemple : dans un repère orthogonal (O ; I ; J ; K), les axes (OI) et (OJ) sont tous deux orthogonaux à l'axe (OK) et ne sont pas parallèles entre eux.

e. Vrai. Il n'y a que trois positions relatives possibles : deux droites peuvent être coplanaires et parallèles ou alors coplanaires et sécantes (mais dans ce cas elles ne sont pas disjointes) ou alors non coplanaires.

14 VOLUME D'UNE PYRAMIDE

1. Les droites (MB) et (DC) semblent **non coplanaires**.

2. a. Dans le repère $(E\,;\overrightarrow{EF}\,;\overrightarrow{EH}\,;\overrightarrow{EA})$, les coordonnées des points E, F, H et A sont : E (0 ; 0 ; 0), F (1 ; 0 ; 0), H (0 ; 1 ; 0) et A (0 ; 0 ; 1).

À partir de ces points, on a donc **B (1 ; 0 ; 1), C (1 ; 1 ; 1), D (0 ; 1 ; 1)**.

De plus : $\overrightarrow{AM} = \frac{1}{3}\overrightarrow{AE} \Leftrightarrow \overrightarrow{EM} = \frac{2}{3}\overrightarrow{EA}$ donc $\mathbf{M}\left(\mathbf{0\,;0\,;\frac{2}{3}}\right)$.

On en déduit que $\overrightarrow{MB}\left(1-0\,;0-0\,;1-\frac{2}{3}\right) \Leftrightarrow \overrightarrow{MB}\left(1\,;0\,;\frac{1}{3}\right)$ et $\overrightarrow{DC}(1\,;0\,;0)$.

On ne peut pas trouver de réel k tel que $\overrightarrow{MB} = k\overrightarrow{DC}$, donc $\overrightarrow{MB}$ et $\overrightarrow{DC}$ ne sont pas colinéaires. Comme ce sont des vecteurs directeurs des droites (MB) et (DC), on en déduit qu'**elles ne sont pas parallèles**.

b. Supposons que (MB) et (DC) soient sécantes en un point I $(x\,;y\,;z)$.

I ∈ (DC) ⇔ il existe $k \in \mathbb{R}$ tel que :

$$\overrightarrow{DI} = k\overrightarrow{DC} \Leftrightarrow \begin{cases} x-0 = k\times 1 \\ y-1 = k\times 0 \\ z-1 = k\times 0 \end{cases} \Leftrightarrow \begin{cases} x = k \\ y = 1 \\ z = 1 \end{cases}.$$

I ∈ (MB) ⇔ il existe $k' \in \mathbb{R}$ tel que $\overrightarrow{BI} = k'\overrightarrow{MB} \Leftrightarrow \begin{cases} x-1 = k' \\ y = 0 \\ z-1 = \frac{1}{3}k' \end{cases}$

En comparant ces deux systèmes, on constate que $y = 1$ et $y = 0$: c'est impossible, donc **(MB) et (DC) ne peuvent pas être sécantes**.

c. (MB) et (DC) ne sont ni sécantes, ni parallèles, elles sont donc **non coplanaires**.

3. $\overrightarrow{FN}(1\,;0\,;-3)$ donc $\overrightarrow{MB}\cdot\overrightarrow{FN} = 1\times 1 + 0\times 0 + \frac{1}{3}\times(-3) = 0$.

$\overrightarrow{FG}\,(0\,;1\,;0)$ donc $\overrightarrow{MB}\cdot\overrightarrow{FG} = 1\times 0 + 0\times 1 + \frac{1}{3}\times 0 = 0$.

On en déduit que $\overrightarrow{MB}$ est orthogonal à deux vecteurs non colinéaires du plan (FNG), il est donc normal à ce plan. Ainsi **(MB) ⊥ (FNG)**.

4. a. $\overrightarrow{FN}\cdot\overrightarrow{FG} = 1\times 0 + 0\times 1 + (-3)\times 0 = 0$ donc **FNG est rectangle en F**.

b. (MB) $\perp$ (FNG) donc $H'(x';y';z')$ est le point d'intersection de la droite (MB) et du plan (FNG). Il existe trois réels α, β et γ tels que :

$$\begin{cases}\overrightarrow{MH'} = \alpha\overrightarrow{MB}\\ \overrightarrow{FH'} = \beta\overrightarrow{FN} + \gamma\overrightarrow{FG}\end{cases}$$

La première égalité nous donne le système :

$$\begin{cases}x' = \alpha\times 1 = \alpha\\ y' = \alpha\times 0 = 0\\ z' - \dfrac{2}{3} = \alpha\times\dfrac{1}{3}\end{cases} \Leftrightarrow z' = \frac{1}{3}x' + \frac{2}{3}$$

La deuxième égalité donne :

$$\begin{cases}x' - 1 = \beta\times 1 + \gamma\times 0 = \beta \Leftrightarrow x' = \beta + 1\\ y' = \beta\times 0 + \gamma\times 1 = \gamma\\ z' = \beta\times(-3) + \gamma\times 0 = -3\beta\end{cases}$$

D'où on obtient :

$$-3\beta = \frac{1}{3}(\beta+1) + \frac{2}{3} \Leftrightarrow -3\beta = \frac{1}{3}\beta + 1$$

$$\Leftrightarrow -\frac{10}{3}\beta = 1$$

$$\Leftrightarrow \beta = -\frac{3}{10}.$$

On en déduit :

$$\begin{cases}\mathbf{x' = -\dfrac{3}{10} + 1 = \dfrac{7}{10}}\\ \mathbf{y' = 0}\\ \mathbf{z' = -3\times\left(-\dfrac{3}{10}\right) = \dfrac{9}{10}}\end{cases}.$$

Autre méthode :
On peut aussi vérifier que le point H′ donné appartient à (MB) et à (FNG)

c. $\mathcal{V}(\text{MFGN}) = \dfrac{1}{3}\times\mathcal{A}(\text{base})\times\text{hauteur} = \dfrac{1}{3}\times\mathcal{A}(\text{FGN})\times\text{MH}.$

$\mathcal{A}(\text{FGN}) = \dfrac{1}{2}\times\text{FG}\times\text{FN}$ avec FG = 1 dm.

$\text{FN} = \|\overrightarrow{FN}\| = \sqrt{(1)^2 + (0)^2 + (-3)^2} = \sqrt{10}$.

$$\text{MH}' = \sqrt{\left(\frac{7}{10} - 0\right)^2 + (0-0)^2 + \left(\frac{9}{10} - \frac{2}{3}\right)^2}$$

$$= \sqrt{\frac{49}{100} + \left(\frac{7}{30}\right)^2} = \sqrt{\frac{490}{900}} = \frac{7}{3\sqrt{10}}.$$

Ainsi $\mathcal{V}(\textbf{MFGN}) = \dfrac{1}{3}\times\left(\dfrac{1}{2}\times 1\times\sqrt{10}\right)\times\dfrac{7}{3\sqrt{10}} = \mathbf{\dfrac{7}{18}\ dm^3}$.

15 MANIPULER DES PRODUITS SCALAIRES

1. $\|\vec{u}+\vec{v}\|^2 = (\vec{u}+\vec{v})\cdot(\vec{u}+\vec{v}) = \vec{u}\cdot\vec{u}+\vec{u}\cdot\vec{v}+\vec{v}\cdot\vec{u}+\vec{v}\cdot\vec{v}$.

Or, le produit scalaire est symétrique, donc $\vec{u}\cdot\vec{v}=\vec{v}\cdot\vec{u}$, d'où :

$$\boldsymbol{\|\vec{u}+\vec{v}\|^2 = \|\vec{u}\|^2 + 2\vec{u}\cdot\vec{v} + \|\vec{v}\|^2}.$$

2. De la formule ci-dessus, on déduit :

$$2\vec{u}\cdot\vec{v} = \|\vec{u}+\vec{v}\|^2 - \|\vec{u}\|^2 - \|\vec{v}\|^2 \Leftrightarrow \boldsymbol{\vec{u}\cdot\vec{v} = \frac{1}{2}\left(\|\vec{u}+\vec{v}\|^2 - \|\vec{u}^2\| - \|\vec{v}\|^2\right)}.$$

De plus, $\|\vec{u}-\vec{v}\|^2 = (\vec{u}-\vec{v})\cdot(\vec{u}-\vec{v}) = \|\vec{u}\|^2 - 2\vec{u}\cdot\vec{v} + \|\vec{v}\|^2$

$$\Leftrightarrow 2\vec{u}\cdot\vec{v} = \|\vec{u}\|^2 + \|\vec{v}\|^2 - \|\vec{u}-\vec{v}\|^2.$$

Par addition membre à membre des deux expressions de $2\vec{u}\cdot\vec{v}$, on obtient :

$$4\vec{u}\cdot\vec{v} = \|\vec{u}+\vec{v}\|^2 - \|\vec{u}-\vec{v}\|^2 \Leftrightarrow \boldsymbol{\vec{u}\cdot\vec{v} = \frac{1}{4}\left(\|\vec{u}+\vec{v}\|^2 - \|\vec{u}-\vec{v}\|^2\right)}.$$

3. a. ABCD est un carré, donc (BC) est perpendiculaire à (BA).

De plus, SA est la hauteur de la pyramide, donc (SA) est orthogonale au plan (ABC). (SA) est donc orthogonale à toutes les droites du plan (ABC), en particulier à (BC).

(BC) étant orthogonale à deux droites sécantes du plan (SAB), elle est orthogonale à toutes les droites de (SAB), **donc (BC) est perpendiculaire en B à (SB)**.

b. Dans le triangle SAB rectangle en A :

$$SB^2 = SA^2 + AB^2 = 6{,}5^2 + 3{,}5^2 = 54{,}5\ .$$

Donc $\mathbf{SB} = \boldsymbol{\sqrt{54{,}5}}$.

Dans le triangle SBC rectangle en B :

$$SC^2 = SB^2 + BC^2 = 54{,}5 + 3{,}5^2 = 66{,}75.$$

Donc $\mathbf{SC} = \boldsymbol{\sqrt{66{,}75}}$.

c. $\overrightarrow{BS}\cdot\overrightarrow{SC} = \frac{1}{2}\left(\|\overrightarrow{BS}+\overrightarrow{SC}\|^2 - \|\overrightarrow{BS}\|^2 - \|\overrightarrow{SC}\|^2\right)$

$\overrightarrow{BS}\cdot\overrightarrow{SC} = \frac{1}{2}\left(\|\overrightarrow{BC}\|^2 - SB^2 - SC^2\right)$

$\overrightarrow{BS}\cdot\overrightarrow{SC} = \frac{1}{2}\left(3{,}5^2 - 54{,}5 - 66{,}75\right)$

$\boldsymbol{\overrightarrow{BS}\cdot\overrightarrow{SC} = -54{,}5}$.

d. $\overrightarrow{BS}\cdot\overrightarrow{SC} = -\overrightarrow{SB}\cdot\overrightarrow{SC} = -SB\times SC\times\cos\left(\widehat{BSC}\right)$

$$\Leftrightarrow \cos\left(\widehat{BSC}\right) = -\frac{54{,}5}{-\sqrt{54{,}5}\times\sqrt{66{,}75}}$$

$$= \frac{\sqrt{54{,}5}}{\sqrt{66{,}75}}$$

$$\approx 0{,}9036.$$

Donc $\boldsymbol{\widehat{BSC} \approx 25{,}4°}$.

16 PRODUIT SCALAIRE ET RELATION DE CHASLES

1. a. $(\overrightarrow{AC}-\overrightarrow{AD})\cdot(\overrightarrow{AC}+\overrightarrow{AD})=\overrightarrow{AC}\cdot\overrightarrow{AC}+\overrightarrow{AC}\cdot\overrightarrow{AD}-\overrightarrow{AD}\cdot\overrightarrow{AC}-\overrightarrow{AD}\cdot\overrightarrow{AD}$.

Or, le produit scalaire étant symétrique : $\overrightarrow{AC}\cdot\overrightarrow{AD}=\overrightarrow{AD}\cdot\overrightarrow{AC}$. D'où :

$(\overrightarrow{AC}-\overrightarrow{AD})\cdot(\overrightarrow{AC}+\overrightarrow{AD})=\overrightarrow{AC}\cdot\overrightarrow{AC}-\overrightarrow{AD}\cdot\overrightarrow{AD}=\|\overrightarrow{AC}\|^2-\|\overrightarrow{AD}\|^2=\mathbf{AC^2-AD^2}$

b. $AC^2+BD^2=AD^2+BC^2 \Leftrightarrow AC^2-AD^2=BC^2-BD^2$

$\Leftrightarrow(\overrightarrow{AC}-\overrightarrow{AD})\cdot(\overrightarrow{AC}+\overrightarrow{AD})=(\overrightarrow{BC}-\overrightarrow{BD})\cdot(\overrightarrow{BC}+\overrightarrow{BD})$

$\Leftrightarrow\overrightarrow{DC}\cdot(\overrightarrow{AC}+\overrightarrow{AD})=\overrightarrow{DC}\cdot(\overrightarrow{BC}+\overrightarrow{BD})$

$\Leftrightarrow\overrightarrow{DC}\cdot(\overrightarrow{AC}+\overrightarrow{AD}-\overrightarrow{BC}-\overrightarrow{BD})=0$ par linéarité du produit scalaire

$\Leftrightarrow\overrightarrow{DC}\cdot(2\overrightarrow{AB})=0\Leftrightarrow\overrightarrow{DC}\cdot\overrightarrow{AB}=0\Leftrightarrow(AB)\perp(CD)$

Donc les droites (AB) et (CD) sont orthogonales si et seulement si $AC^2+BD^2=AD^2+BC^2$.

2. $\begin{cases}(AB)\perp(CD)\\(BC)\perp(AD)\end{cases}\Leftrightarrow\begin{cases}AC^2+BD^2=AD^2+BC^2\\BA^2+CD^2=BD^2+CA^2\end{cases}$

$\Leftrightarrow AD^2+BC^2=AC^2+BD^2=BD^2+CA^2=BA^2+CD^2$

Alors $AB^2+CD^2=BC^2+AD^2$, donc, d'après 1., $(BD)\perp(AC)$.

Donc, si (AB) est orthogonale à (CD) et (BC) est orthogonale à (AD), alors (BD) est orthogonale à (AC).

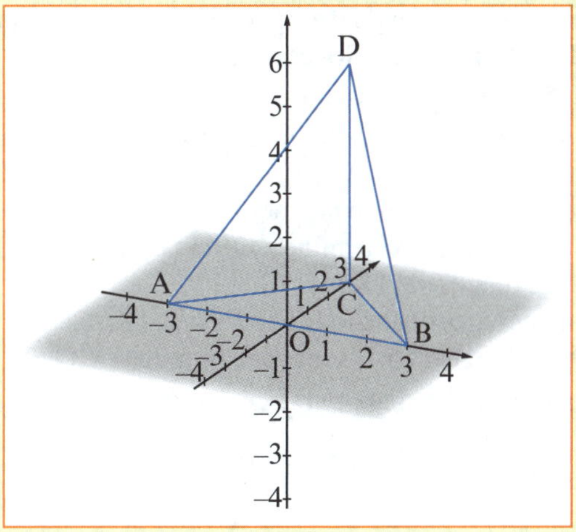

3. Soit D $(x\,;y\,;z)$. Alors :

$\overrightarrow{AB}\cdot\overrightarrow{CD}=0\Leftrightarrow(3-(-3))\times(x-0)+(0-0)(y-3)+(0-0)\times(z-0)=0$

$\Leftrightarrow 6x=0\Leftrightarrow x=0.$

D'où :

$\overrightarrow{BC}\cdot\overrightarrow{AD}=0\Leftrightarrow(0-3)\times(0-(-3))+(3-0)(y-0)+(0-0)\times(z-0)=0$

$\Leftrightarrow -9+3y=0$

$\Leftrightarrow y=3$

Ainsi, **quelle que soit la valeur de z, le point D (0 ; 3 ; z) est tel que (AB) est orthogonale à (CD), et (BC) orthogonale à (AD).**

On a alors :

$\overrightarrow{BD}\cdot\overrightarrow{AC}=(0-3)\times(0-(-3))+(3-0)(3-0)+(z-0)\times(0-0)=0$

(BD) est bien orthogonale à (AC) quelle que soit la valeur de z.

CORRIGÉS

17 SANS VECTEURS NI REPÈRE

1. Soit H le milieu de [CD], alors (IH) ⊥ (CD) et (IH) ⊥ (HJ).
Donc, d'après le théorème de Pythagore dans IHJ rectangle en H,

$$IJ^2 = IH^2 + JH^2.$$

Or, $IH = \frac{1}{2}AD = \frac{1}{2}$ et $JH = \frac{1}{2}DD' = \frac{1}{2}$.

Donc $IJ^2 = \frac{1}{4} + \frac{1}{4} = \frac{1}{2}$, donc $IJ = \frac{1}{\sqrt{2}} = \frac{\sqrt{2}}{2}$.

On démontre de même que chacun des segments formés de deux points parmi I, J, K, L, M, N a pour longueur $\frac{\sqrt{2}}{2}$.

Chacune des faces de l'octaèdre IJKLMN est un triangle équilatéral de côté $\frac{\sqrt{2}}{2}$.

2. a. IJ = JL = LN = NI, donc IJLN est un losange.
De plus,

$$IJ^2 + JL^2 = \frac{1}{2} + \frac{1}{2} = 1 = 1^2 = IL^2.$$

D'après la réciproque du théorème de Pythagore, on en déduit que IJL est rectangle en J.
IJLN est un losange avec un angle droit, **donc IJLN est un carré.**
De même, **JKNM et IKLM sont des carrés.**

b. Soit O le centre du cube.
I et L étant les centres de deux faces opposées du cube, O est également le milieu du segment [IL].
Comme IJLN est un carré, O est également le milieu de l'autre diagonale [JN].
Puis comme JKNM est un carré, le milieu O de sa diagonale [JN] est également le milieu de son autre diagonale [KM].
À fortiori, O appartient aux droites (IL), (JN) et (KM).
Les trois droites (IL), (KM) et (NJ) sont concourantes en O.

3. L'octaèdre est composé des deux pyramides régulières IKLMJ et IKLMN.

$$\begin{aligned}\mathcal{V}_{\text{IKLMJ}} &= \frac{1}{3}\text{base} \times \text{hauteur} = \frac{1}{3} \times \text{Aire(IKLM)} \times OJ \\ &= \frac{1}{3} \times IK^2 \times OJ \\ &= \frac{1}{3} \times \frac{1}{2} \times \frac{1}{2} \\ &= \frac{1}{12}\end{aligned}$$

Donc le volume de l'octaèdre est $2 \times \frac{1}{12} = \frac{1}{6}$.

18 DISTANCE D'UN POINT À UNE DROITE

Partie A.

a. $\overrightarrow{AM}\cdot\vec{n}=(\overrightarrow{AH}+\overrightarrow{HM})\cdot\vec{n}=\overrightarrow{AH}\cdot\vec{n}+\overrightarrow{HM}\cdot\vec{n}=\overrightarrow{AH}\cdot\vec{n}+0$ car M et H sont deux points de $\mathscr{P}$, $\overrightarrow{HM}$ est orthogonal au vecteur $\vec{n}$ normal au plan.

$\overrightarrow{AH}$ et $\vec{n}$ étant colinéaires, $\overrightarrow{AH}\cdot\vec{n}=\pm AH\times\|\vec{n}\|$.

Donc $|\overrightarrow{AM}\cdot\vec{n}|=|\overrightarrow{AH}\cdot\vec{n}|=AH\times\|\vec{n}\|=AH\times\sqrt{2^2+3^2+5^2}$ soit :

$$|\overrightarrow{\mathbf{AM}}\cdot\vec{\boldsymbol{n}}|=\sqrt{\mathbf{38}}\times\mathbf{AH}.$$

b. La distance de A au plan $\mathscr{P}$ est égale à AH.

Or $AH=\dfrac{|\overrightarrow{AM}\cdot\vec{n}|}{\sqrt{38}}$ d'après 1., et $\overrightarrow{AM}\begin{pmatrix}-1-1\\1+4\\0-5\end{pmatrix}$.

$\overrightarrow{AM}\cdot\vec{n}=-2\times2+5\times3-5\times5=-14$, donc $|\overrightarrow{AM}\cdot\vec{n}|=14$. Donc :

$$\mathbf{AH}=\frac{\mathbf{14}}{\sqrt{\mathbf{38}}}\approx\mathbf{2{,}27}.$$

Toujours vérifier que le résultat obtenu est positif.

Partie B.

a. $\overrightarrow{AM}\cdot\vec{n}=(\overrightarrow{AH}+\overrightarrow{HM})\cdot\vec{n}=\overrightarrow{AH}\cdot\vec{n}+\overrightarrow{HM}\cdot\vec{n}=\overrightarrow{AH}\cdot\vec{n}+0=\overrightarrow{AH}\cdot\vec{n}$.

$\overrightarrow{AH}$ et $\vec{n}$ étant colinéaires, $\overrightarrow{AH}\cdot\vec{n}=\pm AH\times\|\vec{n}\|$

Donc $|\overrightarrow{AM}\cdot\vec{n}|=|\overrightarrow{AH}\cdot\vec{n}|=AH\times\|\vec{n}\|$, soit :

$$|\overrightarrow{\mathbf{AM}}\cdot\vec{\boldsymbol{n}}|=\mathbf{AH}\sqrt{\boldsymbol{a}^2+\boldsymbol{b}^2+\boldsymbol{c}^2}.$$

b. $\overrightarrow{AM}\cdot\vec{n}=a(x-x_A)+b(y-y_A)+c(z-z_A)=ax+by+cz-(ax_A+by_A+cz_A)$.

D'où :

$|\overrightarrow{AM}\cdot\vec{n}|=|ax+by+cz-(ax_A+by_A+cz_A)|$.

Quels que soient les réels k et k', $|k-k'|=|k'-k|$ donc on a également :

$$|\overrightarrow{AM}\cdot\vec{n}|=|(ax_A+by_A+cz_A)-(ax+by+cz)|.$$

$ax+by+cz$ est une constante car $M(x\,;y\,;z)$ est fixé et $\vec{n}\begin{pmatrix}a\\b\\c\end{pmatrix}$ est fixé également.

On peut poser $ax+by+cz=d$ où d est un réel fixé, alors on a bien :

$$|\overrightarrow{\mathbf{AM}}\cdot\vec{\boldsymbol{n}}|=|\boldsymbol{a}\boldsymbol{x}_A+\boldsymbol{b}\boldsymbol{y}_A+\boldsymbol{c}\boldsymbol{z}_A-\boldsymbol{d}|.$$

c. Donc la distance de $A(x_A\,;y_A\,;z_A)$ au plan $\mathscr{P}$ vaut $\dfrac{|\overrightarrow{AM}\cdot\vec{n}|}{\sqrt{a^2+b^2+c^2}}$, soit :

$$\frac{|\boldsymbol{a}\boldsymbol{x}_A+\boldsymbol{b}\boldsymbol{y}_A+\boldsymbol{c}\boldsymbol{z}_A-\boldsymbol{d}|}{\sqrt{\boldsymbol{a}^2+\boldsymbol{b}^2+\boldsymbol{c}^2}}\ \textbf{où}\ \boldsymbol{d}=\boldsymbol{a}\boldsymbol{x}+\boldsymbol{b}\boldsymbol{y}+\boldsymbol{c}\boldsymbol{z}$$

avec $M(x\,;y\,;z)\in\mathscr{P}$ et $\vec{n}\begin{pmatrix}a\\b\\c\end{pmatrix}$ vecteur normal au plan.

10 Représentations paramétriques de droites et équations de plans

Dans tout le chapitre, l'espace est rapporté à un repère orthonormé $\left(O;\vec{i};\vec{j};\vec{k}\right)$.

I REPRÉSENTATION PARAMÉTRIQUE D'UNE DROITE

Propriété-définition (représentation paramétrique d'une droite)

Soit (d) la droite passant par $A\left(x_A;y_A;z_A\right)$ et de vecteur directeur $\vec{u}\left(a;b;c\right)$.

Soit $M\left(x;y;z\right)$ un point de l'espace.

Alors $M\in\mathscr{D}\Leftrightarrow\overrightarrow{AM}$ et $\vec{u}$ sont colinéaires

$$\Leftrightarrow \text{il existe un réel } t \text{ tel que } \begin{cases} x = x_A + ta \\ y = y_A + tb \\ z = z_A + tc \end{cases}.$$

$$\begin{cases} \boldsymbol{x = x_A + ta} \\ \boldsymbol{y = x_A + tb} \\ \boldsymbol{y = z_A + tc} \end{cases},\ \boldsymbol{t\in\mathbb{R}}$$ **est un système d'équations paramétriques de $\mathscr{D}$.**

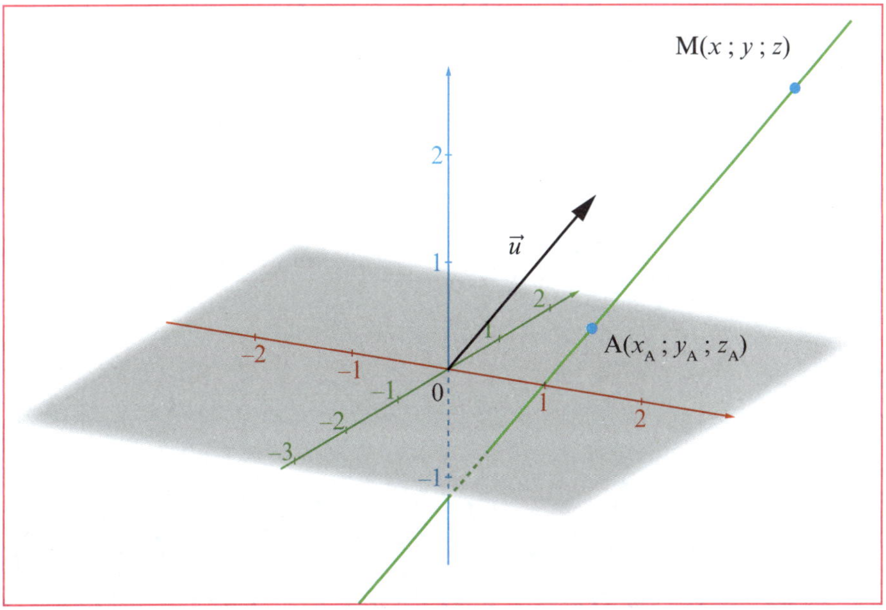

COURS & MÉTHODES

II ÉQUATION CARTESIENNE D'UN PLAN

Théorème : caractérisation algébrique d'un plan

• Un plan de vecteur normal non nul $\vec{n}\begin{pmatrix} a \\ b \\ c \end{pmatrix}$ a une équation de la forme $ax + by + cz + d = 0$ où d est un nombre réel.
On dit que c'est une **équation cartésienne** de ce plan.
• Réciproquement, a, b, c et d étant quatre nombre réels donnés avec $(a\,;b\,;c) \neq (0\,;0\,;0)$, l'ensemble des points $M(x\,;y\,;z)$ tels que :

$$ax + by + cz + d = 0$$

est un plan de vecteur normal $\vec{n}\begin{pmatrix} a \\ b \\ c \end{pmatrix}$.

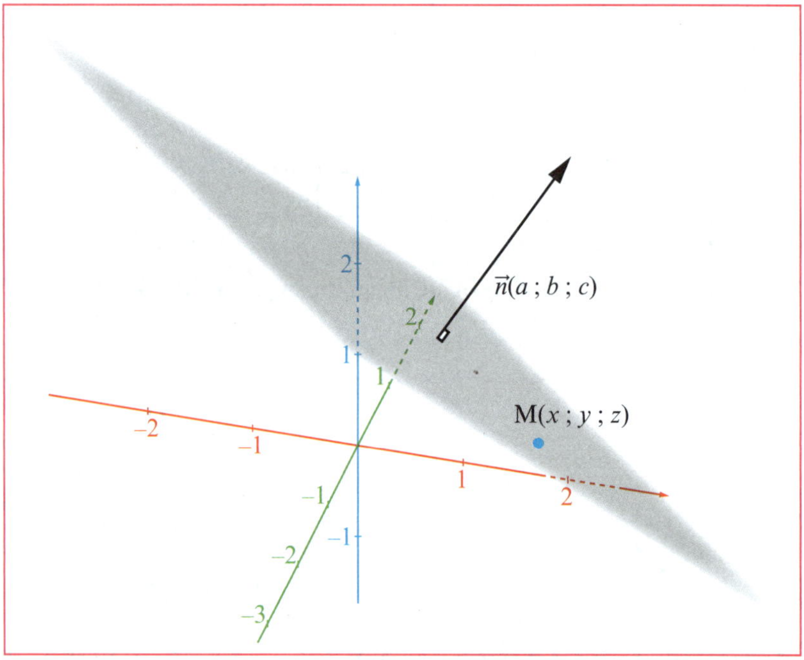

MÉTHODE 1

Déterminer un système d'équations paramétriques caractérisant une droite

→ Voir les exos 1, 5, 6, 10, 13, 14 et 15.

Deux cas possibles :

Cas n°1. Déterminer un vecteur directeur de la droite et un point lui appartenant, puis appliquer la formule du cours I.

Cas n°2. Si la droite est définie comme intersection de deux plans dont on connaît les équations cartésiennes, exprimer deux des inconnues en fonction de la troisième, puis poser cette inconnue égale à t.

Exo résolu

On considère les points $A\,(-1\,;-2\,;4)$ et $B\left(\frac{1}{2}\,;1\,;-2\right)$ et les plans :

$$\mathcal{P}_1 : 3x+2y-z+2=0 \text{ et } \mathcal{P}_2 : 2x+2y-\frac{1}{2}z=0.$$

1. Déterminer un système d'équations paramétriques de la droite (AB).

2. Déterminer un système d'équations paramétriques de la droite (d) intersection de $\mathcal{P}_1$ et $\mathcal{P}_2$.

CORRIGÉ

1. Cas n°1. Un vecteur directeur de la droite (AB) est :

$$\overrightarrow{AB}\left(\frac{1}{2}-(-1)\,;1-(-2)\,;-2-4\right) \Leftrightarrow \overrightarrow{AB}\left(\frac{3}{2}\,;3\,;-6\right).$$

A est un point de la droite (AB), donc un système d'équations paramétriques de (AB) est :

$$\begin{cases} x=-1+\frac{3}{2}t \\ y=-2+3t \\ z=4-6t \end{cases},\ t\in\mathbb{R}.$$

Si ce système sert dans la suite d'un exercice, il peut être utile de choisir comme vecteur directeur un vecteur colinéaire au premier, mais ayant des coordonnées plus simples. Ici, on pourrait par exemple prendre $\frac{2}{3}\overrightarrow{AB}\,(1\,;2\,;-4)$.

2. Cas n°2. On « résout » le système :

$$\begin{cases} 3x+2y-z+2=0 \\ 2x+2y-\frac{1}{2}z=0 \end{cases} \Leftrightarrow \begin{cases} z=3x+2y+2 \\ 2x+2y-\frac{1}{2}(3x+2y+2)=0 \end{cases}$$

$$\begin{cases} z = 3x + 2y + 2 \\ \frac{1}{2}x + y - 1 = 0 \end{cases} \Leftrightarrow \begin{cases} z = 3x + 2\left(-\frac{1}{2}x + 1\right) + 2 = 2x + 4 \\ y = -\frac{1}{2}x + 1 \end{cases}$$

Posons $x = t, t \in \mathbb{R}$.

On obtient le système d'équations paramétriques de (*d*) :

$$\begin{cases} x = t \\ y = -\frac{1}{2}t + 1 \\ z = 2t + 4 \end{cases}, t \in \mathbb{R}$$

Là aussi, si on souhaite simplifier la réponse, on peut poser $x = 2t$ par exemple, afin de ne pas avoir de fraction. Cela donnerait :

$$\begin{cases} x = 2t \\ y = -t + 1 \\ z = 4t + 4 \end{cases}, t \in \mathbb{R}.$$

MÉTHODE 2

Déterminer une équation cartésienne d'un plan

→ Voir les exos 2, 7, 9, 11, 12, 13, 14 et 15.

Etape 1. Déterminer un vecteur normal $\vec{n}$ au plan $\mathcal{P}$ ainsi qu'un point A du plan.

Etape 2. $M(x\,;y\,;z) \in \mathcal{P}$ si, et seulement si, $\overrightarrow{AM} \cdot \vec{n} = 0$: cette égalité nous donne une équation cartésienne de $\mathcal{P}$.

Autre façon de procéder : utiliser la formule du cours II, où *a*, *b* et *c* sont les coordonnées du vecteur normal, puis déterminer *d* en remplaçant $(x\,;y\,;z)$ par les coordonnées du point A qui est dans le plan.

Exo résolu

1. Déterminer une équation cartésienne du plan $\mathcal{P}$ passant par $A(1\,;-2\,;3)$ et de vecteur normal $\vec{n}\begin{pmatrix} 4 \\ 5 \\ -6 \end{pmatrix}$.

2. Déterminer une équation cartésienne du plan $\mathcal{Q}$ caractérisé par le point $B(5\,;-1\,;\,0)$ et les vecteurs $\vec{u}\begin{pmatrix} 1 \\ 3 \\ -2 \end{pmatrix}$ et $\vec{v}\begin{pmatrix} 4 \\ 7 \\ -1 \end{pmatrix}$.

3. Déterminer une équation cartésienne du plan (CDE) où :

$$C(0\,;1\,;1),\ D(-4\,;2\,;3) \text{ et } E(4\,;-1\,;1).$$

CORRIGÉ

1. Étape 1. Le vecteur normal est connu ainsi qu'un point du plan.

Etape 2. Soit $M(x\,;y\,;z)$ un point de l'espace.

$$M\in\mathcal{P}\Leftrightarrow\overrightarrow{AM}\perp\vec{n}\Leftrightarrow\overrightarrow{AM}\cdot\vec{n}=0$$
$$\Leftrightarrow(x-1)\times4+(y+2)\times5+(z-3)\times(-6)=0$$
$$\Leftrightarrow4x+5y-6z+24=0.$$

Une équation cartésienne de $\mathcal{P}$ est : $4x+5y-6z+24=0$.

2. Étape 1. $\vec{u}\begin{pmatrix}1\\3\\-2\end{pmatrix}$ et $\vec{v}\begin{pmatrix}4\\7\\-1\end{pmatrix}$ ne sont pas colinéaires puisque leurs coordonnées ne sont pas proportionnelles, donc ils définissent bien un plan.

Soit $\vec{n'}\begin{pmatrix}a\\b\\c\end{pmatrix}$ un vecteur normal à $\mathcal{Q}$. Alors $\vec{n'}$ est orthogonal à $\vec{u}$ et $\vec{v}$.

$$\begin{cases}\vec{u}\cdot\vec{n'}=0\\\vec{v}\cdot\vec{n'}=0\end{cases}\Leftrightarrow\begin{cases}1a+3b-2c=0\\4a+7b-c=0\end{cases}\Leftrightarrow\begin{cases}a=-3b+2c\\4(-3b+2c)+7b-c=0\end{cases}$$
$$\Leftrightarrow\begin{cases}a=-3b+2c\\c=\dfrac{5}{7}b\end{cases}$$

Tout vecteur dont les coordonnées vérifient ces 2 relations est un vecteur normal au plan $\mathcal{Q}$. On choisira de préférence des valeurs qui donnent des coordonnées non fractionnaires pour simplifier les calculs par la suite.

Prenons $b=7$, alors $c=\dfrac{5}{7}\times7=5$ et $a=-3\times7+2\times5=-11$

Ainsi $\vec{n'}\begin{pmatrix}-11\\7\\5\end{pmatrix}$ est un vecteur normal au plan $\mathcal{Q}$.

Etape 2. Soit $M(x\,;y\,;z)$ un point de l'espace.

$$M\in\mathcal{Q}\Leftrightarrow\overrightarrow{BM}\perp\vec{n'}\Leftrightarrow\overrightarrow{BM}\cdot\vec{n'}=0$$
$$\Leftrightarrow(x-5)\times(-11)+(y+1)\times7+z\times5=0$$
$$\Leftrightarrow-11x+7y+5z+62=0.$$

Une équation cartésienne de $\mathcal{Q}$ est $-11x+7y+5z+62=0$.

3. Étape 1. $\overrightarrow{CD}\begin{pmatrix}-4\\1\\2\end{pmatrix}$ et $\overrightarrow{CE}\begin{pmatrix}4\\-2\\0\end{pmatrix}$ ne sont pas colinéaires (coordonnées non proportionnelles) donc ils définissent bien un plan.

Soit $\vec{n''}\begin{pmatrix}a'\\b'\\c'\end{pmatrix}$ un vecteur normal à (CDE).

Alors $\vec{n''}$ est orthogonal à $\overrightarrow{CD}$ et $\overrightarrow{CE}$.

$$\begin{cases}\overrightarrow{CD}\cdot\overrightarrow{n''}=0\\\overrightarrow{CE}\cdot\overrightarrow{n''}=0\end{cases}\Leftrightarrow\begin{cases}-4a'+b'+2c'=0\\4a'-2b'=0\end{cases}\Leftrightarrow\begin{cases}-4a'+2a'+2c'=0\\b'=2a'\end{cases}$$

$$\Leftrightarrow\begin{cases}c'=a'\\b'=2a'\end{cases}.$$

On obtient par exemple $\overrightarrow{n''}\begin{pmatrix}1\\2\\1\end{pmatrix}$ par $a'=1$.

Etape 2. Soit $M(x\,;y\,;z)$ un point de l'espace.

$$M\in(CDE)\Leftrightarrow\overrightarrow{CM}\perp\overrightarrow{n''}\Leftrightarrow\overrightarrow{CM}\cdot\overrightarrow{n''}=0$$
$$\Leftrightarrow x\times1+(y-1)\times2+(z-1)\times1=0$$
$$\Leftrightarrow x+2y+z-3=0.$$

Une équation cartésienne de (CDE) est $x+2y+z-3=0$.

MÉTHODE 3

Décrire la position relative de deux plans définis par leurs équations cartésiennes

→ **Voir les exos 3, 9, 12, 13 et 14.**

Étape 1. Déterminer un vecteur normal pour chaque plan.

Étape 2. Vérifier si les vecteurs normaux aux deux plans sont colinéaires entre eux.

• Si les vecteurs normaux sont colinéaires, alors les plans sont parallèles. Regarder alors si leurs équations sont équivalentes :

– si oui, les plans sont confondus et $\mathcal{P}\cap\mathcal{Q}=\mathcal{P}$;

– si non, les plans sont disjoints et $\mathcal{P}\cap\mathcal{Q}=\varnothing$.

• Si les vecteurs normaux ne sont pas colinéaires, alors les plans sont sécants en une droite.

Exo résolu

On définit les plans suivants :

$$\mathcal{P}: 2x-3y+6z=3,\ \mathcal{Q}: -\frac{x}{3}+\frac{y}{2}-z=1 \text{ et } \mathcal{R}: 4x-2y+z=10.$$

1. Déterminer l'intersection des plans $\mathcal{P}$ et $\mathcal{Q}$.
2. Déterminer l'intersection des plans $\mathcal{P}$ et $\mathcal{R}$.

CORRIGÉ

1. Étape 1. Des vecteurs normaux des plans $\mathcal{P}$ et $\mathcal{Q}$ sont :

$$\overrightarrow{n_{\mathcal{P}}}\begin{pmatrix}2\\-3\\6\end{pmatrix} \text{ et } \overrightarrow{n_{\mathcal{Q}}}\begin{pmatrix}-\frac{1}{3}\\\frac{1}{2}\\-1\end{pmatrix}.$$

Étape 2. Ces deux vecteurs sont colinéaires : $\overrightarrow{n_{\mathscr{P}}} = -6\overrightarrow{n_{\mathscr{Q}}}$, donc les plans $\mathscr{P}$ et $\mathscr{Q}$ sont parallèles.

De plus, $-\frac{x}{3}+\frac{y}{y}-z=1 \Leftrightarrow 2x-3y+6z=-6$.

Les plans $\mathscr{P}$: $2x-3y+6z=3$ et $\mathscr{Q}$: $2x-3y+6z=-1$ sont disjoints, c'est-à-dire $\mathscr{P} \cap \mathscr{Q} = \varnothing$.

2. Étape 1. Des vecteurs normaux des plans $\mathscr{P}$ et $\mathscr{R}$ sont :

$$\overrightarrow{n_{\mathscr{P}}}\begin{pmatrix} 2 \\ -3 \\ 6 \end{pmatrix} \text{ et } \overrightarrow{n_{\mathscr{R}}}\begin{pmatrix} 4 \\ -2 \\ 1 \end{pmatrix}.$$

Étape 2. $\overrightarrow{n_{\mathscr{P}}}$ et $\overrightarrow{n_{\mathscr{R}}}$ ne sont pas colinéaires car on ne peut trouver de coefficient de proportionnalité k entre eux : en effet, si $\overrightarrow{n_{\mathscr{P}}} = k\,\overrightarrow{n_{\mathscr{R}}}$, sur la première coordonnée, on obtient $k=\frac{1}{2}$, tandis que sur la 3e coordonnée, on obtient $k=6$.

Les plans $\mathscr{P}$ et $\mathscr{R}$ sont donc sécants en une droite.

Déterminons un système d'équations paramétriques de cette droite.

$$\begin{cases} 2x-3y+6z=3 \\ 4x-2y+z=10 \end{cases} \Leftrightarrow \begin{cases} 2x=3+3y-6z \\ 4x-2y+z=10 \end{cases}$$

$$\begin{cases} 2x=3-6z+3y \\ 2(3-6z+3y)-2y+z=10 \end{cases} \Leftrightarrow \begin{cases} x=\frac{3}{2}-3z+\frac{3}{2}y \\ 4y=4+11z \end{cases}$$

$$\begin{cases} x=\frac{3}{2}-3z+\frac{3}{2}\left(1+\frac{11}{4}z\right) \\ y=1+\frac{11}{4}z \end{cases} \Leftrightarrow \begin{cases} x=\frac{9}{8}z+3 \\ y=\frac{11}{4}z+1 \end{cases}$$

Posons $z=8t \Leftrightarrow t=\frac{z}{8}$.

L'intersection de $\mathscr{P}$ et de $\mathscr{R}$ est la droite $\mathscr{D}$: $\begin{cases} \mathbf{x=9t+3} \\ \mathbf{y=22t+1,\ t\in\mathbb{R}.} \\ \mathbf{z=8t} \end{cases}$

Le système d'équations paramétriques obtenu nous donne un vecteur directeur $\vec{u}$ et un point A de (*d*). On peut vérifier que A appartient aux deux plans et que $\vec{u}$ est orthogonal à leurs deux vecteurs normaux.
Ici $A(3;1;0)$ appartient à $\mathscr{P}$ et à $\mathscr{R}$ puisque $2\times3-3\times1+6\times0=3$ et que $4\times3-2\times1+0=10$.
De plus, $\vec{u}\begin{pmatrix} 9 \\ 22 \\ 8 \end{pmatrix}$ vérifie $\vec{u}\cdot\overrightarrow{n_{\mathscr{P}}}=2\times9-3\times22+6\times8=0$ et $\vec{u}\cdot\overrightarrow{n_{\mathscr{R}}}=4\times9-2\times22+1\times8=0$.

MÉTHODE 4

Décrire la position relative d'une droite et d'un plan

→ Voir les exos 4, 6, 10, 12 et 13.

On pourra revoir les positions relatives dans le cours I. 2. du chapitre 9.

Étape 1. Déterminer un vecteur directeur $\vec{u}$ de la droite $\mathscr{D}$ et un vecteur normal $\vec{n}$ au plan $\mathscr{P}$

Étape 2. Vérifier si les vecteurs sont orthogonaux ou non en calculant leur produit scalaire :

- Si oui, $\mathscr{D}$ et $\mathscr{P}$ sont parallèles. Dans ce cas, prendre un point A de $\mathscr{D}$:
  – s'il appartient à $\mathscr{P}$, alors $\mathscr{D} \subset \mathscr{P}$;
  – sinon, $\mathscr{D}$ et $\mathscr{P}$ sont strictement parallèles.
- Si non, $\mathscr{D}$ et $\mathscr{P}$ sont sécants en un point qu'on déterminera en remplaçant les coordonnées $(x\,;y\,;z)$ du système dans l'équation de $\mathscr{P}$.

Exo résolu

On considère la droite (d) définie par le système $\begin{cases} x = 1+3t \\ y = -3t \\ z = 5 \end{cases}, t \in \mathbb{R}$.

1. Déterminer sa position par rapport au plan $\mathscr{P}$ d'équation :

$$2x - y + 3z + 10 = 0.$$

2. Déterminer sa position par rapport au plan $\mathscr{Q}$ d'équation :

$$-x - y + 2z - 9 = 0.$$

CORRIGÉ

1. Étape 1. (d) a pour vecteur directeur $\vec{u}\begin{pmatrix} 3 \\ -3 \\ 0 \end{pmatrix}$ et un vecteur normal au plan $\mathscr{P}$ est $\overrightarrow{n_{\mathscr{P}}}\begin{pmatrix} 2 \\ -1 \\ 3 \end{pmatrix}$.

Étape 2. $\vec{u} \cdot \overrightarrow{n_{\mathscr{P}}} = 3 \times 2 - 3 \times (-1) + 0 \times 3 = 9 \neq 0$, donc $\mathscr{D}$ et $\mathscr{P}$ sont sécants et leur intersection est un point.

$\mathrm{M}(x\,;y\,;z) \in \mathscr{D} \cap \mathscr{P}$

$\Leftrightarrow$ il existe un réel t tel que $\begin{cases} x = 1+3t \\ y = -3t \\ z = 5 \end{cases}$ et $2x - y + 3z + 10 = 0$

$\Leftrightarrow$ il existe un réel t tel que $\begin{cases} x = 1+3t \\ y = -3t \\ z = 5 \end{cases}$

et $2(1+3t) - (-3t) + 3 \times 5 + 10 = 0$

$\Leftrightarrow$ il existe un réel t tel que $\begin{cases} x = 1 + 3t \\ y = -3t \\ z = 5 \end{cases}$ et $t = -\dfrac{27}{9} = -3$

$\Leftrightarrow \mathrm{M}(-8\,;9\,;5)$.

Donc $\mathscr{D}$ et $\mathscr{P}$ sont sécants en $\mathrm{M}(-8\,;9\,;5)$.

2. Étape 1. Un vecteur normal au plan $\mathscr{Q}$ est : $\overrightarrow{n_{\mathscr{Q}}}\begin{pmatrix} -1 \\ -1 \\ 2 \end{pmatrix}$.

Étape 2. $\vec{u} \cdot \overrightarrow{n_{\mathscr{Q}}} = 3 \times (-1) - 3 \times (-1) + 0 \times 2 = 0$,
donc $\mathscr{D}$ **et** $\mathscr{Q}$ **sont parallèles.**
Un point de $\mathscr{D}$ est par exemple $\mathrm{A}(1\,;0\,;5)$.

Ce point correspond à la valeur du paramètre : $t = 0$.
Une autre valeur de t donnera un autre point de (d).

Vérifions si $\mathrm{A} \in \mathscr{Q}$:

$$-x - y + 2z - 9 = -1 - 0 + 2 \times 5 - 9 = 0$$

Donc $\mathrm{A} \in \mathscr{Q}$ et $\mathscr{D} \subset \mathscr{Q}$.

MÉTHODE 5

Décrire la position relative de deux droites

→ **Voir les exos 5 et 12.**

On pourra revoir les positions relatives de deux droites dans le cours I. 1. du chapitre 9 ainsi que la méthode 1 du chapitre 9.

Étape 1. Déterminer un vecteur directeur de chaque droite.
Étape 2. Vérifier si les vecteurs directeurs sont colinéaires. Si c'est le cas, les droites sont soit parallèles et coplanaires, soit confondues.
Étape 3. Sinon, les droites sont soit non coplanaires, soit coplanaires et sécantes. Dans ce cas on peut chercher s'il y a un point commun en égalant les équations correspondant à chaque coordonnée.

Exo résolu

Quelle est la position relative des droites :

$$\mathscr{D} : \begin{cases} x = 5 + 3t \\ y = 2 + t \\ z = 1 - 4t \end{cases},\ t \in \mathbb{R} \text{ et } \mathscr{D}' : \begin{cases} x = 2t' - 11 \\ y = 10 - 2t', \\ z = 4 + t' \end{cases} t' \in \mathbb{R} \text{ ? Justifier.}$$

CORRIGÉ

Étape 1. $\vec{u}\begin{pmatrix} 3 \\ 1 \\ -4 \end{pmatrix}$ est un vecteur directeur de $\mathscr{D}$ et $\vec{u'}\begin{pmatrix} 2 \\ -2 \\ 1 \end{pmatrix}$ un vecteur directeur de $\mathscr{D}'$.

Étape 2. $\vec{u}$ et $\overrightarrow{u'}$ ne sont pas colinéaires car on ne peut pas trouver de réel k tel que $\vec{u'} = k\vec{u}$.

$\mathscr{D}$ et $\mathscr{D}'$ sont donc non coplanaires ou sécantes et coplanaires.

Étape 3. Soit $\mathrm{M}(x\,;y\,;z)$ un point de l'espace.

$$\mathrm{M} \in (d) \cap (d') \Leftrightarrow \begin{cases} x = 5 + 3t = 2t' - 11 \\ y = 2 + t = 10 - 2t' \\ z = 1 - 4t = 4 + t' \end{cases}, \text{ où } t \text{ et } t' \text{ sont des réels ;}$$

$$\Leftrightarrow \begin{cases} x = 5 + 3t \\ y = 2 + t \\ z = 1 - 4t \end{cases} \text{ et } \begin{cases} 5 + 3t = 2t' - 11 \\ 2 + t = 10 - 2t' \\ 1 - 4t = 4 + t' \end{cases}, \text{ où } t \text{ et } t' \text{ sont des réels ;}$$

$$\Leftrightarrow \begin{cases} x = 5 + 3t \\ y = 2 + t \\ z = 1 + 4t \end{cases} \text{ et } \begin{cases} 5 + 3(8 - 2t') = 2t' - 11 \\ t = 8 - 2t' \\ 1 - 4(8 - 2t') = 4 + t' \end{cases}, \text{ où } t \text{ et } t' \text{ sont des réels ;}$$

$$\Leftrightarrow \begin{cases} x = 5 + 3t \\ y = 2 + t \\ z = 1 - 4t \end{cases} \text{ et } \begin{cases} 40 = 8t' \\ t = 8 - 2t' \\ 7t' = 35 \end{cases}, \text{ où } t \text{ et } t' \text{ sont des réels ;}$$

$$\Leftrightarrow \begin{cases} x = 5 + 3t \\ y = 2 + t \\ z = 1 - 4t \end{cases} \text{ et } \begin{cases} t' = 5 \\ t = 8 - 2 \times 5 = -2 \\ t' = 5 \end{cases}, \text{ où } t \text{ et } t' \text{ sont des réels ;}$$

$$\Leftrightarrow \begin{cases} x = 5 + 3 \times (-2) = -1 \\ y = 2 - 2 = 0 \\ z = 1 - 4 \times (-2) = 9 \end{cases}.$$

Donc $\mathscr{D}$ et $\mathscr{D}'$ sont coplanaires et sécantes au point $\mathbf{M(-1\,;0\,;9)}$.

TESTER SES CONNAISSANCES

Dans tous les exercices, l'espace est rapporté à un repère orthonormé $\left(O;\vec{i};\vec{j};\vec{k}\right)$.

1 SYSTÈMES D'ÉQUATIONS PARAMÉTRIQUES DE DROITES

★ | 15 min | ▸ P. 361

a. Déterminer un système d'équations paramétriques de l'axe (Oz).

> (Oz) est l'intersection des plans (yOz) et (xOz).
> Voir la méthode 1.

b. Donner un système d'équations paramétriques de la droite $\mathscr{D}_1$ passant par $A(1;2;-3)$ et de vecteur directeur $\vec{u}\begin{pmatrix}4\\2\\-1\end{pmatrix}$.

c. Donner un système d'équations paramétriques de la droite $\mathscr{D}_2$ passant par les points $A(0\,;5\,;-7)$ et $B(6\,;-2\,;1)$.

2 ÉQUATIONS CARTÉSIENNES DE PLANS

★ | 25 min | ▸ P. 362

1. Déterminer une équation cartésienne des plans :
a. (xOy) **b.** (yOz) **c.** (xOz)

2. Déterminer une équation cartésienne du plan médiateur du segment [AB] où $A(-3;2;8)$ et $B(1;5;-2)$.

> Le plan médiateur d'un segment [AB] est constitué des points de l'espace équidistants de A et de B.

3. On considère le plan $\mathscr{P}$ caractérisé par le point $C(3\,;-1;\,2)$ et les vecteurs $\vec{u}(2;1;-1)$ et $\vec{v}(-3;-1;3)$.
a. Vérifier que $\vec{u}$ et $\vec{v}$ ne sont pas colinéaires.
b. Soit $M(x\,;\,y\,;\,z)$ un point de l'espace.
À quelle condition M appartient-il à $\mathscr{P}$?

> $(C\,;\,\vec{u}\,;\,\vec{v})$ est un repère du plan $\mathscr{P}$.

c. Soit le vecteur $\vec{w}(4;-6;2)$.
Après avoir montré que $\vec{w}$ est un vecteur normal au plan $\mathscr{P}$, déterminer une équation cartésienne de $\mathscr{P}$.

> Voir la méthode 2.

3 INTERSECTION DE DEUX PLANS | ★★ | 20 min | ▸ P. 363

Caractériser l'ensemble des points $M(x;y;z)$ tels que :

a. $\begin{cases} 2x-y+z=3 \\ x+2y-z=1 \end{cases}$ **b.** $\begin{cases} x-3y+7z=1 \\ -7x+21y-49z=-7 \end{cases}$

c. $\begin{cases} -x+3y+z=3 \\ 2x-6y-2z=1 \end{cases}$

Voir le chapitre 9 : l'intersection de deux plans peut être une droite, un plan, ou l'ensemble vide.
Voir la méthode 3.

4 INTERSECTION D'UNE DROITE ET D'UN PLAN | ★★ | 25 min | ▸ P. 364

Déterminer l'intersection :

a. de la droite $\mathscr{D}_1$ définie par $\begin{cases} x=-1+3t \\ y=2-5t \\ z=t \end{cases}$, $t\in\mathbb{R}$

avec le plan $\mathscr{P}_1$ d'équation cartésienne $3x-2y+5z-1=0$;

Voir la méthode 4.

b. de la droite $\mathscr{D}_2$ définie par $\begin{cases} x=2+6t \\ y=3-t \\ z=12 \end{cases}$, $t\in\mathbb{R}$ avec le plan $\mathscr{P}_2$ d'équation cartésienne $x+6y+3z-7=0$;

c. de la droite $\mathscr{D}_3$ passant par $A(1;2;3)$ et de vecteur directeur $\overrightarrow{u_3}\begin{pmatrix} 3 \\ 2 \\ 1 \end{pmatrix}$ avec le plan $\mathscr{P}_3$ caractérisé par le point $O(0;0;0)$ et les vecteurs $\vec{v}\begin{pmatrix} 1 \\ 0 \\ -1 \end{pmatrix}$ et $\vec{w}\begin{pmatrix} 0 \\ 3 \\ 0 \end{pmatrix}$.

Voir la méthode 2.

5 POSITIONS RELATIVES DE DROITES | ★★ | 20 min | ▸ P. 365

Déterminer les positions relatives des droites suivantes.

a. $\mathscr{D}_1\begin{cases} x=-3+2t \\ y=5-t \\ z=7+4t \end{cases}$, $t\in\mathbb{R}$ et $\mathscr{D}_2\begin{cases} x=-5-t \\ y=6+\dfrac{1}{2}t \\ z=2-2t \end{cases}$, $t\in\mathbb{R}$.

Les paramètres t dans ces deux systèmes varient indépendamment l'un de l'autre : si un point $M(x\,;y\,;z)$ est commun aux 2 droites, il correspondra à une valeur différente de t dans chaque système (sauf coïncidence). Dans les calculs, il faut donc utiliser t' pour (d_2) par exemple.

b. $\mathcal{D}_1$ et $\mathcal{D}_3 \begin{cases} x = 4 + t \\ y = -6 - 3t \\ z = 21 + 2t \end{cases}$, $t \in \mathbb{R}$.

c. $\mathcal{D}_1$ et $\mathcal{D}_4 \begin{cases} x = -1 + 3t \\ y = 2 \\ z = 7 - 5t \end{cases}$, $t \in \mathbb{R}$.

d. $\mathcal{D}_1$ et $\mathcal{D}_5 \begin{cases} x = 3 - 3t \\ y = 2 + \dfrac{3}{2}t \\ z = 19 - 6t \end{cases}$ où $t \in \mathbb{R}$.

Voir la méthode 5.

S'ENTRAÎNER

6 VRAI OU FAUX ?

★★ | 30 min | ▸ P. 367

Indiquer si les assertions suivantes sont vraies ou fausses et justifier la réponse.

a. La droite (AB) où $A(-1\,;\ 6\,;-1)$ et $B(2\,;3\,;5)$ admet pour système d'équations paramétriques :

$$\begin{cases} x = 1 - t \\ y = 4 + t \\ z = 3 - 2t \end{cases},\ t \in \mathbb{R}.$$

b. La droite d'intersection des plans d'équations $2x + 4y - z - 2 = 0$ et $y - z + 3 = 0$ admet pour système d'équations paramétriques :

$$\begin{cases} x = -\dfrac{1}{2} + 3t \\ y = -2 + 2t \\ z = 1 + 2t \end{cases},\ t \in \mathbb{R}.$$

c. On considère le plan $\mathcal{P}$ d'équation cartésienne $2x + 2y - z - 11 = 0$ et C le point de coordonnées $(1\,;0\,;-2)$.
Alors $D(3\,;2\,;-1)$ est le projeté orthogonal de C sur le plan $\mathcal{P}$.

d. Les points $E(2\,;4\,;1)$, $F(0\,;4\,;-3)$ et $G(3\,;1\,;-3)$ appartiennent à un plan de vecteur normal $\vec{n}(2\,;2\,;-1)$.

e. La droite (CG) a pour représentation paramétrique le système suivant :

$\begin{cases} x = -1 + 2t \\ y = -1 + t \\ z = -1 - t \end{cases}$, $t \in \mathbb{R}$ et (CG) est orthogonale à (EF).

Voir la méthode 1.

7 DANS UN CUBE

★ | 20 min | ▸ P. 368

ABCDEFGH est un cube de côté 1 et $\left(A\,;\,\overrightarrow{AB}, \overrightarrow{AD}, \overrightarrow{AE}\right)$ est un repère orthonormé de l'espace.

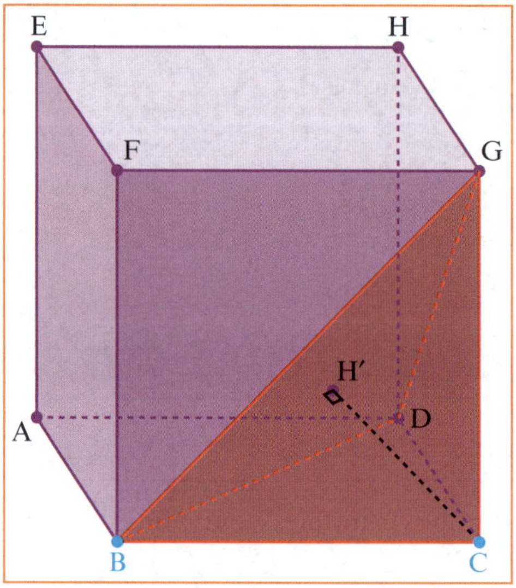

a. Calculer le volume du tétraèdre BCDG.

b. Calculer l'aire du triangle BDG.

c. On appelle **distance du point Ω au plan $\mathcal{P}$** la plus petite distance ΩM avec M un point du plan $\mathcal{P}$, elle représente la distance ΩH avec H le projeté orthogonal du point Ω sur le plan $\mathcal{P}$.

Voir exercices 10 et 18 du chapitre 9 pour d'autres exercices sur le projeté orthogonal.

Calculer la distance du point C au plan (BDG).

On pourra calculer le volume du tétraèdre à l'aide de la base BDG.

d. Déterminer une équation cartésienne du plan (BDG).

Chercher un vecteur normal au plan pour déterminer rapidement son équation.

8 AVEC DES PARAMÈTRES

★★ | 20 min | ▸ P. 369

m et p sont deux réels. On considère le plan $\mathcal{P}$ d'équation cartésienne : $x - y + 2z - 3 = 0$ et $\mathcal{D}$ la droite passant par le point A de coordonnées $(2\,;p\,;1)$ et de vecteur directeur $\vec{u}\begin{pmatrix}-1\\ m\\ 1\end{pmatrix}$.

a. Démontrer qu'il existe au moins un réel m tel que $\mathcal{D}$ soit parallèle à $\mathcal{P}$.

> Voir la méthode 4.

b. Démontrer que si $m = 1$, il existe au moins un réel p tel que : $\mathcal{D} \cap \mathcal{P} = \varnothing$

c. Démontrer que si $m \neq 1$, alors pour tout réel p, $\mathcal{D} \cap \mathcal{P} \neq \varnothing$.

d. Est-il vrai que si $p = 1$, alors pour tout réel m, $\mathcal{D} \cap \mathcal{P} = \{A\}$?

9 SYSTÈME LINÉAIRE DE TROIS ÉQUATIONS À TROIS INCONNUES

★★ | 30 min | ▸ P. 369

L'espace est rapporté à un repère orthonormé $\left(O\,;\vec{i}\,;\,\vec{j}\,;\vec{k}\right)$.

1. Résoudre les systèmes en vous aidant de leur interprétation géométrique.

a. $\begin{cases} \dfrac{x}{2} - y + z = 0 \\ -3x + 6y - z = 1 \\ x - 2y + \dfrac{z}{3} = 5 \end{cases}$ **b.** $\begin{cases} x - 2y + z = 5 \\ x + y + z = 1 \\ x - 3y = 5 \end{cases}$

> Les plans, dont les équations cartésiennes composent le système, sont-ils parallèles ?
> Voir les méthodes 2 et 3.

2. Soient les points, $A(1\,;3\,;-1)$, $B(3\,;6\,;-2)$ et $C(0\,;4\,;0)$.

a. Vérifier que les points A, B, C ne sont pas alignés.

b. Déterminer, en résolvant un système, quatre réels a, b, c, d tels que $(a, b, c) \neq (0, 0, 0)$ et $ax + by + cz + d = 0$ soit une équation cartésienne du plan (ABC).

10 REMONTÉES MÉCANIQUES

★★ | 20 min | ▸ P. 370

On modélise une piste de ski par un plan incliné entre deux surfaces planes et horizontales. Il s'agit de vérifier que la remontée mécanique implantée au bord de cette piste ne pose pas de problèmes de sécurité.
On assimilera le câble de ce télésiège à une droite, représentée par (AB).
On considère un repère orthonormé $\left(O\,;\vec{i}, \vec{j}, \vec{k}\right)$ dans lequel une unité correspond à 10 m.
La partie pentue de la piste est représentée par un rectangle PQRS tel que :

$P\,(0\,;10\,;0)$, $Q\,(0\,;20\,;5)$, $R\,(10\,;20\,;5)$ et $S\,(10\,;10\,;0)$.

Le pied de la piste est le plan (xOy) et le haut de la piste est modélisé par le rectangle QTUR tel que $T(0 ; 25 ; 5)$ et $U(10 ; 25 ; 5)$.
Le télésiège est supporté par des pylônes maintenant les câbles.
Le premier pylône [AE] maintient le câble au point $A(2 ; 4 ; 0{,}25)$ et le deuxième [FB] au point B(2 ; 6 ; 0,9).

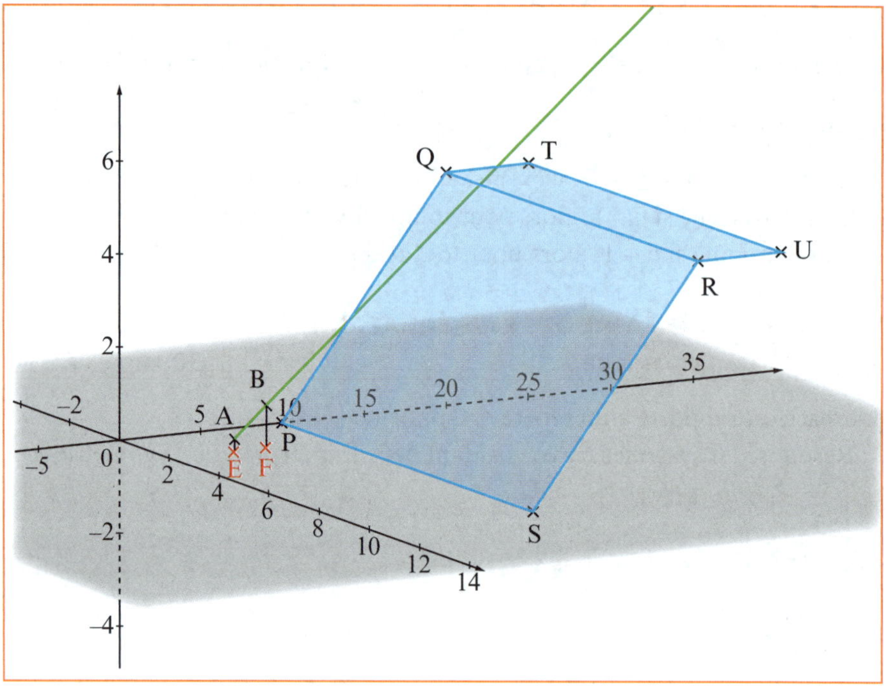

Partie A. Position de la droite (AB)

1. Déterminer une représentation paramétrique de la droite (AB).

Voir la méthode 1.

2. a. Justifier que le vecteur $\vec{n}(0 ; 1 ; -2)$ est un vecteur normal au plan (PQR).
b. En déduire une équation cartésienne du plan (PQR).

Voir la méthode 2.

3. Démontrer que la droite (AB) est sécante au plan (PQR) en un point I de coordonnées $\left(2 ; \frac{158}{7} ; \frac{44}{7}\right)$.

Voir la méthode 4.

4. Expliquer pourquoi on peut en déduire que la remontée mécanique passe bien au-dessus du sommet de la piste.

Partie B. Distance de sécurité par rapport au sol

Les câbles étant en réalité légèrement flexibles, on impose une distance minimale de 4 m entre le câble et le sol au sommet de la piste à cause du vent.
On considère un point M de la droite (AB) et un point N de la droite (QR).
Il existe alors deux réels a et b tels que $\overrightarrow{AM} = a\overrightarrow{AB}$ et $\overrightarrow{QN} = b\overrightarrow{QR}$.
Il s'agit de vérifier que MN > 4 m quels que soient M et N.

1. Démontrer que les coordonnées de $\overrightarrow{MN}$ sont $\begin{pmatrix} -2+10b \\ 16-2a \\ -0{,}65a+4{,}75 \end{pmatrix}$.

2. On admet que la distance MN est minimale lorsque la droite (MN) est perpendiculaire à la fois à (AB) et à (QR).

Démontrer que cette distance MN est minimale lorsque $a = \dfrac{14\,035}{1\,769}$ et $b = \dfrac{2}{10}$.

> On pourra revoir l'exercice 8 du chapitre 9 sur cette notion de distance entre deux droites.

3. En déduire la distance MN minimale et conclure.

11 CERCLE DANS L'ESPACE

★★ | 40 min | ▸ P. 372

Soit deux points A et B de l'espace tels que :

$$A\,(-2\,;1\,;0) \text{ et } B\,(1\,;5\,;\,-2).$$

1. a. Calculer la longueur AB.
b. Déterminer l'équation de la sphère $\mathcal{S}$ de centre A passant par B.
2. On considère de plus les points $C(1\,;0\,;0)$ et $D(-1\,;-1\,;0)$.
Démontrer qu'une équation cartésienne du plan (BCD) est :

$$x-2y-5z-1=0\,.$$

3. Soit E le projeté orthogonal de A sur le plan (BCD).
Déterminer les coordonnées de E.
4. On admet que l'intersection de $\mathcal{S}$ et du plan (BCD) est un cercle de centre E.
Calculer son rayon à 10^{-1} unité près.

> Identifier un point de ce cercle pour pouvoir calculer la longueur demandée.

5. a. Calculer le produit scalaire $\overrightarrow{BE}\cdot\overrightarrow{BA}$.
b. En déduire l'angle $\widehat{ABE}$ à 0,5° près.

> Cet angle représente la « latitude » du point B sur la sphère d'axe (AE).

PRÉPARER UN CONTRÔLE

12 QCM

★★ | 15 min | ▸ P. 374

Pour chaque question, dire quelles propositions sont correctes.

1. Le plan d'équation cartésienne $-3x+2y-7z+1=0$ admet pour vecteur normal

a. $\vec{0}$ **b.** $\vec{n}(-3;2;-7)$ **c.** $\vec{u}(6;-4;14)$

2. Les plans d'équations respectives $-3x+2y-7z+1=0$ et $4x-y-2z+11=0$ sont :

a. parallèles **b.** perpendiculaires **c.** sécants

3. L'intersection des plans d'équations $-9x+18y+6z-27=0$ et $3x-6y-2z+9=0$ est :

a. l' ensemble vide **b.** une droite **c.** un plan

4. Les droites $\mathscr{D}_2\begin{cases}x=-11+2t\\y=10-2t\\z=4+t\end{cases}$ $(t\in\mathbb{R})$ et $\mathscr{D}_1\begin{cases}x=5+3t\\y=2+t\\z=1-4t\end{cases}$ $(t\in\mathbb{R})$ sont :

a. parallèles **b.** sécantes **c.** orthogonales

d. non coplanaires

5. Le plan d'équation cartésienne $x-y+z-3=0$

et la droite $\mathscr{D}\begin{cases}x=1-t\\y=2+3t\\z=-1+3t\end{cases}$, $(t\in\mathbb{R})$ sont :

a. parallèles

b. orthogonaux

c. ni parallèles ni orthogonaux

13 UN PROBLÈME CLASSIQUE

★★ | 45 min | ▸ P. 374

L'espace est muni du repère orthonormal $(O;\vec{i};\vec{j};\vec{k})$

Les parties A et B peuvent être traitées de façon indépendante.

Partie A.

Soit $\mathscr{P}$ le plan d'équation $x+y+z-4=0$, et $\mathscr{P}'$ le plan d'équation $6x+3y-2z-6=0$.

1. Étudier la position relative des plans $\mathscr{P}$ et $\mathscr{P}'$.

2. Établir un système d'équations paramétriques de la droite d'intersection de $\mathscr{P}$ et de $\mathscr{P}'$.

3. Vérifier, pour tout point $M(x;y;z)$, l'équivalence :

$$M(x;y;z)\in\mathscr{P}\cap\mathscr{P}' \Leftrightarrow \text{il existe un réel } t \text{ tel que } \begin{cases}x=5t+3\\y=-8t-2\\z=3t+3\end{cases}.$$

Partie B.

On considère les points $A(1;\ 0;0)$, $B(0\ ;2\ ;\ 0)$ et $C(0;\ 0;-3)$.
Soit $\mathcal{Q}$ le plan d'équation $x+y+z-4=0$.

1. Soit $M(x\ ;y\ ;\ z)$ un point de l'espace.
Établir que $M\in(AB)$ si, et seulement si, il existe un réel t tel que :
$$\begin{cases} x=1-t \\ y=2t \\ z=0 \end{cases}.$$
2. Après avoir montré que la droite (AB) et le plan $\mathcal{Q}$ sont sécants, déterminer les coordonnées de leur point d'intersection I.
3. Montrer que la droite (BC) coupe le plan $\mathcal{Q}$ au point $J(0\ ;2{,}8\ ;1{,}2)$.
4. Vérifier que $\overrightarrow{IJ}$ est colinéaire au vecteur $\vec{v}(5\ ;-8\ ;3)$.
5. Démontrer que les points A, B et C forment un plan.
6. Caractériser l'intersection des plans (ABC) et $\mathcal{Q}$.

ALLER PLUS LOIN

14 ÉQUATIONS PARAMÉTRIQUES | ★★ | 40 min | ▸ P. 376

Dans l'espace rapporté à un repère orthonormé $(O;\vec{i}\ ;\ \vec{j}\ ;\vec{k})$, on donne les plans $\mathcal{P}_1$ ayant pour équation cartésienne $x-z=0$ et $\mathcal{P}_2$ caractérisé par le point $A(3\ ;2\ ;1)$ et les vecteurs $\vec{u}(-1\ ;0\ ;1)$ et $\vec{v}(2\ ;-1{,}0)$.

1. Soit M un point de $\mathcal{P}_2$.
Déterminer une représentation paramétrique du plan $\mathcal{P}_2$ en traduisant le fait que $\vec{u}$ et $\vec{v}$ forment une base de vecteurs dans laquelle le vecteur $\overrightarrow{AM}$ peut se décomposer.
2. Déterminer un vecteur $\overrightarrow{n_2}(a\ ;b\ ;c)$ normal à $\mathcal{P}_2$.
3. En déduire que $\mathcal{P}_2$ admet pour équation cartésienne :
$$x+2y+z-8=0.$$
4. Déterminer les coordonnées des points d'intersection (notés respectivement M, N et P) du plan $\mathcal{P}_2$ avec les axes du repère (Ox), (Oy) et (Oz).
5. Les plans $\mathcal{P}_1$ et $\mathcal{P}_2$ sont-ils sécants ? Si oui, sont-ils perpendiculaires ?
6. a. Établir un système d'équations paramétriques de la droite (Δ), droite d'intersection des plans $\mathcal{P}_1$ et $\mathcal{P}_2$.
b. Vérifier que (Δ) passe par le point $C(4\ ;0\ ;4)$ et admet pour vecteur directeur $\vec{t}(-1\ ;1\ ;-1)$.
7. Déterminer l'abscisse du point L du plan $\mathcal{P}_1$ de coordonnées $(x\ ;2\ ;2)$, puis établir une équation de la sphère $\mathcal{S}$ de centre $A(3\ ;2\ ;1)$ et passant par L.

15 SPHÈRE TANGENTE À UN TÉTRAÈDRE | ★★★ | 55 min | ▸ P. 377

L'espace est muni du repère orthonormal $\left(O ; \vec{i} \; ; \vec{j} \; ; \vec{k}\right)$.
On considère quatre points de l'espace :

$$A\ (1 \,;\, -2 \,;\, -2),\ B(6 \,;2 \,;\, 1),\ C(1 \,;\, 2 \,;\, 6) \text{ et } D\ (4 \,;\, 6 \,;\, 1).$$

Partie A.

Le plan médiateur du segment [AB] est le plan perpendiculaire au segment [AB] et passant par son milieu I.
Démontrer qu'il est l'ensemble des points situés à égale distance de A et de B.

> Il faut démontrer que si un point est dans le plan médiateur, alors il est à égale distance des extrémités du segment, sans oublier de démontrer la réciproque : si un point est à égale distance de A et B, alors il est dans le plan médiateur.

Partie B.

1. Déterminer une équation cartésienne du plan $\mathcal{P}_1$ médiateur du segment [AB], puis du plan $\mathcal{P}_2$ médiateur du segment [BC], et enfin du plan $\mathcal{P}_3$ médiateur du segment [CD].

2. a. Démontrer que les points A, B, C et D ne sont pas coplanaires.

> On peut commencer par démontrer que $\left(\overrightarrow{AB} \,;\, \overrightarrow{AC}\right)$ forme une base du plan (ABC), puis que D n'appartient pas à ce plan.

b. Justifier que les plans $\mathcal{P}_1$, $\mathcal{P}_2$ et $\mathcal{P}_3$ ont un seul point commun : le centre de la sphère circonscrite au tétraèdre ABCD.

> Deux plans sécants se coupent suivant une droite. Pourquoi le 3e plan coupe-t-il cette droite en un point ?

3. a. Déterminer une représentation paramétrique de la droite (d) d'intersection de $\mathcal{P}_1$ et $\mathcal{P}_2$.

b. Déterminer les coordonnées du point Ω, intersection de (d) et de $\mathcal{P}_3$.

c. Calculer le rayon de la sphère circonscrite au tétraèdre ABCD.

d. En déduire l'équation cartésienne de cette sphère.

4. Quelle est la nature de l'intersection de cette sphère avec le plan (xOy) ? Justifier.

> Il y a trois possibilités (penser à une orange que l'on coupe (ou non)) : l'intersection peut être un cercle, un point, ou l'ensemble vide.

5. a. Soit les points $E\,(1 \,;2 \,;3)$ et $F(4 \,;5 \,;6)$.
Calculer la longueur ΩE et en déduire la position relative de la droite (EF) et de la sphère.

b. Déterminer les coordonnées des 2 points d'intersection de (EF) et de la sphère.

CORRIGÉS

1 SYSTÈMES D'ÉQUATIONS PARAMÉTRIQUES DE DROITES

a. (Oz) est l'intersection des plans (xOz) et (yOz).
Les points de (xOz) sont caractérisés par leur 2e coordonnée qui est nulle, donc l'équation de (xOz) est : $y = 0$.
De même pour (yOz) : $x = 0$.
Les points de (Oz) vérifient le système :

$$\begin{cases} x = 0 \\ y = 0 \end{cases} \Leftrightarrow \begin{cases} x = 0 \\ y = 0, \\ z = t \end{cases} \text{ donc}$$

$$\begin{cases} \boldsymbol{x = 0} \\ \boldsymbol{y = 0,} \\ \boldsymbol{z = t} \end{cases} \quad \boldsymbol{t \in \mathbb{R},}$$ **est le système d'équations paramétriques de (Oz).**

Autre méthode : (Oz) est la droite passant par l'origine et de vecteur directeur $\vec{k}$

$$\Leftrightarrow \overrightarrow{OM} = t\overrightarrow{OK},\ t \in \mathbb{R} \Leftrightarrow \begin{pmatrix} x \\ y \\ z \end{pmatrix} = t\begin{pmatrix} 0 \\ 0 \\ 1 \end{pmatrix},\ t \in \mathbb{R}, \Leftrightarrow \begin{cases} \boldsymbol{x = 0} \\ \boldsymbol{y = 0,} \\ \boldsymbol{z = t} \end{cases} \quad t \in \mathbb{R}.$$

b. Les points de la droite $\mathcal{D}_1$ sont les points M tels que les vecteurs $\overrightarrow{AM}$ et $\vec{u}$ sont colinéaires, donc ce sont les points tels que $\begin{cases} x - x_A = k \times 4 \\ y - y_A = k \times 2 \\ z - z_A = k \times (-1) \end{cases}$, où $k \in \mathbb{R}$.

Donc $\begin{cases} \boldsymbol{x = 4k + 1} \\ \boldsymbol{y = 2k + 2} \\ \boldsymbol{z = -k - 3} \end{cases}$, $\boldsymbol{k \in \mathbb{R}}$ **est un système d'équations paramétriques de $\boldsymbol{(d_1)}$.**

c. Le principe est le même qu'à la question précédente, avec $\overrightarrow{AB}\begin{pmatrix} x_B - x_A \\ y_B - y_A \\ z_B - z_A \end{pmatrix}$ pour vecteur directeur. On obtient $\begin{cases} x - x_A = k \times 6 \\ y - y_A = k \times (-7) \\ z - z_A = k \times 8 \end{cases}$, $k \in \mathbb{R}$.

Donc $\begin{cases} \boldsymbol{x = 6k} \\ \boldsymbol{y = -7k + 5} \\ \boldsymbol{z = 8k - 7} \end{cases}$, $\boldsymbol{k \in \mathbb{R}}$ **est un système d'équations paramétriques de $\boldsymbol{(d_2)}$.**

CORRIGÉS

2 ÉQUATIONS CARTÉSIENNES DE PLANS

1. a. **Une équation du plan (xOy) est $z = 0$.**

b. **Une équation du plan (yOz) est $x = 0$.**

c. **Une équation du plan (xOz) est $y = 0$.**

2. $M(x\,;y\,;z)$ appartient au plan médiateur de $[AB]$ si, et seulement si, $MA = MB$.

Voir le chapitre 9 pour le calcul d'une distance dans un repère orthonormé :

$$AB = \sqrt{\left(x_B - x_A\right)^2 + \left(y_B - y_A\right)^2 + \left(z_B - z_A\right)^2}.$$

$MA = MB \Leftrightarrow AM^2 = BM^2$

$\Leftrightarrow (x+3)^2 + (y-2)^2 + (z-8)^2 = (x-1)^2 + (y-5)^2 + (z+2)^2$

$\Leftrightarrow x^2 + 6x + 9 + y^2 - 4y + 4 + z^2 - 16z + 64 = x^2 - 2x + 1 + y^2 - 10y + 25 + z^2 + 4z + 4$

$\Leftrightarrow 8x + 6y - 20z = -47.$

Le plan médiateur de $[AB]$ a pour équation $8x + 6y - 20z = -47$.

3. a. Si $\vec{u}$ et $\vec{v}$ étaient colinéaires, alors il existerait $k \in \mathbb{R}$ tel que $\vec{v} = k\vec{u}$, ce qui donnerait $\begin{cases} -3 = k \times 2 \\ -1 = k \times 1 \\ 3 = k \times (-1) \end{cases} \Leftrightarrow \begin{cases} k = -\dfrac{3}{2} \\ k = -1 \\ k = -3 \end{cases}$, or c'est impossible.

Donc $\vec{u}$ et $\vec{v}$ ne sont pas colinéaires.

b. $\vec{u}$ et $\vec{v}$ n'étant pas colinéaires, ils définissent une base du plan $\mathcal{P}$.

Donc $M \in \mathcal{P}$ si, et seulement si, il existe deux réels α et β tels que :

$$\overrightarrow{CM} = \alpha\vec{u} + \beta\vec{v} \Leftrightarrow \begin{cases} x - x_C = 2\alpha - 3\beta \\ y - y_C = \alpha - \beta \\ z - z_C = -\alpha + 3\beta \end{cases}$$

$$\Leftrightarrow \begin{cases} x = 3 + 2\alpha - 3\beta \\ y = -1 + \alpha - \beta \\ y = 2 - \alpha + 3\beta \end{cases}.$$

c. $\vec{w}$ est normal au plan $\mathcal{P}$ s'il est orthogonal à deux vecteurs non colinéaires de $\mathcal{P}$, donc par exemple à $\vec{u}$ et $\vec{v}$.

$\vec{w} \cdot \vec{u} = 4 \times 2 + (-6) \times 1 + 2 \times (-1) = 0$ et $\vec{w} \cdot \vec{v} = 4 \times (-3) + (-6) \times (-1) + 2 \times 3 = 0$,

donc $\vec{w}$ est un vecteur normal à $\mathcal{P}$.

C étant un point de $\mathcal{P}$, $M \in \mathcal{P}$ si, et seulement si, $\overrightarrow{CM} \cdot \vec{w} = 0$ ce qui équivaut à :

$(x-3) \times 4 + (y+1) \times (-6) + (z-2) \times 2 = 0 \Leftrightarrow$

$\Leftrightarrow 4x - 12 - 6y - 6 + 2z - 4 = 0$

$\Leftrightarrow 4x - 6y + 2z = 22.$

L'équation cartésienne de $\mathcal{P}$ est donc $4x - 6y + 2z = 22$.

3 INTERSECTION DE DEUX PLANS

a. Des vecteurs normaux à ces deux plans sont $\vec{u}\begin{pmatrix}2\\-1\\1\end{pmatrix}$ et $\vec{v}\begin{pmatrix}1\\2\\-1\end{pmatrix}$.

Ces deux vecteurs ne sont pas colinéaires, donc on cherche une droite d'intersection.

$$\begin{cases}2x-y+z=3\\x+2y-z=1\end{cases}\Leftrightarrow\begin{cases}2(-2y+1+z)-y+z=3\\x=-2y+1+z\end{cases}$$

$$\Leftrightarrow\begin{cases}-5y+3z-1=0\\x=-2\left(\dfrac{3z-1}{5}\right)+\dfrac{5}{5}+\dfrac{5z}{5}\end{cases}\Leftrightarrow\begin{cases}y=\dfrac{3z-1}{5}\\x=\dfrac{7-z}{5}\end{cases}.$$

Posons $t=\dfrac{z}{5}$.

$M(x\,;y\,;z)$ vérifie $\begin{cases}2x-y+z=3\\x+2y-z=1\end{cases}$ si, et seulement si,

$\begin{cases}x=-t+\dfrac{7}{5}\\y=3t-\dfrac{1}{5}\\z=5t\end{cases}$, $t\in\mathbb{R}$. **Donc l'ensemble cherché est la droite passant par** $\mathbf{A}\begin{pmatrix}\frac{7}{5}\\\frac{-1}{5}\\0\end{pmatrix}$ **et de vecteur directeur** $\vec{w}\begin{pmatrix}-1\\3\\5\end{pmatrix}$**.**

b. Des vecteurs normaux à ces deux plans sont $\vec{u}\begin{pmatrix}1\\-3\\7\end{pmatrix}$ et $\vec{v}\begin{pmatrix}-7\\21\\-49\end{pmatrix}$, $\vec{v}=-7\vec{u}$ donc les plans sont parallèles : ils sont strictement parallèles ou confondus.

$$\begin{cases}x-3y+7z=1\\-7x+21y-49z=-7\end{cases}\Leftrightarrow\begin{cases}x-3y+7z=1\\x-3y+7z=1\end{cases}$$

$\Leftrightarrow x-3y+7z=1$. (on divise la 2e équation par (-7))

Les deux plans sont confondus.

L'ensemble cherché est le plan d'équation $x-3y+7z=1$.

c. Des vecteurs normaux à ces deux plans sont $\vec{u}\begin{pmatrix}-1\\3\\1\end{pmatrix}$ et $\vec{v}\begin{pmatrix}2\\-6\\-2\end{pmatrix}$.

$\vec{v}=-2\vec{u}$, donc les plans sont parallèles.

$\begin{cases}-x+3y+z=3\\2x-6y+2z=1\end{cases}\Leftrightarrow\begin{cases}-x+3y+z=3\\-x+3y+z=-\dfrac{1}{2}\end{cases}$. On divise la seconde équation par -2).

$3\neq-\dfrac{1}{2}$ donc le système n'admet pas de solution. Les plans correspondants à ces équations sont strictement parallèles. **L'ensemble cherché est l'ensemble vide.**

4 INTERSECTION D'UNE DROITE ET D'UN PLAN

L'intersection d'une droite et d'un plan peut être un point, une droite, ou l'ensemble vide.

a. $\overrightarrow{u_1}\begin{pmatrix}3\\-5\\1\end{pmatrix}$ est un vecteur directeur de $\mathscr{D}_1$ et $\overrightarrow{n_1}\begin{pmatrix}3\\-2\\5\end{pmatrix}$ un vecteur normal à $\mathscr{P}_1$.

$\overrightarrow{u_1}\cdot\overrightarrow{n_1} = 3\times 3 - 5\times(-2) + 1\times 5 = 24 \neq 0$, donc $\overrightarrow{u_1}$ et $\overrightarrow{n_1}$ ne sont pas orthogonaux : $\mathscr{D}_1$ et $\mathscr{P}_1$ sont donc sécants et leur intersection est un point.

$\mathrm{M}(x\ ;\ y\ ;\ z)\in\mathscr{D}_1\cap\mathscr{P}_1 \Leftrightarrow$ il existe un réel t tel que $\begin{cases}x=-1+3t\\ y=2-5t\\ z=t\end{cases}$

et $3x-2y+5z-1=0$.

Remplaçons x, y et z dans l'équation du plan pour trouver t :

$$3(-1+3t)-2(2-5t)+5t-1=0 \Leftrightarrow -3+9t-4+10t+5t-1=0$$
$$\Leftrightarrow 24t=8 \Leftrightarrow t=\frac{1}{3}.$$

Donc :

$$\mathrm{M}(x\ ;\ y\ ;\ z)\in\mathscr{D}_1\cap\mathscr{P}_1 \Leftrightarrow \begin{cases}x=-1+3\times\frac{1}{3}=0\\ y=2-5\times\frac{1}{3}=\frac{1}{3}\\ z=\frac{1}{3}\end{cases}.$$

Le point d'intersection est $\mathbf{M}\left(\mathbf{0}\ ;\frac{\mathbf{1}}{\mathbf{3}}\ ;\frac{\mathbf{1}}{\mathbf{3}}\right)$.

b. $\overrightarrow{u_2}\begin{pmatrix}6\\-1\\0\end{pmatrix}$ est un vecteur directeur de $\mathscr{D}_2$ et $\overrightarrow{n_2}\begin{pmatrix}1\\6\\3\end{pmatrix}$ un vecteur normal à $\mathscr{P}_2$.

$\overrightarrow{u_2}\cdot\overrightarrow{n_2} = 6\times 1 - 1\times 6 + 0\times 3 = 0$, donc $\overrightarrow{u_2}$ et $\overrightarrow{n_2}$ sont orthogonaux : $\mathscr{D}_2$ est donc parallèle à $\mathscr{P}_2$.

$\mathrm{M}(x\,;y\,;z)\in\mathscr{D}_2\cap\mathscr{P}_2 \Leftrightarrow$ il existe un réel t tel que $\begin{cases}x=2+6t\\ y=3-t\\ z=12\end{cases}$

et $x+6y+3z-7=0$.

Remplaçons x, y et z dans l'équation du plan :

$2+6t+6(3-t)+3\times 12-7=0 \Leftrightarrow 2+6t+18-6t+36-7=0 \Leftrightarrow 49=0$,

ce qui est impossible. Il n'y a donc pas de solution.

Donc $\mathscr{D}_2$ est strictement parallèle à $\mathscr{P}_2$, **l'intersection est vide.**

Autre méthode

A $(2\,;3\,;12)\in\mathscr{D}_2$. De plus, $x+6y+3z-7=2+6\times 3+3\times 12-7=49\neq 0$, donc A $\notin\mathscr{P}_2$; $\mathscr{D}_2$ est parallèle à $\mathscr{P}_2$ mais n'y est pas incluse, donc $\mathscr{D}_2$ et $\mathscr{P}_2$ sont strictement parallèles, l'intersection est vide.

c. Déterminons un vecteur normal $\overrightarrow{n_3}$ à $\mathcal{P}_3$. Soit $\overrightarrow{n_3}\begin{pmatrix} a \\ b \\ c \end{pmatrix}$.

$\overrightarrow{n_3} \cdot \vec{v} = a + 0 \times b - c = 0 \Leftrightarrow a = c$ et $\overrightarrow{n_3} \cdot \vec{w} = 0 \times a + 3b + 0 \times c = 0 \Leftrightarrow b = 0$.

Donc $\overrightarrow{n_3}\begin{pmatrix} 1 \\ 0 \\ 1 \end{pmatrix}$ est un vecteur normal à $\mathcal{P}_3$.

$\overrightarrow{n_3} \cdot \overrightarrow{u_3} = 3 \times 1 + 2 \times 0 + 1 \times 1 = 4 \neq 0$, donc $\mathcal{D}_3$ est sécante en un point avec $\mathcal{P}_3$.

$M(x\,;y\,;z)$ est un point de la droite $\mathcal{D}_3$ s'il vérifie le système d'équations paramétriques de celle-ci, $\begin{cases} x = 1 + t \times 3 \\ y = 2 + t \times 2 \\ z = 3 + t \times 1 \end{cases}$ avec $t \in \mathbb{R}$.

Déterminons une équation du plan $\mathcal{P}_3$: $1x + 0y + 1z + d = 0$ devient pour le point O : $0 + 0 + d = 0 \Leftrightarrow d = 0$. Donc une équation de $\mathcal{P}_3$ est : $x + z = 0$.

$M \in \mathcal{P}_3 \Leftrightarrow 1 + 3t + 3 + t = 0 \Leftrightarrow 4t = -4 \Leftrightarrow t = -1$.

Ainsi, **le point d'intersection de $\mathcal{D}_3$ et $\mathcal{P}_3$ est le point de coordonnées $(-2\,;0\,;2)$.**

Autre méthode

M est dans le plan $\mathcal{P}_3$ s'il existe α et β réels tels que $\overrightarrow{OM} = \alpha\vec{v} + \beta\vec{w}$, c'est-à-dire $\begin{cases} x = \alpha \times 1 + \beta \times 0 \\ y = \alpha \times 0 + \beta \times 3 \\ z = \alpha \times (-1) + \beta \times 0 \end{cases}$, ce qui équivaut à $\begin{cases} x = \alpha \\ y = 3\beta \\ z = -\alpha \end{cases}$.

t, α et β doivent donc vérifier le système :

$$\begin{cases} \alpha = 1 + 3t \\ 3\beta = 2 + 2t \\ -\alpha = 3 + t \end{cases} \Leftrightarrow \begin{cases} \alpha = 1 + 3t \\ 3\beta = 2 + 2t \\ -1 - 3t = 3 + t \end{cases} \Leftrightarrow \begin{cases} \alpha = 1 + 3t \\ 3\beta = 2 + 2t \\ -4 = 4t \end{cases} \Leftrightarrow \begin{cases} \alpha = 1 + 3 \times (-1) = -2 \\ 3\beta = 2 + 2 \times (-1) = 0 \\ t = -1 \end{cases}.$$

Il y a une unique solution, donc **l'intersection entre la droite et le plan est un point, de coordonnées $\begin{cases} x = \alpha = -2 \\ y = 3\beta = 0 \\ z = -\alpha = 2 \end{cases}$, donc $M(-2\,;0\,;2)$.**

5 POSITIONS RELATIVES DE DROITES

a. $\vec{u}\begin{pmatrix} 2 \\ -1 \\ 4 \end{pmatrix}$ est un vecteur directeur de (d_1) et $\vec{v}\begin{pmatrix} -1 \\ \frac{1}{2} \\ -2 \end{pmatrix}$ un vecteur directeur de $\mathcal{D}_2$.

$\vec{u} = -2\vec{v}$, donc $\vec{u}$ et $\vec{v}$ sont colinéaires et **$\mathcal{D}_1$ et $\mathcal{D}_2$ sont parallèles.**

Le point $A\begin{pmatrix} -3 \\ 5 \\ 7 \end{pmatrix}$ appartient à $\mathcal{D}_1$; Le point $A \in \mathcal{D}_2$ si, et seulement si, il existe un réel t tel que $\begin{cases} -3 = -5 - t \\ 5 = 6 + \frac{1}{2}t \\ 7 = 2 - 2t \end{cases}$, c'est-à-dire tel que $\begin{cases} t = -2 \\ 5 = 6 + \frac{1}{2} \times (-2) = 5, \\ 7 = 2 - 2 \times (-2) = 6 \end{cases}$

ce qui est impossible, donc $A \notin \mathcal{D}_2$. **Donc $\mathcal{D}_1$ et $\mathcal{D}_2$ sont parallèles disjointes.**

b. $\vec{w}\begin{pmatrix}1\\-3\\2\end{pmatrix}$ est un vecteur directeur de $\mathscr{D}_3$.

$\vec{u}$ et $\vec{w}$ ne sont pas colinéaires, donc $\mathscr{D}_1$ et $\mathscr{D}_3$ ne sont pas parallèles.
Sont-elles sécantes ?

$$\mathrm{M}(x\,;y\,;z)\in(d_1)\cap(d_3)\Leftrightarrow\begin{cases}x=-3+2t=4+t'\\y=5-t=-6-3t\\z=7+4t=21+2t'\end{cases}, \text{ où } t \text{ et } t' \text{ sont des réels.}$$

$$\begin{cases}x=-3+2t\\y=5-t\\z=7+4t\end{cases} \text{ et } \begin{cases}-3+2t=4+t'\\5-t=-6-3t'\\7+4t=21+2t'\end{cases}, \text{ où } t \text{ et } t' \text{ sont des réels.}$$

$$\begin{cases}x=-3+2t\\y=5-t\\z=7+4t\end{cases} \text{ et } \begin{cases}t'=2t-7\\5-t=-6-3(2t-7)\\7+4t=21+2(2t-7)\end{cases} \text{ où } t,t'\in\mathbb{R}.$$

$$\begin{cases}x=-3+2t\\y=5-t\\z=7+4t\end{cases} \text{ et } \begin{cases}t'=2t-7\\5t=10\\7=7\end{cases} \text{ où } t,t'\in\mathbb{R}.$$

$$\begin{cases}x=-3+2t\\y=5-t\\z=7+4t\end{cases} \text{ et } \begin{cases}t=2\\t'=-3\end{cases} \Leftrightarrow \mathrm{M} \text{ a pour coordonnées } (1;3;15).$$

Les droites $\mathscr{D}_1$ et $\mathscr{D}_3$ sont donc sécantes au point $\mathbf{M(1\,;3\,;15)}$.

Elles sont donc aussi coplanaires.

c. $\overrightarrow{u_4}\begin{pmatrix}3\\0\\-5\end{pmatrix}$ est un vecteur directeur de $\mathscr{D}_4$.

$\vec{u}$ et $\overrightarrow{u_4}$ ne sont pas colinéaires, donc $\mathscr{D}_1$ et $\mathscr{D}_4$ ne sont pas parallèles.
Sont-elles sécantes ?

$$\mathrm{M}(x;\ y;\ z)\in\mathscr{D}_1\cap\mathscr{D}_4\Leftrightarrow\begin{cases}x=-3+2t=-1+3t'\\y=5-t=2\\z=7+4t=7-5t'\end{cases}, \text{ où } t \text{ et } t' \text{ sont des réels.}$$

$$\begin{cases}x=-3+2t\\y=5-t\\z=7+4t\end{cases} \text{ et } \begin{cases}-3+2t=-1+3t'\\5-t=2\\7+4t=7-5t'\end{cases}, \text{ où } t \text{ et } t' \text{ sont des réels.}$$

$$\begin{cases}x=-3+2t\\y=5-t\\z=7+4t\end{cases} \text{ et } \begin{cases}t'=\dfrac{4}{3}\\t=3\\t'=-\dfrac{12}{5}\end{cases}, \text{ ce qui est impossible.}$$

$\mathscr{D}_1$ et $\mathscr{D}_4$ ne sont ni parallèles, ni sécantes.
Donc $\mathscr{D}_1$ et $\mathscr{D}_4$ ne sont pas coplanaires.

d. $\overrightarrow{u_5}\begin{pmatrix}-3\\ \frac{3}{2}\\ -6\end{pmatrix}$ est un vecteur directeur de $\mathscr{D}_5$ et $\overrightarrow{u_5}=-\frac{3}{2}\vec{u}$, donc $\mathscr{D}_1$ et $\mathscr{D}_5$ sont parallèles. Le point $A\begin{pmatrix}-3\\5\\7\end{pmatrix}$ appartient à $\mathscr{D}_1$.

$A\in\mathscr{D}_5 \Leftrightarrow$ il existe t tel que $\begin{cases}-3=3-3t\\ 5=2+\frac{3}{2}t\\ 7=19-6t\end{cases} \Leftrightarrow$ il existe t tel que $t=2$.

Les droites $\mathscr{D}_1$ et $\mathscr{D}_5$ sont parallèles et ont un point commun.

Donc les droites $\mathscr{D}_1$ et $\mathscr{D}_5$ sont confondues.

6 VRAI OU FAUX ?

a. Vrai.

Appelons $\mathscr{D}$ la droite définie par le système d'équations paramétriques ;

$\begin{cases}-1=1-t\\ 6=4+t\\ -1=3-2t\end{cases}$ équivaut à $t=2$,

donc $A\in\mathscr{D}$ et $\begin{cases}2=1-t\\ 3=4+t\\ 5=3-2t\end{cases} \Leftrightarrow t=-1$,

donc $B\in\mathscr{D}$.

Donc $(AB)=\mathscr{D}$.

b. Le point $A\left(-\frac{1}{2};-2;1\right)$ vérifie le système d'équations paramétriques.

Mais $2x_A+4y_A-z_A-2=-12\neq 0$, c'est-à-dire que A n'est pas dans le premier plan donné, autrement dit la droite donnée n'est pas incluse dans le plan d'équation $2x+4y-z-2=0$.

c. Faux.

Il faut vérifier que (CD) est bien orthogonale au plan $\mathscr{P}$ et que $D\in\mathscr{P}$.

$\overrightarrow{CD}(3-1;2-0;-1-(-2))\Leftrightarrow\overrightarrow{CD}(2;2;1)$ et un vecteur normal à $\mathscr{P}$ est : $\vec{u}(2;2;-1)$.

Les vecteurs $\overrightarrow{CD}$ et $\vec{u}$ ne sont pas colinéaires, donc (CD) n'est pas orthogonale à $\mathscr{P}$.

d. Vrai.

$\vec{n}$ est un vecteur normal au plan (EFG) si, et seulement si, $\vec{n}$ est orthogonal à deux vecteurs non colinéaires du plan (EFG).

$\overrightarrow{EF}(0-2;4-4;-3-1)\Leftrightarrow\overrightarrow{EF}(-2;0;-4)$.

$\overrightarrow{EG}(3-2;1-4;-3-1)\Leftrightarrow\overrightarrow{EG}(1;-3;-4)$.

$\overrightarrow{EF}$ et $\overrightarrow{EG}$ ne sont pas colinéaires (une coordonnée de $\overrightarrow{EF}$ étant nulle, on aurait $\overrightarrow{EF}=0\times\overrightarrow{EG}$ ce qui est faux) ; vérifions s'ils sont orthogonaux à $\vec{n}$:

$\overrightarrow{EF}\cdot\vec{n}=-2\times 2+0\times 2+(-4)\times(-1)=0$;

$\overrightarrow{EG}\cdot\vec{n}=1\times 2+(-3)\times 2+(-4)\times(-1)=0$.

$\vec{n}$ est donc bien normal au plan (EFG).

e. **Vrai.**
$\overrightarrow{CG}\,(3-1\,;1-0\,;-3-(-2)) \Leftrightarrow \overrightarrow{CG}\,(2\,;1\,;-1)$ est un vecteur directeur de (CG),

donc un système d'équations paramétriques de (CG) est $\begin{cases} x = x_H + 2t \\ y = y_H + t \\ z = z_H - t \end{cases}$, $t \in \mathbb{R}$,

avec H un point de la droite (CG). $H(-1\,;-1\,;-1)$ est un point de (CG) si, et seulement si, $\overrightarrow{CH}$ et $\overrightarrow{CG}$ sont colinéaires.
$\overrightarrow{CH}\,(-2\,;-1\,;1)$ donc $\overrightarrow{CH} = -\overrightarrow{CG}$. On en déduit que le système donné est bien une représentation paramétrique de (CG).
De plus $\overrightarrow{CG}\cdot\overrightarrow{EF} = 2\times(-2)+1\times 0+(-1)\times(-4)=0$, donc (CG) et (EF) sont bien orthogonales.

7 DANS UN CUBE

a. $\mathcal{V}(BCDG) = \frac{1}{3}\mathcal{A}_{base} \times \text{hauteur} = \frac{1}{3}\times\mathcal{A}(BCD)\times CG$

$\mathcal{V}(BCDG) = \frac{1}{3}\times\frac{1}{2}\times BC\times CD\times CG = \mathbf{\frac{1}{6}}$ **unités d'aire**.

b. Le triangle BDG est un triangle équilatéral car [BD], [DG] et [BG] sont des diagonales des faces du cube. D'après le théorème de Pythagore dans le triangle BCG rectangle en C, on a : $BG = \sqrt{BC^2+CG^2} = \sqrt{1^2+1^2} = \sqrt{2}$.
Appelons H le pied de la hauteur issue de G.
[GH] est perpendiculaire à [BD] et passe par son milieu, donc :

$$GI = \sqrt{BG^2 - BI^2} = \sqrt{\sqrt{2}^2 - \left(\frac{\sqrt{2}}{2}\right)^2} = \sqrt{2-\frac{2}{4}} = \sqrt{\frac{6}{4}} = \frac{\sqrt{6}}{2}.$$

$\mathcal{A}(\mathbf{BDG}) = \frac{1}{2}\times\sqrt{2}\times\frac{\sqrt{6}}{2} = \mathbf{\frac{\sqrt{3}}{2}}$.

c. La distance du point C au plan (BDG) est la longueur du segment [CH′], où H′ est le projeté orthogonal de C sur [BDG].
La droite (CH') est donc la hauteur du tétraèdre BCDG associée à la base BDG.
Une autre manière de calculer le volume de BCDG est :

$$\mathcal{V}(BCDG) = \frac{1}{3}\times\mathcal{A}(BDG)\times CH' = \frac{1}{3}\times\frac{\sqrt{3}}{2}\times CH' \Leftrightarrow \frac{1}{6}\times\frac{3}{1}\times\frac{2}{\sqrt{3}} = CH'$$

$$\Leftrightarrow \mathbf{CH'} = \mathbf{\frac{1}{\sqrt{3}}} = \mathbf{\frac{\sqrt{3}}{3}}.$$

d. Démontrons que $\overrightarrow{CE}$ est un vecteur normal au plan (BDG), dont une base de vecteurs est $\left(\overrightarrow{BD}\,;\,\overrightarrow{BG}\right)$.
$\overrightarrow{BG} = \overrightarrow{BC}+\overrightarrow{CG} \Leftrightarrow \overrightarrow{BG}(0\,;1\,;1)$ et $\overrightarrow{BD} = \overrightarrow{BA}+\overrightarrow{AD} \Leftrightarrow \overrightarrow{BD}(-1\,;\,1\,;\,0)$.
Et $\overrightarrow{CE} = \overrightarrow{CB}+\overrightarrow{BA}+\overrightarrow{AE} \Leftrightarrow \overrightarrow{CE}(-1\,;-1\,;\,1)$, d'où :

$$\overrightarrow{CE}\cdot\overrightarrow{BG} = -1\times 0+(-1)\times 1+1\times 1 = 0.$$

De plus, $\overrightarrow{CE}\cdot\overrightarrow{BD} = -1\times(-1)+(-1)\times 1+1\times 0 = 0$.
$\overrightarrow{CE}$ est bien un vecteur normal au plan (BDG).
Une équation cartésienne de ce plan est de la forme :

$$-1x - 1y + z + d = 0, \text{ où } d \text{ est un réel.}$$

$B \in (BDG) \Leftrightarrow -1-1\times 0+0+d=0 \Leftrightarrow d=1$.
Une équation de (BDG) est : $-x-y+z+1=0$.

8 AVEC DES PARAMÈTRES

a. Un vecteur normal de $\mathcal{P}$ est $\vec{n}\begin{pmatrix}1\\-1\\2\end{pmatrix}$.

$\mathcal{D}$ est parallèle à $\mathcal{P}$ si, et seulement si, $\vec{n}$ et $\vec{u}$ sont orthogonaux.
$\vec{n}\cdot\vec{u} = 1\times(-1)+(-1)\times m+2\times 1 = 1-m$.
Donc $\mathcal{D}$ est parallèle à $\mathcal{P}$ si, et seulement si, $1-m=0 \Leftrightarrow m=1$.
Il existe bien un réel m tel que $\mathcal{D}$ est parallèle à $\mathcal{P}$.

b. Une droite peut être strictement parallèle à un plan ou incluse dans ce plan. A étant un point de la droite, on a deux cas possibles :
– soit $A \in \mathcal{P}$ et dans ce cas $\mathcal{D} \subset \mathcal{P}$,
– soit $A \notin \mathcal{P}$ et dans ce cas $\mathcal{D}$ est strictement parallèle à $\mathcal{P}$.
$A \in \mathcal{P} \Leftrightarrow 2-p+2\times 1-3=0 \Leftrightarrow p=1$.
Conclusion : **pour tout réel $p \neq 1$, $\mathcal{D} \cap \mathcal{P} = \varnothing$.**

c. Si $m \neq 1$, on a vu que $\mathcal{D}$ n'est pas parallèle à $\mathcal{P}$, elle est donc sécante en un point à ce plan. Et donc **quel que soit le réel p, $\mathcal{D} \cap \mathcal{P} \neq \varnothing$.**

d. Si $p = 1$, on a vu que $A \in \mathcal{P}$, donc la droite $\mathcal{D}$ peut être sécante au plan au point A ou elle peut être incluse dans $\mathcal{P}$.
Or, si $m = 1$, $\mathcal{D}$ est parallèle à $\mathcal{P}$.
On en déduit que **si $p = 1$, alors $\mathcal{D} \cap \mathcal{P} = \{A\}$ si, et seulement si, $m \neq 1$.**
L'affirmation est donc fausse.

9 SYSTÈME LINÉAIRE DE TROIS ÉQUATIONS À TROIS INCONNUES

1. a. Considérons les plans :
$\mathcal{P} : \frac{x}{2} - y + z = 0$, $\mathcal{Q} : -3x + 6y - z = 1$ et $\mathcal{R} : x - 2y + \frac{z}{3} = 5$.

Les plans $\mathcal{Q}$ et $\mathcal{R}$ sont parallèles car leurs vecteurs normaux $\overrightarrow{n_{\mathcal{Q}}}\begin{pmatrix}-3\\6\\-1\end{pmatrix}$ et $\overrightarrow{n_{\mathcal{R}}}\begin{pmatrix}1\\-2\\\frac{1}{3}\end{pmatrix}$ sont colinéaires $\left(\text{le rapport de proportionnalité est } -\frac{1}{3}\right)$.

De plus, $x - 2y + \frac{z}{3} = 5 \Leftrightarrow -3x + 6y - z = -15$, donc $\mathcal{Q}$ et $\mathcal{R}$ sont disjoints.

À fortiori, il n'existe pas de point commun aux trois plans $\mathcal{P}$, $\mathcal{Q}$ et $\mathcal{R}$.

Le système $\begin{cases} \dfrac{x}{-2} - y + z = 0 \\ 3x + 6y - z = 1 \\ x - 2y + \dfrac{z}{3} = 5 \end{cases}$ **n'admet donc pas de solution.**

b. Considérons les plans :
$\mathcal{P} : x - 2y + z = 5$, $\mathcal{Q} : x + y + z = 1$ et $\mathcal{R} : x - 3y = 5$.

Des vecteurs normaux à ces trois plans sont $\vec{u}\begin{pmatrix}1\\-2\\1\end{pmatrix}$, $\vec{v}\begin{pmatrix}1\\1\\1\end{pmatrix}$ et $\vec{w}\begin{pmatrix}1\\-3\\0\end{pmatrix}$.

Ces vecteurs pris deux par deux ne sont pas colinéaires, donc les plans $\mathscr{P}$, $\mathscr{Q}$ et $\mathscr{R}$ sont deux à deux sécants et on doit résoudre le système :

$$\begin{cases} x-2y+z=5 \\ x+y+z=1 \\ x-3y=5 \end{cases} \Leftrightarrow \begin{matrix} (L_1)-(L_2) \\ (L_1)-(L_3) \\ (L_3) \end{matrix} \begin{cases} -3y=4 \\ -2y+3y+z=0 \\ x-3y=5 \end{cases} \Leftrightarrow \begin{cases} y=-\dfrac{4}{3} \\ z=-y=\dfrac{4}{3} \\ x=5+3y=1 \end{cases}$$

La solution du système est le triplet $\left(1\,;-\dfrac{4}{3}\,;\dfrac{4}{3}\right)$.

Interprétation géométrique :

Les plans $\mathscr{P}$, $\mathscr{Q}$ et $\mathscr{R}$ se coupent en un point $\mathrm{I}\left(1\,;-\dfrac{4}{3}\,;\dfrac{4}{3}\right)$.

Les 3 plans auraient pu également être sécants 2 à 2 sans que les 3 droites d'intersection ne soient concourantes en un point. Dans ce cas le système n'aurait pas eu de solution.

2. a. $\overrightarrow{\mathrm{AB}}\begin{pmatrix} 3-1 \\ 6-3 \\ -2+1 \end{pmatrix}$, donc $\overrightarrow{\mathrm{AB}}\begin{pmatrix} 2 \\ 3 \\ -1 \end{pmatrix}$ et $\overrightarrow{\mathrm{AC}}\begin{pmatrix} -1 \\ 1 \\ 1 \end{pmatrix}$: ces deux vecteurs ne sont pas colinéaires, **donc A, B et C ne sont pas alignés.**

b. A, B et C définissent donc bien un plan (ABC).

Les coordonnées de A, B et C doivent vérifier l'équation du plan, donc on obtient 3 équations en remplaçant x, y et z :

$$\begin{cases} a+3b-c+d=0 \\ 3a+6b-2c+d=0 \\ 4b+d=0 \end{cases} \Leftrightarrow \begin{cases} a+3b-c-4b=0 \\ 3a+6b-2c-4b=0 \\ d=-4b \end{cases} \Leftrightarrow \begin{cases} a-b-c=0 \\ 3a+2b-2c=0 \\ d=-4b \end{cases}$$

$$\Leftrightarrow \begin{cases} a=b+c \\ 3(b+c)+2b-2c=0 \\ d=-4b \end{cases} \Leftrightarrow \begin{cases} a=b+c \\ c=-5b \\ d=-4b \end{cases}.$$

Posons par exemple $b=1$, alors on obtient $d=-4\,; c=-5\,; a=-4$.

L'équation obtenue pour le plan (ABC) est : $-4x+y-5z-4=0$.

Un plan admet une infinité d'équations cartésiennes, toutes équivalentes et pouvant être obtenues à partir des autres en les multipliant par un même coefficient. Une autre valeur de *b* donnerait une équation équivalente à celle-ci.

10 REMONTÉES MÉCANIQUES

Partie A.

1. $\overrightarrow{\mathrm{AB}}\begin{pmatrix} 0 \\ 2 \\ 0{,}65 \end{pmatrix}$ est un vecteur directeur de la droite (AB), donc **une représentation paramétrique de la droite (AB) est :** $\begin{cases} x=2 \\ y=4+2t \\ z=0{,}25+0{,}65t \end{cases}$, $t\in\mathbb{R}$.

2. a. $\overrightarrow{PQ}\,(0\ ;10\ ;5)$, donc $\vec{n}\cdot\overrightarrow{PQ}=0\times0+10\times1+5\times(-2)=0$.

$\overrightarrow{PR}\,(10\ ;10\ ;5)$, donc $\vec{n}\cdot\overrightarrow{PR}=0\times10+10\times1+5\times(-2)=0$.

$\vec{n}$ est orthogonal à deux vecteurs non colinéaires du plan (PQR), donc **$\vec{n}$ est normal au plan (PQR).**

b. Une équation cartésienne de (PQR) est $0x+1y-2z+d=0$, avec $d\in\mathbb{R}$.

P ∈ (PQR), donc : $y-2z+d=10-2\times0+d=0\Leftrightarrow d=-10$.

Une équation cartésienne de (PQR) est : $y-2z-10=0$.

3. $M(x\ ;y\ ;z)\in(AB)\cap(PQR)$ si, et seulement si, il existe un réel t tel que :

$$\begin{cases}x=2\\ y=4+2t\\ z=0{,}25+0{,}65t\end{cases}\quad\text{et } y-2z-10=0.$$

$$\Leftrightarrow\begin{cases}x=2\\ y=4+2t\\ z=0{,}25+0{,}65t\end{cases}\quad\text{et } 4+2t-2(0{,}25+0{,}65t)-10=0$$

$$\Leftrightarrow\begin{cases}x=2\\ y=4+2t\\ z=0{,}25+0{,}65t\end{cases}\quad\text{et } -6{,}5+0{,}7t=0$$

$$\Leftrightarrow t=\frac{6{,}5}{0{,}7}=\frac{65}{7}\quad\text{et}\quad\begin{cases}x=2\\ y=4+2\times\dfrac{65}{7}=\dfrac{158}{7}\\ z=0{,}25+0{,}65\times\dfrac{65}{7}=\dfrac{44}{7}\end{cases}.$$

(AB) est sécante au plan (PQR) au point I de coordonnées $\left(2\ ;\dfrac{158}{7};\dfrac{44}{7}\right)$.

4. On a $\dfrac{44}{7}\approx6{,}3$, donc si le câble (AB) continuait en ligne droite, il toucherait la piste en un point d'altitude 63 m, ce qui est au-dessus du haut de la piste car Q et R sont à 50 m d'altitude.

On peut en déduire que la première remontée mécanique passe bien au-dessus du sommet de la piste.

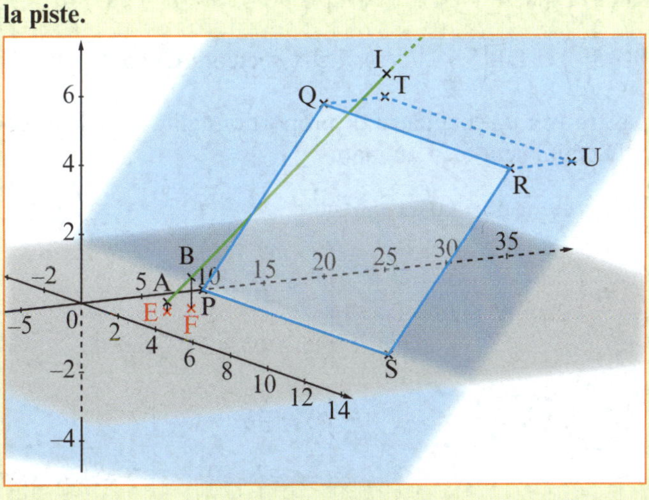

Partie B.

1. $\overrightarrow{MN} = \overrightarrow{MA} + \overrightarrow{AQ} + \overrightarrow{QN} = -a\overrightarrow{AB} + \overrightarrow{AQ} + b\overrightarrow{QR}$ avec $\overrightarrow{AB}\begin{pmatrix}0\\2\\0{,}65\end{pmatrix}$, $\overrightarrow{AQ}\begin{pmatrix}-2\\16\\4{,}75\end{pmatrix}$

et $\overrightarrow{QR}\begin{pmatrix}10\\0\\0\end{pmatrix}$, donc $\overrightarrow{MN}\begin{pmatrix}-a\times 0-2+b\times 10\\-a\times 2+16+b\times 0\\-a\times 0{,}65+4{,}75+b\times 0\end{pmatrix} \Leftrightarrow \overrightarrow{MN}\begin{pmatrix}-2+10b\\16-2a\\-0{,}65a+4{,}75\end{pmatrix}$.

2. $(MN)\perp(AB) \Leftrightarrow \overrightarrow{MN}\cdot\overrightarrow{AB}=0$

$$\Leftrightarrow (-2+10b)\times 0+(16-2a)\times 2+(-0{,}65a+4{,}75)\times 0{,}65=0$$

$$\Leftrightarrow 32-4a-0{,}4225a+3{,}0875=0$$

$$\Leftrightarrow \boldsymbol{a=\frac{35{,}0875}{4{,}4225}=\frac{14\,035}{1\,769}}.$$

Et $(MN)\perp(QR) \Leftrightarrow \overrightarrow{MN}\cdot\overrightarrow{QR}=0$

$$\Leftrightarrow (-2+10b)\times 10+(16-2a)\times 0+(-0{,}65a+4{,}75)\times 0=0$$

$$\Leftrightarrow -20+100b=0 \Leftrightarrow \boldsymbol{b=\frac{2}{10}}.$$

3. Pour ces valeurs de a et b :

$$MN=\sqrt{\left(-2+10\times\frac{2}{10}\right)^2+\left(16-2\times\frac{14\,035}{1769}\right)^2+\left(-0{,}65\times\frac{14\,035}{1769}+4{,}75\right)^2}\approx 0{,}428.$$

Donc la distance minimale est environ de 4,28 m.
Les conditions de sécurité sont respectées.

11 CERCLE DANS L'ESPACE

1. a. $AB=\sqrt{(x_B-x_A)^2+(y_B-y_A)^2+(z_B-z_A)^2}$

$AB=\sqrt{3^2+4^2+(-2)^2} \Leftrightarrow \mathbf{AB=\sqrt{29}}$.

b. Un point $M(x\,;y\,;z)$ est sur la sphère signifie que AM = AB, et

$$AM = AB \Leftrightarrow AM^2=29 \Leftrightarrow (x+2)^2+(y-1)^2+z^2=29$$

$$\Leftrightarrow x^2+4x+y^2-2y+z^2-24=0.$$

Une équation de la sphère $\mathscr{S}$ est : $\boldsymbol{x^2+4x+y^2-2y+z^2-24=0}$.

2. On a $\overrightarrow{CB}\begin{pmatrix}0\\5\\-2\end{pmatrix}$ et $\overrightarrow{DB}\begin{pmatrix}2\\6\\-2\end{pmatrix}$: ces deux vecteurs ne sont pas colinéaires car on ne peut pas trouver un coefficient de proportionnalité entre leurs coordonnées, donc B, C et D définissent bien un plan.

Soit $\vec{n}\begin{pmatrix}a\\b\\c\end{pmatrix}$ un vecteur normal à ce plan.

$$\begin{cases}\vec{n}\cdot\overrightarrow{CB}=0\\\vec{n}\cdot\overrightarrow{DB}=0\end{cases} \Leftrightarrow \begin{cases}0a+5b-2c=0\\2a+6b-2c=0\end{cases} \Leftrightarrow \begin{cases}c=\frac{5}{2}b\\2a+6b-2\times\frac{5}{2}b=0\end{cases}$$

$$\Leftrightarrow \begin{cases}c=\frac{5}{2}b\\2a+b=0\end{cases} \Leftrightarrow \begin{cases}c=\frac{5}{2}b\\b=-2a\end{cases}.$$

Un vecteur normal au plan (BCD) est $\vec{n}\begin{pmatrix}1\\-2\\-5\end{pmatrix}$, donc une équation de (BCD) est : $x-2y-5z+d=0$.

$B\in(BCD)\Leftrightarrow 1-2\times 5-5\times(-2)+d=0\Leftrightarrow d=-1$.

Une équation cartésienne de (BCD) est $\boldsymbol{x-2y-5z-1=0}$.

Après avoir justifié que B, C et D définissent bien un plan, on peut aussi remplacer les coordonnées de ces 3 points dans l'équation proposée par l'énoncé.

3. E est le projeté orthogonal de A sur (BCD) si, et seulement si, $(AE)\perp(BCD)$ et $E\in(BCD)$, c'est-à-dire si, et seulement si, $\overrightarrow{AE}$ et $\vec{n}$ sont colinéaires et $E\in(BCD)$.

$\overrightarrow{AE}$ et $\vec{n}$ sont colinéaires si, et seulement si, il existe un réel k tel que :

$$\overrightarrow{AE}=k\vec{n}\Leftrightarrow\begin{cases}x_E+2=k\times 1\\ y_E-1=k\times(-2)\\ z_E=k\times(-5)\end{cases}\Leftrightarrow\begin{cases}x_E=k-2\\ y_E=-2k+1\\ z_E=-5k\end{cases}.$$

D'où la condition $E\in(BCD)$ donne :

$(k-2)-2(-2k+1)-5(-5k)-1=0\Leftrightarrow 30k-5=0\Leftrightarrow k=\dfrac{5}{30}=\dfrac{1}{6}$.

Ainsi, E a pour coordonnées : $\begin{cases}x_E=\dfrac{1}{6}-2=-\dfrac{11}{6}\\ y_E=-2\times\dfrac{1}{6}+1=\dfrac{2}{3}\\ z_E=-5\times\dfrac{1}{6}=-\dfrac{5}{6}\end{cases}$

Donc $\boldsymbol{E\left(-\dfrac{11}{6};\dfrac{2}{3};-\dfrac{5}{6}\right)}$.

4. $\mathcal{S}$ est la sphère de centre A passant par B, donc B se trouve sur le cercle intersection de la sphère et du plan (BCD). Le rayon de la sphère est donc :

$$EB=\sqrt{\left(1-\frac{11}{6}\right)^2+\left(5-\frac{2}{3}\right)^2+\left(-2+\frac{5}{6}\right)^2}=\sqrt{\frac{169}{6}}=\frac{13\sqrt{6}}{6}.$$

EB ≈ 5,3 unités.

5. a.

$\overrightarrow{BE}\cdot\overrightarrow{BA}=\left(-\dfrac{11}{6}-1\right)\times(-2-1)+\left(\dfrac{2}{3}-5\right)\times(1-5)+\left(-\dfrac{5}{6}+2\right)\times(0+2)$

$\overrightarrow{BE}\cdot\overrightarrow{BA}=\dfrac{169}{6}$.

b. Une autre formule du produit scalaire donne :

$\overrightarrow{BE}\cdot\overrightarrow{BA}=BE\times BA\times\cos\left(\widehat{EBA}\right)$, donc :

$$\cos\left(\widehat{EBA}\right)=\frac{\frac{169}{6}}{\sqrt{\frac{169}{6}}\times\sqrt{29}}=\sqrt{\frac{169}{6\times 29}}=\sqrt{\frac{169}{174}}$$

d'où $\boldsymbol{\widehat{EBA}\approx 9{,}76°}$.

12 QCM

1. Réponses b. et c. $\vec{n}\begin{pmatrix}-3\\2\\-7\end{pmatrix}$ est un vecteur normal du plan, donc $\vec{u}=-2\vec{n}$ également.

2. Réponses b. et c.

$\vec{n}\begin{pmatrix}-3\\2\\-7\end{pmatrix}$ et $\vec{n'}\begin{pmatrix}4\\-1\\-2\end{pmatrix}$ sont des vecteurs normaux respectivement des plans d'équation :

$-3x+2y-7z+1=0$ et $4x-y-2z+11=0$.

$\vec{n}\cdot\vec{n'}=-3\times4+2\times(-1)-7\times(-2)=0$, donc les deux plans sont orthogonaux.

3. Réponse c.

$-9x+18y+6z-27=0 \Leftrightarrow 3x-6y-2z+9=0$ (on a divisé par (-3)), donc les deux plans sont confondus.

4. Réponses c. et b.

$\vec{u}\begin{pmatrix}3\\1\\-4\end{pmatrix}$ et $\vec{u'}\begin{pmatrix}2\\-2\\1\end{pmatrix}$ sont orthogonaux $(\vec{u}\cdot\vec{u'}=0)$.

Donc (d_1) et (d_2) sont orthogonales. De plus,

$$\begin{cases}5+3t=-11+2t'\\2+t=10-2t'\\1-4t=4+t'\end{cases} \Leftrightarrow \begin{matrix}L_1-3L_2\\L_2\\L_3+4L_2\end{matrix}\begin{cases}5-3\times2=-11-3\times10+2t'-(-6t')\\2+t=10-2t'\\1+4\times2=4+4\times10+t'+4(-2t')\end{cases}$$

$\begin{cases}5=t'\\t=-2\\5=t'\end{cases}$, donc (d_1) et (d_2) sont sécantes en $M(-1\,;\;0\,;9)$.

5. Réponse c. $\vec{n}\begin{pmatrix}1\\-1\\1\end{pmatrix}$ est un vecteur normal au plan et $\vec{u}\begin{pmatrix}-1\\3\\3\end{pmatrix}$ est un vecteur directeur de la droite.

$\vec{u}$ et $\vec{n}$ ne sont pas colinéaires, donc le plan et la droite ne sont pas orthogonaux.
$\vec{u}$ et $\vec{n}$ ne sont pas orthogonaux $(\vec{u}\cdot\vec{n}=-1)$, donc le plan et la droite ne sont pas parallèles.

13 UN PROBLÈME CLASSIQUE

Partie A.

1. $\mathcal{P}$ admet pour vecteur normal le vecteur $\vec{n}(1;1;1)$ et $\mathcal{P}'$ admet pour vecteur normal le vecteur $\vec{n'}(6;3;-2)$.
$\vec{n}$ et $\vec{n'}$ ne sont pas colinéaires, donc **les plans $\mathcal{P}$ et $\mathcal{P}'$ sont sécants.**

2. Soit $M(x\,;\;y\,;\;z)$ un point de l'espace.

$$M\in\mathcal{P}\cap\mathcal{P}' \Leftrightarrow \begin{cases}x+y+z-4=0\\6x+3y-2z-6=0\end{cases} \Leftrightarrow \begin{cases}x=4-z-y\\24-6z-6y+3y=2z+6\end{cases}$$

$$\Leftrightarrow \begin{cases}x=\dfrac{5}{3}z-2\\[2mm] y=-\dfrac{8}{3}z+6\end{cases}$$

d'où $\mathbf{M} \in \mathscr{P} \cap \mathscr{P}' \Leftrightarrow \begin{cases} \boldsymbol{x = \frac{5}{3}t - 2} \\ \boldsymbol{y = -\frac{8}{3}t + 6,} \\ \boldsymbol{z = t} \end{cases}$ $t \in \mathbb{R}$, en posant $t = z$.

3. Les vecteurs $\vec{u}\left(\frac{5}{3};-\frac{8}{3};1\right)$ et $\vec{u'}(5;-8;3)$ sont colinéaires car $\vec{u'} = 3\vec{u}$.
Le vecteur $\vec{u'}$ est donc également un vecteur directeur de la droite d'intersection de $\mathscr{P}$ et $\mathscr{P}'$.
Vérifions que le point $N(3;-2;3)$ appartient bien à cette droite.
$3+(-2)+3-4=0$, donc $N \in \mathscr{P}$,
et $6\times 3+3\times(-2)-2\times 3-6=0$, donc $N \in \mathscr{P}'$.
$\mathscr{P} \cap \mathscr{P}'$ est la droite passant par N et de vecteur directeur $\vec{u'}$, dont un système d'équations paramétriques est $\begin{cases} x = 5t+3 \\ y = -8t-2 \\ z = 3t+3 \end{cases}$.

Partie B.

1. Soit $M(x;y;z)$ un point de l'espace.

$M \in (AB) \Leftrightarrow \overrightarrow{AM}(x-1;\ y;\ z)$ et $\overrightarrow{AB}(-1;\ 2;\ 0)$ sont colinéaires

$\Leftrightarrow$ il existe un réel t tel que $\overrightarrow{AM} = t\overrightarrow{AB}$

$\Leftrightarrow$ il existe un réel t tel que $\begin{cases} x-1=-t \\ y=2t \\ z=0 \end{cases}$

$M \in (AB) \Leftrightarrow$ il existe un réel t tel que $\begin{cases} x=1-t \\ y=2t \\ z=0 \end{cases}$.

2. $\overrightarrow{AB}(-1;2;0)$ est un vecteur directeur de la droite (AB).
$\vec{n}(1;1;1)$ est un vecteur normal au plan $\mathscr{Q}$.
La droite (AB) est parallèle au plan $\mathscr{Q}$ si, et seulement si, $\overrightarrow{AB}$ et $\vec{n}$ sont orthogonaux. Dans le cas contraire, (AB) et $\mathscr{Q}$ sont sécants.

$$\overrightarrow{AB}\cdot\vec{n} = -1\times 1+2\times 1+0\times 1 = 1 \neq 0,$$

donc $\overrightarrow{AB}$ et $\vec{n}$ ne sont pas orthogonaux, **donc (AB) et $\mathscr{Q}$ sont sécants.**
Soit I leur point d'intersection.

D'après B.1., comme $I \in (AB)$, il existe un réel t tel que $\begin{cases} x_I = 1-t \\ y_I = 2t \\ z_I = 0 \end{cases}$.

Comme $I \in \mathscr{Q}$: $x_I + y_I + z_I - 4 = 0$, soit $(1-t)+2t+0-4=0$.
D'où $t = 3$ et $I(-2;6;0)$.

3. $\overrightarrow{BC}(0;-2;-3)$, donc $\overrightarrow{BC}\cdot\vec{n} = 0-2-3 \neq 0$, et donc (BC) et $\mathscr{Q}$ sont sécants en un point J.

$J \in (BC)$, donc il existe un réel t tel que $\overrightarrow{BJ} = t\overrightarrow{BC}$, soit :

$$\begin{cases} x_J = 0 \\ y_J - 2 = -2t \\ z_J = -3t \end{cases} \text{ d'où } \begin{cases} x_J = 0 \\ y_J = 2 - 2t \\ z_J = -3t \end{cases}.$$

$J \in \mathcal{Q}$ donc $x_J + y_J + z_J - 4 = 0$, soit $2 - 2t - 3t - 4 = 0$, d'où $t = -\dfrac{2}{5}$.

Donc $J\left(0\,;\dfrac{14}{5}\,;\dfrac{6}{5}\right)$, ou encore $J(0\,;2,8\,;1,2)$.

4. Soit k un réel.

$$\overrightarrow{IJ} = k\vec{v} \Leftrightarrow \begin{pmatrix} 2 \\ -3,2 \\ 1,2 \end{pmatrix} = k\begin{pmatrix} 5 \\ -8 \\ 3 \end{pmatrix} \Leftrightarrow \begin{cases} 2 = 5k \\ -3,2 = -8k \\ 1,2 = 3k \end{cases} \Leftrightarrow k = 0,4.$$

$\overrightarrow{IJ} = 0,4\vec{v}$, donc $\overrightarrow{IJ}$ et $\vec{v}$ sont colinéaires.

5. $\overrightarrow{AB}(-1\,;2\,;0)$ et $\overrightarrow{BC}(0\,;-2\,;-3)$ ne sont pas colinéaires, **donc les points A, B et C forment un plan.**

6. Le point I appartient à la droite (AB), donc aussi au plan (ABC).
Le point I appartient donc au plan (ABC) et au plan $\mathcal{Q}$.
Ces deux plans sont donc sécants, non confondus car (AB) n'est pas incluse dans $\mathcal{Q}$, et leur intersection est une droite. Le point J appartient à la droite (BC) incluse dans le plan (ABC) et aussi au plan $\mathcal{Q}$.
Comme J est distinct de I, **l'intersection des plans (ABC) et $\mathcal{Q}$ est la droite (IJ).**

14 ÉQUATIONS PARAMÉTRIQUES

1. Soit $M(x\,;y\,;z)$ un point de l'espace.
Le couple $(\vec{u}\,;\vec{v})$ est une base du plan $\mathcal{P}_2$ donc :
$M \in \mathcal{P}_2$ si, et seulement si, le vecteur $\overrightarrow{AM}$ peut s'exprimer comme combinaison linéaire de $\vec{u}$ et $\vec{v}$:

$M \in \mathcal{P}_2 \Leftrightarrow$ il existe deux réels α et β tels que $\overrightarrow{AM} = \alpha\vec{u} + \beta\vec{v}$.

$$\Leftrightarrow \text{il existe deux réels } \alpha \text{ et } \beta \text{ tels que } \begin{cases} x - 3 = \alpha \times (-1) + \beta \times 2 \\ y - 2 = 0\alpha - 1\beta \\ z - 1 = \alpha + 0\beta \end{cases}$$

Donc $\mathcal{P}_2$ admet pour représentation paramétrique $\begin{cases} x = -\alpha + 2\beta + 3 \\ y = -\beta + 2 \\ z = \alpha + 1 \end{cases}$ **, $\alpha \in \mathbb{R}$,**

2. Soit $\overrightarrow{n_2}(a\,;b\,;c)$ un vecteur normal à $\mathcal{P}_2$.
Alors $\overrightarrow{n_2} \cdot \vec{u} = 0$ et $\overrightarrow{n_2} \cdot \vec{v} = 0$. D'où $-a + c = 0$ et $2a - b = 0 \Leftrightarrow a = c$ et $b = 2a$.

Posons $a = 1$, alors $c = 1$ et $b = 2$. **$\overrightarrow{n_2}\begin{pmatrix} 1 \\ 2 \\ 1 \end{pmatrix}$ est un vecteur normal à $\mathcal{P}_2$.**

Tous les vecteurs normaux à $\mathcal{P}_2$ sont colinéaires à $\overrightarrow{n_2}$, donc tous les vecteurs égaux à $k\overrightarrow{n_2}$, où $k \in \mathbb{R}^*$, peuvent être choisis ; ce qui revient à dire que l'on peut choisir la valeur de *a*.

3. $\mathcal{P}_2$ admet donc une équation cartésienne de la forme :

$$x + 2y + z + d = 0,\ d \in \mathbb{R}.$$

$A \in \mathcal{P}_2$, donc $3+2\times 2+1+d=0$, donc $d=-8$.
Finalement, $\mathcal{P}_2$ a pour équation : $x+2y+z-8=0$.

4. $M \in (Ox)$, donc $y_M = z_M = 0$, d'où $x_M - 8 = 0$ et $M(8\,;\,0\,;\,0)$.
$N \in (Oy)$, donc $x_N = z_N = 0$, d'où $2y_N - 8 = 0$ et $N(0\,;\,4\,;\,0)$.
De même, on trouve $P(0\,;0\,;8)$.

5. $\vec{n_1}(1\,;\,0\,;\,-1)$ est normal à $\mathcal{P}_1$.
$\vec{n_1}$ et $\vec{n_2}$ ne sont pas colinéaires donc les plans $\mathcal{P}_1$ et $\mathcal{P}_2$ sont sécants.
$\vec{n_1}\,.\,\vec{n_2} = 1\times 1 + 0\times 2 + (-1)\times 1 = 0$, donc $\vec{n_1} \perp \vec{n_2}$.
Les plans $\mathcal{P}_1$ et $\mathcal{P}_2$ sont orthogonaux.

6. a. Les points de (Δ) doivent vérifier les équations des deux plans, donc le système : $\begin{cases} x-z=0 \\ x+2y+z-8=0 \end{cases}$

Posons $x=t$, $t\in\mathbb{R}$; on obtient le système :
$$\begin{cases} x=t \\ z=t \\ t+2y+t-8=0 \end{cases},\ t\in\mathbb{R}$$

équivalent à $\begin{cases} \boldsymbol{x=t} \\ \boldsymbol{y=4-t} \\ \boldsymbol{z=t} \end{cases}$, $t\in\mathbb{R}$ **qui est un système d'équations paramétriques de** (Δ).

b. Si $t=4$, on obtient un point de Δ de coordonnées $(4\,;0\,;4)$, c'est le point C.
Donc $C\in(\Delta)$.
D'après le système, un vecteur directeur $\vec{w}$ de (Δ) a pour coordonnées $(1\,;\,-1\,;1)$ (ce sont les coefficients devant le paramètre t) et $-\vec{w}=\vec{t}$ est également un vecteur directeur de (Δ).
Donc (Δ) passe par $C(4\,;0\,;4)$ et admet pour vecteur directeur $\vec{t}\,(-1\,;1\,;-1)$.

7. $L\in\mathcal{P}_1$ si, et seulement si, ses coordonnées vérifient l'équation de $\mathcal{P}_1$, c'est-à-dire $x-z=0$.
Donc $L(2\,;2\,;2)$.
$\mathcal{S}$ a pour rayon $AL=\sqrt{(3-2)^2+(2-2)^2+(1-2)^2}=\sqrt{2}$ et pour centre A.
Soit $M(x\,;y\,;z)$ un point de l'espace,
$M\in\mathcal{S} \Leftrightarrow AM=\sqrt{2}$
$\Leftrightarrow AM^2=2 \Leftrightarrow (x-3)^2+(y-2)^2+(z-1)^2=2.$
Une équation cartésienne de $\mathcal{S}$ est donc :
$$\boldsymbol{x^2-6x+y^2-4y+z^2-2z+12=0.}$$

15 SPHÈRE TANGENTE À UN TÈTRAÈDRE

Partie A.

- Soit M un point du plan médiateur du segment [AB].

$$MA^2=\overrightarrow{MA}\cdot\overrightarrow{MA}=\left(\overrightarrow{MI}+\overrightarrow{IA}\right)\cdot\left(\overrightarrow{MI}+\overrightarrow{IA}\right)$$
$$=MI^2+2\overrightarrow{MI}\cdot\overrightarrow{IA}+IA^2$$
$$MB^2=\overrightarrow{MB}\cdot\overrightarrow{MB}=\left(\overrightarrow{MI}+\overrightarrow{IB}\right)\cdot\left(\overrightarrow{MI}+\overrightarrow{IB}\right)$$
$$=MI^2+2\overrightarrow{MI}\cdot\overrightarrow{IB}+IB^2$$

Or $\overrightarrow{MI}$ est un vecteur de ce plan médiateur, donc il est orthogonal au vecteur $\overrightarrow{IA}$ et au vecteur $\overrightarrow{IB}$:

$$\overrightarrow{MI}\cdot\overrightarrow{IA}=0 \text{ et } \overrightarrow{MI}\cdot\overrightarrow{IB}=0.$$

De plus, IA = IB puisque I est le milieu du segment [AB]. On a donc $MA^2 = MB^2$ et donc MA = MB puisque des longueurs sont positives.
On en déduit que les points du plan médiateur sont à égale distance de A et B.

• Réciproquement, si un point M, distinct de I, est à égale distance de A et de B, alors :

$$\begin{aligned} MA = MB \Leftrightarrow MA^2 = MB^2 &\Leftrightarrow MI^2 + 2\overrightarrow{MI}\cdot\overrightarrow{IA} + IA^2 = MI^2 + 2\overrightarrow{MI}\cdot\overrightarrow{IB} + IB^2 \\ &\Leftrightarrow 2\overrightarrow{MI}\cdot\overrightarrow{IA} = 2\overrightarrow{MI}\cdot\overrightarrow{IB} \\ &\Leftrightarrow \overrightarrow{MI}\cdot\left(\overrightarrow{IA}-\overrightarrow{IB}\right)=0 \\ &\Leftrightarrow \overrightarrow{MI}\cdot\overrightarrow{BA}=0 \end{aligned}$$

On en déduit que M est dans un plan passant par I et dont $\overrightarrow{BA}$ est un vecteur normal.

Conclusion : **le plan médiateur, défini comme plan perpendiculaire à [AB] et passant par son milieu I est l'ensemble des points situés à égale distance de A et de B.**

Partie B.

1. Soit I_1 le milieu du segment [AB] ;

$$I_1\left(\frac{6+1}{2};\frac{2-2}{2};\frac{1-2}{2}\right) \Leftrightarrow I_1\left(\frac{7}{2};0;-\frac{1}{2}\right).$$

$M(x\,;y\,;z)$ est un point de $\mathcal{P}_1$ si, et seulement si, $\overrightarrow{MI_1}\cdot\overrightarrow{BA}=0$ et

$$\begin{aligned} \overrightarrow{MI_1}\cdot\overrightarrow{BA}=0 &\Leftrightarrow \left(\frac{7}{2}-x\right)(1-6)+(0-y)(-2-2)+\left(-\frac{1}{2}-z\right)(-2-1)=0 \\ &\Leftrightarrow -\frac{35}{2}+5x+4y+\frac{3}{2}+3z=0 \end{aligned}$$

Une équation de $\mathcal{P}_1$ est : $5x+4y+3z-16=0$.

Soit I_2 le milieu du segment [BC] : $I_2\left(\frac{7}{2};2;\frac{7}{2}\right)$.

$M(x\,;y\,;z)$ est un point de $\mathcal{P}_2$ si, et seulement si, $\overrightarrow{MI_2}\cdot\overrightarrow{BC}=0$ et

$$\begin{aligned} \overrightarrow{MI_2}\cdot\overrightarrow{BC}=0 &\Leftrightarrow \left(\frac{7}{2}-x\right)(1-6)+(2-y)(2-2)+\left(\frac{7}{2}-z\right)(6-1)=0 \\ &\Leftrightarrow -\frac{35}{2}+5x+\frac{35}{2}-5z=0 \Leftrightarrow 5x-5z=0 \end{aligned}$$

Une équation de $\mathcal{P}_2$ est : $x-z=0$.

Soit I_3 le milieu du segment [CD] : $I_3\left(\frac{5}{2};4;\frac{7}{2}\right)$.

$M(x\,;y\,;z)$ est un point de $\mathcal{P}_3$ si, et seulement si, $\overrightarrow{MI_3}\cdot\overrightarrow{CD}=0$ et

$$\begin{aligned} \overrightarrow{MI_3}\cdot\overrightarrow{CD}=0 &\Leftrightarrow \left(\frac{5}{2}-x\right)(4-1)+(4-y)(6-2)+\left(\frac{7}{2}-z\right)(1-6)=0 \\ &\Leftrightarrow \frac{15}{2}-3x+16-4y-\frac{35}{2}+5z=0 \end{aligned}$$

Une équation de $\mathcal{P}_3$ est : $-3x-4y+5z+6=0$.

2. a. Vérifions que A, B et C ne sont pas alignés :

$\overrightarrow{AB}\,(5\,;4\,;3)$ et $\overrightarrow{AC}\,(0\,;4\,;8)$: ces deux vecteurs ne sont pas colinéaires car au vu de la première coordonnée, on aurait $\overrightarrow{AC} = 0 \times \overrightarrow{AB}$, ce qui est faux.

Les points A, B et C ne sont pas alignés, donc ils forment une base du plan (ABC).

Voyons si D ∈ (ABC) :

$\overrightarrow{AD}(3\,;8\,;3)$. Ce vecteur peut-il s'exprimer comme combinaison linéaire de $\overrightarrow{AB}$ et $\overrightarrow{AC}$?

$$\overrightarrow{AD} = \alpha\overrightarrow{AB} + \beta\overrightarrow{AC} \Leftrightarrow \begin{cases} 3 = 5\alpha + 0\beta \\ 8 = 4\alpha + 4\beta \\ 3 = 3\alpha + 8\beta \end{cases}$$

$$\Leftrightarrow \begin{cases} \alpha = \dfrac{3}{5} \\ \beta = \dfrac{7}{5} \\ \beta = \dfrac{3}{20} \end{cases}$$

C'est impossible, on en conclut que **A, B, C et D ne sont pas coplanaires.**

b. Deux plans se coupent suivant une droite.

Soit $\mathcal{D}_1 = \mathcal{P}_1 \cap \mathcal{P}_2$ et $\mathcal{D}_2 = \mathcal{P}_2 \cap \mathcal{P}_3$.

$\mathcal{D}_1$ et $\mathcal{D}_2$ sont coplanaires puisqu'elles sont incluses dans $\mathcal{P}_2$, donc elles peuvent être parallèles ou sécantes en un point.

$\mathcal{D}_1 \subset \mathcal{P}_1$ qui est orthogonal au segment [AB], donc $\mathcal{D}_1$ et (AB) sont orthogonales, de même que $\mathcal{D}_1$ et (BC).

La droite $\mathcal{D}_1$ est donc orthogonale au plan (ABC).

De même, $\mathcal{D}_2$ est orthogonale au plan (BCD).

Si $\mathcal{D}_1$ et $\mathcal{D}_2$ étaient parallèles, alors les plans (ABC) et (BCD) seraient parallèles aussi, et donc confondus.

D'après la question **1.**, les points A, B, C et D ne sont pas coplanaires, donc on en déduit que $\mathcal{D}_1$ et $\mathcal{D}_2$ sont sécantes en un point M, et donc **les trois plans médiateurs se coupent en un seul point**.

L'ensemble des points M de $\mathcal{P}_1$ est à égale distance de A et B, donc si $M \in \mathcal{P}_1 \cap \mathcal{P}_2 \cap \mathcal{P}_3$ alors :

$$MA = MB = MC = MD.$$

Le point M est équidistant des 4 points A, B, C et D donc **M est le centre de la sphère circonscrite au tétraèdre**.

3. a. Les points $M(x\,;y\,;z)$ de la droite $\mathcal{D}$ ont des coordonnées vérifiant le système :

$$\begin{cases} 5x + 4y + 3z - 16 = 0 \\ x - z = 0 \end{cases}.$$

Posons $x = t$, $t \in \mathbb{R}$.

Alors $\mathbf{M} \in (\boldsymbol{d}) \Leftrightarrow \begin{cases} \boldsymbol{x = t} \\ \boldsymbol{y = 4 - 2t} \\ \boldsymbol{z = t} \end{cases}, \boldsymbol{t \in \mathbb{R}}.$

C'est un système d'équations paramétriques de $\mathcal{D}$.

b. Soit $\Omega(a\,;b\,;c)$.

$$\Omega \in \mathcal{D} \cap \mathcal{P}_3 \Leftrightarrow \begin{cases} a = t \\ b = 4 - 2t \\ c = t \\ -3a - 4b + 5c + 6 = 0 \end{cases},\ t \in \mathbb{R}.$$

$$\Leftrightarrow \begin{cases} a = t \\ b = 4 - 2t \\ c = t \\ -3t - 4(4 - 2t) + 5t + 6 = 0 \end{cases},\ t \in \mathbb{R}$$

$$\Leftrightarrow \begin{cases} a = t \\ b = 4 - 2t \\ c = t \\ -3t + 8t + 5t = 16 - 6 \end{cases},\ t \in \mathbb{R} \Leftrightarrow \begin{cases} a = 1 \\ b = 2 \\ c = 1 \\ t = 1 \end{cases}.$$

Le centre de la sphère circonscrite à ABCD est $\Omega\ (1\,;2\,;1)$.

c. Un rayon de cette sphère est [ΩA].

$\Omega A = \sqrt{(1-1)^2 + (-2-2)^2 + (-2-1)^2} = \sqrt{0 + 16 + 9} = \sqrt{25}$.

La sphère a pour rayon 5.

d. Un point $M(x\,;y\,;z)$ est sur cette sphère si, et seulement si, il est à une distance de 5 de son centre Ω.

$\Omega M = 5 \Leftrightarrow \Omega M^2 = 25$

$\Leftrightarrow (x-1)^2 + (y-2)^2 + (z-1)^2 = 25$

$\Leftrightarrow x^2 - 2x + y^2 - 4y + z^2 - 2z - 19 = 0$.

Une équation cartésienne de la sphère est donc :

$$\boldsymbol{x^2 - 2x + y^2 - 4y + z^2 - 2z - 19 = 0}.$$

4. Le plan (xOy) a pour équation $z = 0$.

En remplaçant dans l'équation de la sphère, on obtient :

$$x^2 - 2x + y^2 - 4y - 19 = 0.$$

C'est une équation cartésienne de cercle dans le plan (xOy), donc **la sphère est sécante avec le plan selon un cercle.**

5. a. $\Omega E = \sqrt{(1-1)^2 + (2-2)^2 + (3-1)^2} = 2$ donc $\Omega E < 5$.

On en déduit que E est à l'intérieur de la sphère, donc **la droite (EF) est sécante avec la sphère.** Elle coupe la sphère en deux points.

b. $\overrightarrow{EF}(3\,;3\,;3)$ est un vecteur directeur de la droite (EF), donc $\frac{1}{3}\overrightarrow{EF}(1\,;1\,;1)$ également.

> Prendre un vecteur directeur de coordonnées plus simples permet de simplifier les calculs pour la suite.

E est un point de cette droite, donc un système d'équations paramétriques de (EF) est :

$$\begin{cases} x = t + 1 \\ y = t + 2 \\ z = t + 3 \end{cases},\ t \in \mathbb{R}.$$

En remplaçant x, y et z dans l'équation de la sphère, on obtient :

$$(t+1)^2 - 2(t+1) + (t+2)^2 - 4(t+2) + (t+3)^2 - 2(t+3) - 19 = 0$$
$$\Leftrightarrow t^2 - 1 + t^2 - 4 + t^2 + 4t + 3 - 19 = 0$$
$$\Leftrightarrow 3t^2 + 4t - 21 = 0$$

C'est une équation du second degré qui a deux solutions :

$$t_1 = \frac{-2-\sqrt{67}}{3} \text{ et } t_2 = \frac{-2+\sqrt{67}}{3}.$$

Les coordonnées des deux points d'intersection de (EF) avec la sphère sont donc :

$$\left(\frac{1-\sqrt{67}}{3}\,;\frac{4-\sqrt{67}}{3}\,;\frac{7-\sqrt{67}}{3}\right) \text{ et } \left(\frac{1+\sqrt{67}}{3}\,;\frac{4+\sqrt{67}}{3}\,;\frac{7+\sqrt{67}}{3}\right).$$

Maths expertes

11 Nombres complexes

I ENSEMBLE DES NOMBRES COMPLEXES

Théorème

Il existe un ensemble noté $\mathbb{C}$ contenant $\mathbb{R}$ tel que :

• $\mathbb{C}$ est muni d'une addition et d'une multiplication qui prolongent celles de $\mathbb{R}$ et qui vérifient les mêmes propriétés algébriques.

• Il existe un élément dans $\mathbb{C}$ noté i vérifiant $\mathrm{i}^2 = -1$.

• Tout élément de $\mathbb{C}$ s'écrit de manière unique $a + \mathrm{i}b$ où $(a\,;b) \in \mathbb{R}^2$.

Définitions

• Les éléments de $\mathbb{C}$ s'appellent les **nombres complexes** et $\mathbb{C}$ s'appelle l'**ensemble des nombres complexes.**

L'écriture $z = a + \mathrm{i}b$ s'appelle la **forme algébrique** de z.

• a s'appelle **partie réelle** de z et se note $\mathrm{Re}(z)$.

b s'appelle **partie imaginaire** de z et se note $\mathrm{Im}(z)$.

• On dit que z est **imaginaire pur** si, et seulement si, $\mathrm{Re}(z) = 0$.

> $z \in \mathbb{R} \Leftrightarrow \mathrm{Im}(z) = 0$.
> Pour tout nombre complexe z, Re(z) et Im(z) sont **des réels.**

Propriété

Deux nombres complexes sont égaux si, et seulement si, ils ont la même partie réelle et la même partie imaginaire.

> En particulier, un nombre complexe est nul si, et seulement si, ses parties réelle et imaginaire sont nulles.

II RÈGLES DE CALCUL

Addition et d'une multiplication suivent les mêmes règles dans $\mathbb{C}$ que dans $\mathbb{R}$, avec l'ajout de la règle $\mathrm{i}^2 = -1$.

Propriété (Formule du binôme de Newton)

Soit u et v deux nombres complexes, et n un entier naturel. On a :

$$(u+v)^n = \sum_{k=0}^{n} \binom{n}{k} u^k v^{n-k}$$

où $\binom{n}{k}$ désigne le nombre de combinaisons de k éléments parmi n éléments.

Définitions

Soit un nombre complexe $z = a + \mathrm{i}b$ avec a et b réels.

• Si $z \neq 0$, l'**inverse** de z se note $\frac{1}{z}$ et vérifie $z \times \frac{1}{z} = 1$.

Voir la méthode 1 pour le calcul de l'inverse.

• Si $z' \neq 0$, le **quotient** de z par z' se note $\frac{z}{z'}$ et vérifie : $\frac{z}{z'} = z \times \frac{1}{z'}$.

Voir la méthode 1 pour le calcul du quotient.

• Le **conjugué** de z est le nombre complexe $\overline{z} = a - \mathrm{i}b$.

Propriétés

• z est réel si, et seulement si, $z = \overline{z}$.
• z est imaginaire pur si, et seulement si, $z = -\overline{z}$.
• pour tout nombre complexe z, $\overline{(\overline{z})} = z$.
• pour tous nombres complexes z, z' et pour tout entier naturel n :
$\overline{z + z'} = \overline{z} + \overline{z'}$; $\overline{-z} = -\overline{z}$; $\overline{z \times z'} = \overline{z} \times \overline{z'}$; $\overline{z^n} = \overline{z}^n$;

et si $z \neq 0$, $\overline{\left(\frac{1}{z}\right)} = \frac{1}{\overline{z}}$ et $\overline{\left(\frac{z'}{z}\right)} = \frac{\overline{z'}}{\overline{z}}$.

III ÉQUATIONS POLYNOMIALES

Théorème

On considère l'équation du **second degré à coefficients réels** $az^2 + bz + c = 0$ (où a, b et c sont réels tels que $a \neq 0$) d'inconnue z dans $\mathbb{C}$ et on appelle $\Delta = b^2 - 4ac$ son **discriminant** :

• si $\Delta = 0$, l'équation admet une solution (dite double) : $-\frac{b}{2a}$;

• si $\Delta > 0$, elle admet deux solutions réelles distinctes : $\frac{-b - \sqrt{\Delta}}{2a}$ et $\frac{-b + \sqrt{\Delta}}{2a}$;

• si $\Delta < 0$, elle admet deux solutions complexes conjuguées :

$$\frac{-b - \mathrm{i}\sqrt{|\Delta|}}{2a} \text{ et } \frac{-b + \mathrm{i}\sqrt{|\Delta|}}{2a}.$$

Propriétés

• Soit z et a deux nombres complexes et n un entier naturel non nul :

$$z^n - a^n = (z - a)\left(z^{n-1} + az^{n-2} + a^2 z^{n-2} + \ldots a^{n-1} z + a^n\right)$$

• Soit P un polynôme de degré $n \geqslant 1$ et a un nombre complexe.
$P(a) = 0$ si, et seulement si, il existe un polynôme Q de degré $n - 1$ tel que, pour tout nombre complexe z, on a : $P(z) = (z - a)Q(z)$.
En conséquence, un polynôme de degré n admet au plus n racines.

• Soit $P(z) = a_n z^n + a_{n-1} z^{n-1} + \ldots + a_1 z + a_0$ un polynôme à coefficients réels de degré $n \geqslant 1$:

– La somme de toutes ses racines est égale à $-\dfrac{a_{n-1}}{a_n}$.

– Le produit de toutes ses racines est égal à $(-1)^n \dfrac{a_0}{a_n}$.

IV INTERPRÉTATION GÉOMÉTRIQUE

Le plan est désormais muni d'un repère orthonormé direct $(\mathrm{O}\,;\vec{u}\,;\vec{v})$.

1. Affixe d'un nombre complexe

À tout nombre complexe $z = a + ib$, où $(a\,;b) \in \mathbb{R}^2$, on associe le point M (respectivement le vecteur $\overrightarrow{\mathrm{OM}}$ de coordonnées $(a\,;b)$) et réciproquement.
On dit que M (resp. $\overrightarrow{\mathrm{OM}}$) est **l'image** de z (resp. le **vecteur image** de z) et z est **l'affixe** de M (resp. $\overrightarrow{\mathrm{OM}}$). On le note z_{M} (resp. $z_{\overrightarrow{\mathrm{OM}}}$).
Le plan est alors appelé **plan complexe.**

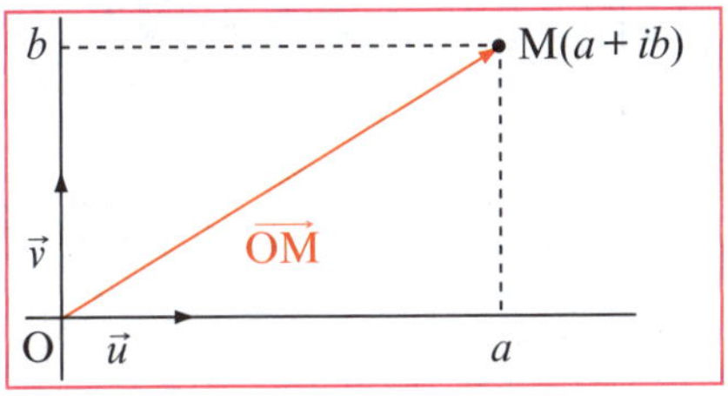

Propriétés

Soient A et B deux points du plan :

• $z_{\overrightarrow{\mathrm{AB}}} = z_{\mathrm{B}} - z_{\mathrm{A}}$;

• Si I est le milieu de [AB] :

$$z_{\mathrm{I}} = \frac{z_{\mathrm{A}} + z_{\mathrm{B}}}{2}$$

• Soit z un nombre complexe et M le point du plan d'affixe z. Alors le point M′ d'affixe $\bar{z}$ est le symétrique de M par rapport à l'axe des abscisses.

2. Module d'un nombre complexe

Définition

Soit $z = a + ib$ un nombre complexe (a et b réels).
On appelle **module** de z, et on note $|z|$, le réel $|z| = \sqrt{a^2 + b^2}$.

Interprétation géométrique

Soit z un nombre complexe et M le point du plan d'affixe z.
Alors la distance OM est égale à $|z|$.

$|0| = 0$ et si $z = a$ est réel, alors le module de z est égal à la valeur absolue de a.

Propriétés du module

- $|z|^2 = z \times \bar{z} = a^2 + b^2$.
- $|z| = 0 \Leftrightarrow z = 0$.
- $|z \times z'| = |z| \times |z'|$ et $|z^n| = |z|^n$ pour tout $n \in \mathbb{N}$.
- si $z \neq 0$, $\left|\frac{1}{z}\right| = \frac{1}{|z|}$ et $\left|\frac{z'}{z}\right| = \frac{|z'|}{|z|}$.

3. Argument d'un nombre complexe non nul

Soit z un nombre complexe **non nul** et M le point d'affixe z.

Définition

On appelle **argument** de z, et on note arg (z), toute mesure de l'angle orienté $(\vec{u} ; \overrightarrow{OM})$. Ainsi, si θ est une mesure de l'angle orienté $(\vec{u} ; \overrightarrow{OM})$, alors arg $(z) = \theta + 2k\pi, k \in \mathbb{Z}$.

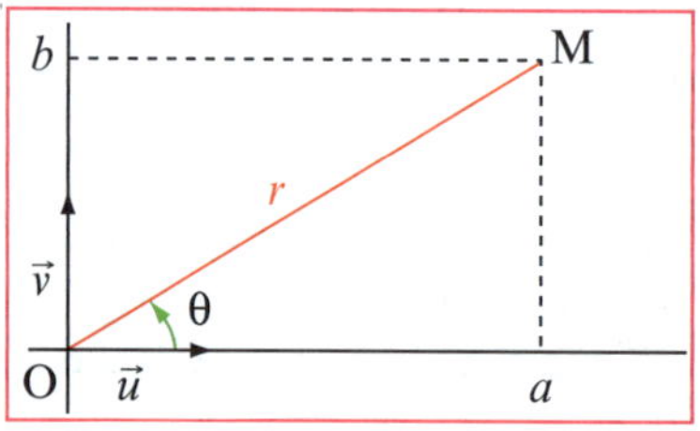

- L'angle orienté $(\vec{u} ; \overrightarrow{OM})$ n'est défini que si M est distinct de O, c'est pourquoi 0 n'a pas d'argument.
- z est réel équivaut à $z = 0$ ou arg(z) = $0 + k\pi, k \in \mathbb{Z}$.
- z est imaginaire pur équivaut à $z = 0$ ou $\arg(z) = \frac{\pi}{2} + k\pi, \; k \in \mathbb{Z}$.

Propriétés de l'argument

Pour tous nombres complexes non nuls z, z' et tout entier naturel n :

- arg $(z \times z') = $ arg $(z) + $ arg $(z') + 2k\pi \; (k \in \mathbb{Z})$

et arg $(z^n) = n \times$ arg $(z) + 2k\pi \; (k \in \mathbb{Z})$.

- arg $\frac{1}{z} = -$ arg $(z) + 2k\pi \; (k \in \mathbb{Z})$

et arg $\left(\frac{z'}{z}\right) = $ arg $(z') - $ arg $(z) + 2k\pi \; (k \in \mathbb{Z})$.

- Module et argument du conjugué de $z \in \mathbb{C}^*$:

$$|\bar{z}| = |z| \quad \text{et} \quad \arg(\bar{z}) = -\arg(z) + 2k\pi, k \in \mathbb{Z}.$$

- Module et argument de l'opposé de $z \in \mathbb{C}^*$:

$$|-z| = |z| \quad \text{et} \quad \arg(-z) = \pi + \arg(z) + 2k\pi, k \in \mathbb{Z}.$$

4. Forme trigonométrique

Propriétés

Soit z un nombre complexe **non nul.**

- Si $|z| = r$ et $\arg(z) = \theta + 2k\pi \ (k \in \mathbb{Z})$, alors :

$$z = r\cos(\theta) + \mathrm{i} \times r\sin(\theta) = r(\cos(\theta) + \mathrm{i}\sin(\theta)).$$

- Si $z = a + \mathrm{i}b$, avec $a, b \in \mathbb{R}$, alors $|z| = \sqrt{a^2 + b^2}$ et $\arg(z) = \theta + 2k\pi \ (k \in \mathbb{Z})$, où θ est donné par :

$$\cos(\theta) = \frac{a}{\sqrt{a^2 + b^2}} \text{ et } \sin(\theta) = \frac{b}{\sqrt{a^2 + b^2}}.$$

Définition

Pour $z \neq 0$, l'écriture $z = r(\cos(\theta) + \mathrm{i}\sin(\theta))$ s'appelle **forme trigonométrique de z.**

5. Notation exponentielle

Notation

Pour tout réel θ, on pose $\mathrm{e}^{\mathrm{i}\theta} = \cos(\theta) + \mathrm{i}\sin(\theta)$.

On adopte cette notation car la fonction $f : \theta \mapsto \cos(\theta) + \mathrm{i}\sin(\theta)$ vérifie l'égalité $f' = \mathrm{i}f$.

Définition

Soit z nombre complexe non nul de module r et d'argument θ.
L'écriture $z = r\mathrm{e}^{\mathrm{i}\theta}$ s'appelle l'**écriture exponentielle** de z.

Règles de calcul

Pour tous réels θ, θ', pour tout entier naturel n :

- $\mathrm{e}^{\mathrm{i}(\theta+\theta')} = \mathrm{e}^{\mathrm{i}\theta} \times \mathrm{e}^{\mathrm{i}\theta'}$ et $(\mathrm{e}^{\mathrm{i}\theta})^n = \mathrm{e}^{\mathrm{i}n\theta}$.
- $\overline{(\mathrm{e}^{\mathrm{i}\theta})} = \mathrm{e}^{-\mathrm{i}\theta} = \frac{1}{\mathrm{e}^{\mathrm{i}\theta}}$ et $\mathrm{e}^{\mathrm{i}(\theta-\theta')} = \frac{\mathrm{e}^{\mathrm{i}\theta}}{\mathrm{e}^{\mathrm{i}\theta'}}$.

- Il s'agit des mêmes propriétés que pour les fonctions puissances et exponentielles.
- Pour effectuer des additions et des soustractions de nombres complexes, on utilise en général leur forme algébrique. Pour effectuer des multiplications et des quotients de nombres complexes non nuls, on utilise la notation exponentielle.

Propriété (Formule d'Euler)

Pour tout réel θ, on a :

$$\cos(\theta) = \frac{\mathrm{e}^{\mathrm{i}\theta} + \mathrm{e}^{-\mathrm{i}\theta}}{2} \text{ et } \sin(\theta) = \frac{\mathrm{e}^{\mathrm{i}\theta} - \mathrm{e}^{-\mathrm{i}\theta}}{2\mathrm{i}}$$

Propriété (Formule de Moivre)

Pour tout $\theta \in \mathbb{R}$ et tout $n \in \mathbb{R}$, on a :

$$\cos(n\theta) + \mathrm{i}\sin(n\theta) = (\cos(\theta) + \mathrm{i}\sin(\theta))^n$$

6. Distances et angles orientés

Propriétés

Soit A et B deux points distincts du plan, alors :

- $AB = |z_B - z_A|$ et $(\vec{u}\,;\overrightarrow{AB}) = \arg(z_B - z_A)$.
- Si C et D sont deux autres points distincts du plan, alors :

$$\left(\overrightarrow{AB};\overrightarrow{CD}\right) = \arg\left(\frac{z_D - z_C}{z_B - z_A}\right)$$

Les points A, B, C étant deux à deux distincts,

- A, B, C sont alignés si, et seulement si, $\arg\left(\frac{z_C - z_A}{z_B - z_A}\right) = 0 + k\pi,\ k \in \mathbb{Z}$.
- $(AB) \perp (AC)$ si, et seulement si, $\arg\left(\frac{z_C - z_A}{z_B - z_A}\right) = \frac{\pi}{2} + k\pi,\ k \in \mathbb{Z}$.

7. Nombres complexes de module 1

Définition

On appelle **cercle unité**, noté **U**, l'ensemble des nombres complexes de module 1.

Propriété

Si z et z' sont dans U, alors $z \times z'$ et $\frac{z}{z'}$ sont dans U.

Définition

Pour $n \in \mathbb{N}^*$, on appelle racine n-ième de l'unité toute solution de l'équation $z^n = 1$ et on note $\mathbf{U}_n$ l'ensemble des racines n-ièmes de l'unité.

Propriétés

Pour $n \in \mathbb{N}^*$:

- U_n contient exactement n éléments.

Plus précisément :

$$U_n = \left\{ e^{\frac{2i\pi k}{n}} \text{ avec } k \text{ entier compris entre } 0 \text{ et } n-1 \right\}.$$

- Si $n \geqslant 3$, les points dont les affixes sont dans U_n sont les sommets d'un polygone régulier à n côtés.

MÉTHODE 1

Déterminer la forme algébrique d'un nombre complexe

→ **Voir les exos 1 à 4, 7, 12, 13, 14, 15, 16, 19, 21 et 22.**

Étape 1. Reconnaître s'il s'agit d'une somme, d'un produit, d'un quotient de nombres complexes.

Étape 2. Pour un produit, développer/réduire comme dans $\mathbb{R}$, en remplaçant i^2 par -1.

Pour une fraction dont le dénominateur est un nombre complexe non nul $z = a + i\,b$ avec $(a\,;b) \neq (0\,;0)$, multiplier numérateur et dénominateur par le conjugué $\overline{z}$, et appliquer l'égalité $z \times \overline{z} = |z|^2 = a^2 + b^2$.

Étape 3. Donner la réponse sous forme $x + iy$ avec x et y réels.

Exo résolu

Déterminer la forme algébrique des nombres complexes suivants :

1. $(3+2i)\left(5-\frac{i}{2}\right)$. **2.** $\frac{1}{2-5i}$. **3.** $\frac{2-3i}{1+4i}$.

CORRIGÉ

1. Étape 1. On reconnait un produit de deux nombres complexes.

Étape 2. $(3+2i)\left(5-\frac{i}{2}\right) = 15 + 10i - \frac{3i}{2} - i^2 = 15 + \frac{17}{2}i + 1$.

Étape 3. $(3+2i)\left(5-\frac{i}{2}\right) = 16 + \frac{17}{2}i$.

2. Étape 1. Il s'agit de calculer l'inverse de $2-5i$.

On va multiplier numérateur et dénominateur par son conjugué $2+5i$.

Étape 2. $\frac{1}{2-5i} = \frac{2+5i}{(2-5i)(2+5i)} = \frac{2+5i}{2^2+(-5)^2} = \frac{2+5i}{29}$.

Étapes 3. $\frac{1}{2-5i} = \frac{2}{29} + \frac{5}{29}i$.

Il faut toujours donner la réponse avec un dénominateur réel.

3. Étape 1. On reconnait un quotient de deux nombres complexes.

On va multiplier numérateur et dénominateur par $1-4i$, le conjugué du dénominateur $1+4i$.

Étape 2.

$$\frac{2-3i}{1+4i} = \frac{(2-3i)(1-4i)}{(1+4i)(1-4i)} = \frac{2-3i-8i+12i^2}{1^2+4^2} = \frac{2-11i-12}{17} = \frac{-9-11i}{17}.$$

Étape 3. $\frac{2-3i}{1+4i} = -\frac{9}{17} - \frac{11}{17}i$.

Sa partie réelle est $-\frac{9}{17}$ et sa partie imaginaire est $-\frac{11}{17}$.

MÉTHODE 2

Passer de la forme algébrique aux formes trigonométrique et exponentielle

→ Voir les exos 6, 10, 14, 16 et 17.

Étape 1. On calcule le module de z :

$$r = |z| = \sqrt{a^2 + b^2}.$$

Étape 2. On calcule $\cos(\theta)$ et $\sin(\theta)$, où θ désigne un argument de z :

$$\cos(\theta) = \frac{a}{r} \text{ et } \sin(\theta) = \frac{b}{r}.$$

Étape 3. On reconnaît une valeur remarquable de θ et on en déduit $\arg(z)$, puis l'écriture trigonométrique et l'écriture exponentielle de z.

Exo résolu

Déterminer les formes trigonométrique et exponentielle de $z = \sqrt{3} - \mathrm{i}$.

CORRIGÉ

1. Étape 1. $r = |z| = \sqrt{\left(\sqrt{3}\right)^2 + (-1)^2} = \sqrt{3+1} = \sqrt{4} = 2$.

Étape 2. $\cos(\theta) = \frac{a}{r} = \frac{\sqrt{3}}{2}$ et $\sin(\theta) = \frac{b}{r} = -\frac{1}{2}$.

Étape 3. $\theta = -\frac{\pi}{6}$ donc $\arg(z) = -\frac{\pi}{6} + 2k\pi,\ k \in \mathbb{Z}$.

Écriture trigonométrique :

$$z = 2\left(\cos\left(-\frac{\pi}{6}\right) + \mathrm{i}\sin\left(-\frac{\pi}{6}\right)\right).$$

Écriture exponentielle : $z = 2\mathrm{e}^{-\mathrm{i}\frac{\pi}{6}}$.

MÉTHODE 3

Déterminer la position relative de 2 droites (AB) et (CD)

→ Voir les exos 6, 7, 12, 15, 18, 21 et 24.

Étape 1. Construire et simplifier le quotient $Z = \dfrac{z_D - z_C}{z_B - z_A}$.

Étape 2. Déterminer module et argument du nombre complexe Z.

Étape 3. Si $|Z| = 1$: les segments [AB] et [CD] ont même longueur.

Si $\arg(Z) = \pi + k\pi,\ k \in \mathbb{Z}$: les droites (AB) et (CD) sont parallèles.

Si $\arg(Z) = \dfrac{\pi}{2} + k\pi,\ k \in \mathbb{Z}$: (AB) et (CD) sont perpendiculaires.

Exo résolu

Déterminer la position relative des droites (AB) et (CD) lorsque :
$z_A = 1 + 4i$; $z_B = 2 + 7i$; $z_C = -3 + 3i$; $z_D = 6$.

CORRIGÉ

1. Étape 1.

$$\frac{z_D - z_C}{z_B - z_A} = \frac{6 - (-3 + 3i)}{(2 + 7i) - (1 + 4i)} = \frac{9 - 3i}{1 + 3i} = \frac{(9 - 3i)(1 - 3i)}{(1 + 3i)(1 - 3i)}$$

donc :

$$\frac{z_D - z_C}{z_B - z_A} = \frac{9 - 3i - 27i + 9i^2}{1^2 + 3^2} = \frac{9 - 30i - 9}{10} = -3i.$$

Voir la méthode 1 pour la mise sous forme algébrique du quotient.

Étape 2. $-3i$ a pour module 3 et pour argument $-\dfrac{\pi}{2} + 2k\pi,\ k \in \mathbb{Z}$.

Étape 3. Ainsi il existe $k \in \mathbb{Z}$ tel que $\left(\overrightarrow{AB}\ ;\ \overrightarrow{CD}\right) = -\dfrac{\pi}{2} + 2k\pi$.

Les droites (AB) et (CD) sont **perpendiculaires**.

On a aussi :

$$\left|\frac{z_D - z_C}{z_B - z_A}\right| = \frac{CD}{AB} = 3 \text{ donc } CD = 3AB.$$

TESTER SES CONNAISSANCES

Dans tous les exercices, le plan est rapporté à un repère orthonormé direct $(O;\vec{u};\vec{v})$.

1 FORME ALGÉBRIQUE ET OPÉRATIONS

★ | 10 min | ▸ P. 403

1. Soient $z_1 = 1 - 5i$ et $z_2 = 2 + 3i$.
Ecrire sous forme algébrique les nombres complexes suivants :
a. $z_1 + z_2$ **b.** $z_1 \times z_2$ **c.** $\frac{z_1}{z_2}$ **d.** $z_1^{\,3}$

Voir la Méthode 1.

2. Résoudre dans $\mathbb{C}$ l'équation $(3+2i)z + 5i - 3 = 7 - i$.

2 PLAN COMPLEXE

★ | 15 min | ▸ P. 403

a. Placer dans le plan complexe les points A, B, C, D et E d'affixes
$z_A = 3 + \frac{3}{2}i$, $z_B = 2 - i$, $z_C = 4$, $z_D = -2i$ et $z_E = -\frac{\sqrt{2}}{2} + i\frac{\sqrt{2}}{2}$.
b. Calculer l'affixe du milieu I de [BD].
c. Déterminer les affixes des points P et Q définis par :

$$\overrightarrow{AP} = 2\overrightarrow{AB} + \overrightarrow{AC} \text{ et } 3\overrightarrow{BQ} = \overrightarrow{BC}.$$

Voir le cours **IV.** pour les formules nécessaires aux questions **b.** et **c.**

3 PUISSANCES DE i

★★ | 10 min | ▸ P. 404

a. Calculer i^2, i^3, i^4.
b. En déduire, pour tout $n \in \mathbb{N}$, une valeur simplifiée de i^n.

Quatre cas sont à distinguer suivant les valeurs de n :
$n = 4p$, $n = 4p+1$, $n = 4p+2$, $n = 4p+3$ avec $p \in \mathbb{N}$.

c. Que vaut i^{2021} ? Et i^{2022} ?

4 AVEC LES CONJUGUÉS

★★ | 20 min | ▸ P. 405

a. Montrer sans développer que $(3+i)(2i-10)(3-i)(5+i)$ est un réel négatif.

Bien regrouper les termes pour utiliser la formule $z\overline{z} = |z|^2$.

b. Vérifier que pour tout nombre complexe z non imaginaire pur, $\frac{z - \overline{z}}{z + \overline{z}}$ est un nombre imaginaire pur.

Un nombre complexe Z est imaginaire pur $\Leftrightarrow \bar{Z} = -Z$.

c. Déterminer les nombres complexes dont le carré est égal au conjugué.

On posera $z = a + ib$ avec a et b réels.

5 ÉQUATION DE DEGRÉ 3

★★ | 15 min | ▸ P. 405

Après avoir vérifié que 2 est une racine de $P(z) = 2z^3 - 6z^2 + 9z - 10$, résoudre dans $\mathbb{C}$ l'équation $2z^3 - 6z^2 + 9z - 10 = 0$.

6 CALCULS DE MODULES ET ARGUMENTS

★★ | 20 min | ▸ P. 406

Soit θ un réel.
Déterminer le module et un argument des nombres complexes suivants, puis en déduire leur notation exponentielle.

a. $z_1 = 1 + \mathrm{i}$ **b.** $z_2 = 2 - 2\mathrm{i}\sqrt{3}$ **c.** $z_3 = \dfrac{-3\sqrt{3}}{2} + \dfrac{3}{2}\mathrm{i}$

d. $z_4 = \cos(\theta) - \mathrm{i}\sin(\theta)$ **e.** $z_5 = -\cos(\theta) + \mathrm{i}\sin(\theta)$ **f.** $z_6 = -3\mathrm{e}^{\mathrm{i}\theta}$

• Pour **d.** et **e.**, il faut utiliser les formules de trigonométrie pour retrouver une expression du type $\cos\theta' + \mathrm{i}\sin\theta'$.
• Pour **f.**, on peut remarquer que $-1 = e^{\mathrm{i}\pi}$ et raisonner avec l'écriture exponentielle.

7 NATURE D'UN TRIANGLE

★ | 10 min | ▸ P. 407

Déterminer la nature du triangle ABC lorsque $z_A = -1 + \mathrm{i}$, $z_B = 3$ et $z_C = -2 - 3\mathrm{i}$.

Utiliser la méthode 3 avec les droites (AB) et (AC).

8 LINÉARISATION

★★ | 10 min | ▸ P. 407

Démontrer que pour tout réel x, on a :

$$\cos^3(x) = \frac{1}{4}\cos(3x) + \frac{3}{4}\cos(x).$$

Utiliser la formule d'Euler et la formule du binôme de Newton.

S'ENTRAÎNER

9 SECOND DEGRÉ ET DISTANCES | ★★ | 25 min | ▸ P. 407

1. Résoudre dans $\mathbb{C}$ l'équation $z^2 + 2z + 3 = 0$.

Voir le cours III.

2. a. Résoudre dans $\mathbb{C}$ l'équation $z^2 = -z - 1$ (on notera j la solution dont la partie imaginaire est positive).
b. Sans remplacer j par son écriture algébrique, montrer que $j^3 = 1$ puis que : $j^2 = \dfrac{1}{j} = \overline{j}$.
c. On note A, B et C les point d'affixes respectives 1, j et j^2.
Calculer les distances OA, OB, OC, AB, AC et BC.
Que peut-on en déduire ?

Voir le cours IV. 6.

10 VRAI OU FAUX ? | ★★ | 25 min | ▸ P. 408

Les assertions suivantes sont-elles vraies ou fausses ? Justifier.
1. L'inverse de i est l'opposé de i.
2. Pour tout $\theta \in]0\,;2\pi[$, $\dfrac{e^{i\theta}+1}{e^{i\theta}-1}$ est réel.
3. On note $a = \sqrt{2+\sqrt{2}} + \mathrm{i}\sqrt{2-\sqrt{2}}$, alors :

a. $a^2 = 4 + 2\mathrm{i}\sqrt{2}$ b. $\cos\dfrac{\pi}{8} = \dfrac{\sqrt{2+\sqrt{2}}}{2}$

Partir de l'écriture exponentielle de a^2.

4. Pour tout $z \in \mathbb{C}$, $z + \overline{z} = 2\mathrm{Re}(z)$ et $z - \overline{z} = 2\mathrm{Im}(z)$.

11 ÉQUATION À COEFFICIENTS COMPLEXES | ★★ | 15 min | ▸ P. 409

On considère l'équation (E) :
$$z^3 - 2z^2 + (2+\mathrm{i})z - 1 - \mathrm{i} = 0.$$
a. Justifier que 1 et i sont solutions de (E).
b. Déterminer deux nombres complexes a et b tels que, pour tout $z \in \mathbb{C}$:
$$z^3 - 2z^2 + (2+\mathrm{i})z - 1 - \mathrm{i} = (z-1)(z-\mathrm{i})(az+b).$$
c. Déterminer les solutions de (E).

12 INTERPRÉTATION GRAPHIQUE DU MODULE ET DE L'ARGUMENT

★★ | 20 min | ▸ P. 410

Dans le plan complexe de repère orthonormal $\left(\mathrm{O}\,;\vec{u}\,;\vec{v}\right)$, on considère les points A, B, C, D et E d'affixes respectives $-2+\mathrm{i}$, $2+2\mathrm{i}$, $4+2{,}5\mathrm{i}$, $-1{,}5-\mathrm{i}$ et $2{,}5$.

1. Faire une figure.

2. Calculer un argument de $\dfrac{z_\mathrm{C}-z_\mathrm{A}}{z_\mathrm{B}-z_\mathrm{A}}$. Que peut-on en déduire ?

Voir le cours IV.6. et la méthode 3.

3. a. Démontrer que le quadrilatère ABED est un parallélogramme.

b. Déterminer le module et un argument du nombre $\dfrac{z_\mathrm{B}-z_\mathrm{A}}{z_\mathrm{D}-z_\mathrm{A}}$.

Que peut-on en déduire pour le parallélogramme ABED ?

13 ÉQUATIONS SE RAMENANT AU SECOND DEGRÉ

★★★ | 25 min | ▸ P. 411

Résoudre dans $\mathbb{C}$ les équations suivantes, se ramenant à des équations du second degré.

a. $z^4+6z^2+25=0$.

Vérifier que $(1+2\mathrm{i})^2=-3+4\mathrm{i}$ et poser $Z=z^2$.

b. $4z^4-5z^3+9z^2-5z+4=0$. (E)

Vérifier que 0 n'est pas solution de (E) et poser $Z=z+\dfrac{1}{z}$.

14 ENSEMBLES DE POINTS (1)

★★ | 15 min | ▸ P. 412

Déterminer l'ensemble des points M d'affixe z tel que :

a. $|z-2\mathrm{i}|=5$.

On pourra introduire le point Ω d'affixe 2i et utiliser le cours IV.6.

b. $|z-2\mathrm{i}|=|z-1-\mathrm{i}|$.

Introduire deux points bien choisis.

c. $z+\overline{z}=|z|^2$.

On posera $z=x+\mathrm{i}y$ avec x et y réels.

15 ENSEMBLES DE POINTS (2)

★★★ | 25 min | ▸ P. 412

Déterminer l'ensemble des points M d'affixe z tel que :

a. $\arg(z) = \frac{\pi}{4} + 2k\pi,\ k \in \mathbb{Z}$

b. $\arg(z - 1 + 2i) = \frac{\pi}{6} + 2k\pi,\ k \in \mathbb{Z}$

> Introduire le point A d'affixe 1 – 2i.

c. $\arg\left(\frac{z - 5 + i}{z - 3 + 2i}\right) = \frac{\pi}{2} + k\pi,\ k \in \mathbb{Z}$

> Voir le cours IV.6 et la méthode 3.

d. $\arg(z) = \arg(\overline{z}) + 2k\pi,\ k \in \mathbb{Z}$

> Utiliser les propriétés de l'argument dans le cours IV.3

e. $\arg(z) = \arg(-z) + 2k\pi,\ k \in \mathbb{Z}$

16 COSINUS ET SINUS D'ANGLES

★★ | 20 min | ▸ P. 413

Soit $a = \frac{\sqrt{2 + \sqrt{3}}}{2} + i\frac{\sqrt{2 - \sqrt{3}}}{2}$.

a. Déterminer la forme algébrique de a^2.

b. Déterminer le module et un argument de a^2.

c. En déduire les valeurs exactes de $\cos\left(\frac{\pi}{12}\right)$ et $\sin\left(\frac{\pi}{12}\right)$, puis celles de $\cos\left(\frac{11\pi}{12}\right)$ et $\sin\left(\frac{11\pi}{12}\right)$.

PRÉPARER UN CONTRÔLE

17 VRAI OU FAUX ?

★★ | 25 min | ▸ P. 414

Indiquer si les assertions suivantes sont vraies ou fausses.

a. Un argument de $-\sin(\theta) + i\cos(\theta)$ est $\frac{\pi}{2} + \theta$.

b. L'ensemble des points M d'affixe z tels que $z = 1 + 2i + 5e^{i\theta}$, où θ décrit $\mathbb{R}$, est un cercle.

> On pourra introduire le point $A(1+2i)$.

c. $\left(\sqrt{3} - i\right)^{2022}$ est un réel positif.

On pourra utiliser l'écriture exponentielle de $\sqrt{3}-\mathrm{i}$. Voir la Méthode 2.

d. L'ensemble des points M d'affixe z tels que $|z-\mathrm{i}|=|z+2\mathrm{i}|$ est une droite perpendiculaire à l'axe des abscisses.

Voir l'exercice 14 et le cours IV. 6.

e. Le coefficient de x^5 dans le développement de $(x+3)^8$ est égal à 1512.

18 TROISIÈME DEGRÉ | ★★ | 15 min | ▸ P. 414

On considère l'équation d'inconnue z complexe (E) : $z^3+8=0$.

a. Combien possède-t-elle de solutions au maximum ?

b. Vérifier que -2 est solution de (E).

c. Factoriser z^3+8 par $z+2$.

Voir l'exercice 5 ou remarquer que $(-2)^3=-8$.

d. En déduire toutes les solutions de (E).

19 SUITE DE TRIANGLES | ★★★ | 35 min | ▸ P. 415

Soit (z_n) la suite définie par : $z_0=2$ et pour tout entier $n\in\mathbb{N}$,

$$z_{n+1}=\frac{1+\mathrm{i}}{2}z_n.$$

On note A_n le point d'affixe z_n pour tout entier $n\in\mathbb{N}$.

1. Calculer z_1, z_2, z_3 et z_4.

2. Placer les points A_0, A_1, A_2, A_3 et A_4 dans un repère d'unité 1 cm.

3. Pour tout entier $n\in\mathbb{N}$, on pose $u_n=|z_n|$.

a. Justifier que la suite (u_n) est géométrique.

Utiliser la propriété sur le module d'un produit, voir IV.2.

b. En déduire que, pour tout entier $n\in\mathbb{N}$,

$$u_n=2\left(\frac{1}{\sqrt{2}}\right)^n.$$

c. Déterminer la limite de la suite (u_n).

d. Pour quelles valeurs de $n\in\mathbb{N}$ le point A_n est-il dans le cercle de centre O et de rayon $0{,}1$?

4. a. Justifier que, pour tout entier $n\in\mathbb{N}$,

$$\frac{z_{n+1}-z_n}{z_{n+1}}=\mathrm{i}.$$

b. Que peut-on en déduire pour le triangle OA_nA_{n+1} ?

ALLER PLUS LOIN

20 LINÉARISATION | ★★★ | 30 min | ▸ P. 416

1. Développer, pour tous $a, b \in \mathbb{C}, (a+b)^4$

2. a. Soit x un réel.
Exprimer $\cos^4(x)$ en fonction de $\cos(4x)$ et $\cos(2x)$.
b. Déterminer une fonction dérivable sur $\mathbb{R}$ dont la dérivée est $x \mapsto \cos^4(x)$.

3. De manière analogue à la question 2., déterminer une fonction dérivable sur $\mathbb{R}$ dont la dérivée est $x \mapsto \sin^4(x)$.

21 FONCTIONS HOMOGRAPHIQUES | ★★★ | 40 min | ▸ P. 417

Soit f l'application de $\mathbb{C} \setminus \{1\}$ dans $\mathbb{C}$ qui, à tout $z \neq 1$, associe :

$$f(z) = \frac{z+2\mathrm{i}}{z-1}.$$

On note A, M et M′ les points d'affixe respectives 1, z et $f(z)$.

1. Déterminer l'ensemble des points M tels que $f(z)$ soit réel.

2. Déterminer l'ensemble des points M tels que $f(z)$ soit imaginaire pur.

3. a. Résoudre dans $\mathbb{C} \setminus \{1\}$ l'équation $f(z) = 0$.
b. Déterminer l'ensemble des points M tels que $\arg(f(z)) = \frac{\pi}{2} + k\pi,\ k \in \mathbb{Z}$.

4. Déterminer l'ensemble des points M tels que $|f(z)| = 1$.

5. a. Démontrer que pour tout $z \neq 1$,

$$|f(z) - 1| \times |z - 1| = \sqrt{5}.$$

b. En déduire que l'image par f du cercle $(\mathscr{C})$ de centre A et de rayon R ($R > 0$) est incluse dans un cercle.

22 RELATIONS COEFFICIENTS-RACINES | ★★★★ | 40 min | ▸ P. 418

Soient a, b, c trois complexes avec $a \neq 0$.
On note z_1 et z_2 les racines (éventuellement confondues) du polynôme P défini sur $\mathbb{C}$ par $P(z) = az^2 + bz + c$.

1. Exprimer $z_1 + z_2$ et $z_1 \times z_2$ en fonctions de a, b et c.

2. Vérifier que $1+\mathrm{i}$ est solution de $z^2 - (4+3\mathrm{i})z + 1 + 5\mathrm{i} = 0$.
Déterminer l'autre solution à l'aide de la question 1.

3. Résoudre, de même, dans $\mathbb{C}$ l'équation (E) : $z^2 - (1-6\mathrm{i})z + 7 + \mathrm{i} = 0$.

> On remarquera que i est solution.

4. Soit S et P deux nombres réels.
a. Démontrer que le couple $(z_1 ; z_2)$ est solution de $\begin{cases} z_1 + z_2 = S \\ z_1 \times z_2 = P \end{cases}$

si, et seulement si, z_1 et z_2 sont les solutions de l'équation $z^2 - Sz + P = 0$.

b. En déduire les solutions dans $\mathbb{C}$ du système : $\begin{cases} z_1 \times z_2 = -\dfrac{8}{21} \\ z_1 + z_2 = -\dfrac{2}{21} \end{cases}$.

c. En déduire les solutions dans $\mathbb{C}$ du système : $\begin{cases} \dfrac{1}{z_1} + \dfrac{1}{z_2} = -\dfrac{1}{5} \\ z_1 \times z_2 = 10 \end{cases}$

avec $z_1 \neq 0$ et $z_2 \neq 0$.

23 PENTAGONE

★★★ | 40 min | ▸ P. 419

On pose $a = \mathrm{e}^{\frac{2\mathrm{i}\pi}{5}}$.

Partie A. Valeur exacte de $\cos\left(\frac{2\pi}{5}\right)$

1. Démontrer que $\dfrac{1}{2}\left(a + \dfrac{1}{a}\right) = \cos\left(\dfrac{2\pi}{5}\right)$.

2. Démontrer que $a^5 = 1$ et que $a^4 = \dfrac{1}{a} = \bar{a}$.

3. Démontrer la relation $a^4 + a^3 + a^2 + a + 1 = 0$.

4. On pose $Z = a + \dfrac{1}{a}$, démontrer la relation : $Z^2 + Z - 1 = 0$.

5. Démontrer alors que la valeur exacte de $\cos\left(\dfrac{2\pi}{5}\right)$ est $\dfrac{-1+\sqrt{5}}{4}$,

puis déterminer celle de $\sin\left(\dfrac{2\pi}{5}\right)$.

Utiliser la relation fondamentale de la trigonométrie : $\cos^2 x + \sin^2 x = 1$.

Partie B. Construction d'un pentagone régulier

On considère les points A, B, C, D, E d'affixe respectivement $1, a, a^2, a^3, a^4$.
Soit H le point d'intersection de la droite (BE) avec l'axe des abscisses.

1. Démontrer que l'affixe de H est $\cos\left(\dfrac{2\pi}{5}\right)$.

2. On considère le cercle de centre Ω d'affixe $-\dfrac{1}{2}$ passant par le point J d'affixe i. Ce cercle coupe l'axe des abscisses en deux points M et N (M sera le point d'abscisse positive).

a. Démontrer que l'affixe de M vaut $a + a^4$ et en déduire que H est le milieu de [OM].

b. Démontrer que l'affixe de N vaut $a^2 + a^3$ et en déduire que le milieu de [CD] est le milieu de [ON].

3. En déduire une construction du pentagone régulier dont on connaît le centre O et le sommet A.

24 RACINES *N*-IÈMES DE L'UNITÉ | ★★★★ | 30 min | ▶ P. 422

1. Résoudre dans $\mathbb{C}$ l'équation $(E_3) : z^3 = 1$.

Utiliser l'écriture exponentielle de $z \neq 0$.

2. a. Pour tout entier naturel non nul n, résoudre l'équation (E_n): $z^n = 1$.

b. On note $A_1, A_2, \ldots, A_n$ les points du plan d'affixe respective $1, e^{\frac{2i\pi}{n}}, e^{\frac{4i\pi}{n}} \ldots, e^{\frac{2i(n-1)\pi}{n}}$.

Démontrer que le polygone $A_1A_2\ldots A_n$ est régulier.

3. Déterminer les solutions de (E_4) et (E_5).

CORRIGÉS

1 FORME ALGÉBRIQUE ET OPÉRATIONS

1. a. $z_1 + z_2 = 1 - 5i + 2 + 3i$ soit $z_1 + z_2 = \mathbf{3 - 2i}$.

b. $z_1 \times z_2 = (1-5i)(2+3i) = 2 + 3i - 10i - 15i^2 = 2 - 7i + 15$:

$$z_1 \times z_2 = \mathbf{17 - 7i.}$$

c.

$$\frac{z_1}{z_2} = \frac{1-5i}{2+3i} = \frac{(1-5i)\times(2-3i)}{(2+3i)\times(2-3i)} = \frac{2-3i-10i+15i^2}{2^2+3^2} = \frac{-13-13i}{13}$$

$$\frac{z_1}{z_2} = \mathbf{-1 - i.}$$

d. On utilise la formule du binôme de Newton (voir cours **II.**) :

$$z_1^3 = (1-5i)^3 = \sum_{k=0}^{3} \binom{3}{k} 1^k (-5i)^{3-k}$$

$$= \binom{3}{0}(-5i)^3 + \binom{3}{1}(-5i)^2 + \binom{3}{2}(-5i)^1 + \binom{3}{3}(-5i)^0$$

$$= (-5)^3 i^3 + 3\times(-5)^2 \times i^2 + 3\times(-5i) + 1$$

$$= -125\times(-i) + 3\times 25\times(-1) - 15i + 1 = 125i - 75 - 15i + 1$$

$$z_1^3 = \mathbf{-74 + 110i.}$$

On peut aussi écrire $(1-5i)^3 = (1-5i)^2 \times (1-5i)$ et commencer par développer le carré.

2. $(3+2i)z + 5i - 3 = 7 - i \Leftrightarrow (3+2i)z = 10 - 6i$

$$\Leftrightarrow z = \frac{10-6i}{3+2i} = \frac{(10-6i)(3-2i)}{(3+2i)(3-2i)} = \frac{(10-6i)(3-2i)}{3^2+2^2}$$

$$\Leftrightarrow z = \frac{30-20i-18i+12i^2}{3^2+2^2} = \frac{30-12-38i}{13}.$$

$$\mathbf{(3+2i)z + 5i - 3 = 7 - i \Leftrightarrow z = \frac{18}{13} - \frac{38}{13}i.}$$

Pour cette équation du premier degré, il s'agit d'isoler z comme on le ferait dans $\mathbb{R}$, mais il faut éliminer i du dénominateur avant de conclure.

2 PLAN COMPLEXE

a. Pour placer C et D, il suffit de savoir que la partie réelle est l'abscisse du point, et que la partie imaginaire est son ordonnée.
Pour placer E précisément, on remarque que :

$$z_E = -\frac{\sqrt{2}}{2} + i\frac{\sqrt{2}}{2} = \cos\left(\frac{3\pi}{4}\right) + i\sin\left(\frac{3\pi}{4}\right) = e^{i\frac{3\pi}{4}}.$$

Le module z_E de est égal à 1, donc E est sur le cercle de centre O et de rayon 1, et un argument de z_E est égal à $\frac{3\pi}{4}$ donc $\left(\vec{u}\,;\overrightarrow{OE}\right)=\frac{3\pi}{4}+2k\pi$ avec $k\in\mathbb{Z}$ ce qui permet de placer E.

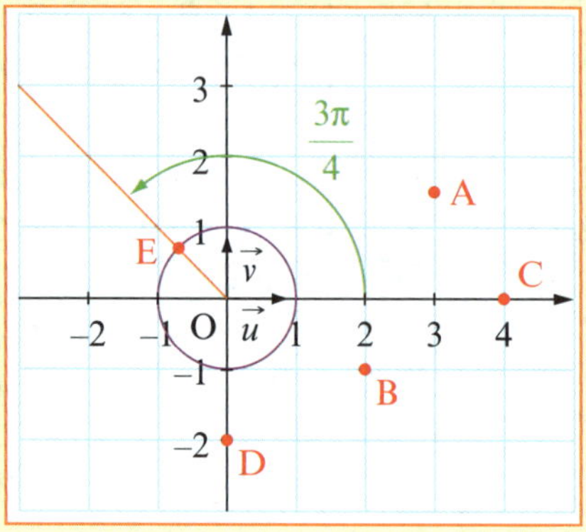

b. $z_I=\frac{z_B+z_D}{2}=\frac{2-i-2i}{2}=\frac{2-3i}{2}$ donc : $\boldsymbol{z_I=1-\frac{3}{2}i}$.

c. $\overrightarrow{AP}=2\overrightarrow{AB}+\overrightarrow{AC}\Leftrightarrow z_P-z_A=2\left(z_B-z_A\right)+z_C-z_A$

$\Leftrightarrow z_P=2z_B-2z_A+z_C$

$\Leftrightarrow z_P=4-2i-6-3i+4.$

$\Leftrightarrow \boldsymbol{z_P=2-5i}.$

$3\overrightarrow{BQ}=\overrightarrow{BC}\Leftrightarrow 3\left(z_Q-z_B\right)=z_C-z_B$

$\Leftrightarrow 3z_Q-3z_B=z_C-z_B$

$\Leftrightarrow 3z_Q=z_C-z_B+3z_B=z_C+2z_B=4+4-2i=8-2i$

$\Leftrightarrow z_Q=\boldsymbol{\frac{8}{3}-\frac{2}{3}i}.$

Deux vecteurs sont égaux si, et seulement si, leurs affixes sont égales.

3 PUISSANCES DE i

a. $i^2=-1, i^3=i^2\times i=-i, i^4=i^2\times i^2=1.$

b. Si $n=4p$ avec $p\in\mathbb{N}$, alors $i^n=\left(i^4\right)^p=1^p=\boldsymbol{1}$.

Si $n=4p+1$ avec $p\in\mathbb{N}$, alors $i^n=i^{4p}\times i=\boldsymbol{i}$.

Si $n=4p+2$ avec $p\in\mathbb{N}$, alors $i^n=i^{4p}\times i^2=\boldsymbol{-1}$.

Si $n=4p+3$ avec $p\in\mathbb{N}$, alors $i^n=i^{4p}\times i^3=\boldsymbol{-i}$.

c. $2021=4\times 505+1$, donc $\boldsymbol{i^{2021}=i}$.

$2022=4\times 505+2$, donc $\boldsymbol{i^{2022}=-1}$.

4 AVEC LES CONJUGUÉS

a. $(3+\mathrm{i})(2\mathrm{i}-10)(3-\mathrm{i})(5+\mathrm{i}) = (3+\mathrm{i})(3-\mathrm{i})(-2)(5-\mathrm{i})(5+\mathrm{i})$

$$= -2\times(3+\mathrm{i})\overline{(3+\mathrm{i})}\times(5-\mathrm{i})\overline{(5-\mathrm{i})}$$

$$= -2\times|3+\mathrm{i}|^2\times|5-\mathrm{i}|^2.$$

Le module d'un nombre complexe non nul étant un réel strictement positif, $\mathbf{(3+i)(2i-10)(3-i)(5+i)}$ est bien un réel négatif.

b. $z+\overline{z}=0 \Leftrightarrow \overline{z}=-z \Leftrightarrow z$ est imaginaire pur, ce qui est exclu par hypothèse, donc $z+\overline{z}\neq 0$.

$\overline{\left(\dfrac{z-\overline{z}}{z+\overline{z}}\right)} = \dfrac{\overline{(z-\overline{z})}}{\overline{(z+\overline{z})}} = \dfrac{\overline{z}-\overline{\overline{z}}}{\overline{z}+\overline{\overline{z}}} = \dfrac{\overline{z}-z}{\overline{z}+z} = -\dfrac{z-\overline{z}}{z+\overline{z}}$, donc $\dfrac{z-\overline{z}}{z+\overline{z}}$ est imaginaire pur.

c. On pose $z=a+\mathrm{i}b$, où $a,\ b\in\mathbb{R}$.

$z^2=(a+\mathrm{i}b)^2=a^2+2\mathrm{i}ab+\mathrm{i}^2b^2=a^2-b^2+2ab\mathrm{i}$ et $\overline{z}=a-\mathrm{i}b$.

Donc $z^2=\overline{z} \Leftrightarrow (a^2-b^2)+2ab\mathrm{i}=a-\mathrm{i}b \Leftrightarrow \begin{cases} a^2-b^2=a \\ 2ab=-b \end{cases}$

$$\Leftrightarrow \begin{cases} a^2-b^2=a \\ b(2a+1)=0 \end{cases} \Leftrightarrow \begin{cases} a^2-0^2=a \\ b=0 \end{cases} \text{ ou } \begin{cases} \left(-\dfrac{1}{2}\right)^2-b^2=-\dfrac{1}{2} \\ a=-\dfrac{1}{2} \end{cases}$$

$$\Leftrightarrow \begin{cases} a(a-1)=0 \\ b=0 \end{cases} \text{ ou } \begin{cases} b^2=\dfrac{3}{4} \\ a=-\dfrac{1}{2} \end{cases}$$

$$\Leftrightarrow \begin{cases} a=0 \\ b=0 \end{cases} \text{ ou } \begin{cases} a=1 \\ b=0 \end{cases} \text{ ou } \begin{cases} a=-\dfrac{1}{2} \\ b=\dfrac{\sqrt{3}}{2} \end{cases} \text{ ou } \begin{cases} a=\dfrac{1}{2} \\ b=-\dfrac{\sqrt{3}}{2} \end{cases}$$

Les nombres complexes dont le carré est égal au conjugué sont :

$$\mathbf{0\,;1\,;-\frac{1}{2}+i\frac{\sqrt{3}}{2}}\ \text{ et }\ \mathbf{-\frac{1}{2}-i\frac{\sqrt{3}}{2}}.$$

5 ÉQUATION DE DEGRÉ 3

$P(2)=2\times2^3-6\times2^2+9\times2-10=16-24+18-10=0$ donc 2 est une racine de $P(z)$, qui est donc factorisable par $z-2$.

$$(z-2)(az^2+bz+c)=az^3+bz^2+cz-2az^2-2bz-2c$$

$$=az^3+(b-2a)z^2+(c-2b)z-2c.$$

Par identification avec les coefficients de $2z^3-6z^2+9z-10$:

$$\begin{cases} a=2 \\ b-2a=-6 \\ c-2b=9 \\ -2c=-10 \end{cases} \Leftrightarrow \begin{cases} a=2 \\ b-4=-6 \\ c-2b=9 \\ c=5 \end{cases} \Leftrightarrow \begin{cases} a=2 \\ b=-2 \\ 5-2(-2)=9 \\ c=5 \end{cases} \Leftrightarrow \begin{cases} a=2 \\ b=-2 \\ c=5 \end{cases}.$$

Ainsi $2z^3-6z^2+9z-10=(z-2)(2z^2-2z+5)$.

$$2z^3-6z^2+9z-10=0 \Leftrightarrow (z-2)(2z^2-2z+5)=0$$

$$\Leftrightarrow z-2=0 \text{ ou } 2z^2-2z+5=0.$$

L'équation du second degré à coefficients réels $2z^2-2z+5=0$ a pour discriminant $\Delta=(-2)^2-4\times2\times5=-36<0$.
Elle admet donc deux racines complexes conjuguées :

$$z_1=\frac{-(-2)-i\sqrt{36}}{2\times2}=\frac{2-6i}{4}=\frac{1}{2}-\frac{3}{2}i \text{ et } z_2=\overline{z_1}=\frac{1}{2}+\frac{3}{2}i.$$

L'équation $P(z)=0$ a donc 3 solutions : 2 ; $\frac{1}{2}-\frac{3}{2}i$ et $\frac{1}{2}+\frac{3}{2}i$.

6 CALCULS DE MODULES ET ARGUMENTS

a. $z_1=1+i$ a pour module $|z_1|=|1+i|=\sqrt{1^2+1^2}=\sqrt{2}$.

Donc $\cos(\theta_1)=\dfrac{a}{\sqrt{a^2+b^2}}=\dfrac{1}{\sqrt{2}}=\dfrac{\sqrt{2}}{2}$ et $\sin(\theta_1)=\dfrac{b}{\sqrt{a^2+b^2}}=\dfrac{1}{\sqrt{2}}=\dfrac{\sqrt{2}}{2}$.

Ainsi $\theta_1=\dfrac{\pi}{4}$ est un argument de z_1.

D'où l'écriture exponentielle $\boldsymbol{z_1=\sqrt{2}e^{\frac{i\pi}{4}}}$.

b. $z_2=2-2i\sqrt{3}$ a pour module $\sqrt{2^2+\left(-2\sqrt{3}\right)^2}=\sqrt{4+12}=4$, donc

$$\begin{cases}\cos(\theta_2)=\dfrac{1}{2}\\ \sin(\theta_2)=-\dfrac{\sqrt{3}}{2}\end{cases}, \text{ et } \theta_2=-\frac{\pi}{3} \text{ est un argument de } z_2.$$

Ainsi $\boldsymbol{z_2=4e^{-\frac{i\pi}{3}}}$.

c. $z_3=\dfrac{-3\sqrt{3}}{2}+\dfrac{3}{2}i$ a pour module $\sqrt{\left(\dfrac{-3\sqrt{3}}{2}\right)^2+\left(\dfrac{3}{2}\right)^2}=\sqrt{\dfrac{36}{4}}=\sqrt{9}=3$,

$$\text{d'où }\begin{cases}\cos(\theta_3)=-\dfrac{\sqrt{3}}{2}\\ \sin(\theta_3)=\dfrac{1}{2}\end{cases} \text{ et } \theta_3=\frac{5\pi}{6} \text{ est un argument de } z_3.$$

Ainsi $\boldsymbol{z_3=3e^{\frac{5i\pi}{6}}}$.

d. Le module de z_4 est $\sqrt{(\cos(\theta))^2+(-\sin(\theta))^2}=\sqrt{\cos^2(\theta)+\sin^2(\theta)}=1$.

C'est la relation fondamentale de la trigonométrie : $\cos^2(\theta)+\sin^2(\theta)=1$.

$z_4=\cos(\theta)-i\sin(\theta)=\cos(-\theta)+i\sin(-\theta)=\boldsymbol{e^{-i\theta}}$ et un argument de z_4 est $\theta_4=-\theta$.

e. Comme pour z_4, le module de z_5 est 1.

$z_5=-\cos(\theta)+i\sin(\theta)=\cos(\pi-\theta)+i\sin(\pi-\theta)=\boldsymbol{e^{i(\pi-\theta)}}$.

Un argument de z_5 est $\theta_5=\pi-\theta$.

f. Le module de z_6 est $|-3e^{i\theta}|=|-3|\times|e^{i\theta}|=3\times1=3$ et

$z_6=-3e^{i\theta}=(-1)\times3e^{i\theta}=e^{i\pi}\times3e^{i\theta}=\boldsymbol{3e^{i(\pi+\theta)}}$.

Un argument de z_6 est $\theta_6=\pi+\theta$.

7 NATURE D'UN TRIANGLE

$$\frac{z_B - z_A}{z_C - z_A} = \frac{3-(-1+i)}{-2-3i-(-1+i)} = \frac{3+1-i}{-2-3i+1-i}$$
$$= \frac{4-i}{-1-4i} = \frac{(4-i)(-1+4i)}{(-1-4i)(-1+4i)}$$
$$= \frac{-4+16i+i-4i^2}{(-1)^2+(-4)^2} = \frac{-4+17i+4}{1+16}$$
$$= \frac{17}{17}i = i.$$

Toujours penser à multiplier par la partie conjuguée pour faire disparaître le terme en i au dénominateur.

Or i a pour module 1 et pour argument $\frac{\pi}{2}+2k\pi$, $k \in \mathbb{Z}$.

Donc $\left|\frac{z_B - z_A}{z_C - z_A}\right| = 1 = \frac{AB}{AC}$ donc $AB = AC$: **ABC est isocèle en A.**

$\arg\left(\frac{z_B - z_A}{z_C - z_A}\right) = \left(\overrightarrow{AC}\,;\overrightarrow{AB}\right) = \frac{\pi}{2}+2k\pi$, $k \in \mathbb{Z}$: **ABC est rectangle en A.**

8 LINÉARISATION

D'après la formule d'Euler : $\cos(x) = \dfrac{e^{ix}+e^{-ix}}{2}$

donc $\mathbf{\cos^3(x)} = \left(\dfrac{\mathbf{e^{ix}+e^{-ix}}}{\mathbf{2}}\right)^3 = \dfrac{\mathbf{(e^{ix}+e^{-ix})^3}}{\mathbf{8}}$.

La formule du binôme de Newton donne alors :

$$(e^{ix}+e^{-ix})^3 = \sum_{k=0}^{3}\binom{3}{k}(e^{ix})^k(e^{-ix})^{3-k}$$
$$= \binom{3}{0}(e^{ix})^0(e^{-ix})^3 + \binom{3}{1}(e^{ix})^1(e^{-ix})^2 + \binom{3}{2}(e^{ix})^2(e^{-ix})^1 + \binom{3}{3}(e^{ix})^3(e^{-ix})^0$$
$$= (e^{-ix})^3 + 3\times(e^{ix})\times(e^{-ix})^2 + 3\times(e^{ix})^2(e^{-ix}) + (e^{ix})^3$$
$$= e^{-3ix} + 3\times e^{ix}\times e^{-2ix} + 3\times e^{2ix}\times e^{-ix} + e^{3ix}$$
$$= e^{3ix} + e^{-3ix} + 3\times e^{-ix} + 3\times e^{ix}$$
$$= e^{3ix} + e^{-3ix} + 3\left(e^{ix}+e^{-ix}\right).$$

Donc $(e^{ix}+e^{-ix})^3 = 2\cos(3x) + 3\times 2\cos(x)$.

Ainsi $\mathbf{\cos^3(x)} = \dfrac{2\cos(3x)+3\times 2\cos(x)}{8} = \mathbf{\dfrac{1}{4}\cos(3x)+\dfrac{3}{4}\cos(x)}$.

9 SECOND DEGRÉ ET DISTANCES

1. $z^2+2z+3=0$ est une équation du second degré à coefficients réels.
Son discriminant est $\Delta = 2^2-4\times1\times3=-8<0$ donc l'équation a deux solutions complexes conjuguées :

$$\frac{-b+i\sqrt{|\Delta|}}{2a} = \frac{-2+i\sqrt{8}}{2} = \mathbf{-1+i\sqrt{2}} \quad \text{et} \quad \frac{-b-i\sqrt{|\Delta|}}{2a} = \frac{-2-i\sqrt{8}}{2} = \mathbf{-1-i\sqrt{2}}$$

2. a. $z^2 = -z - 1 \Leftrightarrow z^2 + z + 1 = 0$.
C'est une équation du second degré à coefficients réels.
Son discriminant est $\Delta = 1^2 - 4 \times 1 \times 1 = -3 < 0$ donc l'équation a deux solutions complexes conjuguées :

$$-\frac{1}{2} + \mathrm{i}\frac{\sqrt{3}}{2} = j \text{ et } -\frac{1}{2} - \mathrm{i}\frac{\sqrt{3}}{2} = \bar{j}.$$

b. j est solution de l'équation $z^2 = -z - 1$ signifie que $j^2 = -j - 1$.
D'où $j^3 = j(-j-1) = -j^2 - j = -(-j-1) - j$, soit $\boldsymbol{j^3 = 1}$.

D'autre part, $j^2 = \dfrac{j^3}{j} = \dfrac{1}{j} = \dfrac{\bar{j}}{j\bar{j}} = \dfrac{\bar{j}}{|j|^2} = \dfrac{\bar{j}}{1}$, soit $\boldsymbol{j^2 = \bar{j}}$.

c.
$OA = |z_A| = |1| = 1$.

$OB = |z_B| = |j| = \left|\dfrac{1}{2} + i\dfrac{\sqrt{3}}{2}\right| = \sqrt{\left(\dfrac{1}{2}\right)^2 + \left(\dfrac{\sqrt{3}}{2}\right)^2} = \sqrt{\dfrac{1}{4} + \dfrac{3}{4}} = \sqrt{1} = 1.$

$OC = |z_C| = |j^2| = |\bar{j}|$ car $j^2 = \bar{j}$.
Donc $OC = |j| = 1$.

$AB = |z_B - z_A| = |j - 1| = \left|-\dfrac{1}{2} + \mathrm{i}\dfrac{\sqrt{3}}{2} - 1\right| = \left|-\dfrac{3}{2} + \mathrm{i}\dfrac{\sqrt{3}}{2}\right|$

$AB = \sqrt{\left(-\dfrac{3}{2}\right)^2 + \left(\dfrac{\sqrt{3}}{2}\right)^2} = \sqrt{\dfrac{9}{4} + \dfrac{3}{4}} = \sqrt{\dfrac{12}{4}} = \sqrt{3}$.

De même $AC = |z_C - z_A| = |\bar{j} - 1|$ car $j^2 = \bar{j}$.
Donc $AC = |\overline{j - 1}| = |j - 1| = AB = \sqrt{3}$.

> On peut aussi calculer comme précédemment $AC = \left|-\dfrac{3}{2} - \mathrm{i}\dfrac{\sqrt{3}}{2}\right| = \sqrt{3}$.

$BC = |z_C - z_B| = |\bar{j} - j| = \left|-\dfrac{1}{2} - \mathrm{i}\dfrac{\sqrt{3}}{2} - \left(-\dfrac{1}{2} + \mathrm{i}\dfrac{\sqrt{3}}{2}\right)\right| = |-\mathrm{i}\sqrt{3}| = \sqrt{3}$.

Donc ABC est équilatéral et inscrit dans le cercle de centre O et de rayon 1.

> 1, j et j^2 sont les racines 3-ièmes de l'unité.

10 VRAI OU FAUX ?

1. $\dfrac{1}{\mathrm{i}} = \dfrac{1}{\mathrm{i}} \times \dfrac{\bar{\mathrm{i}}}{\bar{\mathrm{i}}} = \dfrac{\bar{\mathrm{i}}}{|\mathrm{i}|^2} = \dfrac{\bar{\mathrm{i}}}{1} = -\mathrm{i}$. Donc **l'assertion est vraie.**

> Voir la méthode 1.

2. $\dfrac{e^{i\theta} + 1}{e^{i\theta} - 1} = \dfrac{e^{i\theta} + 1}{e^{i\theta} - 1} \times \dfrac{e^{-i\theta} - 1}{e^{-i\theta} - 1}$

$= \dfrac{e^{i(\theta - \theta)} - e^{i\theta} + e^{-i\theta} - 1}{|e^{i\theta} - 1|^2}$ car $\overline{e^{i\theta} - 1} = e^{-i\theta} - 1$.

Or $e^{i\theta}-1=\cos(\theta)+i\sin(\theta)-1=\cos(\theta)-1+i\sin(\theta)$ donc :

$$\frac{e^{i\theta}+1}{e^{i\theta}-1}=\frac{e^{i0}-(\cos(\theta)+i\sin(\theta))+(\cos(-\theta)+i\sin(-\theta))-1}{(\cos(\theta)-1)^2+\sin^2(\theta)} \text{ car } e^{i0}=1.$$

$$\frac{e^{i\theta}+1}{e^{i\theta}-1}=\frac{-\cos(\theta)-i\sin(\theta)+\cos(\theta)-i\sin(\theta)}{(\cos(\theta)-1)^2+\sin^2(\theta)}=\frac{-2\sin(\theta)}{(\cos(\theta)-1)^2+\sin^2(\theta)}i,$$

qui est imaginaire pur non nul si $\theta\neq\frac{\pi}{2}$.
Donc **l'assertion est fausse.**

3. a. $a^2=\sqrt{2+\sqrt2}^2+2\sqrt{2+\sqrt2}\times\sqrt{2-\sqrt2}\,i+i^2\sqrt{2-\sqrt2}^2$

$a^2=2+\sqrt2+2i\sqrt{(2-\sqrt2)(2+\sqrt2)}-(2-\sqrt2)=2\sqrt2+2i\sqrt2$.

Donc l'assertion est fausse.

b. D'après la question précédente,

$$a^2=2\sqrt2+2i\sqrt2=4\left(\frac{\sqrt2}{2}+i\frac{\sqrt2}{2}\right)=4e^{\frac{i\pi}{4}}, \text{ donc :}$$

- $|a^2|=4$, d'où $|a|=2$ car $|a|\geqslant 0$;
- $\arg(a^2)=\frac{\pi}{4}+2k\pi,\ k\in\mathbb{Z}$, soit $2\arg(a)=\frac{\pi}{4}+2k\pi,\ k\in\mathbb{Z}$,

donc $\arg(a)=\frac{\pi}{8}+k\pi,\ k\in\mathbb{Z}$, c'est-à-dire qu'il existe $k\in\mathbb{Z}$ tel que

$\arg(a)=\frac{\pi}{8}+2k\pi$ ou $\arg(a)=\frac{\pi}{8}+\pi+2k\pi$.

Or $\operatorname{Re}(a)>0$, donc $\arg(a)=\frac{\pi}{8}+2k\pi$ et $\cos\frac{\pi}{8}=\frac{\operatorname{Re}(a)}{|a|}=\frac{\sqrt{2+\sqrt2}}{2}$.

Donc l'assertion est vraie.

4. $z-\overline{z}=\operatorname{Re}(z)+i\operatorname{Im}(z)-(\operatorname{Re}(z)-i\operatorname{Im}(z))=2i\operatorname{Im}(z)$.

Donc l'assertion est fausse.

Par contre on a bien $z+\overline{z}=2\operatorname{Re}(z)$.

11 ÉQUATION À COEFFICIENTS COMPLEXES

a. On remplace z par 1 :
$1^3-2\times1^2+(2+i)\times1-1-i=1-2+2+i-1-i=0$.
On remplace z par i :
$i^3-2\times i^2+(2+i)\times i-1-i=-i+2+2i-1-1-i=0$.
Donc **1 et i sont solutions de (E).**

b. $(z-1)(z-i)(az+b)=(z^2-iz-z+i)(az+b)$

$=az^3+bz^2-aiz^2-biz-az^2-bz+aiz+bi$

$=az^3+(b-a-ai)z^2+(-b+(a-b)i)z+bi.$

Par identification avec les coefficients de $z^3-2z^2+(2+i)z-1-i$:

$$\begin{cases} a=1\\ b-a-ai=-2\\ -b+(a-b)i=2+i\\ bi=-1-i\end{cases}\Leftrightarrow\begin{cases} a=1\\ b-1-i=-2\\ -b+(1-b)i=2+i\\ bi=-1-i\end{cases}$$

$$\begin{cases} a = 1 \\ b = -1+\mathrm{i} \\ -(-1+\mathrm{i})+(1-(-1+\mathrm{i}))\mathrm{i} = 2+\mathrm{i} \\ (-1+\mathrm{i})\mathrm{i} = -1-\mathrm{i} \end{cases} \Leftrightarrow \begin{cases} a = 1 \\ b = -1+\mathrm{i} \end{cases}$$

car les deux dernières égalités sont vraies (il suffit de développer pour le vérifier).

c. $(E) \Leftrightarrow (z-1)(z-\mathrm{i})(z-1+\mathrm{i}) = 0 \Leftrightarrow z-1=0$ ou $z-\mathrm{i}=0$ ou $z-1+\mathrm{i}=0$

$\Leftrightarrow z=1$ ou $z=\mathrm{i}$ ou $z=1-\mathrm{i}$.

(E) a trois solutions : 1, i et 1 – i.

12 INTERPRÉTATION GRAPHIQUE DU MODULE ET DE L'ARGUMENT

1.

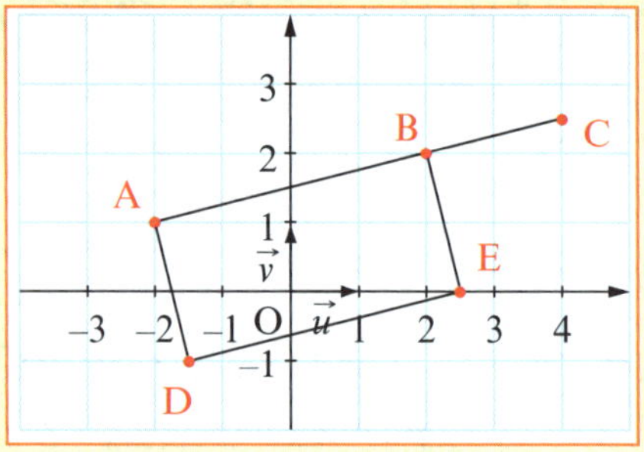

2. $\dfrac{z_C - z_A}{z_B - z_A} = \dfrac{(4+2{,}5\mathrm{i})-(-2+\mathrm{i})}{(2+2\mathrm{i})-(-2+\mathrm{i})} = \dfrac{4+2{,}5\mathrm{i}+2-\mathrm{i}}{2+2\mathrm{i}+2-\mathrm{i}}$

$= \dfrac{6+1{,}5\mathrm{i}}{4+\mathrm{i}} = \dfrac{1{,}5(4+\mathrm{i})}{4+\mathrm{i}} = 1{,}5$.

> On peut aussi multiplier numérateur et dénominateur par 4 – i si on ne voit pas la factorisation par 1,5. Voir la méthode 1.

Ce nombre est un réel strictement positif.

Ainsi $\left(\overrightarrow{AB}\,;\overrightarrow{AC}\right) = \arg\left(\dfrac{z_C - z_A}{z_B - z_A}\right) = 0 + 2k\pi,\ k \in \mathbb{Z}$.

On en déduit que les points **A, B et C sont alignés**.

3. a. ABED est un parallélogramme $\Leftrightarrow \overrightarrow{AB} = \overrightarrow{DE} \Leftrightarrow z_B - z_A = z_E - z_D$.

$z_B - z_A = (2+2\mathrm{i})-(-2+\mathrm{i}) = 2+2\mathrm{i}+2-\mathrm{i} = 4+\mathrm{i}$.

$z_E - z_D = 2{,}5-(-1{,}5-\mathrm{i}) = 2{,}5+1{,}5+\mathrm{i} = 4+\mathrm{i} = z_B - z_A$.

ABED est bien un parallélogramme.

b. $\dfrac{z_B - z_A}{z_D - z_A} = \dfrac{4+\mathrm{i}}{-1{,}5-\mathrm{i}-(-2+\mathrm{i})} = \dfrac{4+\mathrm{i}}{-1{,}5-\mathrm{i}+2-\mathrm{i}}$

$= \dfrac{4+\mathrm{i}}{0{,}5-2\mathrm{i}} = \dfrac{(4+\mathrm{i})(0{,}5+2\mathrm{i})}{(0{,}5-2\mathrm{i})(0{,}5+2\mathrm{i})}$

$= \dfrac{2+8\mathrm{i}+0{,}5\mathrm{i}+2\mathrm{i}^2}{0{,}5^2+2^2} = \dfrac{2+8{,}5\mathrm{i}-2}{4{,}25} = 2\mathrm{i}$.

Donc $\left|\dfrac{z_B - z_A}{z_D - z_A}\right| = |2i| = 2$ et $\arg\left(\dfrac{z_B - z_A}{z_D - z_A}\right) = \dfrac{\pi}{2} + 2k\pi,\ k \in \mathbb{Z}$.

Ainsi $AB = 2AD$ et $\left(\overrightarrow{AD}\,;\overrightarrow{AB}\right) = \dfrac{\pi}{2} + 2k\pi,\ k \in \mathbb{Z}$.

Les segments [AB] et [AD] sont perpendiculaires et n'ont pas même longueur : **le parallélogramme ABED est donc un rectangle non carré.**

13 ÉQUATIONS SE RAMENANT AU SECOND DEGRÉ

a. Posons $Z = z^2$.
L'équation devient $Z^2 + 6Z + 25 = 0$.
C'est une équation du second degré à coefficients réels.
Son discriminant est $\Delta = 6^2 - 4 \times 1 \times 25 = -64 < 0$.
Elle a donc deux racines complexes conjuguées :

$$Z_1 = \frac{-b + i\sqrt{|\Delta|}}{2a} = \frac{-6 + i\sqrt{64}}{2 \times 1} = \frac{-6 + 8i}{2} = -3 + 4i \text{ et } Z_2 = -3 - 4i.$$

Ainsi $z^4 + 6z^2 + 25 = 0 \Leftrightarrow z^2 = -3 + 4i$ ou $z^2 = -3 - 4i$.
$z^2 = -3 + 4i$ est une équation polynomiale de degré 2, donc elle admet au plus deux solutions. Or $(1 + 2i)^2 = 1 - 4 + 4i = -3 + 4i$ et donc $(-(1 + 2i))^2 = -3 + 4i$.
Donc les solutions de $z^2 = -3 + 4i$ sont $1 + 2i$ et $-(1 + 2i) = -1 - 2i$.
Comme $-3 - 4i = \overline{-3 + 4i} = \overline{(1 + 2i)^2} = \overline{(1 + 2i)}^2 = (1 - 2i)^2$, on trouve de même que les solutions de $z^2 = -3 - 4i$ sont $1 - 2i$ et $-(1 - 2i) = -1 + 2i$.
L'équation $z^4 + 6z^2 + 25 = 0$ a donc **quatre solutions :**

$$\mathbf{1 + 2i,\ -1 - 2i,\ 1 - 2i \text{ et } -1 + 2i.}$$

b. $4 \times 0^4 - 5 \times 0^3 + 9 \times 0^2 - 5 \times 0 + 4 = 4 \neq 0$, donc 0 n'est pas solution de l'équation $4z^4 - 5z^3 + 9z^2 - 5z + 4 = 0$.
Soit $z \neq 0$: (E) $\Leftrightarrow 4z^2 - 5z + 9 - \dfrac{5}{z} + \dfrac{4}{z^2} = 0$ en divisant les deux membres par $z^2 \neq 0$;

(E) $\Leftrightarrow 4\left(z^2 + \dfrac{1}{z^2}\right) - 5\left(z + \dfrac{1}{z}\right) + 9 = 0$ en regroupant et factorisant ;

(E) $\Leftrightarrow 4(Z^2 - 2) - 5Z + 9 = 0$ car $Z^2 = \left(z + \dfrac{1}{z}\right)^2 = z^2 + 2 + \dfrac{1}{z^2}$;

(E) $\Leftrightarrow 4Z^2 - 5Z + 1 = 0$ qui est une équation du second degré à coefficients réels d'inconnue Z. Son discriminant est $\Delta = (-5)^2 - 4 \times 4 \times 1 = 9 > 0$, donc elle admet deux solutions réelles :

$$Z_1 = \frac{-b + \sqrt{\Delta}}{2a} = \frac{5 + \sqrt{9}}{2 \times 4} = \frac{5 + 3}{8} = 1 \text{ et } Z_2 = \frac{-b - \sqrt{\Delta}}{2a} = \frac{1}{4}.$$

Donc $4z^4 - 5z^3 + 9z^2 - 5z + 4 = 0 \Leftrightarrow \left(z + \dfrac{1}{z} = 1 \text{ ou } z + \dfrac{1}{z} = \dfrac{1}{4}\right)$.

$\Leftrightarrow z^2 + 1 = z$ ou $z^2 + 1 = \dfrac{z}{4}$ (en multipliant par $z \neq 0$)

$\Leftrightarrow z^2 - z + 1 = 0$ ou $z^2 - \dfrac{1}{4}z + 1 = 0$ (qui sont deux équations du second degré à coefficients réels, de discriminants respectifs $-3 < 0$ et $-\dfrac{63}{16} < 0$)

$$\Leftrightarrow z=\frac{1+i\sqrt{3}}{2} \text{ ou } z=\frac{1-i\sqrt{3}}{2} \text{ ou } z=\frac{\frac{1}{4}+i\sqrt{\frac{63}{16}}}{2} \text{ ou } z=\frac{\frac{1}{4}-i\sqrt{\frac{63}{16}}}{2}$$

$$\Leftrightarrow z=\frac{1+i\sqrt{3}}{2} \text{ ou } z=\frac{1-i\sqrt{3}}{2} \text{ ou } z=\frac{1+i\sqrt{63}}{8} \text{ ou } z=\frac{1-i\sqrt{63}}{8}$$

(E) admet **quatre solutions :** $\mathbf{\frac{1+i\sqrt{3}}{2}}$; $\mathbf{\frac{1-i\sqrt{3}}{2}}$; $\mathbf{\frac{1+i\sqrt{63}}{8}}$ **et** $\mathbf{\frac{1-i\sqrt{63}}{8}}$.

14 ENSEMBLES DE POINTS (1)

a. Soit Ω le point d'affixe $2i$: $|z-2i|=|z_M-z_\Omega|=\Omega M$.
Donc $|z-2i|=5$ et $\Omega M=5$. L'ensemble cherché est **le cercle de centre Ω et de rayon 5.**

> Un cercle est l'ensemble des points situés à la même distance de son centre.

b. Soit A le point d'affixe $2i$: $|z-2i|=|z-z_A|=AM$.
Soit B le point d'affixe $1+i$: $|z-1-i|=|z-(1+i)|=BM$.
Donc $|z-2i|=|z-1-i| \Leftrightarrow AM=BM$.
L'ensemble cherché est **la médiatrice du segment [AB].**

> La médiatrice d'un segment est l'ensemble des points équidistants des extrémités de ce segment.

c. Posons $z=x+iy$ où $x,\ y\in\mathbb{R}$:

$$z+\bar{z}=|z|^2 \Leftrightarrow x+iy+x-iy=x^2+y^2$$
$$\Leftrightarrow x^2-2x+y^2=0$$
$$\Leftrightarrow x^2-2x+1-1+y^2=0$$
$$\Leftrightarrow (x-1)^2+y^2=1=1^2.$$

L'ensemble cherché est **le cercle de centre C d'affixe 1 et de rayon 1.**

> L'équation du cercle de centre A(a ; b) et de rayon r est donnée par :
> $$(x-a)^2+(y-b)^2=r^2.$$

15 ENSEMBLES DE POINTS (2)

a. Soit $z\neq 0$ (pour pouvoir considérer son argument) :

$$\arg(z)=\frac{\pi}{4}+2k\pi,\ k\in\mathbb{Z} \Leftrightarrow \left(\vec{u}\,;\overrightarrow{OM}\right)=\frac{\pi}{4}+2k\pi,\ k\in\mathbb{Z}.$$

L'ensemble cherché est **la demi-droite d'origine O, privée de O** (car $z_O=0$), **passant par le point d'affixe $e^{i\frac{\pi}{4}}$.**

b. Soit A le point d'affixe $1-2i$ et $z\neq 1-2i$.
Ainsi $z-1+2i=z_M-z$, donc :

$$\arg(z-1+2i)=\frac{\pi}{6}+2k\pi,\ k\in\mathbb{R} \Leftrightarrow \left(\vec{u}\,;\overrightarrow{AM}\right)=\frac{\pi}{6}+2k\pi,\ k\in\mathbb{Z}.$$

De plus, $z_A+e^{i\frac{\pi}{6}}=1-2i+\frac{\sqrt{3}}{2}+\frac{i}{2}$

$$=\frac{2+\sqrt{3}}{2}-\frac{3}{2}i.$$

Donc, si B a pour affixe $\dfrac{2+\sqrt{3}}{2}-\dfrac{3}{2}\mathrm{i}$, on a $z_{\overrightarrow{AB}}=\mathrm{e}^{\mathrm{i}\frac{\pi}{6}}$ d'où :

$\left(\vec{u};\overrightarrow{AB}\right)=\dfrac{\pi}{6}+2k\pi,\ k\in\mathbb{Z}$.

Or $\left(\vec{u};\overrightarrow{AM}\right)=\left(\vec{u};\overrightarrow{AB}\right)\Leftrightarrow\overrightarrow{AM}$ et $\overrightarrow{AB}$ sont colinéaires et de même sens.
L'ensemble cherché est donc **la demi-droite [AB).**

c. Posons $A(3-2\mathrm{i})$ et $B(5-\mathrm{i})$. Alors pour $z\neq 3-2\mathrm{i}$ et $z\neq 5-\mathrm{i}$,

$\arg\left(\dfrac{z-5+\mathrm{i}}{z-3+2\mathrm{i}}\right)=\arg\left(\dfrac{z_M-z_B}{z_M-z_A}\right)=\left(\overrightarrow{AM};\overrightarrow{BM}\right)$.

$\arg\left(\dfrac{z-5+\mathrm{i}}{z-3+2\mathrm{i}}\right)=\dfrac{\pi}{2}+k\pi,\ k\in\mathbb{Z}\Leftrightarrow\left(\overrightarrow{AM};\overrightarrow{BM}\right)=\dfrac{\pi}{2}+k\pi,\ k\in\mathbb{Z}$.

L'ensemble cherché est **le cercle de diamètre [AB] privé de A et B.**

d. Soit $z\neq 0$.

On a $\arg(\bar{z})=-\arg(z)+2k\pi, k\in\mathbb{Z}$ donc $\arg(z)=\arg(\bar{z})+2k\pi,\ k\in\mathbb{Z}$

$\Leftrightarrow\theta=-\theta+2k\pi,\ k\in\mathbb{Z}$

$\Leftrightarrow 2\theta=2k\pi,\ k\in\mathbb{Z}$

$\Leftrightarrow\theta=0+k\pi,\ k\in\mathbb{Z}$.

L'ensemble cherché est **l'axe des abscisses privé de O.**

e. Soit $z\neq 0$. On a $\arg(-z)=\pi+\arg(z)+2k\pi, k\in\mathbb{Z}$ d'après le cours IV.3.
Donc $\arg(z)=\arg(-z)+2k\pi,\ k\in\mathbb{Z}$

$\Leftrightarrow\theta=\theta+\pi+2k\pi,\ k\in\mathbb{Z}$

$\Leftrightarrow\pi=0+2k\pi,\ k\in\mathbb{Z}$, ce qui est absurde.

Donc l'ensemble cherché **est vide !**

16 COSINUS ET SINUS D'ANGLES

a. $a^2=\left(\dfrac{\sqrt{2+\sqrt{3}}}{2}\right)^2+2\dfrac{\sqrt{2+\sqrt{3}}}{2}\times\dfrac{\sqrt{2-\sqrt{3}}}{2}\mathrm{i}+\mathrm{i}^2\left(\dfrac{\sqrt{2-\sqrt{3}}}{2}\right)^2$

$a^2=\dfrac{2+\sqrt{3}}{4}-\dfrac{2-\sqrt{3}}{4}+2\dfrac{\sqrt{(2+\sqrt{3})(2-\sqrt{3})}}{4}\mathrm{i}=\dfrac{2\sqrt{3}}{4}+\dfrac{\sqrt{1}}{2}\mathrm{i}=\dfrac{\sqrt{3}}{2}+\dfrac{1}{2}\mathrm{i}$.

b. On reconnaît que $a^2=\dfrac{\sqrt{3}}{2}+\dfrac{1}{2}\mathrm{i}=\mathrm{e}^{\frac{\mathrm{i}\pi}{6}}$. **Donc $|a^2|=1$ et $\arg(a^2)=\dfrac{\pi}{6}$.**

c. • $|a^2|=|a|^2=1$, donc $|a|$ **= 1** car $|a|>0$.

$\arg(a^2)=\dfrac{\pi}{6}+2k\pi,\ k\in\mathbb{Z}$, c'est-à-dire $2\arg(a)=\dfrac{\pi}{6}+2k\pi,\ k\in\mathbb{Z}$.

Donc $\arg(a)=\dfrac{\pi}{12}+k\pi,\ k\in\mathbb{Z}$, c'est-à-dire :

$$\arg(a)=\frac{\pi}{12}+2k\pi,\ k\in\mathbb{Z}\ \text{ou}\ \arg(a)=\frac{\pi}{12}+\pi+2k\pi,\ k\in\mathbb{Z}.$$

Mais $\mathrm{Re}(a)>0$, donc $\boldsymbol{\arg(a)=\dfrac{\pi}{12}+2k\pi,\ k\in\mathbb{Z}}$.

Donc **cos** $\left(\dfrac{\pi}{12}\right)=\dfrac{\mathrm{Re}(a)}{|a|}=\dfrac{\sqrt{2+\sqrt{3}}}{2}$ et **sin** $\left(\dfrac{\pi}{12}\right)=\dfrac{\mathrm{Im}(a)}{|a|}=\dfrac{\sqrt{2-\sqrt{3}}}{2}$.

- $\cos\left(\frac{11\pi}{12}\right) = \cos\left(\pi - \frac{\pi}{12}\right) = -\cos\left(\frac{\pi}{12}\right)$ et
$\sin\left(\frac{11\pi}{12}\right) = \sin\left(\pi - \frac{\pi}{12}\right) = \sin\left(\frac{\pi}{12}\right)$, d'où :

$$\mathbf{\cos\left(\frac{11\pi}{12}\right) = -\frac{\sqrt{2+\sqrt{3}}}{2} \text{ et } \sin\left(\frac{11\pi}{12}\right) = \frac{\sqrt{2-\sqrt{3}}}{2}}.$$

17 VRAI OU FAUX

a. Vrai. $\cos\left(\theta + \frac{\pi}{2}\right) = -\sin\theta$ et $\sin\left(\theta + \frac{\pi}{2}\right) = \cos\theta$.

b. Vrai. $z = 1 + 2i + 5e^{i\theta}, \theta \in \mathbb{R} \Leftrightarrow z - (1+2i) = 5e^{i\theta},\ \theta \in \mathbb{R}$

$\Leftrightarrow |z - (1+2i)| = 5$

$\Leftrightarrow$ AM = 5 avec $M(z)$ et $A(1+2i)$

$\Leftrightarrow M(z)$ appartient au cercle de centre $A(1+2i)$ et de rayon 5.

c. Faux. $r = |\sqrt{3} - i| = \sqrt{(\sqrt{3})^2 + (-1)^2} = 2$.

Soit θ un argument de $\sqrt{3} - i$: $\cos\theta = \frac{a}{r} = \frac{\sqrt{3}}{2}$ et $\sin\theta = \frac{b}{r} = -\frac{1}{2}$.

Ainsi $\theta = -\frac{\pi}{6} + 2k\pi,\ k \in \mathbb{R}$. On en déduit : $\sqrt{3} - i = re^{i\theta} = 2e^{-i\frac{\pi}{6}}$.

Donc $(\sqrt{3} - i)^{2022} = \left(2e^{-i\frac{\pi}{6}}\right)^{2022} = 2^{2022}e^{-i\frac{2022\pi}{6}} = 2^{2022}e^{-i337\pi}$.

Or $337\pi = 168 \times 2\pi + \pi$ donc $e^{-i337\pi} = e^{-i\pi} = -1$.

Ainsi $(\sqrt{3} - i)^{2022} = -2^{2022}$ est un réel négatif.

d. Faux. Soit $A(i)$ et $B(-2i)$ et $M(z)$.

$|z - i| = |z_M - z_A| = AM$ et $|z + 2i| = |z_M - z_B| = BM$.

Donc $|z - i| = |z + 2i| \Leftrightarrow AM = BM \Leftrightarrow M \in (\Delta)$ la médiatrice de [AB].

Or A et B sont sur l'axe des ordonnées donc (Δ) est perpendiculaire à l'axe des ordonnées, donc parallèle à l'axe des abscisses.

e. Vrai. La formule du Binôme de Newton donne : $(x+3)^8 = \sum_{k=0}^{8}\binom{8}{k}x^k 3^{8-k}$.

Donc le coefficient de x^5 est : $\binom{8}{5}3^{8-5} = \frac{8!}{5!(8-5)!} \times 3^3 = \frac{8\times7\times6}{3\times2\times1} \times 27 = 56 \times 27 = 1\,512$.

18 TROISIÈME DEGRÉ

a. $z^3 + 8$ est un polynôme de degré 3 donc il admet au-plus 3 racines dans $\mathbb{C}$: **(E) possède au maximum 3 solutions dans $\mathbb{C}$.**

b. $(-2)^3 + 8 = -8 + 8 = 0$, donc **-2 est solution de $z^3 + 8 = 0$.**

c. -2 est racine de $z^3 + 8$, polynôme du 3ème degré.
Il existe donc trois coefficients $a \neq 0$, b et c tels que :

$z^3 + 8 = (z - (-2))(az^2 + bz + c) = (z+2)(az^2 + bz + c)$. Or,

$$(z+2)(az^2 + bz + c) = az^3 + bz^2 + cz + 2az^2 + 2bz + 2c$$
$$= az^3 + (b+2a)z^2 + (c+2b)z + 2c.$$

Par identification, on obtient :

$$\begin{cases} a=1 \\ b+2a=0 \\ c+2b=0 \\ 2c=8 \end{cases} \Leftrightarrow \begin{cases} a=1 \\ b+2=0 \\ c+2b=0 \\ c=4 \end{cases} \Leftrightarrow \begin{cases} a=1 \\ b=-2 \\ 4+2(-2)=0 \\ c=4 \end{cases} \Leftrightarrow \begin{cases} a=1 \\ b=-2 \\ c=4 \end{cases}.$$

On en déduit : $\mathbf{z^3+8=(z+2)(z^2-2z+4)}$.

Autre méthode

$z^3+8=z^3-(-2)^3$ et on utilise la formule de factorisation de z^n-a^n avec $a=-2$ et $n=3$:

$$z^3-(-2)^3=(z-(-2))\left(z^2+z(-2)+(-2)^2\right).$$

d. $z^3+8=0 \Leftrightarrow (z+2)(z^2-2z+4)=0$

$\Leftrightarrow z=-2$ ou $z^2-2z+4=0$

$z^2-2z+4=0$ est une équation du second degré à coefficients réels.

Son discriminant est $\Delta=(-2)^2-4\times1\times4=-12<0$.

Elle a donc deux racines complexes conjuguées :

$$z_1=\frac{-b+i\sqrt{|\Delta|}}{2a}=\frac{2+i\sqrt{12}}{2\times1}=\frac{2+2i\sqrt{3}}{2}=1+i\sqrt{3} \text{ et } z_2=1-i\sqrt{3}.$$

L'équation $z^3+8=0$ a donc **trois solutions : -2, $1+i\sqrt{3}$ et $1-i\sqrt{3}$.**

19 SUITE DE TRIANGLES

1. $z_1=\frac{1+i}{2}z_0=\frac{1+i}{2}\times2=\mathbf{1+i}$.

$$z_2=\frac{1+i}{2}z_1=\frac{1+i}{2}(1+i)=\frac{(1+i)^2}{2}=\frac{1^2+2i+i^2}{2}=\frac{1+2i-1}{2}=\mathbf{i}.$$

$$z_3=\frac{1+i}{2}z_2=\frac{1+i}{2}\times i=\frac{i+i^2}{2}=\frac{-1+i}{2}=-\frac{\mathbf{1}}{\mathbf{2}}+\frac{\mathbf{1}}{\mathbf{2}}\mathbf{i}.$$

$$z_4=\frac{1+i}{2}z_3=\left(\frac{1}{2}+\frac{1}{2}i\right)\left(-\frac{1}{2}+\frac{1}{2}i\right)=-\frac{1}{4}+\frac{1}{4}i-\frac{1}{4}i+\frac{1}{4}i^2=-\frac{\mathbf{1}}{\mathbf{2}}.$$

2.

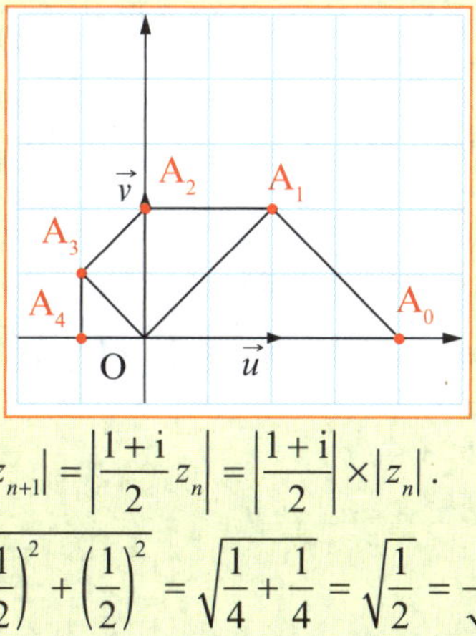

3. a. Soit $n\in\mathbb{N}$: $u_{n+1}=|z_{n+1}|=\left|\frac{1+i}{2}z_n\right|=\left|\frac{1+i}{2}\right|\times|z_n|$.

Or $\left|\frac{1+i}{2}\right|=\left|\frac{1}{2}+\frac{1}{2}i\right|=\sqrt{\left(\frac{1}{2}\right)^2+\left(\frac{1}{2}\right)^2}=\sqrt{\frac{1}{4}+\frac{1}{4}}=\sqrt{\frac{1}{2}}=\frac{1}{\sqrt{2}}$ et $|z_n|=u_n$ donc

$u_{n+1}=\frac{1}{\sqrt{2}}u_n$: (u_n) est donc **géométrique de raison $q=\frac{1}{\sqrt{2}}$.**

b. Comme $u_0 = |z_0| = |2| = 2$, on a donc, pour tout entier $n \in \mathbb{N}$,

$$\boldsymbol{u_n = u_0 \times q^n = 2\left(\frac{1}{\sqrt{2}}\right)^n}.$$

c. $-1 < \frac{1}{\sqrt{2}} < 1$ donc $\lim\limits_{n \to +\infty} \left(\frac{1}{\sqrt{2}}\right)^n = 0$. On en déduit : $\boldsymbol{\lim\limits_{n \to +\infty} u_n = 0}$.

d. Soit $n \in \mathbb{N}$.

Le point A_n est dans le cercle de centre O et de rayon 0,1 équivaut successivement à :

$OA_n \leqslant 0{,}1$; $|z_n - z_O| \leqslant 0{,}1$; $|z_n| \leqslant 0{,}1$; $u_n \leqslant 0{,}1$; $2\left(\frac{1}{\sqrt{2}}\right)^n \leqslant 0{,}1$;

$\left(\frac{1}{\sqrt{2}}\right)^n \leqslant 0{,}05$; $\ln\left(\left(\frac{1}{\sqrt{2}}\right)^n\right) \leqslant \ln(0{,}05)$ (car $\left(\frac{1}{\sqrt{2}}\right)^n$ et 0,05 sont dans $]0;+\infty[$ sur lequel la fonction ln est croissante) ; $n \ln\left(\frac{1}{\sqrt{2}}\right) \leqslant \ln(0{,}05)$;

$-n \ln\left(\sqrt{2}\right) \leqslant \ln(0{,}05)$; $n \geqslant -\frac{\ln(0{,}05)}{\ln\left(\sqrt{2}\right)}$ (car $\sqrt{2} > 1$ donc $\ln\left(\sqrt{2}\right) > 0$ puis $-\ln\left(\sqrt{2}\right) < 0$) ; $n \geqslant 9$ (car $-\frac{\ln(0{,}05)}{\ln\left(\sqrt{2}\right)} \approx 8{,}7$ à 0,1 près).

Donc A_n est dans le cercle de centre O et de rayon $0{,}1 \Leftrightarrow \boldsymbol{n \geqslant 9}$.

4. a. Soit $n \in \mathbb{N}$: $|z_n| = u_n = 2\left(\frac{1}{\sqrt{2}}\right)^n \neq 0$ donc $z_n \neq 0$.

$$\frac{z_{n+1} - z_n}{z_{n+1}} = \frac{\frac{1+i}{2} z_n - z_n}{\frac{1+i}{2} z_n} = \frac{\left(\frac{1+i}{2} - 1\right) z_n}{\frac{1+i}{2} z_n} = \frac{\frac{1+i-2}{2}}{\frac{1+i}{2}} = \frac{-1+i}{1+i} = \frac{(-1+i)(1-i)}{(1+i)(1-i)}$$

$$\frac{z_{n+1} - z_n}{z_{n+1}} = \frac{-1+i+i-i^2}{1^2+1^2} = \frac{2i}{2} = \mathbf{i}.$$

b. $\left|\frac{z_{n+1} - z_n}{z_{n+1}}\right| = \frac{|z_{n+1} - z_n|}{|z_{n+1}|} = \frac{A_nA_{n+1}}{OA_{n+1}}$ et $|i| = 1$ donc $A_nA_{n+1} = OA_{n+1}$.

De plus $\left(\overrightarrow{A_{n+1}O} ; \overrightarrow{A_{n+1}A_n}\right) = \left(\overrightarrow{OA_{n+1}} ; \overrightarrow{A_nA_{n+1}}\right) = \arg\left(\frac{z_{n+1} - z_n}{z_{n+1}}\right) = \arg(i) = \frac{\pi}{2} + 2k\pi$, $k \in \mathbb{Z}$.

Donc OA_nA_{n+1} est isocèle rectangle en A_{n+1}.

20 LINÉARISATION

1. La formule du Binôme de Newton donne :

$$(a+b)^4 = \sum_{k=0}^{4} \binom{4}{k} a^k b^{4-k} = \binom{4}{0} a^0 b^4 + \binom{4}{1} a^1 b^3 + \binom{4}{2} a^2 b^2 + \binom{4}{3} a^3 b^1 + \binom{4}{4} a^4 b^0$$

$$= b^4 + 4ab^3 + 6a^2b^2 + 4a^3b + a^4$$

$$\boldsymbol{(a+b)^4 = a^4 + 4a^3b + 6a^2b^2 + 4ab^3 + b^4}.$$

Autre méthode

$(a+b)^4 = (a+b)^2 \times (a+b)^2 = \left(a^2 + 2ab + b^2\right) \times \left(a^2 + 2ab + b^2\right)$ ce qu'on développe et réduit.

2. a. La formule d'Euler donne $\cos(x)=\dfrac{e^{ix}+e^{-ix}}{2}$ donc

$$\cos^4(x)=\left(\frac{e^{ix}+e^{-ix}}{2}\right)^4=\frac{(e^{ix}+e^{-ix})^4}{16}.$$

Si $a=e^{ix}$ et $b=e^{-ix}$, on a donc :

$$\begin{aligned}(e^{ix}+e^{-ix})^4&=(e^{ix})^4+4\times(e^{ix})^3\times e^{-ix}+6(e^{ix})^2\times(e^{-ix})^2+4e^{ix}\times(e^{-ix})^3+(e^{-ix})^4\\&=e^{i4x}+4e^{i3x}e^{-ix}+6e^{i2x}e^{-i2x}+4e^{ix}e^{-i3x}+e^{-i4x}\\&=e^{i4x}+4e^{i2x}+6e^{i0}+4e^{-i2x}+e^{-i4x}=e^{i4x}+e^{-i4x}+4(e^{i2x}+e^{-i2x})+6\\&=2\cos(4x)+4\times2\cos(2x)+6.\end{aligned}$$

Ainsi $\mathbf{\cos^4(x)=\dfrac{2\cos(4x)+8\cos(x)+6}{16}=\dfrac{1}{8}\cos(4x)+\dfrac{1}{2}\cos(2x)+\dfrac{3}{8}}$.

b. $\sin(4x)'=4\cos(4x)$ et $(\sin(2x))'=2\cos(2x)$, donc la fonction :

$\mathbf{x\mapsto\dfrac{\sin(4x)}{32}+\dfrac{\sin(2x)}{4}+\dfrac{3x}{8}}$ a pour dérivée $x\mapsto\cos^4(x)$ sur $\mathbb{R}$.

3. $\sin^4(x)=\left(\dfrac{e^{ix}-e^{-ix}}{2i}\right)^4=\dfrac{(e^{ix}-e^{-ix})^4}{(2i)^4}=\dfrac{1}{16}(e^{ix}-e^{-ix})^4.$

Donc pour $a=e^{ix}$ et $b=-e^{-ix}$:

$$\begin{aligned}(e^{ix}-e^{-ix})^4&=e^{i4x}-4e^{i3x}e^{-ix}+6e^{i2x}e^{-i2x}-4e^{ix}e^{-i3x}+e^{-i4x}\\&=e^{i4x}+e^{-i4x}-4(e^{i2x}+e^{-i2x})+6=2\cos(4x)-8\cos(2x)+6.\end{aligned}$$

Donc $\sin^4(x)=\dfrac{1}{8}\cos(4x)-\dfrac{1}{2}\cos(2x)+\dfrac{3}{8}.$

Pour tout x réel, $\mathbf{\sin^4(x)=\dfrac{\cos(4x)}{8}-\dfrac{\cos(2x)}{2}+\dfrac{3}{8}}$.

$\mathbf{x\mapsto\dfrac{\sin(4x)}{32}-\dfrac{\sin(2x)}{4}+\dfrac{3x}{8}}$ a pour dérivée $x\mapsto\sin^4(x)$ sur $\mathbb{R}$.

21 FONCTIONS HOMOGRAPHIQUES

1. Pour $z\neq1$, on pose $z=x+iy$ où $x,\ y\in\mathbb{R}$ et $(x;\ y)\neq(1;0)$:

$$f(z)=\frac{z+2i}{z-1}=\frac{(z+2i)(\bar{z}-1)}{|z-1|^2}=\frac{x^2+y^2+2y-x+i(2x-y-2)}{(x-1)^2+y^2}.$$

$$f(z)\in\mathbb{R}\Leftrightarrow\begin{cases}2x-y-2=0\\(x;y)\neq(1;0)\end{cases}.$$

L'ensemble cherché est donc la droite d'équation $y=2x-2$ privé du point A (qui appartient à cette droite car $2\times1-2=0$).

2. $f(z)$ estimaginairepur$\Leftrightarrow\begin{cases}x^2+y^2+2y-x=0\\(x;y)\neq(1;0)\end{cases}\Leftrightarrow\begin{cases}\left(x-\dfrac{1}{2}\right)^2+(y+1)^2=\dfrac{5}{4}\\(x;y)\neq(1;0)\end{cases}$

L'ensemble cherché est donc le cercle de centre $\Omega\left(\dfrac{1}{2};-1\right)$, de rayon $\dfrac{\sqrt5}{2}$ privé de A (qui appartient au cercle car les coordonnées de A vérifient cette équation).

3. a. $f(z) = 0 \Leftrightarrow z + 2\mathrm{i} = 0 \Leftrightarrow z = \mathbf{-2i}$ (qui n'est pas égal à 1).

b. Soit B(–2i). $\dfrac{z+2\mathrm{i}}{z-1} = \dfrac{z_M - z_B}{z_M - z_A}$ donc :

$\arg(f(z)) = \dfrac{\pi}{2} + k\pi,\ k \in \mathbb{Z} \Leftrightarrow \left(\overrightarrow{AM}\,;\overrightarrow{BM}\right) = \dfrac{\pi}{2} + k\pi,\ k \in \mathbb{Z}.$

L'ensemble cherché est le cercle de diamètre [AB] privé de A et B.

4. $|f(z)| = 1 \Leftrightarrow \left|\dfrac{z+2\mathrm{i}}{z-1}\right|^2 = 1$

$$\Leftrightarrow \left|\dfrac{z+2\mathrm{i}}{z-1}\right|^2 = 1 \Leftrightarrow |z+2\mathrm{i}|^2 = |z-1|^2 \text{ car } |z-1| \neq 0$$

$$\Leftrightarrow \begin{cases} x^2 + (y+2)^2 = (x-1)^2 + y^2 \\ (x\,;y) \neq (1\,;0) \end{cases}$$

$$\Leftrightarrow \begin{cases} 4y + 4 = -2x + 1 \\ (x\,;y) \neq (1\,;0) \end{cases}.$$

L'ensemble cherché est donc la droite d'équation $\boldsymbol{y = -\dfrac{x}{2} - \dfrac{3}{4}}$.

Autre méthode

$$|f(z)| = 1 \Leftrightarrow \left|\dfrac{z+2\mathrm{i}}{z-1}\right| = 1 \Leftrightarrow \mathrm{BM} = \mathrm{AM}.$$

La droite cherchée est la médiatrice de [AB].

5. a. Soit $z \neq 1$.

$$|f(z) - 1| = \left|\dfrac{z+2\mathrm{i}}{z-1} - 1\right| = \left|\dfrac{z+2\mathrm{i}}{z-1} - \dfrac{z-1}{z-1}\right| = \left|\dfrac{1+2\mathrm{i}}{z-1}\right| = \dfrac{|1+2\mathrm{i}|}{|z-1|} \text{ donc}$$

$$|f(z) - 1| \times |z-1| = \dfrac{|1+2\mathrm{i}|}{|z-1|} \times |z-1| = |1+2\mathrm{i}| = \sqrt{5}.$$

b. $M(z) \in \mathscr{C} \Leftrightarrow |z-1| = R > 0$, donc $z \neq 1$ et $|f(z) - 1| = \dfrac{\sqrt{5}}{|z-1|} = \dfrac{\sqrt{5}}{R}$.

L'image de $\mathscr{C}$ par f est incluse dans le cercle de centre A et de rayon $\dfrac{\sqrt{5}}{R}$.

22 RELATIONS COEFFICIENTS-RACINES

1. D'après le cours III. avec $n = 2$:

$z_1 + z_2 = -\dfrac{b}{a}$ et $z_1 \times z_2 = \dfrac{c}{a}$.

2. $(1+\mathrm{i})^2 - (4+3\mathrm{i})(1+\mathrm{i}) + 1 + 5\mathrm{i} = 1 + 2\mathrm{i} - 1 - \left(4 + 4\mathrm{i} + 3\mathrm{i} + 3\mathrm{i}^2\right) + 1 + 5\mathrm{i}$

$= 2\mathrm{i} - 1 - 7\mathrm{i} + 1 + 5\mathrm{i} = 0,$

donc $\boldsymbol{z_1 = 1 + \mathrm{i}}$ **est solution de l'équation** $\boldsymbol{z^2 - (4+3\mathrm{i})z + 1 + 5\mathrm{i} = 0}$.

Alors $z_1 + z_2 = -\dfrac{b}{a} = -\dfrac{-(4+3\mathrm{i})}{1} = 4 + 3\mathrm{i}$, donc :

$$z_2 = 4 + 3\mathrm{i} - z_1 = 4 + 3\mathrm{i} - (1+\mathrm{i}) = \mathbf{3 + 2i}.$$

3. $\mathrm{i}^2 - (1 - 6\mathrm{i})\mathrm{i} + 7 + \mathrm{i} = -1 - \mathrm{i} - 6 + 7 + \mathrm{i} = 0$, donc $\boldsymbol{z_1 = \mathrm{i}}$ **est solution de (E).**

Alors $z_2 = -\frac{b}{a} - z_1 = 1 - 6i - i =$ **$1 - 7i$ est l'autre solution de (E).**

4. a. $\begin{cases} z_1 + z_2 = S \\ z_1 \times z_2 = P \end{cases} \Leftrightarrow \begin{cases} z_2 = S - z_1 \\ z_1 \times (S - z_1) = P \end{cases}$

$\Leftrightarrow \begin{cases} z_2 = S - z_1 \\ z_1^2 - Sz_1 + P = 0 \end{cases}$

$\Leftrightarrow z_1$ est racine de $z^2 - Sz + P$ et $z_1 + z_2 = S = \frac{-(-S)}{1}$.

$\Leftrightarrow z_1$ est racine de $z^2 - Sz + P$ et z_2 en est l'autre racine.

b. $\begin{cases} z_1 \times z_2 = -\frac{8}{21} \\ z_1 + z_2 = -\frac{2}{21} \end{cases} \Leftrightarrow z_1$ et z_2 sont solutions de $z^2 + \frac{2}{21}z - \frac{8}{21} = 0$

$\Leftrightarrow z_1$ et z_2 sont solutions de (E) : $21z^2 + 2z - 8 = 0$.

Or les solutions de (E), équation du second degré à coefficients réels, sont $\frac{4}{7}$ et $-\frac{2}{3}$ (car $\Delta = 676 = 26^2$).

Donc les solutions du système sont les couples $\left(\frac{4}{7}\,;-\frac{2}{3}\right)$ et $\left(-\frac{2}{3}\,;\frac{4}{7}\right)$.

c. $\begin{cases} \frac{1}{z_1} + \frac{1}{z_2} = -\frac{1}{5} \\ z_1 \times z_2 = 10 \end{cases} \Leftrightarrow \begin{cases} \frac{z_1 + z_2}{z_1 z_2} = -\frac{1}{5} \\ z_1 z_2 = 10 \end{cases}$

$\Leftrightarrow \begin{cases} z_1 + z_2 = -2 \\ z_1 z_2 = 10 \end{cases}$

$\Leftrightarrow z_1$ et z_2 sont solutions de (F) : $z^2 + 2z + 10 = 0$.

Or les solutions de (F), équation du second degré à coefficients réels, sont $-1 + 3i \neq 0$ et $-1 - 3i \neq 0$ (car $\Delta = -36 = (6i)^2$).

Donc les solutions du système sont les couples :

$(-1 + 3i\,; -1 - 3i)$ et $(-1 - 3i\,; -1 + 3i)$.

23 PENTAGONE

Partie A. 1. $\frac{1}{2}\left(a + \frac{1}{a}\right) = \frac{1}{2}\left(e^{\frac{2i\pi}{5}} + e^{-\frac{2i\pi}{5}}\right)$

$= \frac{1}{2} \times 2\cos\left(\frac{2\pi}{5}\right) = \mathbf{cos}\left(\frac{2\pi}{5}\right)$.

2. $a^5 = \left(e^{\frac{2i\pi}{5}}\right)^5 = e^{2i\pi} = 1$.

$a^4 = \left(e^{\frac{2i\pi}{5}}\right)^4 = e^{\frac{8i\pi}{5}} = e^{-\frac{2i\pi}{5}}$ car $\frac{8\pi}{5} = \frac{-2\pi}{5} + 2\pi$.

Or $\frac{1}{a} = \frac{1}{e^{\frac{2i\pi}{5}}} = e^{-\frac{2i\pi}{5}}$, donc

$a^4 = \frac{1}{a} = e^{-\frac{2i\pi}{5}} = \cos\left(-\frac{2\pi}{5}\right) + i\sin\left(-\frac{2\pi}{5}\right) = \cos\left(\frac{2\pi}{5}\right) - i\sin\left(\frac{2\pi}{5}\right) = \overline{a}$.

3. $a^4 + a^3 + a^2 + a + 1 = \frac{a^5 - 1}{a - 1}$ car $a \neq 0$, or $a^5 = 1$ d'après **1.** donc :

$a^4 + a^3 + a^2 + a + 1 = 0$.

4. $Z^2+Z-1=\left(a+\frac{1}{a}\right)^2+a+\frac{1}{a}-1=a^2+2a\times\frac{1}{a}+\frac{1}{a^2}+a+\frac{1}{a}-1$

$Z^2+Z-1=a^2+a+1+\frac{1}{a}+\frac{1}{a^2}=\frac{a^4+a^3+a^2+a+1}{a^2}=\mathbf{0}$.

5. Z est solution de l'équation du second degré à coefficients réels $z^2+z-1=0$.
Son discriminant est $\Delta=5>0$, donc elle admet deux solutions réelles :

$$z_1=\frac{-1+\sqrt{5}}{2}>0 \text{ et } z_2=\frac{-1-\sqrt{5}}{2}<0.$$

D'après 1., $\cos\left(\frac{2\pi}{5}\right)=\frac{1}{2}\left(a+\frac{1}{a}\right)=\frac{1}{2}Z$, or $0<\frac{2\pi}{5}<\frac{\pi}{2}$. Donc $\cos\left(\frac{2\pi}{5}\right)>0$.

Donc $Z=z_1$ et $\mathbf{\cos\left(\frac{2\pi}{5}\right)}=\frac{1}{2}z_1=\mathbf{\frac{-1+\sqrt{5}}{4}}$.

$\sin\left(\frac{2\pi}{5}\right)=\sqrt{1-\cos^2\frac{2\pi}{5}}=\sqrt{1-\frac{6-2\sqrt{5}}{16}}=\sqrt{\frac{10+2\sqrt{5}}{16}}$, soit

$\mathbf{\sin\left(\frac{2\pi}{5}\right)=\frac{\sqrt{10+2\sqrt{5}}}{4}}$.

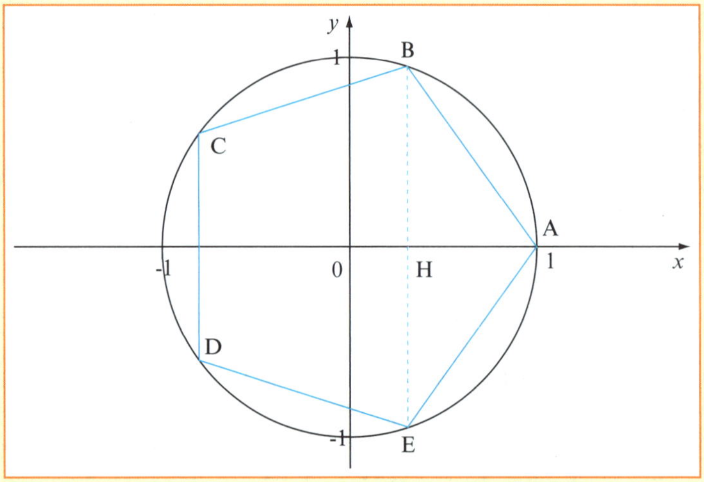

Partie B.

1. $a^4=\overline{a}$, donc $\mathrm{Re}(a^4)=\mathrm{Re}(a)$, donc (BE) est parallèle à l'axe (Oy).

(BE) a pour équation $y=\mathrm{Re}(a^4)=\mathrm{Re}(a)=\cos\left(\frac{2\pi}{5}\right)$.

Donc H a pour affixe $z_H=\mathbf{\cos\left(\frac{2\pi}{5}\right)}$.

2. a. $\Omega M=\Omega J=|z_J-z_\Omega|=\left|i+\frac{1}{2}\right|=\sqrt{\frac{1}{4}+1}=\frac{\sqrt{5}}{2}$.

Comme Ω et M appartiennent à l'axe des abscisses :

$z_M=z_\Omega+\frac{\sqrt{5}}{2}=\frac{-1+\sqrt{5}}{2}=2\cos\left(\frac{2\pi}{5}\right)=a+\overline{a}=\boldsymbol{a+a^4}$, soit

$z_H=\frac{z_M}{2}=\frac{z_O+z_M}{2}$, **donc H est le milieu de [OM].**

b. De même, $\Omega N = \frac{\sqrt{5}}{2}$.

Comme Ω et N appartiennent à l'axe des abscisses :

$$z_N = z_\Omega - \frac{\sqrt{5}}{2} = \frac{-1-\sqrt{5}}{2}.$$

$a^2 + a^3 = \left(e^{\frac{2i\pi}{5}}\right)^2 + \left(e^{\frac{2i\pi}{5}}\right)^3 = e^{\frac{4i\pi}{5}} + e^{\frac{6i\pi}{5}} = e^{\frac{4i\pi}{5}} + e^{-\frac{4i\pi}{5}}$ car $\frac{6\pi}{5} - 2\pi = -\frac{4\pi}{5}$, donc $a^2 + a^3 = 2\cos\left(\frac{4\pi}{5}\right)$.

Or $\cos\left(\frac{4\pi}{5}\right) = \cos\left(2 \times \frac{2\pi}{5}\right) = 2\cos^2\left(\frac{2\pi}{5}\right) - 1 = 2\left(\frac{-1+\sqrt{5}}{4}\right)^2 - 1$, donc

$$a^2 + a^3 = 2\left(2\left(\frac{-1+\sqrt{5}}{4}\right)^2 - 1\right) = 4\frac{6-2\sqrt{5}}{16} - 2 = \frac{3-\sqrt{5}}{2} - \frac{4}{2} = \frac{-1-\sqrt{5}}{2}.$$

Donc l'affixe de N vaut $a^2 + a^3$. La formule donnant l'affixe du milieu d'un segment permet de conclure que **le milieu de [ON] a donc pour affixe $\frac{a^2 + a^3}{2}$, de même que celui de [CD].**

3. Construisons le cercle trigonométrique et plaçons les points $A(1)$, $J(i)$ et $\Omega\left(-\frac{1}{2}\right)$. $OA = |a| = 1 = OB = OC = OE$, donc les points sont sur le cercle $\mathscr{C}_O$ de centre O et de rayon 1.

Traçons le cercle $\mathscr{C}_{\Omega J}$ de centre Ω passant par J. On obtient les points M et N, intersections de $\mathscr{C}_{\Omega J}$ avec la droite (OA) et tels que $z_M > 0$.

Construisons au compas la médiatrice (d_1) de [OM] et celle (d_2) de [ON].

B et E sont les points d'intersection de (d_1) avec $\mathscr{C}_O$, avec $\text{Im}(z_B) > 0$.

C et D sont les points d'intersection de (d_2) avec $\mathscr{C}_O$, avec $\text{Im}(z_C) > 0$.

Il ne reste plus qu'à relier les points A, B, C, D et E pour obtenir le pentagone ABCDE.

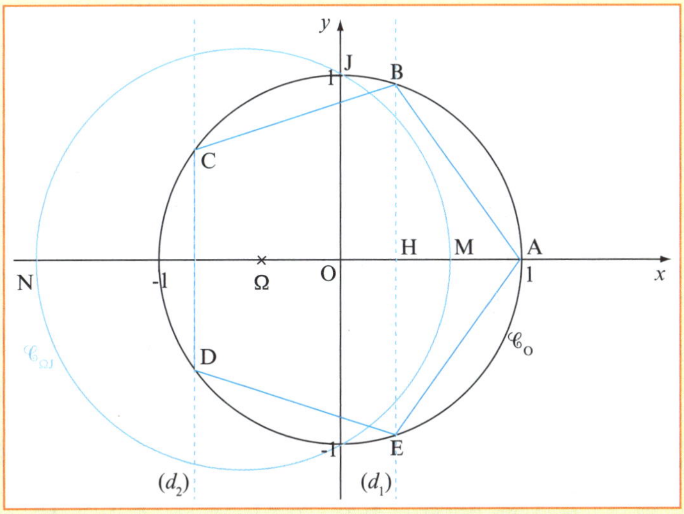

24 RACINES n-IÈMES DE L'UNITÉ

1. Soit z une solution de (E_3), z s'écrivant sous forme trigonométrique $z = re^{i\theta}$, avec r réel strictement positif et $\theta \in \mathbb{R}$.

$$z^3 = r^3 e^{i3\theta} = 1 \Leftrightarrow \left(r^3 = 1 \text{ et } 3\theta = 0 + 2k\pi,\ k \in \mathbb{Z}\right)$$
$$\Leftrightarrow \left(r = 1 \text{ et } \theta = 0 + \frac{2k\pi}{3},\ k \in \mathbb{Z}\right)$$

1, $e^{\frac{i2\pi}{3}}$ et $e^{\frac{i4\pi}{3}}$ sont donc 3 solutions de cette équation de degré 3, qui en a 3 au maximum :

les solutions de (E_3) sont donc 1, $e^{\frac{i2\pi}{3}}$ et $e^{\frac{i4\pi}{3}}$.

2. a. Soit z une solution de (E_n), z s'écrivant sous forme trigonométrique $z = re^{i\theta}$, avec r réel strictement positif et $\theta \in \mathbb{R}$.

De même $z^n = r^n e^{in\theta} = 1 \Leftrightarrow (r^n = 1 \text{ et } n\theta = 0 + 2k\pi,\ k \in \mathbb{Z})$

$$\Leftrightarrow \left(r = 1 \text{ et } \theta = 0 + \frac{2k\pi}{n},\ k \in \mathbb{Z}\right).$$

Les solutions de (E_n) sont donc les $e^{\frac{i2k\pi}{n}}$, k entier variant de 0 à $n-1$.

b. Soit k un entier compris entre 1 et n (on posera $A_{n+1} = A_1$).

Démontrons que le triangle OA_kA_{k+1} est isocèle en O, et qu'une mesure de l'angle principal $\left(\overrightarrow{OA_k} ; \overrightarrow{OA_{k+1}}\right)$ est indépendante de k.

$$OA_k = \left|e^{\frac{i2(k-1)\pi}{n}}\right| = 1,\ OA_{k+1} = \left|e^{\frac{i2k\pi}{n}}\right| = 1, \text{ et}$$

$$\left(\overrightarrow{OA_k} ; \overrightarrow{OA_{k+1}}\right) = \arg\left(\frac{e^{\frac{i2k\pi}{n}}}{e^{\frac{i2(k-1)\pi}{n}}}\right) = \arg\left(e^{\frac{i2\pi}{n}}\right) = \frac{2\pi}{n} + 2k'\pi,\ k' \in \mathbb{Z}.$$

Les points A_n sont disposés régulièrement sur le cercle de centre O et de rayon 1.
Le polygone $A_1A_2\ldots A_n$ est donc régulier.

On aurait également obtenu ce résultat en démontrant que, pour tout k,

$$\left(\overrightarrow{OA_k} ; \overrightarrow{OA_{k+1}}\right) = \frac{2\pi}{n} \text{ et } A_kA_{k+1} = \left|e^{\frac{i2\pi}{n}} - 1\right| \text{ (valeur indépendante de } k\text{).}$$

Le polygone $A_1A_2...A_n$ a alors tous ses côtés de même longueur et tous ses angles au centre de même mesure.

3. **Les solutions de (E_4) sont**

$$e^{\frac{i0\pi}{4}}, e^{\frac{i2\pi}{4}}, e^{\frac{i4\pi}{4}} \text{ et } e^{\frac{i6\pi}{4}} \text{ soit } 1, i, -1 \text{ et } -i.$$

Les solutions de (E_5) sont

$$e^{\frac{i0\pi}{5}} = 1,\ e^{\frac{i2\pi}{5}},\ e^{\frac{i4\pi}{5}},\ e^{\frac{i6\pi}{5}} \text{ et } e^{\frac{i8\pi}{5}}.$$

12 Matrices et graphes

Dans tout ce chapitre, n et p désignent des entiers naturels non nuls.

I LES MATRICES

1. Définitions et notations

- Une **matrice de taille** $n \times p$ est un tableau à n lignes et p colonnes.
Une **matrice carrée** de taille n est une matrice de taille $n \times n$.
On appelle **matrice colonne** toute matrice de taille $n \times 1$, et **matrice ligne** toute matrice de taille $1 \times n$.
- La matrice carrée de taille n dont tous les éléments sont nuls est notée 0_n.
- On appelle **matrice identité** d'ordre n la matrice carrée de taille n constituée de 1 sur la diagonale principale et de 0 partout ailleurs. On la note I_n.

EXEMPLES :

$$0_2 = \begin{pmatrix} 0 & 0 \\ 0 & 0 \end{pmatrix} \; I_2 = \begin{pmatrix} 1 & 0 \\ 0 & 1 \end{pmatrix} \text{ et } I_3 = \begin{pmatrix} 1 & 0 & 0 \\ 0 & 1 & 0 \\ 0 & 0 & 1 \end{pmatrix}.$$

- On note $a_{i,j}$ l'élément de la matrice situé à l'intersection de la i-ième ligne et de la j-ième colonne. Dans ce cas, on écrit $A = (a_{i,j})$ la matrice correspondante.

EXEMPLE :

$A = \begin{pmatrix} 4 & -1 \\ 3 & 2 \end{pmatrix}$ est une matrice carrée de taille 2, où $a_{1,1} = 4$; $a_{1,2} = -1$; $b_{2,1} = 3$; $a_{2,2} = -1$.

2. Produit de matrices

- **Produit d'une matrice ligne $1 \times n$ par une matrice colonne $n \times 1$**

Le produit de la matrice ligne $L = (l_1 \, l_2 \dots l_n)$ par la matrice colonne $C = \begin{pmatrix} c_1 \\ c_2 \\ \dots \\ c_n \end{pmatrix}$ est le réel noté $L \times C$ ou plus simplement LC défini par :

$$LC = l_1 \times c_1 + l_2 \times c_2 + \dots + l_n \times c_n.$$

EXEMPLE :

$$\begin{pmatrix} 1 & 2 & -3 \end{pmatrix} \begin{pmatrix} 5 \\ -4 \\ 0 \end{pmatrix} = 1 \times 5 + 2 \times (-4) + (-3) \times 0 = -3.$$

Produit d'une matrice ligne $1 \times n$ par une matrice carrée de taille n

Soit $L = (l_1\ l_2 \dots l_n)$ et M une matrice carrée dont les colonnes sont notées $C'_1, \dots, C'_n$. Alors le produit de L par M est la matrice ligne :

$$(LC'_1 \quad LC'_2 \quad \dots \quad LC'_n).$$

EXEMPLE :

Soit $L = \begin{pmatrix} 1 & 4 \end{pmatrix}$ et $M = \begin{pmatrix} 2 & 7 \\ -3 & 0 \end{pmatrix}$.

$$LM = \begin{pmatrix} 1 & 4 \end{pmatrix}\begin{pmatrix} 2 & 7 \\ -3 & 0 \end{pmatrix} = \begin{pmatrix} LC'_1 & LC'_2 \end{pmatrix}$$

où $C'_1 = \begin{pmatrix} 2 \\ -3 \end{pmatrix}$ et $C'_2 = \begin{pmatrix} 7 \\ 0 \end{pmatrix}$

$$LM = \begin{pmatrix} 1 & 4 \end{pmatrix}\begin{pmatrix} 2 & 7 \\ -3 & 0 \end{pmatrix} = \begin{pmatrix} 1 \times 2 + 4 \times (-3) & 1 \times 7 + 4 \times 0 \end{pmatrix} = \begin{pmatrix} -10 & 7 \end{pmatrix}.$$

Produit de matrices carrées de même taille

Soit A une matrice carrée de taille n dont les lignes sont notées $L_1, \dots, L_n$ et B une matrice carrée de taille n dont les colonnes sont notées $C'_1, \dots, C'_n$. Alors la matrice produit notée $A \times B$ (ou AB) est une matrice carrée de taille n dont l'élément situé à l'intersection de la i-ième ligne et de la j-ième colonne vaut $L_i \times C'_j$.

EXEMPLES :

$A = \begin{pmatrix} 1 & 4 \\ 5 & 3 \end{pmatrix}$ et $B = \begin{pmatrix} 2 & 7 \\ -3 & 0 \end{pmatrix}$. Calculons $A \times B$ puis $B \times A$.

$$AB = \begin{pmatrix} 1 & 4 \\ 5 & 3 \end{pmatrix}\begin{pmatrix} 2 & 7 \\ -3 & 0 \end{pmatrix} = \begin{pmatrix} L_1 \times C'_1 & L_1 \times C'_2 \\ L_2 \times C'_1 & L_2 \times C'_2 \end{pmatrix},$$

où $L_1 = \begin{pmatrix} 1 & 4 \end{pmatrix}$, $L_2 = \begin{pmatrix} 5 & 3 \end{pmatrix}$, $C'_1 = \begin{pmatrix} 2 \\ -3 \end{pmatrix}$ et $C'_2 = \begin{pmatrix} 7 \\ 0 \end{pmatrix}$.

$$AB = \begin{pmatrix} 1 & 4 \\ 5 & 3 \end{pmatrix}\begin{pmatrix} 2 & 7 \\ -3 & 0 \end{pmatrix} = \begin{pmatrix} 1 \times 2 + 4 \times (-3) & 1 \times 7 + 4 \times 0 \\ 5 \times 2 + 3 \times (-3) & 5 \times 7 + 3 \times 0 \end{pmatrix} = \begin{pmatrix} -10 & 7 \\ 1 & 35 \end{pmatrix}.$$

Le produit de matrices n'est pas commutatif : en général $AB \neq BA$.

3. Puissances d'une matrice carrée

Soit A une matrice carrée de taille n. Soit $p \in \mathbb{N}^*$.

On note $A^p = \underbrace{A \times A \times \dots \times A}_{p \text{ facteurs}}$.

$A^{p+1} = AA^p = A^pA$ et, par convention, $A^0 = I_n$.

4. Inverse d'une matrice carrée

Définition

Soit A une matrice carrée de taille n. On dit que A est **inversible** si, et seulement si, il existe une matrice B (de même taille) telle que $AB = BA = I_n$.
On dit alors que B est l'**inverse** de A et on note $B = A^{-1}$.

En pratique, pour prouver que $B = A^{-1}$, il suffit de montrer que $AB = I$ ou que $BA = I$.
Ce résultat est admis.

Propriété

Soit A une **matrice carrée de taille 2**, A est inversible si, et seulement si, $ad - bc \neq 0$.

$$\text{Si } ad - bc \neq 0\text{, alors } A^{-1} = \frac{1}{ad - bc}\begin{pmatrix} d & -b \\ -c & a \end{pmatrix}$$

II LES GRAPHES

1. Vocabulaire

- Un **graphe** est constitué d'un ensemble de points, appelés sommets du graphe, et d'arêtes reliant deux de ces sommets.

Deux sommets sont dits **adjacents** s'il existe au moins une arête les reliant.

- On appelle **boucle** une arête ayant pour extrémités un seul et même sommet.
- Une **chaîne** est une suite d'arêtes consécutives reliant deux sommets. La longueur de la chaîne est alors égale au nombre d'arêtes la constituant.
- Un graphe est **connexe** si toute paire de sommets est reliée par au moins une chaîne.

EXEMPLES :

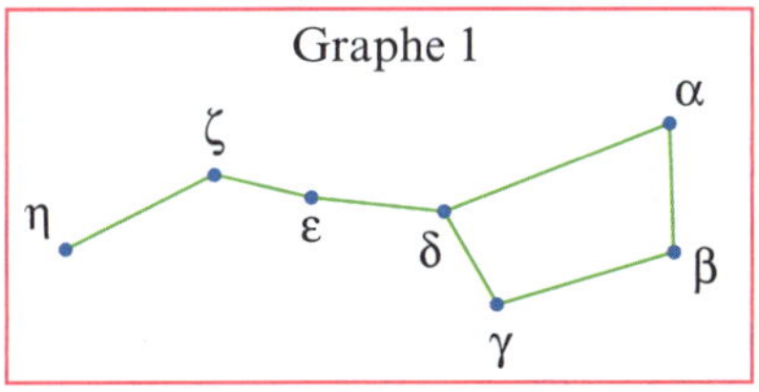

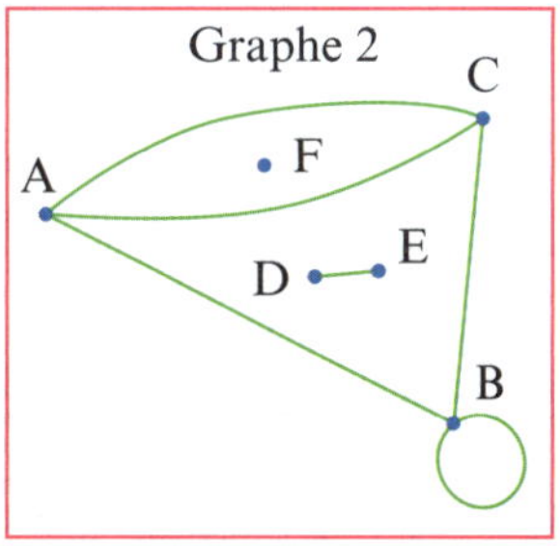

Le **graphe 1** possède 7 sommets et 7 arêtes. Le sommet δ (delta) est adjacent à trois sommets. C'est un graphe connexe.
Le **graphe 2** possède une boucle et un sommet isolé F. Deux arêtes relient les sommets A et C. Ce graphe n'est pas connexe (par exemple, il n'existe pas de chaîne reliant F à A).

- Un graphe orienté est un graphe dont les arêtes sont fléchées (ou orientées).
- Un graphe est pondéré lorsqu'à chacune de ses arêtes, est associé un nombre positif, appelé poids de l'arête.

EXEMPLES :

Graphe des distances

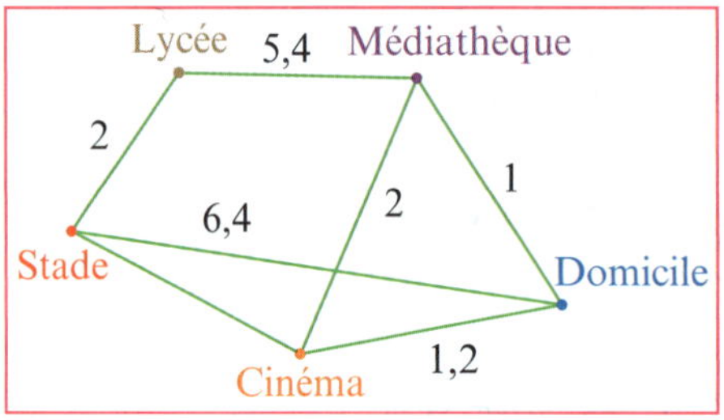

Graphe des sens de circulation

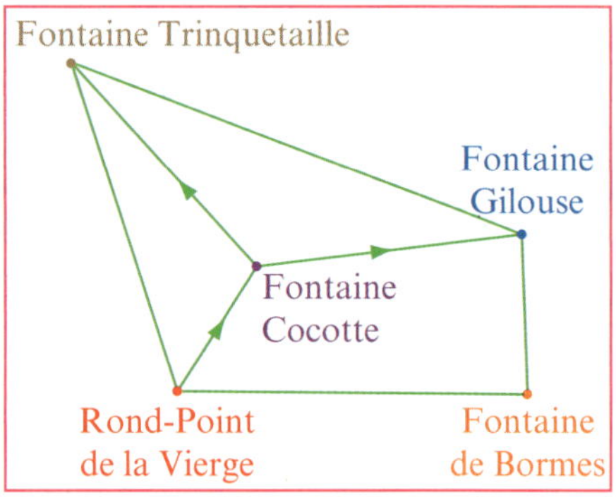

2. Graphes probabilistes

▸ Un **graphe probabiliste** est un graphe dont les sommets correspondent à des états probabilistes, et dont le poids de l'arête allant du sommet i vers le sommet j indique la probabilité conditionnelle, sachant que l'on est un instant donné dans l'état i, d'être l'instant suivant dans l'état j.

Dans un graphe probabiliste, le poids de chaque arête est un nombre de l'intervalle $[0 ; 1]$ et la somme des poids des arêtes issues d'un même sommet vaut 1.

EXEMPLE : Deux médecins généralistes, docteur A et docteur B, se partagent les habitants d'un village. On estime que, d'une année sur l'autre, 95 % des patients du docteur A conserveront le même médecin, ainsi que 80 % des patients du docteur B.

Cette situation peut être représentée par le graphe suivant :

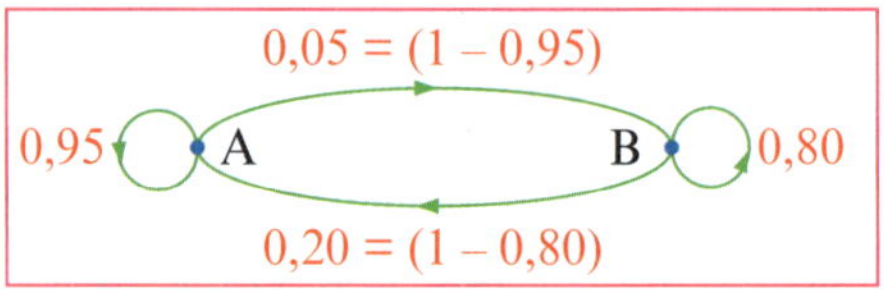

Ainsi, pour un patient du docteur A une année donnée, la probabilité qu'il change de médecin l'année suivante est de 0,05.

3. Matrice associée à un graphe

▸ **Matrice d'adjacence d'un graphe**

• On appelle matrice d'adjacence d'un graphe d'ordre n (c'est-à-dire à n sommets), la matrice dont l'élément $(i ; j)$ indique le nombre d'arêtes menant du sommet i au sommet j.

La matrice d'adjacence d'un graphe non orienté est symétrique : tout élément $(i ; j)$ est égal à l'élément $(j ; i)$.

EXEMPLE : Reprenons l'exemple du plan de circulation du paragraphe 2.1, en considérant les lieux par ordre alphabétique (1 : Fontaine de Bormes, 2 : Fontaine cocotte…).

La matrice d'adjacence de ce graphe est : $\begin{pmatrix} 0 & 0 & 1 & 0 & 1 \\ 0 & 0 & 1 & 1 & 0 \\ 1 & 0 & 0 & 1 & 0 \\ 0 & 0 & 1 & 0 & 1 \\ 1 & 1 & 0 & 1 & 0 \end{pmatrix}$.

Propriété

Soit A la matrice d'adjacence d'un graphe.
Le nombre de chaînes de longueur p menant du sommet i au sommet j est donné par l'élément $(i\,;j)$ de la matrice A^p.

Matrice de transition d'un graphe probabiliste

La matrice de transition d'un graphe probabiliste d'ordre n est une matrice carrée de taille n dont l'élément $(i\,;j)$ indique la probabilité conditionnelle, sachant que l'on est un instant donné dans l'état i, d'être l'instant suivant dans l'état j.

Définition

Étant donné un graphe probabiliste de matrice M, on appelle :

- **distribution de probabilité** toute matrice-ligne P dont les coefficients sont positifs et de somme égale à 1,
- **distribution invariante**, toute distribution P telle que P = PM

MÉTHODE 1

Déterminer l'inverse d'une matrice carrée de taille 3

→ Voir les exos 3 et 8.

Étape 1. Traduire l'égalité matricielle $AB = I_3$ par un système d'équations.

Étape 2. Résoudre ce système.

Étape 3. Vérifier à l'aide de la calculatrice que l'on a bien $AB = BA = I_3$.

Exo résolu

Déterminer l'inverse de la matrice $A = \begin{pmatrix} 1 & 0 & -1 \\ 0 & 2 & 1 \\ 0 & 0 & 3 \end{pmatrix}$.

CORRIGÉ

Étape 1. Posons $B = \begin{pmatrix} a_1 & b_1 & c_1 \\ a_2 & b_2 & c_2 \\ a_3 & b_3 & c_3 \end{pmatrix}$.

$$AB = I_3 \Leftrightarrow \begin{pmatrix} 1 & 0 & -1 \\ 0 & 2 & 1 \\ 0 & 0 & 3 \end{pmatrix}\begin{pmatrix} a_1 & b_1 & c_1 \\ a_2 & b_2 & c_2 \\ a_3 & b_3 & c_3 \end{pmatrix} = \begin{pmatrix} 1 & 0 & 0 \\ 0 & 1 & 0 \\ 0 & 0 & 1 \end{pmatrix} \Leftrightarrow \begin{cases} a_1 - a_3 = 1 \\ b_1 - b_3 = 0 \\ c_1 - c_3 = 0 \\ 2a_2 + a_3 = 0 \\ 2b_2 + b_3 = 1 \\ 2c_2 + c_3 = 0 \\ 3a_3 = 0 \\ 3b_3 = 0 \\ 3c_3 = 1 \end{cases}$$

Étape 2.

$$\begin{cases} a_1 - a_3 = 1 \\ b_1 - b_3 = 0 \\ c_1 - c_3 = 0 \\ 2a_2 + a_3 = 0 \\ 2b_2 + b_3 = 1 \\ 2c_2 + c_3 = 0 \\ 3a_3 = 0 \\ 3b_3 = 0 \\ 3c_3 = 1 \end{cases} \Leftrightarrow \begin{cases} a_3 = 0 \\ b_3 = 0 \\ c_3 = \dfrac{1}{3} \\ a_1 = a_3 + 1 = 1 \\ b_1 = b_3 = 0 \\ c_1 = c_3 = \dfrac{1}{3} \\ a_2 = -\dfrac{1}{2}a_3 = 0 \\ b_2 = \dfrac{1 - b_3}{2} = \dfrac{1}{2} \\ c_2 = \dfrac{-c_3}{2} = -\dfrac{1}{6} \end{cases} \quad \text{donc} \quad A^{-1} = \begin{pmatrix} 1 & 0 & \dfrac{1}{3} \\ 0 & \dfrac{1}{2} & -\dfrac{1}{6} \\ 0 & 0 & \dfrac{1}{3} \end{pmatrix}$$

Étape 3.

On a bien : $\begin{pmatrix} 1 & 0 & \dfrac{1}{3} \\ 0 & \dfrac{1}{2} & -\dfrac{1}{6} \\ 0 & 0 & \dfrac{1}{3} \end{pmatrix}\begin{pmatrix} 1 & 0 & -1 \\ 0 & 2 & 1 \\ 0 & 0 & 3 \end{pmatrix} = \begin{pmatrix} 1 & 0 & 0 \\ 0 & 1 & 0 \\ 0 & 0 & 1 \end{pmatrix}$.

MÉTHODE 2

Représenter et résoudre un système linéaire

→ Voir les exos 2, 11 et 17.

Étape 1. Traduire le système d'équations par une égalité matricielle de la forme AX = B, où X est la matrice colonne de taille $n \times 1$ contenant les n inconnues, A une matrice carrée de taille n, et B une matrice colonne de taille $n \times 1$.

Étape 2. Résoudre l'équation matricielle à l'aide du résultat suivant : si A est inversible et si A^{-1} est donnée, alors :

$$AX = B \Leftrightarrow X = A^{-1}B.$$

Attention à l'ordre des facteurs : il s'agit d'une multiplication à gauche par A^{-1}.

Exo résolu

Étant donné que $B = \begin{pmatrix} -0{,}4 & -0{,}2 \\ -0{,}1 & -0{,}3 \end{pmatrix}$ est la matrice inverse de $A = \begin{pmatrix} -3 & 2 \\ 1 & -4 \end{pmatrix}$, déterminer les solutions du système linéaire :

$$\begin{cases} -3x + 2y = 5 \\ x - 4y = 7 \end{cases}.$$

CORRIGÉ

Étape 1. Soit $X = \begin{pmatrix} x \\ y \end{pmatrix}$.

$$AX = \begin{pmatrix} \dots & \dots \\ \dots & \dots \end{pmatrix}\begin{pmatrix} x \\ y \end{pmatrix} = \begin{pmatrix} -3x + 2y \\ 1x - 4y \end{pmatrix}.$$

En posant $A = \begin{pmatrix} -3 & 2 \\ 1 & -4 \end{pmatrix}$, on a l'équivalence :

$$\begin{cases} -3x + 2y = 5 \\ x - 4y = 7 \end{cases} \Leftrightarrow \begin{pmatrix} -3 & 2 \\ 1 & -4 \end{pmatrix}\begin{pmatrix} x \\ y \end{pmatrix} = \begin{pmatrix} 5 \\ 7 \end{pmatrix}.$$

Étape 2.

$$\begin{cases} 3x + 2y = 5 \\ x - 4y = 7 \end{cases} \Leftrightarrow \begin{pmatrix} -3 & 1 \\ 2 & -4 \end{pmatrix}\begin{pmatrix} x \\ y \end{pmatrix} = \begin{pmatrix} 5 \\ 7 \end{pmatrix}$$

$$\Leftrightarrow \begin{pmatrix} x \\ y \end{pmatrix} = \begin{pmatrix} -0{,}4 & -0{,}2 \\ -0{,}1 & -0{,}3 \end{pmatrix}\begin{pmatrix} 5 \\ 7 \end{pmatrix} \Leftrightarrow \begin{cases} x = -3{,}4 \\ y = -2{,}6 \end{cases}$$

Conclusion :

Le système $\begin{cases} -3x+2y=5 \\ x-4y=7 \end{cases}$ admet une unique solution, le couple (–3,4 ; –2,6).

Attention, il est plus coûteux en calcul d'inverser une matrice que de résoudre un système. En pratique on ne résout pas un système linéaire par cette méthode, sauf si la matrice inverse a été calculée préalablement.

MÉTHODE 3

Exploiter un graphe probabiliste donnant l'évolution d'une distribution $(a_n ; b_n)$

→ **Voir les exos 5, 6, 9, 12, 13 et 17.**

Étape 1. Écrire un système d'équations donnant a_{n+1} et b_{n+1} en fonction de a_n et b_n.

Étape 2. Traduire ce système par une égalité matricielle de la forme $P_{n+1} = P_n \times M$, où P_n désigne la matrice ligne $P_n = \begin{pmatrix} a_n & b_n \end{pmatrix}$, et M est une matrice carrée appelée matrice de transition.

Vérifier que chaque élément appartient à l'intervalle $[0;1]$ et la somme des éléments de chaque ligne vaut 1.

Étape 3. Estimer la distribution des populations A et B au bout de n années sachant que, pour tout n, $P_n = P_0 \times M^n$.

Exo résolu

Reprenant le dernier exemple du cours, on note a_n (respectivement b_n) la probabilité, en l'an 2020 + n, qu'un villageois pris au hasard soit un patient du docteur A (respectivement du docteur B).

On a pour l'année 2020 la distribution initiale suivante :

$$a_0 = 0{,}75 \text{ et } b_0 = 0{,}25.$$

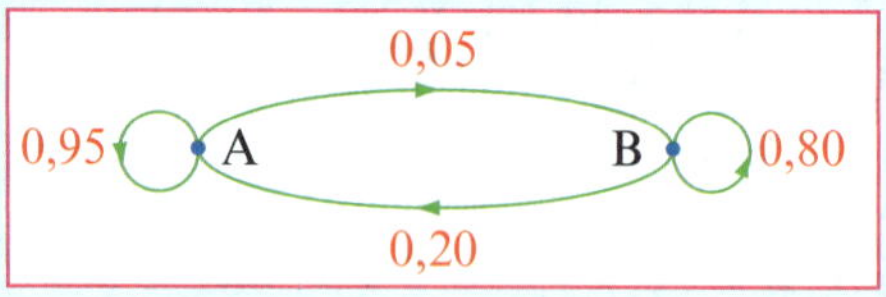

Après avoir donné la matrice de transition du graphe probabiliste ci-dessus, déterminer la distribution probabiliste de la patientelle en 2025.

CORRIGÉ

Étape 1. Soit n un entier naturel.

D'après le graphe, la répartition des patients de l'année 2020 + n + 1 par rapport à celle de l'année 2020 + n est donnée par le système :

$$\begin{cases} a_{n+1} = 0{,}95a_n + 0{,}2b_n \\ b_{n+1} = 0{,}05a_n + 0{,}8b_n \end{cases}.$$

Étape 2.

$$\begin{cases} a_{n+1} = 0{,}95a_n + 0{,}2b_n \\ b_{n+1} = 0{,}05a_n + 0{,}8b_n \end{cases} \Leftrightarrow \begin{pmatrix} a_{n+1} & b_{n+1} \end{pmatrix} = \begin{pmatrix} 0{,}95a_n + 0{,}2b_n & 0{,}05a_n + 0{,}8b_n \end{pmatrix}$$

$$\Leftrightarrow \begin{pmatrix} a_{n+1} & b_{n+1} \end{pmatrix} = \begin{pmatrix} a_n & b_n \end{pmatrix} \begin{pmatrix} 0{,}95 & 0{,}05 \\ 0{,}2 & 0{,}8 \end{pmatrix}$$

La matrice de transition du graphe probabiliste est $\mathbf{M} = \begin{pmatrix} \mathbf{0{,}95} & \mathbf{0{,}05} \\ \mathbf{0{,}20} & \mathbf{0{,}80} \end{pmatrix}$:

pour tout $n \in \mathbb{N}$, $\mathrm{P}_{n+1} = \mathrm{P}_n\mathrm{M}$.

Étape 3. La répartition en 2025 est donnée par la matrice ligne P_5.

À l'aide de la calculatrice, on obtient :

$$\mathrm{P}_5 = \mathrm{P}_0\mathrm{M}^5 = \begin{pmatrix} 0{,}75 & 0{,}25 \end{pmatrix} \begin{pmatrix} 0{,}95 & 0{,}05 \\ 0{,}2 & 0{,}8 \end{pmatrix}^5 = \begin{pmatrix} 0{,}788 & 0{,}212 \end{pmatrix}$$

Selon ce modèle, en 2025, 78,8 % des habitants seront patients du docteur A et 21,2% du docteur B.

TESTER SES CONNAISSANCES

1 PRODUITS DE MATRICES

★★ | 20 min | ▸ P. 444

1. Soient $A = \begin{pmatrix} 3 & 5 \\ -1 & 2 \end{pmatrix}$, $B = \begin{pmatrix} 1 & -2 \\ 1 & 3 \end{pmatrix}$, $X = \begin{pmatrix} 2 & 7 \end{pmatrix}$, $Y = \begin{pmatrix} -3 & 1 \end{pmatrix}$,

a. Calculer XA, YA, XB et YB

b. Comparer les produits AB et BA.

2. Soient $E = \begin{pmatrix} 1 & 2 & 3 \\ 4 & 5 & 6 \\ 7 & 8 & 9 \end{pmatrix}$, $F = \begin{pmatrix} -2 & 0 & 5 \\ 0 & 1 & 1 \\ -5 & -2 & 1 \end{pmatrix}$ et $Z = \begin{pmatrix} 1 \\ -2 \\ 0 \end{pmatrix}$.

Calculer EZ, FZ, et EF.

Voir le paragraphe I. 2 du cours.

2 MATRICES ET SYSTÈMES D'ÉQUATIONS LINÉAIRES

★ | 15 min | ▸ P. 444

1. Traduire par une égalité matricielle chacun des systèmes suivants :

a. $\begin{cases} 3x - 2y = 5 \\ -x + 7y = 2 \end{cases}$

b. $\begin{cases} x + \dfrac{y}{2} = 3 \\ -3y = 4 \end{cases}$

c. $\begin{cases} x = y - 1 \\ x + y = 1 \end{cases}$

d. $\begin{cases} 2x - y + 3z = 1 \\ x + 2y - 5z = 0 \\ x + y + z = 3 \end{cases}$

Voir la méthode 2.

2. Traduire par un système chacune des égalités matricielles suivantes :

a. $\begin{pmatrix} 1 & 3 \\ -2 & 1 \end{pmatrix}\begin{pmatrix} x \\ y \end{pmatrix} = \begin{pmatrix} 4 \\ 5 \end{pmatrix}$

b. $\begin{pmatrix} -2 & 0 & -5 \\ 0 & 1 & -2 \\ 5 & 1 & 1 \end{pmatrix}\begin{pmatrix} x \\ y \\ z \end{pmatrix} = \begin{pmatrix} 1 \\ -2 \\ 0 \end{pmatrix}$

3 CALCUL DE L'INVERSE D'UNE MATRICE

★★ | 30 min | ▸ P. 445

a. Déterminer l'inverse de la matrice $A = \begin{pmatrix} 3 & 2 \\ 0 & 4 \end{pmatrix}$.

Voir le paragraphe I. 4 du cours.

b. Déterminer l'inverse de la matrice $B = \begin{pmatrix} 2 & 3 \\ -3 & -5 \end{pmatrix}$.

c. Déterminer l'inverse de la matrice $M = \begin{pmatrix} 1 & 2 & 3 \\ 0 & 4 & 5 \\ 0 & 0 & 6 \end{pmatrix}$.

Voir la méthode 1.

4 GRAPHES COMPLETS ★ | 10 min | ▸ P. 446

Un graphe est dit complet si, pour chaque couple de sommets, il existe une arête les reliant. Par exemple, le graphe ci-dessous est un graphe complet d'ordre 4 (à 4 sommets).

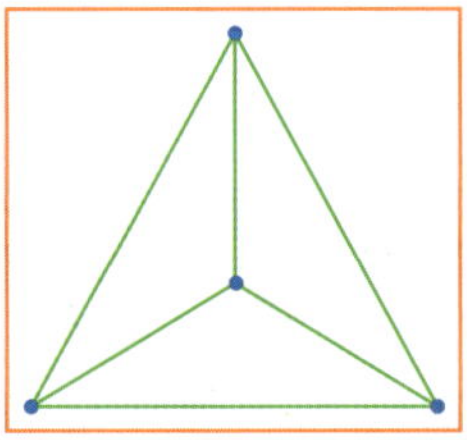

a. Dessiner le graphe complet d'ordre 5, puis le graphe complet d'ordre 6. Déteminer le nombre d'arêtes de chacun de ces graphes.
b. Exprimer en fonction de n le nombre d'arêtes du graphe complet d'ordre n.

5 GRAPHES PROBABILISTES ET MATRICES DE TRANSITION ★ | 15 min | ▸ P. 446

1. Parmi les matrices ci-dessous, certaines sont des matrices de transition. Dire lesquelles.

$A = \begin{pmatrix} \frac{1}{3} & \frac{2}{3} \\ \frac{3}{4} & \frac{1}{4} \end{pmatrix}$; $B = \begin{pmatrix} 0{,}2 & 0{,}3 \\ 0{,}8 & 0{,}7 \end{pmatrix}$;

$C = \begin{pmatrix} 1 & 0{,}5 & -0{,}5 \\ 0{,}8 & 0{,}6 & -0{,}4 \\ -0{,}2 & 0{,}1 & 1{,}1 \end{pmatrix}$; $D = \begin{pmatrix} 0{,}1 & 0{,}35 & 0{,}55 \\ 0{,}2 & 0{,}25 & 0{,}55 \\ 0{,}3 & 0{,}1 & 0{,}6 \end{pmatrix}$.

Voir la méthode 3.

2. Donner à chaque fois la matrice de transition correspondant au graphe probabiliste.

a.

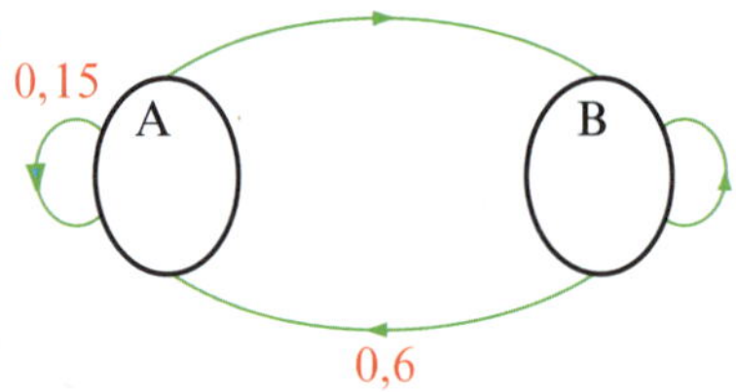

b.

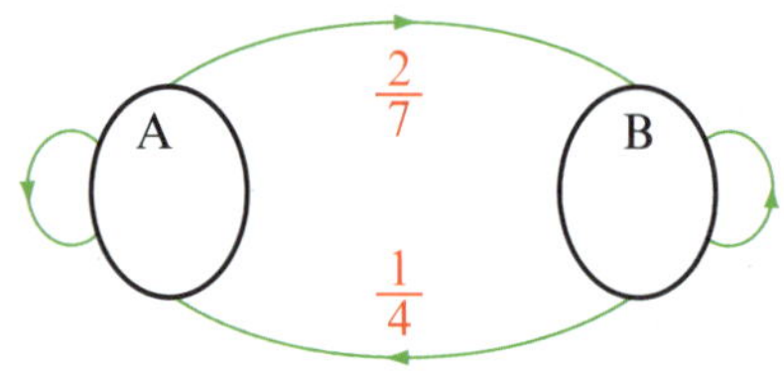

c.

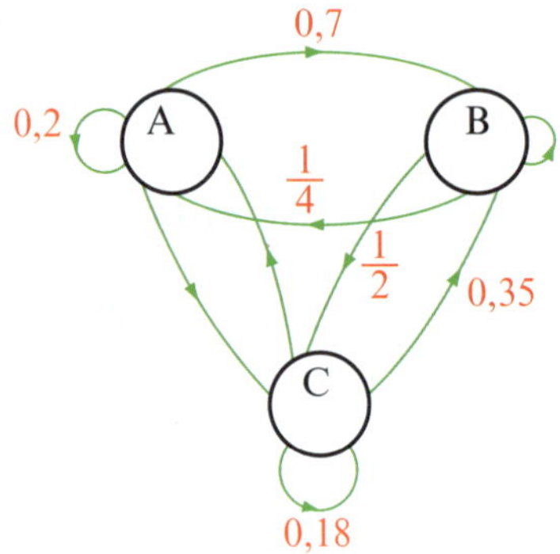

> On notera a_n, b_n et c_n les effectifs correspondant aux états A, B et C à l'instant de n. On exprimera alors a_{n+1}, b_{n+1} et c_{n+1} en fonction de a_n, b_n et c_n.

6 ÉTAT PROBABILISTE À L'ÉTAPE *N* ET ÉTAT STABLE

30 min | ▸ P. 447

1. On considère une matrice de transition M d'un graphe probabiliste et on note $P_n = \begin{pmatrix} a_n & b_n \end{pmatrix}$ la distribution à l'étape n. Calculer P_8 dans les cas suivants :

$$M = \begin{pmatrix} \frac{1}{3} & \frac{2}{3} \\ \frac{1}{2} & \frac{1}{2} \end{pmatrix} \text{ et } P_0\begin{pmatrix} 0{,}15 & 0{,}85 \end{pmatrix} ; M = \begin{pmatrix} 0{,}1 & 0{,}5 & 0{,}4 \\ 0{,}25 & 0{,}75 & 0 \\ 0 & 0{,}20 & 0{,}80 \end{pmatrix} \text{ et } P_0\begin{pmatrix} 1 & 0 & 0 \end{pmatrix}.$$

> Voir la méthode 3 et utiliser la calculatrice pour le calcul des puissances.

2. On considère le graphe ci-dessous.
L'objectif de cette question est de déterminer la distribution invariante pour cette expérience aléatoire, que l'on notera $P = \begin{pmatrix} a & b \end{pmatrix}$.

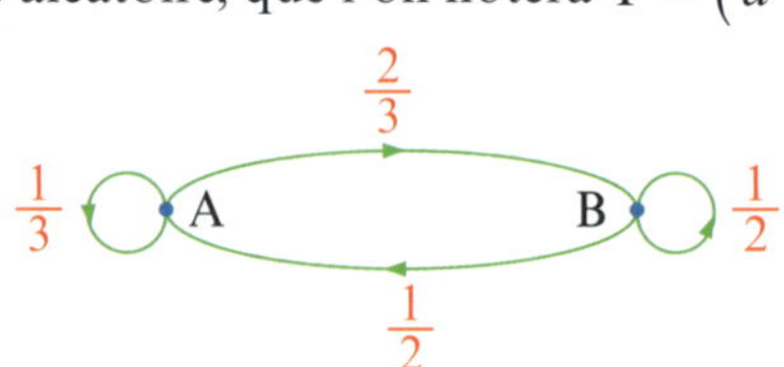

a. Soit $P = \begin{pmatrix} a & b \end{pmatrix}$ la distribution de probabilité initiale. Exprimer en fonction de a et b la distribution P' obtenue après une transition.

b. On suppose que la distribution $P = \begin{pmatrix} a & b \end{pmatrix}$ est invariante, c'est-à-dire que $P' = P$.

Montrer que le couple (a ; b) est solution du système :

$$\begin{cases} -4a + 3b = 0 \\ a + b = 1 \end{cases}.$$

c. Résoudre ce système, puis vérifier la solution obtenue et conclure.

3. Soit $P(a\,;b\,;c)$ la distribution invariante pour l'expérience aléatoire décrite par le graphe ci-dessous.

Après avoir montré que le triplet (a ; b ; c) est solution du système $\begin{cases} b = 3{,}6a \\ c = 2a \\ a + b + c = 1 \end{cases}$, déterminer P.

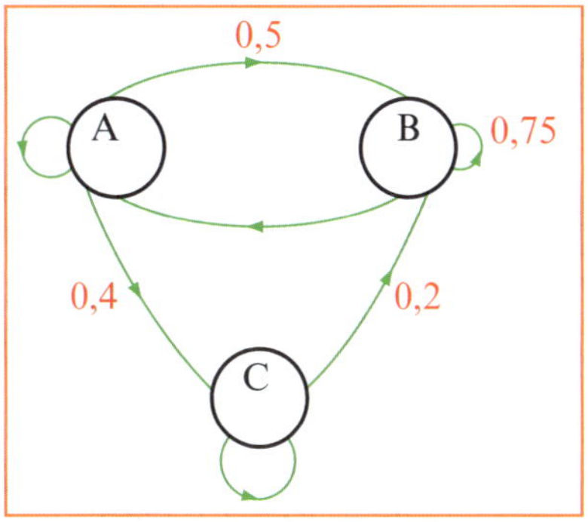

S'ENTRAÎNER

7 CHAINES DE LONGUEUR *N* ET PUISSANCE DE MATRICE

★ | 25 min | ▸ P. 449

On considère le graphe orienté ci-dessous :

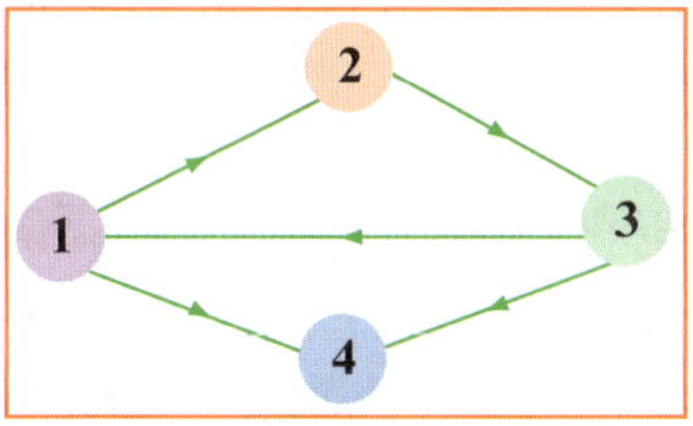

1. Donner la matrice d'adjacence A de ce graphe.

> Voir l'exemple du cours au paragraphe II. 3.

2. Sans utiliser la calculatrice, déterminer A^2, A^3 et A^4. Que remarque-t-on ?

3. Exprimer A^n pour tout $n \in \mathbb{N}^*$.

On remarquera que le résultat dépend de la valeur du reste de leur division euclidienne de n par 3.

4. **Application**

a. Combien de chaînes de longueur 7 vont du sommet 3 au sommet 4 ?

b. Existe-t-il une chaîne de longueur 12 allant du sommet 3 au sommet 4 ?

c. Combien de chaînes de longueur 20 mènent au sommet 4 ?

8 INVERSES DE MATRICES

★★ | 35 min | ▸ P. 449

a. Pour quelles valeurs du réel k la matrice $A = \begin{pmatrix} 1-k & -2 \\ 1 & 4-k \end{pmatrix}$ est-elle inversible ? Calculer alors A^{-1}.

Voir la propriété du cours au paragraphe I.4.

b. Sans calculatrice, déterminer l'inverse de la matrice $N = \begin{pmatrix} 1 & 0 & -2 \\ 1 & 0 & 1 \\ -1 & 2 & 0 \end{pmatrix}$.

Voir la méthode 1.

c. Soit $M = \begin{pmatrix} 2 & 0 & 0 \\ 0 & -1 & 1 \\ 0 & -3 & -1 \end{pmatrix}$. Calculer M^3. En déduire M^{-1}.

On rappelle que pour montrer que $B = A^{-1}$, il suffit de montrer que $AB = I$ ou que $BA = I$.

9 GRAPHE PROBABILISTE ET SUITES

★★ | 30 min | ▸ P. 451

Un théâtre propose deux types d'abonnements pour une année : un abonnement A donnant droit à six spectacles ou un abonnement B donnant droit à trois spectacles. On considère un groupe de 2 500 personnes qui s'abonnent tous les ans.

n étant un entier naturel, on note :

- a_n la probabilité qu'une personne choisisse l'abonnement A l'année n.
- b_n la probabilité qu'une personne choisisse l'abonnement B l'année n.
- P_n la matrice ligne $\begin{pmatrix} a_n & b_n \end{pmatrix}$ traduisant l'état probabiliste l'année n.

Les probabilités de conserver son abonnement sont données dans le graphe ci-après :

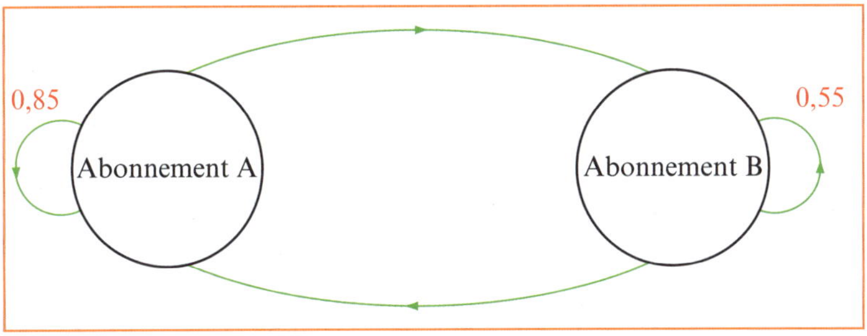

1. Compléter ce graphe sachant que les personnes interrogées s'abonnent tous les ans.

2. On suppose que, l'année zéro, 1500 personnes ont choisi l'abonnement A et 1 000 l'abonnement B.

a. Déterminer la distribution de probabilité initiale

$P_0 = \begin{pmatrix} a_0 & b_0 \end{pmatrix}$, où $a_0 + b_0 = 1$.

b. Déterminer la matrice de transition M du graphe.

c. En déduire le nombre d'abonnés pour chaque type d'abonnement l'année 1.

3. Montrer que pour tout entier $n \geqslant 0$, $a_{n+1} = 0{,}45 + 0{,}4a_n$.

> Quelle relation simple a-t-on entre a_n et b_n ?

4. Soit la suite (v_n) définie, pour tout entier naturel n par : $v_n = a_n - 0{,}75$.

a. Montrer que la suite (v_n) est une suite géométrique de raison 0,4.

> Exprimer v_{n+1} en fonction de n et factoriser par 0,4.

b. En déduire v_n, puis a_n, en fonction de n.

c. Calculer la limite l de a_n quand n tend vers l'infini. Interpréter cette limite.

5. Vérifier que la distribution $\begin{pmatrix} l & 1-l \end{pmatrix}$ est une distribution invariante.

10 MATRICES DE ROTATION ★★ | 15 min | ▸ P. 452

Le plan complexe est associé à un repère orthonormal direct $(0;\vec{u};\vec{v})$.

On considère la matrice $R = \begin{pmatrix} \frac{1}{2} & -\frac{\sqrt{3}}{2} \\ \frac{\sqrt{3}}{2} & \frac{1}{2} \end{pmatrix}$. À tout point $M(x+iy)$ on associe le point image $M'(x'+iy')$ tel que $\begin{pmatrix} x' \\ y' \end{pmatrix} = R\begin{pmatrix} x \\ y \end{pmatrix}$.

Déterminer les coordonnées des images I′, A′ et B′ des points I, A, B d'affixes respectives 1, $e^{\frac{i\pi}{6}}$ et $e^{i\pi}$.

Vérifier qu'ils se situent sur le cercle trigonométrique et donner leurs affixes.

11 VECTEURS COLONNES VÉRIFIANT $U_{n+1} = AU_n + C$

★★ | 50 min | ▶ P. 453

On définit, pour tout $n \in \mathbb{N}$, les réels x_n et y_n par $x_0 = 1$, $y_0 = 1$, et,

pour tout entier $n \geqslant 0$,

$$\begin{cases} x_{n+1} = -2x_n + 2y_n + 2 \\ y_{n+1} = 1{,}5x_n + 3 \end{cases}$$

a. On pose pour tout $n \in \mathbb{N}$, $U_n = \begin{pmatrix} x_n \\ y_n \end{pmatrix}$. Traduire le système d'équations par une égalité matricielle $U_{n+1} = AU_n + B$, où A désigne une matrice carrée de taille 2 et B désigne un vecteur ligne à deux éléments.

> Voir la méthode 2.

b. Calculer le produit matriciel AB.

c. Démontrer par récurrence que, pour tout $n \in \mathbb{N}$,

$$U_n = A^n U_0 + nB.$$

> On sera amené à utiliser la propriété de distributivité :
> Si M, N et P désignent des matrices carrées de même taille, alors ;
> (M + N)P = MP + NP.

d. À l'aide de la calculatrice, calculer x_{10} et y_{10}.

12 GRAPHE PROBABILISTE À DEUX SOMMETS

★★ | 35 min | ▶ P. 454

Lors d'une partie, un joueur envoie plusieurs fléchettes l'une après l'autre.
La tentative est réussie quand la fléchette atteint la cible, elle échoue dans le cas contraire.
On considère que, pour la 1re fléchette, les chances de réussite ou d'échec sont égales.
Puis pour chaque lancer, la probabilité qu'il réussisse dépend du résultat du lancer précédent : elle est de 0,7 si le lancer précédent atteint la cible et de 0,4 sinon.
On note :

- C_n, l'événement « La n^e fléchette atteint la cible » ;
- E_n, l'événement « La n^e fléchette n'atteint pas la cible ».

1. Traduire la situation à l'aide d'un arbre pondéré.
Déterminer la probabilité que la 2e fléchette atteigne la cible.
Dans toute la suite de l'exercice, n désigne un entier supérieur ou égal à 1 et on considère que le jeu se déroule avec n fléchettes.

On désigne par c_n la probabilité d'atteindre la cible lors du n^e lancer et par e_n la probabilité que ce n^e lancer échoue.
On note $P_n = \begin{pmatrix} c_n & e_n \end{pmatrix}$ la matrice ligne qui traduit l'état probabiliste lors du n^e lancer.
La matrice $P_1 = \begin{pmatrix} 0{,}5 & 0{,}5 \end{pmatrix}$ traduit donc l'état probabiliste lors du 1er lancer.

2. a. Représenter la situation à l'aide d'un graphe probabiliste.

b. Donner l'état P_2.

3. a. Soit $n \in \mathbb{N}^*$. Écrire l'égalité matricielle liant P_n, P_{n+1} et la matrice de transition A associée au graphe probabiliste.

> Voir la méthode 3.

b. Montrer que pour tout entier $n \geqslant 1$, $c_{n+1} = 0{,}3.c_n + 0{,}4$.

> Établir une relation simple a-t-on entre c_n et e_n.

4. Soit la suite (u_n) définie, pour tout entier naturel $n \geqslant 1$ par $u_n = c_n - \frac{4}{7}$.

a. Montrer que la suite (u_n) est une suite géométrique de raison 0,3.

b. En déduire u_n, puis c_n, en fonction de n.

c. Calculer la limite l de c_n quand n tend vers l'infini. Interpréter cette limite.

5. Vérifier que la distribution $\begin{pmatrix} l & 1-l \end{pmatrix}$ est une distribution invariante.
Interpréter ce résultat.

PRÉPARER UN CONTRÔLE

13 GRAPHE PROBABILISTE À TROIS SOMMETS

★★ | 25 min | ▸ P. 456

Dans une région, on considère trois types de temps : beau, variable, pluvieux.
On sait que :

- s'il fait beau un jour donné, la probabilité qu'il fasse beau le lendemain est $\frac{1}{3}$ et la probabilité qu'il pleuve est $\frac{1}{6}$;
- si le temps est variable, la probabilité qu'il soit variable le lendemain est $\frac{1}{4}$ et la probabilité qu'il pleuve est $\frac{1}{2}$;
- s'il pleut, la probabilité qu'il pleuve le lendemain est $\frac{1}{4}$ et la probabilité qu'il fasse beau est $\frac{1}{2}$.

On note B « le temps est beau » ; V « le temps est variable » ; P « le temps est pluvieux ».

a. Représenter la situation par un graphe probabiliste.

Pour tout entier naturel n, l'état probabiliste dans n jours est défini par la matrice ligne $P_n = (b_n \ v_n \ p_n)$ où b_n désigne la probabilité qu'il fasse beau dans n jours, v_n la probabilité que le temps soit variable dans n jours et p_n la probabilité qu'il pleuve dans n jours.

b. Donner la matrice de transition de ce graphe.

Les sommets B, V, P seront rangés dans cet ordre.

c. Aujourd'hui il fait beau, on a donc $P_0 = \begin{pmatrix} 1 & 0 & 0 \end{pmatrix}$, matrice ligne décrivant l'état initial.

Déterminer la probabilité de chaque type de temps dans deux jours.

14 QCM

★★ | 5 min | ▶ P. 457

1. On considère la matrice $M = \begin{pmatrix} 1 & 0 & a \\ 0 & 1 & 0 \\ 0 & 1 & 0 \end{pmatrix}$, où a désigne un nombre réel non nul. La matrice M^2 est égale à :

a. $A = \begin{pmatrix} 1 & 0 & a^2 \\ 0 & 1 & 0 \\ 0 & 1 & 0 \end{pmatrix}$ **b.** $B = \begin{pmatrix} 1 & a & a \\ 0 & 1 & 0 \\ 0 & 1 & 0 \end{pmatrix}$ **c.** $C = \begin{pmatrix} 2 & 0 & 2a \\ 0 & 2 & 0 \\ 0 & 2 & 0 \end{pmatrix}$ **d.** $D = \begin{pmatrix} 1 & 0 & 0 \\ 0 & 1 & 0 \\ 0 & 0 & 1 \end{pmatrix}$

2. Parmi les matrices suivantes, une seule est inversible, quel que soit la valeur de a. Laquelle ?

a. $A = \begin{pmatrix} 1 & 2 \\ \cos a & -1 \end{pmatrix}$

b. $B = \begin{pmatrix} \cos a & \sin a \\ \sin a & \cos a \end{pmatrix}$

c. $C = \begin{pmatrix} \cos a & -\sin a \\ \sin a & \cos a \end{pmatrix}$

d. $D = \begin{pmatrix} \sin^2 a & 0 \\ -1 & 1 \end{pmatrix}$

Voir la propriété du cours paragraphe I.4.

3. La solution du système $\begin{cases} x + 10y - 3z = 5 \\ 2x - y + 2z = 2 \\ -x + y + z = -3 \end{cases}$ est donnée par le vecteur ligne égal à :

a. $\begin{pmatrix} 1 & 2 & -1 \\ 10 & -1 & 1 \\ -3 & 2 & 1 \end{pmatrix}^{-1} \begin{pmatrix} 5 \\ 2 \\ -3 \end{pmatrix}$

b. $\begin{pmatrix} 1 & 2 & -1 \\ 10 & -1 & 1 \\ -3 & 2 & 1 \end{pmatrix} \begin{pmatrix} 5 \\ 2 \\ -3 \end{pmatrix}$

c. $\begin{pmatrix} 1 & 10 & -3 \\ 2 & -1 & 2 \\ -1 & 1 & 1 \end{pmatrix} \begin{pmatrix} 5 \\ 2 \\ -3 \end{pmatrix}$

d. $\begin{pmatrix} 1 & 10 & -3 \\ 2 & -1 & 2 \\ -1 & 1 & 1 \end{pmatrix}^{-1} \begin{pmatrix} 5 \\ 2 \\ -3 \end{pmatrix}$

15 COVOITURAGE

★★ | 40 min | ▸ P. 457

On considère une région de France dans laquelle le nombre d'habitants se déplaçant en voiture pour aller travailler est stable d'une année sur l'autre. Les uns se déplacent seuls dans leur voiture, les autres pratiquent le covoiturage.
On admet que :
- si une année, un habitant pratique le covoiturage, l'année suivante, il se déplace seul dans sa voiture avec une probabilité égale à 0,23 ;
- si une année, un habitant se déplace seul dans sa voiture, l'année suivante, il pratique le covoiturage avec une probabilité égale à 0,57.

Partie A.

On note C l'état « pratiquer le covoiturage » et V l'état « se déplacer seul dans sa voiture ».

1. Dessiner un graphe probabiliste de sommets C et V qui modélise la situation aléatoire décrite.
2. On note M la matrice de transition associée à ce graphe et $\begin{pmatrix} c_n & v_n \end{pmatrix}$ la distribution après n transitions.
Déterminer la distribution invariante, c'est-à-dire la matrice ligne $\begin{pmatrix} x & y \end{pmatrix}$ vérifiant :
$$\begin{pmatrix} x & y \end{pmatrix} = \begin{pmatrix} x & y \end{pmatrix} \times \mathrm{M} \text{ et } x + y = 1.$$
En donner une interprétation.

Partie B.

En 2020, 60 000 habitants pratiquaient le covoiturage pour aller travailler, pour un total stable de 160 000 habitants allant au travail en voiture.
- On note x_n le nombre de milliers d'habitants qui pratiquent le covoiturage durant l'année $2\,020 + n$.
- On note y_n le nombre de milliers d'habitants qui se déplacent seuls dans leur voiture.

On a donc $x_0 = 60$ et $y_0 = 160 - x_0 = 100$.

1. Montrer que pour tout entier naturel n,
$$x_{n+1} = 0,20x_n + 91,2.$$
On considère la suite (u_n) définie pour tout $n \in \mathbb{N}$ par $u_n = x_n - 114$.
2. Prouver que la suite (u_n) est une suite géométrique dont on déterminera la raison et le premier terme.
3. En déduire que, pour tout entier naturel n,
$$x_n = 114 - 54 \times 0,2^n.$$
Quelle est l'évolution du nombre de travailleurs pratiquant le covoiturage dans cette région ?

ALLER PLUS LOIN

16 MATRICES DE ROTATION ★★ | 25 min | ▸ P. 458

Le plan complexe est associé à un repère orthonormal direct $\left(O;\vec{u};\vec{v}\right)$.

Soit θ un réel. On considère la matrice $R_\theta = \begin{pmatrix} \cos\theta & -\sin\theta \\ \sin\theta & \cos\theta \end{pmatrix}$.

À tout point $M(x\,;y)$, on associe le point image $M'(x'\,;y')$ tel que $\begin{pmatrix} x' \\ y' \end{pmatrix} = R_\theta \begin{pmatrix} x \\ y \end{pmatrix}$.

a. Déterminer les images I′ et B′ des points I et B d'affixes respectives 1 et $e^{i\pi}$. Vérifier qu'ils se situent sur le cercle trigonométrique et donner leurs affixes sous forme exponentielle.

> On rappelle que : pour tout réel x, $\begin{cases} \cos(x+\pi) = -\cos(x) \\ \sin(x+\pi) = -\sin(x) \end{cases}$

b. Soit A le point du cercle trigonométrique d'affixe $e^{i\alpha}$.
Exprimer les coordonnées $\left(x_{A'}\,;y_{A'}\right)$ du point image A′ en fonction de α et θ.
Vérifier que A′ a pour affixe $e^{i(\alpha+\theta)}$.

> Voir les formules d'addition du chapitre sur les nombres complexes.

c. Vérifier que, pour tous réels θ et θ',

$$R_\theta \times R_{\theta'} \text{ et } R_\theta^{-1} = R_{-\theta}.$$

17 MODÈLE PROIE PRÉDATEUR ★★★ | 60 min | ▸ P. 460

On s'intéresse à l'évolution du nombre de chouettes et de souris dans un environnement fermé.
On note c_n le nombre de chouettes au bout de n années, et s_n le nombre de souris au bout de n années, exprimés en milliers d'individus.
On a choisi, pour décrire cette évolution, le modèle suivant :

$$\begin{cases} c_0 = 2 \\ s_0 = 15 \end{cases} \text{ et, pour tout } n \in \mathbb{N}, \quad \begin{cases} c_{n+1} = 0{,}5c_n + 0{,}3s_n \\ s_{n+1} = -0{,}108c_n + 1{,}1s_n \end{cases} \qquad (1)$$

Le coefficient 0,5 indique qu'en l'absence de souris, le nombre de chouettes diminue.
Le coefficient 1,1 indique qu'en l'absence de chouettes, le nombre de souris augmente de 10 %.
Les deux autres coefficients rendent compte de la relation proie-prédateur : positif pour les chouettes, négatif pour les souris.

On pose, pour tout $n \in \mathbb{N}$, $X_n = \begin{pmatrix} c_n \\ s_n \end{pmatrix}$

1. Traduire le système (1) par une égalité matricielle entre X_n, X_{n+1} et une matrice carrée A à définir.

2. À l'aide de la calculatrice, déterminer le nombre d'individus de chaque population au bout de 4 années.

3. Dans cette question, on cherche à établir une formule donnant le nombre d'individus de chaque population au bout de n années.

Pour pouvoir exprimer la matrice A^n en fonction de n, nous allons diagonaliser la matrice A, c'est-à-dire écrire A sous la forme $A = PDP^{-1}$, où D est une matrice diagonale de la forme $\begin{pmatrix} a & 0 \\ 0 & b \end{pmatrix}$ et P est une matrice inversible.

a. Vérifier que la matrice $P = \begin{pmatrix} 5 & 5 \\ 1 & 9 \end{pmatrix}$ est inversible et déterminer son inverse.

b. Calculer, à l'aide de la calculatrice, le produit matriciel PDP^{-1},

où $D = \begin{pmatrix} 0{,}56 & 0 \\ 0 & 1{,}04 \end{pmatrix}$.

c. Démontrer par récurrence que, pour tout $n \in \mathbb{N}^*$:

$$A^n = P\begin{pmatrix} 0{,}56^n & 0 \\ 0 & 1{,}04^n \end{pmatrix}P^{-1}.$$

4. Exprimer X_n en fonction de n.

5. En déduire l'expression de c_n et de s_n en fonction de n.

6. Estimer, à l'aide de ce modèle, les populations de chouettes et de souris après 20 années.

CORRIGÉS

1 PRODUITS DE MATRICES

1. a.

$$XA = \begin{pmatrix} 2 & 7 \end{pmatrix}\begin{pmatrix} 3 & 5 \\ -1 & 2 \end{pmatrix} = \begin{pmatrix} 6-7 & 10+14 \end{pmatrix} = \begin{pmatrix} -1 & 24 \end{pmatrix}$$

$$YA = \begin{pmatrix} -3 & 1 \end{pmatrix}\begin{pmatrix} 3 & 5 \\ -1 & 2 \end{pmatrix} = \begin{pmatrix} -9-1 & -15+2 \end{pmatrix} = \begin{pmatrix} -10 & -13 \end{pmatrix}$$

$$XB = \begin{pmatrix} 2 & 7 \end{pmatrix}\begin{pmatrix} 1 & -2 \\ 1 & 3 \end{pmatrix} = \begin{pmatrix} 2+7 & -4+21 \end{pmatrix} = \begin{pmatrix} 9 & 17 \end{pmatrix}$$

$$YB = \begin{pmatrix} -3 & 1 \end{pmatrix}\begin{pmatrix} 1 & -2 \\ 1 & 3 \end{pmatrix} = \begin{pmatrix} -3+1 & 6+3 \end{pmatrix} = \begin{pmatrix} -2 & 9 \end{pmatrix}$$

b. $AB = \begin{pmatrix} 3 & 5 \\ -1 & 2 \end{pmatrix}\begin{pmatrix} 1 & -2 \\ 1 & 3 \end{pmatrix} = \begin{pmatrix} 3+5 & -6+15 \\ -1+2 & 2+6 \end{pmatrix} = \begin{pmatrix} 8 & 9 \\ 1 & 8 \end{pmatrix}$

$BA = \begin{pmatrix} 1 & -2 \\ 1 & 3 \end{pmatrix}\begin{pmatrix} 3 & 5 \\ -1 & 2 \end{pmatrix} = \begin{pmatrix} 3+2 & 5-4 \\ 3-3 & 5+6 \end{pmatrix} = \begin{pmatrix} 5 & 1 \\ 0 & 11 \end{pmatrix}$.

Donc $AB \neq BA$.

2.

$EZ = \begin{pmatrix} 1\times1+2\times(-2)+3\times0 \\ 4\times1+5\times(-2)+6\times0 \\ 7\times1+8\times(-2)+9\times0 \end{pmatrix} = \begin{pmatrix} \mathbf{-3} \\ \mathbf{-6} \\ \mathbf{-9} \end{pmatrix}$; $FZ = \begin{pmatrix} -2+0+0 \\ 0-2+0 \\ -5+4+0 \end{pmatrix} = \begin{pmatrix} \mathbf{-2} \\ \mathbf{-2} \\ \mathbf{-1} \end{pmatrix}$;

$$EF = \begin{pmatrix} 1\times(-2)+2\times0+3\times(-5) & 1\times0+2\times1+3\times(-2) & 1\times5+2\times1+3\times1 \\ 4\times(-2)+5\times0+6\times(-5) & 4\times0+5\times1+6\times(-2) & 4\times5+5\times1+6\times1 \\ 7\times(-2)+8\times0+9\times(-5) & 7\times0+8\times1+9\times(-2) & 7\times5+8\times1+9\times1 \end{pmatrix}$$

$$= \begin{pmatrix} \mathbf{-17} & \mathbf{-4} & \mathbf{10} \\ \mathbf{-38} & \mathbf{-7} & \mathbf{31} \\ \mathbf{-59} & \mathbf{-10} & \mathbf{52} \end{pmatrix}.$$

2 MATRICES ET SYSTÈMES D'ÉQUATIONS LINÉAIRES

1.

a. $\begin{pmatrix} 3 & -2 \\ -1 & 7 \end{pmatrix}\begin{pmatrix} x \\ y \end{pmatrix} = \begin{pmatrix} \mathbf{5} \\ \mathbf{2} \end{pmatrix}$; **b.** $\begin{pmatrix} 1 & 1/2 \\ 0 & -3 \end{pmatrix}\begin{pmatrix} x \\ y \end{pmatrix} = \begin{pmatrix} \mathbf{3} \\ \mathbf{4} \end{pmatrix}$;

c. $\begin{cases} x = y-1 \\ x+y=1 \end{cases} \Leftrightarrow \begin{cases} x-y=-1 \\ x+y=1 \end{cases} \Leftrightarrow \begin{pmatrix} 1 & -1 \\ 1 & 1 \end{pmatrix}\begin{pmatrix} x \\ y \end{pmatrix} = \begin{pmatrix} \mathbf{-1} \\ \mathbf{1} \end{pmatrix}$.

d. $\begin{pmatrix} 2 & -1 & 3 \\ 1 & 2 & -5 \\ 1 & 1 & 1 \end{pmatrix}\begin{pmatrix} x \\ y \\ z \end{pmatrix} = \begin{pmatrix} \mathbf{1} \\ \mathbf{0} \\ \mathbf{3} \end{pmatrix}$.

2. a. $\begin{cases} x + 3y = 4 \\ -2x + y = 5 \end{cases}$. **b.** $\begin{cases} -2x - 5z = 1 \\ y - 2z = -2 \\ 5x + y + z = 0 \end{cases}$.

3 CALCUL DE L'INVERSE D'UNE MATRICE

a. $3 \times 4 - 0 \times 2 = 12 \neq 0$ donc A est inversible

et $A^{-1} = \dfrac{1}{12}\begin{pmatrix} 4 & -2 \\ 0 & 3 \end{pmatrix} = \begin{pmatrix} \mathbf{\frac{1}{3}} & \mathbf{-\frac{1}{6}} \\ \mathbf{0} & \mathbf{\frac{1}{4}} \end{pmatrix}$.

b. $B = \begin{pmatrix} 2 & 3 \\ -3 & -5 \end{pmatrix}$.

$2 \times (-5) - (-3) \times 3 = -1 \neq 0$ donc B est inversible

et $B^{-1} = \dfrac{1}{-1}\begin{pmatrix} -5 & -3 \\ 3 & 2 \end{pmatrix} = \begin{pmatrix} \mathbf{5} & \mathbf{3} \\ \mathbf{-3} & \mathbf{-2} \end{pmatrix}$.

c. $\begin{pmatrix} 1 & 2 & 3 \\ 0 & 4 & 5 \\ 0 & 0 & 6 \end{pmatrix} \times \begin{pmatrix} a_1 & b_1 & c_1 \\ a_2 & b_2 & c_2 \\ a_3 & b_3 & c_3 \end{pmatrix} = \begin{pmatrix} 1 & 0 & 0 \\ 0 & 1 & 0 \\ 0 & 0 & 1 \end{pmatrix}$

$$\Leftrightarrow \begin{cases} a_1 + 2a_2 + 3a_3 = 1 \\ b_1 + 2b_2 + 3b_3 = 0 \\ c_1 + 2c_2 + 3c_3 = 0 \\ 4a_2 + 5a_3 = 0 \\ 4b_2 + 5b_3 = 1 \\ 4c_2 + 5c_3 = 0 \\ 6a_3 = 0 \\ 6b_3 = 0 \\ 6c_3 = 1 \end{cases} \Leftrightarrow \begin{cases} a_3 = 0 \\ b_3 = 0 \\ c_3 = \frac{1}{6} \\ a_2 = 0 \\ b_2 = \frac{1}{4} \\ c_2 = -\frac{5}{24} \\ a_1 = 1 \\ b_1 = -\frac{1}{2} \\ c_1 = \frac{5}{12} - \frac{1}{2} = -\frac{1}{12} \end{cases}. \text{ Donc } \mathbf{M}^{-1} = \begin{pmatrix} \mathbf{1} & \mathbf{-\frac{1}{2}} & \mathbf{-\frac{1}{12}} \\ \mathbf{0} & \mathbf{\frac{1}{4}} & \mathbf{-\frac{5}{24}} \\ \mathbf{0} & \mathbf{0} & \mathbf{\frac{1}{6}} \end{pmatrix}.$$

4 GRAPHES COMPLETS

a. Graphe complet d'ordre 5 :

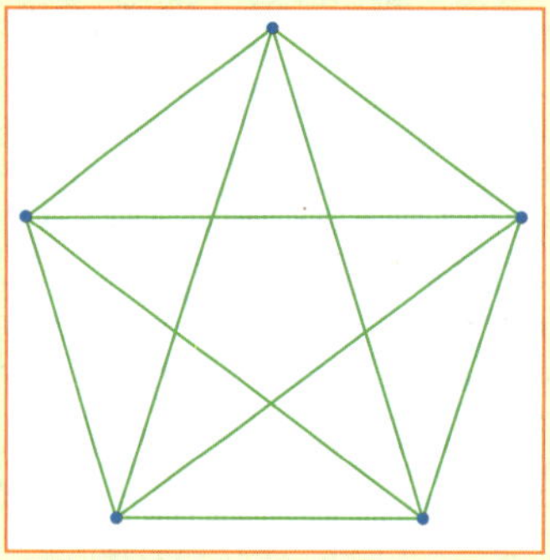

Graphe complet d'ordre 6 :

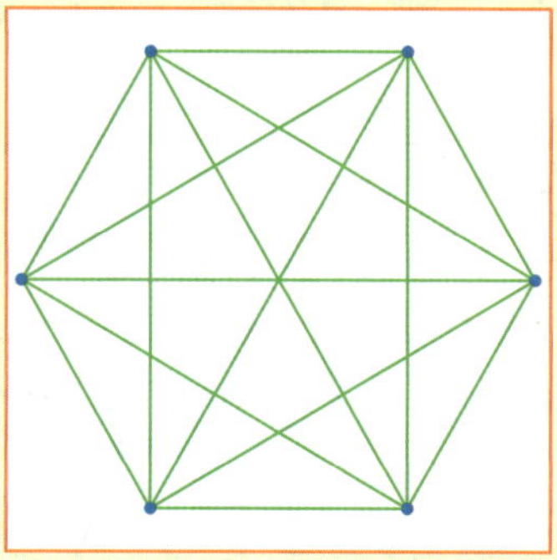

On compte 10 arêtes dans le graphe complet d'ordre 5 et 15 arêtes dans le graphe complet d'ordre 6.

b. Dans un graphe complet d'ordre n, de chacun des n sommets partent $n-1$ arêtes. Or en procédant ainsi, on a compté chaque arête deux fois (puisqu'une arête a deux extrémités). Le nombre total d'arêtes est donc égal à $\dfrac{n(n-1)}{2}$.

Vérification : pour $n = 5$, $\dfrac{n(n-1)}{2} = \dfrac{5 \times 4}{2} = 10$ et

pour $n = 6$, $\dfrac{n(n-1)}{2} = \dfrac{6 \times 5}{2} = 15$.

5 GRAPHES PROBABILISTES ET MATRICES DE TRANSITION

1. Seules les matrices A et D sont des matrices de transition : tous leurs éléments appartiennent à l'intervalle [0 ; 1] et la somme des éléments de chaque ligne vaut 1.

2. a. $\begin{cases} a_{n+1} = 0{,}15\,a_n + 0{,}6\,b_n \\ b_{n+1} = 0{,}85\,a_n + 0{,}4\,b_n \end{cases}$

c'est-à-dire $\begin{pmatrix} a_{n+1} & b_{n+1} \end{pmatrix} = \begin{pmatrix} 0{,}15\,a_n + 0{,}6\,b_n & 0{,}85\,a_n + 0{,}4\,b_n \end{pmatrix}$,

ou encore $\begin{pmatrix} a_{n+1} & b_{n+1} \end{pmatrix} = \begin{pmatrix} a_n & b_n \end{pmatrix} \times \begin{pmatrix} 0{,}15 & 0{,}85 \\ 0{,}6 & 0{,}4 \end{pmatrix}$.

D'où $M = \begin{pmatrix} 0{,}15 & 0{,}85 \\ 0{,}60 & 0{,}40 \end{pmatrix}$.

b. $\begin{cases} a_{n+1} = \dfrac{5}{7}a_n + \dfrac{1}{4}b_n \\ b_{n+1} = \dfrac{2}{7}a_n + \dfrac{3}{4}b_n \end{cases}$ c'est-à-dire $\begin{pmatrix} a_{n+1} & b_{n+1} \end{pmatrix} = \begin{pmatrix} \dfrac{5}{7}a_n + \dfrac{1}{4}b_n & \dfrac{2}{7}a_n + \dfrac{3}{4}b_n \end{pmatrix}$

ou encore $\begin{pmatrix} a_{n+1} & b_{n+1} \end{pmatrix} = \begin{pmatrix} a_n & b_n \end{pmatrix} \times \begin{pmatrix} \dfrac{5}{7} & \dfrac{2}{7} \\ \dfrac{1}{4} & \dfrac{3}{4} \end{pmatrix}$. D'où $M = \begin{pmatrix} \boldsymbol{\dfrac{5}{7}} & \boldsymbol{\dfrac{2}{7}} \\ \boldsymbol{\dfrac{1}{4}} & \boldsymbol{\dfrac{3}{4}} \end{pmatrix}$.

c. On a $a_{n+1}=0{,}2a_n+\frac{1}{4}b_n+(1-0{,}35-0{,}18)c_n=0{,}2a_n+0{,}25b_n+0{,}47c_n$

$b_{n+1}=0{,}7a_n+\left(1-\frac{1}{2}-\frac{1}{4}\right)b_n+0{,}35c_n=0{,}7a_n+0{,}25b_n+0{,}35c_n$,

et $c_{n+1}=(1-0{,}2-0{,}7)a_n+\frac{1}{2}b_n+0{,}18c_n=0{,}1a_n+0{,}5b_n+0{,}18c_n$.

C'est-à-dire $\begin{pmatrix}a_{n+1} & b_{n+1} & c_{n+1}\end{pmatrix}=\begin{pmatrix}a_n & b_n & c_n\end{pmatrix}\times\begin{pmatrix}0{,}20 & 0{,}70 & 0{,}10\\0{,}25 & 0{,}25 & 0{,}50\\0{,}47 & 0{,}35 & 0{,}18\end{pmatrix}$.

D'où $\mathrm{M}=\begin{pmatrix}\mathbf{0{,}20} & \mathbf{0{,}70} & \mathbf{0{,}10}\\\mathbf{0{,}25} & \mathbf{0{,}25} & \mathbf{0{,}50}\\\mathbf{0{,}47} & \mathbf{0{,}35} & \mathbf{0{,}18}\end{pmatrix}$.

6 ÉTAT PROBABILISTE À L'ÉTAPE *N* ET ÉTAT STABLE

1. • $\mathrm{P}_8=\mathrm{P}_0\mathrm{M}^8=\begin{pmatrix}0{,}15 & 0{,}85\end{pmatrix}\begin{pmatrix}\frac{1}{3} & \frac{2}{3}\\\frac{1}{2} & \frac{1}{2}\end{pmatrix}^8=\begin{pmatrix}0{,}429 & 0{,}571\end{pmatrix}$.

• $\mathrm{P}_8=\mathrm{P}_0\mathrm{M}^8=\begin{pmatrix}1 & 0 & 0\end{pmatrix}\begin{pmatrix}0{,}1 & 0{,}5 & 0{,}4\\0{,}25 & 0{,}75 & 0\\0 & 0{,}20 & 0{,}80\end{pmatrix}^8=\begin{pmatrix}0{,}150 & 0{,}541 & 0{,}309\end{pmatrix}$.

2. a. La distribution après une transition est $\mathrm{P}'=\begin{pmatrix}\frac{1}{3}a+\frac{1}{2}b & \frac{2}{3}a+\frac{1}{2}b\end{pmatrix}$.

b. Si la distribution est invariante, alors :

$\begin{cases}\frac{1}{3}a+\frac{1}{2}b=a\\\frac{2}{3}a+\frac{1}{2}b=b\end{cases}$, soit $\begin{cases}-\frac{2}{3}a+\frac{1}{2}b=0\\\frac{2}{3}a-\frac{1}{2}b=0\end{cases}$,

et en multipliant par 6 les membres de chaque équation, on obtient :

$\begin{cases}-4a+3b=0\\4a-3b=0\end{cases}$, soit $4a-3b=0$.

De plus, comme il s'agit s'un distribution probabiliste, on a : $a+b=1$.

Le couple $(a\,;b)$ est donc solution du système : $\begin{cases}-4a+3b=0\\a+b=1\end{cases}$

c. $\begin{cases}-4a+3b=0\\a+b=1\end{cases}\Leftrightarrow\begin{cases}-4(1-b)+3b=0\\a=1-b\end{cases}$

$\Leftrightarrow\begin{cases}-4+7b=0\\a=1-b\end{cases}\Leftrightarrow\begin{cases}b=4/7\\a=3/7\end{cases}$

La distribution invariante est $\left(\mathbf{\frac{3}{7}}\,;\mathbf{\frac{4}{7}}\right)$.

3. Sachant que la somme des poids des arêtes issues d'un même sommet vaut 1, on complète le graphe :

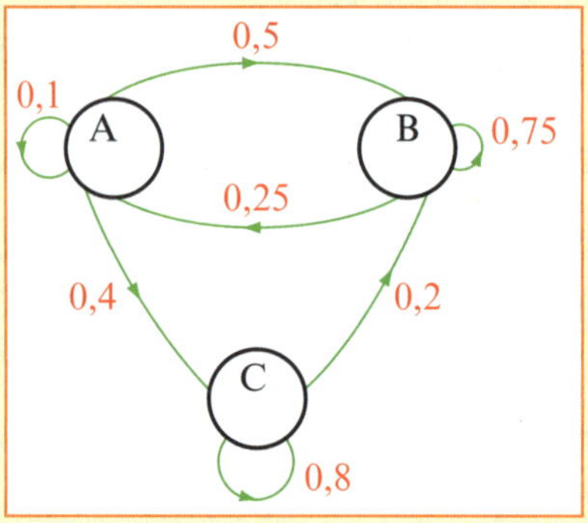

La distribution après une transition est :

$$P' = \begin{pmatrix} 0,1a + 0,25b & 0,5a + 0,75b + 0,2c & 0,4a + 0,8c \end{pmatrix}.$$

Si la distribution est invariante, alors :

$$\begin{cases} 0,1a + 0,25b = a \\ 0,5a + 0,75b + 0,2c = b \\ 0,4a + 0,8c = c \end{cases} \text{, ce qui équivaut à}$$

$$\begin{cases} 0,25b = 0,9a \\ 0,5a - 0,25b + 0,2c = 0 \\ 0,4a = 0,2c \end{cases} \Leftrightarrow \begin{cases} b = 3,6a \\ 0,5a - 0,25(3,6a) + 0,2(2a) = 0 \\ c = 2a \end{cases}$$

$$\Leftrightarrow \begin{cases} b = 3,6a \\ 0a = 0 \text{ (toujours vrai)} \\ c = 2a \end{cases}$$

Mais comme il s'agit s'un distribution de probabilité, on a de plus $a + b + c = 1$.

Le triplet (a ; b ; c) est donc solution du système : $\begin{cases} b = 3,6a \\ c = 2a \\ a + b + c = 1 \end{cases}$

$$\begin{cases} b = 3,6a \\ c = 2a \\ a + b + c = 1 \end{cases} \Leftrightarrow \begin{cases} b = 3,6a \\ c = 2a \\ a + 3,6a + 2a = 1 \end{cases} \Leftrightarrow \begin{cases} b = 3,6a \\ c = 2a \\ a = \dfrac{1}{6,6} = \dfrac{5}{33} \end{cases} \Leftrightarrow \begin{cases} b = \dfrac{18}{33} = \left(\dfrac{66}{11}\right) \\ c = \dfrac{10}{33} \\ a = \dfrac{5}{33} \end{cases}$$

La distribution invariante est $\left(\dfrac{\mathbf{5}}{\mathbf{33}} ; \dfrac{\mathbf{18}}{\mathbf{33}} ; \dfrac{\mathbf{10}}{\mathbf{33}}\right)$.

7 CHAINES DE LONGUEUR *N* ET PUISSANCE DE MATRICE

1. $A = \begin{pmatrix} 0 & 1 & 0 & 1 \\ 0 & 0 & 1 & 0 \\ 1 & 0 & 0 & 1 \\ 0 & 0 & 0 & 0 \end{pmatrix}$

2. $A^2 = \begin{pmatrix} 0 & 1 & 0 & 1 \\ 0 & 0 & 1 & 0 \\ 1 & 0 & 0 & 1 \\ 0 & 0 & 0 & 0 \end{pmatrix}\begin{pmatrix} 0 & 1 & 0 & 1 \\ 0 & 0 & 1 & 0 \\ 1 & 0 & 0 & 1 \\ 0 & 0 & 0 & 0 \end{pmatrix} = \begin{pmatrix} 0 & 0 & 1 & 0 \\ 1 & 0 & 0 & 1 \\ 0 & 1 & 0 & 1 \\ 0 & 0 & 0 & 0 \end{pmatrix}$

$A^3 = A^2 \times A = \begin{pmatrix} 0 & 0 & 1 & 0 \\ 1 & 0 & 0 & 1 \\ 0 & 1 & 0 & 1 \\ 0 & 0 & 0 & 0 \end{pmatrix}\begin{pmatrix} 0 & 1 & 0 & 1 \\ 0 & 0 & 1 & 0 \\ 1 & 0 & 0 & 1 \\ 0 & 0 & 0 & 0 \end{pmatrix} = \begin{pmatrix} 1 & 0 & 0 & 1 \\ 0 & 1 & 0 & 1 \\ 0 & 0 & 1 & 0 \\ 0 & 0 & 0 & 0 \end{pmatrix}$

$A^4 = A^3 \times A = \begin{pmatrix} 1 & 0 & 0 & 1 \\ 0 & 1 & 0 & 1 \\ 0 & 0 & 1 & 0 \\ 0 & 0 & 0 & 0 \end{pmatrix}\begin{pmatrix} 0 & 1 & 0 & 1 \\ 0 & 0 & 1 & 0 \\ 1 & 0 & 0 & 1 \\ 0 & 0 & 0 & 0 \end{pmatrix} = \begin{pmatrix} 0 & 1 & 0 & 1 \\ 0 & 0 & 1 & 0 \\ 1 & 0 & 0 & 1 \\ 0 & 0 & 0 & 0 \end{pmatrix} = A.$

On remarque que $A^4 = A$.

3. Soit $n \in \mathbb{N}^*$. Écrivons $n = 3q + r$ (avec $q \in \mathbb{N}$ et $0 \leqslant r \leqslant 2$).

$A^{3q} = A^3 = \begin{pmatrix} 1 & 0 & 0 & 1 \\ 0 & 1 & 0 & 1 \\ 0 & 0 & 1 & 0 \\ 0 & 0 & 0 & 0 \end{pmatrix}$; $A^{3q+1} = A = \begin{pmatrix} 0 & 1 & 0 & 1 \\ 0 & 0 & 1 & 0 \\ 1 & 0 & 0 & 1 \\ 0 & 0 & 0 & 0 \end{pmatrix}$; $A^{3q+2} = A^2 = \begin{pmatrix} 0 & 0 & 1 & 0 \\ 1 & 0 & 0 & 1 \\ 0 & 1 & 0 & 1 \\ 0 & 0 & 0 & 0 \end{pmatrix}$

4. a. $7 = 3 \times 2 + 1$. L'élément (3 ; 4) de la matrice A vaut 1 donc il existe une chaîne de longueur 7 allant du sommet 3 au sommet 4

b. $12 = 3 \times 4$. L'élément (3 ; 4) de la matrice A^3 vaut 0 donc il n'existe pas de chaîne de longueur 12 allant du sommet 3 au sommet 4

c. $20 = 3 \times 6 + 2$. La dernière colonne de la matrice A^2 contient deux éléments non-nuls et égaux à 1, donc il existe deux chaînes de longueur 20 menant au sommet 4.

8 INVERSES DE MATRICES

a. $(1-k)\times(4-k) - 1\times(-2) \neq 0 \Leftrightarrow k^2 - 5k + 6 \neq 0 \Leftrightarrow (k-2)(k-3) \neq 0.$

Donc A est inversible si, et seulement si, $\boldsymbol{k \neq 2}$ et $\boldsymbol{k \neq 3}$.

Soit k un réel autre que 2 ou 3. Alors :

$$\mathbf{A^{-1}} = \frac{\mathbf{1}}{\mathbf{(k-2)(k-3)}}\begin{pmatrix} \mathbf{4-k} & \mathbf{2} \\ \mathbf{-1} & \mathbf{1-k} \end{pmatrix}.$$

b. $\begin{pmatrix} 1 & 0 & -2 \\ 1 & 0 & 1 \\ -1 & 2 & 0 \end{pmatrix} \times \begin{pmatrix} a_1 & b_1 & c_1 \\ a_2 & b_2 & c_2 \\ a_3 & b_3 & c_3 \end{pmatrix} = \begin{pmatrix} 1 & 0 & 0 \\ 0 & 1 & 0 \\ 0 & 0 & 1 \end{pmatrix}$

$$\Leftrightarrow \begin{cases} a_1 - 2a_3 = 1 \\ b_1 - 2b_3 = 0 \\ c_1 - 2c_3 = 0 \\ a_1 + a_3 = 0 \\ b_1 + b_3 = 1 \\ c_1 + c_3 = 0 \\ -a_1 + 2a_2 = 0 \\ -b_1 + 2b_2 = 0 \\ -c_1 + 2c_2 = 1 \end{cases} \Leftrightarrow \begin{cases} 3a_1 = 1 \\ b_1 = 2b_3 \\ c_1 = 2c_3 \\ a_1 = -a_3 \\ 3b_3 = 1 \\ 3c_3 = 0 \\ a_2 = \dfrac{a_1}{2} \\ b_2 = \dfrac{b_1}{2} \\ c_2 = \dfrac{1}{2} + \dfrac{c_1}{2} \end{cases} \Leftrightarrow \begin{cases} a_1 = \dfrac{1}{3} \\ b_3 = \dfrac{1}{3} \\ c_3 = 0 \\ b_1 = \dfrac{2}{3} \\ c_1 = 0 \\ a_3 = -\dfrac{1}{3} \\ a_2 = \dfrac{1}{6} \\ b_2 = \dfrac{1}{3} \\ c_2 = \dfrac{1}{2} \end{cases}$$

Donc $\mathbf{N^{-1} = \dfrac{1}{6}\begin{pmatrix} 2 & 4 & 0 \\ 1 & 2 & 3 \\ -2 & 2 & 0 \end{pmatrix}}$.

Vérification : $\dfrac{1}{6}\begin{pmatrix} 2 & 4 & 0 \\ 1 & 2 & 3 \\ -2 & 2 & 0 \end{pmatrix} \times \begin{pmatrix} 1 & 0 & -2 \\ 1 & 0 & 1 \\ -1 & 2 & 0 \end{pmatrix} = \dfrac{1}{6}\begin{pmatrix} 6 & 0 & 0 \\ 0 & 6 & 0 \\ 0 & 0 & 6 \end{pmatrix} = I_3$.

c. $M^2 = \begin{pmatrix} 2 & 0 & 0 \\ 0 & -1 & 1 \\ 0 & -3 & -1 \end{pmatrix} \times \begin{pmatrix} 2 & 0 & 0 \\ 0 & -1 & 1 \\ 0 & -3 & -1 \end{pmatrix} = \begin{pmatrix} 4 & 0 & 0 \\ 0 & -2 & -2 \\ 0 & 6 & -2 \end{pmatrix}$.

$M^3 = \begin{pmatrix} 2 & 0 & 0 \\ 0 & -1 & 1 \\ 0 & -3 & -1 \end{pmatrix} \times \begin{pmatrix} 4 & 0 & 0 \\ 0 & -2 & -2 \\ 0 & 6 & -2 \end{pmatrix} = \begin{pmatrix} 8 & 0 & 0 \\ 0 & 8 & 0 \\ 0 & 0 & 8 \end{pmatrix}$, soit $\mathbf{M^3 = 8I_3}$.

$M^3 = 8I_3$ donc $M^2 \times M = 8I_3$, donc $\dfrac{1}{8}M^2 \times M = I_3$, donc :

$$\mathbf{M^{-1} = \dfrac{1}{8}M^2 = \begin{pmatrix} \dfrac{1}{2} & 0 & 0 \\ 0 & -\dfrac{1}{4} & -\dfrac{1}{4} \\ 0 & \dfrac{3}{4} & -\dfrac{1}{4} \end{pmatrix}}.$$

9 GRAPHE PROBABILISTE ET SUITES

1.

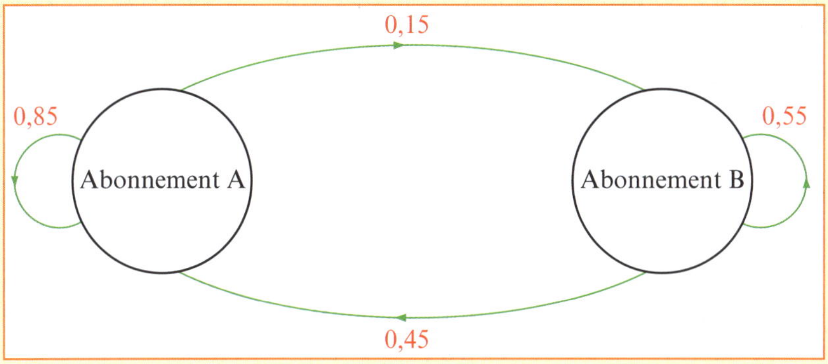

2. a. $P_0 = \begin{pmatrix} \frac{1\,500}{2\,500} & \frac{1\,000}{2\,500} \end{pmatrix} = \begin{pmatrix} \frac{3}{5} & \frac{2}{5} \end{pmatrix}$ soit $\mathbf{P_0 = \begin{pmatrix} 0,6 & 0,4 \end{pmatrix}}$.

b. Soit $n \in \mathbb{N}$, $\begin{cases} a_{n+1} = 0,85a_n + 0,45b_n \\ b_{n+1} = 0,15a_n + 0,55b_n \end{cases}$

c'est-à-dire $P_{n+1} = P_n \begin{pmatrix} 0,85 & 0,15 \\ 0,45 & 0,55 \end{pmatrix}$.

Donc $\mathbf{M = \begin{pmatrix} 0,85 & 0,15 \\ 0,45 & 0,55 \end{pmatrix}}$.

c. $P_1 = P_0 \times M = \begin{pmatrix} 0,6 & 0,4 \end{pmatrix} \begin{pmatrix} 0,85 & 0,15 \\ 0,45 & 0,55 \end{pmatrix} = \begin{pmatrix} 0,69 & 0,31 \end{pmatrix}$.

L'année un, selon ce modèle, $0,69 \times 2\,500 = 1\,725$ personnes choisiront l'abonnement A et $0,31 \times 2\,500 = 775$ personnes choisiront l'abonnement B.

3. Soit $n \in \mathbb{N}$. D'après le système de la question **2.b.**, $a_{n+1} = 0,85a_n + 0,45b_n$.

Or $a_n + b_n = 1$, donc $b_n = 1 - a_n$ et $a_{n+1} = 0,85a_n + 0,45(1 - a_n)$, soit

$$\mathbf{a_{n+1} = 0,45 + 0,4a_n}.$$

4. a. Soit $n \in \mathbb{N}$: $v_{n+1} = a_{n+1} - 0,75 = 0,45 + 0,4a_n - 0,75 = 0,4a_n - 0,3$.

On factorise par 0,4 : $v_{n+1} = 0,4\left(a_n - \frac{3}{4}\right) = 0,4(a_n - 0,75) = 0,4v_n$.

On peut aussi exprimer $0,4v_n$ en fonction de a_n et le comparer à v_{n+1}.

Pour tout $n \in \mathbb{N}$, $v_{n+1} = 0,4v_n$ donc (v_n) est une suite géométrique de raison 0,4.

b. Pour tout $n \in \mathbb{N}$, $v_n = v_0 \times 0,4^n$ avec $v_0 = a_0 - 0,75 = 0,6 - 0,75 = -0,15$.

Donc $v_n = -0,15 \times 0,4^n$. Il en résulte que, pour tout $n \in \mathbb{N}$:

$$\mathbf{a_n = 0,75 + v_n = 0,75 - 0,15 \times 0,4^n}.$$

c. Comme $0,4 \in]-1;1[$, $\lim\limits_{n\to+\infty}(0,4^n) = 0$. Donc $l = \lim\limits_{n\to+\infty} a_n = 0,75$.

La répartition des abonnements A et B tend vers la distribution limite : 75 % d'abonnements A et 25 % d'abonnements B.

On rappelle que $\lim\limits_{n\to+\infty} = \begin{cases} 0 \text{ si } q \in]-1;1[\\ 1 \text{ si } q = 1 \\ +\infty \text{ si } q > 1 \end{cases}$.

5. $\begin{pmatrix} l & 1-l \end{pmatrix} = \begin{pmatrix} 0,75 & 0,25 \end{pmatrix}$

$$\begin{aligned} \begin{pmatrix} 0,75 & 0,25 \end{pmatrix} M &= \begin{pmatrix} 0,75 & 0,25 \end{pmatrix} \begin{pmatrix} 0,85 & 0,15 \\ 0,45 & 0,55 \end{pmatrix} \\ &= \begin{pmatrix} 0,75 \times 0,85 + 0,25 \times 0,45 & 0,75 \times 0,15 + 0,25 \times 0,55 \end{pmatrix} \\ &= \begin{pmatrix} 0,75 & 0,25 \end{pmatrix} \end{aligned}$$

$\begin{pmatrix} \mathbf{0,75} & \mathbf{0,25} \end{pmatrix}$ **est donc une distribution invariante.**

10 MATRICES DE ROTATION

- I(1 ; 0) donc $I'(x' ; y')$ avec :

$$\begin{pmatrix} x' \\ y' \end{pmatrix} = \begin{pmatrix} \frac{1}{2} & -\frac{\sqrt{3}}{2} \\ \frac{\sqrt{3}}{2} & \frac{1}{2} \end{pmatrix} \begin{pmatrix} 1 \\ 0 \end{pmatrix} = \begin{pmatrix} \frac{1}{2} \\ \frac{\sqrt{3}}{2} \end{pmatrix}.$$

$\frac{1}{2} + i\frac{\sqrt{3}}{2} = e^{i\frac{\pi}{3}}$. **I' est le point du cercle trigonométrique d'affixe** $e^{\frac{i\pi}{3}}$.

- $A\left(\frac{\sqrt{3}}{2} ; \frac{1}{2}\right)$, donc $A'(x' ; y')$ avec :

$$\begin{pmatrix} x' \\ y' \end{pmatrix} = \begin{pmatrix} \frac{1}{2} & -\frac{\sqrt{3}}{2} \\ \frac{\sqrt{3}}{2} & \frac{1}{2} \end{pmatrix} \begin{pmatrix} \frac{\sqrt{3}}{2} \\ \frac{1}{2} \end{pmatrix} = \begin{pmatrix} \frac{\sqrt{3}}{4} - \frac{\sqrt{3}}{4} \\ \frac{3}{4} + \frac{1}{4} \end{pmatrix} = \begin{pmatrix} 0 \\ 1 \end{pmatrix}.$$

$0 + 1i = i = e^{i\frac{\pi}{2}}$. **A' est le point du cercle trigonométrique d'affixe** $e^{\frac{i\pi}{2}}$.

- $B(-1 ; 0)$, donc $B'(x' ; y')$ avec $\begin{pmatrix} x' \\ y' \end{pmatrix} = \begin{pmatrix} \frac{1}{2} & -\frac{\sqrt{3}}{2} \\ \frac{\sqrt{3}}{2} & \frac{1}{2} \end{pmatrix} \begin{pmatrix} -1 \\ 0 \end{pmatrix} = \begin{pmatrix} -\frac{1}{2} \\ -\frac{\sqrt{3}}{2} \end{pmatrix}$.

Or $-\frac{1}{2} - i\frac{\sqrt{3}}{2} = e^{\frac{-2i\pi}{3}}$. **B' est le point du cercle trigonométrique d'affixe** $e^{\frac{-2i\pi}{3}}$.

11 VECTEURS COLONNES VÉRIFIANT $U_{n+1} = AU_n + C$

a. $\begin{cases} x_{n+1} = -2x_n + 2y_n + 2 \\ y_{n+1} = 1{,}5x_n + 3 \end{cases} \Leftrightarrow \begin{pmatrix} x_{n+1} \\ y_{n+1} \end{pmatrix} = \begin{pmatrix} -2 & 2 \\ 1{,}5 & 0 \end{pmatrix}\begin{pmatrix} x_n \\ y_n \end{pmatrix} + \begin{pmatrix} 2 \\ 3 \end{pmatrix}$

$\Leftrightarrow U_{n+1} = AU_n + B$ avec $A = \begin{pmatrix} -2 & 2 \\ 1{,}5 & 0 \end{pmatrix}$ et $B = \begin{pmatrix} 2 \\ 3 \end{pmatrix}$.

b. $AB = \begin{pmatrix} -2 & 2 \\ 1{,}5 & 0 \end{pmatrix}\begin{pmatrix} 2 \\ 3 \end{pmatrix} = \begin{pmatrix} -4+6 \\ 3+0 \end{pmatrix} = B$.

c. Considérons la propriété : « $U_n = A^nU_0 + nB$ ».

- $A^0 = I_2$ donc $A^0U_0 + 0B = U_0 + 0_2 = U_0$ donc la propriété est vraie au rang 0.
- Supposons que la propriété est vraie pour un certain rang n et montrons qu'elle est alors également vraie au rang $n+1$:

$U_n = A^nU_0 + nB$ donc

$U_{n+1} = AU_n + B = A(A^nU_0 + nB) + B$ d'après l'hypothèse de récurrence

$= A^{n+1}U_0 + nAB + B$

$= A^{n+1}U_0 + nB + B$ car $AB = B$

$= A^{n+1}U_0 + (n+1)B$

La propriété est héréditaire.

- La propriété est vraie au rang 0 et est héréditaire, donc elle est vraie pour tout $n \in \mathbb{N}$.

Conclusion : Pour tout $n \in \mathbb{N}$, $U_n = A^nU_0 + nB$.

d. À l'aide de la calculatrice,

$$U_{10} = A^{10}U_0 + 10B = \begin{pmatrix} 44287 & -29524 \\ -22143 & 14763 \end{pmatrix}\begin{pmatrix} 1 \\ 1 \end{pmatrix} + \begin{pmatrix} 20 \\ 30 \end{pmatrix}$$

$$U_{10} = \begin{pmatrix} 14763 \\ -7380 \end{pmatrix} + \begin{pmatrix} 20 \\ 30 \end{pmatrix} = \begin{pmatrix} 14783 \\ -7350 \end{pmatrix}$$

Donc $x_{10} = 14783$ et $y_{10} = -7350$.

12 GRAPHE PROBABILISTE À DEUX SOMMETS

1.

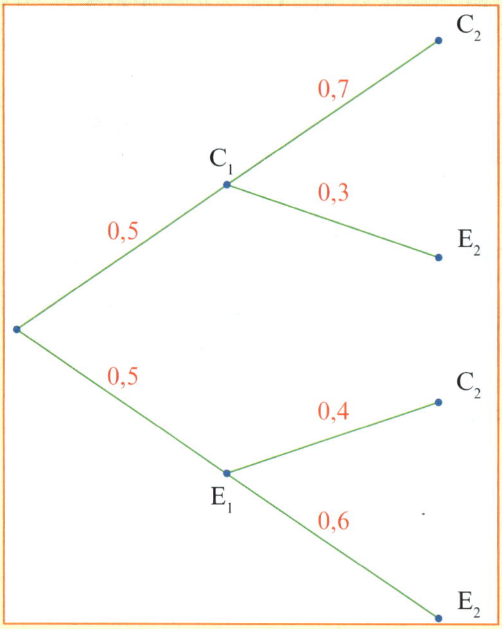

$$P(C_2) = P(C_1 \cap C_2) + P(E_1 \cap C_2) = P(C_1) \times P_{C_1}(C_2) + P(E_1) \times P_{E_1}(C_2)$$
$$= 0,5 \times 0,7 + 0,5 \times 0,4 = 0,55.$$

La probabilité pour que la 2e fléchette atteigne la cible est 0,55.

2. a.

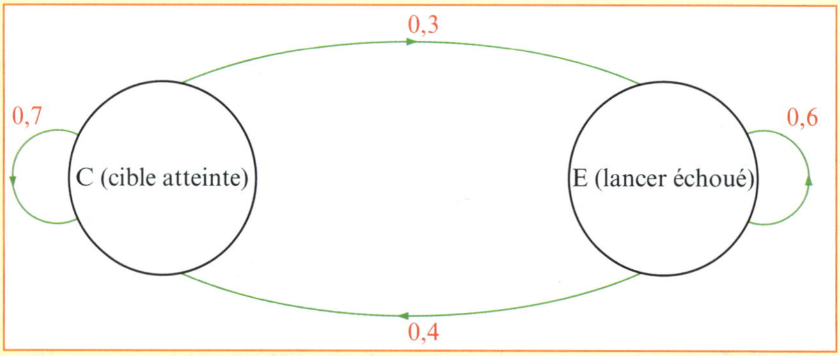

b. $c_2 = 0,7c_1 + 0,4e_1 = 0,7 \times 0,5 + 0,4 \times 0,5 = 0,55$ et $e_2 = 1 - c_2 = 0,45$.

Donc $\mathbf{P_2} = \begin{pmatrix} \mathbf{0,55} & \mathbf{0,45} \end{pmatrix}$.

3. a. Soit $n \in \mathbb{N}^*$.

$$\begin{cases} c_{n+1} = 0{,}7c_n + 0{,}4e_n \\ e_{n+1} = 0{,}3c_n + 0{,}6e_n \end{cases}, \text{ soit } \begin{pmatrix} c_{n+1} & e_{n+1} \end{pmatrix} = \begin{pmatrix} c_n & e_n \end{pmatrix} \times \begin{pmatrix} 0{,}7 & 0{,}3 \\ 0{,}4 & 0{,}6 \end{pmatrix}.$$

$P_{n+1} = P_n \times A$, A désignant la matrice de transition $\begin{pmatrix} 0{,}7 & 0{,}3 \\ 0{,}4 & 0{,}6 \end{pmatrix}$.

b. Soit n un entier, $n \geqslant 1$. $c_{n+1} = 0{,}7c_n + 0{,}4e_n$.

Or $c_n + e_n = 1$, donc $c_{n+1} = 0{,}7c_n + 0{,}4(1 - c_n)$, soit $c_{n+1} = 0{,}3c_n + 0{,}4$.

4. a. Soit $n \in \mathbb{N}^*$.

$$u_{n+1} = c_{n+1} - \frac{4}{7} = 0{,}3c_n + 0{,}4 - \frac{4}{7} = 0{,}3c_n + \frac{2}{5} - \frac{4}{7}$$
$$= 0{,}3c_n - \frac{6}{35}.$$

D'autre part, $0{,}3\,u_n = 0{,}3\left(c_n - \frac{4}{7}\right) = 0{,}3c_n - \frac{3}{10} \times \frac{4}{7}$
$$= 0{,}3c_n - \frac{6}{35}.$$

Donc, pour tout $n \in \mathbb{N}^*$, $u_{n+1} = 0{,}3u_n$.
La suite (u_n) est une suite géométrique de raison 0,3.

b. Soit $n \in \mathbb{N}^*$.

$u_n = u_1 \times 0{,}3^{n-1}$ avec $u_1 = c_1 - \frac{4}{7} = \frac{1}{2} - \frac{4}{7} = -\frac{1}{14}$.

Donc $\boldsymbol{u_n = -\frac{1}{14} \times 0{,}3^{n-1}}$ et $\boldsymbol{c_n = u_n + \frac{4}{7} = \frac{4}{7} - \frac{1}{14} \times 0{,}3^{n-1}}$.

c. $0{,}3 \in]-1\,;1[$, donc $\lim\limits_{n \to +\infty} 0{,}3^{n-1} = 0$, donc $\boldsymbol{\lim\limits_{n \to +\infty} c_n = \frac{4}{7}}$.

La probabilité d'atteindre la cible tend vers la valeur limite $\frac{4}{7}$.

5. Montrons que $\begin{pmatrix} l & 1-l \end{pmatrix} A = \begin{pmatrix} l & 1-l \end{pmatrix}$.

$$\begin{pmatrix} \frac{4}{7} & \frac{3}{7} \end{pmatrix} \begin{pmatrix} 0{,}7 & 0{,}3 \\ 0{,}4 & 0{,}6 \end{pmatrix} = \begin{pmatrix} \frac{2{,}8 + 1{,}2}{7} & \frac{1{,}2 + 1{,}8}{7} \end{pmatrix} = \begin{pmatrix} \frac{4}{7} & \frac{3}{7} \end{pmatrix}.$$

L'état probabiliste après n transitions tend, quand n tend vers $+\infty$, vers la distrtibution invariante.

13 GRAPHE PROBABILISTE À TROIS SOMMETS

a.

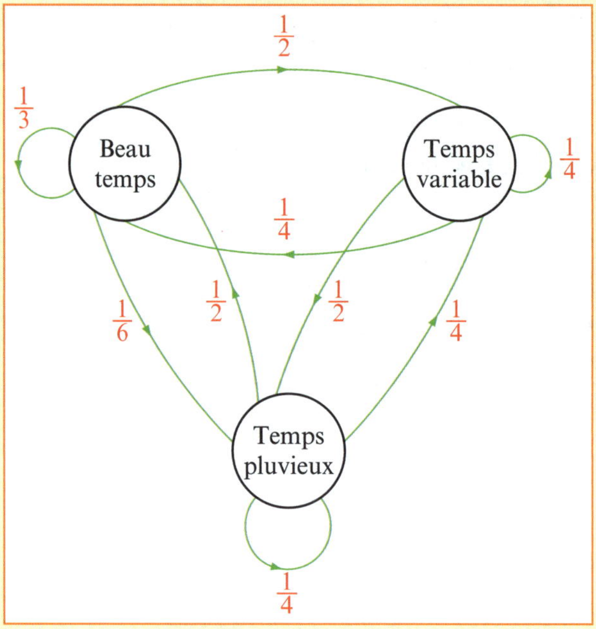

b. Soit $n \in \mathbb{N}$.

$$\begin{cases} b_{n+1} = \frac{1}{3}b_n + \frac{1}{4}v_n + \frac{1}{2}p_n \\ v_{n+1} = \frac{1}{2}b_n + \frac{1}{4}v_n + \frac{1}{4}p_n \\ p_{n+1} = \frac{1}{6}b_n + \frac{1}{2}v_n + \frac{1}{4}p_n \end{cases},$$

soit $\begin{pmatrix} b_{n+1} & v_{n+1} & p_{n+1} \end{pmatrix} = \begin{pmatrix} b_n & v_n & p_n \end{pmatrix} \begin{pmatrix} \frac{1}{3} & \frac{1}{2} & \frac{1}{6} \\ \frac{1}{4} & \frac{1}{4} & \frac{1}{2} \\ \frac{1}{2} & \frac{1}{4} & \frac{1}{4} \end{pmatrix}$.

La matrice de transition de ce graphe de probabilité est donc :

$$\mathbf{M} = \begin{pmatrix} \frac{1}{3} & \frac{1}{2} & \frac{1}{6} \\ \frac{1}{4} & \frac{1}{4} & \frac{1}{2} \\ \frac{1}{2} & \frac{1}{4} & \frac{1}{4} \end{pmatrix}.$$

c. $P_1 = \begin{pmatrix} 1 & 0 & 0 \end{pmatrix} M = \begin{pmatrix} \frac{1}{3} & \frac{1}{2} & \frac{1}{6} \end{pmatrix}$;

$$P_2 = P_1 M = \begin{pmatrix} \frac{1}{3} & \frac{1}{2} & \frac{1}{6} \end{pmatrix} M = \begin{pmatrix} \frac{1}{9}+\frac{1}{8}+\frac{1}{12} & \frac{1}{6}+\frac{1}{8}+\frac{1}{24} & \frac{1}{18}+\frac{1}{4}+\frac{1}{24} \end{pmatrix}$$

$$= \begin{pmatrix} \frac{23}{72} & \frac{8}{24} & \frac{25}{72} \end{pmatrix} = \begin{pmatrix} \frac{23}{72} & \frac{24}{72} & \frac{25}{72} \end{pmatrix}.$$

La probabilité qu'il fasse beau dans deux jours est de $\frac{23}{72}$, la probabilité que le temps soit variable dans deux jours est de $\frac{1}{3}$, et la probabilité qu'il pleuve dans deux jours est de $\frac{25}{72}$.

Vérification : $\frac{23}{72}+\frac{1}{3}+\frac{25}{72}=\frac{23+24+25}{72}=1.$

14 QCM

1. Réponse b. $M^2 = B$.

2. Réponse c. Pour tout a réel, $\cos^2 a - (-\sin^2 a) = \cos^2 a + \sin^2 a = 1 \neq 0$.

3. Réponse d.

$$\begin{cases} x+10y-3z=5 \\ 2x-y+2z=2 \\ -x+y+z=-3 \end{cases} \Leftrightarrow \begin{pmatrix} 1 & 10 & -3 \\ 2 & -1 & 2 \\ -1 & 1 & 1 \end{pmatrix} \begin{pmatrix} x \\ y \\ z \end{pmatrix} = \begin{pmatrix} 5 \\ 2 \\ -3 \end{pmatrix}$$

$$\Leftrightarrow \begin{pmatrix} x \\ y \\ z \end{pmatrix} = \begin{pmatrix} 1 & 10 & -3 \\ 2 & -1 & 2 \\ -1 & 1 & 1 \end{pmatrix}^{-1} \begin{pmatrix} 5 \\ 2 \\ -3 \end{pmatrix}$$

15 COVOITURAGE

Partie A

1.

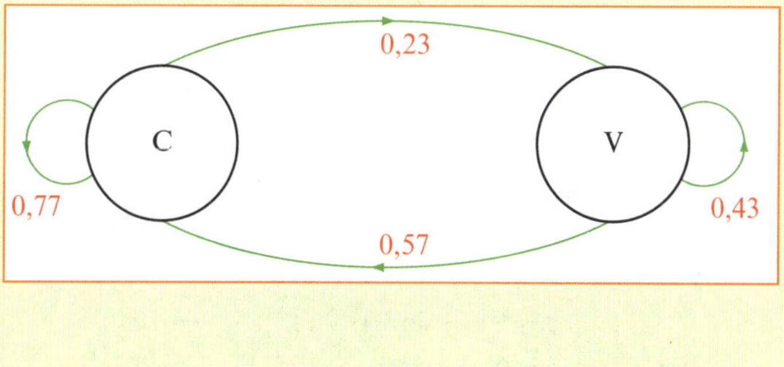

2. La matrice de transition est $M = \begin{pmatrix} 0,77 & 0,23 \\ 0,57 & 0,43 \end{pmatrix}$

$$\begin{pmatrix} x & y \end{pmatrix} = \begin{pmatrix} x & y \end{pmatrix} \times M \Leftrightarrow \begin{pmatrix} x & y \end{pmatrix} = \begin{pmatrix} x & y \end{pmatrix} \times \begin{pmatrix} 0,77 & 0,23 \\ 0,57 & 0,43 \end{pmatrix} \Leftrightarrow \begin{cases} x = 0,77x + 0,57y \\ y = 0,23x + 0,43y \end{cases}$$

Donc x et y vérifient le système : $\begin{cases} x = 0,77x + 0,57y \\ x + y = 1 \end{cases}$

D'où : $\begin{cases} x = 0,77x + 0,57(1-x) \\ y = 1 - x \end{cases} \Leftrightarrow \begin{cases} 0,80x = 0,57 \\ y = 1 - x \end{cases} \Leftrightarrow \begin{cases} x = 0,7125 \\ y = 0,2875 \end{cases}$

La distribution invariante est :

$$\mathbf{\begin{pmatrix} 0,7125 & 0,2875 \end{pmatrix}}.$$

Interprétation : Si une année donnée, parmi les habitants allant travailler en voiture, 71,25 % font du covoiturage et 28,75 % sont seuls dans leur voiture, alors cette répartition restera inchangée les années suivantes.

Partie B

1. Soit $n \in \mathbb{N}$.

$x_n = 0,77x_n + 0,57y_n$. Or $x_n + y_n = 160$, donc :

$$x_{n+1} = 0,77x_n + 0,57(160 - x_n) = 0,20x_n + 91,2$$

2. Soit $n \in \mathbb{N}$. Exprimons u_{n+1} en fonction de u_n.

$$u_{n+1} = x_{n+1} - 114 = 0,20x_n + 91,2 - 114 = 0,20x_n - 22,8$$

$$= 0,20\left(x_n - \frac{22,8}{0,20}\right) = 0,20(x_n - 114) = 0,20u_n.$$

La suite (u_n) est donc une suite géométrique de raison 0,20 et de premier terme $u_0 = x_0 - 114 = 60 - 114 = -54$.

3. Pour tout $n \in \mathbb{N}$, $u_n = -54 \times 0,2^n$, donc :

$$\mathbf{x_n = u_n + 114 = 114 - 54 \times 0,2^n}.$$

La suite $(0,2^n)$ est décroissante et admet pour limite 0.
Donc la suite (x_n) est croissante et admet pour limite 114.

16 MATRICES DE ROTATION

a. $I(1\,;0)$ donc son image I' vérifie :

$$\begin{pmatrix} x_{I'} \\ y_{I'} \end{pmatrix} = \begin{pmatrix} \cos(\theta) & -\sin(\theta) \\ \sin(\theta) & \cos(\theta) \end{pmatrix} \begin{pmatrix} 1 \\ 0 \end{pmatrix} = \begin{pmatrix} \cos(\theta) \\ \sin(\theta) \end{pmatrix}.$$

Donc I' a pour coordonnées $(\cos\theta\,;\sin\theta)$: c'est le point du cercle trigonométrique d'affixe $e^{i\theta}$.

$B(-1\,;\,0)$, donc son image B' vérifie :

$$\begin{pmatrix} x_{B'} \\ y_{B'} \end{pmatrix} = \begin{pmatrix} \cos(\theta) & -\sin(\theta) \\ \sin(\theta) & \cos(\theta) \end{pmatrix} \begin{pmatrix} -1 \\ 0 \end{pmatrix} = \begin{pmatrix} -\cos(\theta) \\ -\sin(\theta) \end{pmatrix}.$$

B′ a pour coordonnées $(-\cos(\theta)\,;-\sin(\theta)) = (\cos((\theta)+\pi)\,;\sin((\theta)+\pi))$

B′ est donc le point du cercle trigonométrique d'affixe $e^{i(\theta+\pi)}$.

b. $A(\cos(\alpha)\,;\sin(\alpha))$, donc son image A′ a pour coordonnées :

$$\begin{pmatrix} x_{A'} \\ y_{A'} \end{pmatrix} = \begin{pmatrix} \cos(\theta) & -\sin(\theta) \\ \sin(\theta) & \cos(\theta) \end{pmatrix}\begin{pmatrix} \cos(\alpha) \\ \sin(\alpha) \end{pmatrix} = \begin{pmatrix} \cos(\alpha)\times\cos(\theta)-\sin(\alpha)\times\sin(\theta \\ \cos(\alpha)\times\sin(\theta)+\sin(\alpha)\times\cos(\theta) \end{pmatrix}$$

Or, pour tous réels a, b : $\begin{cases} \cos(a+b)=\cos(a)\cos(b)-\sin(a)\sin(b) \\ \sin(a+b)=\sin(a)\cos(b)+\cos(a)\sin(b) \end{cases}$

Donc A′ a pour coordonnées $(\cos(\alpha+\theta)\,;\sin(\alpha+\theta))$.
A′ est donc le point du cercle trigonométrique d'affixe $e^{i(\theta+\pi)}$.

R_θ est une matrice de rotation. Elle est associée à la rotation de centre O et d'angle θ.

c. Soient θ et θ' deux réels Alors :

$$R_\theta \times R_{\theta'} = \begin{pmatrix} \cos(\theta) & -\sin(\theta) \\ \sin(\theta) & \cos(\theta) \end{pmatrix}\times\begin{pmatrix} \cos(\theta') & -\sin(\theta') \\ \sin(\theta') & \cos(\theta') \end{pmatrix}$$

$$= \begin{pmatrix} \cos(\theta)\times\cos(\theta')-\sin(\theta)\times\sin(\theta') & -\cos(\theta)\times\sin(\theta')-\sin(\theta)\times\cos(\theta') \\ \sin(\theta)\times\cos(\theta')+\cos(\theta)\times\sin(\theta') & -\sin(\theta)\times\sin(\theta')+\cos(\theta)\times\cos(\theta') \end{pmatrix}$$

$$= \begin{pmatrix} \cos((\theta)+(\theta')) & -\sin((\theta)+(\theta')) \\ \sin((\theta)+(\theta')) & \cos((\theta)+(\theta')) \end{pmatrix} = R_{\theta+\theta'}.$$

$= \text{Donc } R_\theta \times R_{\theta'} = R_{\theta+\theta'}.$

$$R_{-\theta} = \begin{pmatrix} \cos(-\theta) & -\sin(-\theta) \\ \sin(-\theta) & \cos(-\theta) \end{pmatrix} = \begin{pmatrix} \cos(\theta) & \sin(\theta) \\ -\sin(\theta) & \cos(\theta) \end{pmatrix}, \text{ donc :}$$

$$R_{-\theta}\times R_\theta = \begin{pmatrix} \cos(\theta) & \sin(\theta) \\ -\sin(\theta) & \cos(\theta) \end{pmatrix}\times\begin{pmatrix} \cos(\theta) & -\sin(\theta) \\ \sin(\theta) & \cos(\theta) \end{pmatrix}$$

$$= \begin{pmatrix} \cos^2(\theta)+\sin^2(\theta) & 0 \\ 0 & \sin^2(\theta)+\cos^2(\theta) \end{pmatrix} = \begin{pmatrix} 1 & 0 \\ 0 & 1 \end{pmatrix}.$$

$R_{-\theta}\times R_\theta = I_2$ donc R_θ est inversible est son inverse est $R_{-\theta}$.

Voir le paragraphe I. 4 du cours. La composée de deux rotations d'angles respectifs θ et θ' est une rotation d'angle $\theta+\theta'$, et l'application réciproque de la rotation de centre O et d'angle θ est la rotation de centre O et d'angle $-\theta$.

17 MODÈLE PROIE PRÉDATEUR

1. Pour tout $n \in \mathbb{N}$, $\begin{pmatrix} c_{n+1} \\ s_{n+1} \end{pmatrix} = \begin{pmatrix} 0,5 & 0,3 \\ -0,108 & 1,1 \end{pmatrix} \begin{pmatrix} c_n \\ s_n \end{pmatrix}$ soit $\mathbf{X}_{n+1} = \mathbf{AX}_n$

avec $\mathbf{A} = \begin{pmatrix} \mathbf{0,5} & \mathbf{0,3} \\ \mathbf{-0,108} & \mathbf{1,1} \end{pmatrix}$.

2. $n = 4$ et $\mathrm{X}_4 = \mathrm{A}^4.\mathrm{X}_0 = \begin{pmatrix} 0,5 & 0,3 \\ -0,108 & 1,1 \end{pmatrix}^5 \begin{pmatrix} 2 \\ 15 \end{pmatrix} \approx \begin{pmatrix} 10 \\ 19 \end{pmatrix}$.

Selon ce modèle, il y aura au bout de 4 années 10 chouettes et 19 souris.

3. a. Calculons le déterminant de la matrice P : $5 \times 9 - 1 \times 5 = 40 \neq 0$ donc P est inversible et $\mathrm{P}^{-1} = \dfrac{1}{40}\begin{pmatrix} 9 & -5 \\ -1 & 5 \end{pmatrix} = \begin{pmatrix} 0,225 & -0,125 \\ -0,025 & 0,125 \end{pmatrix}$.

b. $\mathrm{PDP}^{-1} = \begin{pmatrix} 5 & 5 \\ 1 & 9 \end{pmatrix}\begin{pmatrix} 0,56 & 0 \\ 0 & 1,04 \end{pmatrix}\begin{pmatrix} 0,225 & -0,125 \\ -0,025 & 0,125 \end{pmatrix}$

$\mathrm{PDP}^{-1} = \begin{pmatrix} 5 & 5 \\ 1 & 9 \end{pmatrix}\begin{pmatrix} 0,126 & -0,070 \\ -0,026 & 0,130 \end{pmatrix}$, donc $\mathrm{PDP}^{-1} = \mathrm{A}$.

c. On considère la propriété : « $\mathrm{A}^n = \mathrm{P}\begin{pmatrix} 0,56^n & 0 \\ 0 & 1,04^n \end{pmatrix}\mathrm{P}^{-1}$ ».

• $\mathrm{A} = \mathrm{PDP}^{-1} = \mathrm{P}\begin{pmatrix} 0,56^1 & 0 \\ 0 & 1,04^1 \end{pmatrix}\mathrm{P}^{-1}$ donc la propriété est vraie au rang 1.

• Supposons qu'il existe un entier naturel non nul n tel que :

$\mathrm{A}^n = \mathrm{P}\begin{pmatrix} 0,56^n & 0 \\ 0 & 1,04^n \end{pmatrix}\mathrm{P}^{-1}$ et montrons qu'alors :

$$\mathrm{A}^{n+1} = \mathrm{P}\begin{pmatrix} 0,56^{n+1} & 0 \\ 0 & 1,04^{n+1} \end{pmatrix}\mathrm{P}^{n+1}.$$

$\mathrm{A}^{n+1} = \mathrm{AA}^n = \mathrm{P}\begin{pmatrix} 0,56 & 0 \\ 0 & 1,04 \end{pmatrix}\mathrm{P}^{-1}\mathrm{P}\begin{pmatrix} 0,56^n & 0 \\ 0 & 1,04^n \end{pmatrix}\mathrm{P}^{-1}$

$\mathrm{A}^{n+1} = \mathrm{P}\begin{pmatrix} 0,56 & 0 \\ 0 & 1,04 \end{pmatrix}\begin{pmatrix} 0,56^n & 0 \\ 0 & 1,04^n \end{pmatrix}\mathrm{P}^{-1}$ car $\mathrm{PP}^{-1} = \mathrm{I}_2$.

Comme $\begin{pmatrix} 0,56 & 0 \\ 0 & 1,04 \end{pmatrix}\begin{pmatrix} 0,56^n & 0 \\ 0 & 1,04^n \end{pmatrix} = \begin{pmatrix} 0,56^{n+1} & 0 \\ 0 & 1,04^{n+1} \end{pmatrix}$, on a bien

$\mathrm{A}^{n+1} = \mathrm{P}\begin{pmatrix} 0,56^{n+1} & 0 \\ 0 & 1,04^{n+1} \end{pmatrix}\mathrm{P}^{-1}$. La propriété est héréditaire.

• La propriété est vraie au rang 1 et est héréditaire, donc, pour tout $n \in \mathbb{N}^*$,

$$A^n = P^{-1}\begin{pmatrix} 0,56^n & 0 \\ 0 & 1,04^n \end{pmatrix}P.$$

4. Soit $n \in \mathbb{N}^*$.

$$X_n = A^n X_0 = P\begin{pmatrix} 0,56^n & 0 \\ 0 & 1,04^n \end{pmatrix}P^{-1}X_0.$$

$$X_n = \begin{pmatrix} 5 & 5 \\ 1 & 9 \end{pmatrix}\begin{pmatrix} 0,56^n & 0 \\ 0 & 1,04^n \end{pmatrix}\begin{pmatrix} 0,225 & -0,125 \\ -0,025 & 0,125 \end{pmatrix}\begin{pmatrix} 2 \\ 15 \end{pmatrix}$$

$$X_n = \begin{pmatrix} 5 \times 0,56^n & 5 \times 1,04^n \\ 0,56^n & 9 \times 1,04^n \end{pmatrix}\begin{pmatrix} -1,425 \\ 1,825 \end{pmatrix}$$

$$X_n = \begin{pmatrix} -7,125 \times 0,56^n + 9,125 \times 1,04^n \\ -1,425 \times 0,56^n + 16,425 \times 1,04^n \end{pmatrix}.$$

5. Pour tout $n \in \mathbb{N}^*$,
$c_n = -7,125 \times 0,56^n + 9,125 \times 1,04^n$
et $s_n = -1,425 \times 0,56^n + 16,425 \times 1,04^n$

6. $c_{20} = -7,125 \times 0,56^{20} + 9,125 \times 1,04^{20} \approx 20.$
$s_{20} = -1,425 \times 0,56^{20} + 16,425 \times 1,04^{20} \approx 36.$

Selon ce modèle, il y aura au bout de 20 ans 20 chouettes et 36 souris.

13 Arithmétique

I DIVISIBILITÉ ET CONGRUENCE

1. Divisibilité dans $\mathbb{Z}$

Soit a, b et c trois entiers relatifs.

Définition

On dit que a **divise** b, et on note $a|b$, s'il existe un entier relatif k tel que $b = a \times k$.

a s'appelle **diviseur** de b et b **multiple** de a.

0 ne divise aucun entier relatif non nul et tout entier relatif divise 0.

Propriétés de la divisibilité

- On suppose que $b \neq 0$. Si $a|b$, alors $|a| \leqslant |b|$.
- Si $a|b$ et $b|c$, alors $a|c$.
- Si $c|a$ et $c|b$, alors, pour tous entiers relatifs u et v, $c|ua + vb$.

En particulier, $c|a+b$ et $c|a-b$.

2. Division euclidienne

Théorème

Soit a un entier relatif et b un entier naturel non nul.
Il existe **un unique couple** $(q\,;r) \in \mathbb{Z} \times \mathbb{N}$ tel que :

$$a = bq + r \textbf{ avec } \mathbf{0 \leqslant r < b}$$

q s'appelle le **quotient** et r le **reste** de la division euclidienne de a par b.

La condition $0 \leqslant r < b$ est essentielle pour l'unicité du couple $(q\,;r)$.

Propriété

Soit a et b deux entiers relatifs, b étant non nul ; b divise a si, et seulement si, le reste de la division euclidienne de a par b est nul.

3. Congruences

Définition

Soit n un entier supérieur ou égal à 2, a et b deux entiers relatifs.
On dit que $\boldsymbol{a}$ **est congru à** $\boldsymbol{b}$ **modulo** $\boldsymbol{n}$ si $a-b$ est un multiple de n (ou si n divise leur différence). On note alors $a \equiv b$ (modulo n) ou $a \equiv b[n]$.

Définition équivalente

a et b sont congrus modulo n si, et seulement si, a et b ont le même reste dans leurs divisions euclidiennes par n.

En particulier : $a \equiv 0$ (modulo n) si, et seulement si, $n | a$.

Conséquences

Soit n un entier supérieur ou égal à 2, a, b et c trois entiers relatifs.

- Si $a \equiv b$ (modulo n), alors $b \equiv a$ (modulo n).
- Si $a \equiv b$ (modulo n) et si $b \equiv c$ (modulo n), alors $a \equiv c$ (modulo n).

Propriétés

Propriété 1. Soit n un entier naturel supérieur ou égal à 2. Tout entier relatif a est congru modulo n à un unique entier r tel que $0 \leqslant r < n$.

Cette propriété de définir une partition de $\mathbb{Z}$ en n « classes », chacune contenant un unique élément de $\{0;1;...;n-1\}$.

Propriété 2. Soit n un entier naturel supérieur ou égal à 2.

a, a', b, b' sont des entiers relatifs :

Si $a \equiv b$ (modulo n) et $a' \equiv b'$ (modulo n), alors :

- $a + a' \equiv b + b'$ (modulo n) et $a \times a' \equiv b \times b'$ (modulo n).
- pour tout entier relatif k, $ka \equiv kb$ (modulo n) ;
- pour tout entier naturel p, $a^p \equiv b^p$ (modulo n).

II PGCD DE DEUX ENTIERS

1. Définition

Théorème

Soit a et b deux entiers relatifs non nuls. L'ensemble des diviseurs commun à a et b admet un plus grand élément d.

Définition

d s'appelle **plus grand diviseur commun** à a et b. On le note PGCD $(a\,;b)$.

- Si $a \neq 0$, on pose PGCD $(a;0)=a$.
- Soit $(a;b) \in \mathbb{Z}^* \times \mathbb{Z}^*$. 1 divise a et b, donc PGCD $(a;b) \geqslant 1$.

Propriétés

Soit a, b et k des entiers relatifs non nuls.

(1) PGCD $(a\,;b)$ = PGCD $(b\,;a)$;

(2) PGCD $(a\,;b)$ = PGCD $(|a|\,;|b|)$;

(3) PGCD $(a\,;a) = a$;

(4) PGCD $(ka\,;kb) = |k| \times$ PGCD $(a\,;b)$.

D'après la propriété (4), si on pose $d = \text{PGCD}\left(a\,;\,b\right)$, il existe deux entiers naturels a' et b' tels que :

$$a = d \times a',\ \ b = d \times b'\text{ , et } \text{PGCD}\left(a'\,;b'\right) = 1.$$

Propriété (lemme d'Euclide)

Soit a et b deux entiers naturels non nuls avec $a > b$.

Soit $\left(q\,;\,r\right) \in \mathbb{N} \times \mathbb{N}$ tel que $a = bq + r$ et $0 \leqslant r < b$.

- si $r = 0$, alors $\text{PGCD}\left(a\,;b\right) = b$;
- si $r \neq 0$, alors $\text{PGCD}\left(a\,;b\right) = \text{PGCD}\left(b\,;r\right)$.

2. Algorithme d'Euclide

Il permet de déterminer $\text{PGCD}\left(a\,;b\right)$ pour $\left(a\,;b\right) \in \mathbb{N} \times \mathbb{N},\ a > b$.

Si $b|a$, alors $\text{PGCD}\left(a\,;b\right) = b$.

Sinon, on effectue la division euclidienne de a par b, puis de b par le reste r_1 obtenu, puis de r_1 par le 2e reste obtenu, etc… jusqu'à obtenir un reste égal à 0 ; alors $\text{PGCD}\left(a\,;b\right)$ sera le dernier reste non nul de cette suite.

III LES THÉORÈMES DE BÉZOUT ET DE GAUSS

Dans ce paragraphe, $a,\ b,\ c$ sont des entiers relatifs tels que $\left(a, b\right) \neq \left(0, 0\right)$.

Définition

On dit que a et b sont **premiers entre eux** si leur PGCD vaut 1.

Théorème de Bézout

a et b sont premiers entre eux, si, et seulement si, il existe un couple $\left(u\,;v\right)$ d'entiers relatifs tel que $au + bv = 1$.

Théorème de Gauss

Si a divise bc et si $\text{PGCD}\left(a\,;b\right) = 1$, alors a divise c

IV NOMBRES PREMIERS

1. Généralités

Définition

Soit $p \in \mathbb{N},\ \ p > 1$. On dit que p est **premier** s'il a exactement deux diviseurs : 1 et lui-même. Sinon, on dit qu'il est composé.

0 et 1 ne sont pas des nombres premiers.

Théorème 1

Soit $a \in \mathbb{N},\ \ a > 1$.

- L'entier a admet au moins un diviseur premier.
- Si a n'est pas premier, il admet un diviseur premier p vérifiant :

$$2 \leqslant p \leqslant \sqrt{a}.$$

Critère de primalité

Un entier naturel n est premier si, et seulement si, il n'est pas divisible par un nombre premier compris entre 2 et $\sqrt{n}$.

Théorème 2 (théorème d'Euclide)

L'ensemble des nombres premiers est infini.

Petit théorème de Fermat

Soit n un entier et p un nombre premier ne divisant pas n, alors :

$$n^{p-1} \equiv 1 \, [p]$$

2. Décomposition en facteurs premiers d'un entier naturel

Théorème

Soit $n \in \mathbb{N}$, $n > 1$, n se décompose en produit de nombres premiers et cette décomposition est unique (à l'ordre près des facteurs).

n peut alors s'écrire $n = p_1^{\alpha_1} \times p_2^{\alpha_2} \times \ldots \times p_r^{\alpha_r}$ où $p_1, \ldots, p_r$ sont des nombres premiers deux à deux distincts et $\alpha_1, \ldots \alpha_r$ sont des entiers naturels non nuls.

MÉTHODE 1

Décomposer un nombre en produit de facteurs premiers

➜ Voir les exercices 1, 2 et 12.

À chaque fois qu'on trouvera un diviseur premier p de n, on écrira n sous la forme $n = p \times n'$ et on répétera les étapes avec n' jusqu'à obtenir un nombre premier.

En procédant avec des diviseurs p croissants, il est inutile de tester si n' est divisible par des nombres strictement inférieurs à p.

Étape 1. Utiliser les critères de divisibilité pour déterminer si le nombre n est divisible par 2, 3 ou 5 :

- un nombre est divisible par 2, s'il se termine par 0, 2, 4, 6 ou 8 ;
- un nombre est divisible par 3, si la somme de ses chiffres est un multiple de 3 ;
- un nombre est divisible par 5, s'il se termine par 0 ou 5.

Étape 2. Essayer de diviser n par tous les nombres premiers p inférieurs ou égaux à $\sqrt{n}$.
Si le résultat est un nombre entier, alors p est un diviseur de n.

À partir d'un certain rang, lorsqu'on ne connaît plus la liste des nombres premiers, on divise systématiquement par les nombres se terminant par 1, 3, 7 ou 9.

Étape 3. Écrire $n = p_1^{\alpha_1} \times p_2^{\alpha_2} \times \ldots \times p_r^{\alpha_r}$ où les nombres p_i sont les nombres premiers trouvés au fur et à mesure.

Exo résolu

Parmi les nombres suivants, déterminer ceux qui sont premiers et écrire la décomposition en facteurs premiers des nombres composés :
a. 660 **b.** 4901 **c.** 5 303

CORRIGÉ

a. Étape 1. 660 est pair, donc il est divisible par 2 :
$660 \div 2 = 330$
d'où : $660 = 2 \times 330$;
330 est encore divisible par 2 : $660 = 2 \times 2 \times 165$;
$1 + 6 + 5 = 12$ et 12 est un multiple de 3, donc 165 est divisible par 3, et on voit qu'il est divisible par 5 également : $660 = 2 \times 2 \times 3 \times 5 \times 11$.

Étape 2. 11 est un nombre premier donc le processus s'arrête.

Étape 3. Conclusion :
$\mathbf{660 = 2^2 \times 3 \times 5 \times 11.}$

b. Étape 1. Les critères de divisibilité ne fonctionnent pas pour 4 901.
Étape 2. $\sqrt{4\,901} \approx 70{,}0$; on tente les divisions par 7, 11, 13…
$4\,901 \div 13 = 377$ donc $4\,901 = 13 \times 377$;
$\sqrt{377} \approx 19{,}4$ donc on essaie à nouveau de diviser 377 par 13 et cela fonctionne : $4\,901 = 13 \times 13 \times 29$;
$\sqrt{29} \approx 5{,}3$ donc on peut arrêter. 29 est un nombre premier.
Étape 3. Conclusion : $\mathbf{4\,901 = 13^2 \times 29.}$
c. Étape 1. Les critères de divisibilité ne fonctionnent pas pour 5 303.
Étape 2. $\sqrt{5\,303} \approx 72{,}8$; on tente les divisions par 7, 11, 13, 17, 19, 23, 29, 31, 37, 41, 43, 47, 53, 59, 61, 67, 71. Aucune ne donne un résultat entier.
Étape 3. Conclusion : **5 303 est un nombre premier**.

MÉTHODE 2

Déterminer le PGCD de deux entiers

→ Voir les exercices 4 et 20.

Étape 1. On effectue des divisions euclidiennes successives jusqu'à trouver un reste égal à 0 . C'est l'algorithme d'Euclide.
Étape 2. Le dernier reste non nul est le PGCD cherché.

Pour trouver la division euclidienne de a par b :
- on divise a par b et la partie entière du résultat est le quotient q ;
- le reste est égal à $a - b \times q$.

Exo résolu

Déterminer le PGCD des nombres suivants :
a. 4 200 et 198 **b.** 5 303 et 426 **c.** 660 et 84

CORRIGÉ

a. Étape 1. On effectue la division du plus grand des deux entiers par le second :
$4\,200 = 198 \times 21 + 42.$
Puis on divise le diviseur par le reste :
$198 = 42 \times 4 + 30.$
Et on poursuit jusqu'à trouver un reste nul :
$42 = 30 \times 1 + 12$
$30 = 12 \times 2 + 6$
$12 = 6 \times 2 + 0.$
Étape 2. Le dernier reste non nul est 6, donc :

$$\mathbf{PGCD\,(4\,200\,;\,198) = 6.}$$

b. Étape 1.

$5\,303 = 426 \times 12 + 191$

$426 = 191 \times 2 + 44$

$191 = 44 \times 4 + 15$

$44 = 15 \times 2 + 14$

$15 = 14 \times 1 + 1$

$14 = 14 \times 1 + 0$

Étape 2. **PGCD $(5\,303\,;\,426) = 1$, c'est-à-dire que 5303 et 426 sont premiers entre eux.**

On pouvait aussi remarquer que 5 303 est un nombre premier (ceci a été démontré dans la méthode 1), donc ses seuls diviseurs sont 1 et 5 303.
Alors comme 5 303 n'est pas un diviseur de 426, le plus grand diviseur commun à ces deux nombres est 1.

c. Étape 1.

$660 = 84 \times 7 + 72$

$84 = 72 \times 1 + 12$

$72 = 12 \times 6 + 0$

Étape 2. **PGCD $(660\,;\,72) = 12$.**

Plutôt que d'utiliser l'algorithme d'Euclide, nous pouvons aussi comparer les décompositions en produits de facteurs premiers : le PGCD étant le plus grand des diviseurs communs, il est le produit de tous les facteurs premiers communs aux deux nombres.
$660 = 2^2 \times 3 \times 5 \times 11$ et $72 = 2^3 \times 3^2$, donc :

$$\textbf{PGCD}\,(660\,;\,72) = 2^2 \times 3 = 12$$

MÉTHODE 3

Résoudre une équation diophantienne

→ Voir les exercices 6 et 21.

Une équation diophantienne est une équation du type $ax+by=c$ où a, b et c sont des entiers non nuls.

Étape 1. Vérifier l'existence d'une solution : il y a une infinité de solutions si PGCD $(a\ ;b)$ divise c (conséquence du théorème de Bézout).
Étape 2. Déterminer une solution particulière de l'équation.
Étape 3. Déterminer la solution générale de l'équation à l'aide du théorème de Gauss.
Étape 4. Vérifier la réciproque, à savoir que les solutions obtenues sont solution de l'équation quel que soit l'entier k.
Étape 5. Conclure.

Exo résolu

Déterminer les solutions entières de $(\text{E}) : 728x+187y=5$.

CORRIGÉ

Étape 1.

$728=3\times 187+167$

$187=167\times 1+20$

$167=20\times 8+7$

$20=7\times 2+6$

$7=6\times 1+1$

$6=6\times 1+0$

Donc $\mathbf{PGCD(728 : 187)=1}$.

D'après le théorème de Bézout, l'équation $728u+187v=1$ admet au moins une solution $(u_0\,;v_0)$. En posant $x=5u_0$ et $y=5v_0$, on obtiendra alors une solution de l'équation (E).

Étape 2. On commence par déterminer une solution particulière de $728x+187y=1$:

$$728x+187y=1 \Leftrightarrow 187y=1-728x \Leftrightarrow y=\frac{1-728x}{187}.$$

On peut utiliser le tableau de valeurs de la calculatrice avec x démarrant à 0 et avec un pas de 1 pour trouver une solution entière pour y.

On obtient $y=-109$ pour $x=28$:

$$728\times 28+187\times(-109)=1 \Leftrightarrow 728\times 28\times 5+187\times(-109)\times 5=5$$
$$\Leftrightarrow 728\times 140+187\times(-545)=5\ (\text{E}')$$

Une solution particulière de l'équation (E) est : (140 ; − 545).

Étape 3. Soit $(x\,;y)$ une solution quelconque de (E).
Par soustraction membre à membre de (E′) à (E) :

$$728(x-140)+187(y+545)=0(E'')$$
$$\Leftrightarrow 728(x-140)=-187(y+545).$$

Donc 187 divise $728(x-140)$.
Or 187 et 728 sont premiers entre eux, donc d'après le théorème de Gauss, 187 divise $(x-140)$.
Donc il existe un entier relatif k tel que :

$$x-140=187k \Leftrightarrow x=140+187k.$$

En remplaçant dans (E″), on obtient :

$$728\times 187k=-187(y+545) \Leftrightarrow 728k=-y-545$$
$$\Leftrightarrow y=-545-728k.$$

Les solutions de l'équation (E) sont de la forme :
$(140+187k\ ;-545-728k)$ avec $k\in\mathbb{Z}$.

Étape 4. Soit $k\in\mathbb{Z}$; on vérifie :

$$728(140+187k)+187(-545-728k)=728\times 140-187\times 545=5.$$

Étape 5. Conclusion : **Les solutions de (E) sont les couples :**

$$\mathbf{(140+187k\ ;-545-728k)\ \text{avec}\ k\in\mathbb{Z}.}$$

MÉTHODE 4

Résoudre une congruence modulo n

→ Voir les exercices 5 et 13.

Les congruences ne sont pas compatibles avec la division, c'est-à-dire que lors de la résolution d'une équation, si l'on arrive à $ax\equiv b\,[n]$, on ne peut pas diviser par a. Le principe de résolution sera d'examiner tous les cas possibles à l'aide d'un tableau de congruences.

Étape 1. Si besoin, on réduit l'équation pour se ramener à une congruence où les termes en x sont à gauche.
Étape 2. On dresse le tableau des restes du membre de gauche dans la division euclidienne par n en fonction des restes de $x[n]$.
Étape 3. Conclure sans oublier que s'il y a une solution, il y en a une infinité : tous les entiers ayant le même reste sont solution.

Exo résolu

a. Résoudre dans $\mathbb{Z}$ la congruence : $x^2+7x+1\equiv x+4$ (modulo 9).
b. Déterminer l'inverse de 3 modulo 7, c'est-à-dire déterminer un entier x tel que $3x\equiv 1\,[7]$ avec $0\leqslant x<7$.

CORRIGÉ

a. Étape 1. $x^2+7x+1 \equiv x+5\ [9] \Leftrightarrow x^2+6x \equiv 4\ [9]$.

Étape 2. Dans la division par 9, on a 9 restes possibles, 0, 1, 2, …, 8, donc tout nombre entier x s'écrira $9k+r$, $k \in \mathbb{Z}$, avec $r \in \{0;1;2;\ldots;8\}$.
Autrement dit, tout entier x est congru modulo 9 à 0, 1, 2, … ou 8.
On présente alors tous les résultats possibles de x^2+6x dans un tableau des restes modulo 9 :
Par exemple, si $x \equiv 2$ (modulo 9) :

$$x^2+6x \equiv 2^2+6\times 2 \equiv 16[9] \Leftrightarrow x^2+6x \equiv 9+7 \equiv 7[9].$$

x (modulo 9)	0	1	2	3	4	5	6	7	8
x^2+6x (modulo 9)	0	7	7	0	4	1	0	1	4

Étape 3. D'après le tableau, **on constate que $x^2+6x \equiv 4$ (modulo 9) si, et seulement si, $x \equiv 4\ [9]$ ou $x \equiv 8\ [9]$.**

Autrement dit : $\mathbf{S} = \{4+9k\,;8+9k,\ k \in \mathbb{Z}\}$.

b. Étape 1. Non nécessaire.

Étape 2. Dans la division euclidienne par 7, les restes possibles sont 0, 1, 2, 3, 4, 5 et 6.
Examinons tous les cas dans un tableau des restes modulo 7 :

x (modulo 7)	0	1	2	3	4	5	6
$3x$ (modulo 7)	0	3	6	2	5	1	4

Étape 3. D'après le tableau, on constate que $3x \equiv 1\ [7] \Leftrightarrow x \equiv 5\ [7]$ donc **l'inverse de 3 modulo 7 est 5.**

TESTER SES CONNAISSANCES

1 DÉCOMPOSITION EN FACTEURS PREMIERS ★ | 5 min | ▶ P. 485

a. Les entiers 37, 67, 167 sont-ils premiers ? Justifier la réponse.

b. Décomposer en produits de facteurs premiers les entiers suivants :

2 004, 4 200, 13 325, 212 625.

> Voir la Méthode 1.

2 DIVISIBILITÉ EN FONCTION DE N ★ | 15 min | ▶ P. 485

1. Déterminer les entiers n tels que $4n+3$ divise 23

2. a. Soit $n \in \mathbb{Z}$. Démontrer que $2n+1=2(n-3)+7$.

b. En déduire l'ensemble des entiers relatifs n tels que $n-3$ divise $2n+1$.

> Utiliser la propriété de linéarité de la divisibilité ; l'objectif est d'éliminer *n* afin de se ramener comme au **1.** à la liste des diviseurs d'un entier.

3 DIVISION EUCLIDIENNE ★ | 10 min | ▶ P. 485

Les questions de cet exercice sont indépendantes.

a. Déterminer le quotient et le reste de la division euclidienne de 121 par 17 puis de -121 par 17.

b. Soit $a \in \mathbb{N}$, $b \in \mathbb{N}^*$. On a effectué la division euclidienne de a par b.
Le résultat obtenu est $a = 27b + 39$.
Quel est le reste de la division euclidienne de a par 27 ?

c. b est un entier naturel non nul. En divisant 250 par b, il reste 7 et en divisant 500 par b il reste 5. Identifier b.

4 PGCD ★ | 10 min | ▶ P. 486

a. Voici deux fonctions programmées en Python permettant de calculer le PGCD de deux nombres a et b. Sur quelle méthode repose chacun de ces algorithmes ?

```
from random import*
def PGCD(a, b):
  L=[]
  for k in range (min(a,b)):
    i=k+1
    if a%i==0:
      if b%i==0:
        L.append(i)
  return L[-1]
```

```
from random import*
def PGCD(a, b):
  while a%b!=0:
    r=a%b
    a=b
    b=r
  return L[-1]
```

b. À l'aide de l'algorithme d'Euclide, calculer PGCD $(38\ 254\ ;\ 49\ 360)$.

Voir la méthode 2.

5 CONGRUENCES

★ | 10 min | ▸ P. 487

Les questions de cet exercice sont indépendantes.

a. Résoudre dans $\mathbb{Z}$ la congruence $7x+2\equiv 1\,[4]$.

Voir la méthode 4.

b. Déterminer les entiers n tels que $3 \mid n^2+2n+2$.

Cette question peut être reformulée comme une congruence à résoudre.

c. On considère deux entiers relatifs a et b tels que :

$$a\equiv 2[5] \text{ et } b\equiv 1[5].$$

Montrer que $2a^2-3b$ est divisible par 5.

6 ÉQUATION DIOPHANTIENNE

★ | 10 min | ▸ P. 487

a. Calculer PGCD $(187\,;133)$ en utilisant l'algorithme d'Euclide.

b. Justifier l'existence, puis déterminer deux entiers u et v tels que :

$$187u+133v=1.$$

c. Résoudre l'équation diophantienne $187u+133v=1$.

Voir la méthode 3.

d. En déduire deux entiers m et n tels que $187m+133n=-4$.

7 THÉORÈME DU COURS

★★ | 5 min | ▸ P. 488

a. Soit $n\in\mathbb{Z}$. Déterminer deux entiers relatifs u et v tels que :

$$(6n+10)u+(2n+3)v=1.$$

b. En déduire que $6n+10$ et $2n+3$ sont premiers entre eux pour tout n .

8 QCM ★★ | 25 min | ▸ P. 488

Les affirmations suivantes sont-elles vraies ou fausses ? Justifier votre réponse.

a. n est un entier divisible par 21 et par 36. Alors n est divisible par 756.

b. Soit a et b deux entiers naturels. S'il existe deux entiers relatifs u et v tels que $au + bv = 2$, alors le PGCD de a et de b est égal à 2.

c. p est un nombre premier, a et b sont deux entiers. Si ab est un multiple de p, alors p divise a ou b.

d. Il existe deux entiers m et n tels que $312m - 143n = 1$.

e. Le système $\begin{cases} x \equiv y \text{ (modulo 6)} \\ x \equiv y \text{ (modulo 5)} \end{cases}$ équivaut à $x \equiv y$ (modulo 30)

(x et y étant deux entiers).

9 ÉQUATION AVEC PGCD ★★ | 20 min | ▸ P. 489

Trouver l'ensemble des entiers naturels non nuls a et b tels que $ab = 216$ et PGCD $(a\ ;b) = 6$.

S'ENTRAÎNER

10 DÉFINITION DE LA DIVISIBILITÉ ★ | 10 min | ▸ P. 489

1. À l'aide de factorisations :

a. Démontrer que $1\,004^2 - 999^2$ est divisible par 5.

> Voir la définition du I.1.

b. Démontrer que pour tous réels a et b :

$$a^4 - b^4 = (a-b)(a+b)(a^2+b^2).$$

c. En déduire que $\underbrace{100\ldots004^4}_{100\text{ zéros}} - \underbrace{99\ldots999^4}_{101\text{ chiffres }9}$ est divisible par 5.

2. À l'aide de congruences, répondre aux questions **1.a.** et **1.c.**

11 CONGRUENCES ET PUISSANCES ★ | 10 min | ▸ P. 490

1. Déterminer le reste de 2^6 dans la division euclidienne par 9.

2. En déduire que pour tout $q \in \mathbb{N}$, $2^{6q} \equiv 1[9]$.

3. Soit $n \in \mathbb{N}$.

a. Soit r le reste de la division euclidienne de n par 6. Montrer que :

$$2^n \equiv 2^r[9].$$

b. En déduire le reste de la division euclidienne de 2^{2021} par 9.

> Cet exercice décrit un procédé classique pour simplifier une congruence avec des puissances (voir les exercices 13 et 22).

12 DIVISIBILITÉ

★★ | 10 min | ▸ P. 490

Résoudre dans $\mathbb{N}$ l'équation : $x^2 - 5xy = 66$.

> En arithmétique, il faut penser à factoriser afin de ramener le problème à une recherche de diviseurs : le nombre de possibilités étant limitées, il suffit alors de toutes les examiner.

13 QCM CONGRUENCES

★★★ | 30 min | ▸ P. 491

Pour chaque question, une ou plusieurs réponses sont correctes.
Cocher la ou les réponses correspondantes.

1. x étant un entier relatif, on considère l'équation $x^2 \equiv 0$ (modulo 12).
a. La solution est $x \equiv 0$ (modulo 12).
b. Il y a une infinité d'entiers solutions.
c. $S = \{6k,\ k \in \mathbb{Z}\}$.
d. Toutes les solutions sont des entiers pairs.

2. On considère l'équation $x^2 - x + 4 \equiv 0$ (modulo 6), où $x \in \mathbb{Z}$.
a. Toutes les solutions sont des entiers pairs.
b. Il n'y a aucune solution.
c. Les solutions vérifient $x \equiv 2$ (modulo 6).
d. Les solutions vérifient $x \equiv 2$ (modulo 6) ou $x \equiv 5$ (modulo 6).

3. Soient deux entiers relatifs n et p vérifiant les relations :

$$np \equiv 6 \text{ (modulo 10) et } p \equiv 2 \text{ (modulo 5)}.$$

Alors :
a. $np \equiv 3$ (modulo 5)
b. $n \equiv 3$ (modulo 10)
c. $n \equiv 3$ (modulo 5)
d. $n \equiv 3$ (modulo 2)

4. Soient les nombres $n = 1\ 789$ et $p = 1\ 789^{2\ 007}$.
Alors :
a. $n \equiv 4$ (modulo 17) et $p \equiv 16$ (modulo 17)
b. p est un nombre premier.
c. $p \equiv -4$ (modulo 17)
d. $p \equiv 4$ (modulo 17)

> Voir l'exercice 11 pour simplifier p.

14 ÉQUATION DIOPHANTIENNE

★★ | 25 min | ▸ P. 492

a. Déterminer, suivant les valeurs de l'entier y, le reste de la division euclidienne de $4y^2$ par 5.
b. Déterminer, suivant les valeurs de l'entier x, le reste de la division euclidienne de x^4 par 5.
c. En déduire que l'équation $x^4 + 4y^2 = 2\ 023$ n'a pas de solution entière.

15 « LA PREUVE PAR 9 »

★★ | 15 min | ▸ P. 492

On rappelle que tout entier naturel n peut s'écrire de manière unique :

$$n = a_p \times 10^p + a_{p-1} \times 10^{p-1} + \ldots + a_2 \times 100 + a_1 \times 10 + a_0,$$

avec $p \in \mathbb{N}$, a_0, $a_1, \ldots a_p \in \{0 ; 1 ; \ldots ; 9\}$: c'est l'écriture décimale de n.

Denis effectue à la main la division euclidienne de :

$$a = 123\,456\,789\,012\,345\,678\,901 \text{ par } b = 7\,654\,321.$$

Il affirme que le quotient q et le reste r valent $q = 16\,129\,032\,086\,888$ et $r = 246\,163$.

Sandrine lui prouve qu'il s'est trompé en utilisant « sa bonne vieille preuve par 9 » :

– la somme des chiffres de a vaut 91 ; $9+1=10$; $1+0=1$.
– la somme des chiffres de b vaut 28 ; $2+8=10$; $1+0=1$.
– la somme des chiffres de q vaut 62 ; $6+2=8$.
– la somme des chiffres de r vaut 22 ; $2+2=4$.
– Enfin : $1 \times 8 + 4 = 12$, $1+2=3$, et $1 \neq 3$.

Elle conclut : « Ton résultat est donc faux ».

a. Justifier cette méthode à l'aide de congruences.

b. Cette « preuve par 9 » permet-elle de détecter toutes les erreurs ? Justifier la réponse.

16 NOMBRE DE DIVISEURS D'UN ENTIER

★★ | 20 min | ▸ P. 493

1. a. Soit q et r deux entiers naturels.
Déterminer le nombre de diviseurs positifs de $2^q \times 5^r$.

b. En déduire le nombre de zéros du nombre 1 250 … 0 pour qu'il ait 130 diviseurs positifs.

2. Soit $n \in \mathbb{N}$, $n > 1$.
On note $n = p_1^{\alpha_1} \times p_2^{\alpha_2} \times \ldots \times p_r^{\alpha_r}$ sa décomposition en facteurs premiers.
Soit d un diviseur quelconque de n.
Exprimer d en fonction de $p_1, p_2, \ldots, p_r$.

3. Déterminer le nombre de diviseurs positifs de n.

17 DÉMONSTRATION DU THÉORÈME DE GAUSS

★★★ | 30 min | ▸ P. 493

1. a. Soit a et b deux entiers naturels non nuls, $\alpha \in \mathbb{N}^*$, p un nombre premier tels que p^α divise le produit $a \times b$.
Démontrer que si p ne divise pas a, alors p^α divise b.

b. Application
Soit n et q deux entiers naturels non nuls.
Démontrer que $\sqrt{n}$ est irrationnel, c'est-à-dire que $\sqrt{n}$ ne peut pas s'écrire comme quotient de deux entiers sauf si n est le carré d'un entier naturel.

2. Soit $a \in \mathbb{N}^*$, $b \in \mathbb{N}^*$, $c \in \mathbb{N}^*$.
Démontrer que si c divise $a \times b$ et si PGCD $(c ; a) = 1$, alors c divise b.

18 CODAGE ASCII ET CODAGE AFFINE ★★ | 35 min | ▸ P. 494

Partie A. Le code ASCII

En informatique, le code ASCII consiste à associer à chaque caractère (lettre de l'alphabet, chiffre, signe de ponctuation, ...) un code numérique entier, compris entre 0 et 255, que l'on appelle son code ASCII.

Les codes représentant les lettres de l'alphabet en majuscules vont de 65 à 90, l'alphabet en minuscules, de 97 à 122, ou par exemple le code de l'espace est 32.

1. a. Donner une formule reliant C, le code ASCII d'une lettre majuscule, et sa place N dans l'alphabet, en considérant que $N = 0$ pour la lettre A.

b. À quelle lettre correspond le code ASCII 82 ?

2. Pour crypter un message, on peut effectuer le codage affine suivant : pour chaque lettre, on calcule sa position N dans l'alphabet, puis on détermine le reste modulo 26 du produit $7 \times N$. Ce reste r correspond à une lettre majuscule qu'on transmettra en guise de message codé.

a. Déterminer le reste correspondant à la lettre A, puis à la lettre S.
Quel code sera transmis pour le mot AS ?

b. Déterminer l'inverse de 7 modulo 26, c'est-à-dire l'entier i tel que :

$$7i \equiv 1\ [26] \text{ avec } 0 \leqslant i < 26.$$

c. En déduire que :

$$7N \equiv r\ [26] \Leftrightarrow 15r \equiv N\ [26].$$

d. Décrire le procédé de décodage, puis décoder le message WE.

> Décoder consiste à retrouver la valeur de N.

Partie B. Codage affine en Python

1. Compléter la fonction de chiffrage ci-contre qui retourne le message codé correspondant au mot initial qu'on lui donnerait en entrée :

```
def crypt(M):
    mot_codé = [ ]
    for i in range (len(M)):
        ...
    return mot_codé
```

> Il y a plusieurs opérations de codage. D'une part la transformation d'une lettre en son code ASCII (et inversement après codage), d'autre part l'obtention de N puis de r. On utilise le code ASCII pour éviter une opération fastidieuse : créer une liste contenant toutes les lettres de l'alphabet, et leur associer leur position N dans la liste.

Syntaxe Python

M est le mot initial ; M[i] désigne la lettre située à la i^e position dans le mot ; ord("A") renvoie le code ASCII de la lettre majuscule A ; chr(65) renvoie le caractère A ; les mots sont des listes de caractères dont la place est numérotée à partir de 0 ; len(M) est une fonction qui renvoie la longueur du message M.

2. Utiliser ce programme pour coder le mot DIVISIBILITE.

Le message DIVISIBILITE devra être mis entre guillemets car c'est une chaîne de caractères.

Partie C. Décodage affine en Python

1. Créer une fonction decrypt() qui retrouve le mot initial à partir du mot codé.
2. Décoder le mot REODUEPC.

PRÉPARER UN CONTRÔLE

19 NOMBRES DE MERSENNE

★★★ | 15 min | ▸ P. 495

a. Soit $a \in \mathbb{R}$, $n \in \mathbb{N}^*$. Montrer que :

$$a^n - 1 = (a-1) \times \left(a^{n-1} + \ldots + a + 1\right).$$

b. Soit n et a deux entiers naturels supérieurs ou égaux à 2.
Démontrer que si $a^n - 1$ est premier, alors $a = 2$ et n est premier.

c. On appelle nombre de Mersenne, tout nombre de la forme $2^p - 1$ avec p premier, on le note M_p.
Les nombres M_2, M_3, M_5, M_7, M_{11} sont-ils premiers ?

20 CODAGE AFFINE

★★ | 50 min | ▸ P. 496

Partie A. Restitution de connaissances

1. Énoncer les théorèmes de Bézout et de Gauss.
2. Démontrer le théorème de Gauss en utilisant le théorème de Bézout.

Partie B. Codage de l'alphabet

On assimile chaque lettre de l'alphabet à un nombre entier comme l'indique le tableau ci-dessous :

A	B	C	D	E	F	G	H	I	J	K	L	M
0	1	2	3	4	5	6	7	8	9	10	11	12

N	O	P	Q	R	S	T	U	V	W	X	Y	Z
13	14	15	16	17	18	19	20	21	22	23	24	25

On « code » tout nombre entier x compris entre 0 et 25 de la façon suivante :

Étape 1 : on choisit deux entiers naturels p et q compris entre 0 et 25.

Étape 2 : à la lettre que l'on veut coder, on associe l'entier x correspondant dans le tableau ci-dessus.

Étape 3 : on calcule l'entier x' défini par les relations :

$$x' \equiv px + q \; [26] \text{ et } 0 \leqslant x' \leqslant 25.$$

Étape 4 : à l'entier x', on associe la lettre correspondante dans le tableau.

1. Dans cette question, on choisit $p = 9$ et $q = 2$.

a. Démontrer que la lettre V est codée par la lettre J.

b. Citer le théorème qui permet d'affirmer l'existence de deux entiers relatifs u et v tels que : $9u + 26v = 1$.

Donner sans justifier un couple $(u\ ;\ v)$ qui convient.

c. Démontrer que $x' \equiv 9x + 2\ [26]$ équivaut *à* $x \equiv 3x' + 20\ [26]$.

> Lorsqu'on multiplie une congruence, c'est une simple implication car on ne peut pas diviser. Il faudra faire le raisonnement dans les deux sens.

d. Décoder la lettre R.

2. Dans cette question, on choisit $q = 2$ et p est inconnu. On sait que J est codé par D. Déterminer la valeur de p (on admettra que p est unique).

3. Dans cette question, on choisit $p = 13$ et $q = 2$.

Coder les lettres B et D.

Que peut-on dire de ce codage ?

21 APPLICATIONS DU THÉORÈME DE BÉZOUT AUX CONGRUENCES

★★ | 35 min | ▸ P. 497

Soit $a \in \mathbb{Z}^*$, $b \in \mathbb{Z}$, $n \in \mathbb{N}^*$.

a. Démontrer la propriété suivante : « Il existe un entier relatif x tel que $ax \equiv b$ (modulo n) si, et seulement si, PGCD $(a\ ;\ n)$ divise b. »

> Se ramener à une équation diophantienne de coefficients *a*, *n* et *b*.

b. Déterminer l'ensemble des entiers relatifs x vérifiant :

$10x \equiv 4$ (modulo 24) en résolvant une équation diophantienne.

> Voir la @Méthode 3.

22 DIVISIBILITÉ PAR 7

★★★ | 60 min | ▸ P. 498

Dans tout l'exercice, n désigne un entier naturel non nul.

Partie A.

1. a. Pour $0 \leqslant n \leqslant 6$, calculer les restes de la division euclidienne de 3^n par 7.

b. Démontrer que, pour tout n, $3^{n+6} - 3^n$ est divisible par 7.

En déduire que 3^n et 3^{n+6} ont le même reste dans la division par 7.

c. À l'aide des résultats précédents, calculer le reste de la division euclidienne de $3^{1\,000}$ par 7.

> On pourra s'aider de la démarche de l'exercice 11.

d. De manière générale, comment peut-on calculer le reste de la division euclidienne de 3^n par 7, pour n quelconque ?

e. En déduire que, pour tout entier naturel n, 3^n n'est pas divisible par 7.

2. Soit $U_n = 1+3+3^2+\ldots+3^{n-1} = \sum_{i=0}^{n-1} 3^i$ où n est un entier supérieur ou égal à 2.

a. Montrer que si U_n est divisible par 7, alors $3^n - 1$ est divisible par 7.

b. Réciproquement, montrer que si $3^n - 1$ est divisible par 7, alors U_n est divisible par 7.

c. En déduire les valeurs de n telles que U_n soit divisible par 7.

Partie B.

1. Déterminer, suivant les valeurs de l'entier naturel n, le reste de la division par 7 de 10^{2n}.

2. Vérifier que le nombre 787 878 est divisible par 7 à l'aide du résultat du 1..

3. Démontrer que si n est divisible par 3, tout entier $\overline{bcbc\ldots bc}$, avec $0 \leqslant b \leqslant 9$ et $0 \leqslant c \leqslant 9$, $\overline{bc}$ étant répété n fois, est divisible par 7.

ALLER PLUS LOIN

23 THÉORÈME DE GAUSS ET CLÉ DE CONTRÔLE

★★★ | 40 min | ▸ P. 500

Le code EAN 13, utilisé dans la fabrication des codes barres, comporte douze chiffres (entiers compris entre 0 et 9), a_1, a_2, … , a_{12}, suivis d'une clé c obtenue comme suit. On calcule :

$\alpha = a_1 + a_3 + a_5 + a_7 + a_9 + a_{11}$; $\beta = a_2 + a_4 + a_6 + a_8 + a_{10} + a_{12}$; $e = \alpha + 3\beta$.

La clé c est alors donnée par $c = 10 - r$, où r est le reste de la division euclidienne de e par 10.

Partie A. Exemples

a. Calculer la clé du code commençant par 314 588 904 974.

b. Déterminer l'ensemble des chiffres a tels que le code 270 4a5 853 301 2 soit un code EAN 13.

Partie B. Détection d'erreur

On imprime un code barre correspondant au code a_1, a_2, …, a_{11}, a_{12}, c.

1. Vérifier que c est la clé du code barre si, et seulement si, $c \in \{0 ; 1 ; \ldots ; 9\}$, et $c + e \equiv 0$ (modulo 10).

2. On suppose qu'au cours de l'impression, un et un seul des chiffres a_i a été modifié par erreur en $a_i' \neq a_i (1 \leqslant i \leqslant 12)$.

a. Calculer pour cette série de douze chiffres les nombres α', β' et e' en fonction de α, β, e, a_i et a_i'.

On traitera d'abord le cas où i est impair, puis le cas où i est pair.

b. En déduire que la clé c ne correspond pas à la série de chiffres obtenus.

3. On suppose cette fois qu'au cours de l'impression, deux chiffres consécutifs distincts a_i et a_{i+1} ont été inversés par erreur $(1 \leqslant i \leqslant 11)$.

a. Calculer pour cette série de douze chiffres les nombres α', β' et e' en fonction de α, β, e, a_i et a_{i+1}.

On traitera d'abord le cas où i est impair, puis le cas où i est pair.

b. En déduire que la clé c ne correspond pas à la série de chiffres obtenus, sauf dans un cas à préciser.

c. En déduire un code que l'on peut imprimer à la place du code 711 492 133 480 9 sans que l'erreur ne soit détectée.

24 MAJORATIONS DU *N*-IÈME NOMBRE PREMIER

★★★ | 30 min | ▸ P. 501

Pour $n \in \mathbb{N}^*$, on note p_n le n-ième nombre premier (par exemple $p_1 = 2$, $p_2 = 3$, $p_3 = 5$ ...).

1. Soit n un entier supérieur ou égal à 2.

Démontrer que :

$$p_n \leqslant \left(p_1 \times p_2 \times \ldots \times p_{n-1}\right) + 1 .$$

On pourra raisonner par l'absurde.

2. a. En déduire que pour tout entier $n \geqslant 2$,

$$p_n \leqslant \left(p_{n-1}\right)^{n-1} + 1.$$

b. Démontrer par récurrence que, pour tout $n \in \mathbb{N}^*$, $p_n \leqslant 2^{2^{n-1}}$.

25 CAS PARTICULIER DU THÉORÈME DE DIRICHLET

★★★ | 30 min | ▸ P. 502

Le but de cet exercice est de démontrer qu'il existe une infinité de nombres premiers de la forme $6k + 5$.

On va raisonner par l'absurde : on suppose qu'il existe un nombre fini de nombres premiers de la forme $6k + 5$ et on note p le plus grand d'entre eux.

1. a. Démontrer que le produit de nombres de la forme $6k + 1$ est de la forme $6k + 1$.

b. Démontrer que tout nombre premier différent de 2 et de 3 est de la forme $6k + 1$ ou de la forme $6k + 5$.

2. Soit $N = (2 \times 3 \times 5 \times \ldots \times p) - 1$.

a. Montrer qu'il existe un nombre premier de la forme $6k + 5$ qui divise N.

b. Conclure.

26 NOMBRES DE FERMAT

★★★★ | 45 min | ▸ P. 502

1. a. On rappelle que pour tous nombres complexes z et a, et pour tout $n \in \mathbb{N}^*$, on a :

$$z^n - a^n = (z-a)\left(z^{n-1} + az^{n-2} + \ldots + a^{n-2}z + a^{n-1}\right).$$

Démontrer que, pour tout $x \in \mathbb{R}$, pour tout entier naturel impair n :

$$(1+x)\left(1 - x + \ \ldots \ - x^{n-2} + x^{n-1}\right) = 1 + x^n.$$

> Si le chapitre arithmétique est traité avant le chapitre complexes, il faut savoir qu'un nombre réel appartient à l'ensemble des complexes.
> On peut aussi démontrer cette formule en remarquant que la suite $\left((-x)^n\right)_{n\in\mathbb{Z}}$ est géométrique de raison $-x$ et utiliser la formule de la somme.

b. Soit $n \in \mathbb{N}$.
Démontrer que si $2^n + 1$ est premier, alors $n = 2^q$ avec $q \in \mathbb{N}$.

> On démontrera la contraposée, c'est-à-dire que si n n'est pas une puissance de 2 (n s'écrit alors $n = rs$ avec n une puissance de 2, et s impair strictement supérieur à 1), alors $2^n + 1$ n'est pas premier.

On appelle nombre de Fermat, les nombres F_n de la forme $F_n = 2^{2^n} + 1$ pour tout $n \in \mathbb{N}$.

2. Démontrer que pour tout $x \in \mathbb{R} \setminus \{-1\}$, $k \in \mathbb{N}^*$:

$$-1 + x - x^2 + x^3 - \ \ldots \ + x^{2^k - 1} = \frac{x^{2^k} - 1}{x+1}.$$

3. Démontrer que $\dfrac{F_{n+k} - 2}{F_n}$ est un entier naturel.

4. En déduire que pour tout $n \in \mathbb{N}$, $k \in \mathbb{N}^*$, PGCD $\left(F_{n+k} \,;\, F_n\right) = 1$.

5. En déduire qu'il existe une infinité de nombres premiers.

27 CODAGE PAR CHIFFREMENT RSA

★★ | 45 min | ▸ P. 504

Partie A. Propriété sur laquelle repose le codage/décodage

Soit p et q deux nombres premiers et m un entier premier avec p et q.

1. Sachant que $m^{p-1} \equiv 1$ (modulo p) et que $m^{q-1} \equiv 1$ (modulo q) (petit théorème de Fermat), montrer que :

$$m^{(p-1)(q-1)} \equiv 1 \ (\text{modulo } pq).$$

2. Soit e un entier premier avec $(p-1)(q-1)$.
Démontrer qu'il existe un entier d tel que :

$$d \times e \equiv 1 \ \left(\text{modulo } (p-1)(q-1)\right).$$

3. Démontrer que $\left(m^e\right)^d \equiv m$ (modulo pq).

Partie B. Mise en œuvre

Le code RSA repose sur le fait qu'il est très difficile de décomposer un entier en facteurs premiers lorsqu'il est grand (plusieurs centaines de chiffres).

En effet, il faut tenter d'effectuer de nombreuses divisions, donc le temps de calcul est trop long.

Antoine veut envoyer un message codé à Christophe que lui seul pourra lire : Christophe choisit deux nombres premiers p et q, et un entier e premier avec $(p-1)(q-1)$.

Il rend public les nombres $n = p \times q$ et e.

- Antoine, qui a codé son message alphabétique en un équivalent numérique m, envoie à Christophe le nombre c égal au reste de la division de m^e par n.
- Christophe décode le message en déterminant d tel que :

$$d \times e \equiv 1 \left(\text{modulo } (p-1)(q-1)\right).$$

(Lui seul peut le faire car il est le seul à connaître p et q).

Christophe rend public les nombres $n = 1\,037$, $e = 7$.

Antoine veut lui envoyer le message « RDV A UNE HEURE ».

Il commence par numéroter chaque lettre : A correspond à 00, B à 01, … , Z à 25 et code le nombre obtenu par blocs de 3 chiffres.

1. Déterminer le message codé que reçoit Christophe.
2. Christophe veut décoder le message reçu $(p = 17 \text{ et } q = 61)$.

a. À l'aide de l'algorithme d'Euclide, déterminer d tel que :

$$d \times e \equiv 1 \left(\text{modulo } (p-1)(q-1)\right).$$

b. Retrouver le message envoyé par Antoine.

CORRIGÉS

1 DÉCOMPOSITION EN FACTEURS PREMIERS

a. $\sqrt{37} \approx 6{,}1$ à 10^{-1} près et 2, 3 et 5 ne divisent pas 37.
37 est donc premier.
De même, **67 est premier** car il n'est pas divisible par 2, 3, 5 ni 7.
$\sqrt{167} \approx 12{,}9$ à 10^{-1} près et 2, 3, 5, 7, 11 ne divisent pas 167 donc **167 est premier.**

b. Pour 2004 : 2004 est pair, donc $2004 = 2 \times 1002 = 2 \times 2 \times 501$;
$5+0+1=6$ et 6 est un multiple de 3, donc 501 est un multiple de 3 :
$2004 = 2 \times 2 \times 3 \times 167$;
167 est premier, donc **la décomposition de 2004 en facteurs premiers est : $\mathbf{2^2 \times 3 \times 167}$.**
De même, on montre que :
$\mathbf{4\,200 = 2^3 \times 3 \times 5^2 \times 7}$, $\mathbf{13\,325 = 5^2 \times 13 \times 41}$, $\mathbf{212\,625 = 3^5 \times 5^3 \times 7}$.

2 DIVISIBILITÉ EN FONCTION DE N

1. 23 est un nombre premier, il a 4 diviseurs : -23 ; -1 ; 1 ; 23.
Alors $4n+3$ est nécessairement l'une de ces valeurs.

$4n+3=-23 \Leftrightarrow 4n=-26 \Leftrightarrow n=-\dfrac{13}{2}$: c'est impossible car $n \in \mathbb{Z}$.

$4n+3=-1 \Leftrightarrow 4n=-4 \Leftrightarrow n=-1$;

$4n+3=1 \Leftrightarrow 4n=-2$: impossible avec $n \in \mathbb{Z}$;

$4n+3=23 \Leftrightarrow 4n=20 \Leftrightarrow n=5$.

Il y a deux solutions : $\mathbf{S=\{-1\,;5\}}$.

2. a. Soit $n \in \mathbb{Z}$.

$$2(n-3)+7=2n-6+7\text{, donc } \mathbf{2n+1=2(n-3)+7}.$$

b. D'après **a.**, on cherche l'ensemble des entiers relatifs n tels que $n-3$ divise $2(n-3)+7$.
Or on sait que $n-3$ divise $2(n-3)$, donc $n-3$ divise $2(n-3)+7$ si, et seulement si, $n-3$ divise la combinaison linéaire $(2(n-3)+7)-2(n-3)=7$.
Les diviseurs de 7 sont 1, -1, 7 et -7.
Donc $n-3$ divise $2(n-3)+7$ si, et seulement si, $n-3=1$ ou $n-3=-1$ ou $n-3=7$ ou $n-3=-7$.
Donc si, et seulement si, $n=4$, ou $n=2$, ou $n=10$, ou $n=-4$.
L'ensemble des entiers relatifs n tels que $n-3$ divise $2n+1$ est :

$$\mathbf{\{-4\,;2\,;4\,;10\}}.$$

3 DIVISION EUCLIDIENNE

a. On effectue la division euclidienne de 121 par 17 :

$$121=17\times 7+2\text{, et on vérifie que } 0 \leqslant 2 < 17.$$

Donc $\mathbf{q=7}$ **et** $\mathbf{r=2}$.

$$-121=-(17\times 7+2)=17\times(-7)-2.$$

Problème : $r=-2$ est impossible car le reste est positif dans la division euclidienne. Alors on doit diminuer le quotient d'une unité afin d'augmenter le reste : $-121=17\times(-8)+15$.
On vérifie alors que $0\leqslant 15<17$. Donc $\boldsymbol{q=-8}$ **et** $\boldsymbol{r=15}$.

b. 39 ne peut pas être le reste de la division de a par 27 car 27 < 39.
Il faut augmenter le quotient de 1 unité.
$a=27b+39=27(b+1)+12$.
On a bien $b+1\in\mathbb{Z}$ et $0\leqslant 12<27$.
Donc **le reste de la division euclidienne de *a* par 27 est 12.**

c. ▸ La division euclidienne de 250 par b s'écrit :
Il existe un unique $q\in\mathbb{N}$ tel que : $250=bq+7\Leftrightarrow 243=bq$, avec de plus la condition : $0\leqslant 7<b$.
On en déduit que b est un diviseur positif de 243 supérieur à 7.
Les diviseurs de 243 sont : 1 ; 3 ; 9 ; 27 ; 81 ; 243 donc $b\in\{9\ ;27\ ;81\ ;243\}$.

▸ De plus, la division euclidienne de 500 par b s'écrit :
Il existe un unique $q'\in\mathbb{N}$ tel que : $500=bq'+5\Leftrightarrow 495=bq'$, avec $5<b$.

▸ Or, 495 est divisible par 9 mais 27, 81 et 243 ne divisent pas 495 donc **la seule possibilité est $\boldsymbol{b=9}$.**

4 PGCD

a. ▸ Le premier algorithme utilise une liste.
Supposons que $a<b$: k va de 0 à $a-1$, donc i va de 1 à a.
L'algorithme teste pour tout i si a est divisible par i (auquel cas le reste $a\%i$ vaut 0). Lorsque la réponse est oui, il teste si b est également divisible par i.
Si la réponse est oui, i est ajouté à la fin de la liste.
Autrement dit, cet algorithme dresse la liste des diviseurs communs à a et à b. Ensuite, il affiche le plus grand de ces diviseurs communs car c'est le dernier élément de la liste.

L'inconvénient de cette méthode est le temps de calcul important pour des grands nombres.

▸ La deuxième fonction repose sur l'algorithme d'Euclide car elle calcule le reste de la division de a par b ($a\%b$). Tant que ce reste n'est pas nul, elle remplace a par b et b par le reste obtenu et calcule à nouveau la division.
À la fin de la boucle, $r=0$ et le PGCD est le dernier reste non nul, qui a pris la place de b.

b. Avec $a=49\,360$ et $b=38\,254$ (pour avoir $a>b$), on effectue les divisions euclidiennes successives dans l'algorithme d'Euclide jusqu'à obtenir un reste nul. Le PGCD de $38\,254$ et $49\,360$ sera l'avant-dernier reste de ces divisions :

$49\,360=38\,254\times 1+11\,106.$
$38\,254=11\,106\times 3+4\,936.$
$11\,106=4\,936\times 2+1\,234.$
$4\,936=1\,234\times 4+0.$

Ainsi, **PGCD (38 254 ; 49 360) = 1 234.**

5 CONGRUENCES

a. Tout entier x est congru modulo 4 à 0, 1, 2 ou 3.
Dressons le tableau des restes modulo 4 de $7x+2$ en fonction de x.

x (modulo 4)	0	1	2	3
$7x + 2$ (modulo 4)	2	1	0	3

$7x+2 \equiv 1$ (modulo 4) si, et seulement si, $x \equiv 1\ [4]$, soit $S = \{1+4k,\ k \in \mathbb{Z}\}$.

b. $3 \mid n^2+2n+2 \Leftrightarrow n^2+2n+2 \equiv 0\ [3]$.
Tout entier n est congru modulo 3 à 0, 1 ou 2.
Dressons le tableau des restes modulo 3 de n^2+2n+2 en fonction de n.

n (modulo 3)	0	1	2
$n^2 + 2n + 2$ (modulo 3)	2	1	0

On en conclut que $n^2 + 2n + 2$ n'est jamais divisible par 3 : **S = ∅**.

c. $a \equiv 2\,[5] \Rightarrow a^2 \equiv 2^2 \equiv 4\,[5]$.
Donc $a \equiv 2\,[5]$ et $b \equiv 1\,[5] \Rightarrow 2a^2 - 3b \equiv 8 - 3 \equiv 5 \equiv 0\ [5]$.
On en déduit que **$2a^2 - 3b$ est divisible par 5.**

C'est un raisonnement par implications, et non par équivalences, car on ne peut pas diviser des congruences, ni prendre des racines carrées, donc l'implication réciproque peut être fausse.

6 ÉQUATION DIOPHANTIENNE

a. On applique l'algorithme d'Euclide :
$187 = 1 \times 133 + 54$
$133 = 2 \times 54 + 25$
$54 = 2 \times 25 + 4$
$25 = 6 \times 4 + 1$
$4 = 4 \times 1 + 0$.
Le dernier reste non nul étant 1, on en déduit que **PGCD (187 ; 133) = 1.**

b. PGCD $(187\,;133) = 1$, donc d'après le théorème de Bézout (1), il existe $(u\ ;\ v) \in \mathbb{Z}^2$ tel que $187u + 133v = 1$.

$$187u + 133v = 1 \Leftrightarrow u = \frac{1-133v}{187}.$$

À l'aide du tableau de valeurs de la calculatrice, on trouve que **$v = 45$, $u = -32$ conviennent.**

c. Soit $(u\,;v)$ une solution quelconque de cette équation :

$$187u + 133v = 1 \text{ et } 187 \times (-32) + 133 \times 45 = 1.$$

Par soustraction membre à membre de ces deux équations :

$$187(u+32) + 133(v-45) = 0 \Leftrightarrow 187(u+32) = -133(v-45) \quad (E'').$$

Donc 187 divise $133(v-45)$.
Or 187 et 133 sont premiers entre eux, donc d'après le théorème de Gauss, 187 divise $(v-45)$.
Donc il existe un entier relatif k tel que :

$$v - 45 = 187k \Leftrightarrow v = 45 + 187k.$$

En remplaçant dans (E″), on obtient :
$187 \times (u + 32) = -133 \times 187k \Leftrightarrow u + 32 = -133k \Leftrightarrow u = -133k - 32$.
Vérification : soit $k \in \mathbb{Z}$, alors :
$187 \times (-133k - 32) + 133 \times (45 + 187k) = -24\,871k - 5\,984 + 5\,985 + 24\,871k = 1$
Conclusion : **Les solutions de $187u + 133v = 1$ sont les couples :**

$$\mathbf{(-133k - 32\,;\,45 + 187k) \text{ avec } k \in \mathbb{Z}.}$$

d. Si on pose $m = -4 \times (-32) = 128$ et $n = -4 \times 45 = -180$, alors :
$187m + 133n = 187 \times 128 - 133 \times 180 = 23\,936 - 23\,940 = -4$.
Donc **$m = 128$ et $n = -180$ conviennent.**

7 THÉORÈME DU COURS

a. $(6n + 10) - 3 \times (2n + 3) = 1$, donc **$u = 1$ et $v = -3$, qui sont bien des entiers relatifs, conviennent.**

b. Pour tout $n \in \mathbb{Z}$, $6n + 10$ et $2n + 3$ sont des entiers naturels, et il existe $(u\,;\,v) \in \mathbb{Z}^2$ tel que $(6n + 10)u + (2n + 3)v = 1$.
D'après le théorème de Bézout, on en déduit que **$6n + 10$ et $2n + 3$ sont premiers entre eux.**

8 QCM

a. Par exemple, si $n = 252$ alors $252 = 36 \times 7$ et $252 = 21 \times 12$, donc 252 est divisible par 36 et 21, mais pas par 756.
L'affirmation est fausse.

C'est un contre-exemple au théorème de Gauss si *a* et *b* ne sont pas premiers entre eux.

b. Pour prouver que cette proposition est fausse, il suffit de trouver un contre-exemple.
Si $a = 2$ et $b = 3$, alors $\text{PGCD}(a\,;\,b) = 1$, donc il existe, d'après le théorème de Bézout, deux entiers u et v tels que $au + bv = 1$.
Par exemple, $2 \times (-1) + 3 \times 1 = 1$.
En posant $u' = 2u$ et $v' = 2v$, alors $au' + bv' = 2au + 2bv = 2 \times 1 = 2$, mais $\text{PGCD}(a\,;\,b) = 1$.
La proposition est bien fausse.

c. p est un nombre premier divisant ab. Si p divise a, alors l'affirmation est vraie, sinon p et a sont premiers entre eux. Alors d'après le théorème de Gauss, comme p divise ab, p doit diviser b.
L'affirmation est vraie.

d. D'après le théorème de Bézout, ces entiers m et n existent si, et seulement si, m et n sont premiers entre eux. Or :
$312 = 143 \times 2 + 26$
$143 = 26 \times 5 + 13$
$26 = 2 \times 13 + 0$
donc PGCD $(312\,;\,143) = 13$, donc 312 et 143 ne sont pas premiers entre eux.
L'affirmation est fausse.

e. $x \equiv y[6]$ équivaut à : il existe $k \in \mathbb{Z}$ tel que $x - y = 6k$;
$x \equiv y[5]$ équivaut à : il existe $k' \in \mathbb{Z}$ tel que $x - y = 5k'$, d'où $6k = 5k'$.
Or, d'après le théorème de Gauss, comme 5 divise $6k$, et 5 et 6 sont premiers entre eux, on en déduit que 5 divise k, donc il existe k'' tel que $k = 5k''$.
D'où $x - y = 30k''$ ce qui implique $x \equiv y[30]$.
Réciproquement, si $x \equiv y\,[30]$, alors il existe $k \in \mathbb{Z}$ tel que :

$$x - y = 30k = 6 \times 5k = 5 \times 6k,$$

donc :
$x \equiv y[6]$ et $x \equiv y\,[5]$.
L'affirmation est vraie.

Cette équivalence est vraie car 5 et 6 sont premiers entre eux, donc le théorème de Gauss s'applique. C'est faux sinon.

9 ÉQUATION AVEC PGCD

Dans un premier temps, pour simplifier nos calculs, nous supposerons $a \leqslant b$.
$\text{PGCD}\,(a\,;b) = 6$, donc 6 divise a et b et on peut poser :
$a = 6a'$ et $b = 6b'$ avec $(a'\,;b') \in \mathbb{N}^* \times \mathbb{N}^*$, et $a' \leqslant b'$.
On a alors :

$$\text{PGCD}\,(a\,;b) = \text{PGCD}\,(6 \times a'\,; 6 \times b') = 6 \times \text{PGCD}\,(a'\,;b') = 6,$$

donc $\text{PGCD}\,(a'\,;b') = 1$.

De plus, $ab = 6a' \times 6b' = 36a'b'$, d'où $a'b' = \dfrac{216}{36} = 6$.

On cherche donc $(a'\,;b') \in \mathbb{N}^*$, $a' \leqslant b$, tels que $\begin{cases} a'b' = 6 \\ \text{PGCD}(a'\,;b') = 1 \end{cases}$

Or $6 = 2 \times 3$, avec 2 et 3 des nombres premiers,
donc $a'b' = 6$ implique $a' = 1$, $b' = 6$ ou $a' = 2$, $b' = 3$.
Ainsi, $a = 6$, $b = 6 \times 6 = 36$, ou $a = 12$, $b = 18$.

Vérification :

- Si $a = 6$, $b = 36$: $ab = 6 \times 36 = 216$ et :
$\text{PGCD}\,(a\,;b) = \text{PGCD}\,(6\,;36) = 6$ car 6 divise 36.
Donc $a = 6$, $b = 36$ conviennent.
- Si $a = 12$, $b = 18$: $ab = 12 \times 18 = 216$ et :
$\text{PGCD}\,(a\,;b) = \text{PGCD}\,(6 \times 2\,; 6 \times 3) = 6$ car $\text{PGCD}\,(2\,;3) = 1$.
Donc $a = 12$, $b = 18$ conviennent.

Par symétrie, si on suppose désormais $a \geqslant b$, on trouve :

$$a = 36,\ b = 6,\ \text{ou}\ a = 18,\ b = 12.$$

L'ensemble des couples d'entiers $(a\,;b) \in \mathbb{N}^* \times \mathbb{N}^*$ tels que :

$\begin{cases} ab = 216 \\ \text{PGCD}(a\,;b) = 6 \end{cases}$ **est donc $\{(6\,;36), (12\,;18), (18\,;12), (36\,;6)\}$.**

10 DÉFINITION DE LA DIVISIBILITÉ

1. a. On factorise cette différence de deux carrés :

$$1\,004^2 - 999^2 = (1\,004 - 999)(1\,004 + 999) = 5 \times 2\,003.$$

Donc **$1\,004^2 - 999^2$ est bien divisible par 5.**

b. Il suffit de remarquer que :

$$(a-b)(a+b)(a^2+b^2)=(a^2-b^2)(a^2+b^2)=\left((a^2)^2-(b^2)^2\right)=a^4-b^4.$$

D'où $a^4-b^4=(a-b)(a+b)(a^2+b^2)$.

c. En utilisant la formule du **b.** :

$$100\ldots004^4-99\ldots999^4$$
$$=(100\ldots004-99\ldots999)(100\ldots004+99\ldots999)(100\ldots004^2+99\ldots999^2)$$
$$=5\times 200\ldots003\times(100\ldots004^2+99\ldots999^2)$$

Ainsi $100\ldots004^4-99\ldots999^4=5k$, avec $k\in\mathbb{N}$,

donc $100\ldots004^4-99\ldots999^4$ est divisible par 5.

2. $1004\equiv 4\ [5]$ donc $1004^2\equiv 4^2\equiv 1\ [5]$

et $999\equiv 4\ [5]$ donc $999^2\equiv 4^2\equiv 1\ [5]$.

On en déduit que $1004^2-999^2\equiv 1-1\equiv 0\ [5]$ et donc **$1\,004^2-999^2$ est divisible par 5.**

De même : $100\ldots004^4\equiv 4^4\equiv 1^2\equiv 1\ [5]$

Et $999\ldots999^4\equiv 4^4\equiv 1\ [5]$ donc $100\ldots004^4-99\ldots999^4\equiv 0\ [5]$.

$100\ldots004^4-99\ldots999^4$ est divisible par 5.

11 CONGRUENCES ET PUISSANCES

1. $2^6=64$ et $64=9\times 7+1$ donc **2^6 a pour reste 1 dans la division euclidienne par 9.**

2. On en déduit que : $2^6\equiv 1\ [9]$.

Or pour tout $q\in\mathbb{N}$, $2^{6q}=(2^6)^q$, donc **$2^{6q}\equiv 1^q\equiv 1\ [9]$.**

3. a. Soit $n\in\mathbb{N}$.

Soit r le reste et q le quotient dans la division euclidienne de n par 6 :

$n=6q+r$, avec $0\leqslant r<6$ et $q\in\mathbb{N}$.

Alors $2^n=2^{6q+r}=2^{6q}\times 2^r$.

Or $2^{6q}\equiv 1\ [9]$ d'après **2**.

Donc $2^n\equiv 1\times 2^r\ [9]$, soit **$2^n\equiv 2^r\ [9]$.**

b. $2021=9\times 224+5$ donc $2^{2021}\equiv 2^5\ [9]$.

$2^5=32=9\times 3+5$ donc $2^{2021}\equiv 5[9]$.

Le reste de 2^{2021} dans la division euclidienne par 9 est 5.

12 DIVISIBILITÉ

$x^2-5xy=66\Leftrightarrow x(x-5y)=66$.

De plus, $y\in\mathbb{N}$ donc $y\geqslant 0$, ce qui implique que $x\geqslant x-5y$.

Recherchons les produits d'entiers naturels égaux à 66 :

$66\times 1\,;33\times 2\,;22\times 3\,;11\times 6$ sont les seuls produits où le premier facteur est supérieur au second.

On a donc :

$$\begin{cases}x=66\\x-5y=1\end{cases}\text{ ou }\begin{cases}x=33\\x-5y=2\end{cases}\text{ ou }\begin{cases}x=22\\x-5y=3\end{cases}\text{ ou }\begin{cases}x=11\\x-5y=6\end{cases}$$

Ce qui équivaut successivement à :

$$\begin{cases}x=66\\66-5y=1\end{cases}\text{ ou }\begin{cases}x=33\\33-5y=2\end{cases}\text{ ou }\begin{cases}x=22\\22-5y=3\end{cases}\text{ ou }\begin{cases}x=11\\11-5y=6\end{cases}\ ;$$

$\begin{cases} x = 66 \\ 66 - 1 = 5y \end{cases}$ ou $\begin{cases} x = 33 \\ 33 - 2 = 5y \end{cases}$ ou $\begin{cases} x = 22 \\ 22 - 3 = 5y \end{cases}$ ou $\begin{cases} x = 11 \\ 11 - 6 = 5y \end{cases}$;

$\begin{cases} x = 66 \\ y = \dfrac{65}{5} = 13 \end{cases}$ ou $\begin{cases} x = 33 \\ y = \dfrac{31}{5} \end{cases}$ ou $\begin{cases} x = 22 \\ y = \dfrac{19}{5} \end{cases}$ ou $\begin{cases} x = 11 \\ y = \dfrac{5}{5} = 1 \end{cases}$

y étant un entier, **l'équation a deux solutions : S = $\{(66\,;13);(11\,;1)\}$.**

13 QCM CONGRUENCES

1. Dressons un tableau des restes modulo 12 :

x	0	1	2	3	4	5	6	7	8	9	10	11
x^2	0	1	4	9	4	1	0	1	4	9	4	1

D'après ce tableau, la proposition **a.** est fausse, car il y a d'autres solutions.
Les solutions sont $x \equiv 0$ (modulo 12) ou $x \equiv 6$ (modulo 12), ce qu'on peut aussi écrire $x = 12k$ ou $x = 6 + 12k$, $k \in \mathbb{Z}$, ou encore $x = 6k$, $k \in \mathbb{Z}$, ce qui représente une infinité d'entiers solution.
Les propositions b. et c. sont donc vraies.
De plus, tous ces entiers sont pairs, donc **la proposition d. est vraie également.**

La réciproque de la proposition **d.** est fausse, par contre.

2. **La proposition a. est fausse** car -1 est solution de cette équation et -1 est impair.
Le **b.** par conséquent également.
Et comme -1 est solution de l'équation, l'affirmation **c.** est fausse, car il y a des solutions x non congrues à 2 (modulo 6).
La seule bonne réponse est la d. (puisqu'il y en a au moins une).

Autre méthode : résoudre l'équation par un tableau des restes.

3. Prenons comme contre-exemple $n = 3$ et $p = 2$.
Alors on a bien $np \equiv 6$ (modulo 10) et $p \equiv 2$ (modulo 5).
Cet exemple contredit la proposition **a.** car $6 \equiv 1$ (modulo 5). Donc on élimine cette proposition.
Si on prend $n = 8$ et $p = 2$, les conditions sont vérifiées également, et cet exemple contredit la proposition **b.** car $8 \equiv 8$ (modulo 10).
Cet exemple contredit également la proposition **d.** car $n \equiv 3$ (modulo 2) équivaut à n impair, ce qui n'est pas le cas avec 8.
La seule proposition valable est donc la c.

Autre méthode :
Remarquer que si $p \equiv 2$ (modulo 5), alors $p \equiv 2$ (modulo 10) ou $p \equiv 7$ (modulo 10), puis distinguer ces deux cas en dressant à chaque fois le tableau des restes modulo 10 correspondants.

4. On peut déjà éliminer le **b.** : p est le produit de 2 007 entiers (premiers) différents de 1 (tous égaux à 1 789), donc p n'est pas premier.
$1\,789 = 17 \times 105 + 4$, donc $n \equiv 4$ (modulo 17).
Testons les premières puissances de 4 :
$4^1 \equiv 4$ (modulo 17) ; $4^2 \equiv 16$ (modulo 17) ; $4^3 \equiv 13$ (modulo 17) ;
$4^4 \equiv 1$ (modulo 17).
Or $2\,007 = 4 \times 501 + 3$, donc :
$1\,789^{2\,007} \equiv 4^{2\,007} \equiv (4^4)^{501} \times 4^3 \equiv 1^{501} \times 13 \equiv 13 \equiv -4$ (modulo 17).
La seule bonne réponse est donc la c.

14 ÉQUATION DIOPHANTIENNE

a. Tout entier naturel étant congru modulo 5 à un unique entier de l'ensemble $\{0 ; 1 ; 2 ; 3 ; 4\}$, on dresse le tableau des restes modulo 5 :

y (modulo 5)	0	1	2	3	4
$4y^2$ (modulo 5)	0	4	1	1	4

- Si $y = 5k,\ k \in \mathbb{Z}$, le reste est **0.**
- Si $y = 5k + 1$, ou $y = 5k + 4,\ k \in \mathbb{Z}$, le reste est **4.**
- Si $y = 5k + 2$, ou $y = 5k + 3,\ k \in \mathbb{Z}$, le reste est **1.**

b. On dresse de même le tableau des puissances quatrièmes modulo 5 :

x (modulo 5)	0	1	2	3	4
x^4 (modulo 5)	0	1	1	1	1

- Si $x = 5k,\ k \in \mathbb{Z}$, le reste est **0.**
- Si $x = 5k + 1$, ou $x = 5k + 2$, ou $x = 5k + 3,\ x = 5k + 4,\ k \in \mathbb{Z}$, le reste est **1.**

c. $x^4 + 4y^2 = 2\,023$, donne (modulo 5) : $x^4 + 4y^2 \equiv 3$ (modulo 5).
Cependant, d'après les deux tableaux précédents, les valeurs possibles pour $x^4 + 4y^2$ (modulo 5) sont 0 (0 + 0 ou 4 + 1), 1 (0 + 1 ou 1 + 0), 2 (1 + 1) ou 4 (4 + 0).
On déduit que **l'équation $x^4 + 4y^2 = 2\,023$ n'a pas de solution entière.**

15 « LA PREUVE PAR 9 »

a. On commence par justifier le fait que tout nombre entier naturel est congru modulo 9 à la somme de ses chiffres (dans le système décimal).
Soit $n \in \mathbb{N}$. n peut s'écrire de manière unique :
$n = a_p \times 10^p + a_{p-1} \times 10^{p-1} + \ldots + a_1 \times 10 + a_0$, avec $p \in \mathbb{N}$,
$a_0,\ a_1,\ \ldots,\ a_p \in \{0 ; 1 ; \ldots ; 9\}$.
Or, $10 \equiv 1\ [9]$, donc, pour tout $k \in \mathbb{N}$, $10^k \equiv 1\ [9]$.
Ainsi $n \equiv a_p + a_{p-1} + \ldots + a_0\ [9]$.
Appliquant ceci à l'entier a, on obtient $a \equiv 91\ [9]$.
Or, $91 = 9 \times 10 + 1$, donc $91 \equiv 10 \equiv 1\ [9]$.
On en déduit $a \equiv 1\ [9]$.
De même : $b \equiv 1\ [9]$, $q \equiv 8\ [9]$, et $r \equiv 4\ [9]$.
Or, si la division euclidienne est exacte, on doit avoir par définition $a = bq + r$ donc : $a \equiv bq + r\ [9]$.
Comme le résultat obtenu par Denis donne $bq + r \equiv 3\ [9]$, alors que $a \equiv 1\ [9]$, on en déduit que **ce résultat est faux.**

b. La division euclidienne de $a = 20$ par $b = 8$ ne donne pas $q = 1$ et $r = 3$ (car $8 \times 1 + 3 = 11$), mais on a bien $8 \times 1 + 3 \equiv 2\ [9]$, et $a \equiv 2\ [9]$.
Cet exemple prouve que **cette « preuve par 9 » ne détecte pas toutes les erreurs.**

16 NOMBRE DE DIVISEURS D'UN ENTIER

1. a. Soit d un diviseur positif de $2^q \times 5^r$. Il existe $k \in \mathbb{N}$ tel que $2^q \times 5^r = d \times k$. Par unicité de la décomposition en facteurs premiers, on doit retrouver les facteurs premiers 2 et 5 (et uniquement eux) dans la décomposition de d et de k, c'est-à-dire $d = 2^{q'} \times 5^{r'}$ où $0 \leqslant q' \leqslant q$ et $0 \leqslant r' \leqslant r$.
Il y a donc $q+1$ possibilités pour q' et $r+1$ possibilités pour r', et donc $(q+1)(r+1)$ possibilités pour d.
Le nombre de diviseurs positifs de $2^q \times 5^r$ est $(q+1)(r+1)$.

b. $1\,250\ldots0 = 125 \times 10^n$ avec n le nombre de zéros de $1\,250\ldots0$.
Donc $1\,250\ldots0 = 5^3 \times 5^n \times 2^n = 5^{n+3} \times 2^n$: il a $(n+4)\times(n+1)$ diviseurs.
$(n+4)(n+1) = 130 \Leftrightarrow n^2 + 5n - 126 = 0$.
Il y a deux racines, dont une seule est positive, $n = 9$.
Le nombre cherché est donc 125 000 000 000.

2. Si p est un nombre premier divisant d, alors p divise aussi n, donc les nombres premiers apparaissant dans la décomposition en facteurs premiers de d apparaissent aussi dans celle de n.
Donc $d = p_1^{\beta_1} \times p_2^{\beta_2} \times \ldots \times p_r^{\beta_r}$ où β_1, β_2, …; β_r sont des entiers naturels éventuellement nuls et tels que $\beta_i \leqslant \alpha_i$ pour tout $1 \leqslant i \leqslant r$ (car $p_i^{\beta_i}$ divise d et donc n).

3. Il s'agit de dénombrer toutes les combinaisons possibles de facteurs premiers.
On sait qu'un diviseur s'écrit $d = p_1^{\beta_1} \times p_2^{\beta_2} \times \ldots \times p_r^{\beta_r}$ et on a $(\alpha_1 + 1)$ possibilités pour β_1 : de 0 à α_1 ; (α_2+1) possibilités pour β_2, de 0 à α_2 ; …, (α_r+1) possibilités pour β_r, de 0 à α_r ; ce qui fait en tout **$(\alpha_1+1)(\alpha_2+1)\ldots(\alpha_r+1)$ diviseurs positifs.**

17 DÉMONSTRATION DU THÉORÈME DE GAUSS

1. a. Si $a = 1$, alors c'est évident.
Si $a \neq 1$ ($b > 1$ par hypothèse, sinon p ne peut diviser $a \times b$), p^α divise $a \times b$ et p est premier, donc par unicité de la décomposition en facteurs premiers, p^α apparaît dans la décomposition en facteurs premiers de $a \times b$; mais, puisque a n'est pas divisible par p, alors p n'apparaît pas dans la décomposition en facteurs premiers de a, donc p^α apparaît uniquement dans la décomposition en facteurs premiers de b ; finalement **p^α divise b.**

b. Supposons que $\sqrt{n}$ soit rationnel. Il existe alors $(a\,;b) \in \mathbb{N} \times \mathbb{N}^*$ tel que PGCD $(a\,;b) = 1$ et $\sqrt{n} = \dfrac{a}{b}$, donc $n \times b^2 = a^2$.

- Si $a = 1$, alors, comme n et b sont des entiers naturels, $n = b = 1$.
- Si $a \neq 1$, et si on note $p_1^{\alpha_1} p_2^{\alpha_2} \ldots p_r^{\alpha_r}$ la décomposition en facteurs premiers de a (p_1, …, p_r étant des nombres premiers deux à deux distincts et $\alpha_1, \ldots, \alpha_r$ des entiers naturels non nuls), alors $p_1^{2\alpha_1} p_2^{2\alpha_2} \ldots p_r^{2\alpha_r}$ est celle de a^2 (par unicité de la décomposition en facteurs premiers).

Or PGCD $(a\,;b) = 1$, donc, pour tout $i \in \{1, 2, \ldots, r\}$, p_i ne divise pas b, donc $p_i^{2\alpha_i}$ divise n, donc a^2 divise n ; ainsi, $b = 1$ et $n = a^2$.

Réciproquement, si n est le carré d'un entier, il est évident que $\sqrt{n}$ est un entier. Donc $\sqrt{n}$ **est rationnel si, et seulement si,** n **est le carré d'un entier.**

2. **Méthode 1**

À l'aide de la décomposition en facteurs premiers d'entiers, la démonstration, étant identique à celle de la question 1. en raisonnant sur les facteurs premiers de c, est laissée au lecteur.

Méthode 2

Puisque $\text{PGCD}(c\ ;\ a) = 1$ alors $b \times \text{PGCD}(c\ ;\ a) = b$

c'est-à-dire $\text{PGCD}(b \times c\ ;\ b \times a) = b$.

Or c divise $b \times c$ et $b \times a$, donc c divise $\text{PGCD}(b \times c\ ;\ b \times a) = b$.

Donc, si c divise $a \times b$ et si $\text{PGCD}(c\ ;\ a) = 1$, alors c divise b.

Le théorème de Gauss peut aussi être démontré à l'aide du théorème de Bézout.

18 CODAGE ASCII ET CODAGE AFFINE

Partie A. Le code ASCII

1. a. $\boldsymbol{C = N + 65}$.

b. $C = N + 65 \Leftrightarrow N = C - 65$, donc si N est la place de la lettre dont le code ASCII est 82, $N = 82 - 67 = 17$.

Il s'agit donc de la 18e lettre de l'Alphabet : R.

2. a. Pour la lettre A, $N = 0$, donc $7 \times N = 0 = 26 \times 0 + 0$.

Donc $\boldsymbol{r = 0}$, ce qui correspond au A.

Pour la lettre S, $N = 18$, donc $7 \times 18 = 126 = 26 \times 4 + 22$.

Donc $\boldsymbol{r = 22}$, ce qui correspond au W.

Le code transmis est donc AW.

b. On recherche un entier i tel que $7i \equiv 1\ [26]$ avec $0 \leqslant i < 26$.

$7i \equiv 1\ [26] \Rightarrow$ il existe un entier k tel que $7i = 26k + 1 \Leftrightarrow k = \dfrac{7i - 1}{26}$.

On peut utiliser un tableau de valeurs à la calculatrice pour x allant de 0 à 25 et chercher un résultat entier pour $y = \dfrac{7x - 1}{26}$.

L'inverse de 7 modulo 26 est 15.

c. $7N \equiv r\ [26] \Rightarrow 15 \times 7N \equiv 15r\ [26]$

or : $7 \times 15 \equiv 1\ [26]$ donc : $7N \equiv r\ [26] \Rightarrow 1N \equiv 15r\ [26] \Rightarrow 15r \equiv N\ [26]$.

Réciproquement : $15r \equiv N\ [26] \Rightarrow 7 \times 15r \equiv 7N\ [26] \Rightarrow 1r \equiv 7N\ [26]$.

Ainsi : $\boldsymbol{7N \equiv r\ [26] \Leftrightarrow 15r \equiv N\ [26]}$.

Cette démonstration ne peut se faire par équivalences successives car on ne peut pas diviser $15 \times 7N \equiv 15r\ [26]$ par 15.
En effet $15 \times 7N \equiv 15r\ [26] \Leftrightarrow 15 \times 7N = 15r + 26k$ avec k un entier.

d. Le message codé est constitué des lettres correspondant aux entiers r.

Il faut donc donner l'entier r correspondant à la lettre codée ; trouver le reste de la division euclidienne de 15r par 26, ce qui est l'entier N, qui nous donne la position de la lettre initiale du message dans l'alphabet.

W correspond à $r = 22$;
$15 \times 22 = 330 = 26 \times 12 + 18$ donc $N = 18$: W code la lettre S (ce qui coïncide avec la question **a.**)
E correspond à $r = 4$;
$15 \times 4 = 60 = 26 \times 2 + 8$ donc $N = 8$: E code la lettre I.
Le message initial était SI.

Partie B. Codage affine en Python

1. ord(M[i]) nous donne le code ASCII de la lettre en position i dans le mot, donc $\text{ord}(\text{M}[\text{i}]) - 65$ donne la valeur de N.
Ensuite, il faut coder N en cherchant le reste de la division euclidienne par 26 de 7×N : $(7 \times N)\%26$. C'est r.
Enfin, on revient au code ASCII en ajoutant 65 puis en donnant le caractère correspondant : $chr(r + 65)$
Ce qui donne :

```
def crypt(M):
  mot_codé = [ ]
  for i in range (len(M)):
    mot_codé.append(chr(((ord(M[i])-65)*7)%26+65))
  return mot_codé
```

2. On obtient le code VEREWEHEZEDC en calculant crypt(«DIVISIBILITE»).

La faiblesse de ce type de codage vient du fait que la lettre I, ici répétée 5 fois dans le mot à coder, est toujours codée par la même lettre, ici E. Une méthode basée sur l'analyse des fréquences des lettres permet de casser ce code très facilement.

Partie C. Décodage affine en Python

1. Ici, on va calculer le reste modulo 26 de $15 \times r$, où r désigne la position dans l'alphabet du code à décoder.
On obtient donc :

```
def decrypt(M):
  mot_initial = [ ]
  for i in range (len(M)):
    mot_initial.append(chr(((ord(M[i])-65)*15)%26+65))
  return mot_initial
```

2. Le mot décodé est VICTOIRE.

19 NOMBRES DE MERSENNE

a. Si $a = 1$, l'égalité est évidente.
Si $a \neq 1$, la suite $\left(a^k\right)_{k \in \mathbb{N}}$ étant géométrique de raison a,

$$1 + a + a^2 + \ldots + a^{n-1} = \frac{1 - a^n}{1 - a} = \frac{a^n - 1}{a - 1}, \text{ d'où :}$$

$$a^n - 1 = (a - 1)\left(a^{n-1} + \ldots + a + 1\right).$$

b. Soit $a \in \mathbb{N}$, $a \geqslant 2$ et $n \in \mathbb{N}$, $n \geqslant 2$. On a $a-1 \geqslant 1$. Or :
$a^n - 1 = (a-1)\left(a^{n-1} + \ldots + a^2 + a + 1\right)$ et $1 + a + a^2 + \ldots + a^{n-1} > 1$.
Donc si $a^n - 1$ est premier, $a - 1 = 1$, donc $a = 2$.
Si n n'est pas premier, $n = pq$, avec $p \in \mathbb{N}^*$, $q \in \mathbb{N}^*$ et :

$$2^{pq} - 1 = \left(2^p\right)^q - 1 = \left(2^p - 1\right)\left[\left(2^p\right)^{q-1} + \ldots + 2^p + 1\right].$$

Puisque $p > 1$ et $q > 1$, alors $2^p - 1 > 1$ et $\left(2^p\right)^{q-1} + \ldots + 2^p + 1 > 1$; donc $2^n - 1$ n'est pas premier.
Donc, **si $a^n - 1$ est premier, alors $a = 2$ et n est premier.**

c. **$M_2 = 3$, $M_3 = 7$, $M_5 = 31$, $M_7 = 127$ sont premiers, $M_{11} = 2\,047 = 23 \times 89$ est composé.**

• Les nombres de Mersenne participent à la recherche des nombres premiers : le plus récent et le plus grand des nombres premiers connus (en 2018) est $M_{82\,589\,933}$ (plus de 24 millions de chiffres).
• On retrouve les nombres de Mersenne dans les nombres parfaits pairs.

20 CODAGE AFFINE

Partie A.

1. Voir le cours I.3.

2. Démonstration : on se place dans les hypothèses du théorème de Gauss.
PGCD $(a\ ;b) = 1$ si, et seulement si, d'après le théorème de Bézout, il existe deux entiers u et v tels que $au + bv = 1$, donc en multipliant membre à membre par c, $acu + bcv = c$.
Or, a divise bc si, et seulement si, il existe un entier k tel que $bc = ka$, donc l'égalité obtenue devient $acu + kav = c$, c'est-à-dire $c = a(cu + ky)$, donc a divise c.

Partie B.

1. a. Étape 2 : V est associé à $x = 21$.
Étape 3 : $x' \equiv 9 \times 21 + 2 \equiv 191 \equiv 26 \times 7 + 9 \equiv 9\ [26]$.
Étape 4 : $x' = 9$ est associé à J.
Donc **V est codée par J.**

b. Examinons leur décomposition en facteurs premiers : $9 = 3^2$ et $26 = 2 \times 13$; ainsi, 9 et 26 n'ont pas de diviseur commun à part 1, donc 9 et 26 sont premiers entre eux. Le théorème de Bézout permet alors d'affirmer qu'il existe deux entiers relatifs u et v tels que : $9u + 26v = 1$.

À la calculatrice, le tableau de valeurs de $u = \dfrac{1 - 26v}{9}$ nous permet de trouver le couple $(-23\ ;8)$.

Il y a d'autres possibilités, comme par exemple $(3\ ;-1)$.

c. Supposons que $x' \equiv 9x + 2\ [26]$, alors : $3x' \equiv 27x + 6\ [26]$;
De plus, $27 \equiv 1\ [26]$, donc $3x' + 20 \equiv 1x + 26 \equiv x\ [26]$.
Réciproquement : si $x \equiv 3x' + 20\ [26]$, alors $9x \equiv 27x' + 180\ [26]$
et $180 = 26 \times 6 + 24$ donc $9x + 2 \equiv x' + 24 + 2 \equiv x'\ [26]$.
Conclusion : **$x' \equiv 9x + 2\ [26]$ équivaut à $x \equiv 3x' + 20\ [26]$.**

d. R est associé à $x' = 17$.
$x \equiv 3x' + 20\ [26] \Rightarrow x \equiv 3 \times 17 + 20 \equiv 71 \equiv 19\ [26]$.
$x = 19$ est associé à T.
Donc **R était le code correspondant à la lettre T.**

2. J est associé à $x = 9$ et D est associé à $x' = 3$.
$x' \equiv px + q\ [26]$ donne : $3 \equiv p \times 9 + 2\ [26] \Leftrightarrow 9p \equiv 1\ [26]$
D'après le 1.b., on sait que : $9 \times (-23) + 26 \times 8 = 1$
donc : $9 \times (-23) \equiv 1\ [26]$.
Or : p est compris entre 0 et 25, donc -23 ne convient pas.
Cependant, $-23 \equiv 3\ [26]$; vérifions que $p = 3$ fonctionne :
$9 \times 3 \equiv 27 \equiv 1\ [26]$ donc **la valeur de p cherchée est 3.**

3. Pour B :
$x = 1$ donc $x' \equiv 13 \times 1 + 2 \equiv 15\ [26]$ d'où : **B est codé par P.**
Pour D :
$x = 3$ donc $x' \equiv 13 \times 3 + 2 \equiv 41 \equiv 15\ [26]$ d'où : **D est codé par P.**
Ce codage est inutilisable car il est impossible à décoder s'il y a plusieurs solutions.

21 APPLICATIONS DU THÉORÈME DE BÉZOUT AUX CONGRUENCES

a. « Il existe $x \in \mathbb{Z}$ tel que $ax \equiv b$ (modulo n) » équivaut successivement à :
- Il existe $x \in \mathbb{Z}$, il existe $k \in \mathbb{Z}$ tels que $ax - b = kn$.
- Il existe $x \in \mathbb{Z}$, il existe $k \in \mathbb{Z}$ tels que $ax - kn = b$.
- Il existe $(x\,;k) \in \mathbb{Z} \times \mathbb{Z}$ tel que $(x\,;-k)$ soit solution de l'équation diophantienne du premier degré $au + nv = b$.

Soit $d = \text{PGCD}(a\,;n)$, alors il existe deux entiers a' et n' tels que :

$$a = d \times a',\ n = d \times n' \text{ et } \text{PGCD}(a'\,;n') = 1.$$

Alors : $au + nv = b \Leftrightarrow da'u + dn'v = b \Leftrightarrow d(a'u + n'v) = b$.
Or, d'après le théorème de Bézout, $\text{PGCD}(a';n') = 1$ si, et seulement si, il existe deux entiers u et v tels que $a'u + n'v = 1$.
Donc : s'il existe $(x\,;k) \in \mathbb{Z} \times \mathbb{Z}$ tel que $(x\,;-k)$ soit solution de l'équation diophantienne du premier degré $au + nv = b$, alors $\text{PGCD}(a\,;n)$ divise b, et **réciproquement**, si $d \mid b$, alors $a'u + n'v = \dfrac{b}{n} = b'$ où $b' \in \mathbb{Z}$ et le Théorème de Bézout nous assure de l'existence d'un couple solution.
Conclusion : **« Il existe $x \in \mathbb{Z}$ tel que $ax \equiv b$ (modulo n) » si, et seulement si, PGCD $(a\,;n)$ divise b.**

b. PGCD $(10\,;24) = 2$, donc il existe une solution $x \in \mathbb{Z}$ tel que $10x \equiv 4$ (modulo 24) d'après 1. Alors pour $x \in \mathbb{Z}$:
$10x \equiv 4$ (modulo 24) $\Leftrightarrow$ il existe $k \in \mathbb{Z}$ tel que $10x - 24k = 4$
$\Leftrightarrow$ il existe tel $k \in \mathbb{Z}$ que $5x - 12k = 2$
$\Leftrightarrow$ il existe $k \in \mathbb{Z}$ tel que $(x\,;k)$ soit solution de l'équation $5p - 12q = 2$.
On résout l'équation diophantienne $5p - 12q = 2$ (1) :
$5 \times 10 - 12 \times 4 = 50 - 48 = 2$ donc une solution particulière est $(10\,;4)$.
Soustrayons ces deux égalités membre à membre :
$5(p - 10) - 12(q - 4) = 0 \Leftrightarrow 5(p - 10) = 12(q - 4)$ (E") .
Donc 5 divise $12(q - 4)$.

Or 5 et 12 sont premiers entre eux, donc d'après le théorème de Gauss, 5 divise $(q-4)$.
Donc il existe un entier relatif k tel que :

$$q-4=5k \Leftrightarrow q=5k+4.$$

En remplaçant dans (E″), on obtient :
$5(p-10)=12\times 5k \Leftrightarrow p-10=12k \Leftrightarrow p=12k+10.$
Les solutions de $5p-12q=2$ sont donc de la forme :

$$(12k+10\ ;5k+4) \text{ avec } k\in\mathbb{Z}.$$

Vérification : soit $k\in\mathbb{Z}$, alors :

$$5(12k+10)-12(5k+4)=60k+50-60k-48=2.$$

Conclusion : Les solutions de $5p-12q=2$ sont les couples :

$$(12k+10\ ;5k+4) \text{ avec } k\in\mathbb{Z}.$$

L'ensemble des entiers x vérifiant $10x\equiv 4$ (modulo 24) est donc :

$$\{\mathbf{12}k+\mathbf{10}, k\in\mathbb{Z}\}.$$

On peut également résoudre une telle congruence à l'aide d'un tableau des restes, même si modulo 24, ce tableau est un peu long à faire.

22 DIVISIBILITÉ PAR 7

Partie A.

1. a. On peut mettre le résultat des restes modulo 7 des premières puissances successives de 3 dans un tableau :

Puissances de 3	3^0	3^1	3^2	3^3	3^4	3^5	3^6
Restes modulo 7	1	3	2	6	4	5	1

b. $3^{n+6}-3^n=3^n\times(3^6-1)$.
Or d'après **a.**, $3^6\equiv 1\ [7]$, donc $3^{n+6}-3^n\equiv 0\ [7]$.
Ainsi, $3^{n+6}-3^n$ est divisible par 7.
$3^{n+6}-3^n\equiv 0\ [7]\Leftrightarrow 3^{n+6}\equiv 3^n\ [7]$, donc **$3^{n+6}$ et 3^n ont le même reste dans leur division euclidienne par 7.**

c. $1\,000=6\times 166+4$, donc $3^{1\,000}=(3^6)^{166}\times 3^4$.
D'après **1. a.**, $3^6\equiv 1\ [7]$ et $3^4\equiv 4\ [7]$,
donc $3^{1\,000}\equiv 1^{166}\times 4\equiv 4\ [7]$.
Puisque $0\leqslant 4<7$, **le reste de la division euclidienne de 3^n par 7 est 4.**

d. Soit $n\in\mathbb{N}$.
On appelle q le quotient et r le reste de la division euclidienne de n par 6.
$n=6q+r$ d'où $3^n\equiv(3^6)^q\times 3^r\equiv 1^q\times 3^r\equiv 3^r[7]$.
Donc **le reste de la division euclidienne de 3^n par 7 est celui de 3^r par 7, où r est le reste de la division euclidienne de n par 6.**

e. Puisque $0\leqslant r<6$, le reste de la division euclidienne de 3^n par 7 est d'après la question **1.a.** : 1, 2, 3, 4, 5 ou 6.
Ainsi, 3^n n'est jamais divisible par 7.

2. a. Soit $n\geqslant 1$,

$U_n=\dfrac{1-3^n}{1-3}=\dfrac{1-3^n}{-2}=\dfrac{3^n-1}{2}$ (somme des termes de la suite géométrique de

premier terme 1 et de raison 3).
Comme 7 divise l'entier U_n, il existe $q \in \mathbb{N}$ tel que $U_n = 7q$.
Alors $3^n - 1 = 7 \times (2q)$, donc 7 divise bien $3^n - 1$.
Donc, si U_n est divisible par 7, alors $3^n - 1$ est divisible par 7.
b. D'après la question précédente, $2U_n = 3^n - 1$, donc 7 divise $2U_n$.
De plus, 7 divise $7U_n$, d'où 7 divise $7U_n - 3 \times 2U_n = U_n$, donc **7 divise U_n.**

On peut aussi utiliser le théorème de Gauss.

c. D'après les deux questions précédentes, U_n est divisible par 7 si, et seulement si, $3^n - 1$ est divisible par 7.
D'après la question 1., 7 divise $3^n - 1$ si, et seulement si, $n \equiv 0$ (modulo 6).
Donc **U_n est divisible par 7 si, et seulement si, n est divisible par 6.**

Partie B.

1. $10 \equiv 3\ [7]$ et $10^6 \equiv 1\ [7]$ car $1\,000\,000 = 7 \times 142\,857 + 1$.
Soit q le quotient et r le reste de la division euclidienne de n par 3, $0 \leqslant r < 3$.

$$10^{2n} = 10^{6q+2r} = \left(10^6\right)^q \times 10^{2r}.$$

Donc $10^{2n} \equiv 10^{2r} \equiv 3^{2r} \equiv 9^r \equiv 2^r [7]$.
– Si $r = 0$, donc **si $n \equiv 0\ [3]$, alors $10^{2n} \equiv 1\ [7]$; le reste vaut 1 ;**
– Si $r = 1$, donc **si $n \equiv 1\ [3]$, alors $10^{2n} \equiv 2\ [7]$; le reste vaut 2 ;**
– Si $r = 2$, donc **si $n \equiv 2\ [3]$, alors $10^{2n} \equiv 4\ [7]$; le reste vaut 4.**

2. $$787\,878 = 78 \times 10^4 + 78 \times 10^2 + 78 \times 10^0 = 78 \times \left(10^4 + 10^2 + 1\right).$$
Or, d'après la question précédente, $10^4 \equiv 4\ [7]$ et $10^2 \equiv 2\ [7]$.
Donc $10^4 + 10^2 + 10^0 \equiv 0\ [7]$.
Donc 7 divise $78 \times \left(10^4 + 10^2 + 1\right)$ et **787 878 est bien divisible par 7.**

3. On suppose que n est divisible par 3.
Soit b et c deux entiers vérifiant $0 \leqslant b \leqslant 9$ et $0 \leqslant c \leqslant 9$.
Alors :
$\overline{bcbcbc\ldots bc} = \overline{bc} \times 10^{2(n-1)} + \overline{bc} \times 10^{2(n-2)} + \ldots + \overline{bc} \times 10^2 + \overline{bc} \times 1$ car $\overline{bc}$ est répété n fois (le nombre d'entiers compris entre 0 et n est $n+1$).
Ainsi,
$$\overline{bcbcbc\ldots bc} = \overline{bc} \times \left(10^{2n-2} + 10^{2n-4} + \ldots + 10^2 + 1\right) = \overline{bc} \times \left[\left(10^2\right)^{n-1} + \left(10^2\right)^{n-2} + \ldots + \left(10^2\right)^1 + 1\right] = \overline{bc} \times \frac{10^{2n} - 1}{10^2 - 1}.$$
En effet, $\left[\left(10^2\right)^{n-1} + \left(10^2\right)^{n-2} + \ldots + \left(10^2\right)^1 + 1\right]$ est la somme des n premiers termes de la suite géométrique de premier terme 1, de raison 10^2.
Or $\dfrac{10^{2n} - 1}{10^2 - 1} = \dfrac{10^{2n} - 1}{99}$, donc $99 \times \overline{bcbc\ldots bc} = \overline{bc} \times \left(10^{2n} - 1\right)$
De plus, d'après la question 1., $10^{2n} - 1$ est divisible par 7 car $n \equiv 0\ [3]$.
On en déduit que 7 divise $99 \times \overline{bcbc\ldots bc}$ mais 7 et 99 sont premiers entre eux, donc d'après le théorème de Gauss, 7 divise $\overline{bcbc\ldots bc}$.
Donc, si n est divisible par 3, quels que soient les entiers b et c vérifiant $0 \leqslant b \leqslant 9$ et $0 \leqslant c \leqslant 0$, le nombre qui s'écrit $\overline{bcbcbc\ldots bc}$ dans le système décimal, est divisible par 7.

23 THÉOREME DE GAUSS ET CLÉ DE CONTRÔLE

Partie A. Exemples

a. Pour le code commençant par 314588904974 :
$\alpha = 3+4+8+9+4+7 = 35$; $\beta = 1+5+8+0+9+4 = 27$;
$e = \alpha + 3\beta = 116$.
Or $116 = 10 \times 11 + 6$ avec $0 \leqslant 6 < 10$, donc $r = 6$.
On en déduit que $c = 10 - 6$, soit $\boldsymbol{c = 4}$.

b. Pour le numéro $2704a58533012$:
$\alpha = 2+0+a+8+3+0 = 13+a$; $\beta = 7+4+5+5+3+1 = 25$.
Alors $e = \alpha + 3\beta = a + 88$.
Par ailleurs, $c = 2 = 10 - r$, donc $r = 8$.
On en déduit que le numéro est un code EAN 13 si, et seulement si, le reste de la division euclidienne de $a + 88$ par 10 est 8, avec $a \in \{0\ ; 1\ ; ...\ ; 9\}$, soit si, et seulement si, $\boldsymbol{a = 0}$.

Partie B. Détection d'erreur

1. Par définition, le reste de la division euclidienne de e par 10 est l'unique entier $r \in \{0\ ; 1\ ; ...\ ; 9\}$ tel que $e \equiv r$ (modulo 10).
Or c est la clé si, et seulement si, $c = 10 - r$, donc si, et seulement si, $c \equiv -r$ (modulo 10). On en déduit que **c est la clé si, et seulement si,**

$$\begin{cases} c \in \{0\ ; 1\ ; \ldots\ ; 9\} \\ c + e \equiv -r + r \equiv 0 \text{ (modulo 10)} \end{cases}$$

2. a. Si i est impair, pour $k \in \{1\ ; 2\ ; \ldots\ ; 12\}$, tous les a_k sont corrects pour k pair.
Donc $\beta' = a_2 + a_4 + a_6 + a_8 + a_{10} + a_{12} = \beta$.
Seul a_i est modifié en a_i', tous les autres sont corrects pour k impair, $k \neq i$.
Alors $\alpha' = a_1 + a_3 + a_5 + a_7 + a_9 + a_{11} - a_i + a_i' = \alpha - a_i + a_i'$.
Ainsi :
$\alpha' = \alpha - a_i + a_i'$ et $\beta' = \beta$
$e' = (\alpha - a_i + a_i') + 3\beta$
$e' = e + (a_i' - a_i)$.
De même, si i est pair :
$\alpha' = \alpha$ et $\beta' = \beta - a_i + a_i'$.
$e' = \alpha' + 3\beta' = \alpha + 3(\beta - a_i + a_i') = \alpha + 3\beta + 3(a_i' - a_i)$
$e' = e + 3(a_i' - a_i)$.

b. ▸ D'après **1.**, la clé c vérifie $e + c \equiv 0$ (modulo 10).
Supposons que c soit la clé correspondant au code modifié.
On a donc aussi $e' + c \equiv 0$ (modulo 10).
▸ Si i est impair, $e' = e + (a_i' - a_i)$.
Donc $e' + c = e + c + (a_i' - a_i)$, d'où $0 \equiv (a_i' - a_i)$ (modulo 10).
Donc 10 divise $(a_i' - a_i)$, ce qui est impossible car a_i, $a_i' \in \{0\ ; 1\ ; ...\ ; 9\}$, et $a_i \neq a_i'$, donc $(a_i' - a_i) \in \{-9\ ; -8\ ; ...\ ; -1\ ; 1\ ; ...\ ; 8\ ; 9\}$.
Donc c n'est pas la clé correspondant à ce numéro.
▸ De même, si i est pair, $e' = e + 3(a_i' - a_i)$.
D'où $e' + c = e + c + 3(a_i' - a_i)$, soit $3(a_i' - a_i) \equiv 0$ (modulo 10).

Donc 10 divise $3(a_i' - a_i)$. D'après le théorème de Gauss, comme 10 et 3 sont premiers entre eux, on en déduit que 10 divise $(a_i' - a_i)$, ce qui est absurde par le même raisonnement que précédemment.
c n'est donc pas la clé correspondant à la série de chiffres obtenue.

3\. a. ▸ Si i est impair, on a inversé a_i et a_{i+1}, avec i impair, donc $i+1$ est pair.
Ainsi, $\alpha' = \alpha - a_i + a_{i+1}$ et $\beta' = \beta - a_{i+1} + a_i$

$e' = \alpha' + 3\beta'$

$e' = \alpha - (a_i - a_{i+1}) + 3(\beta + (a_i - a_{i+1}))$

$e' = \alpha + 3\beta + 2(a_i - a_{i+1})$

$e' = e + 2(a_i - a_{i+1})$.

▸ Si i est pair, $i+1$ est impair et alors :

$\alpha' = \alpha - a_{i+1} + a_i$ et $\beta' = \beta - a_i + a_{i+1}$.

$e' = \alpha + (a_i - a_{i+1}) + 3(\beta + (a_{i+1} - a_i))$

$e' = e + 2(a_{i+1} - a_i)$.

b\. Supposons que c soit la clé correspondant à la série de chiffres obtenue.
c est la clé correspondant à e, donc $c + e \equiv 0$ (modulo 10).

▸ Donc, si i est impair :
$e' = e + 2(a_i - a_{i+1})$ implique $e' + c \equiv 2(a_i - a_{i+1})$ (modulo 10).
Donc c est la clé si, et seulement si, $2(a_i - a_{i+1}) \equiv 0$ (modulo 10), soit si, et seulement si, $a_i - a_{i+1} \equiv 0$ (modulo 5) ou $a_i \equiv a_{i+1}$ (modulo 5).

▸ De même, si i est pair :
c est la clé si, et seulement si, $2(a_{i+1} - a_i) \equiv 0$ (modulo 10),
soit si, et seulement si, $a_{i+1} \equiv a_i$ (modulo 5).

Donc c n'est pas la clé de la série de chiffres, sauf si $a_{i+1} \equiv a_i$ (modulo 5).

c\. On vérifie que le code 7 119 421 334 809, obtenu par inversion de a_4 et a_5, admet bien 9 comme clé :

$$\alpha' = 7 + 1 + 4 + 1 + 3 + 8 = 24$$

$\beta' = 1 + 9 + 2 + 3 + 4 + 0 = 19$, donc $e' = 81$, $r' = 1$ et $c' = 9$.

Ce code est donc un code pouvant être imprimé à la place du code 7 114 921 334 809.

24 MAJORATIONS DU *N*-IÈME NOMBRE PREMIER

1\. L'ensemble des nombres premiers est infini, donc pour tout $n \in \mathbb{N}^*$, p_n existe.
Supposons que $p_n > p_1 \times p_2 \times \ldots \times p_{n-1} + 1$.
Alors il existe $i \in \{1, \ldots, n-1\}$ tel que p_i divise $p_1 \times p_2 \times \ldots \times p_{n-1} + 1$, sinon ce nombre serait le n^e nombre premier.
De plus p_i divise $p_1 \times p_2 \times \ldots \times p_{n-1}$,
donc p_i divise $p_1 \times p_2 \times \ldots \times p_{n-1} + 1 - p_1 \times p_2 \times \ldots \times p_{n-1} = 1$,
ce qui est absurde car p_i est premier.
Donc $p_n \leqslant p_1 \times p_2 \times \ldots \times p_{n-1} + 1$.

2\. a. Soit $n \geqslant 2$.
Pour tout $i \in \{1, \ldots, n-1\}$, $p_i \leqslant p_{n-1}$;
donc $p_1 \times p_2 \times \ldots \times p_{n-1} + 1 \leqslant (p_{n-1})^{n-1} + 1$.
Donc d'après 1., **$p_n \leqslant (p_{n-1})^{n-1} + 1$.**

b. On va montrer par récurrence que pour tout $n \in \mathbb{N}^*$, $p_n \leqslant 2^{2^{n-1}}$.
$p_1 = 2$ et $2 = 2^{2^{1-1}}$, donc la propriété est vraie au rang 1.
Supposons que la propriété soit vraie jusqu'à un certain rang $n \in \mathbb{N}^*$, montrons qu'elle est vraie au rang $n+1$.
$p_{n+1} \leqslant p_1 \times p_2 \times \ldots \times p_n + 1 \leqslant 2^{2^0} \times 2^{2^1} \times \ldots \times 2^{2^{n-1}} + 1$, soit $p_{n+1} \leqslant 2^{2^0+2^1+\ldots+2^{n-1}} + 1$.
Or $2^{2^0+2^1+\ldots+2^{n-1}} = 2^{\frac{2^n-1}{1}}$,
donc $p_{n+1} \leqslant 2^{2^n-1} + 1 \leqslant 2^{2^n-1} + 2^{2^n-1} \leqslant 2^{2^n}$:
La propriété est donc vraie au rang $n+1$.
Donc, pour tout $n \in \mathbb{N}^*$, $p_n \leqslant 2^{2^{n-1}}$.

25 CAS PARTICULIER DU THÉORÈME DE DIRICHLET

1. a. Soit $q_1, q_2, \ldots, q_r$, r entiers naturels ($r \geqslant 1$) de la forme $6k+1(k \in \mathbb{N})$, c'est-à-dire tels que pour tout $i \in \{1, 2, \ldots, r\}$: $q_i \equiv 1[6]$.
Alors $q_1 \times q_2 \times \ldots \times q_r \equiv 1 \times 1 \times \ldots \times 1$ (modulo 6).
Donc $q_1 \times q_2 \times \ldots \times q_r$ est de la forme $6k+1(k \in \mathbb{N})$.

b. Les restes de la division euclidienne d'un entier par 6 étant 0, 1, 2, 3, 4 ou 5, tout entier est de la forme $6k$, $6k+1$, $6k+2$, $6k+3$, $6k+4$, $6k+5$ avec $k \in \mathbb{N}$. Or, pour tout $k \in \mathbb{N}$, $6k$, $6k+2$ et $6k+4$ sont divisibles par 2 et $6k+3$ est divisible par 3.
Un nombre premier différent de 2 et de 3 est donc bien de la forme $6k+1$ ou $6k+5$ avec $k \in \mathbb{N}$.

2. a. Puisque $N = (2 \times 3 \times \ldots \times p) - 1$, alors $N \equiv -1 \equiv 5$ (modulo 6), donc N est de la forme $6k+5$.
N n'est pas premier (car $N > p$ et on a supposé que p était le plus grand des nombres premiers de la forme $6k+5$), **donc il existe un nombre premier q ($q < p$) de la forme $6k+5$ qui divise N** (sinon : 2 et 3 ne divisant pas N, tous les diviseurs premiers de N seraient de la forme $6k+1$, donc N aussi d'après la question **1. a.**, ce qui est impossible).

b. Puisque q divise N et $2 \times 3 \times 5 \times \ldots \times p$, alors q divise $2 \times 3 \times 5 \times \ldots \times p - N$ c'est-à-dire q divise 1, ce qui absurde.
Il existe donc une infinité de nombres premiers de la forme $6k+5$, $k \in \mathbb{N}$.

Cet exercice est un cas particulier du théorème de Dirichlet :
« Si $(a\,;b) \in (\mathbb{N}^*)^2$ et PGCD $(a\,;b) = 1$, alors il existe une infinité de nombres premiers de la forme $ak+b(k \in \mathbb{N})$ ».

26 NOMBRES DE FERMAT

1. a. Posons $z = 1$ et $a = -x$. Alors la formule donnée s'écrit :
$1^n - (-x)^n = (1-(-x))(1^{n-1} - x \times 1^{n-2} + \ldots + (-x)^{n-2} \times 1 + (-x)^{n-1})$,
n est impair, donc $n-1$ est pair, $n-2$ est impair, etc…
Donc un nombre négatif à la puissance n donne un résultat négatif, et un nombre négatif à la puissance $n-1$ donne un résultat positif…
Donc cette égalité équivaut successivement à :
$1-(-x^n) = (1+x)(1-x+\ldots+(-x^{n-2})+x^{n-1})$,
$\mathbf{1+x^n = (1+x)(1-x+\ldots-x^{n-2}+x^{n-1})}$.

b. Supposons que n ne soit pas une puissance de 2.
Alors n s'écrit $n = rs$ avec r une puissance de 2 (d'exposant pouvant être nul) et s un entier impair strictement supérieur à 1.
$2^n + 1 = 1 + 2^{rs} = 1 + \left(2^r\right)^s$, donc d'après **1.** appliqué à $x = 2^r$.
$2^n + 1 = \left(1 + 2^r\right)\left[1 + \left(-2^r\right) + \left(-2^r\right)^2 + \ldots + \left(-2^r\right)^{s-1}\right]$ (1)
Montrons que $1 + \left(-2^r\right) + \left(-2^r\right)^2 + \ldots + \left(-2^r\right)^{s-1} > 1$.
$s \geqslant 3$ et $2^r \neq -1$, donc $1 + \left(-2^r\right) + \left(-2^r\right)^2 + \ldots + \left(-2^r\right)^{s-1} = \dfrac{1 - \left(-2^r\right)^s}{1 - (-2)^r} = \dfrac{1 + 2^{rs}}{1 + 2^r}$

avec $2^{rs} > 2^r$, donc $\dfrac{1 + 2^{rs}}{1 + 2^r} > \dfrac{1 + 2^r}{1 + 2^r}$ donc :

$$1 + \left(-2^r\right) + \left(-2^r\right)^2 + \ldots + \left(-2^r\right)^{s-1} > 1.$$

Comme $2^r + 1 > 1$ et $1 + \left(-2^r\right) + \left(-2^r\right)^2 + \ldots + \left(-2^r\right)^{s-1} > 1$,
d'après l'égalité (1), $2^{rs} + 1$ n'est pas premier.
On en déduit que **si $2^n + 1$ est premier, alors $n = 2^q$ avec $q \in \mathbb{N}$.**

2. On définit la suite géométrique $\left(u_n\right)_{n \in N}$ de premier terme $u_0 = -1$ et de raison $-x \neq 1$. Alors :

$$u_0 + u_1 + \ldots + u_{2^k - 1} = (-1) \times \frac{1 - (-x)^{2^k - 1 + 1}}{1 - (-x)}, \text{ soit :}$$

$$\boldsymbol{-1 + x - x^2 + \ldots + x^{2^k - 1} = \frac{x^{2^k} - 1}{x + 1}}.$$

3. $\dfrac{F_{n+k} - 2}{F_n} = \dfrac{2^{2^{n+k}} - 1}{2^{2^n} + 1} = \dfrac{2^{2^n \times 2^k} - 1}{2^{2^n} + 1} = \dfrac{\left(2^{2^n}\right)^{2^k} - 1}{2^{2^n} + 1}$

Donc d'après **1.** appliqué à $x = 2^{2^n} \neq -1$:

$$\frac{F_{n+k} - 2}{F_n} = -1 + 2^{2^n} - \ldots + \left(2^{2^n}\right)^{2^k - 1}.$$

Donc $\dfrac{F_{n+k} - 2}{F_n}$ est bien un entier !

4. Soit d un diviseur commun à F_n et à F_{n+k}.
D'après la question précédente, il existe $q \in \mathbb{N}$ tel que $F_{n+k} = 2 + qF_n$.
Donc d divise $F_{n+k} - qF_n = 2$, et comme F_n est impair, $d = 1$.
Donc PGCD $\left(F_{n+k} \,;\, F_n\right) = 1$.

5. Pour tout $n \in \mathbb{N}$, il existe un nombre premier p_n tel que p_n divise F_n (éventuellement $p_n = F_n$).
Pour $n \neq m$, PGCD $(F_m \,;\, F_n) =$ PGCD $\left(F_{n+k} \,;\, F_n\right) = 1$ d'après **3.**, donc les nombres p_n et p_m sont distincts.
La suite $\left(p_n\right)_{n \in N}$ ainsi formée constitue une infinité de nombres premiers.

Fermat pensait que les nombres F_n étaient premiers pour tout $n \in \mathbb{N}$, mais Euler a démontré que F_5 n'est pas premier.
On ne sait toujours pas s'il existe un F_n premier pour un certain $n > 5$.

27 CODAGE PAR CHIFFREMENT RSA

Partie A.

1. $\left(m^{(p-1)}\right)^{(q-1)} \equiv 1^{q-1} \equiv 1$ (modulo p).
et $\left(m^{(q-1)}\right)^{(p-1)} \equiv 1^{p-1} \equiv 1$ (modulo q).
Donc p et q divisent $m^{(p-1)(q-1)}-1$, et puisque $p \neq q$, alors p et q apparaissent dans la décomposition en facteurs premiers de $m^{(p-1)(q-1)}-1$. Donc pq divise $m^{(p-1)(q-1)}-1$, d'où $\boldsymbol{m^{(p-1)(q-1)} \equiv 1}$ **(modulo pq).**

2. Comme e est un entier premier avec $(p-1)(q-1)$, alors, d'après le théorème de Bézout (1), il existe un couple $(d\,;f) \in \mathbb{Z}^2$ tel que :

$$de + f(p-1)(q-1) = 1.$$

D'où $\boldsymbol{d \times e \equiv 1}$ **(modulo $(p-1)(q-1)$).**

3. D'après la question 2. :
$m \equiv m^{de+f(p-1)(q-1)}$ (modulo pq) ;
$m \equiv (m^e)^d \times (m^{(p-1)(q-1)})^f$ (modulo pq) ;
$m \equiv (m^e)^d \times 1^f$ (modulo pq) d'après la question 1.
Donc : $\boldsymbol{m \equiv \left(m^e\right)^d}$ **(modulo pq).**

Partie B.

1. En numérotant les lettres, le message RDVAUNEHEURE devient : 170 321 002 013 040 704 201 704
On dresse le tableau suivant :

x	170	321	002	013	040	704	201	704
x^7 (modulo 1 037)	170	76	128	684	82	709	669	709

Le message reçu est 170 076 128 684 082 709 669 709.

2. $(p-1)(q-1) = 960$.

a. À l' aide de l'algorithme d'Euclide, on trouve que $1 = 960 - 137 \times 7$,
donc $-137 \times 7 \equiv 1$ (modulo 960), et comme $960 \times 7 \equiv 0$ (modulo 960), on a : $(960-137) \times 7 \equiv 1$ (modulo 960).
On choisit ainsi $\boldsymbol{d = 960 - 137 = 823}$.

b. $170^7 \equiv 170$ (modulo 1037), donc :
$170^{823} \equiv \left(170^7\right)^{117} \times 170^4 \equiv 170^{117} \times 170^4 \equiv \ldots \equiv 170$ (modulo 1 037).
À l'aide d'une calculatrice et après de longs calculs, on trouve que :
$76^{823} \equiv 321$ (modulo 1 037),
$128^{823} \equiv 2$ (modulo 1 037),
$684^{823} \equiv 13$ (modulo 1 037),
$82^{823} \equiv 40$ (modulo 1 037),
$709^{823} \equiv 704$ (modulo 1 037),
et $669^{823} \equiv 201$ (modulo 1 037).
Le nombre obtenu 170 321 002 013 040 704 201 704 permet bien de retrouver le message d'origine.

Aide-mémoire Python

Aide-mémoire Python

I OPÉRATIONS ÉLÉMENTAIRES AVEC PYTHON

En Python	Signification
x + y	La somme de x et y
x – y	La soustraction de y *à* x
x * y	La multiplication de x par y
x / y	La division de x par y
x ** y	x à la puissance y
x // y	Le quotient dans la division euclidienne x par y
x % y	Le reste de la division euclidienne de x par y

II FONCTION

Syntaxe Python	Remarques

def nom(par1, par2) :
    bloc d'instructions
    return sortie1, sortie2
	• par1, par2,… désignent les paramètres en entrées
	• sortie1, sortie2,… désignent les sorties retournées par la fonction.

• Attention ! L'indentation des instructions qui suivent la ligne def est essentielle en Python pour délimiter une fonction : habituellement l'indentation est de quatre espaces en Python.

• Dans le cas où une fonction ne retourne aucune valeur, le return est facultatif.

III LISTES

1. Définition élémentaire

Une liste est une collection d'éléments.

EXEMPLE :

```
nombres=[1,4,5] # listes d'entiers
couleurs=['rouge','bleu', 'jaune'] # liste de chaînes de caractères
melange=[1,'bleu',2,'vert'] # mixte
```

• Les éléments d'une liste ne sont pas obligatoirement du même type comme le montre l'exemple précédent.

• Les éléments d'une liste sont indexés à partir de 0 ; ainsi dans la liste nombres :
– nombres[0] correspond au premier élément de la liste nombres
– nombres[1] correspond au deuxième élément de la liste nombres
...
– nombres[–1] correspondant au dernier élément de la liste nombres.

2. Opérations sur les listes

Le tableau suivant donne quelques méthodes associées aux listes :

Méthode	Signification
len(liste)	Renvoie la longueur de liste
liste.append(x)	Ajoute l'élément x à la fin de liste
liste.insert(i,x)	Ajoute l'élément x en position i de liste
liste.count(x)	Compte le nombre d'occurrences de x dans liste
liste.remove(x)	Supprime la première occurrence de x dans liste
liste.sort()	Trie la liste dans l'ordre croissant
liste.sort(reverse=true)	Trie la liste dans l'ordre décroissant

IV PROGRAMMATION

1. Instruction conditionnelle if

Syntaxe Python	Remarques

if condition 1 :
    Bloc 1 d'instructions à exécuter
elif condition 2 :
    Bloc 2 d'instructions à exécuter
...
else :
    Bloc d'instructions à exécuter
	• Les parties délimitées par les mots-clefs elif et else sont facultatives.
	• L'indentation des instructions qui suivent les lignes « if…, elif…, else… » est obligatoire.

Comparaison

Pour définir la condition permettant l'exécution de la clause if, on est amené à utiliser les opérateurs de comparaison.

En Python	Signification
x < y	x est inférieur strictement à y
x <= y	x est inférieur ou égal à y
x > y	x est supérieur strictement à y
x >= y	x est supérieur ou égal à y
x == y	x est égal à y
x != y	x est différent de y
condition1 or condition2	condition 1 ou condition 2
condition1 and condition2	condition 1 et condition 2

Remarque : en python, on n'a pas besoin du « and » pour écrire la condition $x \in [2 ; 4]$, on l'écrit $2 \Leftarrow x \Leftarrow 4$

2. Boucle itérative while

Syntaxe Python	Remarque
while condition : Bloc d'instructions à exécuter	L'indentation des instructions qui suivent la ligne « while … » est essentielle

3. Boucle itérative For

Syntaxe Python	Remarque
for k in liste: Bloc d'instructions à exécuter	L'indentation des instructions qui suivent la ligne « for … » st essentielle

Souvent dans l'utilisation de la boucle for on utilise la fonction range :

Syntaxe Python	Remarque
range(n)	Permet de décrire tous les entiers de 0 à $n-1$
range(n,p)	Permet de décrire tous les entiers de n à $p-1$
range(n, p, k)	Permet de décrire les entiers de n, $n+k$, $n+2k$,… , $p-1$.

4. Liste définie en compréhension

EXEMPLE : on veut calculer les images de −2 ; −1,5 ; −1 ; … ; 2 par la fonction carré ; classiquement, on réalise l'algorithme suivant :

```
antecedents = [-3, -2,-1.5,-1,-0.5,0,0.5,1,1.5,2,3]
carres = [] # la liste carres est vide au départ
for x in antecedents :
    carres.append(x**2)
```

Mais, en Python, il existe une manière plus efficace de créer cette liste :

```
# Tableau de valeurs de la fonction carrée
antecedents=[-3, -2,-1.5,-1,-0.5,0,0.5,1,1.5,2,3]
carres=[x**2 for x in antecedents]
```

On dit que la liste est définie en compréhension.

On peut aussi associer une condition if à cette définition de liste ; par exemple, si on veut calculer les images de la liste « antecedents » par la fonction inverse ; sachant que l'inverse de 0 n'existe pas, on écrit :

```
inverses = [1 / x for x in antecedents if (x!=0)]
```

V COMPLÉMENTS

1. Communication avec l'utilisateur

Syntaxe Python	Remarque
print()	permet d'afficher du texte et (ou) des valeurs de variables. Le texte à afficher doit être compris entre deux guillemets : "texte" ou entre deux apostrophes : 'texte'.
input()	permet de demander à l'utilisateur d'entrer une valeur par exemple (et de l'enregistrer) ; elle s'utilise avec eval.

2. Modules complémentaires

- **Module math** : Beaucoup de fonctions (comme cos et sin) et même la constante π ne sont pas reconnues par défaut; elles sont contenues dans le module math, qu'il faut importer avant de les utiliser.

Deux manières de l'importer :

Syntaxe Python	Remarque
from math import *	Toutes les éléments du module math sont importés
import math as m	Les fonctions du module math doivent être précédées de m pour être appelées.

Quelques fonctions du module math : exp, log, sqrt, cos, sin, pi

Syntaxe Python	Remarque
exp, cos, sin	Fonctions exponentielle, cosinus et sinus
sqrt	Fonction racine carrée
log	Fonction logarithme népérien
pi	Constante

Remarque : le module numpy (voir ci-dessous) contient aussi ces fonctions.

Modules numpy et matplotlib : Pour tracer des courbes représentatives de fonctions, on utilise le module matplotlib.

EXEMPLE :

```
import matplotlib.pyplot as plt

antecedents = [-3 + i / 10 for i in range(60)]
carres = [x**2 for x in antecedents]

plt.plot(antecedents, carres)
plt.show()
plt.close()
```

Pour éviter la lourdeur de la création d'une liste, il est judicieux d'utiliser la fonction linspace, du module numpy, qui permet de subdiviser l'intervalle [a ; b] en N valeurs :

```
import matplotlib.pyplot as plt
import numpy as np

antecedents = linspace(-3,3,10)
carres = antecedents**2 #
plt.plot(antecedents,carres)
plt.show()
plt.close()
```

linspace est un objet de type array c'est-à-dire un tableau dont tous les éléments sont de même type; de plus, la fonction linspace est compatible avec les opérations arithmétiques : +, -, *, /, **. Donc on peut écrire : carres = antecedents**2 au lieu de : carres = [x**2 for x in antecedents]

Syntaxe Python	Remarque
grid()	Affiche une grille dans le repère.
axis(a, b, c, d)	Affiche un repère gradué de a à b sur l'axe des abscisses et de c à d sur l'axe des ordonnées
linspace(a,b,N)	Renvoie N nombres répartis régulièrement entre a et b, bornes incluses. (module numpy).
plot(x,y)	Trace les points de coordonnées (x,y).
show()	Affiche le graphique dans une fenêtre.

Module random : ce module permet de simuler l'aléatoire; citons quelques fonctions :

Syntaxe Python	Remarque
randint(n, p)	Simule le tirage aléatoire d'un entier compris entre les entiers n et p (bornes incluses)
random()	Simule le tirage aléatoire d'un décimal entre 0 et 1 (non compris)

Achevé d'imprimer en Espagne par Macrolibros
Dépôt légal 07754-6/01 - Juillet 2021